文庫

越　境

コーマック・マッカーシー

黒原敏行訳

epi

早川書房

6547

THE CROSSING
by
Cormac McCarthy

Translated by
Toshiyuki Kurohara
Published 2024 in Japan by
HAYAKAWA PUBLISHING, INC.
This book is published in Japan by
arrangement with
M-71, LTD.
c/o CREATIVE ARTISTS AGENCY
through THE ENGLISH AGENCY (JAPAN) LTD.

越境

1

一家がグラント郡から南へ移ってきたときボイドはまだ幼児で、ヒダルゴと名づけられた新しくできたばかりの郡もそのボイドよりいくつも年嵩《としかさ》ではなかった。出てきた土地には妹と母方の祖母の墓を残してきた。新しい土地は豊かで荒々しかった。馬でメキシコまでまったく柵《さく》に突き当たらずにいくこともできた。旅の途中、少年は弟のボイドを鞍《くら》の自分の前に坐らせ風景の相貌《かたち》や鳥や動物の名をスペイン語と英語で教えてやった。新しい家では兄弟は台所の隣の部屋で眠ったが、夜床に入ってからも少年はしばらく起きていて暗闇のなかで弟が立てている寝息を聞きながらその眠っている弟に囁《ささや》き声で、これからおれは一家のためにこんな働きをするつもりだ、一家の暮らしはこんな風になるはずだと話すのだった。

一年目の冬のある夜、少年は家の西に広がる丘陵地帯で狼が啼《な》く声を聞いて目を覚まし、群れがこれから新しく雪の降り積もった平原へおりてきて月明かりのなかで羚羊《れいよう》を狩るのだと知った。少年は寝台の足板にかけたズボンをつかみシャツと毛裏つきのダッキング・コートをとり寝台の下からブーツを引き出して台所へ出ていき、暗がりのなかでまだ微かに温もりを残しているストーブのそばで服を着ると窓から射しこむ月明かりにブーツをかざして右左を確かめてから履き、立ちあがって台所の勝手口へいき戸外に出て後ろ手に扉を閉めた。

納屋の前を通りかかると馬たちが低くいななき寒い外にいる少年に呼びかけてきた。ブーツの下で雪がきしきしと鳴り青みを帯びた光のなかで息が煙のように白く浮かびあがる。一時間後、少年は水のない川の川床にやってきて土や雪の上にいつも足跡をつけていくことから狼が通り道にしているのを知っている場所で、雪の上にしゃがみこんだ。

狼たちはすでに平原に出たあとで、南の谷間から流れてくる川がつくった扇状地を歩いていくと前方に彼らの通っていった跡がずっと続いているのが見えた。少年は雪でかじかまないよう両手をコートの袖のなかに引き入れ四つん這《ば》いになって前に進み、やがて柏槇《びゃくしん》の黒ぐろとした低い繁みの最後のひとつの陰からアニマス山の麓《ふもと》の広やかな平原が見渡せる場所までくると、そっと体を起こしてしゃがんだ姿勢になり、息を整え、それからゆっくりと立ちあがって遠くに目をやった。

狼の群れは平原を疾駆《しっく》して羚羊の群れを追い、羚羊たちは雪の上を幽霊のような姿で動き弧を描き時おり不意に向きを変え、周囲に乾いたさらさらの雪を蹴立てあたかも体の内側で火を燃やしているかのように青白い息を冷気のなかに噴き出していたが、その狼たちは、そこがまったく別の世界だと思えるほどの沈黙のなかで身を捩《よじ》り翻《ひるがえ》し飛び跳ねていた。彼らは平原の一方の側へと走りそれから向きを変えて遥か遠くのほうへ駆け出してしばらくは仄白い雪の上に小さな黒い点々を浮かせていたが、やがて完全に姿を消した。

ひどい寒さだった。少年は待った。まわりの何も動かなかった。少年はその流れ方で風向きを知ることのできる自分の息が目の前の冷たい大気のなかに現れては消え現れては消えるのを見ながら、長いあいだ待っていた。やがて彼らはやってきた。飛び跳ね身を捩り踊るようにして。鼻面で雪を掻き分けて。跳ねあがってはまた走り二匹ずつ抱き合うようにして立ちあがり踊ってはまた走ってくる。

全部で七匹の狼の群れは少年が臥《ふ》せている場所からほんの二十フィートの処《ところ》へやってきた。月の明かりでアーモンド形の吊りあがった目が見えた。息遣いが聞こえた。狼の意識が空気を伝う電気のように感じ取れた。狼たちは一カ所に集まり互いに鼻をすり寄せあい舐めあった。それからぴたりと動きを止めた。耳をぴんと立てていた。何匹かが片方の前足を胸もとへあげた。彼らは少年をじっと見ていた。少年は息をつめた。狼たちも息をしなかった。狼たちはじっと立っていた。それから身を翻して音もなく小走りに去っていった。家に帰るとボイドが目を覚ましていたが少年はどこへいってきたとも何を見たともいわなかった。少年はその夜のことを誰にも話さなかった。

ボイドが十四になった年の冬、水のない川の川床に生えている木々はみな早いうちから葉をすっかり落とし、くる日もくる日も灰色に曇ったままの空を背景に淡い姿を浮かびあがらせていた。すでに北から冷たい風が吹き裸木が根をおろしている地球は一種の清算日である冬至に近づいていたが、その清算日の帳簿がつくられ日付が書きこまれるのは負債の返済期限がとうに過ぎたあとのことになるはずで、それはこの物語とても同じだった。

少年の家から見おろせる曲がった川の川床の縁に沿って生えている、骨のような枝を張り灰色や緑や黒の古い樹皮を脱いだヒロハハコヤナギのもやっと煙って見える木立のなかには何本かの巨木が混じっていたが、その一本を切り倒したあとの切り株を床にして羊飼いたちは冬のあいだ四フィート六フィートのキャンバス地でテントを張り食料貯蔵庫としていた。薪を採りに出かけた少年は自分の影と馬の影と馬が引く木橇《きぞり》の影が木立の幹の上を横切っていくのを眺めていた。ボイドは二人で集めた薪を守るというように斧を手にして木橇に乗り目を細めて西のほうを見ていたが、その西のほうの荒涼たる山の麓には水のない湖があって赤い湖底で陽の光がふつふつと煮えたぎり、湖の手前に広がる平原には牛の群れとそれに混じって首を振りながら歩いている羚羊の群れが影絵のように見えていた。

枯れ葉の散り敷く川床を進んで水溜まりの処へやってくると少年はおりて馬に水を飲ませボイドはニオイネズミの残した痕跡を捜した。ボイドがある場所を通りかかるとそこにインディアンが一人しゃがみこんでいたがそのインディアンは目をあげず、ボイドが気配を感じてそちらに首を向け足を止めてもじっと自分のベルトを見つめているだけだった。手を伸ばせば相手に触れられる位置にボイドはいた。まばらな葦《あし》の繁みの根元にしゃがんだインディアンは別に隠れているわけではなかったがボイドにはすぐそばへくるまでその姿が見えなかった。インディアンは両膝の上に古い三二口径のリムファイヤー式弾薬を使う単発ライフル銃を横たえ薄暮のなかで水を飲みにくる動物を撃とうと待っているのだった。インディアンがボイドの目を覗きこんだ。ボイドも相手の目を覗きこんだ。インディアンの目は真っ黒で瞳しかないように見えた。その目のなかで太陽が沈みつつあった。その目のなかの太陽の隣に、ボイドが立っていた。

ボイドは他人の目のなかに自分の姿を見たり太陽を見たりできることをこのとき初めて知った。彼はその暗い二つの井戸のなかで髪の色のごく淡い、体の細い、見慣れぬ、まったく同じ二つの姿となって立っていた。あたかも生き別れになっていた彼の双子の子供が、赤い太陽の永久に沈み続ける別世界に向かって開かれた窓のすぐ外に立っているかのようだった。彼と心をひとつにする二人の孤児が人生の旅路の途中で迷宮に踏み迷ったすえに、ようやくこの古い種族の男の目の二度と戻ってはこられない壁の向こうに姿を現したかのようだった。

ボイドが今立っている場所からは兄も馬も見えなかった。葦の繁みの向こうの馬が水を飲んでいる処から水面の上をゆっくりと波紋が広がってくるのが見え、インディアンの髭のない細い顎の皮膚の下で筋肉が微かに伸縮するのが見えるだけだった。

インディアンは首を捻って水溜まりを見た。聞こえてくるのは馬の鼻面から滴る水の音だけだった。インディアンは首を捻って水溜まりを見た。


おいくそガキ、とインディアンはいった。

おれ、なんにもしちゃいないぞ。

あそこにいるのは誰だ？

おれの兄貴だ。

兄貴の齢はいくつだ？

十六。

インディアンは立ちあがった。苦もなくすっくと立ちあがると水溜まりの向こう岸で馬に水を飲ませているビリーを見やってからまたボイドに目を戻した。着古した毛のコートに山が鐘のような形をした古い脂じみたステットソン帽をかぶり針金で修理したブーツを履いている。

おまえらこんなとこで何してるんだ？

薪を拾ってる。

食い物は持ってるか？

いや。

どこに住んでる?

ボイドはためらった。

どこに住んでるって訊いてるんだぜ。

ボイドは川の下流のほうを指さした。

どのくらい離れてる?

分かんない。

ちぇっ、くそガキめ。

インディアンはライフルを肩にかつぎ水溜まりの縁へ出ていって馬とビリーを眺めやった。

やあ、とビリーが声をかけてきた。

インディアンは地面に唾を飛ばした。おまえら動物をみんな逃がしちまいやがって。

誰かいるなんて知らなかったんだ。

食い物は持ってないのか?

持ってないな。

どこに住んでるんだ?

川下へ二マイルほどいったとこだ。

家には食い物があるのか？

ああ、あるよ。

近くまで一緒にいったらなんか持ってきてくれるか？

家へくるといい。うちの母ちゃんが何か食わしてくれるよ。

家へはいきたくない。なんか持ってきてくれ。

分かった。

じゃ、持ってくるんだな？

ああ。

よし、それでいい。

ビリーは馬の口を取って立っていた。馬はインディアンから目を離さない。ボイド、とビリーは呼んだ。こいよ。

家に犬はいるか？

一匹だけいる。

繋いどいてくれるか？

いいよ。そうしてやるよ。

吼えないように家のなかへ入れといてくれるか？

ああ。

おれは撃たれるのはごめんだぜ。

犬は入れとくよ。

そんならいい。

ボイド。こっちへこい。いくぞ。

ボイドは水溜まりのこちら側の岸に立ってじっとビリーを見つめていた。

早くしろ。もうすぐ暗くなるぞ。

ほら兄貴のいうことをきくな、とインディアンがいった。

おれたちあんたの邪魔したわけじゃないぞ。

こいよ、ボイド。いくぞ。

ボイドは川原を歩いていき木橇に乗った。

こっちへ乗れ、とビリーがいった。

ボイドは集めた薪の山からおりてインディアンを振り返りビリーが差し出した手をつかんで鞍の後ろにぱっと飛び乗った。

あんたどこで待ってる？　とビリーがきいた。

インディアンはライフルを首の後ろに横たえ、その両端に手首をひっかけていた。家を出たら月の出てる方向へ歩くんだ、と彼はいった。

月がまだ出てなかったら？

インディアンは唾を吐いた。出てない月のほうへ歩けなんておれがいうと思うか？　さあ、いけ。

ビリーは馬の脇腹へブーツの踵《かかと》を当て木立のなかへ進んでいった。引きずられていく木橇は乾いた囁き声をたてながら落ち葉の上に筋をつけた。陽は西に低く傾いていた。インディアンは二人の少年を見送った。兄の腰に片腕を回した弟は顔を陽に赤く染めほとんど白に近い金髪をピンク色に染めていた。兄に振り返るなといわれたのか後ろを見返りはしなかった。水のない川の川床を渡りきって平原にあがるころには太陽は西のペイロンシーオ山脈の陰に隠れ西の空の雲の環礁の下が深い赤になっていた。二人の少年は川岸に沿って南に馬を進めたが、ビリーが振り返るとインディアンは半マイルほどあとからライフルを片手に持って夕闇のなかをついてきていた。

なんで振り返るんだ？　とボイドがきいた。

なんでってことはないさ。

あいつに晩飯を持ってってやるのか？

ああ。べつに構わないだろ。

して構わないからって、まずいことにならないとは限らないぜ、とボイドがいった。

分かってるよ。

ビリーは玄関を入ってすぐの部屋の窓から夜の空を眺めていた。宵闇《よいやみ》のなかからいち早く鋳造された星々は南へ傾《かたむ》き川縁《かわべり》の枯れた木立がつくる枝編み細工にひっかかっていた。まだ昇らない月の光が東の谷間にかかっている霞《かすみ》を硫黄色に煙《けぶ》らせている。ビリーがじっと眺めていると月明かりが荒涼たる平原の地平線から流れ出し、やがて大地の向こうから白い太ったぶよぶよの月が昇ってきた。ビリーは膝をついて載っていた椅子からおりて弟を捜しにいった。

ビリーはステーキとスコーンとブリキのカップに入れた豆を布で包み台所の扉のそばに置かれた食器棚の陶器類の後ろに前もって隠してあった。彼はまずボイドを外に出ししばらく耳をすましてから自分もあとに続いた。薫製小屋の前を通るときなかに閉じこめられた犬が哀れな啼き声をあげ扉にがりがり爪を立てたがビリーが静かにしろというと犬は啼きやんだ。二人とも背を低くかがめて柵沿いに進み近くの木立に入った。川岸にたどり着くころには月は中空まで昇りインディアンはまたライフルを首の後ろに横たえて立っていた。冷気のなかで息が白く浮いて見えた。インディアンが背を反《かえ》して歩き始めると少年たちもあとについて砂利敷きの川床を横切り向こう岸の放牧場の端を走る牛の通り道にあがった。空気のなかに木を燃やす煙が混じっていた。家から四分の一マイル離れたヒロハハコヤナギの木立のなかに設けた野営地へくるとインディアンは木の幹にライフルを立てかけ向き直って少年たちを見た。

こっちへ持ってこい、とインディアンはいった。

ビリーは焚き火に近づき脇に抱えた包みを差し出した。インディアンはそれを受け取ると焚き火のそばに操《あやつ》り人形のようなひょいという動きでまたしゃがみこみ、地面に布の包みを置いて開き豆の入ったカップを取り出して温めるために熾《おこ》っている炭のそばに置きそれからスコーン一個とステーキをつまみあげて嚙った。

カップが黒焦げになっちまう、とビリーはいった。家へ持って帰らなくちゃいけないんだけどな。

インディアンは食べ物を嚙みながら半ば閉じた黒い目を炎に向けていた。おまえんとこにコーヒーはないのか、と彼はきいた。

あるけど豆は挽《ひ》いてない。

ちょっとだけ挽いてこられるか？

音がするから無理だな。

インディアンはスコーンの残り半分を口に入れ軽く前かがみになって何処《どこ》からかナイフを取り出しそれでカップの豆を掻き回し、それから目をあげてビリーを見るとナイフの刃の片面を舌の上でゆっくりと滑らせて研ぐような仕草をし、そのナイフを薪をもたせかけている太い丸太の端に突き立てた。

おまえらどのくらいここに住んでるんだ？　とインディアンはきいた。

十年。

十年か。ここはおまえんとこの土地なのか？

いや。

インディアンは二つ目のスコーンをとり四角い歯で砕いてもぐもぐ嚙んだ。

あんたはどっからきたんだ、とビリーがきいた。

あっちこっちさ。

どこへいくんだい？

インディアンは前に身を乗り出して丸太からナイフを引き抜きまた豆のカップに刃を浸して一舐めすると、その刃を黒くなったカップの把手にひっかけて火から離し地面に置いてナイフを使って豆を食べ始めた。

家にはほかに何がある？

え？

家にはほかに何があるって訊いたんだよ。

インディアンは顔をあげゆっくりと顎を動かしながら焚き火に照らされて立っている二人の少年を半ば閉じた目で見つめた。

何がって、たとえばどういうもの？

何でもいいんだ。なんか売れるものがいいな。

なんにもないよ。

なんにもないのか。

ああ。

インディアンは顎を動かす。

おまえら、空っぽの家に住んでるのか？

いいや。

なら何かあるだろう。

家具とか。台所の道具とかなら。

ライフルの弾はないのか？

あるよ。少し。

何口径だ？

あんたのライフルには合わないよ。

何口径だ？

四四‐四〇。

そいつを持ってきてくれ。

ビリーは木に立てかけてあるライフルに向けて顎をしゃくった。あれは四四口径じゃないだろう。

いいんだ。なんかと交換するから。

ライフルの弾は持ってきてやれないな。親父に気づかれる。

じゃなんで口径がどうのこうのといったんだ？

もういこうぜ、とボイドがいった。

カップを持って帰らなくちゃ。

ほかに何がある？　とインディアンはきいた。

なんにもないよ、とボイドがいった。

おまえに訊いちゃいない。ほかに何があるんだ？

分からない。なんかないか見てくるよ。

インディアンは二つ目のスコーンの残り半分を口に入れた。カップに手を伸ばして指を触れ熱くないのを確かめると把手をつかんで持ちあげ、豆を開いた口に流しこみカップの内側に指を滑らせてその指をきれいに舐めまたカップを地面に置いた。

コーヒーをちょっとだけ持ってきてくれよ、とインディアンはいった。

豆を挽いたら音を聞かれるからだめだ。

豆のままでいいんだ。岩で砕く。

分かったよ。

この坊主を残していきな。

なんで？

話し相手が欲しいんだ。

話し相手？

ああ。

残しとかなくてもいいだろ。

なんにもしやしない。

そりゃ分かってる。でもこいつは残らない。

インディアンは歯を吸った。罠は持ってるか？

罠はないな。

インディアンはまた顔をあげた。シーッと音をたてて歯を吸った。じゃあいけ、と彼はいった。砂糖もちょっと持ってきてくれ。

わかった。じゃカップを返してくれ。

戻ってきたら返す。

牛の通り道に出たときビリーは後ろを振り返りボイドと木立のなかの焚き火の明かりを見た。平原の上で月が眩《まばゆ》く輝き牛の数が数えられるほどだった。

コーヒーなんか持ってってやらないんだろ？　とボイドがきいた。

ああ。

カップはどうするんだい？

どうもしない。

母ちゃんに訊かれたらどうする？

ほんとのことをいうさ。インディアンにくれてやったって。インディアンが家へきたからくれてやったってな。

分かったよ。

叱られるときは一緒だ。

おれのほうがうんと叱られるかもしれない。

おれがやったといえばいい。

そうするつもりだよ。

二人は広々とした平原を横切って柵とその向こうの明かりのついた家のほうへ向かった。

そもそもあいつの処へなんか戻らなきゃよかったんだ、とボイドがいった。

ビリーは答えなかった。

そうだろ？

そうだな。

なんで戻ったんだ？

さあなんでかな。

まだ暗い早朝に父親が二人の部屋の戸口へきた。

ビリー、と父親が呼んだ。

ビリーは寝台の上で体を起こし台所の明かりを背にして立っている父親を見た。

なんで犬が薫製小屋に入ってるんだ？

出すのを忘れたんだ。

出すのを忘れた？

うん。

そもそもなんであそこに入れたんだ？

ビリーはさっと寝台からおりて冷たい床の上に立ち服をつかんだ。すぐに出すよ。

父親はしばらく戸口に立っていたがやがて台所を通り抜けて廊下に出ていった。台所からの明かりでボイドがもうひとつの寝台で体を丸めて眠っているのが見えた。ビリーはズボンを履き床のブーツを拾いあげて部屋を出た。

空が白み始めるころビリーはバードという名の自分の馬に餌と水をやり鞍《くら》をつけて跨《また》がり納屋の干し草置き場から出て川へインディアンを捜しに、というよりインディアンがまだいるかどうか確かめにいった。犬があとからついてきた。放牧場を横切り川縁を下流に向かって進み木立を抜けた。ビリーは馬を止めた。かたわらの犬は鼻面をすばやく何度も宙に持ちあげて空気の匂いを嗅ぎ、昨夜この辺りで何があったのか自分なりに理解しようとした。ビリーはまた馬を前に進めた。

インディアンが野営をしていた場所へくると焚き火は冷たく黒くなっていた。馬は落ち着きなく足踏みをし犬は鼻を地面につけ背中の毛を逆立てて火の気のない灰のまわりを回った。

家に戻ると母親がもう朝餉《あさげ》の支度を終えていたのでビリーは帽子を掛け釘にかけ椅子を引いて坐りスプーンで卵を自分の皿によそった。ボイドはもう食べ始めていた。

父ちゃんはどこ？　とビリーがきいた。

いきなり何なの、おまえまだお祈りも唱えてないでしょ、と母親はいった。

はい。

彼は頭を垂れて祈りの文句をつぶやきそれからスコーンに手を伸ばした。

父ちゃんはどこ？

寝てるわ。朝ごはんはもうすませて。

何時に帰ってきた？

二時間ほど前。一晩じゅう馬に乗ってきたのよ。

なんで？

家へ帰りたかったからじゃないかしらね。

いつまで寝てるつもりかな？

そりゃ起きるまででしょ。おまえ、ボイドよりうるさく訊きたがるね。

おれはなんにも訊かなかったよ、とボイドがいった。

朝飼がすむと二人は納屋へいった。あいつどこへいったと思う？　とボイドがきく。

よそへいったんだ。

どっからきたと思う？

さあな。履いてたブーツはメキシコのやつだった。もうブーツなんてもんじゃないボロだったけどな。あれはただの流れ者だよ。

インディアンなんか何するか分からないんだぞ、とボイドがいった。

おまえインディアンの何を知ってるってんだ？

兄ちゃんだって何も知らないだろ。

誰が何をするかなんて分かるもんか。

ボイドは道具を入れてあるバケツから先の磨《す》り減った古いドライバーを出し、掛け釘から刷子《ブラシ》をとり横木にかけた縄の無口頭絡を取ると馬房の扉を開けてなかに入り自分の馬に頭絡をつけて外に引き出した。横木に引き綱を一重結びで繋ぎとめ、馬の前脚を撫でおろして足をあげさせ蹄《ひづめ》についた霜《しも》を掻き取り蹄の具合を調べてからまた足をおろさせた。

おれにも見せてみろ、とビリーがいった。

どうもなってやしないよ。

そんなら見せたっていいだろ。

じゃ、見なよ。

ビリーは馬の蹄を両膝のあいだに挟みこんで検分した。大丈夫そうだな。

だからそういったじゃないか。

ちょっと歩かせてみろ。

ボイドは引き綱をはずして馬を引き干し草置き場を往復した。

鞍をつけるのか？　とビリーがきいた。

兄ちゃんさえよければそうするつもりだよ。

ボイドは馬具置き場から鞍を出してきて馬の背に鞍下毛布をかぶせ、その上へ鞍を載せて軽く揺すぶり適切な位置を見つけると鞍紐を結び腹帯を腹の下に回してじっと待った。

おいちゃんと馬に癖をつけとけよ、とビリーはいった。腹をぶん殴って息を吐き出させてやれ。

こいつはおれをぶん殴らない、だからおれもこいつをぶん殴らないんだ、とボイドはいった。

ビリーは干し草置き場の床の藁屑《わらくず》の上に唾を飛ばした。二人はじっと待った。馬が大きく息を吐き出した。すかさずボイドは腹帯をぐいと引いて留め金をとめた。

二人は昼までイバーニェイス放牧場を馬で駆け牛の様子を見て回った。距離をおいて逆に二人の様子を窺《うかが》う牛たちは、ほとんどが白地に斑《ぶち》のはいった脚の長い品種でメキシコ産の牛の血が混じり、ほかにさまざまな色のロングホーン種もあった。夕餉の時間になると二人は一歳の牝牛を縄で引いて家に戻ってきてその牝牛を納屋のそばの囲い柵へ入れあとで父親に見てもらうことにして家に入り手や顔を洗った。父親はもうテーブルについていた。ごくろうさん、と父親はいった。

さあ二人とも坐って、と母親がいった。そして揚げたステーキを載せた大皿をひとつテーブルに置いた。それから豆を盛った椀を置いた。二人のお祈りがすむと母親は肉の皿を父親に渡し父親はフォークで肉を一枚自分の皿にとり大皿をビリーに回した。

今お父さんに聞いたんだけど、放牧場に狼が出るそうよ、と母親がいった。

ビリーは大皿とナイフを宙に掲げたままぴたりと動きを止めた。

狼？　とボイドがきいた。

父親はうなずいた。フォスター川の川縁でかなりの大きさの仔牛が牝狼に殺《や》られてたよ。

いつ？　とビリーがきいた。

一週間か、もっと前だな。オリヴァーの若いほうのせがれが山まで追ってみたそうだ。その狼はメキシコからきたんだ。サン・ルイス峠を越えてアニマス山の西の斜面づたいにきて、テイラーズ川にいきあたったとこで山からおりてきて谷間の平地を横切って、それからペイロンシーオの山に入ったらしい。南の国からわざわざ雪の積もってるこの辺までやってきたわけだ。仔牛が殺された場所も二インチほど積もってたそうだ。

なんで狼が牝だって分かるの？　とボイドがきいた。

なんでだと思う？　とビリーがいった。

獲物を殺した現場を見ると分かるのさ、と父親はいった。

ふうん、とボイド。

それでどうするつもりなの？　とビリーがきいた。

うん、まあ捕まえたほうがいいだろうな。違うか？

ああ。

エクルズ爺さんがいりゃ捕まえてくれるのにな、とボイドがいった。

ミスター・エクルズといえ。

ミスター・エクルズがいりゃ捕まえてくれるのにな。

ああそうだな。でもあのひとはもういない。

　夕餉のあと三人は馬に乗って九マイル離れたS・K・バー牧場までいき家の前で馬を止めて大声で呼んだ。ミスター・サンダースの孫娘が顔を出し老人を呼んできて四人でポーチの椅子に腰をおろしたところで少年たちの父親がミスター・サンダースに狼の話をした。

ミスター・サンダースは両肘を膝の上につきブーツのあいだの床板を険しい目で見つめながらうなずいたり、ときどき煙草を指で叩いて灰を落としたりした。父親が話を終えると老人は顔をあげた。顔の革のような皮膚の皺のなかに半ば埋《うず》もれた老人の目はたいそう青くたいそう美しかった。この土地の苛烈な気候にも触れることのできない何かがそこにあるといった風な目だった。

エクルズの罠や何かはまだ小屋にあるよ、と老人はいった。あんたらが何か借りたってやっこさんべつに文句はいわんだろう。

老人は煙草の吸い殻を前庭にはじき飛ばして二人の少年ににやりと笑いかけ両手を膝の上について立ちあがった。

鍵を取ってくるよ、と老人はいった。

扉を開くと小屋のなかは暗く黴《かび》の匂いと屠《ほふ》られたばかりの家畜の肉が立てるような蠟の匂いがこもっていた。少年たちの父親はしばらく戸口に佇《たたず》んだあとでなかに入った。入ってすぐの部屋には古いソファと寝台と机があった。三人は台所を通り抜けて奥の物置部屋に入った。小さな窓が採りこむ仄暗い月明かりで粗《あら》削りの松の板でつくった棚とそこに並べられた果物入れの硝子《ガラス》容器や磨《すり》硝子の栓をした瓶や古い薬剤用広口瓶が見えたが、それらにはみなエクルズの几帳面《きちようめん》な手で内容物の名と日付が書きこまれた赤い縁取りのある八角形のラベルが貼られていた。なかには黒っぽい色の液体が入っていた。乾燥させた臓物が入っているものもあった。肝臓、胆嚢、腎臓。それは人間の夢を見、何十万年いやそれ以上の年月を一続きの夢として夢見てきた獣たちの臓器だった。それらの臓器は自分たちの一家眷族《けんぞく》を虐殺し棲《す》み処《か》から追い出す青白いはだか身のよそ者であるあの人間という名の悪意に満ちた小さな神の夢を見続ける。彼らがどれだけ譲歩をしてもどれだけ血を流してもその渇きを癒すことのできない貪欲な神。埃にまみれたいくつもの硝子瓶のあいだに入りこんでいる淡い光は薬品を収納するこの小部屋を一種風変わりな聖堂と化していたが、この聖堂で執りおこなわれる儀式は生贄《いけにえ》にされる獣たちと同様まもなく死滅していく運命にある職業にかかわるものだった。少年たちの父親は瓶のひとつを手にとり手のなかでひっくり返してからまた埃の上についた丸い輪の上にきちんと戻した。下のほうの棚にはかどを蟻継《ありつぎ》で接合した木の弾薬箱がありそのなかにはラベルのついていない小さな瓶が一ダースほど入っていた。箱の蓋には赤い鉛筆で七番マトリックスと書かれていた。父親は小瓶をひとつつまみあげ淡い光にかざして軽く揺すりコルク栓を抜いて瓶の口を鼻の下へ持っていった。

こりゃすごい、と父親は囁いた。

おれにも嗅がせてよ、とボイドがいった。

だめだ、と父親はいった。そして小瓶に栓をしてポケットに入れ今度は罠を捜したが見つからなかった。三人は小屋のほかの部屋を捜したあとポーチに出て薫製小屋に入ってみた。壁の掛け釘にはコヨーテ用のばねの長い古い三番の罠がいくつかかかっていたがほかに罠はひとつもなかった。

どこかにあるはずなんだ、と父親はいった。

三人はもう一度捜して回った。しばらくして台所からボイドが出てきた。

あったよ、とボイドはいった。

罠は二つの木箱に納められており木箱の上には薪の束が積みあげられていた。箱には豚の脂とおぼしきものが塗られなかに罠がぎっしり詰められていた。

何だってこんな箱んなかを覗いてみる気になった？　と父親はきいた。

どっかにあるはずだって父ちゃんいったろ。

父親はリノリウムを張った台所の床に新聞紙を何枚か広げその上に罠を並べた。嵩を小さくするために顎は開かればねに鎖が巻きつけてあった。父親はひとつの罠の鎖をはずした。凝《こご》った油がたっぷりついた鎖は木と木が打ち合うような音を立てた。鎖は頑丈な留め金で罠に取りつけられ中程に大きな環がひとつあり先端には二叉の鈎《かぎ》がついている。しゃがんだ三人はそれを眺めた。大きかった。熊の罠みたいだ、とビリーがいった。

狼の罠だよ。ニューハウスの四点五番だ。

父親は八個の罠を全部出すと手についた油を新聞紙で拭いとった。箱の蓋を閉めてもとどおり薪の束を上に載せたあと父親はまた物置部屋へ入って底に金網を張った小さな木箱とログウッドの細かいかけらが入った紙袋と罠を納める籠をひとつ持って戻ってきた。三人は小屋を出て入口に南京錠をかけ横木に繋いだ手綱をほどいて馬に乗りミスター・サンダースの家へ戻った。

ミスター・サンダースがポーチへ出てきたが三人は馬からおりなかった。

ちょっと何か食っていきな、と老人はいった。

いや、帰りますよ。どうもありがとう。

いやあ。

罠、八つ借りていきますから。

ああ、分かった。

ひとつやってみますよ。

うん。まあ大変だろうがな。その狼はこっちへきて間がないから決まった動き方はせんだろうし。

エクルズは決まった動き方をする狼なんかもういないといってましたよ。

やっこさんがそういったのなら間違いないな。ありゃ半分狼みたいな男だ。

少年たちの父親はうなずいた。ちょっと首を回して平原を見やる。それからまた老人に目を戻した。

擬臭の匂いを嗅いだことありますか？

ああ。あるよ。

父親はうなずいた。それから片手をあげ馬の向きを変えて三人で道路に出た。

夜食をとったあと三人は金盥《かなだらい》をストーブの上に載せそこへバケツで水を汲み灰汁《あく》を少し入れて罠を漬け煮沸した。寝る時間まで薪をつぎ足しながら火を燃やし続けてから水をとりかえまた罠をログウッドの木片と一緒に漬けると薪をたっぷりくべておき、みんな床についた。ボイドは夜中に一度目を覚まし真っ暗な家のなかの静寂とストーブの薪が爆《は》ぜる音と平原から吹いてくる風に家が軋む音に耳を傾けた。ビリーの寝台に目をやると空っぽだったのでしばらくしてボイドは起きあがり戸口に近づいた。ビリーは台所の窓辺に椅子を置いて坐っていた。背もたれを壁に向けそこへ両腕を載せて川の上に出ている月と川縁の木立と南の山を眺めていた。ビリーが振り向いて戸口に立っているボイドを見た。

何してるんだい？　とボイドがきいた。

ストーブに薪をくべたんだ。

何を見てるんだい？

何も見ちゃいないさ。見るものなんかなんにもない。

じゃなんでそんなとこへ坐ってるんだ？

ビリーは答えなかった。しばらくしてこういった。さあ寝ろよ。おれもすぐに戻る。

ボイドは台所に出てきた。テーブルのそばに立った。ビリーが振り向いて彼を見た。

なんで目が覚めた？　とビリーがきいた。

兄ちゃんに起こされたんだ。

音は立てなかったぜ。

分かってるよ。

次の朝ビリーが起きたとき父親は台所のテーブルについて膝に革のエプロンを載せ手に鹿革の手袋をはめて罠のひとつに蜜蠟をすりこんでいた。ほかの罠は床に敷いた仔牛の皮の上に並べられていたがそれらはみな深い藍色をしていた。父親は顔をあげ手袋をはずし手袋と罠をエプロンの上に載せそのエプロンを床の仔牛の皮の上に置いた。

盥の水を捨てるのを手伝ってくれ、と父親はいった。そのあとで残りの罠に蜜蠟を塗らせてやるよ。

ビリーはいわれたとおりにした。スクリプトの刻まれた踏み板や顎と基盤の接合部や五フィートある重い鎖の環のひとつひとつや鎖の端の重い二叉の鈎に丹念に蜜蠟をすりこんだ。父親は罠を家の匂いがつかない外の寒風のなかに吊した。次の日の朝まだ暗いうちに父親が寝室へ入ってきてビリーを呼んだ。

ビリー。

うん。

あと五分で朝飯だぞ。

ああ。

馬に乗って二人が出発するとき澄んだ冷たい夜明けが始まった。罠は柳の枝を編んだ籠《かご》に入れ父親が長く伸ばした肩紐を肩にかけ籠の底を鞍の後橋に載せて運んだ。二人は真南に下った。まだ谷間に顔をのぞかせない太陽が聳《そび》え立つブラック山の頂上付近の新雪を輝かせていた。フィッツパトリック・ウエルズに通じる古い道に出たところでようやく太陽が顔を見せその陽を浴びながら二人は放牧場を横切りペイロンシーオ山脈の山道を登り始めた。

午前半ばに二人は高原のはずれの仔牛が殺された場所で馬を止めた。木立から出てその場所を見ると父親の馬が三日前につけた足跡は雪で覆われ、仔牛の死体が転がっている木立の影のなかもまだ雪が溶けずに残っていたが、その雪は血に染まりコヨーテに踏み荒らされ重なりあった足跡を点々とつけられていて、仔牛の死体はばらばらに食いちぎられ血に染まった雪やその向こうの土の上に散らばっていた。父親は手袋を脱いで煙草を一本巻き手袋を握った手を鞍の前橋に載せて煙草を吸った。

まだ馬からおりるな、と父親はいった。やつの足跡を捜すんだ。

二人は仔牛の死体に馬を近づけた。馬が血を見て動揺したので二人は恥ずかしくないのかというような嘲《あざけ》りの調子で馬に話しかけた。ビリーには狼の足跡が見えなかった。

父親が馬からおりた。こっちへこい、と父親はいった。

ここで仕掛けるの？

いや。まあおりてこい。

ビリーも馬からおりた。父親は肩紐をはずして籠を雪の上に置き膝をついて新しい雪を吹き飛ばし五日前の夜に狼が透明な凍った雪の上に残していった足跡を顕《あら》わにした。

これがそう？

ああこれだ。

前足だね。

ああ。

でかいね。

そうだな。

もうここへは戻ってこないかな？

うん。戻ってこないだろうな。

少年は立ちあがった。高原の遥か向こうへ目をやった。一本の枯れ木に烏《からす》が二羽とまっていた。二人がやってきたときそこまで飛んで逃げたに違いなかった。ほかに生き物の姿はまったくなかった。

ほかの牛はどこへいったのかな？

さあ分からんな。

一頭が死んだら普通はほかの牛もそこに残るもの？

なんで死んだかによる。狼が出たんならじっとしてないだろうよ。

もう別の場所でも獲物を襲ってると思うかい？

足跡のそばにしゃがんでいた父親が立ちあがり籠を拾いあげた。そいつはありうることだな、と彼はいった。さあいくぞ。

ああ。

二人は馬に跨がり高原を横切って反対側の林に入り涸れ谷の縁に沿った牛の通り道をたどった。ビリーはさっきの鳥をじっと見つめた。やがて二羽の鳥は音もなく木から飛び立ち仔牛のそばへ戻った。

父親は狼が通ってきたはずの峠からやや下った処にひとつめの罠を仕掛けた。ビリーは馬に乗ったまま父親が仔牛の皮を毛の側を下にして地面に落としその上へおりて罠を納めた籠を置くのを見ていた。

父親は籠から鹿革の手袋を出して両手にはめ移植鏝《ごて》で地面に穴を掘り、その穴のなかへ罠の鎖の先についている鈎を入れその上へとぐろを巻くように鎖を置いて土をかぶせた。それからもうひとつ罠の大きさに合わせて浅い穴を掘った。父親はそこへ罠を入れようとしたが納まらずまた少し掘った。土を篩《ふるい》のなかへ入れながらしばらく掘ったあと移植鏝を脇に置き、籠からしゃこ万力を二つ取り出してそれでばねを押しつぶし罠の顎を開く。それから罠を持ちあげて踏み板の刻み目を調べひと目盛りずらして引き金をセットした。地面に落ちた影の切れ端の上にしゃがみ陽を背に受け罠を目の高さに掲げて朝の空に透かし見ている父親は、何かもっと古い時代のもっと精妙な器具、アストロラーベか六分儀を調整しているといった風に見えた。この世界のなかでの自身の位置を確かめようとしている人間のように見えた。天体の日周運動をもとに自分自身とここにこうして在る世界のあいだの隙間の大きさを測ろうとしているように見えた。まるでそんな隙間《すきま》が存在しているかのように。存在するとしてそれが測りうるものであるかのように。父親は罠の開いた顎の下へ手を入れて親指で踏み板をほんのわずかだけ傾けた。栗鼠《りす》が踏んでも閉じないようにしないと、と父親はいった。あんまり鈍すぎてもいけないけどな。

父親はしゃこ万力をはずして罠を穴に納めた。それから罠の顎と踏み板の部分に蜜蠟を溶かして染みこませた紙をかぶせ、その上から篩で細かい土を注意深く振りかけさらにその上へ移植鏝で腐植土や小枝の切れ端をばら撒いて、しばらくしゃがんだまま仕掛けを見つめていた。地面に異状があるようには見えなかった。最後に父親は上着のポケットからエクルズがつくった擬臭の入った瓶を取り出しコルク栓を抜き小枝を一本液体に浸してその小枝を罠から一フィートほど離れた地面に差し、コルク栓を元どおり詰めて瓶をポケットに戻した。

父親は立ちあがって籠をビリーに渡すと背をかがめて仔牛の皮を土がついたままたたみ、鐙《あぶみ》に足をかけて馬に跨がり仔牛の皮を鞍の前橋に載せてから馬に後ずさりさせて罠から離れた。

今度はおまえやってみるか？　と父親がきいた。

うん。やってみたいな。

父親はうなずいた。エクルズは馬の蹄鉄をはずしてな。こういう仔牛の皮で靴をつくって履かせたそうだ。オリヴァーがいうには馬から一遍もおりないで仕掛けたらしい。馬の背中から全部やったんだ。

どうやって？

さあな。

ビリーは籠を膝に載せたままじっとしていた。

紐を肩にかけろ、と父親はいった。今度はおまえが仕掛けるんだ、落とすなよ。

ああ、とビリーはいった。

昼までにさらに三つの罠を仕掛けたあとクローヴァーデイル川の岸へいって樹皮の黒い低い樫の木立のなかで昼餉をとった。二人は横向きに寝そべって片肘をつきサンドイッチを食べながら川の向こうのグワドループ山脈を眺め、南東に広がるアニマス山の麓《ふもと》の平原の上を拍車のようなぎざぎざの稜線を描く山に向かって移動していく雲の影やさらに遠くで青く煙っているメキシコの山並を眺めた。

狼、捕まると思うかい？　とビリーがいった。

思わなきゃこんなとこへきやしないさ。

前にも捕まったことがあるか罠にかかったことがある狼だったら？

そしたら捕まえるのは難しいな。

この辺にはもう狼はいないんだろうな。いるとしたらメキシコからやってきたやつだ。

そうだろ？

たぶんな。

二人は食べた。食べ終わると父親はサンドイッチを入れてきた紙袋をたたんでポケットに納めた。

用意はいいか？

ああ。

朝出かけてから十三時間後に家の納屋へ入ったとき二人は体の芯まで疲れていた。最後の二時間は暗がりのなかで馬を進めてきたが家は台所を除いて真っ暗だった。

おまえ先にいって晩飯を食ってこい、と父親はいった。

いいよ。

いってこいって。馬は父ちゃんが入れといてやる。

その狼は国境線が百八度三十分の経線と交わる辺りでアメリカに入ってきて国境の北約一マイルの処を走る古いインディアンの道を横断し、ホワイトウォーター川を西にたどってサン・ルイス山地に入るとアニマス山脈の北の峠を越えて麓の平原を横切り、ペイロンシーオ山脈にあがっていったのだった。牝狼の腰には二週間前にメキシコのソノーラ州の山のなかでつがいの牡に咬まれてできた傷痕があり瘡蓋《かさぶた》になっていた。牡が咬んだのは牝狼がいつまでもそばを離れないからだった。片方の前足を罠の顎にくわえこまれた牡は唸り声をあげ鎖の長さよりほんの少しだけ長い距離をとって腹這っている牝を威嚇し追い立てようとした。牝は両耳を寝かして哀れな啼き声を漏らすばかりで立ち去ろうとはしなかった。朝になると馬に乗った人間たちがやってきた。牝狼は百ヤード離れた斜面から牡が彼らを迎え撃つのをじっと見ていた。

牝狼はラ・マデーラ山脈の東の斜面を一週間うろついた。そこはかつて彼女の祖先がアルパカや小型の野生馬を狩った土地だった。食べ物はほとんど見つからなかった。獲物になる動物はほとんどが殺されていなくなっていた。多くの森が鉱山の砕鉱機を動かすボイラーの薪をとるために伐採されていた。土地の狼たちはかなり以前から家畜を襲うようになったが人間に飼われている動物たちの無知さ加減は彼らにとって実に不可解だった。牛は血を流しながら啼きわめき高原の放牧場を大恐慌の態で駆け回って頭から柵に突っこみ支柱や鉄条網を引きずりながら逃げ惑うのだった。牧場の人間は狼が野生の獲物にはしないような残忍な仕打ちを牛にするのを知っていた。牛が狼たちの怒りをかきたてる。古い秩序、古い儀式、古い掟を踏みにじる牛が狼を憤慨させるとでもいう風だった。

牝狼はババスペ川を渡って北上した。初めての仔が腹のなかにいたがこれから困難が待ち受けていることなど知る由もなかった。生まれた土地から移動し始めたのは獲物がいなくなったからではなく狼がいなくなったからで、彼女は仲間を欲しがっていた。ニュー・メキシコ州のペイロンシーオ山脈の水のないフォスター川に近い雪の積もった高原で仔牛を倒すまでの二週間、彼女は腐肉以外のものをほとんど口にしておらず幽霊のような姿になって狼のようには見えなくなっていた。腹が地面につくほどたらふく肉を食った彼女はもう元の土地へは引き返さなかった。一度獲物を殺したその場所へ戻ることもしないはずだった。昼間道路や線路を渡ることはしないだろう。鉄条網を張りめぐらした柵の同じ箇所を二度くぐることはないだろう。そうしたことが新しい掟となったのだ。以前にはなかった制約だった。今はそれが彼女の行動を規律する。

牝狼は山のなかを西へ進んでアリゾナ州のコウチース郡へ入りこみスケルトン川の南の支流を渡ってさらに西進しスターヴェイション峡谷に達すると針路を南に転じてホッグ・キャニオン・スプリングズまでいった。そこからまた東に方向を変えてクラントンとフォスターの両洄れ谷に挟まれた高原を進んだ。夜になると野生の羚羊を狩るためにアニマス平原へおりていき、群れが扇状地の土埃を煙のように巻きあげて流れるように走り向きを変えるのを眺め、肋骨を規則正しく揺れ動かし頭を振り立てながらゆっくりと凝集と拡散を繰り返すのを眺めながら、ねらうべき一頭を決める手がかりを捜すのだった。

この季節の牝の羚羊はすでに孕《はら》んでおり臨月を迎えるずっと以前に仔が堕《お》りてしまうこともよくあるため、牝狼は二度青白くまだ温かい不格好な胎児が地面に落ちているのを見つけたが、明け方の薄明かりで見る青みがかった乳白色の半ば透き通った月たらずの仔はまったく別の世界から紛れこんできた存在のように見えた。牝狼は雪のなかでもはや目も見えなくなって横たわっている骸《むくろ》も食べた。陽が昇る前に牝狼は平原を離れ、平原を見おろす突き出した岩の上で鼻面をあげて辺りの恐ろしい沈黙に向かって何度も何度も吼えた。牝狼がこの地方から去っていかなかったのはブラック山の西の峠から少しおりた処に狼の匂いを嗅ぎつけたからだった。彼女は壁にでもいき当たったように足を止めた。

牝狼は小一時間罠のまわりを歩き回りさまざまな匂いを選別し得られた情報を整理してこの場所で起こった出来事を再構成しようとした。やがて彼女は三十六時間前につけられた馬の匂いを追って峠道を山の南側へ下り始めた。

夕暮れまでに八つの罠をすべて見つけ出した牝狼はまた峠へ戻ってくうんと啼きながら罠の周囲をめぐった。それから土を掘り始めた。罠のすぐ脇に穴を掘るとそっとかぶせた土がそこへ流れ落ちて罠の顎が露出した。牝狼はじっとそれを眺めた。また土を掘った。彼女がその場を立ち去ったときにはわずかな土をかぶった蜜蠟びきの紙が踏み板を覆っているだけで罠はすっかりむき出しになっており、ビリーと父親が翌朝馬でやってきたとき目にしたのはそんな有様《ありさま》だった。

父親が地面に広げた仔牛の皮の上へおり立ち罠を調べるのをビリーは馬の上から見ていた。父親は罠を仕掛け直して立ちあがるとやっぱりだめかなという面持ちで首を振った。ほかの罠も見て回ったあと家に帰り翌朝また戻ってくると今度も峠の罠は掘り出されほかの罠のうち四つも同じ状態になっていた。父親は三つの罠を回収してそれらを牛の通り道に擬臭なしで仕掛けた。

牛がかからないって保証はあるの？　とビリーはきいた。

そんなものないさ、と父親はいった。

三日後また仔牛が一頭殺された。五日後には牛の通り道に仕掛けた罠が掘り出されひっくり返されて顎を閉じているのが見つかった。

その夕方二人はまたS・K・バー牧場へいって戸外からミスター・サンダースを呼んだ。それから台所で老人にこの何日かの出来事を話すと老人はうんうんとうなずきながら聞き、やがてこういった。

エクルズがあるときいってたが、狼ってやつはいたずら小僧と同じなんだそうだ。こっちより頭がいいってわけじゃない。ただやつらにはほかに考えることがあまりないんだ。わしも一、二度エクルズについてったことがある。そんなとこへ仕掛けたってと思うような場所へ仕掛けるもんだから、なんでこんなとこへって訊いたもんだが、やっこさんも二度に一度は答えられなかった。答えようがなかったんだな。

二人はまたエクルズの小屋に入って罠を六つ持ち出し家に帰って煮沸した。朝、母親が台所へ朝餉の支度をしに入っていくとボイドが床に坐りこんで罠に蜜蠟をすりこんでいた。

そんなことしてると犬小屋に入れられるよ、と母親がいった。

分かってる。

いつまで拗《す》ねてるつもり？

べつに拗ねてなんかない。

父さんはあんたと同じくらい頑固な人だからね。

じゃおれも母ちゃんも間違いなく叱られるってわけだ。

母親は調理用ストーブのそばに立ってボイドの熱心な作業ぶりを眺めていた。やがて棚からフライパンを取ってストーブの上に置いた。それから炉の窓を開けて薪をくべようとしたがそれはもうボイドがすませたあとだった。

朝餉が終わると父親は口を拭きナプキンをテーブルに置いて椅子を後ろに引いた。

罠はどこだ？

洗濯紐にかけてあるよ、とボイドがいった。

父親は立ちあがって台所から出ていった。ビリーはコーヒーを飲み干してカップをテーブルに置いた。

おれから父ちゃんに何かいってもらいたいか？

いいや。

そうか。そんならいいや。どうせ何いっても無駄かもしれないしな。

十分後父親が納屋から出てきたときボイドは庭に出てシャツ姿で薪を割っていた。

おまえも一緒にきたいか？　と父親がきいた。

いや、いい、とボイドが答えた。

父親は家に入った。しばらくしてビリーが出てきた。

おまえ、一体どうしたんだ？　とビリーがいった。

べつにどうもしやしない。兄ちゃんこそどうかしたのか？

馬鹿いってんじゃない。上着を取ってこい、出かけるぞ。

前の夜、山で雪が降りブラック山の西の峠には一フィートの厚さに積もっていた。父親を先頭に三人は雪の上に残された足跡をたどり午前いっぱい山のなかを狼を追って馬を進めたが、やがて雪はクローヴァーデイル川の岸沿いの道でとぎれた。父親は馬からおりて狼が進んでいったに違いない平原を見はるかすとまた馬に乗り罠を調べるために三人で峠の反対側へ戻っていった。

仔持ちの狼だな、と父親はいった。

父親がさらに四つの罠を牛の通り道に仕掛けたあと三人は家路をたどり始めた。ボイドは唇を真っ青にしてぶるぶる震えていた。父親が横へ馬を並べ上着を脱いで彼に渡した。

寒くないよ、とボイドはいった。

寒いかなんて訊いちゃいない。着ろ。

その二日後ビリーと父親がまた罠を見回りにいくと降雪線のすぐ下の牛の通り道に仕掛けた罠が掘り出されていた。道の百フィートほど先に雪溶け水でぬかるんでいる場所がありその泥の上に一頭の牛の足跡がついていた。さらに離れた処に罠が落ちていた。鎖の先の二叉の鈎が草むらにからみついたのを牛が無理やり引っ張って罠をはずしたため顎から血のついたくしゃくしゃの皮がぶら下がっていた。

二人は昼まで放牧場を走り回って足を傷《いた》めた牛を捜したが見つからなかった。

明日おまえとボイドで捜してくれ、と父親がいった。

ああ。

ボイドにはこないだみたいに裸に近い格好をさしちゃ駄目だぞ。

分かった。

ビリーとボイドは翌日の昼過ぎにその牛を見つけた。牛はヒマラヤ杉の木立の境からこちらをじっと見ていた。ほかの牛は平原の低いほうの端に沿ってゆっくりと移動していた。けがをした牛はしなびた年寄りの牝で山のなかで罠にかかったときも群れから離れていたに違いなかった。少年たちは牛の上手で木立に入り平原へ追い立てようとしたが牛はその意図を察するとくるりと向きを変えて木立のなかに戻った。ボイドは馬の脇腹を蹴って林のなかを走らせ牛の行く手をふさぎ輪縄を牛の首にかけ縄を鞍の角に巻きつけたが、牛が強く縄を引いたとたん腹帯がはずれて鞍がすぽんと尻の下から抜け、木の幹に体を打ち当てながら逃げようとしている牛を追うように飛び斜面を転がって見えなくなった。

ボイドは後ろ向きに一回転して馬から落ち地面に尻餅《しりもち》をつくとヒマラヤ杉のあいだを狂乱の態で駆け去っていく牛を眺めた。ビリーがやってきたときにはすでに裸馬に跨がり一緒に牛を追って駆け出した。

すぐに鞍からはずれた部品がいくつか見つかりしばらくすると鞍の本体、というより革帯のぶら下がった木切れにすぎなくなった鞍の残骸が目に入った。ボイドは馬からおりようとした。

おい、そんなのは放っとけ、とビリーがいった。

ボイドは馬から滑りおりた。違うよ、と彼はいった。上着を脱ぐんだ。火がついたみたいに体がほてってるんだ。

二人がぎくしゃく歩く牛を引いて家に帰り囲いへ入れると父親が出てきてコロナ軟膏で

牛の足の手当てをしそれが終わると三人は家に入って夕餉をとった。

あの牛、ボイドの鞍を壊しちまったよ、とビリーがいった。

直せるのか？

もう直しようがなかった。

鞍紐が切れちまったのか？

ああ。

山んなかへ置いてきたのか？

あんなぼろい鞍、惜しくないさ、とボイドがいった。

あのぼろい鞍がなきゃもうおまえには鞍がないんだぞ、と父親がいった。

翌日ビリーはひとりで罠を点検しにいった。牛が足を踏みこんだ罠がまたひとつあったがこの牛は皮が少し剝けて蹄がわずかに削りとられただけだった。夜、雪が降った。

罠の上には二フィート雪が積もってるよ、と父親はいった。あした見にいったって仕方ないぞ。

狼がどこをうろついてるか知りたいんだ。

どこをうろついたか分かるだけだ。明日やあさってどこへいくかなんて分かりゃしないよ。

何か分かるはずさ。

父親はじっとコーヒー・カップを見おろしていた。いいだろう、と彼はいった。ただし馬を駄目にするんじゃないぞ。雪のなかをいくとけがすることがある。雪の積もった山を歩かせると馬はよくけがをするもんだ。

ああ。

母親が台所の戸口で彼に昼の弁当を手渡した。気をつけてね、と彼女はいった。

分かった。気をつける。

暗くなる前に帰るのよ。

ああ。できるだけそうする。

必ずそうしなさい、そうすれば大丈夫だから。

はい。

ビリーがバードに乗って納屋から出てくると家のなかからシャツ姿の父親がライフルと鞍に取りつける鞘を手に現れた。父親はライフルと鞘をビリーに渡した。

万が一やつがかかってたらそのままにしておれを呼びにこい。ただやつの足が折れてたらべつだぞ。足が折れてたら撃ち殺せ。でないと足をちぎって逃げるからな。

ああ。

それから遅くなって母ちゃんを心配させるんじゃないぞ。

分かった。早く帰るよ。

ビリーは馬の向きを変えて門から出ると道路を南に下った。犬が門の処《ところ》までついてきて彼を見送った。少し進んでから馬を止め鞍からおりて鞘を鞍の横に取りつけライフルのレバーを動かして排莢口を半分開き弾薬が薬室に入っているのを確かめてから、それを鞘《さや》に差して留め金をとめまた馬に乗って先に進んだ。目の前の山並は陽を浴びて白くまばゆく輝いていた。それはあたかも後先を考えない神が何の役に立つかなど思い巡らしもせずに新しく創り出した地形のように見えた。そんな感じの新鮮な眺めだった。乗り手は胸のなかで心臓をふくらませ、乗り手と同じくらい若い馬は首を一振りして一歩脇へ飛び片方の後脚をさっと後ろに蹴り出してまた道中を続けた。

峠道に積もった雪は馬の脚を半ばまで隠したが馬はたいそう優雅な足取りで吹き溜まりのなかを歩き、白く輝く雪の上で鼻から白い息を噴き首を振り立て山の黒ぐろとした林を眺めやったり目の前で突然飛び立つ鳥の群れにひょいと耳を寝かせたりした。峠道に足跡はついておらず前方に見える高原の放牧場を眺めても牛の影も足跡もなかった。ひどく寒かった。峠を越えて南へ一マイルおりたとき水の流れている小川にいき当たったが雪景色のなかで水があまりに黒ぐろとしているので馬は驚いて足を止め、水の動きが微かに認められそれが夜のあいだに地面にできた底無しの裂け目でないことが分かるまで渡ろうとはしなかった。さらに百ヤード進むと狼の足跡が脇の林から道の上に出てきてそのまま下り道をおりていっているのが見えた。

　ビリーは馬からおりて手綱を雪の上に落とし足跡のそばへしゃがみこんで親指で帽子のつばを押しあげた。小さな窪《くぼ》みにたまった雪の上に完全な足跡が残っていた。前足は幅が広い。後足は狭い。乳房がこすれたか鼻面を突っこんだかした跡もあった。ビリーは目を閉じて牝狼の姿を思い描こうとした。その牝狼や彼女の同類たち、あたかも自分たちが相談して創り出した地形であるかのように我が物顔でこの高地の純白の世界を駆け回る狼たちと狼の幽霊たちを、脳裏に描こうとした。ビリーは立ちあがって馬の待っている処へ戻った。そして牝狼がやってきた山を眺めやり馬に跨がってまた先へ進んだ。

　一マイル先にまた足跡が残っており小川の岸辺の柏槙のまばらな林へ駆けこんでいた。ビリーは地面におり手綱で馬を引いて歩いた。牝狼は十フィートずつ跳んで走っていた。林のはずれまでくると向きを変えて高原の高いほうの縁を小走りに歩いていた。ビリーはまた馬に跨がり放牧場として使われている高原へ乗り出して端から端まで往復したが牝狼が何を追っていたのか見当もつかなかった。足跡をたどってもう一度広々とした放牧場を横切り南側の斜面を下って涸《か》れたクローヴァーデイル川の切り立った川縁に出ると、牝狼がさっきの柏槙の林にいた牛の小さな群れをここまで追ってきたこと、雪の積もった崖を牛たちが狂ったように転げ落ち木立のそばで二歳の牝牛が殺されたことがわかった。

　牝牛は木陰で目を濁らせ舌を出して横向きに倒れていたが、狼はまず両方の後脚のあいだから咬み裂き肝臓を食い腸を雪の上に引き出し腿の内側の肉を数ポンド食ったようだった。牝牛の体はまだ完全に硬くなってはおらず冷えきってもいなかった。体が接した部分の雪が溶けて体のまわりに黒い土の輪郭ができていた。

馬はその場を離れたがった。首を弓なりに曲げ目をぎょろつかせ鼻の穴は火山の噴気孔のように湯気を噴き出した。ビリーは馬の首を軽く叩きながら話しかけ地面におりて手綱を木の枝に繋ぐと死体のまわりを歩いて詳しく調べた。上を向いているほうの目は青く霞がかかっており何も映らずどんな世界もそこにはなかった。鳥もほかのどんな鳥も周囲にはいなかった。冷たさと沈黙が辺りを領していた。ビリーは馬の処へ戻って鞘からライフルを抜きまた薬室を点検した。冷えたレバーは動きにくかった。親指で撃鉄をおろし手綱を木の枝からはずして馬に乗り、向きを変え、膝にライフルを横たえて木立に沿って馬を進めた。

それから一日じゅう牝狼を追った。だが姿は一度も見なかった。一度、山の南斜面にある防風林のなかの陽溜まりで眠っていた彼女を追い立てたことがあった。あるいは追い立てたと彼は思った。彼は片膝をつき押しつぶされた草を手で触り温かいかどうかを確かめ草をじっと見つめたが、葉も茎も身を起こしてこず草の温かみが狼の寝床だったせいか陽が当たっていたせいかも判然としなかった。彼はまた馬に跨がって先へ進んだ。雪がすでに溶けているクローヴァーデイル川に沿う放牧場で二度足跡を見失ったが二度とも見失った地点を中心に円を描きながら捜すことで再び見つけることができた。クローヴァーデイルの町に通じる道から少し離れた処に煙が立ちのぼっていたのでそこへ近づくと、ペンドルトンの牧場で雇われているメキシコ人のカウボーイたちが食事をしていた。この近辺に狼が出没していることを彼らは知らなかった。ビリーの話を聞いても半信半疑の様子だった。彼らは互いに顔を見合わせた。

カウボーイたちは彼に坐れといい、坐るとコーヒーをくれ彼のほうもシャツの懐に入れた弁当を出してそれを男たちに勧めた。カウボーイたちは豆をトルティーヤにくるんで食べ山羊のスペアリブのようなものをしゃぶっていたが余分の皿も分けるほどの分量もなく無言劇のように差し出した食べ物をビリーが手振りで断ると、またさっきと同じように食べ続けた。男たちは天候や牛のことを話しメキシコにいる親類に働き口を世話してやりたいがあんたの親父さんは人手を欲しがっていないかと尋ねた。またビリーが追ってきた足跡はたぶん大型の犬のものだろうといい足跡のついている場所が四分の一マイルと離れていないのに見にいく気はまったくないらしかった。ビリーは殺された牝牛のことは話さないでおいた。

食事が終わると彼らは皿に残ったものを焚き火のなかへ掻き落としトルティーヤできれいに拭いてそれを食べ皿を鞍袋のなかへしまった。それから鞍紐を結び馬に跨がった。ビリーはカップを揺すって底に残ったコーヒー豆を捨てシャツで拭くと、くれた相手にそれを返した。

じゃあな《アディオース》、兄ちゃん《コンパドリート》、と男たちはいった。また会おう《アスタ・ラ・ビスタ》。そして帽子のつばに手をやり馬の向きを変えて去っていったが彼らの姿が見えなくなるとビリーも自分の馬に跨がり狼の足跡を追って道を西へたどっていった。

陽が暮れる前に牝狼は山の上へ戻っていた。ビリーは馬を引いて歩いていった。狼があちこちで土を掘った跡を調べたが何のために掘ったのかは分からなかった。ビリーは腕を伸ばし掌の幅で太陽の高さを測り日没までの残り時間を計算するとようやく馬に乗って濡れた雪に覆われた道を峠の向こうの家を目ざして進んだ。

家に着いたときにはもう暗くなっていたので彼は台所の裏を通りがてら身を乗り出して窓をこつこつ叩いてから納屋に入った。夕餉の席で彼は自分が見たことを話した。山で死んでいた牝牛のことを話した。

やつがホッグ・キャニオンへ向かって戻っていった道だが、と父親がいった。牛の通り道か？

いや。そんなに広い道じゃない。

罠は仕掛けられるか？

ああ。時間が遅くなかったらやってきたんだけど。

罠をいくつか引きあげてきたか？

いや。

明日もう一遍いってみたいか?

うん。いってみたい。

よし。罠を二つ持っていって仕掛けてこい、日曜日に一緒に調べにいこう。

安息日を守らないで何かして神様がその努力に報いてくださるかしら、と母親がいった。

しかし、牡牛はまだやられてないけど牝牛が二頭やられてるんだ。

子供たちにしめしがつかないわ。

父親はじっとカップを見つめていた。それからビリーに目を向けた。調べるのは月曜にしよう。

寝室の冷たい暗闇のなかに横たわった兄弟は家の西の放牧場で啼くコヨーテの声に耳を傾けていた。

狼、捕まると思うかい?　とボイドがきいた。

さあな。

捕まえたらどうするんだ?

どうするって?

その狼をどうするんだい?

役所へ持ってって賞金をもらうんだろうな。

二人は暗がりのなかで身じろぎもせず横になっていた。コヨーテが喧《やかま》しく吼えた。しばらくしてボイドがいった。どうやって殺すのかって訊きたかったんだ。

銃で撃つんだろうよ。ほかにどうするってんだ。

おれ生きたやつを見たいな。

父ちゃんがおまえも連れてってくれるかもしれない。

何に乗っていけばいいんだ？

裸馬に乗ってくさ。

ああ、とボイドはいった。おれは裸馬だって平気だよ。

二人はまた黙った。

おれの鞍をやれって父ちゃんがいうよ、とビリーがいった。

兄ちゃんはどうするんだい？

マーテルの店で買ってもらう。

新しいやつをかい？

馬鹿。新しいやつなんか買うか。

最前から外で犬が吼えていたが父親が台所の扉を開けて顔を出し犬の名を呼ぶとぴたりと静かになった。コヨーテはまだ吼えている。

兄ちゃん？

なんだ。
父ちゃんはミスター・エクルズに手紙を書いたのかい？
ああ。
でもまだ返事はこないんだろ？
まだこない。
兄ちゃん？
なんだよ。
おれ夢見たんだ。
どんな夢だ。
二回見たんだ。
だからどんな夢だよ。
涸れた湖ででかい火事が起こってるんだ。
涸れた湖に燃えるものなんかあるか。
そうなんだけど。
それでどうなるんだ。
人間が何人も燃えてるんだ。湖が火事になって人間が燃えてるんだ。
おまえなんか悪いもの食ったんだろう。

おんなじ夢を二回見たんだぜ。

おんなじものを二回食ったのさ。

そうじゃない。

べつにどうってことないさ。ただの悪い夢だ。もう寝ろよ。

ほんとに起こってるみたいだった。はっきり見えたんだ。

夢なんて誰だってしょっちゅう見てる。べつに意味なんかない。

じゃ夢は何のためにあるんだい？

知るもんか。もう寝ろよ。

兄ちゃん？

なんだよ。

おれ何か悪いことが起きるような気がするんだ。

悪いことなんか起きやしないよ。おまえは悪い夢を見ただけだ。悪い夢を見たからって悪いことが起きるわけじゃない。

どういうことだい？

どういうことも何もない。もう寝ろって。

南斜面の林の雪は前の日の陽射しで一部が溶け、それがまた夜のあいだに凍って表面に薄い氷の殻ができていた。氷の殻は鳥が歩いても割れないだけの固さがあった。鼠が歩いても大丈夫だった。道には牛の群れが通っていった跡が残っていた。山のなかの雪に埋もれた罠はどれもいじられておらず、物をいわない何も考えない目の見えない鉄でできた妖怪のようにぽかんと口を開けていた。ビリーは三つの罠を掘り出し手袋をはめた手を顎の下に入れて親指で引き金を作動させた。罠は力強く飛び跳ねた。鉄の顎が閉じる音が冷気のなかに響き渡った。閉じる動きは見えなかった。一瞬前は開いていた。一瞬後には閉じていた。

ビリーは籠に罠を入れその上へ仔牛の皮を載せて落ちないようにし低い枝を避けるため体を横に傾けて馬に乗り前へ進んだ。牛の通り道が二叉に分かれる場所にくると前の日の夕方と同じように西のホッグ・キャニオンへ向かうほうを選んだ。途中で三つの罠を仕掛け木の枝を切って上にかぶせると林のなかを自分で道を見つけながら南に一マイル下りクローヴァーデイルの町に通じる道に出ていちばん遠い場所に仕掛けた二つの罠を見にいった。

初めのうち道にはまだ雪が残っていて自動車のタイヤの跡や馬や鹿の足跡がついていた。湧水のそばまでくると道からはずれて放牧場を横切り水辺で馬からおりて水を飲ませた。太陽の位置から正午に近いのが分かったがまだこれから四マイル先のクローヴァーデイルの町へいき同じ道を引き返して家へ帰るつもりだった。

馬が水を飲んでいるあいだに老人がひとり乗ったA型ピックアップ・トラックが道をやってきて柵の際《きわ》で停まった。ビリーは馬の首を引きあげ背中に跨がって道に出ていきトラックの横へ馬を並べた。運転席の老人が窓から顔を出しビリーを見あげた。それからビリーの提げている籠を見た。

何を捕まえるんだい？　と老人はきいてきた。

老人は国境に近い谷間の牧場の主でビリーは知っていたが名前で呼びかけることはしなかった。ビリーは老人の期待しているのがコヨーテを捕まえるのだという返事だと知っていたが嘘はつきたくないので必ずしも嘘ではない返事をした。

あれだね、と彼はいった。この辺はだいぶコヨーテが出るみたいだね。

そうだな、と老人はいった。うちの牧場へもきて悪さをしてくれるよ。家へ入ってきてテーブルにつくことだけはせんがね。

老人は色の淡い目で辺りを見回した。コヨーテが真っ昼間からその辺をうろついているかもしれないとでもいうようだった。老人はポケットから紙巻き煙草の箱を取り出し一本振り出して口にくわえ箱を差し出した。

吸うか？

いや、いらない。ありがとう。

老人は煙草の箱をポケットにしまい代わりに真鍮のライターを出したが見かけはハンダ

鏝《こて》のようで塗り色は炎に焦げて剝げていた。老人がやすりを回すと青みを帯びた炎の玉がボッと燃え立った。煙草に火をつけると老人は蓋を閉じたが炎はまだ燃えていた。老人はそれを吹き消しライターを振って冷やした。それから少年のほうへ目を向けた。

専用のオイルは高くてな、と老人はいった。

うん。

あんた、女房持ちか？

いや。おれはまだ十六だから。

女房なんか持つなよ。女ってやつはみんなイカれとる。

ああ。

誰だってこの女なら大丈夫と思うのさ。ところがどうだね。

うん。

その女もじきにイカれちまうんだ。

ああ。

でかい罠は持ってるのか？

どのくらいでかい罠のこと？

そうさな、四番ぐらいのやつだ。

いや。でかいのはとにかく持ってないよ。

じゃ、なんでどのくらいでかい罠のことかなんて訊いた？

え？

老人は道の先のほうへ顎をしゃくった。きのうの夕方、この一マイルほど先をピューマが横切ったんだ。

この辺はときどき出るみたいだね、とビリーはいった。

わしの甥が犬を何匹か持ってるんだ。リー兄弟系のブルーティックでな。とびきりいい犬だ。そいつらが罠にかかると甥は困るんだがな。

おれが仕掛けたのはホッグ・キャニオンのほうだ、とビリーはいった。それからブラック峠の近くと。

老人は煙草を吸った。ビリーの馬は顔をトラックのほうへ向けて匂いを嗅ぎすぐにまた顔をそむけた。

テキサスのピューマとニュー・メキシコのピューマの話は知っとるかい？

いや。知らないな。

テキサスを縄張にしてるピューマとニュー・メキシコを縄張にしてるピューマがいたんだ。そいつらは州境で別れてめいめいに狩りをしにいった。春にまた落ち合ってどんな獲物を獲ったか教え合う約束をしたんだが、その時がきてみるとテキサスの齢をとったピューマはそりゃまあひどい格好をしてたんだ。ニュー・メキシコのピューマがそれを見て、おいえらくくたびれちまったじゃないかといった。一体どうしたんだ？　テキサスのピューマは分からないという。とにかく腹が減って死にそうだってな。ニュー・メキシコの齢とったピューマは、冬のあいだ何やってたんだと訊いてみた。おまえちゃんと狩りをしなかったんじゃないかって。

そしたらテキサスのピューマはいやおれは昔ながらのちゃんとしたやり方で狩りをしてたという。道の上に張り出した枝にあがって馬に乗ったテキサスの人間が通りかかるのを待ってガーッと吼えて飛びかかった。おれはそんなことをしてたんだってな。

ほう、とニュー・メキシコのピューマは相手の顔をまじまじと見て、よくそれで死ななかったもんだといった。テキサスの人間を食うんならそれじゃ駄目だ、冬を越せたのが不思議なくらいだ。いいか。そんな風にガーッと吼えたんじゃやつらは心底怯《おび》えちまう。そいで上から飛びかかったんじゃ奴らぶったまげて体から空気がすっかり抜けちまう。あとにゃブーツと服しか残らないんだよ。

老人はハンドルにつっぷしてヒーッヒッヒッと笑った。しばらくすると彼は咳をし始めた。老人は顔をあげて人さし指で目尻の涙をぬぐい首を振りながら少年の顔を見た。

オチは分かったかい？　と老人はいった。テキサスの人間ってとこがミソだぜ。

ビリーはにやりと笑った。ああ分かったよ。

あんた、テキサスの人間じゃないよな？

ああ、違うよ。

違うと思ったんだ。さてと、わしはそろそろいくよ。コヨーテを捕まえたいんならうちへくるといい。

分かった。

老人は自分の牧場がどこにあるのかはいわなかった。トラックのギアを入れイグニッション・レバーを引きおろすと車を出して走り去っていった。

ビリーと父親は月曜日に罠の点検に出かけたが北側斜面の二つの川に挟まれた土地や峠道を北に下った先の深い森を除いて雪はすっかり溶けていた。牝狼はホッグ・キャニオンへの道に仕掛けたものを除くすべての罠を掘り出しひっくり返して顎を閉じさせていた。父親はそれらを集め、ひとつの罠の下に逆さにしたもうひとつの罠をひそませる二重の罠を二組新たに仕掛けた。それからその周囲にもいくつかの罠を仕掛けた。作業を終えてから家に帰り翌朝また見にきてみると二重の罠のひとつにコヨーテが一頭かかって死んでいた。彼らは罠を二つとも掘り出しコヨーテをビリーの鞍の後ろにくくりつけて二つ目の二重の罠を調べにいった。コヨーテの尿が馬の脇腹に流れ出して異臭を放った。

コヨーテはなんで死んだのかな？　とビリーがいった。

さあな、と父親はいった。生き物はちょっとしたことで死ぬことがあるよ。

二つ目の二重の罠は掘り出されまわりの罠も含めてすべて顎が閉じていた。父親は馬に乗ったまま長いあいだそれらを見つめていた。

エクルズ老人からはまったく音沙汰がなかった。ビリーとボイドは放牧場を回って牛を集めた。また仔牛が二頭殺されていた。牝牛も一頭やられていた。

父ちゃんに訊かれるまでこのことは黙ってろよ、とビリーがいった。

なんで？

ビリーの古い鞍を使っているボイドと父親が物々交換で手に入れてきたメキシコ製の鞍に跨がったビリーは轡《くつわ》を並べて馬を進めた。二人は林のなかに横たわっている牝牛の骸を詳しく調べた。こんなでかい牝牛を倒せるとは思わなかったな、とビリーがいった。

なんで父ちゃんに黙ってるんだ？　とボイドがきいた。

心配さしたってしょうがないだろ？

二人は馬の向きを変えてその場を離れた。

父ちゃんも知っときたいかもしれないぜ、とボイドがいう。

おまえ悪い知らせを聞いて嬉しかったことがあるか？

父ちゃんが自分で見つけたらどうする？

そんならそれでいいさ。

そのとき父ちゃんになんていうんだ？　心配させたくなかったっていうのかい？

ちぇっ。おまえ母ちゃんよりうるさいな。余計なことというんじゃなかったよ。

ビリーはボイドと別れてひとりで残りの罠を見て回った。それからS・K・バー牧場へいってミスター・サンダースから鍵を借りエクルズの小屋に入って物置の棚を調べた。床に置かれた木箱のなかにも瓶が何本か入っていた。埃にまみれた瓶の油で汚れたラベルにはピューマとか山猫とか書いてあった。端のめくれた黄ばんだラベルに数字しか書いていない瓶やラベルを貼っていないほとんど黒に近い紫色の瓶もあった。

ビリーは名前の書いていない瓶をいくつかポケットに入れて玄関口の部屋へいき小さな木箱でつくった本箱の蔵書を物色した。S・スタンリー・ホーベイカーという著者の『北アメリカ産毛皮獣の罠猟』を抜き出し床に坐りこんでざっと目を通してみたがホーベイカーはペンシルヴェニアの人で狼のことにはほとんど触れていなかった。次の日罠を見回りにいくとまたしても全部掘り出されていた。

翌朝ビリーはアニマスの町に通じる道を馬でたどり七時間かかって町に着いた。途中ヒロハハコヤナギの大木が自生する林の空き地に湧き出ている泉の辺で冷たくなったステーキとスコーンで昼餉をとり、弁当を入れてきた紙袋で船をつくって泉に浮かべたが船は水に濡れて暗い色に変わり澄んだ静かな水のなかに沈んでいった。

目指す家は町の南に広がる平原にあったがそこへ通じる道はなかった。ただ以前ついていた細い道の痕跡が古い馬車の通り道の名残りのようにずっと続いているのが見え、それをたどってビリーは柵の角の処まできた。ビリーは馬を繋ぎとめ家の玄関まで歩いていって扉を叩くと西の山地へと続く平原を見渡した。平原のいちばん遠くに見える隆起の上を歩いていた四頭の馬が足を止め首をめぐらしてこちらを見た。扉を叩く音が二マイルほど離れたそこまで届いたかのようだった。ビリーがもう一度ノックをしたちょうどそのとき女の人が扉を開けて彼を見た。食べかけの林檎を手に無言で立っていた。ビリーは帽子を脱いだ。

こんばんは《ブエナス・タルデス》、と彼はいった。ご主人いますか《エル・セニョール・エスタ》?

女は白い大粒の前歯をするどく林檎に食いこませた。女はビリーの顔を見た。ご主人って《エル・セニョール》? と彼女はきいた。ドン・アルヌルフォ《ドン・アルヌルフォ》だけど。

女は柵に繋いだビリーの馬を見やりまた少年に目を戻した。もぐもぐ林檎を噛んだ。黒い目でじっと彼を見つめる。

いますか《エル・エスタ》? とビリーはきいた。

いま考えてるところ。

何を考えてるんです? いるかいないかのどっちかでしょう?

そうかもね。

お金なら持ってませんよ。

女はまた林檎をかじった。果肉が大きな音を立てて裂けた。お爺さんはあんたからお金なんか取らないわ。

ビリーは帽子を手にしてじっと立っていた。さっき四頭の馬がいた処へ目をやったが馬たちはもう隆起の向こうへ消えていた。

いいわ、と女がいった。

少年は彼女を見た。

お爺さん、病気なのよ。話はしたがらないかもしれないわよ。

まあ、それは会ってみないと分からないから。

また日を改めてきてもらえないかしら。

日を改めるなんてできないんです。

女は肩をすくめた。いいわ《ブエノ》。入って《パーサレ》。

女は扉を手で押さえて少年を屋根の低い泥の家のなかへ通した。ありがとう《グラシアス》、とビリーはいった。

女は顎をしゃくった。奥の部屋よ《アトラス》、と彼女はいった。

ありがとう《グラシアス》。

老人は家の奥の暗い牢屋のような部屋にいた。部屋には木を燃やした煙とガソリンの匂いとシーツの饐《す》えた匂いがこもっていた。ビリーは戸口に立ち老人の姿を見分けようとした。後ろを振り返ったが女は台所へ入ってしまっていた。彼は部屋に入った。隅に鉄の寝台が置かれていた。小さな暗い色の人影がその上に寝ていた。部屋のなかには埃か粘土の匂いも漂っていた。老人がその匂いを立てているかのようにも思えた。だが考えてみると部屋の床も泥を固めたものだった。

少年が老人の名を呼ぶと老人は寝台の上で身じろぎをした。もっとこっちへ《アデランテ》、と老人はかすれた声でいった。

ビリーは帽子を手に持ったまま前に進んだ。西側の壁に開いた小さな窓から射しこむ縦縞入りの菱形の光のなかを幽霊のように通り抜けた。埃が煙のように舞い鼻を刺す。部屋のなかは寒く老人の息が冷気のなかに仄白く浮かびあがっては消えるのが見えた。酷しい気候に荒らされた顔のなかの黒い目が見えてきて老人がカバーをかけない亜麻布地の枕に頭を載せて寝ているのが分かった。

あんた《グウエーロ》、と老人はいった。スペイン語は話せるの《アブラ・エスパニョール》か？

ええ《シ》、セニョール。

寝台の上に載っている老人の手が軽く持ちあがり、また落ちた。何の用かね、と老人はいった。

狼の罠のことを訊きにきたんです。

狼。

ええ。

狼か、と老人はいった。やれやれ。

え？

やれやれ。

老人は片手を持ちあげた。それだけ切り離されて光の断片のなかに浮かびあがり小刻みに震えている手は他《ほか》のありとあらゆる手に似ているようにもまた全く違っているようにも見えた。ビリーは両手を差し延べてその手を握った。冷たく硬く血の気のない手。骨と皮だけの手。老人は苦労しながら体を起こした。

枕を頼む《ラ・アルモアーダ》、と老人はかすれ声でいった。

ビリーは帽子を寝台に置きかけてやめた。老人の手に不意に力がこもり黒い目が険しくなったが老人は何もいわなかった。ビリーが帽子をかぶり空いたほうの手を伸ばしてくたっとした脂じみた枕をつかみ鉄パイプの頭板に立てかけると老人はビリーのもう片方の手も取って枕へ恐る恐る上体をもたせかけた。老人は少年の顔を見あげた。衰弱している様子なのに握力は強く少年の視線をとらえるまで手を離そうとしなかった。

すまんな《グラシアス》、と老人はかすれ声でいった。

いえ《ポル・ナーダ》。

よし《ブェノ》、と老人はいった。これでいい《ブェノ》。老人が手の力をゆるめたのでビリーは片手だけ離してまた帽子を脱ぎつばをつかんで持っていた。

そこへお坐り《シェンタテ》、と老人はいった。

ビリーは寝台のスプリングの上に敷かれた薄いマットレスの端に用心深く腰をおろした。

老人は彼の手を離さなかった。

あんた、名前は？

パーハム。ビリー・パーハムです。

老人はその名を声には出さずに口だけ動かして繰り返した。あんたはわしの知り合いかね《テ・コノスコ》？

いいえ《ノ》、セニョール。チャーカスのほうに住んでるんです《エスターモス・ア・ラス・チャルカス》。

チャーカスか《ラ・チャルカ》。

ええ《シ》。

あそこにはひとつ逸話があるな《アイ・ウナ・イストーリア・アーヤ》。

逸話《イストーリア》ですか？

ああ《シ》、と老人はいった。少年の片手を握ったまま天井に埋めこんだ木っ端をじっと眺めあげていた。ひどい話だよ《ウナ・イストーリア・デスグラシアーダ》。血も涙もない残酷な話だ《デ・オブラス・デサルマーダス》。

少年はその話は知らないからぜひ聞きたいといったが老人は世の中には話しても仕方の

ないことがあってこれはそのひとつだからやめておいたほうがいいと答えた。ぜいぜいと漏れる息が弱くなりその音も小さくなり部屋の冷気のなかで短く薄く浮きあがっていた白い湯気も見えなくなった。だが少年の手を握る力はもとのままだった。

あなたがいい擬臭を売ってくれるかもしれないってミスター・サンダースがいったんです。訪ねてって訊いてみろって。

老人は答えなかった。

ミスター・エクルズの罠をもらって仕掛けてみたんだけど狼のやつに全部掘り出されちまうんです。

セニョール・エクルズはいまどこにいるのかね《ドンデ・エスタ・エル・セニョール・エクルズ》？

知りません《ノ・セ》。どっかへいっちまったんです《セ・フエ》。

死んだのかね《エル・ムリオ》？

いや。そんな話は聞いてませんけど。

老人は目を閉じ、また開いた。枕に背をもたせかけ首をわずかに傾けていた。まるで寝台にどさりと投げ落とされたといった感じの姿勢だった。薄れていく光を受けた目には何の表情ものぞいてはなかった。老人は部屋のなかの影にじっと見入っているように思われた。

影が長くなると夕暮れの近いのが分かる《コノセーモス・ポル・ロ・ラルゴ・デ・ラス・ソンブラス・ケ・タルディーオ・エス・エル・ディーア》、と老人はいった。この時間を不吉だというのは大袈裟《おおげさ》だという連中もいるが、いやいやどうしてそんなことはない。七番マトリックスって書いた瓶をひとつ持ってるんだけど、と少年はいった。それから何も書いてないのもひとつ。

マトリックス《ラ・マトリース》か、と老人はいった。

少年は老人があとを続けるのを待ったが老人は何もいわなかった。しばらくして母胎《マトリックス》（十七世紀ドイツの神秘思想家ヤーコプ・ベーメが考えた〝生命の源〟を意味する概念）は何でできてるんですかと訊いてみたが老人は薄い唇を結んで分からないという顔をしただけだった。老人はなおも少年の手を握ったままでしばらく二人はそうしてじっとしていた。ビリーがさらに問いかけようとしたとき老人がまた口を開いた。マトリックスの中身を説明するのは簡単なことじゃないと老人はいった。それぞれの猟師が自分なりの調合をする。この世のどんなものも実質が何なのか分かるような名前のつけられ方はしていない。これは自分の意見だがマトリックスは発情期の牝狼の何かを材料にしていると思うといった。少年は自分が捕まえようとしている狼も牝だがそれならそれなりの対策を立てるべきだろうかと尋ねたが老人はこの国にはもう狼はいないと答えただけだった。

メキシコからきたんです《エーヤ・ビーノ・デ・メヒコ》、と少年はいった。

その言葉は老人の耳には入らなかったようだった。エクルズが狼をすっかり捕まえてしまったからなと老人はいった。

　ミスター・サンダースはミスター・エクルズのことを半分狼みたいな人だといってました《エル・セニョール・サンダース・メ・ディーセ・ケ・エル・セニョール・エクルズ・エス・メディオ・ローボ・エル・ミスモ》。狼の考えることが狼よりも先に分かるって《メ・ディーセ・ケ・エル・コノーセ・ロ・ケ・サーベ・エル・ローボ・アンテス・デ・ケ・ロ・セーパ・エル・ローボ》。だが老人は狼の考えることが分かる人間などいないといった。

　太陽は西に低く傾き窓から入ってくる光が反対側の壁に映っていた。まるで壁のその部分の内側から電熱のようなものが浮き出しているかのようだった。しばらくして老人はまた同じ主旨の言葉を口にした。狼を知ることはできん《エル・ローボ・エス・ウナ・コーサ・インコグノシーブレ》、と彼はいった。罠にかかった狼は歯と毛皮だけの抜け殻にすぎないんだよ《ロ・ケ・セ・ティエーネ・エン・ラ・トランパ・ノ・エス・マス・ケ・ディエンテス・イ・フォーロ》。狼そのものを知ることはできん《エル・ローボ・プロピオ・ノ・セ・プエデ・コノセール》。狼も狼の知ってることも《ローボ・オ・ロ・ケ・サーベ・エル・ローボ》。何を知ってるのか分からないという意味では狼は石と同じだ《タン・コモ・プレグンタール・ロ・ケ・サーベン・ラス・ピエドラス》。木と同じだ《ロス・アルボーレス》。この世界と同じだ《エル・ムンド》。

　立て続けに喋った老人は息を喘がせた。小さな音を立てて咳をし、じっと坐っていた。しばらくしてまた老人は口を開いた。

　猟師なんだよ《エス・カサドール》、狼《エル・ローボ》は、と彼はいった。猟師《カサドール》。分かるかな《メ・エンティエンデス》？

　少年には分かったのかどうか分からなかった。老人はさらに続けて本当の猟師というものは人間が思っているようなものではないといった。人間は屠られた動物の血に何か意味があるなどとは思わないが狼はその意味を知っている。狼は偉大な秩序に属している存在で人間の知らないことを知っている。この世界には死が支えている秩序以外に秩序はない。人間は神の血を飲んでもそのことの持つ厳粛な意味が理解できない。人間は厳粛でありたいと願うけれどもどうすればそうなれるかを知らない。人間の行動と儀式のあいだに世界はありその世界のなかで嵐が吹き荒れ木々が風にたわみ神が創ったすべての動物がゆきめぐるが人間にはこの世界が見えない。自分たちのしていることが分かり自分たちが名づけたものが見え互いに呼びかけ合うことはできるがそのあいだにある世界は彼らには見えないのだ。

あんたはその狼を捕まえたいわけだ、と老人はいった。その皮を剝いで売るつもりかもしれん。そうやって手に入れた金でブーツや何かを買うことはできるだろう。そういうことはできる。しかし狼はどこにいる？　狼はひとひらの雪《コーポ・デ・ニエベ》のようなものだ。

雪ですか。

そう雪だ。手でつかむことはできるが掌《てのひら》を開いてみたらもうそこにはない。抜け殻は見ることができるだろう。だが本体は見る前に消えてしまう。見たいのなら自由に動き回ってるところを見なくちゃならない。捕まえたらその途端に消えてしまう。消えてしまったらもう戻ってくることはない。神ですら連れ戻すことはできんのだ。

少年は自分の手を握っている細い縄のような手を見おろした。陽が沈んで高い窓から射しこむ光が淡い青に変わった。

いいかね《エスクーチャメ》、お若いの《ホーベン》、と老人は囁いた。息を強く吹きかけたら狼は吹き消されてしまう。ひとひらの雪のように。ろうそくの火が吹き消されるように。狼はこの世界と同じような風につくられている。世界に触ることはできない。手で握ってみることはできない、なぜならそれは息だけでできているのだからな。

先ほどから背をわずかに浮かせてこれらの言葉を語っていた老人はまた枕にもたれかかり天井の梁だけをじっと見つめる目つきになった。老人は冷たい手の力をゆるめた。おてんとさまはどこだ？　と彼はきいた。

沈みました《セ・フエ》。

そうか《アイ》。いきなさい《アンダレ》、お若いの《ホーベン》。もういくといい《アンダレ・プエス》。

少年は手を引っこめて立ちあがった。帽子をかぶりつばに手をやった。

お元気で《バーヤ・コン・ディオス》。

あんたもな《イ・トウ》、お若いの《ホーベン》。

だが少年が戸口まできたとき老人はまた声をかけてきた。

少年は足を止めて振り返った。

あんた齢はいくつかね《クワントス・アニヨス・ティエーネス》？

十六です《ディエシセイス》。

老人は暗がりのなかでじっとしていた。少年は待った。

なあいいかね《エスクーチャメ》、お若いの《ホーベン》。わしは何も知らんのだよ《ヨ・ノ・セ・ナーダ》。ほんとはそういうことなんだ《エスト・エス・ラ・ベルダー》。

いいんです《エスタ・ビエン》。

マトリックスじゃだめだ、と老人はいった。神の御業《みわざ》と人間のおこないがひとつになる場所を捜さなくちゃいけない。二つが区別できなくなるような場所をな。

それはどんな場所なんですか？《イ・ケ・クラーセ・デ・ルガール・エス・エステ》　と少年はきいた。

この地上ですでに鉄が存在してる場所だ《ルガーレス・ドンデ・エル・フイエーロ・ヤ・エスタ・エン・ラ・ティエーラ》、と老人は答えた。火が全てを焼いてきた場所《ルガーレス・ドンデ・ア・ケマード・エル・フエ》だ《ーゴ》。

どうしたらそこへいけるんです？《イ・コモ・セ・エンクウエントラ》

老人は、それは捜して見つかる場所ではなく自然と現れてきたときにそれと分かるだけなのだと答えた。神が自分でたいそう苦労をして創りあげたものをみずから壊そうと企んでいる場所だと。

こういう考え方をするからわしは異端なんだ《イ・ポル・エソ・ソイ・エレーヘ》、と彼はいった。ただの異端者にすぎない《ポル・エソ・イ・ナ》んだよ《ダ・マス》。

部屋のなかは暗くなっていた。少年は老人にもう一度礼をいったが老人は答えずあるいは答えたのかもしれないが少年には聞こえなかった。少年は老人に背を向けて部屋から出ていった。

女は台所の戸口に寄りかかっていた。黄色い明かりを背景に黒い影となって浮かびあがっている女は薄手のドレスの下から体の線が透けて見えていた。老人が奥の暗い小部屋でひとり寝ていることも気に病んでいる様子はなかった。女は少年にお爺さんは狼の捕まえ方を教えてくれたかと訊き少年は教えてくれなかったと答えた。

女はこめかみを指でつついた。物忘れがひどくなってるのよ、と彼女はいった。もう齢だから。

ええ。

訪ねてくる人もいないの。そういうのって可哀相じゃない？

そうですね。

司祭さんもこないの。一、二度きたことがあるけどそれっきり。

どうして？

女は肩をすくめた。みんなお爺さんのことを妖術師《ブルーホ》だっていうの。妖術師《ブルーホ》って分かる？

ええ。

お爺さんを妖術師だっていうの。神に見捨てられた人間だって。悪魔《サタナース》と同じ罪を犯した。傲慢《オルグーヨ》の罪を犯したって。傲慢《オルグーヨ》って分かる？

分かります。

お爺さんは司祭さんより自分のほうが知恵があると思ってるの。神さまより知恵があると思ってるの。

でもおれには自分は何も知らないっていってたけど。

ふん、と彼女はいった。おやおや。あんたそれを信じたの？　うちのお爺さんのことが分かるの？　神さまを信じないまま死んでいくってどんなに恐ろしいことか分かる？　神さまに見捨てられた人間になるってどういうことか分かる？　考えてごらんなさいよ。

そうですね。おれ、もういきますよ。

少年は帽子のつばに手をやって女のかたわらを通り過ぎ外の夕闇のなかへ出ていった。平原の向こうの青い谷間に撒かれた町の灯は夕方の涼気のなかで宝石を体に鏤《ちりば》めた白く輝く蛇のように横たわっていた。あとにしてきた家を振り返ると女が玄関の戸口に立っていた。

どうもありがとうございました、と少年はいった。

あのお爺さんは赤の他人なのよ、と彼女はいった。お爺さんに身内はいないの《ノ・アィ・パレンテスコ》。身内《パレンテスコ》って分かる？

ええ。

お爺さんに身内はいないの。あたしの死んだ亭主の死んだ前の奥さんの伯父なの。それってあたしの何なの？　あんた分かる？　でもうちに置いてあげてるのよ。だってほかに誰が面倒見るっていうの？　分かる？　誰もいないんだもの。

ええ。

考えてごらんなさいよ。

少年は柵に繫いだ手綱をはずした。ええ、と彼はいった。考えてみますよ。

あんたもあのお爺さんみたいになるかもしれないのよ。

ええ、そうですね。

馬に跨がり向きを変え片手をあげた。南の紫色の空に山が黒ぐろとした影を描いていた。北の山の斜面を覆う雪は青白かった。それは何かの告げ知らせが書き記されるための空白のように見えた。

信仰《ラ・フェ》よ、と女が叫んだ。信仰《ラ・フェ》がすべてなのよ《エス・トーダ》。

ビリーは馬の向きを変えて轍《わだち》のついた道の跡をたどった。振り返ると女はまだ扉の開いた戸口に立っていた。寒い外気に身をさらして立っていた。最後にもう一度振り返ったとき扉はまだ開いていたが女の姿はなくビリーはおそらく老人に呼ばれたのだろうと思った。だがすぐにあの老人が誰かを呼んだりすることはないだろうと思い直した。

その二日後クローヴァーデイルへの道をたどってきたビリーは、なぜということもなく道からはずれてメキシコ人のカウボーイたちが昼餉をとっていた場所へやってくると馬上から黒くなった焚き火の跡を見おろした。灰が掘り返された痕跡が残っていた。

彼は馬からおりて木の枝を拾い焚き火の跡をつつき回した。それからまた馬に乗り焚き火のまわりを回った。残飯あさりをしたのはただのコヨーテかもしれないがともかく調べてみることにした。馬にゆっくりと優雅な足取りで円を描いて歩かせた。共進会の審査員の前で馬を乗り回しているようだった。二周目の途中で焚き火から少し離れた処で止まった。岩陰に風が吹き寄せた砂の上に牝狼の前足の完全な跡がついていた。

ビリーは馬からおり手綱を握った手を背中の後ろに回して膝立ちになり足跡の窪みにたまったわずかな砂を吹き壊れやすい足跡の縁を親指でつついてみた。それからまた馬に跨がり道路に出て家に帰った。

次の日新しく見つけた擬臭を使って仕掛けた罠を見にいったがまた全部掘り出されて顎を閉じていた。ビリーはそれらを仕掛け直してさらに二つの罠を加えたが彼の関心はそれらの罠にはなかった。昼ごろ峠からおりてクローヴァーデイル川流域の平原を見渡したとき最初に目に入ったのは遠くのほうで昼餉をとるメキシコ人カウボーイたちの焚き火から細く立ちのぼる煙だった。

ビリーは馬に乗ったまましばらくじっとしていた。鞍の後橋に片手をついて峠を振り返りそれから再び平原に目をやった。彼は馬に回れ右をさせてまた山道を登り始めた。罠を引きあげて籠に入れ平原におりて道からはずれたときにはすでに夕方が近づいていた。ビリーは掌の幅で太陽と地平線の隔《へだ》たりを測った。陽が沈むまでもうあと一時間ほどしかなかった。

ビリーは馬からおり籠から移植鏝を取り出して焚き火のそばにしゃがみ灰と炭と新鮮な骨を掻きのけた。焚き火の真ん中にあるまだ火のついている炭も冷やすために脇へ取りのけ灰の下の地面に穴を掘りそれから籠のなかの罠をひとつ出した。ビリーは鹿革の手袋をはめずにこの作業をした。

しゃこ万力でばねを押さえつけて顎を開き引き金をセットしたあと罠の開いた口を見つめながら万力のねじをゆるめた。万力を二つともはずすと鈎と鎖を穴のなかに入れさらに罠を納めた。

炭が踏み板に触れないよう蜜蠟を染みこませた紙を一枚顎の上にかぶせ灰を篩《ふるい》にかけて振りかけその上に炭や黒く焦げた木切れを載せさっき取りのけた骨や黒くなった皮の焼け残りを戻しさらにその上へ灰を撒《ま》き散らすと立ちあがって二、三歩後ろに下がり冷たい焚き火の跡を眺めながらジーンズで移植鏝を拭う。最後に焚き火の手前に生えている草を抜き砂をならしてそこへカウボーイたちへの警告を風に吹き消されないよう深く刻みつけた。注意《クイダード》、と彼は書いた。この焚き火のなかに狼をとる罠をしかけた《アイ・ウナ・トランパ・デ・ローボス・エンテラード・エン・エル・フェーゴ》。それから字を書くのに使った木の枝を放り移植鏝を籠に戻して籠の紐を肩にかけ馬に跨がった。

ビリーは平原に馬を進めて道に出ると黄昏《たそがれ》どきの青い冷気のなかで最後にもう一度罠のほうを振り返った。身を乗り出して唾を吐いた。読めるものなら読んでみろ、といった。それから馬の首を家のほうへ向けた。

陽が落ちてから二時間後ビリーは台所へ入っていった。母親は調理用ストーブのそばに立っていた。父親はまだテーブルでコーヒーを飲んでいた。肘の脇には古い青い家計簿が置いてあった。

どこへいってきた？　と父親はきいた。

ビリーは腰をおろして何をしてきたかを話し、話し終えると父親はうなずいた。

おれは今までにな、と父親はいった。これこれの時間にこれこれの場所へいくって約束した人間がちゃんとその時間にその場所へくるのを何遍も見てきた。そうして人がなんの理由もなしにそんなことをするって話は聞いたことがない。

はい。

理由はたったひとつしかないんだ。

はい。

何だか分かるか？

分かりません。

約束だけじゃ何の意味もないからだ。昔も今もこれからも理由はそれしかないんだ。

はい。

母親がストーブの上で温めておいた夕餉の盆をとりビリーの目の前に置いてフォークとナイフを添えた。

さ、おあがり。

母親は台所から出ていった。父親は彼が食べるのを見ていた。しばらくして父親は立ちあがりカップを流しへ持っていってすすぎサイドボードの上へ逆さに伏せた。あしたの朝は起こしてやる、と父親はいった。カウボーイらがかからないうちに引きあげにいったほうがいい。

はい。

たいへんなことになるからな。

はい。

連中に字が読めるって保証はないんだ。

はい。

夕餉を終えるとビリーは床についた。ボイドはもう眠っていた。ビリーは長いあいだ起きて狼のことを考えていた。彼は狼の目でこの世界を見ようとした。夜、山のなかを走り回っている狼を思い描いてみようとした。狼というのは本当にあの老人がいったように理解できないものなのだろうかと思った。狼が嗅ぐ世界、味わう世界とはどんなものだろう。狼の喉を潤《うるお》す生血は鉄臭いねっとりとした彼自身の血とは違った味がするのだろうか。神の血とは違った味がするのだろうか。翌朝ビリーはまだ夜が明けないうちに納屋《なや》の冷たい暗がりで馬に鞍をつけた。彼は父親が起き出す前に門から外に出たがその後父親の顔を見ることは二度となかった。

馬に乗って道路を南にたどっていくと側溝と柵の向こうの暗い平原から牛の臭いが漂

ってきた。空はクローヴァーデイルの町を通り抜けるころに白み始めた。ビリーはクローヴァーデイル川に沿う道に出てさらに馬を進めた。背にしたサン・ルイス峠から陽が昇り彼の目の前に新しい細長い影をつくりだした。二時間後にその道からはずれて平原に出てメキシコ人のカウボーイたちがいつも昼に焚き火をする場所へ近づいていくと牝狼がむっくり起きあがって彼を迎えた。

馬がぴたりと止まり後ずさりをして足踏みをした。ビリーは手綱で馬を御し軽く体を叩いて話しかけながらじっと狼を見つめた。胸の心臓が外へ出してくれと扉を叩くように激しく打った。牝狼は右の前足を罠にとられていた。鎖の先の鈎は焚き火から百フィートと離れていないウチワサボテンにからみつき牝狼もそこにいた。ビリーは馬の体を軽く叩きそれに話しかけながら手を下に伸ばして鞘の留め金をはずしライフルを抜くと馬からおりて手綱を地面に落とした。狼は身をわずかにかがめた。どこかへ隠れようとするように。それからまたすっくと立って彼を見据えその目を遠くの山に転じた。

彼が近づいていくと牝狼は歯を剝いたが唸り声はあげず黄色い目を彼からそむけたままにしていた。罠の顎に挟まれた足首の血に染まった傷口からは白い骨がのぞいていた。毛の短い腹に乳首が並んでいるのが見える牝狼は尻尾を股のあいだに巻きこんだまま罠をぐいと引っ張り、それからまたしゃんと立った。

彼は牝狼のまわりを歩いた。狼は体の向きを変えながら後ずさった。すでに中空に昇った陽のもとで見る毛衣は灰がかった褐色で首のまわりの襞襟に似たたてがみの毛は先端の色が淡く背中には黒い筋が一本走っている、その牝狼は、向きを変え後ずさりで鎖が伸びきるまで遠ざかり息をするごとに腹を波打たせた。ビリーは地面にしゃがみライフルを体の前に立てて銃床を両手でつかみ長いあいだその姿勢でじっとしていた。

ビリーには心の準備がまったくできていなかった。狼がかかっていたら昼にカウボーイたちがやってくる前に家へ戻り父親を連れてこられるかということすら前もって考えてはいなかった。彼は父親にどうしろといわれたか思い出そうとした。足の骨が折れていたらどうするのか、足首を挟まれているだけならどうするのか？　彼は陽の高さを確かめ道のほうを振り返った。目を戻すと牝狼は腹這いになっていたが彼の目が注がれるとまた起きあがった。馬が首を一振りして銜《はみ》についた環を鳴らしたが狼はそちらに目もくれなかった。ビリーは立ちあがって馬のそばへ戻りライフルを鞘に納めて手綱を拾いあげ馬に跨がり向きを変えて道に向かっていった。途中で馬の足を止めて振り返った。狼はなおもこちらに目を据えていた。彼は長いこと馬の上でじっと坐っていた。陽の降りそそぐ背中が熱かった。世界が彼の動きを待っていた。彼は狼の処へ引き返した。

牝狼は立ちあがり横腹を膨らませたりすぼめたりした。頭を低くして下顎の長い門歯のあいだからだらりと垂らした舌を震わせていた。ビリーは巻いた投げ縄を縛ってある紐をはずしてその投げ縄を肩にかけ馬からおりた。鞍袋から牛に足かせをするための短い縄を何本か出してジーンズのベルトに通すと投げ縄を投げる準備を整え、狼のまわりを歩いた。馬に乗らないのは後脚立ちになると縄が強く引かれて狼が死ぬか罠がはずれるかあるいはその両方が起こるからだった。ビリーはまわりを回りながら狼を地面に引き倒すために縄を繋ぎとめておくものがないかと目で捜した。だが近くには何もないのでしかたなく上着を脱ぎ馬の頭にかぶせて目隠しをし馬を狼の風上へ引いてきて手綱を地面に落とした。それから投げ縄を繰り出して先端で輪をつくり狼の上に投げた。狼は罠ごと輪のなかをくぐり抜け縄を見てそれから彼を見た。輪縄は罠の鎖にかかっていた。ビリーはそれをいまいましそうな目で見ると縄を地面に落とし平原を歩いてパロヴァーディ（豆科の低木）を見つけ、先端にフォーク状の小枝がついた七フィートほどの枝を一本切り取りナイフで小枝を切り落としながら戻ってきた。牝狼はじっと彼を見ていた。彼は枝の先に輪縄を引っかけてたぐり寄せた。枝に咬みつくぞと思ったが狼はそうしなかった。輪縄を手にとり長さが四十フィートある縄を輪の結び目から抜きにかかった。牝狼はずるずる滑っていく縄を熱心に注視していたがやがて縄の端が罠の鎖から離れて枯れ草の上を遠ざかっていくとまた地面に腹這いになった。

ビリーはさっきよりも小さな輪をつくり前に歩み出た。牝狼は立ちあがった。輪縄を投げると狼は両耳を寝かせてさっと頭を低くし彼に向かって歯を剝きだした。彼はさらに二度試み次いで三度目に首にかかると輪縄をぐいと引っ張った。

牝狼は身をよじりながら重い罠を胸の前にぶら下げて後足で立ちあがり縄にガッと咬みつき自由がきくほうの前足で払いのけようとした。このとき低い唸り声をあげたがそれがこの牝狼の口から出た初めての声だった。

ビリーが後ろに下がると牝狼は喘ぎながら地面に這いつくばったが彼は縄を繰り出しながらさらに後ろに下がって縄を馬の鞍の角に引っかけその端を握ってまた戻ってきた。罠に挟まれて血を出している前足を見ると彼は顔を一瞬しかめてひるんだがどうすることもできなかった。牝狼は後足を蹴り出し横に動き身をよじって縄と格闘しながら首を左右に振り立て一度は再び完全な後足立ちになったが彼に引き倒された。彼が狼からわずか数フィートの処で縄をつかんだまましゃがみこむとやがて狼は動きを止め静かに喘ぎながら土の上にじっと臥せていた。狼は黄色い目で彼を見、それからゆっくりと瞼を合わせて顔をそむけた。

ビリーは片足で縄を踏んでおいてまたナイフを取り出し空いたほうの手をそろそろと伸ばしてパロヴァーディの枝をつかんだ。枝を先から三フィートほど切り取りナイフをポケットに戻すとベルトに挟んだ短い縄を一本抜き取って先を輪に結び口にくわえた。そして縄から足をどけてその端を拾いあげ枝を手に牝狼に近づいた。牝狼は深い琥珀色の瞳を持つ黄色い吊りあがった目を片方だけ開けて彼を見つめた。縄を引き顔を土につけて真っ白な一本も欠けていない歯を並べた口を開いた。ビリーは鞍の角に引っかけた縄をぐいと引き絞った。縄をぐいぐい引き続け牝狼が息を吐ききってしまうのを見計らって枝を歯のあいだに突き入れた。

牝狼は声を出さなかった。背を丸めて立ちあがり首をよじり枝を咬んで口から出そうとした。ビリーは縄を引いて狼の喉を詰まらせながら体を手荒く地面の上に伸ばし枝を使って下顎をむりやり地面に押しつけると狼の歯から一フィートと離れていない場所でまた縄を片方のブーツで踏んだ。それから口にくわえた短い縄をとり輪の部分を狼の鼻面に引っかけ強く引き絞ると狼の片耳をつかみ目にもとまらぬ素早さで縄を鼻面に三重に巻きつけて一重の結び目をつくり、生きた狼の背中にぱっと跨がってもろともに地面に臥せると、彼の両膝に挟みつけられた狼はぜいぜいと必死に空気を吸いこみながら土や枯れ葉のまぶされた舌を口のなかで動かした。狼は微妙に吊りあがった片目で彼を見あげたが、その目には一日の苦労を無にしうるとはいわないまでもその日一日を生きるのに必要なだけの知恵がたたえられていた。やがて牝狼は目を閉じビリーが縄をゆるめて立ちあがり離れても重苦しい息をつきながら罠に挟まれた前足を後ろに引っ張られ口に枝を突っこまれたままじっと臥せていた。立ちあがったビリーも荒い息をついていた。寒いにもかかわらず汗が顔や体を濡らしていた。彼は首をめぐらして頭に上着をかぶせられた馬を見やった。ええいくそ、と彼はいった。くそったれめ。ゆるんだ縄を地面から拾いあげて巻き取りながら馬のそばへ戻り馬の顎の下で結んだ上着の袖をほどいて目隠しをはずしてやり上着を鞍にかけた。馬は頭をひょいともたげて鼻を鳴らし狼に目をやったがビリーはその馬の首をぽんぽんと叩いて話しかけながら鞍袋からしゃこ万力を取り出し巻き取った縄を肩にかけてまた狼のほうへ向き直った。

彼がそばまでいかないうちに牝狼は跳ねるように立ちあがって罠の鎖に飛びかかり首をねじったり振り立てたり自由のきくほうの前足で自分の口をまさぐったりした。ビリーは縄を引っ張って牝狼を地面に倒し抑えつけた。白い泡が狼の歯のあいだから噴き出てくる。ゆっくりと近づいて口に突っこんだ枝をつかみ首の動きを封じておいて狼に話しかけたが彼の声はただ狼に身震いさせるだけのようだった。彼は罠にとられた前足を見た。傷はひどそうだった。彼は罠をつかみしゃこ万力でばねのひとつを押しつぶし次いでもう一方のばねも同じようにした。ばねの上の環が基盤の環止めまでおりると罠の顎が開いて牝狼の白く輝く骨ののぞくぐったりとした血まみれの前足がするりと抜けた。ビリーが前足に触ろうと手を伸ばすと牝狼はさっと引っこめて立ちあがった。彼はその敏捷さに驚いた。四つ足をふんばって攻撃の構えをとった牝狼の目はしゃがみこんだ彼の目と同じ高さにあったが狼は依然として目を合わせようとしなかった。彼は巻いた縄を肩から地面におろしその端を取って片手に二重に巻きつけ握った。それから牝狼を抑えつけていた縄をゆるめた。牝狼は傷ついた前足を試すように地面におろしたがすぐにまた上に引きあげた。

さあ逃げてみな、とビリーはいった。逃げられるもんならな。

牝狼はさっと向きを変えて走り出した。素早い動きだった。ビリーが片足の踵を目の前の土に食いこませる暇もなく牝狼は縄を長さいっぱいに引っ張った。牝狼は横転して背中から地面に落ちビリーは前につんのめって倒れ両肘をついた。彼はよろよろと立ちあがりかけたが狼はまた別の方向へ走り出し縄をぴんと引いたときにはビリーの体は宙に浮きそうになった。ビリーは狼に背を向けて両足をふんばり縄を腰に一巻きした。狼が今度は馬のほうへ突進すると馬は鼻を吹き手綱を引きずって速足で道のほうへ逃げ出した。狼は縄を引っ張ったまま輪を描いて走り出したが結局は罠の鈎が引っかかったウチワサボテンのまわりを回っただけで、すぐに短くなった縄に動きを封じられて刺だらけのサボテンの根元で喘いだ。

ビリーは立ちあがって牝狼に近づいた。牝狼はうずくまり両耳を寝かせた。涎《よだれ》が幾筋かの白い糸となって顎から垂れ落ちていた。ビリーはナイフを取り出し牝狼の口に突っこまれた枝をつかんで相手に話しかけながら頭を撫でてやったが牝狼はただびくっと身をすくめて震えるだけだった。

暴れたってむだだ、と彼は牝狼にいった。

彼はパロヴァーディの長い枝を牝狼の口元で切りナイフをしまうと縄の端を持ってウチワサボテンのまわりを歩いて縄をはずし牝狼の首をぐいぐいひねったり引いたりして平原の開けた場所へ連れ出した。牝狼は信じがたいほど力が強かった。彼は足を大股にふんばって両手で握った縄をももに押しつけてから首をめぐらし馬の姿を求めて辺りに目を走らせた。牝狼がもがくのをやめないので彼は縄の端をしっかり握り直して地面に坐りこみ両足の踵を土に食いこませてから縄をゆるめた。ぱっと走り出した牝狼は今度は宙に飛んだところをぴんと張った縄に引き止められ背中から落ちてそのままじっと横たわっていた。彼は縄をたぐり土にまみれた牝狼をずるずると引き寄せた。

立てよ、と彼はいった。けがはしなかったろ。

ビリーは歩いていき地面に臥せて荒い息をついている牝狼を見おろした。彼は傷ついた前足を見た。皮がぺろりとめくれて靴下のように踝のまわりにまとわりつき土で汚れた傷口には小枝や葉っぱがくっついていた。彼は膝をついて牝狼の体に手を触れた。こいよ、と彼はいった。おまえのせいで馬が逃げちまった、捜しにいこう。

牝狼を道に引き出したときにはビリーは疲れ果てていた。馬は百ヤードほど先の側溝のなかで草を食べていた。馬は頭をもたげて彼を見、また地面に鼻面をおろして草をむしった。ビリーは縄の端を道沿いの柵の支柱に一重結びで繋ぎベルトからまた短い縄を一本取って狼を引いている縄に結びつけ輪縄がゆるんで狼の首からはずれないようにすると立ちあがってサボテンの処へ引き返し上着と罠を拾いあげた。

彼が戻ってくると牝狼は柵の支柱に縄を何重にも巻きつけて動けなくなっているのになおも前後に体を動かしてほとんど窒息しそうになっていた。彼は罠を放り出して膝をつき支柱に結びつけた縄を解き鉄条網の向こうへ手を回しながら巻きついた縄をほどいて牝狼の体を自由にしてやった。牝狼は立ちあがり土埃をかぶった草むらへいって坐り道の向こうの山並に猛々しい目を向けたがその歯のあいだからは泡が噴き出しパロヴァーディの枝をつたって滴り落ちた。

おまえはまったく馬鹿なやつだな、とビリーはいった。

彼は立ちあがって上着を羽織りしゃこ万力をその上着のポケットに突っこんで罠の鎖を肩にかけると牝狼を道の真ん中へ引っ張り出したが、牝狼は足をふんばり砂利と土埃に筋をつけながらずるずると引きずられていった。

馬が頭をあげ物思わしげに草を嚙みながら彼らの様子をうかがった。それから向きを変えて向こうへ歩き出した。

ビリーは足を止めて馬の後ろ姿を見た。それから後ろの狼を振り返った。遠くから例の牧場主が運転するA型トラックのエンジン音が響いてきたが牝狼は少し前からそれを聞きつけていたようだった。ビリーは縄を二度たぐって短くし牝狼を側溝へ引き入れて柵の際に立ちトラックが低い丘の上から土埃と車体の揺れる音をお供にこちらへやってくるのを眺めた。

老人は車の速度をゆるめ身を前に乗り出してこちらに目をこらした。牝狼がぐいぐいと身をよじらせそれを後ろに立ったビリーが両手で抑えている。トラックが真横にやってきたときにはビリーは側溝のなかでごろりと横になり狼の腹を両脚でしめつけ首を両腕で抱えこんでいた。老人は車を停めエンジンをアイドリングさせたまま助手席側に身を乗り出し窓を巻きおろした。こりゃたまげたな、と老人はいった。いやあたまげた。

エンジンを切ってくれないかな、とビリーがいった。

そいつは狼だな。

ああそうだよ。

こいつはたまげた。

トラックを怖がってるんだ。

怖がってる?

ああ。

どうかしてんじゃないのか? その口の縄がはずれたら、あんた生きたまま食われちまうぞ。

ああ。

いったいその野郎をどうしようってんだ?

野郎じゃない、牝だ。

何だって?

牝だ。牝狼なんだ。

何いってる、牝でも牡でもおんなじだよ。一体そいつをどうしようってんだ？

家へ連れて帰るんだ。

家へ？

ああ。

そりゃまた一体何のためだい？

とにかくエンジンを切ってくれないか？

またかけるのに一苦労するんだがな。

じゃ、あの馬のとこまで車でいって馬を連れてきてくれないかな。こいつを柵につないどいてもいいんだけど、鉄条網で体をずたずたにしそうだから。

それよりあんたが食われないように何かしてやりたいな、と老人はいった。なんでそいつを家に連れて帰るんだ？

話せば長くなりそうだ。

ぜひとも聞きたいな。

ビリーは道路の先で草を食べている馬を見やった。それから老人に目を戻した。こういうことなんだ、と彼はいった。狼を捕まえたらいったん家に戻って呼びにこいって父ちゃんにいわれたんだけど、あっちのほうでいつもカウボーイが昼飯を食うから撃たれちまうといけないんで家へ連れて帰ろうと思うんだ。

あんたはいつもそんなにイカれとるのかね？

さあ。こんなことは初めてだから分からないな。

齢はいくつだ？

十六。

ああ。

いやいや、神さまが鵞鳥《がちょう》に下さったほどの分別もないらしいな。自分で気がついてるかね？

あんたのいうとおりかもしれない。

あんたの馬がこんな馬鹿なことにつきあってくれるかねえ。

おれに捕まっちまえば四の五のいわないはずだよ。

馬で狼を引っ張ってくつもりか？

ああ。

おとなしく引っ張られていくと思うか？

こいつにはほかにどうしようもないさ。

老人はしばらく少年をじっと見ていた。それからトラックからおりて扉を閉め帽子をきちんとかぶり直してから歩いてきて側溝の縁に立った。ジーンズに毛裏つきで襟がコール天のキャンバス地のコートを着て踵の低いブーツを履きビーバーの毛皮だけでできたステットソン帽をかぶっている。

どのくらいまで近づいても平気かな？　と老人がきいた。

好きなだけ近づいていいさ。

老人は側溝におり柵側にあがって牝狼を見た。少年に目をやりそれからまたしばらく狼を眺めた。

仔持ちだな。

ああ。

あんた、よく捕まえてくれたよ。

ああ。

触っても平気か？

ああ。平気だよ。

老人はしゃがみ片手を牝狼の体の上に置いた。牝狼は腰をかがめて身をよじりその手を振り払った。老人はまた触った。そして少年を見た。狼か、と老人はいった。

ああ。

こいつをどうするつもりだ？

さあ。

賞金がもらえるぞ。皮を売ってもいいし。

ああ。

こいつ、触られるのがあんまり好きじゃなさそうだな?

うん。あんまり好きじゃないみたいだ。

わしらあ昔、よくシエネガ・スプリングズあたりから牛の群れを山の上へあげたもんだが、最初の夜はたいがいガヴァメント川のあたりで野営したんだ。そうすると夜に谷の向こうからやつらの遠吼えがよく聞こえてきたよ。春先の暖かい夜になあ。あの辺へいくといつだって聞こえたもんだ。このごろはとんと聞かないが。

こいつはメキシコからきたんだ。

まあそうだろうな。ろくでもないもんはみんなメキシコからくる。

老人は立ちあがって草を食べている馬のほうを見やった。こうしたらどうだ、と老人はいった。わしがあそこの鞘に差してあるライフルを持ってきてこいつの眉間《みけん》をズドンとやって始末する。

馬さえ捕まえられたらあとはうまくいくんだ、と少年は答えた。

うん。まあやりたいようにやりゃいいけども。

ああ。そうするつもりだ。

老人は首を振った。いいだろう、と彼はいった。ここで待ってろ、いま捕まえてきてやる。

おれはどこへもいかないよ、とビリーはいった。

老人はトラックの処へ戻って乗りこみ馬のそばまで進んだ。馬はトラックがやってくるのを見ると側溝からあがって柵の際に立ったが、老人は車からおりて馬を柵沿いに少し歩かせ引きずった手綱が拾えるようになるとそれを引いて馬を道に戻した。ビリーはじっと牝狼を抑えていた。辺りは静かだった。聞こえるのは馬が蹄で砂利を踏む小さな乾いた音と老人が停めたトラックのエンジンが途切れることなく立てるアイドリングの音だけだった。

ビリーが牝狼を道に引き出すと馬は後ずさりをし、まっすぐ牝狼と向きあった。

馬を繋いだほうがいいかもしれんな、と老人がいった。

ちょっとのあいだ抑えててくれれば大丈夫だ。

まあとにかく狼をしっかり抑えといてくれよ。

ビリーは牝狼が側溝には入れるが柵までは届かない長さに縄を繰り出した。縄を鞍の角に引っかけて牝狼が自由に動けるようにしてやると牝狼は三本足で敏捷に側溝のなかへ走りこんだがそこで縄がぴんと張って後足で直立し、また四つん這いになると側溝のなかでうずくまりじっと待った。ビリーは老人のほうを向いてその手から手綱を受け取り帽子のつばを片手の拳で軽く押しあげた。

どうもありがとう、とビリーはいった。

いやあなに。面白い一日だったよ。

うん。おれの一日はまだ終わらないけど。

そうだな。あの口に巻いた縄がはずれないようにしなよ、いいかい？　その帽子に入りきらないくらいの肉を咬みちぎられるからな。

ああ。

ビリーは鐙に足をかけて馬に跨がり縄がきちんと鞍の角に巻きついているのを確かめると帽子をぐいと後ろにずりあげて老人にうなずきかけた。どうもありがとう、と彼はいった。

馬を前に進めると伸びた縄の先の牝狼が傷ついた前足を胸に引きつけたまま側溝から道へあがり剥製の獣のようにぎごちなく硬直した足取りで馬に引かれて歩いた。ビリーは馬を止めて後ろを振り返った。老人が道に立ってこちらを見ている。

あのう、とビリーはいった。

なんだい。

トラックに乗って先にいってくれないかな。そうすりゃおれたちを追い越していかなくてすむから。

それがいいようだな。

老人は歩いていってトラックに乗りこみ首をめぐらして少年を見返った。ビリーが片手をあげた。老人は何かいいたそうな様子だったが何もいわず片手をあげて前に向き直りトラックを出してクローヴァーデイルの町のほうへ走り去った。

ビリーは馬を進めた。強い風が道の表面から土埃を巻きあげた。後ろを見返ると牝狼は風が吹きつけるほうの目を細めて土埃を避け頭を垂れ足を引きずるようにして馬のあとからついてきていた。彼が馬を止めると牝狼は縄がわずかにゆるんだのを感じ取って体の向きを変えまた側溝のなかへおりた。彼が馬を歩かせようとしたとき側溝のなかの牝狼はしゃがんで小便をし始めた。終わるとくるりと回って排尿した場所の匂いを嗅ぎ鼻面をあげて風の匂いを確かめそれから道にあがり尻尾を股に巻きこんで立つと風がその毛衣を吹き分けて細い筋をいくつかつけた。

ビリーは馬を止めたまましばらくじっと牝狼を見つめていた。それから馬からおりて手綱を地面に落とし水筒を取って牝狼のそばまで歩いていった。牝狼は縄がぴんと張るまで後ずさりした。彼は水筒の紐を肩にかけ縄をまたいで両膝のあいだに挟み牝狼を自分のほうへ引き寄せた。牝狼は身をよじり足をふんばったがやがて彼は首の輪縄をつかみ拳に一回巻きつけて道端の草むらに狼をむりやり臥せさせて背中に跨がった。体を抑えておくので精一杯だった。水筒を肩からはずし口でキャップを取った。馬が足踏みを始めたのでそれに声をかけてから牝狼の口にくわえさせた枝の端をつかみ頭を自分の片膝に押しつけてゆっくりと口の横から水を流しこんだ。牝狼はじっとしていた。目が動きを止めた。やがて牝狼は水を飲み始めた。

　水はほとんど地面にこぼれ落ちたがそれでも彼は緑色の枝を伝わせて歯のあいだから少しずつ注ぎこんだ。水筒が空になって枝から手を離すと牝狼はおとなしく臥せったまま息を整えていた。彼は立ちあがって後ろに下がったが牝狼は動かなかった。鎖のついたキャップをひょいと振りあげて手にとり水筒の口にねじこむと馬の処へ戻って水筒を鞍袋にぶら下げ牝狼を振り返った。牝狼は立ってじっとこちらを見ていた。彼は馬に跨がり脇腹を軽く蹴って前に進ませた。振り向くと縄の端に繋がれた牝狼はぎくしゃくした足取りでついてきた。彼が馬を止めると牝狼も止まった。一時間ほど道を進んだところで彼は馬を止めてしばらくじっとしていた。ロバートソンの牧場の柵の処へきていた。このまま北に一時間ほどいけばクローヴァーデイルの町。南には平原が広がっている。黄色い草が風に吹かれて片側になびき陽の光が辺り一面に降り注ぎ空で雲が流れている。馬が首を振り足踏みをしてまた動きを止めた。くそ、と少年はいった。くそったれめ。

　彼は馬の向きを変えて側溝のなかに入りその向こう側の南のメキシコの山並までずっと続いている広々とした平原にあがった。

　昼過ぎにビリーはグワドループ山脈の東端の低い峠を越えて広い谷間の平原におりていった。遠くのほうに馬に乗った人間が何人か見えたが彼らはどんどん先へいってしまった。

午後遅く火成岩の地盤の上に盛りあがったいくつもの低い円錐形の丘のあいだを通り抜けその一時間後この国で最後に目にする柵の処へきた。

柵は東西に走っていた。その向こう側には細い土の道が一本ついていた。ビリーは馬の首を東に向けて柵沿いに歩かせた。柵のこちら側の際にも牛の通り道がついていたが狼が鉄条網の下をくぐらないようにそこから縄の長さ分だけ離れて進みやがて牧場の家へやってきた。

ビリーは土地がわずかに盛りあがっている場所で馬を止め家の様子をうかがった。だが狼を繋いでおける場所がないのでまた馬を進めた。門の手前で馬からおり支柱に巻きつけてある鎖をはずして門を開き馬と狼を引いてなかに入って門を閉めるとまた馬に乗った。狼は背を弓なりに迫りあげ全身を逆さにしごかれたように逆毛を立ててビリーが馬を前に進めると足をふんばったまままずるずると引かれた。ビリーは振り返って狼を見た。もしおれがこの家の牛を食ったことがあるとしたら、と彼はいった。やっぱり訪ねていくのは嫌だろうよ。

また馬を歩かせる前に家のほうから大きな唸り声がしたのでそちらを見ると大型の猟犬が三頭地を這うように身を低くして凄まじい速さでこちらに駆けてきた。

くそったれ、とビリーはつぶやいた。

馬からおりて手綱を柵のいちばん上の有刺鉄線に巻きつけると鞘からライフルを抜い

た。バードは目をぎょろぎょろ動かし激しく足を踏み鳴らした。狼は尻尾を立て毛を逆立てたままじっと動かない。向きを変えた馬が手綱を引っ張り鉄条網をたわませた。犬のわめく声のなかで有刺鉄線をとめた釘が一本抜ける音が聞こえたとき、ビリーは馬が狼を引きずって平原を全速力で駆け出しあとを犬の群れが猛然と追う悪夢のような光景を脳裏にぱっと浮かべて、鞍の角に引っかけた縄をはずしたちょうどそのとき手綱が有刺鉄線からはずれて馬が走り出し、ライフルと狼を繋いだ縄を手にしたビリーが振り返ると不意に狂ったような咆哮と歯と三白眼に取り巻かれていた。

ビリーは狼を腿に引きつけ土埃を蹴あげながらまわりをぐるぐる回る犬の群れに怒鳴り声を浴びせライフルの銃身を振り立てて追い払おうとした。二匹は首輪から切れた鎖を引き残りの一匹は首輪をしていない。阿鼻叫喚のなかでビリーの腿に狼が感電したようにぶるぶる震えその心臓が激しく打っているのが伝わってきた。

まわりを駆け回り吼え立てはしても牧場で飼われている犬である以上たとえ狼であれ人間が連れている動物に襲いかかることはないのをビリーは知っていた。ビリーは犬たちの動きにあわせて自分も回り一頭の犬の耳の辺りをライフルの銃身で殴りつけた。いけ、と彼は叫んだ。あっちへいけ。家から二人の男が出てきて小走りにやってきた。

男たちが犬の名を呼ぶと二匹はその場に立ち止まり男たちを見返った。三匹目は背中を迫りあげたと思うと素早く斜めに切りこんできて狼に歯を突き立て、ぱっと飛びすさって唸り声をあげた。男のひとりは襟からナプキンを垂らした格好で荒い息をついていた。こらジュリー、と男は怒鳴った。やめろ。くそったれが。棒か何か持ってこい、R・L。まったくもう。

若いほうの男は留め金をはずしてベルトをするりとズボンから抜きぶんぶん振り回し始めた。たちまち犬たちは鼻声を出しながらビリーと狼から離れた。年嵩の男は立ち止まって両手を腰にあて息を整えた。そしてビリーのほうを向いた。ナプキンに気づくと襟からむしり取ってそれで額を拭いズボンの尻ポケットへ突っこんだ。一体ここで何やってるんだ？　と男はきいた。

おれの狼を犬から守ろうとしてるんだ。

利いたふうな口をきくんじゃない。

そうじゃない。この柵にいき当たったんで門を捜しにきただけだ。こんな大騒ぎになるとは思わなかった。

どうなると思ってたんだ？

犬がいるとは知らなかった。

何いってやがる、家は見えたんだろう？

ああ。

男は目を細めてビリーを見た。あんた、ウィル・パーハムの息子だな。そうだろ？

ああ。

名前はなんてんだ？

ビリー・パーハム。

なあビリー、馬鹿なこと訊くと思うかもしれんが、そんなものを連れていったい何してるんだ？

捕まえたんだ。

そりゃそうだろうな。口に枝を嚙まされてんだから。そいつを連れてどこへいこうってんだ？

家へ帰るつもりだった。

そうじゃないだろう。あっちのほうへいこうとしてたぞ。

家へ連れていくつもりだったけど気が変わったんだ。

どう変わったんだ？

ビリーは答えなかった。犬たちは背中の毛を逆立てていったりきたりしていた。

R・L、犬を連れてって繫いどけ。母ちゃんにはすぐ戻るといっといてくれ。

男はまたビリーのほうを向いた。馬はどうやって連れ戻す気だ？

追っかけていくよ。

柵は二マイル先だぞ。

ビリーは狼を抑えたままじっと立っていた。馬が逃げていった道の先へ目をやった。

そいつはおとなしくトラックに乗るのか？　と男がきいた。

ビリーは怪訝《けげん》そうな顔で相手を見た。

おい、と男はいった。よく聞いてろよ。R・L、この坊主をトラックに乗せて馬を捕まえにいってくれんか？

いいよ。捕まえにくい馬かな？

あんたの馬は捕まえにくいか？　と男がきいた。

いや。

捕まえにくくないとさ。

まあその子が自分で運転していくか、おれがひとりで捕まえてくるかだな。

おまえ、狼を車に乗せていくのが嫌なんだろ、と男がいった。

嫌じゃないよ。乗せてくつもりがないだけだ。

おれがいおうと思ったのは、荷台だと飛びおりるかもしれんから狼は助手席へ乗せてこの坊主を荷台に乗せたらどうかってことだがな。

R・Lは二頭の犬の鎖ともう一頭の首に巻いたベルトの端を握っていた。おれが狼を助手席に乗せてトラックを運転してるとこが目に浮かぶね、と彼はいった。目の前に見てるみたいにはっきりとね。

年嵩の男はじっと狼を見つめていた。頭に手をやって帽子をかぶり直そうとしたが帽子はかぶっていなかったので代わりに頭を掻いた。それからビリーのほうを向いた。この近所にいる頭のおかしな連中のことはみんな知ってると思ってたよ、と男はいった。しかしこの辺もだいぶ人が増えてきたからな。近所のことがどうなってるのか知識が追いつかん。夕飯はもう食ったか？

いや。

じゃ、うちで食っていけ。

こいつはどうしたらいいかな？

こいつ？

この狼。

ま、あんたが食い終わるまで台所で寝ててもらうかな。

台所で？

冗談だよ、冗談。そいつを家に入れたりしたら女房の悲鳴がアルバカーキまで聞こえるだろうよ。

でも外には繋いどきたくないな。何かに襲われるかもしれない。

分かってるよ。さあ、きな。おれだってそいつを誰にも見られたくない。見られた日にゃ近所の連中がおれを網で捕まえにくるだろうからな。

二人は狼を薫製小屋に入れてから台所のほうへ向かった。男はビリーの持っているライフルに目をやったが何もいわなかった。台所の勝手口までくるとビリーはライフルを家の外壁に立てかけ男は扉を開けて押さえておきビリーをなかに入れてから自分も入った。なかにいた女が調理用ストーブの上で温めておいた夕食をまたテーブルに並べビリーにも食器類を出してくれた。外でR・Lがトラックのエンジンをかける音がした。マッシュポテトの椀に隠元豆《いんげんまめ》の椀、それに揚げた肉の大皿が回された。自分の皿にたっぷり盛りつけるとビリーは顔をあげて男を見た。男はビリーの皿へ顎をしゃくった。

もうお祈りはすませたよ、と男はいった。自分でもお祈りしたいのならべつだが、そうでなかったら食い始めるといい。

はい。

三人は食べ始めた。

母ちゃん、と男はいった。あの狼を連れてどこへいくつもりなのか、ちょっとこのひとに訊いてみてくれんか。

いいたくないことはいわなくていいのよ、と女はいった。

メキシコへ連れていくんです。

男はバターに手を伸ばした。ふうん、と男はいった。そいつはいい考えかもしれないな。

メキシコへ連れてって放してやるつもりなんだ。

男はうなずいた。放してやる、か。

そう。

どこかに仔がいるんじゃないのか？

いや。まだ産んでない。

確かかね？

ああ。これから産むんです。

メキシコ人に何の恨みがあるんだね？

恨みなんかありません。

狼を連れてってやったら喜ぶかもしれないとでも思ってるのか。

ビリーはステーキを切りフォークで口に運んだ。男がじっと見つめている。

メキシコじゃ、ガラガラ蛇にいくら賞金を出すと思う？

あの狼は誰にも渡すつもりはないんです。ただ連れてって放してやりたいだけで。あいつはメキシコからきたんです。

男はナイフでスコーンの縁に沿って丁寧にバターを塗った。それから剝がしていたてっぺんの部分を戻して少年を見た。

あんただいぶ変わってるな、と男はいった。自分で分かってるかね？

いや。おれはみんなと同じだと思うけど。

いや、変わってるよ。

そうかもしれない。

なあ、おい。ひょっとして国境のすぐ向こうで捨ててくるつもりなんじゃないのか？

もしそうなら、おれはライフルを持ってあんたのあとをつけなくちゃいけないんだが。

山へ連れ戻してやるつもりなんです。

山へ連れ戻してやる、か。男は吟味《ぎんみ》するようにしばらくスコーンを見つめてからゆっくりと嚙った。

あなたの家族はどこの人たちなの？　と女がきいた。

チャーカス山の近くに住んでるんです。

その前はどこにいたかってことだよ、と男がいった。

グラント郡。デ・バーカって町です。

男はうなずいた。

こっちへきてもうだいぶになるんです。

だいぶってどのくらいだね？

もうすぐ十年。

十年か、と男はいった。光陰矢のごとしだな？

さあどんどん食べなさい、と女がいった。このひとには構わないでいいから。

三人は食べた。しばらくしてトラックがやってきて台所の外を通り過ぎる音が聞こえると女は立ちあがりストーブに載せたR・Lの皿を取りにいった。

食事を終えて外に出るとすでに肌寒い夕方が訪れており陽は西の山の端に近づいていた。バードは無口頭絡をつけられて門に繋がれ馬勒《ばろく》は鞍の角に引っかけてあった。女は台所の勝手口に立ちビリーと牧場主が薫製小屋へいくのを見ていた。

扉は気をつけて開けようぜ、と男はいった。口の縄がはずれてた日にゃ鰐《わに》と一緒に風呂桶へ入るほうがましだからな。

ええ、とビリーはいった。

男が鍵のかかっていない南京錠を掛け金からはずすとビリーは注意深く扉を押した。牝狼は奥の隅に立っていた。陽干し煉瓦の小屋には窓はなく入りこんできた光に狼は目をしばたたかせた。

大丈夫だ、とビリーはいった。

彼は扉を大きく押し開いた。

可哀相に、と女がいった。

牧場主はゆっくりと振り返った。ジェイン・エレン。何しにきたんだい？

足のけががひどいじゃないの。ハイメを呼んでくるわ。

何だって？

ちょっと待っててちょうだい。

女は歩み去った。途中で肩にかけたコートを手に取って羽織った。牧場主は戸口に寄りかかって首を振った。

どこへいったんです？　とビリーがきいた。

またひとり頭がおかしくなっちまった。妙な病気が流行ってるのかね。

男が煙草を一本巻くあいだビリーは狼のそばへいって縄をつかみ、しゃがんだ。

煙草はやらないよな？　と男がきいた。

ええ。

そりゃいい。覚えないほうがいいぞ。

男は煙草を吸った。そして少年を見た。売るとしたらいくらで売る？

売るつもりはないですよ。

売るとしたらいくらだい？

金なんかとらない。売り物じゃないから。

女が緑色の小さなブリキの金庫を小脇に抱えた齢とったメキシコ人を連れて戻ってきた。

老人はかぶっている帽子をちょっと触って牧場主に挨拶すると燻製小屋に入りあとに女が続いた。女は清潔な布を何枚か持っていた。老人はまた軽く帽子に触ってビリーにうなずきかけると狼の前で両膝をついてじっと見つめた。

抑えてくれるかね？《プエデ・デテネルラ》 と老人がきいた。

ああ《シ》、とビリーは答えた。

もっと明かりがいる？《ネセシタス・マス・ルス》 と女がきいた。

ええ《シ》、とメキシコ人の老人が答えた。

牧場主は小屋から出て煙草を捨て火を踏み消した。狼が戸口のほうへ引き出されビリーが抑えているあいだに老人が狼の前足を手に取って傷を調べた。女が金庫を床に置いて蓋を開け瓶に入ったアメリカマンサクのエキスを布の一枚に染みこませた。女がそれを老人に渡すと老人はビリーを見た。

用意はいいかね《エスタス・リスト》、お若いの《ホーベン》？

ああいいよ《リスト》。

ビリーは狼の首を抱えこんだ両腕に力をこめ直し両脚を狼の体に巻きつけた。老人は狼の前足をつかんで傷口を拭き始めた。

牝狼は喉を絞められたような呻き声をあげ少年に抑えこまれた体をよじらせながら後ろに下がろうとし前足を老人の手からさっと引き抜いた。

もういっぺんだ《オトラ・ベス》、と老人がいった。

二人はまたやり直した。

この二回目のときは牝狼はビリーを引きずって小屋のなかを歩き老人は急いで後ろに下

がった。女はそれより早く遠ざかっていた。狼は立ちあがって歯のあいだから涎を噴き出したり引っこめたりしビリーは床に倒れたまま両腕でその首にかじりついていた。庭でまた一本煙草を巻こうとしていた牧場主は煙草の袋をシャツのポケットに戻し帽子をかぶり直した。

ちょっと待ってろ、と牧場主はいった。くそ。待ってろよ。

彼は小屋に入ってくると狼の首に巻いた縄の端をつかみ掌に巻きつけた。

狼に応急手当てをしたなんて人に知れたら、おれはもうこの郡で生きていけなくなっちまう、と彼はいった。ようし。さあいいぞ。始めてくれ《アンダレ》。

彼らは暮れ残る陽のなかで手当てをすませた。メキシコ人の老人はぺろりと剝けた皮を元の場所に戻して止血鉗子《しけつかんし》でとめ短い曲がった針で丁寧に傷を縫い合わせ、それが終わるとコロナ軟膏を塗り布を巻いてその端を結んだ。いつの間にかR・Lも戸口へやってきて楊枝で歯をせせりながら見物していた。

水はやったの？　と女がきいた。

ええ。でも飲むのが難しいみたいだ。

その口輪をはずしたら咬まれるだろうしね。

牧場主は狼をまたぎ越して小屋から出た。咬まれるだって？　と彼はいった。いやはや。

三十分後にビリーが出発したときには辺りは真っ暗になっていた。罠は牧場主に預かってもらい、持たせてもらった大きな弁当の布包みや手当てに使った布の残りやコロナ軟膏の瓶を鞍袋に入れ、鞍の後ろには巻いた古いサルティーヨ毛布をくくりつけていた。馬の切れた手綱には新しい革紐が継ぎ足され狼は牧場主の名とRFD（地方地区無料郵便配達の略）の番号とクローヴァーディルN・M（ニュー・メキシコの略）の文字が記された真鍮のプレートがついた犬用の革の首輪をつけられていた。送ってきた牧場主が鎖をはずして門を開くとビリーは馬の口を引き狼をあとに従えて門をくぐり馬に跨がった。

気をつけていきな、と牧場主はいった。

ええ。そうします。どうもありがとう。

ここへ引き止めとこうとも思ったんだ。親父さんに連絡しようとな。

ええ。あなたがそう思ったのは知ってますよ。

あんたをいかせたと知れたら親父さんに鞭《むち》でぶっ叩かれるかもな。

そんなことないです。

まあ追いはぎには気をつけろよ。

はい。そうします。おばさんにもよろしく。

牧場主はうなずいた。少年は片手をあげて挨拶すると手綱を引いて馬の向きを変えぎくしゃくした足取りの狼を引き連れて闇を濃くしていく平原を渡り始めた。牧場主は門のそばに立って見送った。南には黒ぐろとした山並が立ちはだかりしゃがんでもビリーたちが空を背景に浮かびあがることはなくやがて馬も乗り手も迫りくる夜のなかに呑みこまれた。風の吹きすさぶ荒野に最後まで牧場主の目に映っていたのは寒さを募らせていく闇のなかに薄ぼんやりとした精霊《ジン》（人や動物の姿で現れ超自然的な働きをするイスラム神話の精霊）のような奇怪な姿でひょこひょこと歩いていく狼の前足の白い布だった。やがてその布も消えると牧場主は門を閉ざして家のほうへ向かっていった。

ビリーたちは深い夕闇に包まれて低い外輪山に囲まれた広い火山の平原を渡っていった。外輪山は紺色の闇のなかに濃紺の影を描き馬の丸い蹄は不毛の土地の上で響きのない音を立てた。東のほうから夜の帳がおり始め暗闇が彼らの上に覆いかぶさってきて急に辺りの空気を冷やし、しんと静止させ、さらに西へと進んでいった。あたかも暗闇は、かつて人々がそう信じたような、また再びそう信じるようになるかもしれないような、西のほうへ急ぎ足で駆けていくそれ自体魂を持った太陽の暗殺者であるかのようだった。死にゆく陽の光の最後の名残りのなかで人と狼と馬は平地から高台へと登り風に浸食された低い丘の中腹を進み、柵を越えあるいはもと柵があった場所を越えていったが、その柵の有刺鉄線はだらりと地面に垂れからみ合い支柱から引き離され、その枝葉を切り落としたメスキート（豆科の低木）の支柱は背をかがめ身をよじった儀仗兵のように一列縦隊で夜のなかへさまよいこんでいた。闇に包まれた峠に差しかかるとビリーは馬を止め遥か南のメキシコの平原の上で閃いている稲妻を眺めた。木々の葉をやわらかくそよがせて吹き抜ける風のなかには霙《みぞれ》が混じっていた。ビリーは峠の南の涸れ谷におりて風が避けられる場所を野営地に決め木切れを集め火を起こし狼に飲みたいだけ水を飲ませた。狼をヒロハハコヤナギの白っぽい枝に繋ぎ馬の背から鞍をおろして縄で足かせをする。それから毛布を広げて肩に羽織り鞍袋を持って焚き火のそばへいき腰をおろした。狼は地面に腹這い火を映して真っ赤に燃えている強情そうな目でじっとビリーを見据えていた。ときおり歯で前足に巻かれた布をはずそうとしたが口に嚙まされた木の枝に妨げられてうまくいかなかった。

ビリーは鞍袋から白いパンにステーキを挟んだサンドイッチの包みを取り出し包みをほどいて食べた。焚き火の小さな炎は風に吹かれて縦横になびき暗闇から斜めに降ってきた霙が炭の上に落ちて鋭い音をたてた。ビリーは食べながら牝狼をじっと見つめた。牝狼は両耳をぴんと立て顔をそむけて夜の闇へ目を向けたが何かそこを通ったものがいたとしてもそれはすぐに通り過ぎてしまい、やがて狼は立ちあがって自分の意志で選んで踏んでいるのではない地面を暗鬱な目で見おろしその場で三度回ってからまた焚き火のほうを向いて体を丸めて臥せ尾で鼻を覆った。

あまりの寒さにビリーはずっと起きていた。ときおり腰をあげて薪をくべ足したがいつ見ても狼はじっとこちらに目を据えていた。炎が高くなると狼の目は別の世界への入口を示す門灯のように燃えあがった。その世界は測り知れない空無の岸辺で燃えていた。その世界は血と血のなかに含まれる万物溶化液（錬金術師が発見しようとした物質）と血の核と外殻から成り立っていたがそれというのも時々刻々世界をむさぼり食おうと脅かす空無に抗って響き渡る力を持つものは血以外にないからだった。ビリーは毛布にくるまって狼をじっと見つめた。この狼の目とそれが証人となっているひとつの国家が遂に消滅しその威厳が起源に返されてしまったときにも、あるいは別の火が燃え別の証人が立ち別の眺められ方をする諸世界が存在することになるのかもしれない。だがそれは今存在するこの世界とは違ったものであるだろう。

　ひどく寒かったが夜明け前の何時間かをビリーは眠った。灰色の薄明かりのなかで彼は立ちあがり毛布をしっかりと体に巻きつけ直すとしゃがみこんで焚き火の死んだ灰に命の息を吹きこんだ。彼は東の空の陽の出が見られる場所まで歩いていった。荒野の上の無色の空に斑入りのちぎれ雲がひとつ浮かんでいた。風は静まり静寂の夜明けが訪れつつあった。

　ビリーが水筒を手に近づいても牝狼は背をしならせあるいは迫りあげて威嚇することはなかった。彼の手が触れると狼は横にじりっと避けた。首輪をつかんで狼を地面に押しつけ歯のあいだからちょろちょろと水を流しこむと喉がごくりと動き吊りあがった冷たい目が彼の手を見つめる。彼がもう一方の手を狼の顎の向こう側にあてがいこぼれ落ちるのを防ぎながら飲ませる水筒の水を狼はすっかり飲み干した。彼は坐って狼の体をさすった。

それから手を腹の下へ伸ばした。牝狼は身悶えして目を激しく動かした。彼は低い声で狼に話しかけた。掌を毛の生えていない温かい乳首にあてがった。彼はしばらくそうしていた。やがて何かが動く感触が伝わってきた。

谷間を南へ渡っていくと朝陽を受けた草地が金色に輝いていた。東に半マイルほど離れた平原では羚羊の群れが草を食べていた。ビリーは牝狼がその群れに気づいただろうかと振り返ってみたが気づいた様子はなかった。狼は前足を引き引き馬のあとから犬のように一定の歩調でついてきたがこんな風にして彼らは昼ごろ国境線を越えてメキシコのソノーラ州の、あとにしてきた国とは地続きでありながらがらりと景観の異なるまったく異質な土地へと足を踏み入れた。ビリーは馬を止めて赤い地肌の丘を眺め渡した。東に目をやると国境の目印に建てられているコンクリートのオベリスクのひとつが見えた。この荒涼たる風景のなかでその塔は何か失敗に終わった遠征の記念碑のように見えた。

二時間後彼らは谷間の平原を離れて低い丘陵地帯に入った。草やオコティーヨ（赤い花の咲く刺の多い低木）がまばらに生えていた。前方を数頭の痩せた牛が小走りに歩いていた。まもなく彼らはカホン・ボニータという南へ向かう主要な山道にいきあたりそれをたどり始めて一時間後に道沿いの小さな牧場へやってきた。

ビリーは馬を止め縄をたぐって狼をそばまで引き寄せると家のほうへ声をかけ犬が出てくるかと待ち構えたが出てこなかった。彼はゆっくりと馬を進めた。崩れかけた陽干し煉瓦の家が三棟ありなかの一棟の戸口にぼろを着た男がひとり立っていた。もう使われなくなった昔の馬を替える中継駅らしかった。ビリーは男の前で馬を止めると両手の手首を交差させて鞍の前橋に載せた。

どこへいくんだね《アドンデ・バ》？　と男がきいてきた。

山へいくんだ《ア・ラス・モンターニャス》。

男はうなずいた。シャツの袖で鼻を拭き首をめぐらしてその山のほうを見やった。その山のことなど今までまともに考えてみたこともなかったという風だった。男はビリーに目をやり馬に目をやり狼に目をやってまたビリーに目を戻した。

あんた猟師かい《エス・カサドール・ウステ》？

ああ《シ》。

へええ《ブエノ》、と男はいった。そうかい《ブエノ》。

陽は照っているものの肌寒い日だったが男は半ば裸に近い格好で三軒の家のどれからも煙はあがっていなかった。男は狼を見た。

その猟犬はあんたのかい《エス・ブエナ・カサドーラ・ス・ペーラ》？

ビリーも狼に目をやった。ああ《シ》。狩りの腕はいいよ《メホール・ノ・アイ》。

暴れないか《エス・フェロース》？

ときどきね《ア・ベセス》。

　そうか《ブエノ》、と男はいった。そうか《ブエノ》。男はビリーに煙草は持っていないか、コーヒーは、肉はと尋ねた。ビリーがどれも持っていないと答えると男はないものは仕方がないと諦めたようだった。男は戸口に寄りかかったまま地面を見つめていた。しばらくしてビリーは男が何事か考えこんでいることに気がついた。

　さてと《ブエノ》、とビリーはいった。それじゃさようなら《アスタ・ルエーゴ》。

　男はさっと片手をあげた。ぼろ服の破れた布がゆらゆら揺れた。じゃあな《アンダレ》。

　ビリーは先へ進んだ。振り返ると男はまだ同じ処に立っていた。次は誰がやってくるかと窺うような目を道に向けていた。

　午後遅く馬からおりて水筒を手に牝狼のほうへ近づいていくと狼はサーカスの動物のようにゆっくりと地面に体をおろし横向きに寝て彼がくるのを待った。黄色い目がこちらを凝視し耳が弧を描いて小さく動いていた。狼が今日どのくらいの水を飲んだのか今どのくらい必要としているのかビリーには分からなかった。しゃがんで水を歯のあいだから小出しに注ぎながら狼の目を覗きこんだ。口の隅に垂れた肉襞に手を触れた。音の世界が流れこむ血管の透けたびろうどを張ったような穴をしげしげと眺めた。彼は狼に話しかけた。道端で草を食べていた馬が頭をもたげて彼のほうを振り向いた。

　彼らはまた先へ進んだ。起伏する荒涼とした丘陵の稜線をたどる道は旅人が通る道と思われるのに人の姿はまったく見えなかった。道沿いの斜面にはアカシアや矮性樫の繁みがあった。広い谷間には柏槙が群生していた。夕方一匹の兎が百フィートほど先の道の真ん中に現れるとビリーは馬を止めて指を二本口に入れ鋭く口笛を吹いて兎を金縛りにし馬からおりるのと一続きの動作で鞘からライフルを抜き撃鉄をあげ銃身を持ちあげて撃った。

　怯えて動揺する馬を宙に振り回されている手綱をつかんで回れ右をさせ、鎮めた。狼は道端の草むらのなかに潜りこんでいた。ビリーはライフルを腰の高さにおろしてレバーを前に動かし飛び出した空薬莢を掌で受けとめてポケットに入れ、レバーを戻して新しい弾を薬室に送りこむと親指で撃鉄をそっとおろし、狼を繋いだ縄を鞍の角からはずし手綱を地面に落として道を少し引き返し狼の様子を見にいった。

　牝狼は逃げこもうとした丈の低いねじれた柏槙のすぐ手前の草むらで震えていた。ビリーが近づいていくとぱっと立ちあがり縄を激しく引いた。ビリーはライフルを木の幹に立てかけ縄をたぐって狼を引き寄せ両腕で肩を抱えて話しかけたが狼は鎮まらず震えるのをやめなかった。しばらくして彼はライフルをとり馬の処へ戻って鞘にライフルを差し兎を取りにいった。

　道の真ん中にライフルの弾がつけた筋が長く走っており兎は草の繁みに引っかかって灰色の縄がもつれたような腸を腹からぶら下げていた。ほとんど二つにちぎれたその体を両手ですくいあげるとふわふわして温かく頭がだらりと垂れたが、それを持って木立に入り松の風倒木を見つけた。剥がれかけた樹皮をブーツの踵でこそげ落とし木肌をこすり息を吹きかけてきれいにするとその上へ兎を横たえナイフを取り出して木に跨がり皮を剝ぎ臓物を抜き頭と脚を切り落とす。肝臓と心臓を賽《さい》の目に切りそれをじっと眺めた。たいした量はなかった。枯れ草で手を拭きまた兎をつかんで背中と腿の肉を細長くそぎ取り、これも賽の目に切って臓物と合わせて一つかみほどになるとそれを兎の皮で包みナイフの刃を閉じた。

ビリーは道に戻って残った兎の骨つきの肉を松の木切れにナイフで固定してから狼が寝そべっている処へいった。しゃがんで片手を差し出したが狼は後ろに下がった。彼は兎の肝臓の小さな塊を手に取って差し出した。狼はそっと匂いを嗅いだ。ビリーは狼の目を覗きこみ何を考えているか読み取ろうとした。革でできているような鼻をじっと見つめた。狼は首を横に向けもう一度彼が肝臓を差し出すと後ずさりしようとした。

まだそんなに腹が減ってないのか、とビリーはいった。それともいつまでもそんな風にしてるつもりか。

その夜ビリーは風の吹きつける稜線から少しおりた狭い湿った草地で野営し兎の肉にパロヴァーディの枝を刺して火にかざしてから馬と狼の世話をしにいった。近づいていくと狼は立ちあがったがまずビリーが見てとったのは前足の布がなくなっていることだった。次いで口にかませた枝がなくなっているのにも気がついた。それから口を縛っていた縄がはずされているのにも気がついた。

牝狼は背中の毛を逆立てまっすぐこちらを向いて立っていた。首輪から垂れてくねくねと地面を這っている投げ縄は嚙んだ処がささくれて濡れていた。

ビリーは足を止めてその場にじっと立った。それから縄に沿って馬の処まで後ずさりして鞍の角の結び目を解いた。狼からは一時も目を離さなかった。

彼ははずした縄を握り狼のまわりを回るように横に移動した。狼もそれに合わせて向きを変えながらじっと彼を見つめた。彼は低い松の木を狼と自分のあいだに入れた。さりげなく動こうと努めたが意図はすべて筒抜けのような気がした。縄を松の上のほうの枝に引っかけてまたその端をつかみ後ろに下がってぐいと引いた。ゆるんでいた縄が伸びて草や散り敷いた松葉の上から持ちあがり狼の首輪をぴんと引っ張った。狼は頭を低くして引かれた方向へついてきた。

狼が松の枝の下までくるとビリーは狼の前足が地面から離れる寸前まで縄を引いてから少しゆるめてそばの細い木の幹にくくりつけじっと狼を見つめた。狼は歯を剝き体の向きを変えて移動しようとしたができなかった。どうしようかと迷っている風だ。やがて狼は傷ついた前足を持ちあげて舐め始めた。

ビリーは焚き火の処へ戻って集めた木切れを全部くべた。それから水筒を手にとり鞍袋から残ったサンドイッチのひとつを取り出して包み紙をはがし、その包み紙と水筒を持って狼の処へ戻った。

狼の視線を浴びながらビリーは柔らかい草地に浅い穴を掘りブーツの踵で底を平らにならした。それから紙を穴の上に広げ縁に石くれを一個置いて重しにすると水筒の水を紙の窪みへたっぷり注いだ。

縄を木の幹からはずし繰り出してゆるめながら後ろに下がる。狼は立ってじっと彼を見つめていた。彼はさらに何歩か後ずさりして縄を握ったまま地面にしゃがんだ。狼は焚き火を見てからビリーを見た。それからその場にうずくまり縛られていたためにひりひりする口のまわりを舐めた。ビリーは腰をあげて穴の処へいき水を注ぎ足して手で掻き回した。それから水筒に栓をし水をためた窪みのそばにその水筒を立て、後ろに下がってしゃがんだ。ビリーと狼はじっと見つめ合った。辺りはほとんど真っ暗だった。狼は立ちあがり鼻を小刻みに動かして空気の匂いを確かめた。それからゆっくりと前に出てきた。

窪みの処へくると狼はおずおずと水の匂いを嗅ぎ頭をもたげてビリーを見た。それからまた焚き火に目をやりその向こうに暗い形を浮かせている馬を見た。狼の目は炎を映して燃えていた。狼は鼻面を下げて水の匂いを嗅いだ。目は一時もビリーから離さず炎も絶やさず、水を飲もうと頭を下げていくとその目が暗い水の面に映りまるでこの牝狼の分身の目のように上にあがってきたが、その分身はこの大地のなかに住んでいるか、あるいはこんな偽の水溜まりも含めたあらゆる秘密の場所に潜んでいるのであり、牝狼はいつでもその分身がいることを確かめることができるし、その分身がこの世界で完全に打ち棄てられてしまうことは決してないのだった。

ビリーは縄を両手で握ってしゃがんだままじっと牝狼を見つめていた。そうしている彼は何か自分では使い方のよく分からないものの保管を任された男のようだった。水を全部飲み終えた狼は口のまわりを舐めビリーに目をやってから身を前に乗り出し水筒の匂いを嗅いだ。水筒が倒れるとぱっと後ろに飛びすさり木の下まで退却して坐りこみまた前足を舐め始めた。

ビリーは縄をぴんと張ってまた細い木の幹にくくりつけ焚き火の処へ戻った。串刺しにした兎をひっくり返し肉と臓物を包んだ皮を拾いあげて狼の目の前へ持っていきゆらゆら揺らした。それから皮を地面の上で広げ縄の端を木からはずし長く繰り出しながら後ろへ下がった。

ビリーは狼をじっと見つめた。

狼は前に身を乗り出して空気の匂いを嗅いだ。

兎だよ、とビリーはいった。おまえ兎なんか食ったことないんだろうな。

狼が前へ進み出てくるかどうかしばらく様子を見たが狼は動かなかった。彼は焚き火の煙で風向きを確かめてから皮を包み直して手に持ち狼の風上へ移動して片方の手で縄を握りながらもう片方の手で皮の包みをぶらぶらさせた。それから包みを地面に置いて広げ後ろに下がったがやはり狼は動かなかった。

ビリーはまた前と同じように細い木の幹に縄の端をくくりつけてから焚き火の処へ戻った。木の枝に刺した兎の肉は半面が焦げ半面が生焼けだったが彼は坐ってそれを食べ、それからズボンのベルトと鞍の汚れよけの縁を切り取ってつくった二本の革紐をナイフで細工して口輪をつくった。何本かに切ったベルトに切れ目を入れ革紐で継ぎ合わせる作業をしながら時おり狼の様子を窺うと狼は木の下に体を丸くして寝そべりその首から木の枝へ焚き火に照らされた縄が垂直に伸びていた。

おれが寝ちまうのを待って逃げられるかどうかやってみるつもりだろ、とビリーはいった。

狼は頭をもたげて彼を見た。

そうだよ、とビリーはいった。おまえにいってるんだよ。

口輪ができると矯《た》め眇《すが》めつ調べ留め金をとめてみた。なかなかの出来栄えだった。ナイフをたたみ口輪を尻のポケットへ突っこむと鞍袋に残っている牛に足かせをするための短い縄を全部取り出してズボンのベルト通しにぶら下げ馬の前足を縛った縄をほどいてもうひとつの尻ポケットへ入れた。それから縄をくくりつけた木の処へいった。狼は立ちあがって次の事態を待った。

ビリーはゆっくりと狼の首輪につないだ縄を引いた。狼は縄を前足でまさぐり歯を当てて咬み切ろうとした。ビリーは狼に話しかけて落ち着かせようとしたが駄目だったのでさらに縄を引いて木に一重結びでくくりつけると、狼は首を吊られたような立ち姿になり頭がほとんど枝に着きそうになった。ビリーは地面に臥せ後足立ちでもがいている狼のそばへ這い寄って両方の後足を短い縄の一本で縛ると、木にくくりつけた結び目から長く伸びている投げ縄の端を足かせの縄に結びつけ、脇へ転がって立ちあがり後ろに下がった。彼は木の幹から投げ縄をはずし首輪につながったほうを片手でゆるめながらもう片方の手で狼の後足にくくりつけた縄をつかんで自分のほうへ引き寄せた。こんなところをひとに見られたら、とビリーは狼にいった。おれはとっ捕まって瘋癲病院へ放りこまれちまうだろうよ。

狼の体が地面の上で伸びきるとビリーはズボンのベルト通しからもう一本の短い縄を取って狼の後足を先ほどから支柱に使っていたバンクス松の細い幹にくくりつけ次いで投げ縄の端を後足からはずして巻き取り肩にかけた。縄がゆるんだのを感じ取った狼は身をよじりながら立ちあがり後足を縛った縄に咬みついた。ビリーはまた投げ縄を引き絞って狼の動きを封じ大きく狼を迂回しながら縄を引っかけた枝の下までいった。それから縄をゆるめて枝からはずし後ろに下がって狼の体を地面に長く伸ばした。

おまえ、おれに殺されると思ってるだろ、と彼はいった。でもそうじゃないぜ。

彼は投げ縄を別のバンクス松の幹にくくりつけズボンのベルト通しから短い縄を取って二本の縄のあいだで長く伸ばされた体を震わせ喘いでいる狼に近づいた。彼は手にした短い縄の先を輪にして狼の鼻面へ引っかけようとした。二度目に投げたとき狼が輪縄をくわえた。彼は狼のそばに立ち相手が輪縄を離すのを待った。黄色い目がじっと彼を見つめている。

離せ、と彼はいった。

輪縄の端をつかんで引っ張った。

おい、と彼はいった。妙な真似して困らせるなよ。それから狼に話しかけるのではなく独り言をいった。こいつに捕まったら、ベルトの留め金まで食われちまうだろうな。

狼が輪縄を離しそうにないのを見てとると彼は首輪に繋いだ縄をつかんで狼の息が詰まるまで引いた。それから手を伸ばしてくわえこまれた縄の端をつかみ首輪の縄を強く引きながら輪縄を口からはずして鼻面にかけ引き絞ってから三度巻きつけて一重の結び目をつくり首輪の縄を離した。彼は後ろに下がって地面にぺたりと尻をつけた。焚き火は消えかけており辺りは暗くなっていた。ようし、と彼はいった。もうはずすなよ。やれやれ、指は十本とも無事だったな。

尻ポケットから口輪を引っ張り出して狼の顔にかぶせた。大きさはぴったりだった。だが口の先の部分がゆるめだったのでいったんはずしてナイフを取り出し新しい切れ目を入れて革紐をとりつけ直しまた狼の顔にかぶせて耳の後ろで留め金をとめた。それからもう一穴きつくして留め金をとめ直した。二本の革紐を首輪に結びつけたあと口輪の隙間からナイフの刃を入れて口を三重に縛った縄を切った。

牝狼はまず長々と空気を吸いこんだ。それから口輪の革に咬みつこうとした。だが鼻面を固定するのに使った幅の広い革は鞍の汚れよけから切り取ったもので堅くてくわえこむことができなかった。ビリーは後足を縛った縄をほどいて狼から離れた。狼は立ちあがって身をくねらせたり首輪に繋がれた縄を引いたりし始めた。ビリーは松葉の積もった地面にしゃがんで狼をじっと見ていた。ようやく狼がもがくのをやめると縄を木の幹からはずし狼を焚き火のそばへ引いていった。

火を怖がるだろうと思ったがそんなことはなかった。火のそばに置いて乾かしている鞍の角に縄の中程の部分を結びつけると布と軟膏の瓶を出して狼の背に跨がり傷口をきれいにして薬を塗り布を巻いた。口輪をしていても咬みつこうとするだろうと思ったがそうはしなかった。手当てを終えてビリーが離れると狼は起きあがって縄がぴんと張るまで歩き前足の布をくんと嗅いだあと寝そべってビリーに目を注いだ。

ビリーは鞍を枕にして眠った。夜中に二度頭の下の鞍が動いて目が覚めたがそんなときビリーは縄を引いて狼に話しかけた。夜中に狼が焚き火の向こう側に回って縄が火のなかに入ったらその縄が自分の体の上を通って目が覚めるようにビリーは足を火に向けて寝ていた。牝狼がどんな犬よりも賢いのはもう知っていたがどのくらい賢いのかは分からなかった。低い山でコヨーテが啼いているのでそれを気にしているかと首をめぐらしたが狼は眠っているようだった。だが彼の視線が狼の上に落ちたその瞬間に狼は目を開いた。彼は目をそらした。しばらく待ってからもっとこっそりと視線を向けてみた。狼の目はやはり開いていた。

彼はうなずき、眠りに落ち、薪が炭になって寒くなり目を覚ますと狼がこちらをじっと見つめていた。また次に目を覚ましたときには月は沈み炭火もほとんど消えていた。ひどく寒かった。星の群れはブリキのカンテラの胴体に打ち抜かれた穴のように不動の位置を保っていた。ビリーは起きあがって薪をくべ足し炎を呼び戻そうと帽子であおった。コヨーテの啼き声はすでにやみ闇と沈黙が夜を領していた。彼は夢を見、その夢のなかでひとりの使者が南の平原から何事か書きつけた紙を持ってやってきたが彼にはその文字を読むことができなかった。目をこらしても使者の顔は影のなかにぼんやり翳《かす》んで目も鼻も口も見えず、その使者がたんに使者にすぎず伝えにきた知らせについて何の説明もできないことがビリーには分かるのだった。

朝になると彼は起きあがってもう一度火を起こし毛布にくるまって震えながら焚き火の前にしゃがんだ。牧場主の妻がつくってくれたサンドイッチの最後の残りを食べたあと鞍袋から兎の皮で包んだ肉と臓物を取り出して狼が寝そべっている処へ歩いていった。彼が近づいていくと狼は立ちあがった。彼は堅くこわばり始めている皮の包みを開いて狼のほうへ差し出した。狼はその匂いを嗅ぎちらりと彼に視線を投げると二歩脇へよけ耳をわずかに前へ傾けてじっと立ったまま皮の包みを見つめた。

そろそろ食う気になってるだろ、とビリーはいった。

狼から少し離れて木切れを一本拾いナイフで短く切ってその片方の端を薄く削り、へらにした。それから戻ってきて地面に坐りこみ狼の首輪をつかんで自分の脚の上へ引き寄せもがくのをやめるまで相手をそこへ押さえつけていた。彼は兎の皮を地面の上で広げ暗い色をした心臓のひとかけらをへらで掬《すく》い取り狼の頭をぐっと抑えてそのへらを鼻先でいったりきたりさせ匂いを嗅がせた。それから長い鼻面をつかみ親指で上唇の奇妙な感触の黒い肉襞をめくりあげた。狼が口を開いたとき彼はへらを口輪の革帯の隙間から歯のあいだに滑りこませ、へらをひっくり返して舌の上に肉片をきれいになすりつけてから引き出した。

きっとへらを咬むだろうと彼は思ったが狼はそうしなかった。狼は口を閉じた。舌が動くのが見えた。喉が引き攣《つ》るように収縮した。再び口が開いたとき肉はすでに呑みこまれていた。

狼が一つかみの肉と臓物を全部食べてしまうと彼は皮を捨ててへらを草で拭ってポケットに入れ最後に馬を見た場所へ歩いていった。山を少しおりた湿った草地にいた馬の手綱をとり野営地まで引いてきて鞍をつけ狼の首輪につけた縄を鞍の角にくくりつけると馬に跨がり狼を引き連れてカホン・ボニータと呼ばれる街道を南にたどり山の奥深くへと進んでいった。

その日は一日じゅう馬を進めた。牝狼はまわりの風景に興味があるらしく時おり頭をもたげては稜線の西側へ起伏しながらおりていくイエロー・グラスや竜舌蘭《りゅうぜつらん》の群生する草地を眺めやっていた。登り坂の頂上へくるごとにビリーは馬に一息つかせたがそんなとき狼は道端の草むらのなかへこそこそと入り腰をかがめて小便をするとくるりと向きを変えてその匂いを嗅ぐ。最初に出会ったのは数頭のロバに荷を負わせて北に向かう人々で百ヤード先で歩みを止め彼が近づいていくと脇の草むらに入って道を譲ってくれた。彼らは簡単な挨拶の言葉をかけてきた。狼はその場にさっと蹲《うずくま》りたてがみを逆立てると急いで草むらのなかへ逃げこんだ。先頭のロバが狼の匂いを嗅ぎつけた。

ロバの鼻腔は泥の表面に二つの穴がぽっかり空いたように開き目が白目だけになった。耳を後ろに寝かせ背を迫りあげると両方の後足を蹴り出して後ろのロバの足を突きのけた。足を蹴られたロバは悲鳴をあげて道端にどうと倒れそこからあっという間に狂騒の渦が巻き起こった。ロバたちはてんでの方向へ飛び出して縄を引きちぎり男たちに追われながら山の斜面を大きな鶉《うずら》のように駆けおりて木立で身をこすり、倒れて地面に転がってはまた起きあがって走り出し、粗削りの木でつくった背負子は壊れ積んである籠は口を開けてなかに入っている牛や山羊の皮や毛布や家財道具が山の斜面にばらまかれた。

ビリーは手綱を引きしめて足を踏み鳴らし跳ねあがる馬を抑えながら手を伸ばして鞍の

角から狼を引く縄をはずした。狼は山の斜面を駆けおりて木の幹に体をまつわりつかせていたので馬を駆って捕まえにいった。ぎごちない足取りの半ば狂乱状態に陥った狼を引いてもとの場所へ戻ってみると山道には老女がひとりと若い娘がひとりいるだけで、二人は道端の草むらに坐りこみ煙草の葉と玉蜀黍《とうもろこし》の皮を出して煙草を巻いていた。娘はビリーよりひとつか二つ年下と見えたが手製のライターで煙草に火をつけるとそれを老女に渡し煙をふうっと吐いて物怖じしない顔でビリーを見た。

ビリーは縄を巻き取って馬からおり手綱を地面に落として巻いた縄を鞍の角に引っかけると帽子のつばに二本の指で触れた。

こんにちは《ブエノス・ディーアス》、と彼は声をかけた。

老女と娘はうなずき、老女のほうが同じ挨拶を返してきた。娘はじっと彼を見つめている。彼は狼がしゃがんでいる草むらのなかへいき片膝をついて狼に話しかけ首輪をつかんで道まで連れ戻した。

アメリカ人かい《エス・アメリカーノ》？　と老女がきいた。

ああ《シ》。

彼女は煙草の煙を猛烈な勢いで吸いこみ吐き出した紫煙の向こうで目を細めて彼を見つめた。

その牝犬は獰猛なんだろうね《エス・フエロース・ラ・ペーラ》、え《ノ》？

ああすごくね《バスタンテ》。

二人の女は鞣《なめ》し革や生皮の切れ端を継ぎはぎしてつくった手製の服とサンダルという姿だった。老女は黒いショールを肩にかけていたが娘のほうは薄い綿のドレス一枚以外は何も身につけていない。インディオのような浅黒い膚《はだ》と炭のように黒い瞳をした二人は貧しい人々が食事をするときのような、祈りを捧げるような風情で煙草を吸っていた。

これは牝狼なんだ《エス・ウナ・ローバ》、とビリーはいった。

え？《コモ》 と老女がいった。

これは牝狼なんだよ《エス・ウナ・ローバ》。

老女は狼に目をやった。娘も狼を見てそれから老女に視線を移した。

ほんとかい？《デ・ベーラス》

ああ《シ》。

娘は腰を浮かせて逃げ出そうとするような素振りを見せたが老女はそんな娘を笑ってこの人はからかってるだけさといった。老女は煙草を口の端にくわえて狼に呼びかけた。地面を叩いてこっちへおいでといった。

その足どうしたんだい？《ケ・パソ・コン・ラ・パータ》 と老女はきいた。

ビリーは肩をすくめた。罠にかかったのだと答えた。山の斜面のずっと下のほうでロバを追う男たちの叫ぶ声がしていた。

　老女が煙草を勧めたがビリーは礼をいって断った。老女は肩をすくめた。ビリーはロバを驚かせて悪かったと謝ったが老女はどうせあの男たちは経験不足でうまく家畜を扱えないのだといった。革命でこの国の本物の男たちはみな死んでしまった、馬鹿ばかりが残ったといった。さらに彼女は馬鹿な男からは馬鹿な子しかできないが今の騒ぎはそのいい証拠だといい、馬鹿な男とくっつくのは馬鹿な女だけだから生まれる子は二重の悪運を負っているといった。老女は短くなった煙草をまた吸い、吸い殻を地面に落として細めた目を彼に向けた。

　分かるかい《メ・エンティエンデ》？　と老女がきく。

　うん《シ》、よく分かるよ《クラーロ》。

　老女は狼をじっと見た。それからまたビリーを見た。片目がいつも半ば閉じているのはおそらくけがか何かのせいだったがそれがどこか相手に真面目な応対を迫る雰囲気を醸《かも》し出していた。あれは孕んでるね《バ・ア・パリール》、と彼女はいった。

　ああ《シ》。

　この娘と同じだね《コモ・ラ・ホベンシータ》。

　ビリーは娘を見た。妊娠しているようには見えなかった。娘はビリーと老女に背を向けて坐り煙草をふかしながら、斜面の下から微かな叫び声が聞こえてくるばかりで見るほどのものもない風景を眺めていた。

あなたの娘さん《エス・ス・イーハ》？　と彼はきいた。

老女はかぶりを振った。息子の嫁だといった。息子とこの娘は結婚したが司祭に払うお金がないので司祭の立ち会いのもとでの結婚はしていないといった。司祭なんてみんな泥棒よ《ロス・サセルドーテス・ソン・ラドローネス》、と娘はいった。口をきいたのはこれが初めてだった。老女は娘のほうへ顎をしゃくり天を睨みあげた。この娘は女革命家《ウナ・レボルシオナーリア》さ、と彼女はいった。女兵士《ソルダデーラ》なんだよ。戦争でどれだけ血が流れたか覚えてない連中ほど熱心にまた戦争を《ロス・ケ・ノ・プエーデン・レコルダール・ラ・サングレ・デ・ラ・ゲーラ・ソン・ロス・マス・アルディ》始めたがるものさ《エンテス・パラ・ラ・ルーチャ》。

おれはそろそろいくから、とビリーはいった。老女はお構いなしに喋り続けた。自分は子供のころアセンシオンの村でひとりの司祭さまが撃ち殺されるのを見たと彼女はいった。殺した連中はその司祭さまを教会の壁の前に立たせてライフルで撃って逃げた。殺した連中が逃げてしまったあと村の女たちが出てきてひざまずき司祭さまを抱き起こそうとしたけれども司祭さまはもう死んでいるか虫の息かのどちらかで女たちの何人かはその司祭の血をハンカチに染みこませ、まるでそれがキリストの血だというようにハンカチを握って胸で十字を切った。司祭さまが町なかで撃ち殺されるのを見てしまうと若い人たちの宗教についての考え方は変わってしまうと老女はいった。近ごろの若い者は宗教にも司祭さまにも家族にも国にも神さまにも無関心だ。この国は呪われているのだと自分は思うがあんたはどう思うと老女は訊いてきたがビリーはこの国のことはよく知らないから分からないと答えた。

呪われてるんだよ《ウナ・マルディシオン》、と老女はいった。これは確かなことさ《エス・シエルト》。

いつの間にかロバを追う男たちの声がやんでいた。風が渡る音だけがしていた。娘は煙草を吸い終えると立ちあがって吸い殻を道に落とし、まるでそれに悪意に満ちた生命が宿っているとでもいうように革編みのサンダルで踏みつけ土のなかへねじこんだ。風が娘の髪を乱し薄手のドレスを体に貼りつけた。娘はビリーに目を向けてきた。このお婆さんは何かというと呪いやら死んだ司祭やらのことを話して自分は気が変になりそうだ、あんたも相手にしないほうがいいと娘はいった。

あたしゃ自分の知ってることを話してるだけだよ《サベーモス・ロ・ケ・サベーモス》、と老女はいった。

そうね《シ》、と娘はいった。でもあんたの知ってることってつまらないことばかりよ《ロ・ケ・エス・ナーダ》。

老女は片方の掌を上に向けそれを娘のほうへ突き出した。自分がいっていることの証拠はちゃんとここにあると見せつけるような仕草だった。それからビリーに何でも知ってるような顔してるこの娘を見てごらんよといった。娘はぷいと顔をそむけた。あたしは少なくとも自分の子供の父親が誰だか知ってるわといった。老女は差し出した手をぱっと上に跳ねあげた。そうかい《アイ》、そうかい《アイ》、と老女はいった。

ビリーは縄をぐいと引いて狼を腿に押しつけた。おれはもういくよと彼はいった。

老女は狼のほうへ顎を突き出した。仔が生まれるのはもうすぐだねといった。

ああ《シ》。そうだね《デ・アクウェルド》。

口輪をとってやらなくちゃいけないわね《デーベ・キタール・エル・ボサール》、と娘がいった。

老女が娘を見た。娘は夜中に仔を産んだら舐められないじゃないといった。いつ生まれるか分からないんだから夜ははずしたほうがいい。母犬は仔を舐めなくちゃいけないんだから。そんなこと誰だって知ってるよ、といった。

そりゃほんとだよ《エス・ベルダー》、と老女もいった。

ビリーは帽子のつばに軽く手を触れた。さよなら、お元気で、といった。

それそんなに気の荒い犬なの《エス・タン・フェーロス・ラ・ペーラ》？　と娘がきいた。

ビリーはああ、油断できないんだと答えた。

娘はそんな犬の仔なら一匹欲しい、きっといい番犬になってつきまとってくるやつを片っ端から咬んでくれるからといった。つきまとってくるやつを片っ端からね《トードス・ケ・ベンガス・アルレデドール》。娘は松の木立もそこを渡る風もロバを追っていってしまった男たちも黒いショールのなかから自分を見つめている老女もどこかへいってしまえというように大きく手を一振りした。そういう犬なら夜中に泥棒がきても誰がきても吼えて追っ払ってくれるわと彼女はいった。

ああ《アイ》、ああ《アイ》、と老女は天を睨みながらいった。

ビリーはじゃあもういくよといった。老女が神さまの御加護がありますようにといい、娘がいきたけれりゃ勝手にどうぞといったのを潮にビリーは狼を引いて道に出て馬を捕まえ縄を鞍の角にくくりつけて馬に跨がった。振り返ると若い娘は老女の脇に坐っていた。言葉を交わすでもなくただ並んで坐り男たちが戻るのを待っていた。ビリーは尾根沿いの道を進みその道が曲がり始めるとまた後ろを見返ったが二人の女は動くことも態度を変えることもなくこの距離から眺めるとずいぶん大人しそうな女たちに見えた。彼が立ち去ったせいで何かが彼女らからもぎ取られてしまったといった風だった。

風景も一向に変わらなかった。ビリーはどんどん先へ進んだが南西の方角に立ちはだかる山並は一日の終わりが近づいても少しも近くなった感じがせずまるで目に焼きついてしまった画像のようだった。夕暮れが迫るころ矮性樫が両側に繁る道を通っていると七面鳥の群れが驚いて駆け出した。

繁みのなかで餌を食べていた七面鳥の群れは慌《あわ》てて水のない川を渡り対岸の木立のなかへ姿を消した。ビリーは馬を止め群れが逃げこんだ場所を頭に入れた。それから道からはずれて馬からおり、馬を繋ぎとめ、鞍の角から狼を繋いだ縄をはずして手近な木へくくりつけるとライフルを鞘から抜きレバーを動かして弾が薬室にあるのを確かめてから、すでに西の木立の後ろに入って木立を影絵のように浮きあがらせている陽を片目で見ながら水のない川の川床を渡った。

林の狭い空き地にいる七面鳥の群れは次第に濃くなっていく薄闇に浸された樹皮のひび割れた木々の隙間からカーニバルの鳥小屋に入れられた見せ物の鳥のように見え隠れして

いた。ビリーはしゃがみこみ息を整えてからゆっくりとそちらに近づいていった。まだ百ヤードは離れている時点で一羽の牝が折り重なった木の陰から広く開けた空間に姿を現し、立ち止まって首を下に曲げ、また一歩だけ歩いた。ビリーはライフルの撃鉄を起こし細いトネリコの木の幹をつかんでその手の上に銃身を載せ親指で幹に押しつけてねらいをつけた。彼は弾がどれだけ落ちるかを計算に入れ、照星と照門が斜めから射す光で照らされているのを計算に入れて、撃った。

重いライフルが後ろに跳ね発射音が響き渡って辺りに谺《こだま》した。七面鳥は地面の上で羽をばたつかせながら身をよじっていた。ほかの鳥はてんでの方向へ駆け出しそのうち何羽かはほとんどビリーの上を跨ぎ越すようにして逃げていった。ビリーは立ちあがり仕留めた鳥のほうへ走った。

落ち葉の上に血が飛び散っていた。鳥は横向きに倒れ両足を落ち葉の上で激しく蹴り動かしていたが首はくの字に折れていた。ビリーは鳥を両手でつかみ地面に押しつけて動きを封じた。弾は首の付け根の骨を砕き片方の翼の根元を裂いていたがほんの少しねらいがずれていたら仕留め損ねていたところだった。

ビリーと狼は分けあって鳥を全部平らげ食べ終わると焚き火のそばに並んで坐った。短くした縄で繋がれた狼は炭が小さく爆《は》ぜるたびにびくりと竦《すく》み身を震わせた。ビリーが体に触るとちょうど馬の肌に触れたときのように掌の下で皮が動き細かく震えた。ビリーは狼に自分の身の上話をしたが狼の不安は消えないようだった。しばらくして彼は歌を歌ってやった。

次の朝ビリーは馬に乗った男たちと出会ったがこの国へきてからそういう男たちを見るのはこれが初めてだった。人数は五人で、みないい馬に乗り銃を持っていた。男たちはビリーの前方で馬を止め半ばふざけているような調子で挨拶の言葉をかけてきてこちらをじろじろと眺めた。ビリーの服、ブーツ、帽子。馬にライフル。傷みの激しい鞍。最後に彼らは狼をじっと見つめた。狼は道から数フィート離れた蕨《わらび》の疎《まば》らな繁みのなかへ逃げこんでいた。

あそこにいるのは何だい《ケ・ティエーネス・アーヤ》、お若いの《ホーベン》？　と男のひとりがきいてきた。

ビリーは鞍の前橋に手首を交差させて両手を置いた。横へ身を乗り出して唾を吐いた。それから帽子のつばの下から男たちの風体を吟味した。男のひとりが狼をもっとよく見ようと馬を前に進めてきたが馬が急に歩くのを嫌がって立ち止まると男は身を前に乗り出して馬の頰を叩き手綱を手荒く引いた。狼はぴんと張った縄の先で耳を後ろに寝かし地面に這い蹲《つくば》っている。

その狼いくらで売る《クワント・キエーレス・ポル・トウ・ローボ》？　と男はきいた。

ビリーは狼を繋いだ縄を少しゆるめて鞍の角に結び直した。

これは売れないんだ《ノ・プエド・ベンデルロ》、とビリーは答えた。

なぜだい？《ポル・ケ・ノ》

ビリーは相手の男をじっと見据えた。おれのじゃないから。《ノ・エス・ミーア》

へえ？《ノ》　誰のだい？《デ・キエン・エス》

ビリーは臥せて身を震わせている狼を見やった。それから南の青い山並に目を移した。彼はこの狼は預かっているだけで自分のものではないから売ることはできないのだといった。

男は片手で手綱をゆるく握りもう片方の手を腿の上に置いていた。目をビリーに注いだまま顔を横に向けて唾を飛ばした。

誰のなんだい？《デ・キエン・エス》　と男はまたきいた。

ビリーは男を見、後ろで待っているほかの男たちを見た。ビリーはこの狼はある大農園主のもので自分は傷つけたり何かせずに世話をするよう命じられているのだといった。

その大農園主というのは、《イ・エステ・アセンダード》と男はいった。モラーレスに住んでるひとかい？《エル・ビーベ・エン・ラ・コローニア・モラーレス》

ビリーはそこにも住んでいるが家はほかにいくつもあると答えた。男は長いことビリーを見つめていた。やがて男は馬を前に進めてきたがそれと同時にあとの男たちも動き出した。何か目に見えない縄か目に見えない原理原則によって互いに結びつけられているといった風だった。男たちはビリーの脇を通っていった。齢の順に組んだ隊列のしんがりはかなり齢の若い男ですれ違うときビリーと目を合わせて帽子のつばに人さし指をあてた。あ《スウ》ばよ《エルテ》、ぼうず《ムチャーチョ》、と若い男はいった。男たちは遠ざかっていき一度も振り返らなかった。

　山のなかは寒く道には処々《ところどころ》雪が残り前方のラ・カベイェーラ山脈も雪を頂いていた。道カベイェーラ峡谷を見おろす道はたっぷり一マイルの長さに渡って雪が積もっていた。道に積もった雪はまだ新しくその上に残っている足跡の数にビリーは驚いて、この国の旅人たちは馬に乗った人間が近づいてくると怯えて道からはずれ姿を隠してしまうのだろうかと思った。彼は雪の表面をよく観察した。男の足跡にロバの足跡。女の足跡。ブーツの跡も少しあったが大半は底の平たい革編みのサンダルが踏んだ跡でこのような高地の荒れ野で目にするのが意外なタイヤの跡もついていた。子供の足跡や今朝出会った男たちの馬の足跡もあった。はだしの足跡もあった。ビリーは道をたどりながら時おり後ろを振り返り狼が道端に隠れている人の気配を嗅ぎつけてはいないかと様子を窺ったが、狼は馬の後ろから鼻面を振り振り空気の匂いを確かめ、山道をいく者が見たら驚いてわが目を疑うに違いない大きな足跡を残しながら小走りについてくるだけだった。

　ビリーはその夜、岩肌がむき出しになった小さな谷間で野営し水の溜まった岩の窪みの縁へ狼を連れていき縄をゆるめると狼は自分で水辺へおりていき口を水面につけて水を飲んだ。狼が顔をあげたとき喉が動き顎から水が滴り落ちるのが見えた。ビリーは縄を握ったまま岩場に腰をおろして狼をじっと見ていた。青みを深めていく黄昏のなかで岩に囲まれた水は真っ黒に見えその表面で狼の息が白く浮かびあがっていた。狼は頭を上げ下げして鳥のように水を飲んだ。

夕餉はその日あの馬に乗った男たち以外にただ一組だけ出会った旅人たちがくれた豆を包んだ二つのトルティーヤだった。それは小さな女の子を医者に見せるために北へ向かっていくメノー派教徒の一行だった。前世紀に描かれた絵から抜け出してきた農夫のような服装をした寡黙な人々だった。女の子のどこが悪いのかも話さなかった。トルティーヤは革を嚙むような歯触りで豆は饐《す》えかけていたがビリーは二つとも平らげた。狼は彼が食べるのをじっと見ていた。狼の食うもんじゃないぜ、とビリーはいった。そうじろじろ見るなって。

食べ終わって水筒に新しく汲んできた冷たい水を一息で長々と飲むと火を起こしその明かりを頼りに周囲を歩いて集められるだけの薪を集めた。野営地に選んだのは道から斜面をかなりおりた場所だったが焚き火の明かりは遠くからでも見えるはずで、ビリーは夜道をいく旅人がやってこないかと半ば期待した。だが誰もやってこなかった。坐って毛布にくるまっている彼のまわりで夜の空気は冷たさを増していき空の星は燃えながらゆっくりと南へ滑りおりていったが、その南に黒い影を描いている山岳こそは狼たちが暮らしている故郷であるに違いなかった。

次の日ビリーは南に裾を広げた谷間の岩肌に青い花が咲き乱れているのを見、昼近くに山間《やまあい》の広々とした峠を越えたところで馬を止め、バビスペ川流域の谷間の平原を見渡した。

下へおりていく葛折《つづら》りの山道には薄青い靄《もや》がかかっていた。ひどく腹をすかせたビリーはしばらく馬を止めたまま狼と一緒にくんくん鼻を鳴らして空気の匂いを嗅いでいたが、やがてそれまでよりも慎重に馬を前に進めていった。

その煙は道から脇に少しおりた処を走っている水の涸れた川で昼餉をとっているインディオの一団がたく焚き火のものだった。彼らはチワワ州西部の鉱山で働いていた鉱夫たちでみな狭い額に負い革（背負った荷物を支えるために額や胸にかける革紐）の痕をつけていた。一行は六人で、崩れた足場の下敷きになって死んだ仲間のひとりの亡骸をソノーラ州の故郷の村へ連れて帰るため山越えをしているのだった。三日前に出発し、あと三日の旅程を残していたがこれまでのところ天候には恵まれていた。遺体を載せた木の枝と牛の生皮でつくった粗末な担架は焚き火からやや離れた草むらに置かれていた。担架はズックの布ですっぽりと覆われ縄や草を撚り合わせてつくった紐で縛られておりズックの布には赤と緑のリボンが縫いつけられ上からモチノキの枝がかぶせられて、インディオのひとりが見張りをするためか死んだ男を放っておかないためか、そのそばに坐っていた。スペイン語を少しだけ話すインディオたちはこの国の人に特有のごくさりげない調子で一緒に食べないかとビリーを誘った。狼には何の関心も払わなかった。薄手の手製の服を着た彼らは色を塗ったブリキの椀によそったポソレ（煮込み料理）を指を使って食べ彼らの好む薬草からつくったお茶を入れた桶を順番に回して飲んだ。食べ終わると指を舐めその指を袖で拭いて玉蜀黍《とうもろこし》の皮で煙草を巻いた。

何の仕事をしているのかとビリーに訊く者はいなかった。どこからきたのか、どこへいくのかと訊く者もいなかった。彼らはメキシコ人が始めた戦争から逃れるためにアリゾナへいった叔父や父親たちのことをビリーに語って聞かせ、また男たちのひとりはちょっとアメリカを見てこようと九日間山や沙漠を歩きまた九日間かけて戻ってきたことがあると話した。その男はあんたもアリゾナからきたのかと訊いたがビリーが違うというと男はうなずき、誰でもみんな大げさにお国自慢をするものだといった。

その夜野営をした牧草地の端からは十マイル離れたバビスペ川沿いの集落にともる黄色い灯が見えた。牧草地に咲き乱れている花は陽が落ちるとしぼみ月が出るとまた開いた。焚き火はしなかった。ビリーと狼は並んで腰をおろし草地にいくつもの影が現れ小走りに走って姿を消してはまた戻ってくるのを眺めていた。狼は耳を前に傾け絶えず鼻を小さく動かして匂いを確かめ直していた。まるでそれはこの世界のすべての生物の営みを励ます行為であるかのようだった。毛布を肩に羽織ったビリーがその動くいくつもの影を眺めていると背後の山の上に月が昇り遠いバビスペ川の辺の灯がひとつずつ瞼《まぶた》を閉じるように消えやがてひとつも見えなくなった。

翌朝ビリーは川の砂利の岸辺で馬上から広い川の澄んだ水の流れを眺め川が下手で曲がっていく辺りの早瀬に立つ小波が照り返す陽の煌《きら》めきを眺めていた。彼は鞍の角にくくりつけている狼を繋いだ縄を長く伸ばしてから馬からおりた。ビリーは馬と狼を浅瀬に導き一緒に川の水を飲んだが水は冷たく石板を舐めたような味がした。ビリーは立って口を拭《ぬぐ》い南を向いて朝陽を浴びているピラーレス・テラス山脈の険しい連なりを見やった。

狼が泳がずに渡れるような浅瀬は見当たらない。だが縄を引いてやれば狼は溺れないと考えたビリーは少し上流に遡《さかのぼ》り砂州から水のなかに馬を進めた。

岸からいくらも離れないうちに狼は泳ぎだしたがじきに苦しそうな様子を見せ始めた。口輪がじゃまになって息がしにくいのかもしれなかった。水を掻く四肢の動きはしだいに恐慌の態を示し始め前足を包んでいた布がはずれて水のなかでゆらゆら揺れるのが怖くなったのか向きを変えて後戻りしようと縄を引き始めた。ビリーが馬を止めると馬は岸に向き直って四本の脚を水に洗われながら狼が縄を引く力を鞍の角で受け止めようとふんばったがその前にビリーは手綱を離して馬からおり腿まで浸かる川のなかに立った。

ビリーは首輪をつかんで狼の体を引きあげたがこれでは後足で立たせただけのことだった。もう片方の手を狼の胸より少し下のほうへあてがって持ちあげ首輪をつかんでいた手を冷たい革のような手触りの乳首が並ぶほとんど毛のない腹へあてがった。彼は狼の気を鎮めようとしたが狼は激しく水を掻いた。縄が大きな弧を描いて下流のほうに流され首輪を強く引くのでビリーは狼を両腕で抱えたままごろごろ動く川底の石をブーツで踏み両腿に速い水流を受けながら馬の処へ戻り縄を鞍からはずしてその端を川面に放した。縄はくねくねうねりながら流れやがてまっすぐに伸びてゆらゆらと揺れた。狼の前足を包んでいた布がはずれて流されていった。ビリーはもといた川岸を振り返った。すると馬がざっと水を掻き分けて彼のそばをすり抜け浅瀬を小走りに渡って岸にあがると川原の砂利の上で体を横向きにし、しばらく冷たい朝の大気のなかで体から湯気をあげていたが、やがて下流のほうへ首を振りながら歩き出した。

ビリーは狼に話しかけ、その頭が水の上に出ているよう気をつけながら苦労して岸に向かった。狼の背が立つ浅瀬までくると抱えていた体を離し水からあがって川原に立ち、身を震わせている狼のかたわらでまだ水に浸かっている縄をたぐり巻き取った。巻いてしまうと肩にかけ首をめぐらして馬を捜した。川下の砂利の上で男が二人馬を並べてこちらをじっと見ていた。

どう見ても嫌な感じのする男たちだった。男たちの向こうに目をやると柳の木立のなかで彼の馬がのんびり草を食べておりその鞍につけた鞘からライフルの床尾が突き出ている。ビリーは狼を見た。狼はじっと男たちを見つめている。

男たちは汚れたチノクロスの作業服に帽子にブーツという格好でベルトに吊した黒い革のホルスターにアメリカ陸軍制式の四五口径自動拳銃を差していた。彼らはだらりとした横柄な姿勢で馬をこちらに進め始めていた。ビリーの左横へくるとひとりが馬を止めもうひとりはビリーの背後まで進んで馬を止めた。ビリーは首を回して二人を見た。最初に馬を止めた男がビリーにうなずきかけてきた。それから川下のビリーの馬を見返り次いで狼を見てからまた視線をビリーに戻した。

どっからきたんだ？《デ・ドンデ・ビエーネ》　と男はきいた。

アメリカだ。

男はうなずいた。それから川の向こう岸を眺めやった。横へ身を乗り出して唾を吐いた。

書類を見せろ《スス・ドクメントス》、と男はいった。

書類《ドクメントス》？

そう《シ》、書類《ドクメントス》だ。

書類なんか持ってない《ノ・テンゴ・ニングノス・ドクメントス》。

男はしばらくビリーをじっと見つめた。

名前は何ていうんだ？《ケ・エス・ス・ノンブレ》

ビリー・パーハム。

男は顎を軽くしゃくって川下の馬を指し示した。あれはあんたの馬か？《エス・ス・カバーヨ》

ああ《シ》。そうだ《クラーロ》。

通関証明書を見せてくれないか《ラ・ファクトゥーラ・ポル・ファボール》。

ビリーはもうひとりの男を顧みたが陽を背に負っている男の顔は黒く翳っていた。また横にいる男に目を戻した。それも持ってないんだ《ヨ・ノ・テンゴ・エソス・パペーレス》、と彼はいった。

パスポート《パサポルテ》は？

持ってない《ナーダ》。

男は鞍の前橋に手首を重ねて両手を置いていた。男が相棒にうなずきかけると相棒は馬を駆って川原を下流に下りビリーの馬を捕まえて戻ってきた。ビリーは砂利の上に坐りこんでブーツをひとつずつ脱ぎひっくり返して水を出しまた履いた。あぐらをかいて膝に肘を載せ狼に目をやり次いで川の反対側で陽を受けて聳え立っているピラーレス山脈を眺めやった。少なくとも今日中にそこへいける見込みはなくなった。

三人は川沿いの小道を下流に向かって馬を進め、リーダー格の男がビリーのライフルを鞍の前橋に横たえて先頭をゆき、二番手が馬のすぐ後ろに狼を従えたビリーでしんがりを務める男は百フィート近くも離れてついてきた。まもなく小道は川から離れ牛が草を食べている広い牧草地の只中を進んでいった。牛は頭をもたげ顎を臼のようにゆっくりと横に動かしながらしばらく馬上の三人を眺めてはまた頭を下におろして草をむしった。やがて小道がやや広い道にいき当たると三人はそれを南へたどりしばらく進んだあといく棟かの泥を固めてつくった崩れかけた家が立つ集落に入っていった。

三人は左右を眺めることもなく轍のついた道を進んでいった。それぞれの縄張で陽向ぼっこをしていた何匹かの犬が起きあがり行列の後ろへやってきてくんくん匂いを嗅いだ。三人は通りのはずれに立っている陽干し煉瓦の建物の前で止まって馬からおり、ビリーは狼をそこに停めてある馬車に繋いで男たちと一緒に建物に入った。

入ってすぐの部屋には黴臭いにおいが漂っていた。壁にはフレスコ画と絵で描いた腰羽目の消えかかった跡が残っていた。高い天井の太い梁のあいだに張られた布は破れてめくれ垂れ下がっている。大きな素焼きのタイルが張られた床は壁と同じくひどくいびつな矩形をしておりタイルは馬が歩いたためにあちこち割れていた。窓は南と東の壁にだけ開き硝子は嵌《はま》っておらず雨戸のついているものはそれが閉まっていたが、ついていない窓は風や土埃や燕《つばめ》が自由に出入りできた。部屋の奥には古い説教壇と背もたれの高い凝った彫刻の施された椅子がありその後ろの壁際には鉄のキャビネットが置かれていたがその一番上の引き出しは斧で無理やり開けられた跡が歴然としていた。タイルに積もった埃の上には鳥や鼠《ねずみ》や蜥蜴《とかげ》や犬や猫の足跡がついていた。まるでこの部屋が付近に住んでいるすべての生き物にとって探究されるべきひとつの謎だとでもいうようだった。三人はサルオガセモドキ（木の枝から垂れ下がる根のない植物）のように天井から垂れ下がっている布の下で立ち止まり、ライフルを片腕で抱えたリーダー格の男が横手の壁についた両開きの扉へ足を運び扉を叩いて声をかけ、帽子を脱いでじっと待った。

数分後に扉が開き若い雑役夫が出てきてリーダー格の男と何事か言葉を交わし、リーダー格の男が建物の外へ顎をしゃくると玄関のほうへ目をやり、もうひとりの男を見、ビリーを見てからまた引っこんで扉を閉めた。三人は待った。表の通りの建物の前には犬が集まり始めていた。そのうち何匹かが玄関の開いた戸口から見えた。繋がれた狼を見つめたり互いに目を見交わしたりしている犬たちのなかに手足の長い灰色の雑犬がいて、尾を巻きあげ背中の毛を逆立ててゆっくりといったりきたりしていた。

両開きの扉がまた開いて若い屈強な体格の警察署長が現れた。署長はちらりとビリーに目をくれるとビリーのライフルを抱えている男のほうを向いた。

牝狼はどこだ《ドンデ・エスタ・ラ・ローバ》？　と署長がきいた。

外です《アフェーラ》。

署長はうなずいた。

二人は帽子をかぶって部屋の真ん中へやってきた。ライフルを抱えた男がビリーの背を押して前に出すと署長がまたビリーの顔を見た。

齢はいくつだ《クワントス・アニヨス・ティエーネ》？　と署長がきいた。

十六です《ディエシセイス》。

これはきみのライフルか《エス・ス・リーフレ》？

父親のです《エス・デ・ミ・パードレ》。

きみは泥棒じゃないだろうな《ノ・エス・ラドロン・ウステ》？　人殺しじゃないだろうな《アセシーノ》？

違います《ノ》。

署長はぐいと顎をしゃくってライフルを返すよう男に命じ、開いている扉から戸外に出た。

建物の前には三十四近い犬とそれに近い数の子供らが集まっていた。狼は馬車の下にもぐりこみ建物の外壁に体を押しつけていた。手製の口輪のあいだからすべての歯がのぞいて見えていた。署長はしゃがんで帽子をあみだに押しあげ両手を膝について狼の様子を窺った。彼はビリーの顔を見た。野生の狼なのかと訊きビリーがそうだと答えた。署長はどこで捕まえたのかと訊きビリーは山のなかでと答えた。署長はうなずいた。立ちあがって二人の助手に何事か指示するとまた建物へ入っていった。二人の助手は落ち着かない様子で狼をじっと見ていた。

しばらくしてようやく助手たちは縄をはずし狼を馬車の下から引き出した。犬たちが唸りながら狼に近づいたり離れたりし始め、灰色の大きな犬が不意に突進してきて狼の後足を一咬みした。狼はさっと身を翻して背中を迫りあげた。助手たちが狼を引いて犬の群れから離した。灰色の犬が次の攻撃を加えようと近づいてきたとき助手のひとりがくるりとそちらを向いてブーツで顎の下を蹴ったが、犬の口が閉じるときに立てたぱくりという音が子供たちをどっと笑わせた。

雑役夫が鍵を手に建物から出てきて二人の助手と一緒に狼を通りの向かいに立つ陽干し煉瓦の家の前へ引いていき鍵を開け閂《かんぬき》に巻きつけた鎖をはずして扉を開き狼をなかに入れてまた扉に鍵をかけた。ビリーが狼をどうするのかと訊いても助手たちは肩をすくめただけで馬に跨がり通りをもときた方向へ戻っていったが、二人とも女たちがまわりで見ているというように馬に首を左右に振らせ踊り跳ねるような足取りで歩かせた。雑役夫は首を振り、鍵を持ってまた建物のなかへ入っていった。

ビリーは昼過ぎまで建物の玄関口に坐りこんでいた。ライフルのレバーを動かして排莢しライフルと薬莢を乾かしてからまた装塡し直して銃を鞘に差すと、水筒の水を飲み、残った水を帽子に注いで馬に飲ませてから向かいの家の前にいる犬の群れを追い払った。通りに人影はなく、陽は照っているがひんやりと涼しかった。しばらくして建物の扉が開き雑役夫が現れてまだ何か用があるのか訊いてくるようにいわれたといった。ビリーは狼を返してほしいといった。雑役夫はうなずきまた建物に入っていった。それからまた出てきて狼は禁制品として没収されたがあんたはまだ齢が若いということで署長が特別のはからいでお咎《とが》めなしにしてくれたと告げた。ビリーはあの狼は禁制品ではなく他人から預かった財産だから返してくれないと困るといった。雑役夫はビリーの言い分を最後まで聞いてからまた建物のなかへ戻った。

ビリーはまた玄関口に腰をおろした。誰もやってこなかった。午後遅く助手のひとりが小人数の雑多な人々からなる一団を引き連れて戻ってきた。助手のすぐ後ろにはこの国の鉱山で使われるような黒っぽい色の小さなラバが続きそのラバは寄せ集めの木材を継ぎはぎしてつくった古くさい形の二輪の荷車を引いていた。荷車の後ろからはメキシコ人の女や子供や若者らが包みや籠や桶を持って歩いてついてきた。

助手が陽干し煉瓦の家の前で停まって馬からおりると荷車の上の粗削りの木箱に坐っていた男もおりてきた。二人は道の真ん中で一瓶のメスカル酒（竜舌蘭の蒸溜酒）を交互に飲んでいたが間もなく建物から雑役夫が出てきて向かいの家の鍵を開け助手が木の閂から喧《やかま》しく音を立てながら鎖をはずし扉を開いた。

奥で蹲っていた牝狼が起きあがり目をしばたたかせた。荷車に乗っていた男が後ろに下がって上着を脱ぎそれをラバの頭にかけて顎の下で袖を結び喉革をつかんで暴れないように抑えた。助手が家のなかに入り縄の端をつかんで狼を戸口まで引き出した。人垣が後ろに下がった。酒と見物人の賛嘆の目で気が大きくなった助手は首輪をつかんで狼を通りに引き出し、首輪と尻尾をつかみ片膝を腹の下へあてがうと人夫が荷袋を扱うように易々《やすやす》と狼を持ちあげて荷台にあげた。助手は首輪についている縄を荷車の前面の板にあいた穴へ一重結びでくくりつけた。みんなは助手の一挙手一投足を注視していた。何を見たかあとで報告を求められるかもしれないというように注意深く見守っていた。助手がうなずきかけると荷車の御者はラバの顎の下の袖をほどき上着を取り去った。それから手綱をラバの顎の下の処でつかんでラバがどう出るか様子を窺った。ラバは軽く鼻面を持ちあげて空気の匂いを嗅いだ。それから前足に体重をかけ両方の後足で狼の縄が繋がれている板を蹴った。狼は壊れた板もろとも荷車の囲いのない後部から転がり落ち人々はわっと叫んで周囲に散った。ラバは甲高くいなないて輓馬具《ばんばぐ》に縛《いまし》められた体を横に投げ右側の梶棒を吹っ飛ばして道にどうと倒れ激しく足搔《あが》いた。

力の強い敏捷な御者は小さなラバの首にぱっと跨がって片方の耳を嚙み、また上着を頭にかぶせた。御者は息を弾ませながらまわりを見回した。馬に乗ろうとしていた助手がまたやってきて地面に落ちた縄を拾いあげ狼の動きを封じた。助手は壊れた板から縄をはずし板を捨て狼を引いてまた家に入れると扉を閉めた。〝見てくれよ〟と、上着をラバの頭にかぶせて地面に横たわっている御者が壊れた荷車を手で指しながら叫んだ。〝これを見てくれ〟。助手は土埃の上に唾を吐き通りを横切って向かいの建物に入っていった。

荷車の修理ができる男が呼びにやられその男が板切れや牛の生皮で修理を終えたときには午後もかなり遅くなっていた。荷車について町にやってきた流浪の一団は通りの西側に並ぶ家々の軒下に陣取って弁当を食べたりレモネードを飲んだりしていた。荷車の準備はできたが助手の姿はどこにも見えなかった。少年がひとり警察の建物へ使いにやられた。一時間後、助手が現れ帽子をきちんとかぶり直して太陽を見あげ、背をかがめてこれも自分の仕事だというように修理の出来具合を確かめてからまた建物に入っていった。次に出てきたときには雑役夫も一緒で、二人は通りを渡って向かいの家の鍵を開け扉を開き、助手が狼をまた引き出した。

御者は目隠しをしたラバの頭を自分の胸に押しつけて立っていた。助手は御者をしばらくじっと見たあと誰かラバが扱える者はいないかと叫んだ。少年がひとり前に進み出た。

助手は少年にラバを抑えているよう命じて御者に荷車へ乗れといった。御者は心もとないといった顔つきでラバから離れた。口輪をされた牝狼を大きく迂回して荷車に乗りこみ支柱に巻きつけた手綱をはずしていつでも出発できる態勢をとった。助手はまた狼を抱えあげて荷台に乗せ縄を短くして側板に繋ぎとめた。御者は振り返って狼を見、助手を見た。それから再びまわりに集まった流浪の人々を眺め、最後に狼を取りあげられた若い外国人と目を合わせた。助手がうなずきかけると少年がラバの頭から上着を取り去り後ろに下がった。ラバは猛然と前に飛び出した。ぐいと後ろにそっくり反った御者は狼の上に転げ落ちないよう側板をつかみ、狼は縄にさっとしがみついて猛々しい悲しげな啼き声をあげた。助手は笑い声をあげながら自分の馬の脇腹にブーツの踵を突き当てて前に進ませ、少年から上着をひったくり頭上に大きく振りかぶって投げ縄のように御者めがけて投げるとまた馬を止めて大笑いをしたが、そのあいだにも狼と御者を乗せた荷車はラバに引かれて木を喧しく鳴らし土埃を激しく巻きあげながら走っていった。

流浪の人々はめいめいに荷物をまとめているところだった。ビリーは建物の横手から鞍を取ってきて馬につけ鞍にライフルを差した鞘を取りつけると馬に跨がって荷車のあとを追った。彼の馬の影が自分たちの上に落ちると歩いている人々は通りの片側によけた。ビリーは彼らにうなずきかけた。どこへいくんだい《アドンデ・バモス》？　と彼はきいた。

人々は彼を見あげた。老女たちはショールをかぶっていた。若い娘たちは籠を提げていた。お祭りへ《ア・ラ・フェーリア》いくんだよ、と女たちのひとりがいった。

お祭り《ラ・フェーリア》？

そうだよ《シ》、セニョール。

どこであるんだ《アドンデ》？

モレーロスで《エン・エル・プエブロ・デ・モレーロス》。

遠いのかい《エス・レホス》？

馬でいけばそんなに遠くないと女のひとりがいった。ほんの何レグワかだよ《ウナス・ポーカス・レグワス》（一レグワは約四キロ）。

ビリーは女たちに歩調を合わせて馬を進めた。狼はどこへ連れていくんだ《イ・アドンデ・バ・コン・ラ・ローバ》？

お祭りへさ《ア・ラ・フェーリア》、たぶん《シン・ドゥーダ》。

ビリーは何のために狼をお祭りに連れていくのかと訊いたが女たちは知らないようだった。馬の脇を歩く女たちは肩をすくめた。ひとりの老女があの狼は山で何人も子供を食ったから捕まって連れてこられたのだといった。別の女はあの狼が捕まったとき裸の男の子が一緒にいて森のなかへ逃げていったといった。また別の女はあの狼を捕まえた猟師らは山からおりてくるときほかの狼の群れにあとをつけられた、夜焚き火の向こうの暗がりで唸る声を聞いた猟師の何人かはあれは普通の狼じゃなかったといったと話した。

道は川筋を離れ川がつくった平地を離れて広い谷間から北の山へ登っていった。陽が暮れるころ一行は高地の草原で荷をおろして火を起こし夕餉の支度を始めた。ビリーは馬を繋ぎ集団に混じっているようないないような場所へ腰をおろした。水筒の栓をはずして残った水を飲み干しまた栓をすると空の水筒を両手に持ってじっと坐っていた。しばらくすると少年がひとりやってきて焚き火のそばへくるように誘った。

たいそう礼儀正しい人々だった。ビリーはまだ十六歳なのにだんな《カバイェーロ》と呼ばれ、帽子をあみだにかぶり前に投げ出した足のブーツを交差させて坐り豆とナポリトス、それに旅の携行食として持ちをよくするために赤唐辛子をまぶした臭みのある黒いぱさぱさした山羊の乾肉でつくったマチャーカを食べた。うまいかね《レ・グスタ》？と彼らは訊いた。ビリーはとてもうまいといった。どこからきたと訊かれてニュー・メキシコ《ヌエボ・メヒコ》だと答えると彼らは互いに目を見合わせてこんなに遠い処まできてさぞ心細いだろうといった。

黄昏どきの草原はさながらジプシーか難民の野営地のようだった。あとから合流してきた人々もいてかなりの人数に膨れあがり新しい焚き火がいくつもたかれそれらの間の暗がりをいくつもの人影が行き来した。ロバやラバは草原の西に下っていくゆるい傾斜が赤みを帯びた暗い藤色の空と接する辺りで草を食み小さな荷車の梶棒を地につけて傾いた黒い影が鉱山のトロッコのように数珠つなぎに並んでいた。今は男たちも何人か一行に混じりメスカル酒の瓶を回し飲みしていた。夜明け近くになってもまだ二人の男が冷たい灰だけになった焚き火のそばで坐っていた。女たちが朝餉の支度に起き出して火を起こし直し練り粉を叩いてトルティーヤをつくり屋根を葺《ふ》くのに使われるトタン板を切ってつくった焼き皿に載せた。女たちは酔っ払って坐っている二人の男や荷鞍にかけて乾かしている毛布のまわりで忙しく立ち働き、男たちのことも毛布のこともまったく無視していた。

午前半ばに一行は出発した。酔いつぶれて歩けない男たちも見捨てられずに荷車の家財道具のあいだに寝場所をつくってもらった。まるで誰の身に降りかかってもおかしくない不運に見舞われたとでもいうような扱いだった。

一行のたどる道は人家を目にすることも他の旅人に出会うこともない荒涼たる土地を通っていた。昼の休みはとらなかったが正午を過ぎて間もなく山間の峠を通過して、眼下の二マイル先を流れる川と、土の上に子供が描いた石蹴り遊びの模様のような格子を形づくっている四本の通りからなるモレーロスの町の疎らな家々を眺めおろした。

ビリーは町の南の氾濫原で野営の準備を始めた一行から離れて川沿いの道を下流に向かい狼がそちらにいないかどうか見にいった。道の土は乾いておりそこにつけられた荷馬車の轍はたいそう堅く馬が踏んでも崩れることはなかった。冷たい澄んだ水を運ぶ川は高い山岳から南へ流れてきていったん町のほうへ迂回し再び方向を転じてピラーレス山脈の西側の麓を南下していく。ビリーは道からはずれて川原に通じる小道をおり水辺へいって馬に冷たい清水を飲ませた。川原では老人がひとりロバを引いて流木を集めていた。ロバの背に積まれた淡い色のねじくれた木の束は骨で織りあげたタペストリーのように見えた。ビリーが馬を上流に向かって進めると馬は蹄で川原の丸石をぽくりぽくりと踏んで歩いていった。

ビリーは前世紀にモルモン教徒が入植してつくった古い町に入っていきトタンで屋根を葺いた煉瓦造りの建物や正面だけ木造に見せかけた煉瓦造りの雑貨屋の前を通り過ぎた。雑貨屋の向かいの並木には横断幕が張られその下の小さな囲いのなかには小人数のブラスバンドが貴賓の臨場を待つというように陣取っていた。通りの建物が並んだ側にも並木の側にも落花生や赤唐辛子を振りかけた玉蜀黍やブニュエロスやナティーヤスや円錐形の紙に包んだ果物などを売る屋台が出ていた。ビリーは馬からおりて手綱を繋ぎとめ盗まれないよう鞘からライフルを抜き取り並木のほうへ歩いていった。乾いた土の上に貧弱な樹木が立ち並ぶ狭い遊歩道に犇《ひし》めいている祭りの見物人のなかにはビリーよりもさらに異質な雰囲気を漂わせている人々がいたが、継ぎはぎだらけのズックのテントを張った屋台をロをあんぐり開けて眺めながらそぞろ歩くぼろを纏《まと》った家族や、麦藁帽子にオーバーオールという見せ物で客を寄せる薬売りのいい鴨になりそうな田舎者然とした格好をしたメノー派教徒たちや、ズックの垂れ幕に毒々しく描かれた人間の浅ましい姿を仰天の目差しで見つめている子供たちや、弓と箙《えびら》に差した矢を携えたタラウマーラ族やヤーキ族のインディオたちや、かつてひとつの国家を持っていたアパッチ族の今でも自由に動き回っている最後の生き残りたちがかつての自分たちの影のように暮らしている山の野営地からやってきた鹿皮の靴を履き炭のように黒い沈着な目をした二人の若者といったそれら異形の人々は、みなこの貧相な縁日があたかも神の下された畏《おそ》れ多い新しい掟が述べ伝えられる荘厳な祭礼だというような厳粛な表情を顔に浮かべていた。

ほどなくビリーは狼の居場所をつきとめたが狼を見るのに必要な十センターボを持ち合わせていなかった。小さな二輪の荷車の上にズックの布を張った即席のテントがしつらえてあり、その入口には狼のいうなれば履歴と殺して食べた人間の数を記した札が立てられていた。ビリーは何人かの見物人がテントに入っていくのを見ていた。出てきた人々はさほど興奮しているようには見えなかった。どうだったと訊いてみても肩をすくめるばかりだった。要するに狼さと彼らはいった。人を食った狼だと信じている者はいないようだった。

テントの入口で木戸銭を取っている男はうつむいてビリーの訴えに耳を傾けた。男は顔をあげるとビリーの目を覗《のぞ》きこんだ。入りな《パーサレ》、と男はいった。

牝狼は荷車の荷台に敷いた藁の寝床に臥せっていた。縄のかわりに鎖を首輪につけられその鎖は荷台の床に短く繋がれているので狼は起きて立つのがせいぜいだった。かたわらに置かれた素焼きの椀には水が入っているらしかった。若い男がひとり荷台の側板に両肘をかけ乗馬鞭を肩に軽くあてがっていた。金を払った客が入ってきたと見た男はしっしっと鋭くけしかけるような声を出して鞭で狼をつつき始めた。

狼はつつかれても知らん顔をしていた。横向きに寝そべったまま静かに息をしていた。

ビリーは傷ついた前足を見た。ライフルを荷車に立てかけて狼に声をかけた。

狼はさっと立ちあがり両耳をぴんと立てて彼を見た。鞭を持った若い男が荷車の向こうからビリーへ視線を投げてきた。

ビリーはひとしきり狼に話しかけ番をしている若者には何をいっているのか分からないのをいいことに思いのたけをぶちまけた。ビリーは狼に約束は必ず果たすからな、仲間のいる山へきっと連れていってやるからなと誓った。狼は黄色い目で彼をじっと見つめたがその目のなかには絶望はなく世界の芯に巣くっているあの測り知れない深さを持つ孤独だけがたたえられていた。ビリーは若者に目を移した。そして言葉をかけようとしたちょうどそのとき呼び込みの男がぱっとテントに入ってきて低い声で鋭く囁いた。おいきたぞ《エル・ビエーネ》。やつがきた《エル・ビエーネ》。

ちくしょう《マルディシオーネス》、と若者がいった。若者は鞭を放り出して呼び込みの男と一緒に土に打ちこんだ杭に結びつけた縄を解きテントをたたみにかかった。ズックの布が杭からはずされて沈むと並木道から小走りにやってきた御者が布の端をめくって入ってきて低い声で急げ急げと鋭く囁きながら布をたたむ作業を手伝った。まもなく彼らは目隠しをされたラバを引いてきて二本の梶棒のあいだに立たせ輓馬具をつけて留め金をとめた。

おい立て札《ラ・タブリーヤ》、と御者が怒鳴った。若者が立て札を引き抜き荷台に載せたズック布や縄の下に押しこむと御者は荷車にあがって呼び込みの男に声をかけそれを合図に呼び込みの男が目隠しを引きはがすとラバと荷車と狼と御者はがらがらと通りに走り出た。前をゆく祭り見物の人々を追い散らしながら御者がさっと後ろを振り返るとちょうど例の警察署長が供の者を引き連れて南から町へ入ってくるところだった——一行は警察署長とその助手たちと下僕たちと友人たちと陽に道具の金具を煌めかせている馬車番や馬屋番と馬のあいだを駆けてくる三十頭近い猟犬から成っていた。

ビリーはすでに自分の馬を繋いだ処へ駆け始めていた。手綱をはずしライフルを鞘に突っこみ馬に跨がって通りへ飛び出したときには署長の一行は五、六人ずつ横に並んで互いに大声で呼び交わしあっていたが、そのうち何人もが上着にスパングルや銀モールを飾りズボンの縫い目に銀ボタンを並べたスペインやメキシコの牧場主の伝統的な派手な衣装を身につけていた。みな大きさが大皿ほどもある平らな前橋を持つ銀の装飾を施した鞍に跨がり、何人かは酔っ払っていて通りをいく女を馬で建物の壁や戸口に追いつめては巨大な帽子を持ちあげて仰々しい挨拶をした。馬の足元を整然とした足取りで小走りに歩く猟犬の群れだけが生真面目な醒めた顔をして、後ろから逆毛を立てて吼えかかってくる町の犬たちにもほかの何にもわれ関せずの態度をとっていた。黒い犬や黒と褐色の斑の犬もいるがほとんどが昔アメリカから持ちこまれたブルーティック種でその何匹かは色も模様も一緒に歩いている斑馬とそっくりでまるで同じ毛皮から仕立てた衣装を着ているように見えた。馬がどれも横歩きしたり足踏みしたり頭を振り立てたりして乗り手を手こずらせているのに比べて犬はみなさも大事な用事を抱えているといった様子で一行の先頭に立ち、着実に歩を進めていた。
ビリーは十字路で馬を止めて彼らが通り過ぎるのを待った。何人か彼にうなずきかけ仲間に対してするように挨拶の言葉をかけてくる者もいたが警察署長は彼に気づいたのか気づかなかったのか何の反応も示さなかった。犬も馬もすべて通り過ぎてしまったあとでビリーは署長の一行とすでに川の上流の遠くのほうへ姿を消してしまった荷車のあとを追って道に乗り出していった。

彼らがその門をくぐった大農園は道路といくつもの砂州を浮かべて流れるバトピート川に挟まれた平原の上にあり、その名は彼らが越えてきた東側の山脈にちなんでつけられていた。遠くのほうの薄い緑の層をなしている糸杉の木立の幹の隙間から漆喰《しっくい》を塗った壁が薄く長く煙ったように見えているのが大農園だった。川の下流のほうには果樹とペカンの木の整然とした列があった。ビリーが大農園に通じる長い道に入ったとき猟犬を連れた署長の一行は前方の門をくぐっていくところだった。道の両側の草地にはこの国に新しく入ってきたばかりの耳の長い背中に瘤のある交雑種の牡牛がおり、柄の短い鍬《くわ》を手にした何人かの作男がかがめていた背を伸ばしてビリーが通っていくのを眺めた。ビリーは片手をあげて挨拶したが作男たちはただ再び背をかがめて作業に取りかかっただけだった。

ビリーが門をくぐったとき署長の一行はもうどこにも見えなかった。馬屋番がひとりやってきて馬を預かるというので彼は馬からおり手綱を渡した。馬屋番は服装からビリーの身分を判断して厨房の入口へ顎をしゃくり、数分後にビリーは到着したばかりの一行の従者たちだけがついている長いテーブルに腰を落ち着けたが、十数人いる男たちはみな油でいためた大きなステーキや豆や熱い焼き皿からおろしたばかりの熱い小麦のトルティーヤを食べていた。テーブルの端には例の荷車の御者が坐っていた。

ビリーが皿を手にベンチを跨いでテーブルにつくと御者はうなずきかけてきたが狼はどうしたのかと訊いてもあれはお祭りの見せ物だというばかりでそれ以上は何もいわなかった。

食べ終わると立って皿をサイドボードへ持っていきメイドにここの主人はどこにいるのかと尋ねてみたが女はちらりと彼を見て川沿いに北へ数千ヘクタールの広さで広がっている大農園のどこかだというように腕を大きく広げただけだった。ビリーは帽子のつばに手をやって女に礼をいい外に出て広い庭を横切った。屋敷の向かいには厩舎が何棟かと酒蔵か穀物倉庫と思われる建物が一棟と農園で働く人々が寝起きする陽干し煉瓦の細長い小屋が何列か並んでいた。

狼は厩舎のひとつの空の馬房で鎖に繋がれていた。狼は馬房の隅に体を押しつけて立ち、扉に寄りかかった二人の若者がしっしっと脅したり唾をひっかけようとしたりしていた。

ビリーは通路を端まで歩いて自分の馬を捜したがその厩舎に馬は一頭もいなかった。また外に出た。犬に獲物を追わせに川の上流へ出かけていた警察署長の一行が屋敷のほうへ戻ってくるところだった。屋敷の裏手の庭ではラバをつないだ荷車に例の御者が乗りこんでいた。手綱をラバの体に打ち当てる響きのない音が遠い銃声のように庭を渡ってきて、荷車は前に進み出した。荷車が正門をくぐったちょうどそのとき猟犬の群れと署長の一行の先頭の者が大農園への道に入ってきた。

道を空けてくれるはずのない相手だと承知している御者は道端の草むらへ荷車を出して道を譲り荷台の上で立ちあがって麗々しく帽子をとり近づいてくる一行のなかに警察署長の姿を捜した。御者はまた手綱でラバの体を打った。ラバはしぶしぶ足を運び荷車は傾き軋り音を立てながらでこぼこした路肩を進み始めた。やってきた先頭の犬は鼻面をあげて風のなかにラバの匂いを嗅ぎ取ると太い唸り声をあげて身を翻し道沿いの草むらをがたごと進む荷車のほうへ突進した。ほかの犬も肩のまわりの毛を逆立て鼻面を振り立てながら荷車の後ろに集まってきた。御者は不安げに後ろを振り返った。とそのときラバが背を丸め後足で強く土を蹴って小さな荷車を力まかせに引き向きを変えて草地のなかへ走り出し、犬の群れがけたたましく吼えながら後を追った。

署長の一行は鐙《あぶみ》に足をふんばって立ちあがり荷車と犬の群れに笑い声や歓声を浴びせた。若い乗り手の何人かは馬に拍車をかけて逃げていく荷車を追い大笑いしながら御者を呼んだ。御者は荷台の側板を片手でつかみ横に身を乗り出して荷車に飛びついてくる犬を帽子で払った。荷台はある程度の高さがあるがそれでも三匹、四匹と犬が飛び乗り唸ったり鼻声を出したりしながら寝藁を掻き回し、あげくの果ては片足をあげて小便をし始め、よろけて側板にぶち当たり御者やほかの犬に小便のしぶきをかけて瞬時仲間同士で争ったあと側板のいちばん上の板に両方の前足をかけて荷車のかたわらを駆ける犬たちに吼えかかった。

若い乗り手たちが馬を全速力で疾駆させて追いつき笑いながら荷車を取り巻くとひとりが投げ縄を鞍の角からはずして輪縄をラバの首に引っかけ停まらせた。男たちは歓声をあげ互いに何事か怒鳴り合い二重にした投げ縄で犬たちを打って追い払うと荷車を道まで戻した。犬の群れが広い草地を駆けていくと作業をしていた若い女や小さな女の子たちは両手で頭を抱えて悲鳴をあげ男たちは鍬を構えて迎え撃つ姿勢をとった。道では警察署長が御者に声をかけポケットから銀色の硬貨を取り出すと驚くほど正確に御者の掌に向けて投げた。御者は硬貨を受けとめるとその手で帽子のつばに触り地面におりて荷車の荷台や木切れを雑にはぎあわせた車輪や輓馬具や修理したばかりの梶棒を調べた。署長は道にいるほかの乗り手たちの向こうに立っているビリーに目を向けた。そして再びポケットから硬貨をひとつ取り出すと指で弾いて回転を与えながら放り投げた。

そのアメリカ人《ポル・エル・アメリカーノ》にやれ、と署長はいった。

誰も受けとめなかった。硬貨は土の上に落ちた。署長は馬をビリーのほうへ向けた。そしてビリーにうなずきかけた。

おまえにやる、と彼はいった。

乗り手たちはビリーに目を集めた。ビリーが身をかがめて硬貨を拾うと署長はうなずきにやりと笑ったがビリーは礼をいわず帽子に手をやりもしなかった。ビリーは署長に近づき掌に載せた硬貨を差し出した。

受け取れない《ノ・プエド・アセプタルロ》、とビリーはいった。

署長は眉を弓なりにあげ猛烈な勢いで首を振った。

とっとけ《シ》、とっとけ《シ》。

ビリーは署長の鐙のすぐそばに立ち掌をぐいと差しあげた。いらない《ノ》よ。

いらない《ノ》い？　なぜいらない《イ・コモ・ノ》い？

ビリーは狼を返してほしいといった。あの狼は売るわけにはいかない。罰金を払えというのなら働いて払う、入国許可の手数料や関税を払えというのならそれも働いて払うがあの狼を手放すわけにはいかない、あれは自分が預かったものだから。

署長はじっと聞いていたが、ビリーの話が終わると硬貨を受け取って一度くれてやったものは懐に戻せないというようにこちらを見ている御者に投げてやり、馬の向きを変えて供の者たちに号令をかけると一行は犬を駆り立て先導させて大農園のほうへ向かい門をくぐっていってしまった。

ビリーは御者に目を向けた。御者はまた荷車に乗り手綱を取ってビリーを見おろした。さっきの銭はおれがもらったんだと御者はいった。欲しいのならくれたときにもらっとけばよかったんだといった。ビリーは金なんか欲しくないといった。あんたはあんな男のために働くのも平気だろうが自分はそうじゃない。だが御者はどうせあんたに分かることだとは思っていないが運がよければそのうち分かるだろうという風にうなずいた。人が誰《ナディ》のために働いてるかなんて分かるもんかい《エ・サーベ・パラ・キエン・トラバーハ》。そういうと御者は手綱でラバの尻を打って道を走り去った。

ビリーは狼が繋がれている厩舎に戻った。屋敷で雑役夫をしている年寄りが狼が悪さをされないよう見張りを命じられていた。老人は薄暗い厩舎の入口の扉にもたれて坐り煙草を吸っていた。かたわらの藁の上に帽子が置いてあった。ビリーが狼を見せてほしいと頼むとどうしたものかと考えるような顔つきで深々と煙草の煙を吸いこんだ。そして旦那さまの許しがないと見せられないし、なかは暗いから見ようにも見えないと答えた。

ビリーは厩舎の戸口にじっと立っていた。老人がもうそれ以上何もいわないのでくるりと背を向けてまた外に出た。広い庭を横切って屋敷へいき中庭の入口に立ってなかを窺った。男たちが酒を飲みながら談笑し、向こうの壁際では仔牛が一頭丸ごと金串に刺されて火に炙《あぶ》られ、陽が落ちたあとも長く残っている青い余光のなかで燃えている篝《かが》り火の煙に燻《いぶ》された明かりの下には料理や菓子や果物が百人を越す客のために並べられていた。ビリーは屋敷の横手に回って自分の馬のことを尋ねようと馬屋番を捜した。マリアッチの音楽が背後の中庭で起こり振り返ると、東の山並の黒みを増していく塊のなかから新たな乗り手の一団が現れて門の手前の地面に支柱を打ちこんだ鉄の火籠で燃える篝《かが》り火の明かりのなかに浮かびあがった。

ビリーもそのひとりとみなされている従者たちの乗り馬は家畜小屋の裏の横木に無口頭《むくちとう》絡《らく》の引き綱で繋がれていてそのなかにバードもいた。鞍はつけたままで面懸《おもがい》や手綱はその前橋にかけてあり小屋の壁に釘づけしてあるブリキで被覆された細長い樋のような飼葉入れの飼葉を食べていた。ビリーが呼びかけるとバードは頭をもたげもぐもぐ口を動かしながら彼のほうを見返った。

あんたの馬かい《エス・ス・カバーヨ》？　と馬屋番がきいた。

ああ《シ》。そうだよ《クラーロ》。

こうやっとけばいいだろ《トド・エスタ・ビエン》？

ああ《シ》。いいよ《ビエン》。ありがとう《グラシアス》。

馬屋番は端から順に鞍をはずし馬の体に刷子《ブラシ》をかけ飼葉入れに飼葉を足した。ビリーがおれの馬は鞍をはずさないでくれと頼むと馬屋番はいいよと答えた。ビリーはまた自分の馬に目をやった。なんだかおまえ居心地よさそうじゃないか？　と彼はいった。

ビリーはまた厩舎まで歩いていって扉を開け戸口に立った。通路はほとんど真っ暗で狼の見張りをしている雑役夫は眠っているように見えた。ビリーは空いた馬房をひとつ見つけてなかにはいりブーツで藁を片隅に寄せその上に仰向けに寝て帽子を胸の上に置き目を閉じた。喚《わめ》き立てるようなマリアッチの音楽とどこかの納屋に繋がれている犬たちの吼える声を聞きながらやがて彼は眠りに落ちた。

眠っているうちに彼は夢を見たが彼が見たのは自分の父親の夢でありその夢のなかで父親は沙漠をさまよい歩いていた。夕暮れの死にゆく余光のなかで彼には父親の二つの目が見えた。父親は陽が沈んでしまったあとの闇のなかから風が立ち起こってくる西を向いてたたずんでいた。その風が動かすものは沙漠の細かな砂の粒だけであり砂はたえず沸き立つように流動しながら自身の上に重なり続けていた。この極限にまで粒状化した状態のなかであたかも世界は永遠に変転を繰り返す自身の内にある種の静止を求めているかのようだった。父親の目は世界の縁の向こうで赤が黒みを深めていき夜がやってくるのを眺めながら恐ろしいほど沈着にわが身に押し迫ってくる冷たさと暗闇と沈黙を見つめているように思われたが、やがて辺りが暗くなりすっぽりと闇に呑みこまれたとき、ビリーはどこかで鐘がひとつ鳴るのを聞き、その音がやむと間もなく目を覚ました。

松明《たいまつ》を手にした男たちが厩舎の通路を一列にやってきてビリーが寝ている馬房の開いた扉の前を通り過ぎ反対側の壁に巨大な影を揺らめかせた。ビリーは起きあがって帽子をかぶり馬房の外に出た。男たちは鎖を引いて狼を馬房から出そうとしていたが松明の煙に燻《いぶ》された明かりのなかで狼は竦みあがり後ずさりしながら腹を護ろうと身を低くした。ひとりの男が狼の後ろに回り手にした熊手の柄で狼の体を突いたとき作男らの住居の向こう側の遠くのほうで猟犬たちが新たな狂躁を開始した。

ビリーは男たちのあとから外に出て暗い敷地を横切った。男たちが石の支柱に取りつけられた木の扉が開いている馬車用の門をくぐるころ犬たちの吼える声はますますけたたましくなり狼は身を縮めて鎖に抗った。行列の後ろのほうを千鳥足で歩く酔った男たちが狼を蹴り腰抜けと罵った。男たちは石造りの酒蔵の横手を通っていった。酒蔵の軒下に吊されたカンテラの列は壁の上のほうを照らしその下に張り出した差し掛け屋根の影を薄暗い地面に落としていた。酒蔵のなかの明かりは外壁を内側に反らせているように見え、戸口から外へ漏れ出している明かりの上でなかにいる人の影が揺らめいたり引っこんだりしていたが、男たちはその酒蔵のなかに入り土を固めた床の上に狼を引きずりこんだ。なかにいる人々は陽気な歓呼の声をあげながら通り道をあけた。雑役夫は入ってきた男たちから松明を受け取り土の床に置いて火を踏み消すと、全員がなかに入ったところで重い木の扉を閉ざして閂をかけた。

ビリーは人ごみの外側を伝って酒蔵の奥へ進んだ。集まった人々の身分階層は思ったより雑多で近くの町の裕福な商人や近隣の大農園主がいるかと思えば、ぴっちりと身に貼りついた晴れ着を着こんで遠くはアグワ・プリエータやカサス・グランデス辺りからやってきた小地主や商店主や猟師や農園の支配人や執事がいたし、さらには牧童頭や牧童や何人かの主人に目をかけられている作男もいた。女はひとりもいなかった。酒蔵の奥には木を組んでつくった観覧席のようなものがあり、中央には低い木の柵で丸く囲った直径二十フィートほどの闘鶏場のようなものがしつらえてある。柵には何万羽もの軍鶏《しゃも》の乾いた血が黒くこびりついており闘技場の中央には新たに鉄の杭が一本打ちこまれていた。

ビリーが人ごみを肩で掻き分けて前に進み出たちょうどそのとき狼が柵のなかへ引き出されてきた。観覧席に坐った人々が立ちあがって狼を見た。狼を引いてきた男が鎖を鉄の杭に繋ぎとめ後足に張った足かせの縄を引いて狼の体をぴんと伸ばすと、何人かがかりで手製の口輪を狼の頭からはずした。それから男たちは後ろに下がり後足の縄をはずした。狼は立ちあがって周囲を見回した。その姿は小さくみすぼらしく見えた。狼は猫のように背を迫りあげた。包帯がわりの布を失った前足をかばいながら鎖をぴんと張りつめてゆきつ戻りつし、頭上のブリキの反射板が照り返す光に白い牙を輝かせた。

最初に戦わせる数頭の犬がすでに調教師によって酒蔵に導き入れられ、跳ねたり鎖を引っ張ったり吼えたり後足で立ったりしていた。そのうち二匹が引き出されてくると見物人たちは犬の飼い主に声援を送ったり口笛を吹いたりどちらに幾ら賭けを張ったりした。二匹の犬はまだ若く自信がなさそうだった。調教師たちが二匹を柵越しに闘技場のなかへ投げこむと犬たちは毛を逆立てぐるぐる回り、狼に吼えかかり、立ち止まって互いに顔を見合わせた。調教師たちが低い鋭い声でけしかけるとまた狼のまわりを用心深く回り出した。狼は体を低くして牙を剝いた。観客が野次を飛ばし始めるなか、しばらくすると闘技場の柵のすぐ外に立っている男が笛を吹くのを合図に調教師たちがまた前に出てきて鎖を引っ張り柵越しに犬を外に出して引いていったが、連れていかれる犬たちはまた鎖を引っ張りながら後足立ちになって狼に向かって吼えた。

狼は三本足でしばらく歩き回ったあと、陣地と決めたらしい鉄の杭のそばに蹲った。吊りあがった目を周囲を取り巻く人間の顔の上に走らせ、ちらりと頭上の反射板を見あげた。両肘をついて腹這った姿勢からむっくり起きあがりぐるりと闘技場を一周してまた腹這いになった。それからまた立ちあがった。次の二匹が柵越しに闘技場へ入れられるところだった。

調教師たちが鎖を離すと犬たちは背を迫りあげてぱっと狼に飛びかかり、狼と犬は唸り声と咬みつく音と鎖の音を立てるひとつの塊となった。狼はまったく声を出さずに戦った。二匹の犬と狼はしばし闘技場で組み合ったが、やがて一匹の犬がキャンと甲高い声をあげ片方の前足を持ちあげて柵際をぐるぐる回り出した。狼はもう一匹の犬の下顎に食いつき相手を床にねじ伏せてその上に跨がりさっと顎から口を離すと今度は喉に牙を埋めこみ、犬の喉のたるんだ皮の下で肉が動いて牙がはずれるともう一度咬み直した。

ビリーは人を掻き分けて観覧席のほうへいった。石の柱のひとつのそばに立ち後ろの人の邪魔にならないよう帽子を脱いだが帽子を脱いでいる人がひとりもいないのに気づいてまたかぶった。放っておくと狼は犬を殺してしまいそうだったが審判が笛を鳴らし調教師のひとりが六フィートほどあるメダケの棒を持って前に出て狼の耳のなかへ息を吹き込んだ。狼は犬を離しぱっと跳びすさって蹲った。調教師たちは二匹の犬を引いていった。ひとりの男が低い木の柵を跨いでなかに入り少し頭の足りないぼんやりした庭師のような風情で手にした桶の水を撒きながら囲いを一周し息を弾ませている狼のまわりに浮遊している土埃を丹念に鎮めた。ビリーは人垣の外に出て犬が出入りしている裏口へいき冷たい暗がりのなかに出た。新たな二匹の犬を引いた調教師が酒蔵に入っていった。

酒蔵の裏手の壁にもたれかかって煙草を吸っている何人かの若い男が首をめぐらして戸口から漏れる明かりのなかに立っているビリーを見た。やや離れた処に立っている小屋のなかで犬たちが喧しく吼え続けていた。

犬は何匹いるんだ《クワントス・ペーロス・テイエーネン》？　とビリーはきいた。

いちばん近くにいる若者が彼に目を向けた。若者は四匹だと答えた。あんたんとこは何《イ・ウ》匹《ス》だい《テ》？　と若者はいった。

ビリーは全部で犬は何匹いるのかと訊き直したが若者はただ肩をすくめただけだった。

そいつは分からないな《キエン・サーベ》、と別の若者がいった。うんといるはずだよ《バスタンテ》。

ビリーは犬の声のする小屋のほうへ歩いていった。トタン屋根の細長い小屋の柱にかけてあるカンテラをはずし木の閂を受け座からはずして扉を押し開けカンテラを高く掲げてなかにはいった。壁に沿って繋がれた犬たちが跳ねたり吼えたり鎖を力まかせに引いたりしていた。全部で三十四ほどいるうちほとんどがアメリカで改良されたレッドボーンやブルーティックだったが、なかには何という種類か分からない雑犬や筋肉質な闘犬に似た犬も混じっていた。小屋の奥にはそれらと分けて二匹の大きなエアデール・テリアが繋がれていたが、カンテラの明かりを受けてその目に火がついたとき、ビリーは闘犬ですらこれほど純粋な形では持っていないと思えるようなあるものを見てとり、その二匹を繋いでいる鎖が信用できない気がして後ずさりした。ビリーは小屋のなかを向いたまま外に出て扉を閉め閂をかけてカンテラをもとの処へ戻した。それから壁際に並んで立っている若者たちにうなずきかけてまた酒蔵に入った。

ほんの一時外へ出ていたあいだに人の数は何倍にも膨れあがったように思われた。囲いの向こう側には身に合わない白い服を着たマリアッチの楽団員らが立っていた。人垣の隙間から狼がちらりと見えた。口を大きく開けてしゃがみ、まわりを歩く二匹の犬にかわるがわる飛びかかっていた。耳を咬まれた一匹の犬が首を振りながら囲いのなかを歩き回るので調教師は二人とも服に血のしぶきを浴びていた。ビリーは見物人を掻き分けて前に進み出ると柵を乗り越えて闘技場のなかにはいった。

初めビリーは調教師のひとりと見られたが彼が近づいていったのは犬ではなく二人の調教師だった。調教師たちは囲いの反対側にしゃがみ甲高い声で犬をけしかけ、やらせたい攻撃や防御の動作を自分でしてみせたり、おどけた身振り手振りで戦意を煽《あお》ったりしていた。近いほうの調教師がビリーのやってくるのに気づき立ちあがって審判を見た。審判は笛を口にくわえたが目の前の事態にどう対処していいのか分からない様子だった。ビリーは調教師たちの脇をすり抜けると狼が繋がれている鎖が届く範囲の半径十二フィートの土の荒らされた円に近づいた。誰かが危ないと叫び審判が笛を吹くと酒蔵のなかがしんと静まり返った。狼は荒い息をつきながら立っていた。ビリーはその目の前を通って一匹目の犬に近づき、首のたるんだ皮をつかみ後足をすくって床に寝かせると鎖をつかんでそのまま後ずさりし、調教師のほうを向いて鎖を渡した。調教師は鎖を受け取り前に飛び出そうとする犬を自分の腿に押しつけた。なんなんだ《ケ・パッ》？ と調教師がいった。

だがビリーはすでに二番目の犬を追い始めていた。何人かの見物人が大声で叫び酒蔵じゅうがざわざわと騒がしくなった。調教師たちは審判に目を向けた。審判はまた笛を吹いて闖入者《ちんにゅうしゃ》に囲いから出ろという手振りをした。ビリーは二匹目の犬の鎖をつかみ体を抱えて後足立ちで歩かせてもうひとりの調教師に引き渡すと、くるりと背を反して狼の処へ戻った。

狼は四肢をふんばり腹を波打たせ口の黒い肉襞をめくりあげて一本も欠けていない白い

歯をむき出しにしていた。ビリーはしゃがんで狼に話しかけた。咬みつかれるかもしれなかった。数人の男が柵を越えてやってきたが土の荒れている円の外周までくると壁に突き当たったかのように足を止めた。ビリーに声をかける者はいなかった。彼がどうするつもりなのか全員が注視しているようだった。ビリーは立ちあがり床に打ちこまれている鉄の杭のそばへいき鎖を腕先にひとつ巻つけてしゃがみ鎖と一緒に杭をつかんで引き抜こうとした。動く者も声を出す者もいなかった。ビリーは杭をつかみ直してまた引き抜きにかかった。細かい汗の粒が額に浮き明かりを受けてきらきら光った。三たび力をこめたが杭は抜けないため彼は立ちあがり狼の処へいってその首輪をつかみ回りフックで繋ぎとめてある鎖をはずして血と涎に濡れた狼の頭を腿に引きつけた。

狼が今や首輪をつかまれているだけという事態は闘技場のなかの男たちにはっきりと見て取れた。男たちは互いに目を見合わせた。何人かが後ずさりをし始めた。狼は白人の腿に押しつけられ、歯をむき出し腹を膨らませたりへこませたりしながら、じっと動かなかった。

これは《エス》おれのもの《ミーア》だ、とビリーはいった。

観覧席にいる見物人が口々に叫び始めたが鎖をはずされた狼の近くにいる男たちはどうすべきか迷っているようだった。ようやく前に進み出てきたのは警察署長でもこの大農園の主でもなく大農園主の息子だった。見物人たちが通り道をあけ、そのあいだから先刻ダンスをした若い女性たちの香りがついたモールつきの上着を着た若い男が現れた。闘技場に入って前に進み出た男はブーツを履いた足を大きく広げてふんばり両手の親指を腰の青い飾り帯に浅くこじ入れた姿勢で立った。狼を恐れているにしてもそんな素振りはまったく顕わさなかった。

何が望みなんだ《ケ・キエーレス》、お若いの《ホーベン》？　と男はきいた。

ビリーは北の山岳のカホン・ボニータで馬に乗った男たちにいった言葉を繰り返した。自分はこの狼の世話を任されている者だとビリーはいったが大農園主の若い息子は憂いを帯びた微笑みを浮かべながら首を振り、この狼は未開墾の原野が広がるピラーレス・テラス山脈で罠にかかったものでドン・ベートの二人の助手がオアハーカの町の近くで川を渡ろうとしていたきみと出会ったといい、きみはこの狼を自分の国へ連れて帰っていくらかで売るつもりだったのだろうといった。

男は群衆に向かって演説するときのようなよく通る高い声でそういうと胸の前で腕組みをしてもうこれ以上何もいうことはないという風にじっと立っていた。

ビリーも狼を抑えてじっと立っていた。狼の息をする動きと細かい震えが腿に伝わっていた。ビリーは大農園主の息子に目を向け、それから周囲を取り巻く明かりに照らされた顔を眺めた。そして自分はニュー・メキシコ州のヒダルゴ郡からきた者で、この狼もそこから連れてきたのだといった。自分が罠で捕まえて一緒に六日かけてこの国へやってきたのでありピラーレス山脈からきたのではない、川を渡ってそのピラーレス山脈へいこうとしたが流れが早過ぎて渡れなかったのだといった。

大農園主の息子は腕をおろし両手を背中に回して組んだ。向きを変えて何事か考える顔つきで何歩か歩いてからまたビリーのほうへ向き直り、顔をあげた。

なぜ狼をこの国へ連れてきた？《パラ・ケ・トラーホ・ラ・ローバ・アキ》　そんなことをして何になるんだ？《デ・ケ・シルビーオ》

ビリーはじっと狼を抑えていた。みな答えを待っていたが彼に答えはなかった。彼は目を人々の顔の上に走らせ、自分を見つめている目をひとつひとつ見た。審判は懐中時計を胸の前で掲げたままじっと立っていた。調教師たちは犬の首輪をしっかりとつかんでいた。水の入った桶を提げた男も次の展開をじっと待っていた。大農園主の息子は振り返って観覧席へ目を向けた。にっこり笑い、またビリーのほうへ顔を戻した。それから英語でこういった。

おまえはこの国を勝手に入ってきて何をしてもいい国だと思ってるんだろう。

そんなこと思っちゃいない。この国がどんな国かなんて考えたこともない。

いいやおまえはそう思ってる、と大農園主の息子はいった。

おれたちはただこの土地を通り抜けていきたいだけだ、とビリーはいった。誰に迷惑をかけるつもりもない。ただ通り抜けていきたいだけなんだ。それだけだ。《ケリアーモス・パサール・ノ・マス》

よその国へ勝手に侵入してか？《パサール・オ・トラスパサール》

ビリーは顔を横に向けて土の上に唾を吐いた。狼が脚に体を押しつけてくる感触が伝わってきた。この狼はもともとメキシコにいたのだ。狼は国境のことなど何も知らないのだとビリーはいった。大農園主の息子はその通りだというようにうなずいたが、狼が何を知り何を知らないかは関係ない、国境を越えてやってきたのなら狼の立場はもっと悪くなるはずだといった。

見物人たちはうなずき互いにひそひそ囁き合った。そしてビリーがどう答えるかと見守った。ビリーはただ自分を出ていかせてくれたら狼はアメリカへ連れて帰るし罰金を払えというのなら払うといったが大農園主の息子は首を振った。もう遅いといい狼は警察署長が関税の代わりに没収したのだといった。ビリーはこの国へ入るのにお金を払わなければならないとは知らなかったといったが大農園主の息子はそれならおまえも狼と同じ立場だといった。

人々はじっと待っていた。ビリーは天井の梁を見あげ埃と煙がゆっくりと渦を巻きながら宙にわだかまりあちこちの明かりのなかに浮かびあがっているのを眺めた。いくつも並んでいる顔のなかに自分の言い分を分かってくれそうな相手を捜したが見つからなかった。ビリーは狼の革の首輪の留め金をはずし首輪を取り去った。前のほうにいる見物人は後ろに逃れようとした。大農園主の息子が腰の飾り帯から小さな回転式拳銃を抜いた。

首輪《アガラーラ》をつけろ、と彼はいった。

上に立って群衆のなかに自分と心根の似た者を捜している死刑囚のようだった。ここにいる誰もが遅かれ早かれこのような立場に立たされるかもしれないのにいくら眺めても無駄だった。ビリーは大農園主の息子を見た。本当に狼を撃つ気でいるのが彼には分かった。

彼は血に濡れた狼の首にまた首輪を巻き留め金をとめた。

鎖《ポンガ・ラ・カデーナ》をつけろ、と大農園主の息子はいった。

ビリーはそうした。かがんで鎖の端を拾いあげ首輪の金輪に繋ぎとめた。それから鎖を地面に落として狼から離れた。何挺かの小さな拳銃は現れたときと同じように音もなく姿を消した。

見物人たちは通り道をあけ、歩み去るビリーを見送った。外へ出ると夜はさらに冷たさを増していて空気には作男たちの住居から漂ってくる炊事の煙の匂いが混じっていた。背後で誰かが扉を閉めにかかった。彼がその上に立っている四角い光が扉の影にゆっくりと細められて闇のなかに消えた。扉の内側で木の閂がかかる音がした。ビリーは暗がりを歩いて馬の繫がれている家畜小屋へいった。若い馬屋番が立ちあがって挨拶してきた。ビリーは相手にうなずきかけ自分の馬に近づいて無口頭絡をはずし横木に引っかけて代わりに銜のついた面懸をつけた。鞍の後ろにくくりつけた毛布を取って広げ肩に巻きつけた。それから馬に跨がってほかの馬のそばを通り過ぎ馬屋番にうなずきかけながら帽子のつばへ手をやり屋敷に向かって馬を進めた。

中庭の門は閉まっていた。馬からおり扉を開けてまた馬に跨がった。体を前かがみにしてアーチをくぐったが鐙が漆喰をこすり扉の鉄の脇柱に当たってがちゃがちゃと音を立てた。中庭に敷きつめた素焼きのタイルを踏む馬の蹄の音に後片づけをしている若いメイドたちが顔をあげた。メイドたちはテーブルクロスや大皿や枝編み細工の籠を手にしていた。壁際に並ぶ長い支柱に吊り下げられた石油ランプはどれもまだ点っており蝙蝠《こうもり》の影がタイルの上で羽搏《はばた》いては消えまた現れてよぎっていった。ビリーは馬に乗ったまま中庭を横切りメイドたちにうなずきかけ体を乗り出してテーブルの大皿からエンパナーダをひとつ取って食べた。馬も長い鼻面をテーブルに近づけたがビリーに引き戻された。香料で味つけした肉の詰まったエンパナーダを食べ終えるとまた身を乗り出してひとつ取った。メイドたちは仕事を続けた。二つ目のエンパナーダを平らげると今度は盆から甘そうなケーキを取りそれを食べながらテーブル沿いに馬を進めた。前にいるメイドたちが脇によけた。ビリーはまた彼女らにうなずきかけ今晩はと声をかけた。もうひとつケーキを取るとそれを食べながら飛び交う蝙蝠に怯える馬を前に進め中庭から出て門をくぐり大農園の外の道に出た。しばらくするとメイドのひとりが中庭から出てきて彼の背後で門を閉めた。

公道に出るとそれを南へたどりゆっくりと町へ向かっていった。犬たちの吼える声が背後で遠ざかっていった。怒りに細められた目のような半月が斜めにかしいで東の山の端にかかっていた。

町の灯火が道をぼんやり照らし始める場所まできたとき彼は馬を止めた。それから手綱を引いて馬に回れ右をさせた。

大農園の酒蔵の扉の前で馬を止めると片方の鐙から足をはずしてブーツの踵で扉を蹴りつけた。内側の閂ががたっと鳴った。酒蔵の裏手の小屋のほうから男たちの叫ぶ声が聞こえ犬たちが唸る声が聞こえてきた。誰も扉を開けにこなかった。酒蔵の裏へ回り犬が入れられている小屋と酒蔵の壁に挟まれた狭い通路を進んだ。壁際にしゃがんでいた何人かの男たちが立ちあがった。ビリーは彼らにうなずきかけ馬からおりてライフルを鞘から抜き二本の手綱を結び合わせて小屋の角の杭に引っかけると男たちの前を通り過ぎて酒蔵の裏の扉を押し開けなかへはいった。

彼に注意を向ける者はいなかった。人々のあいだを縫って柵の処までいくと闘技場のなかにただ一匹でいる狼は見るも哀れな姿をしていた。鉄の杭のそばに戻って蹲っていたが頭を床に寝かせだらりと出した舌を土につけ、毛衣は土と血にまみれ、黄色い目は何も見ていなかった。二時間近く、この見せ物のために用意された犬の半分以上を二匹ずつ相手にして戦ったのだった。柵の向こう側では二人の調教師がエアデール・テリアを一匹ずつ抑えており審判と大農園主の息子が何事かを話し合っていた。そばに近づく者のない二匹のエアデールは濡れた歯をこもった音を立てて嚙み合わせたり調教師の握る鎖を乱暴に引いたりしていた。辺りに漂っている土埃は明かりを受けて珪石粉《シリカ》のように光っていた。水を撒く係の男が桶を提げて立っていた。

ビリーは柵を越え狼のほうへ歩み寄りながらライフルのレバーを動かして薬室に弾を送りこみ、十フィート手前で床尾を肩づけして血に濡れた狼の頭をねらい、撃った。酒蔵の閉じた空間に銃声が響き渡りほかの音や声がすべて沈黙した。二匹のエアデールはぱっと地面に腹這いくうんと啼いて調教師の背後へ回りこんだ。誰も動かなかった。青い硝煙が宙に浮かんでいた。死んだ狼が長々と横たわっていた。

ビリーはライフルをおろして排莢し飛び出した空薬莢を手で受けとめてポケットに納めると、押し下げたレバーを戻して排莢口を閉じ撃鉄を起こして親指をかけたままじっと立った。彼は周囲の男たちを見回した。口を開く者はなかった。何人かの男が裏口のほうへ目をやったがそちらから闘技場にやってきたのは大農園主の息子ではなく警察署長の助手だった。彼は柵を跨いで近づいてくるとビリーにライフルを寄越せといった。ビリーは動かなかった。助手はホルスターの留め金をはずしすでに撃鉄を起こしてある四五口径の自動拳銃を抜いた。

ライフルを寄越せ《デメ・ラ・カラビーナ》、と助手はいった。

ビリーは狼を見た。まわりにいる男たちを見た。目をあちこちへ泳がせたが撃鉄をおろそうとも銃を差し出そうともしなかった。助手は拳銃を持ちあげてビリーの胸にねらいをつけた。ビリーの後ろにいる男たちはしゃがんだり膝をついたり床に臥して両手で頭を覆ったりした。しんと静まり返ったなかで犬の一匹が低く鼻声を漏らしていた。そのとき観覧席から声がかかった。もういい《バスタンテ》、とその声はいった。撃つんじゃないぞ《ノ・レ・モレスタ》。警察署長だった。みんなが彼のほうを向いた。粗削りの板でつくった二段の観覧席の上の段で立ちあがった署長の両側にはビーバー色の高級なステットソン帽をかぶった男たちが並び、そのうち何人かは署長と同じように葉巻を吸っていた。署長は手を一振りした。もうそれでいいといった。ビリーにもうライフルは振り回すな、手出しはしないからといった。助手が拳銃をおろすとしゃがんだり臥せたりしていた男たちが立ちあがって土を払った。ビリーはライフルを首の後ろに回して肩に載せ親指で撃鉄をそっとおろした。そして体の向きを変えて署長を見あげた。署長は手の甲で小さく何かを払う仕草をした。ビリーに向けた仕草なのか酒蔵にいる者全員に向けた仕草なのかビリーには分からなかったが、人々はまたざわざわと話し始め誰かが扉を涼しいメキシコの夜へ開いた。

狼の皮を買い取ることになっている男が柵を越えてやってきた。ナイフを手に狼の死骸のまわりを回り顔が見える位置で立ち止まった。ビリーが皮はいくらだと訊いたが男は肩をすくめただけだった。男は用心深い目でビリーを見つめた。

いくら出せばいい《クワント・キエーレ・ポル・エル》？　とビリーはきいた。

皮だけか《エル・クウエーロ》？

死骸全部《ラ・ローバ》だ。

男は狼に目をやりそれから視線をビリーに戻した。五十ペソだと男は答えた。

ライフルで払っていいか《アセプタ・ラ・カラビーナ》？　とビリーはきいた。

男は眉を吊りあげたが自制してそれ以上感情を表に出さなかった。ウィンチェスター銃か《エス・ウン・ウィンチェ》？

ああ《クラーロ》。四四口径《クワレンタ・イ・クワトロ》だ。

ビリーは肩からライフルをおろし相手の男へ向けて放った。男はレバーを動かして排莢口を開き、閉じた。背をかがめて床に落ちた薬莢を拾いシャツの袖で拭いて装塡し直す。それからライフルを肩づけして頭上のランプをねらった。銃は狼の皮の十倍以上の値打ちがあったが男はそれを片手で持ち重みを測るような仕草をしてビリーの顔をしばらく眺めたあとでようやくうなずいた。いいだろう《ブエノ》、と男はいった。そしてライフルを肩にかついで片手を差し出してきた。ビリーはその手を見おろし自分もゆっくりと手を出して闘技場の真ん中で取引を握手で締めくくったが、そのあいだに見物人たちはぞろぞろと開いた扉から外へ出ていった。男たちは戸口に向かって足を運びながら黒い瞳でビリーをじろじろ眺めたが、かりに今夜の娯楽の結末が不満であったにせよ何も文句をいわなかったのは彼らが大農園主と警察署長に招待された客だからであり、この国の流儀に従って自分の意見を口にするのを差し控えたからだった。狼を譲り渡した男がもう弾はないのかと訊いたがビリーはただ首を振り、床に膝をついて痩せ細ってはいてもひとりで運ぶのは容易でないぐったりとした狼の体を両腕で抱えあげ肩にかついで、闘技場を横切り柵を跨ぎ越してだらりと垂れた頭からぽたりぽたりと滴り落ちる血の跡を点々と床に残しながら裏の戸口から出ていった。

ビリーは狼の体を国境を越える前に牧場主の妻からもらった白い布の残りで包んで鞍の前橋に載せ、馬に跨がり、酒蔵の影のなかから出ていった。庭ではこれから帰途につく男たちが馬に乗り大声で言葉を交わしていた。犬の群れが足もとへ集まってきて吼えるのでビリーの馬は怯え足を踏み鳴らし犬を蹴りつけようとしたが、やがてビリーは酒蔵の開いた扉の前を通り過ぎて大農園の門をくぐり草地のなかを通る道を川縁へ向かいながら鞍から身を乗り出し、なおもしつこくついてくる何匹かの犬を帽子で追い払った。南の町の上空に花火が長い弧を描いてあがり、闇のなかで爆《は》ぜ、熱い火の粉をゆっくりと降らせた。光が閃《ひらめ》いたあと間をおいて炸裂音が響き、新たに光が閃くたびに前に消えた花火の亡霊のような痕跡が浮かびあがった。川縁の道に出るとビリーは下流のほうへしばらく進み、次いで小波を立てている浅瀬を渡って対岸の広い砂利の平地へあがった。暗闇のなかで鴫の一群が彼のそばを下流のほうへ翔けていった。羽搏く翼の音でそれがわかった。群れは舞いあがって空のなかに姿を浮かびあがらせ暗い大地の上空を西に向かって飛んでいった。ビリーは祭りの小さな灯を川の緩慢に渦巻きながら流れる黒い水に映す町のそばを通り過ぎた。柳の木立の向こうで燃えつきた輪転花火が煙を燻《くゆ》らせていた。ビリーは前方の山並に目をこらした。川面から吹いてくる風には濡れた金属の匂いがあった。太腿に覆いかぶさった狼の流す血が布を透してズボンに染みこんでいるのをビリーは指につけ、その彼自身のものと少しも違わない味を持った血を味わった。花火の音が絶えて聞こえなくなった。黒い山の端に半月がかかっていた。

川が二つ合流する地点で広い砂利敷きの川原に出て浅瀬の水際で止まりビリーと馬は北に目をやって暗闇から流れてくる清冽な水を眺めた。ライフルを濡らすまいと鞘に伸ばしかけた手を止めるとビリーは馬をせせらぎに歩み入らせた。

馬の蹄が川底の丸石を音もなく踏む感触が腰に伝わり馬の脚に吸いつくようにまつわりつく水の音が耳のなかで響いた。馬の腹のすぐ下までできた水がブーツに入り足が冷たかった。打ち上げ花火の最後の一発が町の上空にあがって川の中程にいる馬上のビリーを浮かびあがらせ奇怪な影絵のような川原の木立や仄白い石など周囲の風景を照らし出した。束の間の照明は風のなかに狼の匂いを嗅いで町から後を追ってきて岸辺で片足をあげ凍りついたように立ち尽くしている一匹の犬の姿も明るみに出したが、すべてはそれらが呼び出された暗闇のなかへとまた消えてしまった。

馬が浅瀬を渡りきり体から水を滴らせながら対岸にあがるとビリーはだんだん灯の消えていく町を振り返り、それから馬を柳の木やメダケの繁みのあいだに進めて西の山岳に向かっていった。道々ビリーは昔父親がよく歌っていた古い歌や祖母から聞き覚えた仆《たお》れた兵士の恋人が銃を取り廃墟のなかで敵に立ち向かい死ぬという美しい調べを持つスペイン語のコリード（メキシコのバラード）を歌った。夜の大気は澄みわたり馬を進めるうちに月は山の稜線の下に落ちて最も暗い東の空から星が昇ってきた。彼が上流に向かってたどっていく小川の乾いた川原を包む夜気はまるでそれまでは月に温められていたというように不意に冷たさを増した。丘陵地帯を夜通し進みながらビリーは低い声で歌った。

高いピラーレス山脈の最初の急斜面の下へやってきたのは夜明けのさほど遠くない時刻だった。ビリーは草の生い繁った湿地で止まり馬からおりて手綱を地面に落とした。ズボンは染みこんだ血が乾いてごわごわしていた。狼を両腕で抱きかかえて地面におろし布を開いた。狼の体は冷たくこわばり毛は固まった血がこびりついて剛くなっていた。ビリーは馬を小川へ連れ戻して水を飲ませておき自分は土手を歩いて火をたくための薪を捜した。南の低い山でもコヨーテが啼いていたが聳え立つ山脈の真っ黒な影の塊からやってくるコヨーテの声は夜そのものが発しているとしか思われなかった。

ビリーは火を起こし狼を布の上からどけてその布を小川へ持っていき暗い水辺にしゃがんで血を洗い落としまたもとの処へ運ぶと、榎の木から先が二叉に分かれた枝を何本か切り取って大きめの石で地面に打ちこみ横木を一本渡してそこに布をかけたが、布は焚き火の明かりを受けて湯気を白く浮かびあがらせ荒野の只中《ただなか》で燃える紗幕のようになり、あたかも対立する教団から追い立てられたか自らの集団のなかに芽吹いた恐怖心に衝き動かされて夜中に逃げてきたある宗教的情熱に燃える一団が聖なる儀式を就《と》り行なっているという風に見えた。ビリーは毛布を体に巻きつけて坐り寒さに震えながら夜が明けて狼を埋める場所が捜せるようになるのを待った。しばらくすると馬が濡れた手綱を草生《くさふ》に引きずりながら小川からやってきて焚き火のそばで止まった。

ビリーは居眠りをしながら懺悔《ざんげ》をしている男のような、両方の掌を上に向けて立てた両膝に載せた姿勢で眠りこんだ。目が覚めたとき辺りはまだ暗かった。焚き火の火は衰えて熾《おき》の上にいくつか低い炎が立つだけになっていた。彼は帽子を脱いで焚き火をあおぎ火勢を呼び戻して集めておいた薪をくべ足した。目で馬を捜したが姿は見えなかった。ピラーレス山脈の岩の塁壁のあちこちでまだコヨーテが啼き続けていたが東の空は微かに白み始めていた。ビリーは狼のそばにしゃがみ毛皮に触れた。冷たい、完璧にそろった歯並に触れた。火のほうを向いているがまったく光を撥《は》ね返さない目の上へ親指で瞼をおろしてやり、地面に坐って血にまみれた狼の額に手を当てて自分も目を閉じ、草が濡れていて、太陽が昇れば消えてしまうあのすべての生き物を生み出す豊かな母胎《マトリックス》が鼻先の空気のなかにまだ漂っている、星明かりに照らされた夜の山を疾駆する狼を瞼の裏に描こうとした。そこでは鹿や野兎や野鳩や畑鼠などあらゆる生き物の匂いが空気のなかに豊饒に満ちて狼を喜ばせ、それらの生き物が棲む、神によって秩序づけられたそのあり得べき世界のなかで、狼は他と切り離されずに彼らの一員として存在していた。牝狼が駆け回るその世界をコヨーテの啼き声が戸を立てるようにぴしゃりと閉ざし、ビリーのなかには恐れと驚異の念だけが残った。ビリーは落ち葉の上から狼のこわばった頭を持ちあげたが、彼が持ちあげようとしたのはむしろ手に取ることのできないもの、今はすでに山のなかを駆け回っているもの、肉食の花のように恐ろしいと同時に非常に美しいものだった。血と骨をつくる材料ではあるが逆に血と骨にはいかなる供犠台の上でも、いかなる戦争の傷を使ってもつくり得ないもの。世界の捉えがたい秘密の形を切りとり形づくり刳《く》り貫《ぬ》き出すことがもし風にでき、雨にできるのなら、かならずそれにもできると信じていいあるものだった。だがそれは手に取ることが絶対にできないものであり花ではなく敏捷に走る狩りの女神であり風すらが恐れるものであり世界が失うことのありえぬものだった。

2

あらかじめ不運に定められた企ては人生を永遠に過去と現在に分かつ。ビリーは狼を鞍の前橋に載せて山の上へ運び峠道に埋め岩屑を積んで墓標とした。腹のなかの小さな狼たちはまわりから冷たさが包みこんでくるのを感じながら暗闇のなかで音にならない啼き声をあげたがビリーは母狼もろとも地中にうずめその上から岩屑を積みあげると馬を駆って立ち去った。彼は山のさらに奥へと入っていった。柊《ひいらぎ》の枝を切り取って弓にしメダケで矢をつくった。彼はもうそうでなくなっていた子供にもう一度なろうと思った。

いく日も山岳をさまよい続けて馬も人も痩せ衰え、馬は乏しい冬草を食み岩についた苔をむしり少年は渓流の底の冷たい砂利に影を落としている鱒《ます》を弓で射とめて食べたり青いノパルサボテンの葉を食べたりしたが、やがてある風の強い日高い山の鞍部を越えるとき太陽の前を一羽の鷹がよぎりその影が草生の上を素早く走ったのを見て怯える馬の背から、ビリーが空の高みでぐるりと輪を描く鷹を見あげ肩にかけた袋から矢を一本抜き弓につがえて放つと、矢は風に羽根をぱたぱたと鳴らしながら弧を描いて飛び、回りこんできた鷹の淡い灰色の胸に不意に突き立ち、鷹の体が空中でひらりと翻った。

鷹は向きを変え風に煽られながら空から滑り落ち、抜けた羽根を一枚従えて山の肩の向こうへ消えた。ビリーは死骸を捜しにいったが見つからなかった。岩の上に風に吹かれて乾き色を黒ずませた一滴の血が落ちているだけだった。風のなかで彼は馬からおりて地面に坐りこみ掌の手首に近い固い部分にナイフで傷をひとつつけ岩の上に血がゆっくりと滴り落ちるのを見つめた。二日後、岬のように突き出た崖の上で馬を止めてバビスペ川を見おろすと川は逆向きに流れていた。さもなくば今太陽が東に沈みつつあるかだった。ビリーは柏槙の木を風よけにして簡単な野営地をつくり一夜を過ごして次の朝に太陽があるいは川がどういう態度に出るかを見てみることにしたが、遠い山並と目の前に広がる平原に朝陽が射し始めたとき彼は稜線を越えて川が北へ向けて流れる山脈の東側に自分が出ていたことに思い至った。

彼は山の奥深くに入った。彼がツツジとトネリコの林のなかで風倒木に腰をかけてナイフで縄を適当な長さに切り取るのを馬がじっと眺めた。ビリーは立ちあがって腰からずり落ちかかっているズボンのベルト通しに縄を通してナイフをしまった。食い物じゃないよ、と彼は馬にいった。

夜は高地の原野の冷たい暗闇のなかで寝そべり風の音に耳を傾け焚き火の衰えていく残り火をじっと見つめていたが、炭はいつも思いがけない場所でぱちりと裂けて赤いひび割れをつくった。それはちょうど鉋《かんな》をかけるうちに木材のなかに隠れていた模様が顕われてくるのに似ていたが、炭の場合は模様の全体が明らかになるときには闇と灰が残るだけであり、それはこの世界そのものの有りようと同じだった。狼の啼き声は聞こえなかった。むさ苦しい姿をし飢える寸前の状態で、意気消沈した馬に乗って一週間後に鉱山の町エル・ティーグレに入っていった。

山間の小さな谷間を見おろす斜面に十何軒かの小屋がまとまりもなく立っていた。辺りには人けがなかった。ビリーが土埃の立つ道の真ん中で馬を止めると、馬は木の枝と泥でつくり牛の生皮を戸のかわりに吊した粗末な掘っ建て小屋の集落をうそ寒いという目で見た。また馬を歩かせると女がひとり道に出てきてこちらに近づいてきて、馬の脇に立ち、帽子のつばの陰になっているビリーのまだ幼さの残る顔を見あげてあんた病気なのと訊いた。ビリーはいや違うと答えた。腹が減っているだけだといった。馬からおりるようにいう女の言葉に従い、弓を肩からはずして鞍の角にかけ馬を引いて女の家までついていった。

ビリーは陽のほとんど射さない暗い台所に坐り素焼きの椀によそった隠元豆を大きな琺瑯《ほうろう》のスプーンですくって食べた。明かりはただ一カ所天井の煙出し用の穴から落ちていて、女はその真下にある低い土の竈《かまど》の前にしゃがんで古いひび割れた素焼きの焼き皿に載せたトルティーヤをひっくり返し、薄い煙が黒くなった壁を伝って天井の穴から外へ出ていった。外で鶏がこっこっと啼きズックの袋の布地を継ぎはぎしたカーテンで仕切った隣のさらに暗い部屋には誰か眠っている者がいた。小屋のなかには煙の匂いと腐った脂の匂いがこもりそこに松脂の薬臭い匂いが微かに混じっていた。女は熱いトルティーヤを何枚か素手でつまみあげ素焼きの大皿に載せてビリーの処へ持ってきた。ビリーは礼をいい一枚とって二つに折り豆の椀に浸して食べた。

あんたどっからきたの《デ・ドンデ・ビエーネ》？　と女がきいた。

アメリカからきたんだ《デ・ロス・エスタードス・ウニードス》。

テキサス《デ・テーハス》？

ニューメキシコ《ヌエボ・メヒコ》。

すてきね《ケ・リンド》。

あそこを知ってるの《ロ・コノーセ》？

ううん《ノ》。

女は彼が食べるのをじっと見ていた。

あんた坑夫なの《エス・ミネーロ》？

牧童《バケーロ》だ。

ああ《アイ》、牧童《バケーロ》。

ビリーが食べ終わりトルティーヤの最後のひと切れで椀の内側を拭うと女は食器を下げてバケツに漬けた。テーブルの彼の向かいへきて木のベンチに腰かけ彼にじっと目を注いだ。これからどこへいくの《アドンデバ》？

ビリーには分からなかった。何を見るともなく部屋のなかを見回した。泥の壁には一九二七年型ビュイックのカラー写真をあしらったカレンダーが木の釘でとめてあった。毛皮のコートを着て大きなスカーフを頭に巻いた女が車のそばに立っていた。ビリーはどこへいくつもりか自分でも分からないと答えた。二人は黙って坐っていた。ビリーがカーテンを吊した戸口へ顎をしゃくった。寝てるのはご主人《エス・ス・マリード》？

女は違うといった。妹だといった。

ビリーはうなずいた。もう見るほどのものはすべて見てしまった部屋のなかをもう一度眺め回したあと、肩越しに手を伸ばして椅子の背にかけた帽子をとり土の床の上に置かれた椅子を後ろに引いて立ちあがった。

ほんとにどうもありがとう《ムチーシマス・グラシアス》、と彼はいった。

クラリータ、と女がいった。

こちらから目を離さずにそういったので、ビリーはふとこの人は少し頭がおかしいのかもしれないと思った。彼女はまたクラリータといった。それからカーテンの奥の暗い部屋のほうを向き指を一本立てた。ちょっと待って《モメンティート》。ベンチから腰をあげて暗い部屋へ入っていく。二、三分してからまた出てきた。どことなく芝居がかった仕草で戸口に吊したズックの布を片寄せた。眠っていた女が薄汚れたピンクのレーヨンの部屋着姿で出てきて彼の前に立った。女はビリーを見てから視線を姉に移した。なるほど妹なのだろうが齢《とし》格好はほとんど同じだった。女はまたビリーに目を向けてきた。ビリーは帽子を手にしたままじっと立っていた。妹の後ろに立っている姉は妹が部屋から出ることはめったになくすぐに引っこむのだというつもりか縁のささくれた埃まみれのカーテンを押さえていた。自分は偉い人のお供の者にすぎないというように立っていた。先程まで眠っていた妹は部屋着の襟を搔き合わせると片手を伸ばしてビリーの顔に触れてきた。それから背を反《かえ》してまた部屋のなかへ入っていった。ビリーは姉のほうに礼をいって帽子をかぶり、こもった音を立てるごわごわした牛の生皮を押し開いて陽の下で馬が待っている表に出た。

轍も馬の足跡も店らしい建物も目につかない通りを馬で進んでいくと一軒の小屋の戸口に佇んでいる二人の男が何か手振りをしながら声をかけてきた。また肩に弓をかけているビリーは、こんなものを持って真っ黒に汚れたぼろを着て骨と皮だけの馬に乗っている自分はさぞかし哀れにあるいは滑稽に見えるだろうと思ったが、からかうような調子で声をかけてきた男たちをよく見るとこちらと似たりよったりだったので気にせず馬を進めていった。

小さな谷を横切って西に進み山岳に入った。この国へきてから何日たったのか見当もつかなかったが、こちらで見た良いことと悪いことを道々思い返しながらビリーはもう何が起こっても怖くないと思った。何日かしてビリーは山の奥深くに掘っ建て小屋や小枝や茣蓙《ござ》でつくったテント小屋を立てて暮らしている未開のインディオや洞穴に住んでいるさらに未開のインディオと出会ったが、彼らの親切なもてなし振りはあるいはビリーを狂人と思いこみ哀れんだせいかとも受け取れるほどだった。食事をさせてくれ、女たちは服を洗濯し繕い鷹の爪でつくった突き錐と鷹の脚の腱でつくった紐でブーツを修理してくれた。彼らはお互いのあいだでは自分たちの言葉で話しビリーとは片言のスペイン語で話した。若い者はたいてい鉱山や町やメキシコ人の大農園へ働きにいっているがメキシコ人は信用していないと彼らはいった。川沿いの小さな村で物々交換をしたり町で彼らの祭りを遠くから見物することはあるがそれ以上の交わりは持たない。メキシコ人はメキシコ人の犯した罪をこちらになすりつける、自分たちで酔っ払って殺し合いをしておきながら兵隊を山へ送りこんできて犯人を捜す。ビリーは自分がどこからやってきたかを話したとき彼らがアメリカを知っていたのに驚いたが彼らはアメリカについて何かをいうことはなかった。馬を交換しようと持ちかける者はいなかった。なぜこの山のなかへきたのかと訊く者もいなかった。ただこの西のヤーキ族の土地には近づくな、殺されるからと警告しただけだった。女たちにマチャーカと呼ばれる干して革のようにした肉と乾燥させた玉蜀黍と煤で汚れたトルティーヤを包んで持たせてもらい馬に跨がったビリーの処へ、ひとりの老人がやってきて、鞍の前後をつかみビリーを抱きかかえるようにしてビリーの目を真剣な目差しで覗きこみ、半分も聞き取れないスペイン語で何か話しかけてきた。老人が身にまとった奇妙しなければならない何かのゲームの規則といった感じの幾何学的な記号が一面に刺繡してあった。翡翠《ひすい》と銀の宝飾品を身に帯び長い髪は齢に似合わず黒々としていた。老人はビリーに、たとえ孤児《みなしご》であっても放浪はやめてこの世界のどこかに落ち着かなければいけない、こんな風に放浪していると放浪が身についてしまいほかの人間と疎遠になり最後には自分自身にとってさえ他人になってしまうといった。世界は人間たちの心のなかにあるその有りようにおいてだけ知られるものだ。世界は人間を包みこんでいる場所のように思えるかもしれないが本当は人間たちが世界を包みこんでいるのであり、だから世界を知るには人間たちをよく見てその心を知らなければならず、そのためにはほかの人間たちのあいだを通り過ぎていくだけではなく彼らと一緒に生きなければならない。孤児になった者はもう自分はほかの人間とは関係ないという気になるかもしれないがそういう気持ちは脇へ置いておかなければならない、というのも孤児のなかにもほかの人間たちに見える大きな精神が包みこまれているのであり、ほかの人間たちは彼のことを知りたいと思っている、そして孤児が世界を必要としているように世界のほうでも孤児を必要としているのだ、というのも世界と人間はひとつだからだ。最後に老人はほかの人間たちと暮らすことはいいことだが、すべてのいいことがそうであるように危険なことでもあるとつけ加えた。それから鞍から手を離して後ろに下がった。ビリーは老人の忠告に礼をいい、ただ自分は孤児ではないといってそばに立っている女たちに礼をいうと、馬の向きを変えて前に進み出した。インディオたちはじっと立って彼を見送った。最後のテント小屋の脇を通り過ぎるときビリーが振り返ると老人が声をかけてきた。あんたはそうなんだよ《エーレス》、と老人は叫んだ。あんたは孤児なんだ《エーレス・ウェルファーノ》。だがビリーは片手をあげて帽子のつばに触れただけでどんどん先へ進んでいった。

二日後ビリーは山脈を東西に横断する馬車の通り道にいき当たった。両側の常磐樫とツツジの林は青々としており道はあまり使われていないようだった。丸一日その道をたどったが誰にもいき会わなかった。尾根近くでは道幅がかなり狭くなり崖に馬車のハブがつけた古い傷痕が残っていたし崖下には昔インディオに殺された人々の岩屑を積んで目印にした墓が点々と散らばっていた。だがこの一帯はもう人が住まなくなっているらしく荒涼として食料になる獣も鳥も目につかず風と沈黙だけが辺りを領していた。

尾根の東の急斜面の縁へくるとビリーは馬からおり手綱を引いて灰色の岩棚を伝いおり始めた。崖の縁に生えている柏槙の低木はみな長年風に吹かれ続けて斜めに傾《かし》いでいた。切り立った崖の岩肌には大昔はともかく今では現実の対応物などないように思える人や動物や太陽や月やその他のものをかたどった象形文字が残っていた。ビリーは陽の当たっている岩棚に腰をおろし、東に広くひらけたバビスペ川流域の谷間と、その向こうに続くかつては海の底だったカレータス平原の古い時代に神官や兵士たちが死にスペイン人の宣教師たちが泥のなかに仆《たお》れたチチメカ族（アステカ文明を築いたアステカ族を含む狩猟民族の総称）の土地に散らばる小さな畑の青い玉蜀黍と、その平原の向こうの南北の裾《すそ》をいくつもの谷間に裂かれた山また山の淡い青の連なりを眺めたが、その土地の広がりはこれから彼が通り抜けていく世界が生まれ出ようと夢を見ているという風にそこで待っていた。空の高みを一羽の禿鷹《はげたか》が翼を動かさずに風の選んだ方向へ流れていくのが見えた。四十マイル先の平原の上を汽車の煙がゆっくりと渡っていくのが見えた。

ビリーはちぎれそうなぼろぼろのポケットから松の実を一つかみ出して岩の上に置き、拳ぐらいの大きさの石で割った。さっきから馬に話しかけていたのをなおも続けながら実を割り殻が取れると実を掌ですくって差し出した。馬は彼を見、松の実を見てから二歩前に進んでくるとゴムのような口を彼の掌につけた。

掌についた涎《よだれ》をズボンで拭いたあと残った松の実を取り出して殻を割り馬の見ている前で食べた。それから立ちあがって岩棚の縁へいき松の実を割るのに使った石を投げた。石はくるくる回りながらどんどん落ちていき沈黙のなかに吸いこまれて消えた。彼はじっと立って耳をすましていた。遥か下のほうで石と石が打ち合う微《かす》かな音がした。温かい岩棚の真ん中に戻り寝そべって手枕をして帽子を顔にかぶせ、その帽子のなかの暗がりを見つめた。故郷の家は遠い夢のようだった。ときどき父親の顔を脳裏に描けないことがここ何日かあった。

彼は眠り、その眠りのなかで鑢《やすり》で歯を尖らせた未開の男たちが棍棒を手にまわりに集まり、これからある作業をするぞと、それを始める前に彼に断りを入れる夢を見た。すぐに目が覚めたがそれでもじっと横になったまま聞き耳を立てていた。帽子の暗闇の向こうにまだ男たちがいるかもしれないというように。男たちは岩のあいだにしゃがんでいた。石を使って岩の上に、彼らが永遠に生き永らえさせようとする生き物たちと彼らの手にかかって死んでしまった世界の似姿を刻みつけようとしていた。ビリーは帽子を持ちあげて胸の上に置き青い空を見あげた。馬を捜そうと体を起こしたが馬はほんの数フィート離れた処で彼を待っていた。彼は立ちあがり両肩を動かして凝りをほぐすと帽子をかぶり手綱を拾いあげ馬の前脚を手で撫でおろして足をあげさせ蹄を両膝のあいだに挟んで傷み具合を見た。この蹄鉄を打ちつけてからかなりの期間がたっており蹄が長く伸びていたのでナイフを出して蹄壁の広がり出した縁を削り足を地面におろすとほかの蹄も調べて削った。木の枝や葉にたえずこすられて馬の体は厩舎の匂いをすっかり落とし温かく蒸れた木の根のような匂いを立てていた。馬はずっしり重い黒ずんだ色の蹄を持ち葦毛馬の血がかなり混じっているので体格も気質も山歩きに向いていたが、小さいころから大人たちが馬のことを話すのを聞いて育ったビリーは葦毛馬の血が頑丈な膝や幅広の顔だけでなくある種の内面的な資質をも伝えることを知っており、山のなかでの乗り方が野生に返ったように荒っぽくなればなるほど馬は巧みに自身を御するという気がした。この馬は自分を置いて逃げたりはしないだろうが逃げようと考えたことはあると思った。ビリーは最後に残った後足の蹄の手入れを終えると馬を狭い山道へ引き出して跨がり谷間へおりていった。

道は花崗岩の山肌を時計の髭ぜんまいのように伝いおりていた。こんな細い葛折《つづら》りの道をよく馬車が通ったものだとビリーは思った。馬からおりて通り抜けるしかない谷側の端が崩れ落ちた処や人には動かせない大きな岩がごろごろ転がっている処があった。おりていくにつれて松林が樫と柏槙の林にかわった。草木の繁茂《はんも》は荒々しく野放図だった。谷間全体が緑に埋めつくされそうになっていた。やがて黄昏がすべてを青磁色に揺らめかせた。七時間かかった下山のうち最後の一時間は暗闇のなかだった。

その夜はメダケと柳が密生する砂地の川原で眠り朝がくると川沿いの道を北へたどって浅瀬の処へきた。土壌の赤い対岸の沖積平野には土のなかから起こり、廃墟となってまた土のなかへ沈みこもうとしている町があった。青い大気のなかに煙が一筋立ちのぼっていた。馬を浅瀬に乗り入れてすぐに止め水を飲ませるあいだ、鞍から身を乗り出し掌に水をすくって顔を洗い、またすくって飲んだ。水は冷たく澄んでいた。川の上流で燕の群れが水面すれすれを飛び回り陽は彼の顔に暖かかった。両方のブーツの踵で脇腹を締めつけると馬は滴《しずく》の垂れる鼻面を川面から引きあげまたゆっくりと浅瀬を渡り始めた。流れの中程でまた馬を止め肩にかけた弓をはずして川に流した。弓は小波にもまれて身をひねりながら下流へ遠ざかっていった。淡い色の木でできた三日月形の弓は流れただよい川面が照り返す陽のなかに消えた。溺れ死んだ射手、音楽家にして火の作り手の形見のように。ビリーは浅瀬を渡りきり川原の柳と葦のあいだを通り抜けて町へ入っていった。

まだ崩れずに残っている建物はほとんどが町の反対側のはずれにあったのでビリーはそちらへ向かっていった。とある家の扉のなくなった玄関先で潰れかかった姿を晒している古い馬車の残骸の前を通り過ぎた。なかで何かの動物の目が光っている土の竈がある庭の前を通り過ぎ、屋根の梁が落ちて瓦礫のなかに横たわっている古い大きな陽干し煉瓦の教会の前を通り過ぎた。教会の裏手の戸口にビリーよりも肌の色が白い、砂色の髪と薄青い目を持った男が立っていて、ビリーにまずスペイン語で、次いで英語で呼びかけてきた。馬からおりて入ってこいと男はいった。

ビリーは裏口に馬を残して男のあとから教会に入りトタン板でつくった手製のストーブに火が燃えている小さな部屋に足を踏み入れた。部屋には小さな寝台と脚の曲がった松の長いテーブルとメノー派教徒がつくる梯子のような背を持った椅子が何脚か置かれていた。さまざまな色の猫が部屋中に寝そべっていた。男は何か言い訳でもするような曖昧な仕草で猫を手で示し、それからやはり手振りでビリーに椅子を勧めた。ビリーは羽織っていた毛布を肩から取って手に持ちじっと立っていた。部屋はとても暖かかったがそれでも男はストーブの扉を開けて薪をくべ足した。ストーブの上には鍋と薬罐と黒くなったフライパンと傷みが激しく色の黒ずんだところがほかの器物と不思議なほど調和している鉤爪状の脚がついた銀のティーポットが載っていた。男は立ちあがって足でストーブの扉を閉め陶器のカップと小皿を二組棚からおろしてテーブルの上に置いた。テーブルの上にいた猫がやってきてカップをひとつずつ覗きこみ坐りこんだ。男はストーブの上のティーポットを取ってカップに中身を注ぎポットをもとの場所に戻すとビリーを見た。

あんたはまるで骨と皮だけだね《エレス・プーロス・ゥエソス》、と男がいった。

まあそうですね《テンゴ・ミエード・エス・ベルダー》。

さあ。くつろいでくれ。卵を食べるかね？

ありがたいですね。

いくつ食べる？

三つもらいます。

パンはないよ。

じゃあ四つ。

さあ坐って。

はあ。

男は小さな琺瑯びきの手桶を持って頭のつかえそうな戸口から出ていった。ビリーは椅子をひとつ引き出して坐った。毛布をざっとたたんで隣の椅子の上に置き近いほうのカップを取ってコーヒーをすすった。本物のコーヒーではなかった。何なのかは分からなかった。部屋のなかを見回した。猫がみなこちらを見つめていた。間もなく男が手桶のなかで卵をごろごろさせながら戻ってきた。フライパンをひとつ手にとり黒い鏡を覗きこむようにしげしげと底を眺めてからまたストーブの上に置き、素焼きの壺から固まった脂をスプーンですくってフライパンに入れた。それから脂が溶けるのをじっと見つめてから卵を割り、同じスプーンで掻き混ぜた。四つだね、と男はいった。

ええ。

男はビリーのほうを向きそれからまた顔をフライパンに戻した。ふと今この男が話しかけた相手は自分ではなかったという思いがビリーの頭をかすめた。調理が終わると男は大皿を棚からおろして卵を盛りつけ、黒ずんだ銀のフォークを皿の縁に載せてテーブルのビリーの目の前に置いた。それからコーヒーを注ぎ足してポットをストーブの上に戻すとテーブルの向かい側に坐って食事をするビリーをじっと見つめた。

あんた道に迷ったんだね、と男はいった。

ビリーは卵を一杯にすくったフォークを途中で止めて、そのことについて考えた。いやそうじゃないですよ、と彼はいった。

この前ここへきた男は病気だったよ。病人だったんだ。

いつのことです？

男は片手を宙で曖昧に動かした。

その人はどうなったんですか？

死んだ。

ビリーは食べ続けた。おれは病気じゃないです、といった。

その男はこの教会の墓地に埋められているよ。

ビリーは食べた。おれは病気じゃない。道に迷ったわけでもないです。

人を葬ったのは久しぶりだった。

久しぶりってどれぐらいです？

さあ分からない。

その人はここへ何しにきたんですか？

鉱山で働いてる男だった。坑夫《バレテーロ》だ。病気になったのでこの町にきた。しかしもう遅過ぎた。手の施しようがなかった。

町には他に何人ぐらい住んでるんです？

ひとりも住んでいない。わたしひとりだ。

じゃあなたがひとりでやったんですか？

何を？

その人の手当てを。

そうだよ。

ビリーは顔をあげて相手を見た。それからまた食べた。今日はいつなんですか？

日曜日だ。

何月何日かってことだけど。

さあ知らないな。

何月かは分かりますか？

いや。

じゃなんで日曜だって分かるんです？

七日ごとにくるからだよ。

ビリーは食べた。

わたしはモルモン教徒だ。というより前はそうだった。モルモン教徒の家に生まれたんだ。

ビリーはモルモン教徒とはどういうものかよく知らなかった。彼は部屋のなかを見た。猫を見た。

モルモン教徒はかなり以前にここへやってきた。一八九六年だ。ユタからきた。新しい州をつくるために。ユタでは、わたしはモルモン教徒だった。それからこの教会の宗旨に変えた。それから次には自分が何になったか分からなくなった。それからわたしはわたし自身になった。

この町で何してるんです？

小使いだよ。管理人だ。

何の管理人？

この教会のだよ。

教会は崩れちまってるけど。

ああ。そうだよ。地震で崩れたんだ。

地震が起きたときこの町にいたんですか？

まだ生まれていなかった。

地震はいつ起こったんです？

一八八七年だ。

ビリーは卵を食べ終えてフォークを皿の上に置いた。彼は男を見た。

この町にはいつからいるんです？

六年前からだ。

きたときはもうこんな風だったんですか？

そう。

ビリーはカップを持ちあげてコーヒーを飲み干し、小皿に戻した。どうもごちそうさまでした、と彼はいった。

お粗末さま。

ビリーは腰をあげていとまを告げようとする素振りを見せた。男はシャツのポケットから煙草の葉の包みと玉蜀黍の皮を入れた布の札入れのようなものを出した。ベンチに寝そべっていた猫の一匹が起きあがって伸びをし音もなくテーブルに飛び乗ると、ビリーの皿へ近づいてきて匂いを嗅ぎ、しゃがんでフォークについた卵の小さなかけらを丁寧に食べ始めた。男は煙草の葉を一つまみ玉蜀黍の皮に載せて巻いた。そして出来あがったものをビリーのほうへ押して寄越した。

ありがとう、とビリーはいった。でもおれ吸わないから。

男はうなずき煙草を口の端にねじこむと立ってストーブの処へいき、床に置いた缶から細長い木の枝をとりストーブの扉を開け背をかがめて枝に火をつけそれを煙草に移した。それから枝の火を消して缶に戻しストーブの扉を閉めポットを手にテーブルに戻ってくるとビリーのカップにおかわりを注いだ。男のカップは手つかずのまま冷えた黒い液体をたたえていた。男はポットをストーブの上に戻しテーブルのもとの場所へ腰をおろした。猫が起きあがって白い陶器の大皿に映った自分の姿を見、後ずさりをして坐りこみ欠伸《あくび》をひとつしてから自分の体を舐め始めた。

この町へ何しにきたんです？　とビリーがきいた。

あんたはどうなんだ？

え？

あんたはこの町へ何しにきた？

おれはこの町へきたわけじゃない。通りかかっただけです。

男は煙草の煙を吸いこんだ。わたしもそうだ。同じだよ。

六年もいるのに通りかかっただけなんですか？

男は片手を小さく振りあげた。わたしは異端者として以前の生活から逃げてきた者だ。

わたしは逃亡者なんだよ。

隠れるためにここへきたんですか？

荒廃に惹かれてやってきたんだ。

え？

荒廃。地震のあとの荒廃だ。

ああ。

わたしは神がこの世界に手をかけたことを示す証拠を捜していた。神の手は怒りに満ちた手だと思うようになったわたしは、人々が破壊というものが奇跡であることについて充分に思いを巡らしたことがないと考えていた。ある程度の規模の災害が持つ意味について充分に考えたことがないとね。わたしは人々が見過ごしてしまった証拠が残っているかもしれないと考えた。神が手間をかけて自身の手形をすべて拭い取ってしまうはずはない。わたしはどうしても知りたかった。神は戯れにいくらかの手がかりを残しておいたかもしれないとすら思った。

どういう手がかりを？

分からない。何らかの手がかりだ。前もって予見できないものだ。何か場違いなもの。何か寸法にあわないいびつなもの。土の上に残された跡。道の上に落ちているどうということのないもの。それは原因じゃない。それだけはいえる。原因はどこまでも増えていく。いきつく先は混沌だ。わたしは知りたかったのは神の心だよ。神が何の理由もなしに自分の教会を壊すなど信じられなかった。

この町の人たちが何か悪いことをしたとか、そういうことですか？

男は思案にふける顔つきで煙草を吸った。そう、それもありうると思った。ありうることだ。低地の町々（ソドムとゴモラ）と同じようにね。わたしは神が手をあげて打ちかかるほどに腹を立てた言語道断の悪行がなされていた証拠が見つかるかもしれないと考えた。瓦礫のなかに。土のなかに。落ちた梁《はり》の下に。何か黒ぐろとしたものが。何であるかは分からないけれども。

何が見つかりました？

何も。人形。皿。骨。そんなものばかりだった。

男は前に身を乗り出しテーブルの上の素焼きの椀で煙草をもみ消した。

わたしがこの町へきたのはある男のせいだった。わたしはその男の足跡《そくせき》をたどってここへきた。たぶん他にその男がたどり得た道があったのかどうか確かめるために。ここで見つかるはずだったものは物じゃない。それにまつわる物語と切り離された物には何の意味もない。それはただの形にすぎない。ある大きさとある色、ある重さを持った形にすぎない。われわれにとって意味のなくなった物にはもう名前もなくなってしまう。しかし物語は世界のなかで占める場所を失うことはない、というのも物語自体がその場所だからだ。この町で見つかるはずだったものは物語だ。コリードだ。お話だ。コリードというのはすべてそうだが結局のところたったひとつの物語しか語らない、というのも語られるべき物語はひとつしかないからだ。

猫たちが身動きし、ストーブの火が薪をことりと鳴らした。外の無人の町は深い深い沈黙に包まれていた。

それはどういう物語ですか？　とビリーはきいた。

アルタール川の辺にあるカボルカという町にひとりの老人が住んでいた。老人はカボルカで生まれカボルカで死んだ。だが一時期この町で暮らしたことがあった。このウィシアチェピクの町で暮らしたことが。

ウィシアチェピクがカボルカとどんな関係を持ち、カボルカがウィシアチェピクとどういう関係を持っているか？　なるほど二つの町はまったく別の世界だ。だが世界はひとつしかないしおよそ想像しうるものはすべてこの世界にとって必要なものだ。というのも、この世界は石や花や血でできている物のように見えるけれど実は物ではなくひとつの物語だからだ。世界のなかにあるものはすべて物語でありそれぞれの物語はさらに小さな物語から成り立っているが、そのどれもが同じ物語なのであって他の物語をすべて内側に含んでいる。だからすべてが必要なものだ。どんな小さなものでもすべて。これは厳しい教訓だよ。何ひとつ欠いてはならないのだから。軽んじていいものは何ひとつないのだから。それというのも継ぎ目はわれわれの目に見えないからだよ。合わせ目は見えない。世界がどんな風に成り立っているかは見えない。なくていいものは何なのか、省かれていいものは何なのかはわれわれには知り得ない。何がしっかりと立ち何が倒れるかは分からない。そしてわれわれの目から隠されているその継ぎ目はもちろん物語それ自身のなかにあり、その物語の住み処も居場所も物語るという行為のなかにだけあるのであり、物語はそこを住み処にしそこで生きているのだからわれわれが物語るのをやめるということは絶対にない。物語るという行為に終わりはない。だからカボルカであれウィシアチェピクであれ、他のどんな名前の場所であれ名前のない場所であれ、もう一度いうけれどもあらゆる場所での物語はひとつなんだ。まさしくひとつなんだ。

ビリーは手もとのカップに入っているコーヒーではない液体の黒い丸い表面を見おろした。男を見、猫を見た。一匹残らず眠りこんでいるように見える猫たちを見てビリーはふとこの男の話す声は猫たちにとって珍しいものではないようだ、きっとこの男は外の世界から稀《まれ》に人がやってくるとき以外にも独り喋り続けているのだろう、あるいは猫を相手に喋り続けているのだろうと思った。

昔この町に住んだことのあるその老人がどうしたんです？　とビリーはきいた。うん。その老人の両親は老人がまだ子供のとき町のほかの人間と一緒にカボルカの教会に立てこもり、アメリカから入りこんできたならず者たちから町を守ろうとして砲弾で殺された。あんたも多少はこの国の歴史を知っているだろう。瓦礫が取りのけられたとき死んだ母親の腕に抱かれている少年が見つかった。そばに倒れている父親は懸命に何か喋ろうとした。人々は父親を運び出した。父親の口からは血が流れていた。みんなはかがみこんで父親の言葉を聞きとろうとしたが彼はもう何も喋らなかった。胸が潰れていて息をするたびに血を噴き出す父親は別れを告げるように片手をあげ、それでこと切れた。

少年はこの町へ連れてこられた。カボルカでのことはほとんど覚えていなかった。父親のことは覚えていた。いくつかのことを覚えていた。自分を抱きあげて並木道でかかっていた人形芝居を見せてくれたことなどを。母親の思い出はもっと少なかった。何も覚えていなかったかもしれない。この少年の人生はかなり風変わりな出来事で彩られることになる。それは不運の物語だ。というか、そんな風に思われる。結末はまだ語られていない。

ここで少年は大人になった。この町で。妻を迎え幸せなことに自分もひとり息子を授かった。

一八八七年五月の最初の週にこの男は息子を連れて旅に出た。バビスペの町へいって自分の叔父であり息子の名づけ親でもあるひとの家に息子を預けた。男はバビスペからさらにバトピーテにいき南部地方の農園から砂糖を買い付ける交渉をする。そしてバトピーテで一泊することになっていた。わたしはその旅のことを何度も考えた。その旅とその男のことを。男は若かった。まだ三十にもなっていなかっただろう。男はラバに乗っていった。息子は鞍の自分の前に坐らせた。季節は春で川沿いの草地には野生の花が咲き乱れていた。男は若い妻に土産を買ってきてやると約束した。男は道に立っている妻を見る。妻は出発する夫に手を振っている。男は妻の写真を持たず、ただ心に面影を抱いて出かけていった。これをどう思うかね。たぶん妻は泣いていただろう。夫の姿が見えなくなるまでじっと立ち尽くしていただろう。間もなく崩れ落ちることになるこの教会が落とす影のなかに立っていただろう。人生は思い出だ、そしてそれが消えれば無になる。すべての法は一粒の種のなかに書きこまれている。

男は旅立ちの模様を話しながら両手でアーチ形をつくり教会をかたどった。それから片手を左から右へ移動させて、ここに何があった、太陽はこの位置にありラバに乗った男はこう進み妻はここに立っていたはずだと説明した。昔のその出来事が起こった空間を今のこの空気のなかにつくり出そうとするかのようだった。

バビスペの町では祭りをやっていた。旅回りのサーカスがきていた。男は昔自分が父親にしてもらったように幼い息子を紙でできたランタンに頭がつくほど高々と抱きあげて見せ物を見せてやった。道化師、奇術師、素手で蛇を抱いている男。次の日の朝、男はさっきいったとおり息子を残してひとりでバトピーテの町へ出かけていった。そしてバビスペの町で息子は地震で倒れた家の下敷きになって死んだ。男の叔父は子供を両腕に抱いて泣いた。バトピーテの町は無事だった。今でも町の川向こうの山肌に大笑いしている口のような裂け目が残っている。バトピーテの町の住人が災害について聞いた知らせはその裂け目のことだけだった。ほかには何ひとつ分からなかった。次の日にバビスペに戻る途中、男は歩いてやってきた旅人から地震のことを聞いた。男には旅人の言葉が信じられなかったが、ラバを急がせてバビスペの町に入ると旅人のいったとおり町中が廃墟になってそこらじゅうで大勢の死人が出ていた。

男は町に入らないうちからじきに明らかになるはずの事実に怯えていた。銃声が聞こえてきた。瓦礫のなかの死体をあさっていた犬どもが駆けてきて彼の横をすり抜けて逃げ去り、銃を持った男たちが通りに走り出てきて足を止め怒鳴った。並木道に敷いた葦の筵《むしろ》の上にいくつもの死体が寝かされ、黒い服を着た老女らが行き来して棕櫚《しゅろ》の葉で蠅を追っていた。叔父がやってきてラバの鐙《あぶみ》に取りすがりものもいえずに泣いたが、それでも叔父は手綱を取って咽《むせ》びながらラバを引いていった。男と叔父は商人や農夫の死体、商人の妻や農夫の妻の死体が横たわっている並木道を通っていった。まだ学校に通っている小さな女の子たちの死体もあった。バビスペの町の並木道に敷かれた葦の筵に横たわっていた。祭りの衣装を着せられた犬の死体もひとつあった。道化師もひとり死んでいた。なかで一番年端のいかないのが、男の押し潰されて死んだ息子だった。男はラバからおりてひざまずき血にまみれた子供の骸《むくろ》を胸に抱いた。これが一八八七年のことだった。

男の胸のうちはどんなだったろう？　その苦しみはいかばかりだったろう？　男はラバの腰に神が授けてくれた子供の亡骸《なきがら》を載せてこのウィシアチェピクに帰ってきた。家では子供の母親が待っていたが、その子供の亡骸が男の持ち帰った土産になってしまった。

悲しい夢から覚めたらもっと悲しい現実が待っていたようなものだった。男が愛していた人々はすべて今は拷問に等しい苦しみの種となった。宇宙の軸からピンが抜けてしまった。何であれあるものから目を離すとそれが逃げていこうとするのだ。こういう男はもうわれわれの手の届かない処へいってしまったも同然だ。彼は動くし言葉も喋る。だが彼自身は彼が眺めるどんな物よりも取るに足りないただの影にすぎなくなった。この男の絵姿を描くことはできない。ページの上に小さな印をつけただけでもこの男の存在を誇張することになる。

こんな男と付き合おうとする人間がいるだろうか？　われわれの内側で言葉を越えて身振り手振りを越えて語り出し自分の気持ちはこうなんだ、いやこうなんだと他人に告げるもの。それが彼の内側で失われた。ということなんだ。

ビリーは男をじっと見つめた。男は目を光らせながら片方の掌を上に向け、そこにその失われたものが載っているというようにテーブルの上に置いていた。そしてその手を握って閉じた。

男はその後数年間、人々の前から姿を消した。彼は妻を廃墟となったこの町に置き去りにした。何人もの友人知人が死んだ。彼の妻がその後どうなったかは分からない。男はグアテマラへいった。トリニダードへいった。どうして彼に帰ることができただろう？　彼が自分の人生を完全に葬り去ってしまわず幾分かを残していたとしたら、花と悲しみを携えて戻ってくる必要もあっただろう。だが彼のなかには何も残っていなかった。

大きな災害を生き延びた人間はしばしば自分が助かったことに運命の計らいを感じとるものだ。神の摂理を感じとるものだ。この男はそれまでおそらく忘れていたに違いないあることを自身の内側に見出した。それはずっと昔に自分が多くの人のなかから選び出されたことがあるという事実だ。というのも今彼が思い巡らすことを要求されているのは彼が二度までも灰と土と瓦礫のなかで死ぬ運命を免れたことについてだったからだ。なぜ生き延びたのか？　そんな風に選ばれたのを幸せだと思うのは思い違いだ、幸せなどじゃないからだ。この男は命が助かったことで先祖からも子孫からも切り離されたことに気づいた。彼は束の間を生きるだけのはかないものになった。もう普通の暮らしをしたいと思う気持ちは薄れていた。彼は根も枝もない幹だった。それでも教会へ祈りにいきたいと思うことはたぶんあっただろう。だが教会は崩れてしまっていた。彼の内側の暗がりにある地面もまた亀裂ができてずれ動いていた。そこには廃墟もあった。魂のなかにぽっかりと荒れ地が広がってしまった彼は、おそらく改めてはっきりと自分が教会のように土の塊でしかないと悟り、その教会を再び建てることはできないと思った、というのも教会が本当の意味で存在するのは人の心のなかだけなのだから、建て直しをするにはまず人々の心のなかに神がいなければならないのに、人々の心に神がいない以上どんな力をもってしても建て直すのは無理だったからだ。男は異端者になった。というわけなんだ。

まだ若かったその男は何年もあちこち放浪したあと首都へ現れてそこで何十年か働いた。彼は役所の伝令になった。鍵のかかる革とズックでできた鞄が仕事の道具だった。自分が運ぶ文書の中身は知る由もなかったし知りたいとも思わなかった。彼が毎日めぐって歩く煉瓦造りの建物の石でできた正面の壁には銃弾が残した痕がいくつもついていた。人の手が届かない高い処にはところどころ通りから機関銃が撃ちこんだ丸い薄い黒ずんだ鉛の塊がまだ埋めこまれていた。彼が待たされる部屋はかつて高官たちが処刑のために引き出されていった部屋だった。彼が政治的信条と無縁だったことはいうまでもないだろう。彼はただの伝令だった。彼は人間が自分のためになる賢明な行動を取る力を持っているとは信じていなかった。むしろ彼はどんな主張にもとづく行動もすぐにその主張者の手を離れてしまい予期しない混乱した結果をもたらすだけで終わると考えていた。この世界には別の計画表、別の秩序があり彼が支持する考え方はそれがどういうものであるにせよそういう世界の力と関係していると信じていた。とりあえず彼としては自分でも何だか分からないものに呼び出されるのを待っているのだった。

男は椅子の背にもたれかかりビリーのほうへ顔をあげて微笑んだ。誤解しないでほしい、と彼はいった。この世界で起こる出来事は世界それ自身と無関係ではあり得ない。だが世界それ自身はその時々の出来事に判断を加えることはあり得ない。人間のある企てをほかの企てよりよしとすることはあり得ない。沙漠で軍隊が動くのも砂が動くのも同じことなんだ。どちらのほうがいいなどといえるものじゃない。どうしてそんなことがいえる？　誰の権限でいえる？　この男は神を信じるのをやめはしなかった。神について近代的な考え方を抱くようにもならなかった。神は存在し世界も存在する。世界は彼のことを忘れるかもしれないが神が忘れることはあり得ない。もっとも彼はまさしく神が自分のことを忘れてくれればいいと願っていたのだがね。

そんな考え方に彼を導いたのが悲しみ以外の何物でもないことは容易に理解できる。だが癒すことのできない悲しみはもはや悲しみじゃない。悲しみの衣装を着て旅をする悲しみの黒い姉妹のようなものだ。人間はそう簡単に神から顔をそむけることはできないんだ。そう簡単には。人は誰でも心の奥深くで何かが自分の存在を覚え知っていることを知っている。自分のことを知っているその何かから逃れたり隠れたりすることはできない。そうじゃないと考えるのは言葉にできないことを考えることだ。だからこの男は神を信じなくなったのじゃない。そうじゃない。むしろ彼は神について恐ろしい事柄を信じるようになったんだ。

やがて彼は首都で恩給生活者となった。友達はいなかった。毎日公園に出かけてベンチに坐っていた。彼の足の下にあるのは昔の人の血をたっぷり吸いこんだ土地だった。彼は公園を歩く人々を眺めた。彼は人々がそれを達成するためにあれこれ動き回っていると思いこんでいる目標や目的なるものは実は人々の動きを描写しているにすぎないとの確信に至っていた。人々の動きはより大きな動きの一部にすぎずその大きな動きの動き方は彼らには分からず大きな動きのほうでも彼らの動き方が分からないと信じていた。ただ彼はこの考え方に慰めを見出せなかった。彼は世界が自分のもとから離れていくのを感じた。彼を取り巻いているのは叫んでも谺《こだま》の返ってこない巨大な空虚だった。彼が祈ることを始めたのはこのころからだった。動機はおそらく純粋なものとはいえない。しかし純粋な動機というのはどういうものかね？　神を丸めこむことはできるのか？　神に嘆願したり自分の議論に一理あることを理解してくれと頼んだりできるのか？　神の手で創られた者が神を喜ばせることなどできるのか？　神を驚かせることはできるのか？　心のなかでこの男はすでに神に対して陰謀をめぐらし始めていたがまだそれを自覚してはいなかった。それを自覚したのは神の夢を見るようになってからだった。

神の夢を見ることなどできるのか？　だがこの男は本当に見たんだ。彼の夢に現れた神は多忙を極めていた。話しかけても返事をしない。呼びかけてもその声は耳に届かない。男は神が仕事に没頭しているのを見た。鏡を透して見るように。神は自身が放つ光のなかでひとり坐っていた。世界という織物を織っていた。世界は無のなかから神の両手の上に流れ出し神の両手の上からまた無のなかへと消えていた。果てしもなく。果てしもなく。ということなんだ。こういう神のことをよく考えてみる必要がある。自分で自分に課した仕事の奴隷になっているように見える神のことを。すべてをある窺い知れない目的に向けてねじ曲げる底なしの能力を持った神のことを。混沌すらもその母胎《マトリックス》の外にいることはできない。その世界という織られては消えていくタペストリーのどこかに自分という一本の糸があると知った彼はすすり泣きながら目を覚ました。

　ある日彼は寝床から起きると数年来寝台の下に置いてあった古い旅行鞄にいくらもない身の回り品を詰め、もう二度と昇ることのない階段をおりた。脇には聖書を抱えていた。小さな宗派の巡回牧師のような姿だった。三日ののち彼は神聖な思い出の地であるカボルカの町に着いた。彼は川辺に立ち、照りつける陽に目を細めて、翼廊の崩れたラ・プリシマ・コンセプシオン・デ・ヌエストラ・セニョーラ・デ・カボルカ教会の、沙漠の澄んだ空気のなかに浮かんでいるように見える丸屋根を眺めやった。ということなんだ。

　男はゆっくりと首を振った。テーブルの上から材料を取りあげてまた煙草を一本巻き始めた。深く物思いに浸る顔つきで。こうやって煙草ができあがるのが不思議だという風に。男は立ちあがってストーブの処へいきさっきと同じ先の黒く焦げた枝で煙草に火をつけ火の加減を見てから扉を閉じるとテーブルに戻ってきて前と同じように腰をおろした。

カボルカの町は知っているかな。教会はとても美しい。何度も川が氾濫したせいでかなり傷んでしまっているがね。内陣も二つの鐘楼も崩れている。身廊も南側翼廊の大部分も。残った部分はいわば三本脚で立っているといった格好だ。丸屋根は何十年ものあいだ幽霊のような姿で空にぽっかり浮かんでいる。それはとうていあり得ないような眺めだ。あんな建物を建てられる石工はどこにもいはしない。カボルカの人々は長年にわたって今にそれが崩れ落ちると思ってきた。それは町の人々にとって何かまだ決着のつかない一身上の問題に似ていた。何かよく分からない理由でまだ立っているだけだとみんな考えていた。体の弱った老人たちが死ぬころにはあれも落ちるだろうと人々はいったが老人たちが死にその子供たちが死んでも丸屋根は清らかな大気のなかに浮かんだままで、しまいには人々の心のなかにしっかりと根をおろしてしまい誰ももうあまりその丸屋根のことは話題にしなくなった。

そこへこの男がやってきたんだ。なぜ自分がその場所へやってきたのかなんてことはほとんど考えていなかっただろう。だがそこはまさしく彼が捜し求めていた場所だった。彼は危険な丸屋根の下に寝藁を敷き焚き火をして自分のもとから逃れていったものを受け取る準備を整えた。それが何という名前のものであるかは分からなかったが。その教会の廃墟の土と瓦礫のなかから男は七十年前に引き出され、その後も人生を歩み続けたのだった。これまで私が話してきたような人生を。今話しているような人生を。これから話すことになる人生を。

男はゆっくりと煙草を吸った。立ちのぼる煙をじっと見つめた。あたかもゆっくりと渦巻くその紫煙のなかに今物語っている物語の目鼻立ちが描かれているというように。夢か記憶かあるいは石造りの建物がそこに見えるというように。男は椀のなかに煙草の灰を落とした。

町の人々がやってきた。少し離れた処から男の様子をうかがった。彼らは神がこういう人間をどうされるのかと興味を抱いた。もしかしたら狂人かもしれない。あるいは聖人かもしれない。だが男は人々には無頓着《むとんちやく》だった。歩き回りながら聖書のページに囁きこむように何事かぶつぶつつぶやき親指でページを繰った。頭上の穹窿《きゆうりゆう》には男が思案を巡らしているまさにその事柄を題材にしたフレスコ画が描かれていた。西側に描かれた聖人たちの色の褪《さ》めた衣の上には燕の巣がいくつもあった。男は行きつ戻りつし時おり立ち止まっては聖書を高く掲げて人さし指でページをぱんぱん叩きながら長々と神に話しかけた。これが町の人々の目に映った男の姿だった。齢をとった隠者。素姓の知れない男。聖者が自分たちの町へやってきたという者もいたし頭がおかしいという者もいたが、多くの者がそんな風に神に語りかける人間を初めて見て憤慨した。神自身の家で神に論争を挑む男など見たことがなかったからだ。

どうやらこの男が望んでいたのは神との境界争いらしかった。境界線を定めること。その境界線がきちんと守られるようにすること。だがそんなことが可能だろうか？　世界の境界線は神が定めたものだ。神を相手に交渉などできるはずがない。いったい何を駆け引きの材料にするというのか？

町の人々は司祭を呼んできた。司祭がやってきて男と話をした。司祭は教会の外に立った。孤独な俗人は教会のなかに立っていた。危険な丸天井の下にいた。司祭がこの心得違いをしている老人に神の本性や精霊や人の自由意志や恩寵の意味について語りかけると、老人は要所要所でうなずきながら黙って最後まで聞いたが、話が終わると聖書を高く掲げて司祭に怒鳴り声を浴びせた。おまえは何も知っちゃいない。老人はそう叫んだ。おまえは何も知っちゃいないと。

人々は司祭を見た。どう応えるかと注目した。司祭はじっと老人を見つめたあとで引きあげていった。その老人の確信に満ちた叫び方に衝撃を受け、老人の言葉の重みを心のなかで測ってみて困惑したのだ、というのも老人の言葉は真実だったからだ。自分が何も知らないことを知っているのなら他に何を知っているか分かったものではない。

司祭はまた次の日もやってきた。その次の日も。人々は見物にやってきた。町の学問のある人たちもきた。二人が何をいうかを聞くために。老人は丸天井の下を歩き回っていた。司祭は教会の外にいた。老人は恐ろしい速さで聖書のページを繰った。銀行員が札束を数えるような速さだった。司祭は重要ないくつかの教義にかなり自由な解釈を加えつつ反論した。二人とも骨の髄まで異端者だったわけだ。

男は前に身を乗り出して煙草をもみ消した。そして人さし指を立てた。さあよく聞いてくれというように。いつしか陽が南の窓から射しこんでいて何匹かの猫が居場所を変えるために起きあがり伸びをした。

ただしひとつだけ違う点があった、と男はいった。ひとつだけ。司祭は何も賭けてはいなかった。何も危険に晒《さら》してはいなかった。その狂気じみた老人とは立っている場所が違っていた。老人のように丸屋根の落とす影のなかにいるのではなかった。今にも崩れ落ちそうな自分の教会の外に立つことを選んだために その言葉から証言力が失われてしまったんだ。

老人はいかなる直感によってか、祝福されていると同時に危険きわまりない場所に立っていた。それが老人の選んだ場所であり態度だった。町の人々は口をそろえて老人の言葉には迫力があるといった。老人が力強い確信をもって語っているのは誰にもはっきり分かった。その言葉には遠慮会釈がなかった。人生のこの新たな段階に入った老人には自由思想（キリスト教の教義を近代合理主義に合致させて解釈する立場）を受け入れる余地はなかったんだ。分かるかね？　傲慢な態度をとることで老人は生きた思想を自身の内に引き入れた。その危険な場所に立つことによって老人はただひとり神に語りかけ得る証人になったのであって、老人の目に狂気が宿っているという者には神の選んだ場所で神に論争を挑む人間に狂気以外の何が見出せるのかと訊きたいぐらいだ。なぜなら神と論争できるのは危険ないずれ崩れ去ってしまう場所でだけだからだ。何か言い分があるのならそういう場所に立つしかないからだ。

司祭はどうか？　こちらは原理原則に幅のある人間だ。自由なものの考え方をする人間だ。心の広い人間といってもいい。ちょっとした哲学者でもある。しかし彼の考え方はあまりにも幅が広すぎて世界に一本の道をつけることができない。彼は世界に対して非常に敬虔な感情を抱いている。木立を渡る風の囁きのなかに神の声を聞くことができる。石にすら聖なるものを感じ取ることができる。道理をわきまえた人間であり自身の心の内には愛があると信じている。

だが彼の心に愛はない。木立を渡る風のなかに神の囁きはない。神の声を聞き誤ってはならない。本当に神の声を聞いた者は魂を引き裂かれてひざまずき大声で神に呼びかけるが、彼らの内に恐れはなくただ神を憧れる荒々しい心で自分を永らえさせてほしいと神に呼ばわることになる、というのも、神を信じない人々は神に見放されていても安逸《あんいつ》に暮らしていけるかもしれないが、神の声を聞いた者は神なしにはどんな生活も考えられずただ闇と絶望があるだけだからだ。樹木も石も関係ない。というわけだ。この司祭は寛大であるがゆえに魂の滅びに直面しており、しかもそのことに気づいていなかった。彼は中心も周縁もない無辺際の神を信じていた。そんな茫漠とした信仰を持つことによって彼は神を御しやすいものにしようとしていたんだ。これがその司祭の境界線争いのし方だった。彼は寛大な態度をとることですべての土地を譲り渡してしまっていた。そしてこういう境界線争いには神はかかわり合いにならなかった。

至る処に神を見るというのはどこにも神を見ないことだ。われわれは毎日毎日変わりばえのしない日々を送るうちに、ある日突然何の予告もなく、あの老人のようにわれわれが普段普通に目にしている他の人間とどこが違っているというわけでもない人間が、祭壇に自分の持てるものをすべて積みあげるような態度をとるのを目にするのであり、その態度を見てわれわれは自分の心のなかに埋もれてはいたが決して失ってしまったわけではない、失ってしまうことのあり得ない何ものかを見出すんだ。そういう態度を見た瞬間に。それはわれわれが憧れてはいたが捜すのを恐れていたものであり、われわれを救い得るただひとつのものなんだ。

というわけだ。司祭は立ち去った。彼は町の人々が住んでいる場所へ帰った。老人は聖書に帰った。また行きつ戻りつしながら議論を始めた。老人は弁護士のようになった。神の誉《ほま》れと栄光を称えるためでなく神を弾劾するために聖書という記録を詳細に調べた。神の慈悲に満ちた微妙なはからいのなかにある暗い本質を見出そうとした。偽の恩恵。小さな欺瞞《ぎまん》の数々。破られた約束やあまりにも早く振りあげられた怒りの手。つまり神を相手どって訴訟を起こしたわけだ。老人は司祭には理解できないあることを理解していた。われわれに必要なのは相手にとって不足のない敵だということを。というのもわれわれは自分に対抗してくる強力な敵をがむしゃらに求めるものだからだ。こちらの動きを牽制し、こちらが打とうとする手を押さえにくる何ものかを必要としているからだ。そういう何ものかがなければわれわれの存在には限界がなくなりどこまでも要求が広がって何の限定もなくなる。そして遂にはわれわれが対抗したいと願ったまさにその空無のなかに呑みこまれてしまうことになる。

カボルカの教会は以前と同じように立っていた。例の司祭にすらその瓦礫のなかに住みついたみすぼらしい老人だけがただひとりの教区民であることは理解できた。司祭はもう教会には近づかなかった。老人が丸屋根の下で神に論争を挑むのを放置しておいたが、町の住民のなかにはその丸屋根が風に吹かれて揺れるのが見えるという者すらあった。司祭は老人のそのような振る舞いに苦笑いでもって応えようと努めた。あの教会が倒れるにせよ倒れないにせよそれが神のどんな意志を表しているというのか？　支えのぐらついている丸屋根が錯乱した老隠者の至聖所であり続けるか墓場となるかは気まぐれな風次第ではないのか？　倒れても倒れなくても同じことだ。それで何かが分かるわけではない。結局のところすべてはもとのままだろうと考えた。

行為は証人がいてこそ実在するものとなる。証人がいなければ誰がそれについて語り得るだろう？　結局のところ行為などは無に等しく、証人こそがすべてだとすらいえるほどだ。もしかしたら老人は自分の立場にある種の矛盾を見出したかもしれない。もし世間の人々が老人の思っているような日々をうかうかと過ごしている連中にすぎないとしたら、老人はまさに自分が訴えを起こした当の相手である最高存在によってこの訴訟事件の担当弁護士として任命されたことになりはしないか？　多くの哲学者が経験してきたように、初めは自分の理論にとっての乗り越えがたい障害と思われたものが次第にその理論の欠くべからざる構成要素となり遂には中核部分となってしまったのだ。老人はまさに世界についての証言が増えるにつれて世界は無と化していくことを理解した。証人だけが確固たる地歩を守るのだ。証人と、証人の証人だけが。なぜなら深い真実は人々の心のなかでも真実とみなされるのであり彼らがどのような形で語ろうとも過って語り伝えることはあり得ないからだ。老人はそう考えるようになった。世界が物語であるとするならそれに命を吹きこむ者は目撃者以外にいるだろうか？　ほかのどんなあり方で世界は存在し得るだろうか？　こういう考え方が老人の胸に芽生え始めたのだった。彼は神が恐ろしい悲劇を抱えこんでいることを悟り始めた。神は証人という単純きわまりないものを欠いているためにその存在が脅かされることになるということを。神に証人はあり得ない。神は自分を限定する材料を持たない。自分の存在を自分自身に明示する手段を持たない。神はこれが自分であれは他のものだというために何かを自分から切り離すことができない。神があれは自分ではないといい得るような何物も存在しない。神は万物を創造することができたが自身に対して否といい得るものだけは創造し得なかったのだ。

さてそろそろ狂気について語ってもいいだろう。そうしてももはや危険はないはずだ。おそらく服を掻きむしりながら歩き回り神に釈明を求めるような人間は狂人以外にないといい得るだろう。だがそうだとして、神が一度ならず二度までも自分を生き埋めの運命から救ったのは、自分を神自身に不利な証人として立たせるためだったと主張するこの男をどう理解すればいいだろう?

ストーブのなかで火が小さな音を立てていた。男は椅子の背にもたれかかった。五組の指先をそれぞれくっつけ、物思わしげな顔つきで両側から押しつけて掌を反らせていた。関節の強さを確かめるといった風だった。大きな灰色の猫がテーブルにあがってきて男にじっと目を注いだ。片方の耳がほぼ完全に欠けていて歯が外側に出っ張っている。男が椅子を少し引くと猫は男の膝におりて大人しく丸くなり首をめぐらして相談を受けるような厳粛な目でテーブルの向かいに坐っているビリーを見つめた。弁護士のような顔つきの猫。男はそこへ留めておこうとするように片手を猫の上に置いた。男はビリーを見た。物語るというのは簡単なことじゃない、と男はいった。ちょっと考えると、それはあり得べき多くの物語からひとつを選ばなければならないからだという風に思える。だがもちろんそうじゃない。本当はひとつしかない物語から多くの物語をつくらなければならないからだ。物語の語り手はみな聞き手が——口に出す出さないはともかく——その話はもう聞いたことがあると思わないよう工夫を凝らさなければならない。聞き手がその話を好みの範疇《はんちゅう》に納められるように広い解釈の幅を用意しておかなければならない。だが語り手は物語がひとつの範疇に納まるものではなく、むしろすべての範疇を含んだものだということを理解している、というのも物語の視野から外に漏れるものは何ひとつないからだ。すべては物語だ。これは疑いのない真実だよ。

司祭はもう老人を訪ねなくなり、この物語は結末のつかない状態にとどまっていた。もちろん老人は歩き回り罵ることをやめなかった。少なくとも過去に受けた不当な仕打ちの数々を忘れるつもりはなかった。彼は何万という侮辱を受けた。苦悩をずらりと並べた目録を携えていた。分かるだろう、彼は被害者意識の塊だったんだ。悲しみはひとつとして彼のもとを去っていなかった。司祭のほうはどうだろう？　彼はすべての聖職者がそうであるように自分は神の近くにいるという幻想によって目を曇らされていた。たとえ自身が救済されるためであっても法衣を捨てる聖職者はいないものだ。とはいえ老人のことを忘れてしまったわけではないこの司祭のもとへ、ある日町の人々が老人が病気になったと知らせにきた。藁布団に臥せったままもう誰にも話しかけなくなったと。神にすら話しかけなくなったと。司祭が見にいくと町の人々がいったとおりだった。司祭は翼廊のすぐ外に立って老人に声をかけた。本当に病気なのかと訊いた。老人は天井の色褪《いろあ》せたフレスコ画をじっと見あげていた。燕が巣に出入りするのを眺めていた。やつれ果てた顔の老人は司祭にちらりと目をやり、また目をそらした。司祭は老人が普通の人間として弱り衰えているのを好機と見て何週間も前にやめた論争を蒸し返し、神の慈愛について熱弁をふるい始めた。老人は両手でぱっと耳をふさいだが司祭は老人のほうへ歩み寄ってきた。老人はよろよろと立ちあがり瓦礫のなかから石を拾って投げつけ司祭を追い払った。

司祭は三日後にまたやってきて老人に話しかけたが老人はもう返事をしなかった。カボルカの町の人々は丸屋根が落とす影の縁に食べ物と壺に入れたミルクを置いておく習わしになっていたがそれらも手つかずのままだった。もちろん神が勝利されたのだ。それ以外に何が考えられるだろう？　結局のところ神は老人の異端的な考え方すらも逆手にとったようだった。神に選ばれたとの思いが長年に渡って老人を支えかつ苦しめてきたが、選びは老人の思いもかけなかった形で成就したのであり、老人の翳《かす》んだ目の前に真実が恐ろしいほど純粋な姿ですっくと立ったのだった。自分は確かに選ばれた者であったが宇宙を創造した神の恐ろしさは人が思っている以上のものだと老人は悟った。神は避けることも無視することも限定することもできないのであり、神が異端者の思想すら含めてすべてのものを内に含んでいるというのは本当だ、さもなければ神は神ではあり得ないからだと悟ったのだった。

司祭は自分が見たものに強く心を動かされ、そのことに驚いた。遂に彼は恐怖心を克服し廃墟と化した教会の丸屋根の下に入って老人のそばまできた。このことは老人を元気づけたかもしれない。あるいはこの土壇場にきて自分が失敗したこの場所で司祭が丸屋根を崩落させてくれるかもしれないと期待したのかもしれない。だがもちろん丸屋根は宙に浮かんだままで、しばらくして老人は話し始めた。同志の手を取るように司祭の手を取り自分のこれまでの人生のことを初めから語って聞かせた。老人は自分が何を学んだかを語った。最後に老人は誰でもみな自分の人生がよく見えるようになるのはそれが終わるときだが、それならどうやって不都合な部分を直したらいいのかといった。われわれがこの命の糸で縛られているのは神の恩寵に他ならないといった。老人は司祭の手を握り、この握りあったわれわれの手を見てくれ、何とよく似ていることかといった。この肉体はひとつの警告にすぎないが、それでも真実を告げている。結局のところどの人間のたどる道も万人の道なのだ。人ごとに違った旅路というものはない、というのも人はみな離れ離れではないからだ。すべての人はひとつなのであり語るべき物語はひとつしかない。だが司祭は老人のこれらの言葉をただ懺悔として受け取り、老人が語り終えたとき免罪の言葉を述べ始めた。すると老人は死の床のしんと静止した空気のなかで十字を切ろうとする司祭の腕をつかみ目で制止した。老人は握っていた司祭のもう一方の手を離しその手をあげた。これから旅立っていく男のように。あんた自身を救え、と老人は低く鋭くつぶやいた。あんた自身を救え。そして老人は死んだ。

教会の外の雑草の生えた通りはしんと静まり返っていた。男は猫の頭を撫で、耳を寝かせた。よしよし、いい子だ。猫は両方の前足を胸元に引き寄せて目を半分閉じていた。喧嘩の好きな猫でね、と男はいった。でもこの子がいちばん優しいんだよ《ペロ・エス・エル・マス・ドゥルセ・デ・トード》。いちばん思いやりがある《イ・エル・マス・シンパティコ》んだ。

男は顔をあげた。にっこり微笑んだ。物語るというのはそんなに単純なことじゃない。もうきみはその司祭というのが誰なのか見当がついているだろう。いや司祭というより司祭の仕事を擁護している者といったほうがいいかもしれない。司祭らしいものの見方を擁護している者だね。その司祭はなおしばらくは自分の職務に忠実であろうと苦闘したがとうとう最後には助言を求めてやってくる人たちの目を見るのが耐えられなくなった。この言葉だけの男が、どんな助言を他人に与えられるというのかね？　首都からやってきたあの引退した伝令が投げかけた問いにはまだ何の答えも出せていなかった。考えれば考えるほど複雑な問題に思えてきた。問いを整理しようとすればするほどそれを言葉でいい表すことができなくなり、遂にはそれらがあの老人の抱えていた問題ではなく自分自身の問題なのだと悟るようになった。

老人は一族の者が眠るカボルカの教会の墓地に葬られた。神はこのような形でこの老人と折り合いをつけた。これが老人の境界線争いだったがおそらく誰の場合も同じことになるのだろう。死の床で老人は司祭に、自分の神に対する考え方はすべて間違っていたが、それでもやっと今神についてとにかくある理解を得ることができたと話した。自分が神に対してしたような要求はどんな単純素朴な人間の心のなかにも口には出されないがそっくりそのままあることが分かった。自分が挑んだ論争。議論。それらはどんな慎ましい身の上の人でも内に秘めている。なぜならこの世界についている道もまたただひとつしかなく別の進路はどんな片隅を捜してもないからであり、それというのもその進路は神が定めたものであり、そこを進むうちに生じるすべての結果を含んでおり、その進路以外には道もなく結果もなくおよそ何もないからだ。何かがあった試しはないからだ。さて最後に司祭が信じるようになったのは、真実はしばしばそれを真実だとまったく意識していない人々によって担われるということだった。そういう人々は実のあるずっしりと重いものを運んでいくが、彼らはそのものを意識の上に呼び出すための名前を知らない。彼らはそのような自分たちのありようを知らずに生きていくが、それこそが真実の策略であり戦術なのだ。そしてある日、服でも脱ぐようにさりげなく真実は平凡な魂の上に大惨事をもたらすのであり、その魂は永遠に変容してしまい、初めたどっていた道で身悶えして苦しみ、次いでそれまで知らなかった道へ移される。こうして変わってしまった男はいつ自分が変わったのかなぜ変わったのかを知ることがない。そんな偉大な素晴らしい変容をわが身に招き寄せるようなことは自分では何もしていない。だがその男はその肝心なものを手に入れるのだ。みずから求めたわけでもなく、持つに相応《ふさわ》しい資格があるわけでもないものを。その人間は人々が必死に求めてやまないあの捉えがたい自由を手に入れることになるのだ。

あの司祭が遂に悟ったのは、ひとつの人生がもたらす教訓はそれ自体で存在するものではないということだった。その教訓の値打ちを量る力を持つのは証人だけだ。ひとつの人生は他人のためにだけ生きられるのだ。したがって司祭は老隠者に理解できなかったことを理解したことになる。神は証人を必要としないということを。神は自分に有利な証人も不利な証人も必要としない。だからむしろ真実は、かりに神が存在しないとしたらいかなる証人も存在し得ないということにある、というのも世界には自己同一性があり得ず、ただ世界についての各人の意見があるだけということになるからだ。司祭はこう悟った、神に選ばれた人間などひとりもいない、なぜなら選ばれていない人間などひとりもいないからだと。神にとってはどの人間も異端者なのだ。異端者がまずすることは自分の兄弟を異端者だと名指すことだ。その兄弟から離れて歩けるように。われわれが口にする言葉はどれもみな空しい。われわれの口から出る息は祝福とならなければすべて侮辱となる。さあよく聞いてくれ。人がいってもいないことを聞く者がいるからな。石もまた空気でできている。その石に押しつぶせるようなものは初めから生きていなかったのだ。われわれはみな最後にはわれわれが神からつくり出したものになるだけのことだ。なぜなら神の恩寵以外のものはすべて現実ではないからだ。

ビリーが馬に跨がると男はその鐙の脇に立ち、午前半ばの陽の光に目を細めながらビリーを見あげた。アメリカまでいくのかね？　と男はきいた。

ええ。

家族のところへ帰るわけだ。

そうです。

どのぐらい会っていない？

分かりません。

男は通りの先のほうへ目をやった。崩れた建物の列と列のあいだを走る道の先のほうは雑草に埋もれて見えなかった。ごくたまに降る雨が陽干し煉瓦の堆積を溶かして何かの昆虫の巨大な巣のような形に変えていた。どこからも音は聞こえてこなかった。ビリーは男を見おろした。今、何月かも知らないんです、といった。

ああ。そうだろうね。

もうすぐ春なんだろうけど。

家に帰りなさい。

ええ。そうしますよ。

男は後ろに下がった。ビリーは帽子のつばに手を触れた。

朝ごはん、ありがとう。
気をつけてな《バーヤ・コン・ディオス》、お若いの《ホーベン》。
ありがとう《グラシアス》。さよなら《アディオス》。

ビリーは向きを変えて通りに馬を進めた。町はずれで手綱を引き馬を川のほうへ向けたとき最後にもう一度振り返ってみたが、男の姿はもうどこにも見えなかった。

ビリーは続く何日か何度も何度も数えきれないほど浅瀬を渡って川のこちら側とあちら側を行き来しながら扇状地を進み川が浅く曲がりくねって流れる低い山地へと入っていった。一七五八年の棕櫚の聖日の前日にアパッチ族に襲われ焼き払われたタミチョーパの町を通り抜け昼下がりに一六四二年に建設された元はサンタ・マリアと呼ばれたバセラクの町へ入っていくと子供がひとりやってきて頼みもしないのに馬の項革をつかみビリーを導いていった。

馬に首を下げさせて低い門をくぐり白い漆喰を塗った入口から中庭にはいるとそこで一頭のロバが石の製粉機を回していた。馬からおりて顔と手を洗い手渡された布で拭くと母屋に案内され夕餉を供された。

きれいに拭かれた木のテーブルに二人の若者と一緒につき、焼いた南瓜《かぼちゃ》とオニオン・スープとトルティーヤと豆をたらふく食べた。二人の若者はビリーよりもさらに若くちらちらとビリーに目を投げながら年長者から話しかけてくるのを待っていたがビリーが口を開かないので三人とも黙って食べた。夜になると家の者が馬に餌をやってくれビリーは母屋の奥の部屋に案内されて鉄の簡易寝台で玉蜀黍の皮を縫いはぎした布団をかぶって寝た。ビリーは礼をいう以外は何も喋らなかった。誰かと人違いされているのだろうと思った。何時ごろかは分からないが夜中に目が覚めたとき戸口からこちらを見ている者がいると思ったが、暗がりのなかにぼんやり浮かんで見えるそれは夜のあいだに水を冷やすために吊された素焼きの鍋にすぎず人でも他のどんなものでもなかった。次に目が覚めたのは明け方で朝餉のトルティーヤを手で叩いて伸ばす音が聞こえていた。

若者のひとりがコーヒーの椀を盆に載せて運んできた。ビリーは中庭に出てそれを飲んだ。家のどこかで女が何人か話している声を聞くともなしに聞きながら陽向《ひなた》に立ってコーヒーを飲み、塀の上に垂れ下がっている花のあいだで遊んでいる数羽の蜂鳥を眺めた。しばらくすると入口へ女がひとりやってきて朝餉の支度ができたと呼んだ。カップを手にしたまま体の向きを変えたとき表の通りを自分の父親の馬が歩いていくのが見えた。

ビリーは門をくぐって通りに出たが通りはがらんとしていた。角までいき西と東に目をやりさらに広場までいって北に伸びる大通りを見たが馬も人もいなかった。彼は引き返した。途中の家々の塀や門の向こう側で馬が歩いていないかと耳をすました。泊めてもらった家の門の前まで戻るとしばらくじっと立っていたがやがて朝餉をとるためになかに入っていった。

彼は台所でひとりで食べた。辺りには誰もいないようだった。食べ終えると腰をあげ自分の馬を見にいこうといったん台所から出たあと、メイドたちに礼をいうためまたなかに戻ったが誰もいなかった。呼んでも返事はなかった。とある部屋の戸口に立ってなかを覗くとメダケを編んだ高い天井の下に外国製の大きな衣装簞笥と青く塗った木の寝台が二つ置かれていた。目の前の壁の壁龕《ひきがん》にはブリキの板に描かれた聖母像が飾られ細長いろうそくが一本ともされていた。一隅に置かれた幼児用の寝台にいるまだ目に霞のかかったような子犬が頭をもたげて誰がきたのかと聞き耳を立てていた。ビリーは台所に戻って書き置きをするための紙と筆記具を捜した。だが何も見当たらないのでサイドボードに載せてある椀から小麦粉を一つかみ取ってテーブルに撒きその上にありがとうと書くと外に出て馬屋から自分の馬を出し手綱を引いて門から外に出た。振り返ると中庭では小さなロバが疲れを知らぬげに製粉機を回し続けていた。ビリーは馬に跨がりすれ違う人々にうなずきかけながら土埃の立つ狭い通りを進んでいった。ぼろは着ているが地主の若い御曹司のような騎乗ぶりだった。腹に納めた食べ物は彼に力をつけると同時に負い目も負わせた。パンを分け与えるという行為もそれに感謝する行為もそう単純なことではない。口であるいは書いたものでどんなに感謝の気持ちを告げたとしてもそれは変わらない。

午前半ばにバビスペの町へやってきた。ビリーは馬を止めなかった。広場に立つ教会の前に肉屋の屋台が出ていて黒いモスリンの肩かけをした老女たちが棚から暗赤色の細長い肉切れをつまみあげて奇妙に好色そうな目で調べていた。ビリーは先へ進んだ。正午前にオアハーカの町に着くと例の警察署長のいる建物の前で馬を止め音を立てずに道に唾を吐き、さらに先へ進んだ。次の日の正午には再びモレーロスの町を通り抜けて北のオヒートの町に向かった。北の空には一日中黒い雷雲が垂れこめていた。最後にもう一度川を渡って地面の凹凸が激しい低い山地へ入っていったところで嵐につかまり雹《ひょう》を浴びた。ビリーと馬は道端の古い廃屋のひとつに避難した。雹がやんで本降りの雨に変わった。陽干し煉瓦のあちこち雨漏りがする天井の下で馬は落ち着きなく足踏みをした。この家で起こった古い凶事の匂いを嗅ぎつけたのか四方の壁が押し迫っているせいかは分からなかった。暗くなってくると馬から鞍をおろし床に落ちている藁を足で掻き寄せて隅に寝床をつくった。馬は雨の降る戸外へ出ていき、毛布をかぶったビリーの目に壁の裂け目のあいだから道端に立った馬の姿が西に流れていく雷雲の放つ音のしない不規則な稲光のなかに浮かびあがるのが見えた。彼は眠った。夜更けに目が覚めたのは雨がやんだせいだった。起きあがって外に出た。東に急な崖をつくっている黒い山の上に月がかかっていた。狭い道の向こう側に大きな水溜まりがひとつできていた。風もないのにまるで何かがそこを渡ったというように静かだった水面が骨灰色の光を散らし、やがて苛立ったように細かく砕けて震えていた水面の月がゆらゆらと形を整えすべてがまたもとに戻った。

翌朝ビリーはアリゾナ州ダグラスの近くで国境を越えた。うなずきかけてきた警備兵に彼もうなずきかけた。

予定よりちょっと長く向こうにいすぎたって格好をしてるね、と警備兵はいった。

ビリーは馬を止めて両手を鞍の前橋に置いた。警備兵を見おろした。食い物を買いたいんだけど五十セント貸してもらえませんか？　とビリーはきいた。

警備兵はしばらく考えていた。それからポケットに手を入れた。

クローヴァーデイルの近くに住んでるんだ、とビリーはいった。名前を教えてください、きっと返しにきます。

ほら。

ビリーはくるくる回りながら空中に跳ねあがった硬貨をつかみ取りうなずきながらシャツのポケットに納めた。名前はなんていうんですか？

ジョン・ギルクライスト。

この辺の人じゃないですね。

ああ。

おれはビリー・パーハム。

やあ初めまして。

誰かこっちへくる人が見つかったらお金を持ってきてもらいますから。心配しないでください。

心配なんかしちゃいないよ。

ビリーは手綱をゆるく握ってじっとしていた。目の前に伸びている広い道とまわりの荒涼とした低い山を眺めやった。それからまたギルクライストを見た。

この土地は気に入ってますか？　とビリーはきいた。

ああ気に入ってるよ。

ビリーはうなずいた。おれもです、と彼はいった。帽子のつばに手を触れた。どうもありがとう。助かります。それから彼は野生馬のように見える馬の脇腹にブーツの踵を当てて前に進ませアメリカに入っていった。

ビリーはその日一日ダグラスからクローヴァーデイルに通じる古い道をたどった。夕方にはグワドループ山脈の尾根近くにいたが早々と陽が暮れたのと谷から吹く風のせいでひどく寒かった。彼は両肘を脇腹につけ軽く背を丸めて馬に乗っていた。彼は昔、今の自分と同じようにここを通っていったすでにこの世にはない人々が岩に刻み残した名前や日付を読んだ。下方には長々と続く薄暮のなかで濃い影をひく美しいアニマス平原が広がっていた。峠を越えて山の東側におり始めたとき不意に馬は自分のいる場所を知り鼻面をもたげてひとつ鳴き、歩みを速めた。

　家に着いたときは真夜中を過ぎていた。明かりはともっていなかった。馬を入れようと納屋に入ったがそこには馬も犬もおらず干し草置き場を半分も横切らないうちに何かがひどくおかしいことに気がついた。鞍をはずして壁にかけ馬に干し草を与えると納屋から出て扉を閉め、家へいって台所の勝手口を開けなかに入った。

　家のなかは空だった。ビリーは全部の部屋を見て回った。家具もほとんどなくなっていた。台所の隣の部屋には彼の小さな鉄の寝台だけが、かけ布団ひとつを残してあとは何もかも取り去られた裸の姿でぽつんと置かれていた。クローゼットには針金のハンガーがいくつかかかっているだけだった。食料貯蔵室に入ると桃の缶詰がいくつかあったのでそれを硝子の器にあけて暗い流しの処で調理用のスプーンを使って食べながら窓の外を見やり、昇っていく月に照らされた青い静かな南の放牧場と山の黒ぐろとした麓まで続いている柵と月光に照らされたその柵が地面に落とす傷の縫い痕のような影を眺めた。水道の蛇口をひねったが乾いた呻き声が短く漏れてきただけだった。桃を食べ終えると両親の部屋へいって戸口に立ち枠組だけになった寝台と床に落ちている二、三枚のぼろのような衣服を見た。玄関へいって扉を開けポーチに出た。川縁までいって足を止め耳をすました。それから家に戻って自分の寝室に入り寝台に横になってやがて眠りに落ちた。

　朝陽が射し始めると起きて食料貯蔵室に入り棚のものを物色した。トマト・シチューを食べてから納屋へいき刷子《ブラシ》を捜し出してから馬を陽向に引き出し時間をかけて体をこすってやった。それからまた干し草置き場に引き入れて鞍をつけ跨がると、納屋から出て門をくぐり北のＳ・Ｋ・バー牧場に向かった。

サンダース老人はこの前別れたときと同じようにポーチの椅子に腰かけていた。老人にはビリーが分からなかった。乗っている馬さえ見覚えがないといった様子だった。それでも老人は馬からおりてくるよう声をかけてきた。

ビリー・パーハムですよ、とビリーはいった。老人はしばらく何もいわなかった。それから家のほうを向いて怒鳴った。リオーナ、と老人は呼んだ。リオーナ。

若い娘が戸口に現れて手で目の上にひさしをつくり馬に乗ったビリーを見た。それからポーチに出てきて祖父の肩に手を置いた。ビリーが老人に悪い知らせを持ってきたとでもいうような仕草だった。

家に戻ってきたときは正午を過ぎていた。鞍をつけたまま馬を庭に待たせておき家に入って帽子を脱いだ。彼は全部の部屋を見て回った。サンダース老人はぼけているのだと思ったが孫娘のほうは説明がつかなかった。両親の部屋に入った。長いあいだそこに佇んでいた。スプリングの丸い錆の跡がいくつもついているマットレスをじっと見つめていた。それから帽子を扉の把手にかけて寝台に歩み寄った。彼は寝台のそばに立った。手を伸ばしてマットレスをつかみ寝台から引きおろして床の上に立て裏側を上にして床に倒した。

陽のもとにさらけ出されたのは夥《おびただ》しい血が乾いたあとの、ある種の陶器の釉薬《うわぐすり》のように細かくひび割れた暗赤色の染みだった。饐えた匂いの埃が微かに立ちのぼった。彼はじっと立っていた。両手が中空をさまよい、ようやく寝台の支柱を捜し当てると、しっかりそれを握った。しばらくして彼は目をあげ、またしばらくしてから窓際に足を運んだ。昼下がりの陽光が放牧場に満ちていた。川を縁取るヒロハハコヤナギの新緑の上に降り注いでいた。アニマス山の頂を明るく輝かせていた。彼はそれらすべてを眺め、それから床に両膝をつき、両手で顔を覆って咽《むせ》び泣いた。

アニマス山へ向かう途中で目にする家はどれも無人のように見えた。雑貨屋の前で馬からおりて建物の横手へいき水道の水を水筒に満たしたが店には入らなかった。その夜は町の北の平原で寝た。食べ物は持っておらず焚き火もしなかった。夜中に何度も目が覚めたが、そのたびにカシオペア座が北極星のまわりで位置を変えているだけで、すべてはこれまでもそうでありこれからも永久にそうである様相を示しているだけだった。次の日の正午、彼はローズバーグの町に向かって出かけていった。

保安官が机上から顔をあげた。薄い唇を真一文字に結んでいる。

おれ、ビリー・パーハムという者です、とビリーはいった。

ああ知ってるよ。さあ入りたまえ。ここへおかけ。

ビリーは保安官の机の向かいに置かれた椅子に坐り帽子を膝の上に載せた。

今までどこへいってたんだね？

メキシコです。

メキシコか。

ええ。

なんだって家出なんかした？

家出じゃないです。

家で何か具合の悪いことをしたんじゃないのか？

違います。そんなことは父ちゃんが許さなかった。

保安官は椅子の背にもたれた。ビリーは土埃をかぶって真っ白だった。痩せてやつれた姿をした少年をじっと眺めた。ズボンのベルト通しには縄が通されていた。人さし指で下唇を叩きながら目の前のぼろぼろの格好をしていた。

メキシコへ何しにいったんだ？

分かりません。ただいってきただけです。

尻がムズムズして居ても立ってもいられなくなってそれでメキシコへ出かけてったと。

そういいたいのかね？

ええ。まあそんなとこです。

保安官は手を伸ばして机の端に置いてあるホッチキスでとめた書類の束をとり親指でめくった。それからビリーを見た。

今度の一件についてきみは何を知ってる？

何も知りません。それを訊きにきたんです。

保安官はじっとビリーを見据えた。いいだろう、と彼はいった。それで通すつもりならそれでもいい。

嘘じゃないです。

いいだろう。おれは犬を連れて現場を見てきた。馬を六頭、持っていかれたようだった。

ミスター・サンダースが納屋には六頭いたはずだといってるんだ。そうなのか？

はい。うちの馬はおれのを入れて七頭でした。

ジェイ・トムとやつのせがれは、犯人は二人組で夜が明ける二時間ほど前に六頭の馬を連れて逃げたといっている。

そんなことが分かったんですか？

彼らには分かったんだ。

犯人は歩いてやってきたんです。

ああ。

ボイドはなんていってます？

何もいわない。逃げて隠れたんだ。寒いなか一晩中外にいて朝歩いてサンダースの家へやってきたが何をいってるのか筋の通った話はできなかったそうだ。仕方なしにミラーがトラックでいってみるとあのひどい有様だった。親父さんとお袋さんはショットガンで撃たれてた。

ビリーは保安官の肩越しに外の通りを見た。唾を呑みこもうとしたができなかった。保安官はじっと彼を見つめている。

二人組はまず犬を捕まえて喉をかき切った。それから誰か出てくる者がないかと様子をうかがった。長いこと待ってると家の者が誰か小便をしに出てきた。もう犬は吼えなかったから家でみんながまた寝静まるのを待ったと、そんなとこだろう。

その二人組はメキシコ人でしたか？

インディアンだ。少なくともジェイ・トムはそういってる。まあそのとおりだろう。ところで犬は死ななかったんだ。

え？

犬は死ななかったんだ。ボイドが捕まえた。石みたいに声が出せないがね。

ビリーは膝の上の脂じみた帽子を見おろしていた。

家にはどんな銃があった？　と保安官がきいた。

銃はなかったです。四四口径のライフルがあったけどおれが持って出たから。

せっかくの銃が役に立たなかったな。

はい。

もうどうすることもできん。きみも分かってるだろうが。

ええ。

それで？

それでって？

何か知ってることがあるんじゃないのか？

あなたはメキシコでも捜査できますか？

いや。

じゃ何か知ってても仕方ないでしょう？

それじゃ答えになってないな。

ええ。あなたもたいした答えを聞かせてくれなかった。

保安官はしばらくビリーを見つめていた。

おれが今度のことを屁とも思ってないと思ってるんだったら、と保安官はいった。そいつはとんだ考え違いだぞ。

ビリーはじっと坐っていた。片方の腕を目に押し当て、それからもう片方を押し当てるとまた窓の外へ目をやった。通りを歩いている人も走っている車もなかった。歩道で二人の女がスペイン語で話をしていた。

どんな馬だったか覚えてるか？

はい。

焼き印を押したやつはあったか？

一頭だけ。ニーニョって馬です。父ちゃんがメキシコ人から買ったんです。

保安官はうなずいた。それから背をかがめて机の引き出しを開けブリキの書類保管金庫を取り出して机の上に置き蓋を開いた。

ほんとはきみに渡しちゃいかんのだろうが、と彼はいった。おれはいつもいつも規則を守るってわけじゃない。どこか置いておく場所があるかね？

分かりません。何ですかそれは？

書類だよ。結婚許可証。出生証明書。馬の書類もあるがほとんどが何年も前のものだ。お母さんの結婚指輪もある。

父ちゃんの時計は？

時計はなかった。家財道具のいくつかはウェブスターの店で保管してもらってる。よかったらこの書類はおれが銀行へ預けといてやる。管財人が選任されなかったから他にどうしていいか分からないんだ。

ニーニョとベイリーって馬は書類があるはずだけど。

保安官は金庫をくるりと回しビリーのほうへ押して寄越した。ビリーは書類を繰《く》ってあらためた。

マーガリータ・イヴリン・パーハムというのは誰だね？　と保安官がきいた。

妹です。

今どこにいる？

死にました。

なんでメキシコ風の名前なんだ？

祖母ちゃんの名前をもらったんです。

ビリーは金庫を押し戻し手元に残した二通の書類を折りたたんでシャツの胸ポケットに入れた。

それだけでいいのか？　と保安官はきいた。

ええ。

保安官は蓋を閉めて金庫を引き出しに戻し引き出しを閉めるとまた椅子の背にもたれてビリーを見た。またあっちへいく気じゃなかろうね？　と彼はきいた。

まだどこへいくか決めてません。まずボイドを引き取りにいかないと。

ボイドを引き取る？

ええ。

ボイドはどこへもいかんぞ。

おれがいくんならいくはずです。

ボイドはまだ子供だ。きみに引き渡すわけにはいかん。まったく。きみだってまだ子供なんだ。

引き取らせてくれと頼んでるんじゃないです。

おい、法を無視するわけにはいかないんだ。

そんなつもりはないです。ただおれの考えも無視してもらいたくない。

ビリーは帽子をとり両手でほんの一時胸の前で掲げてから立ちあがった。書類、どうもありがとうございました。

保安官も立ちあがろうとするように両手を椅子の肘にかけたが腰はあげなかった。馬のことはどうする？　特徴を紙に書いていてここへ預けていかないのか？

そんなことしてなんになるんです？

向こうで礼儀を学んでこなかったようだな、ええ？

ええ。そうですね。いくつか学んだことはあるけど礼儀じゃなかったのは確かです。

保安官は窓の外へ顎をしゃくった。あれはきみの馬か？

ええ。

ライフルの鞘がついてるが。銃はどこだね？

交換したんです。

何と交換した？

それはいえません。

いう気がないということだな。

そうじゃないです。そいつをどんな名前で呼んだらいいかよく分からないんです。

陽が当たっている外に出てパーキング・メーターの支柱から手綱をはずしているビリーを通りをいく人々が振り返って眺めた。彼らが見たのは沙漠の地卓《メサ》からやってきた何か、過去からやってきた何かだった。ぼろぼろの、汚れた、目と腹に飢えがはっきり見て取れるもの。とうてい言葉ではいい表せないもの。そのあまりにも異様な姿に彼らは激しい羨望と嫌悪の対象を見て取った。彼らの心はこの少年に惹きつけられたが、同時にほんの些細な理由からでもこの少年を殺してしまったかもしれなかった。

弟が身を寄せている家は町の東側にあった。金網フェンスをめぐらした庭と玄関のポーチを持つ小さな化粧漆喰塗りの家だった。ビリーはバードをフェンスに繋ぎ門を押し開けて玄関に通じる歩道を歩いた。家の横手から犬が出てきて歯を剝き逆毛を立てた。

おれだよ、馬鹿、とビリーはいった。

その声を聞くと犬は耳を寝かせて身を躍らせながら彼のほうへやってきた。吼えもしないしくうんと啼くこともしない。

こんちは、とビリーは叫んだ。

犬が身をくねらせながらすり寄ってくる。こら、とビリーはいった。

彼はまた家のほうへ声をかけてからポーチにあがり玄関の扉をノックして応答を待った。誰も出てこなかった。裏手に回った。台所の勝手口の扉は鍵がかかっていなかったので押し開けてなかを覗いた。ビリー・パーハムです、と彼は叫んだ。

台所に入って扉を閉めた。こんちは、といった。台所を通り抜けて廊下に出た。また声をかけようとしたとき後ろで勝手口の扉が開く音がした。振り返るとボイドが立っていた。片手でバケツを提げもう片方の手を扉の把手にかけていた。背が高くなっていた。ボイドは戸口の脇柱に寄りかかった。

おれのこと、もう死んだと思ってたんだろうな、とビリーがいった。

死んだと思ってたらここにはいなかったよ。

ボイドは扉を閉めてバケツを台所のテーブルの上に置いた。ビリーに目を向けそれから窓の外を見た。次にビリーが話しかけたときボイドはこちらに顔を向けなかったがビリーにはその目が濡れているのが見えた。

すぐ出かけられるか？　とビリーはきいた。

ああ、とボイドは答えた。兄ちゃんを待ってたんだ。

二人は寝室のクローゼットからショットガンを持ち出し化粧台の引き出しに入っている白い陶器の箱から小銭と少額の紙幣で十九ドル出して昔風の革のがま口に詰めこんだ。それから寝台の毛布を丸めて抱えビリーが着替えるためのベルトと服を捜し出し、奥の扉のそばの壁にかかっているカーハート・コートのポケットからショットガンの弾を全部、つまりダブルオー・バック一個と五号弾と七号弾を数個取り出し、洗濯物を詰める袋を取ってそこへ食料貯蔵室にあった缶詰やパンやベーコンやクラッカーや林檎を入れて家の外に出、鞍の角に袋をくくりつけ馬に跨がり轡《くつわ》を並べて砂地の狭い道路を進み始めると犬があとからついてきた。近所の家の庭で口に洗濯ばさみをくわえて立っている女が彼らにうなずきかけてきた。二人はハイウェイを横切りサザン・パシフィック鉄道の線路を渡って西に針路を取る。陽が落ちるとローズバーグの西十五マイルのアルカリ平地で馬に引かせて抜いた柵の支柱で焚き火をして野営した。平地の東から南にかけて大きな水溜まりがあり二羽のカナダ鶴が暮れ残る陽のなかで逆さに映った投影と足同士を繋がれて立っていたが、それらはちょうど何かの災難が降りかかって荒廃した庭園にただ二つぽつんと残された鶴の置物のように見えた。二人のまわりには固く乾いてひび割れた泥の地面が広がり焚き火の炎は風にあおられてずたずたに引き裂かれ食料を包んでいた紙袋を丸めたものがひとつまたひとつと風に吹かれて転がり暗さを増していく薄闇のなかへ消えた。

二人は馬にボイドが世話になっていた家から持ってきたオートミールをやりビリーは鉄

条網の切れ端にベーコンを刺して火で焙った。ビリーはショットガンを膝に横たえて坐っているボイドに目を向けた。

おまえ父ちゃんと喧嘩してたけど仲直りはしたのか？

ああ。半分ほどは。

どの半分だい？

ボイドは答えなかった。

今おまえが食ってるの何だ？

レーズン・サンドイッチだ。

ビリーは首を振った。水筒の水を果物の缶詰の空缶にあけ炭の上に載せる。

その鞍どうしたんだい？　とボイドがきいた。

ビリーは汚れよけの端が切り取られた鞍にちらりと目をやったが返事はしなかった。

きっと追っかけてくるな、とボイドがいった。

勝手に追っかけてくるといいさ。

持ち出してきたもの、どうやって返す？

ビリーは顔をあげて弟を見た。おれたちはならず者なんだって考えに慣れといたほうがいいぜ。

ならず者だって恩義のある人の物を盗んだりしないよ。

いつまでくだらないことをいってるつもりなんだ？

ボイドは何もいわなかった。二人は食べ終えると毛布を広げて寝た。風は一晩中吹いていた。風にあおられて薪は燃えあがり、炭は赤く熾《おこ》り、もつれ合った鉄条網はほんの短いあいだだけ夜の闇の大きな心臓がまとう白熱の甲冑《かっちゅう》だというように熱く光ってやがて黒ずみ、熾《おき》は灰に変わりその灰が吹き散らされて熾と灰のあった場所に磨かれたように平らな地面が露出し焚き火の跡が跡形もなく消えたが、その夜の間じゅう闇のなかを何かがいくつも渡っていき、それらのものは互いに区別はつかないがある目的地を持っていた。

起きてるか？　とビリーがきいた。

ああ。

町の連中にどう話した？

なんにも話さなかった。

どうして？

話してどうなるんだ？

風が吹き募った。地面の上で砂がさらさらと動いた。

兄ちゃん？

何だ？

やつらおれの名前を知ってたよ。

おまえの名前を？

おれの名前を呼んだんだ。ボイド。ボイドって。

そんなこと別に何の意味もないさ。寝ろよ。

友達みたいに呼んだんだ。

寝ろって。

兄ちゃん？

何だよ。

今度のことで何かしようなんて思わなくってもいいんだ。

ビリーは答えなかった。

起きちまったことは仕方ないんだ。

分かってる。もう寝ろよ。

朝二人が坐って食べ物を食べながら遠くを眺めていると、遥か彼方の陽の光に照らされた乾湖の鉄色をした土の上で何かが形を浮きあがらせ始めた。しばらくするとそれが馬に乗った人間だと分かった。一マイルほど先にいるらしいその乗り手の揺らめく細長い姿は地面が水に浸されている場所で不意に長くなり、また不意に縮み、また伸びといくつもの像を断続的に切り替えるので、あたかも前に進んだり後ろに戻ったりしながら近づいてくるように見えた。太陽は大地の東の端を縁取る赤い雲の環礁のなかに昇り、乗り手は直径が十マイルほどある、深い処で三インチの水が溜まっている乾湖の上を渡ってきた。ビリーは立ちあがってショットガンを取りにいき戻ってきて銃を毛布の下に隠しまた腰をおろした。

馬は土色をしているか土に汚れているかのどちらかだった。乗り手が浅い水溜まりに踏みこむと水は蹄に掻き乱され陽を受けて光り、またすぐに水を張った桶に放りこまれた溶けた鉛のように輝きを失った。乗り手は湖底からあがって疎らに草の生えた塩混じりの砂地を縫う小道をたどり、やがて二人の前に土色の馬を止めて帽子がつくる影の下から二人を見おろした。男は口を開かなかった。二人を見てから後ろの乾湖を振り返り身を乗り出して唾を吐き、また二人を見た。おまえら、おれが思ってた連中とは違うようだな、と男はいった。

誰だと思ったんだい？　とビリーがきいた。

男は答えなかった。ここで何してるんだ？　ときいてきた。

なんにも。

男はボイドを見た。馬を見た。その毛布の下にあるのは何だ？

ショットガンだ。

おれを撃つつもりか？

いや。

そっちはおまえの弟か？

ああ。

ここで何してるんだ？

通りかかっただけだ。

通りかかっただけ？

ああ。

ここを通ってどこへいく？

アリゾナのダグラスへ。

ほう？

友達がいるんだ。

こっちにはいないのか？

町の暮らしには向いてないんだ。

それはおまえらの馬か？

ああ。

おまえらが何者かは知ってるぞ、と男はいった。

二人は何もいわなかった。男は平地の向こうの乾湖を振り返り風のない朝の湖底で鉛のように鈍く光っている浅い水溜まりに目をやった。それから身を乗り出してまた唾を吐き、ビリーに目を戻した。

ミスター・ボラフにはおまえらのいったとおりにいっとくよ。ただの二人組の流れ者だとな。もっとも引き返す気なら一緒についていってやってもいいが。

引き返さないよ。親切にいってくれるのはありがたいけど。

知らないといけないからもうひとついっといてやろう。

ああ、いっとくれよ。

おまえら苦労することになるぞ。

ビリーは答えなかった。

年はいくつだ?

十七。

男は首を振った。それじゃまあ、といった。気をつけていけよ。

ちょっと教えてほしいんだけど、とビリーがいった。

何だ。

遠いとこからどうやっておれたちを見つけたんだ?

水に影が映ってたんだよ。乾湖の上にいると普通なら見えない遠くのものまで見えることがある。うちの若い者らは蜃気楼《しんきろう》だといったがミスター・ボラフにはそうじゃないと分かった。あの人はこの土地のことを詳しく知ってる。何があって何がないかはちゃんと分かってる。おれも同じだ。

一時間ほどしたらまたこっちを見て、おれたちがまだいるかどうか確かめてくれ。

そうするつもりだよ。

男は乾湖の荒涼とした岸辺に坐っている二人に別々にうなずきかけ声の出せない犬に目をやった。

そいつは番犬にはならないみたいだな？

喉を切られてるんだ。

知ってるよ、と馬上の男はいった。じゃあ気をつけていけ。そういって馬の向きを変え岸辺を横切り乾湖を渡っていった。男は陽の光のなかに入っていきその姿は影絵のようになったが、しばらくしてビリーとボイドが馬に乗り乾湖の南岸沿いに進み始めたとき陽はもうかなり高くなって目を射ることがなくなったのに、乗り手が消えていった反対側の岸には何も見えなくなっていた。

午前半ばに二人は境界線を越えてアリゾナ州に入った。低い山の連なりを越えて北から南へ広がるサン・シモン・ヴァレーにおりていき川辺のヒロハハコヤナギの木立のなかで昼餉をとった。馬に足かせをして勝手に水を飲ませておき自分たちは裸になって浅い水溜まりのなかに坐った。二人とも青白い、痩せ細った、汚れた体をしていた。ビリーがじっとボイドを見ているとボイドは立ちあがって彼を見た。

おれにあれこれ訊いたってむだだぜ。

何も訊くつもりなんかない。

いや兄ちゃんはきっと訊くよ。

二人は水のなかで坐っていた。犬は草の上に坐って彼らを見ていた。

父ちゃんのブーツは今あいつが履いてるんだろ？　とビリーがいった。

ほらみろ訊いた。

おまえが死ななかったのは運がよかったよ。

それがなんで運がいいのか分からないな。

間抜けなことといってやがる。

兄ちゃんに分かるもんか。

おれに何が分からないってんだ？

だがボイドは何が分からないのかいわなかった。

二人はヒロハハコヤナギの木陰で鰯《いわし》とクラッカーを食べ少し眠ってから昼下がりにまた出発した。

兄ちゃんはカリフォルニアへいったと思ったこともあったよ、とボイドはいった。

おれがカリフォルニアへ何しにいくんだ？

知らない。カリフォルニアにもカウボーイはいるだろ。

カリフォルニアのカウボーイね。

おれはカリフォルニアなんかいきたくない。

おれだっていきたくないさ。

テキサスならいいけど。

何しにいくんだ？

分からない。でも一遍もいったことないから。

おまえはどこへもいったことないじゃないか。なんでテキサスへいきたいんだ？

一遍もいったことないからさ。

二人は道中を続けた。地面に長く伸びた影のなかでジャックウサギが何匹か飛び跳ねてまたぴたりと動きを止めた。声の出ない犬はそれらに関心を示さなかった。

なんで保安官はメキシコへいけないんだ？　とボイドがきいた。

アメリカの法律が通用しないからさ。メキシコじゃ何の値打ちもないんだ。

メキシコの法律じゃだめなのか？

メキシコには法律なんかない。悪党どもがのさばってるんだ。

五号弾で人が殺せるかな？

近くから撃てば殺せるよ。おまえの腕が通るくらいの穴があく。

夕方二人はボウイーの町のすぐ東でハイウェイを横切り古い道を南に下ってドス・カベ

ーサス山脈に向かった。間もなく野営地を決めビリーが浅い川の石がごろごろする川原を歩いて薪を集め二人で焚き火のそばに坐り食べ物を食べた。

おれたちを追ってくるかな？　とボイドがきいた。

さあな。追ってくるかもな。

ビリーは身を乗り出して木の枝で炭をつつきその枝を火にくべた。ビリーはじっと弟を見た。

でも捕まらないさ。

分かってる。

何か考えてることがあるんならいってみろよ。

なんにも考えてなんかいない。

あれは誰のせいでもなかったんだ。

ボイドはじっと火を見つめていた。野営地の北の稜線付近でコヨーテが啼いていた。

黙ってると気が変になっちまうぞ、とビリーがいった。

もうなってるよ。

ボイドは顔をあげた。色の淡い金髪はほとんど白に見えた。十四歳らしい面差しだがもっともっと齢がいっているようにも見えた。周囲にある木々や岩を神が創ったときにもここに坐っていたという風に見えた。一瞬ボイドの生まれ変わりのように見え、またすぐにボイド自身のように見えた。しかし何よりもボイドはひどい悲しみに満たされているように見えた。誰も聞いたことのないような何か恐ろしい厄災について語り知らせるべきことを持っているかのようだった。その大きな悲劇は何かの事実や事件や出来事ではなくこの世界のあり方にかかわるものだった。

次の日二人はアパッチ峠を越えた。ビリーとその後ろに乗って痩せた脚を馬の脇腹へぶらりと垂らしたボイドはともに南に広がる土地を眺め渡した。晴れてはいるが風の強い日で山の南側斜面に沿って吹きあげてくる風に乗って何羽かの鳥が上昇してきた。

ここもおまえがきたことのない土地だ、とビリーがいった。

どこだってそうだろ?

あそこの色が変わってるとこが見えるか?

ああ。

あそこはもうメキシコだ。

ちっとも近づいてこないな。

どういう意味だ?

いくんならさっさといこうって意味だよ。

次の日の正午ごろ二人は六六六号線にいき当たりそのアスファルトの路面をたどってサルファー・スプリングズ・ヴァレーの平原を低いほうへおりていった。エルフリーダの町を通り抜けた。マクニールの町を通り抜けた。夕方ダグラスの町の大通りに入りその先にある国境の監視小屋の前までくると馬を止めた。戸口に立っている警備兵がうなずきかけてきた。警備兵は犬を見た。

ギルクライストはどこにいますか？　とビリーはきいた。

非番だ。あしたの朝出てくるよ。

お金を渡したいんだけど預かってもらえるかな？

ああ。預かっといてやるよ。

五十セント出してくれ、ボイド。

ボイドはポケットから革のがま口を出してパチリと口を開けた。一セント、五セント、十セントと細かいものしかない硬貨を数えていわれた額にし、掌に載せてビリーの肩越しに差し出した。ビリーはそれを受け取り掌の上で一個ずつつつきながら硬貨を数え直してから手をぎゅっと握り、身を乗り出して警備兵のほうへ差し出した。

五十セント借りてたんだ。

渡しとくよ、と警備兵はいった。

ビリーは人さし指を帽子のつばに当て馬を前に進めた。

その犬も連れていくのか？

ついてきたいのなら連れてってやるつもりだ。

警備兵が見送る二人の少年のあとから犬がとことこついていった。彼らは小さな橋を渡った。メキシコ人の警備兵が顔をあげて通れとうなずきかけると、二人はアグワ・プリエータの町に入っていった。

おれだって数え方ぐらい知ってるぜ、とボイドがいった。

え？

数え方ぐらい知ってる。もう一遍数え直すことなんかなかった。

ビリーは後ろを振り返って弟を見てからまた前を向いた。

分かったよ、とビリーはいった。もうしないよ。

二人は屋台でアイス・キャンデーを買い歩道に立つ馬の足元に腰をおろして、夕方が近づいて活気の出てきた通りを眺めた。二人の前の土の上に落ち着かなげに寝そべっている犬の匂いを嗅ぎつけた町の犬たちが、毛を逆立ててまわりをうろつき始めた。

二人は食料雑貨店で玉蜀黍の粗碾《あらび》き粉に乾燥豆、塩にコーヒー、乾燥させた果物に唐辛子、それに小さな琺瑯のフライパンと蓋つきのポットと台所用マッチ一箱のほかいくつかの道具を買い、残った小銭をペソに替えてもらった。

おまえ金持ちになったたな、とビリーはいった。

黒んぼの金持ちみたいなもんだ、とボイドがいった。

この前こっちへきたときのおれより金持ちだよ。

あんまり嬉しくないな。

二人は町の南のはずれで道から離れ淡い灰色の砂利を踏んで川原を進み、荒れ野に出て野営した。坐って焚き火を見つめながらビリーが支度した夕餉をとった。

もうあのことを考えるのはやめろよ、とビリーはいった。

そんなことなんか考えちゃいない。

じゃ何考えてんだ？

なんにも。

そいつは難しいぜ。

兄ちゃんの身に何か起こったらどうする？

これから何が起こるかとか、そんなことばっかり考えてるなよ。

もし起こったら？

おまえは戻りゃいい。

ウェブスターの家へ？

そうさ。

金やら何やら盗んだのに？

盗んだのはおまえじゃない。おまえ、なんにも考えてないんじゃなかったのか？

考えちゃいない。ただなんか嫌な予感がするだけだ。

ビリーは前に身を乗り出して火のなかへ唾を飛ばした。おまえは大丈夫だよ。

ああ大丈夫さ。

次の日二人は一日じゅう大昔から流れている川の石がごろごろしている川原をたどり午後遅くオヒートという道路沿いの町にやってきた。兄の背中に顔をつけて居眠りをしていたボイドが、ぐっしょり汗に濡れて皺だらけになったシャツに包んだ上半身を起こし、両膝のあいだへ押しこんであった帽子を取って頭に載せた。

ここはどこだい？　とボイドはきいた。

さあな。

腹がへった。

分かってる。おれもだ。

ここに何か食い物はないかな？

分からん。

崩れかけた陽干し煉瓦の小屋の戸口にいる男の前で馬を止めこの町に食べ物が手に入る場所はないかと訊くと、男はちょっと考えてから鶏を売ってやるといった。二人は先へ進んだ。無人の道を南に下り荒れ野に出ていくと嵐雲が前方で膨《ふく》れあがり始めて辺りが青くなり遠くの原色の青に染まった山並の上で細い針金のような稲妻が硝子瓶のなかの嵐のようにまったく音を立てず何度も何度も閃いた。嵐は陽が暮れる直前に二人をつかまえた。

荒れ野を激しく打ち野鳩の群れを飛び立たせる雨の、その水の壁のなかに突っこむように入った二人はあっという間にずぶ濡れになった。百ヤードほど進んでから二人は馬からおり道端の木立に入って手綱を握って馬を抑えたまま轟き渡るような音を立てて地面の泥を叩く雨を眺めていた。嵐が通り過ぎたとき辺りは真っ暗になっており、二人は星明かりのない闇のなかに立ち静寂のなかで水がぽたぽた垂れる音をしばらく聞いていた。

これからどうする？　とボイドがきいた。

馬に乗って先へ進むしかないだろうな。

ぐしょ濡れの馬に乗るのは気が進まないな。

馬もぐしょ濡れのおまえを乗せたくないとさ。

二人がモレーロスの町に入ったのは真夜中過ぎだった。町の灯はまるで二人が暗闇を運んできたというように次々と消えていった。ビリーはボイドの肩に自分の上着を羽織らせてやっていたが、そのボイドはビリーの背中にもたれかかってぐらぐら揺れながら眠り、馬は頭を垂れてぬかるみから足を引き抜き引き抜き前に進み、先に立った犬は水溜まりを避けてジグザグに歩き、そうやって彼らはビリーがもう久しい以前のように思われるこの年の春に旅の一行について祭りの開かれる町へ向かったときと同じ道を南にたどっていった。

彼らは道からやや離れた処に立っている掘っ建て小屋で夜を明かし、朝がくると焚き火をして朝飼をとり服を乾かしてから馬に鞍をつけまた南を指して出発した。川沿いの泥でできたみすぼらしい町をひとつひとつ通り抜けて三日後に、この国へ入ってから七日目に、彼らはバセラクの町に着いた。ニワトコの木叢が傘のように覆いかぶさった化粧漆喰塗りの家の前に頭を垂れた二頭の馬がいた。一頭は尻に真新しい焼き印を押された大きな栗毛の去勢馬で、もう一頭は革に模様の入ったメキシコ製の鞍をつけられたビリーたちの馬、キーノだった。

ほらあれ、とボイドがいった。

分かってる。馬からおりろ。

ボイドが馬から滑りおりるとビリーもおりボイドに手綱を渡して鞘からショットガンを抜いた。犬は道の先のほうで足を止め二人を振り返った。ビリーはボルトを引いて装弾が薬室に入っているのを確かめてから排莢口を閉じボイドを見た。

馬が騒がないように向こうへ連れてってくれ。

分かった。

ビリーはボイドと馬が通りの反対側へいくのを見届けてから家のほうへ歩き出した。かわるがわる兄弟に目をやっている犬を、ボイドが口笛で呼ぶ。

ビリーがキーノのまわりを回り首を叩いてやるとキーノは彼のシャツに額を押しつけ、甘い息を長々と吹きかけてきた。ビリーはショットガンをニワトコの木に立てかけキーノの両方の鐙を鞍の角に引っかけると腹帯の留め金をはずし鞍の角と後橋をつかんで持ちあげて地面におろした。それから鞍下毛布を取って鞍の角にかぶせショットガンを取りあげると繋いである手綱をはずして通りの向かいのボイドの処まで馬を引いていった。

ビリーはショットガンを鞘に突っこみ振り返って家を見た。おまえはバードに乗れ、と彼はいった。

ボイドは馬に跨がりビリーを見おろした。

二頭ともあの家から見えないとこまで連れていくんだ。町の南はずれで落ち合おう。どこかに隠れてろ。おれが見つける。

兄ちゃんはどうするんだ?

あの家にどういう連中がいるか見てくる。

もし盗んだやつらだったら?

違うさ。

じゃあの家にいるのは誰なんだ?

分からない。誰か死んだ人がいるみたいだ。さあいけ。

ショットガンを持っていきなよ。

いらない。さあいくんだ。

ビリーはボイドが狭い通りを遠ざかっていくのを見送ってから家のほうへ歩いていった。

ビリーは扉を叩き、帽子を両手で持ってじっと待った。誰も出てこなかった。帽子をかぶって家の横手へ回り、塀の中程についている風雨に晒されて古びた馬車用の扉を押したが内側に閂が差されていた。塀のてっぺんを見た。泥の煉瓦に割れた硝子瓶の破片が埋めこんである。ビリーはナイフを取り出して刃を扉の隙間に入れ古い木の閂を一度に半インチずつ横に滑らせて受座からはずすと扉を押し開けてなかに入り、また扉を閉めた。土の上に轍はなく、最近馬車が出入りした様子はなかった。木の下の陽の当たっている広い場所に鶏が数羽蹲っていた。ビリーは中庭を通り抜けて家の裏手に回り長い廊下に通じる戸口に立った。低い木の棚には植物を植えた素焼きの植木鉢がいくつか置かれ水をやったばかりらしく土は湿り棚の下のタイルが濡れていた。ビリーはまた帽子を脱ぎ廊下を歩いて一番奥の戸口の前で足を止めた。暗い部屋のなかでひとりの女が寝台に横たわっていた。そのまわりを黒い肩かけをかけた同じような年格好の女たちが囲んでいた。テーブルの上にろうそくが一本ともっている。

寝台に寝ている女は目を閉じ両手で硝子の数珠を握っていた。死人だった。膝立ちになっている女のひとりがこちらを向いてビリーを見た。それから部屋のビリーには見えない辺りに目をやった。しばらくすると男がひとり上着を肩に引っかけながら現れて戸口に立っているビリーに丁寧にうなずきかけてきた。

どなたです《キエン・エス》？　と男がきいた。

男は背が高く金髪でスペイン語には外国訛りがあった。ビリーが一歩脇へ寄ると男も廊下に出てきた。

さっきまで家の前にいた馬はあなたのだったんですか《エスタバ・ス・カバーヨ・エンフレンテ・デ・ラ・カーサ》？

男は上着の片方の袖を通したところで動きを止めた。ビリーを見、廊下のはずれへ目をやった。さっきまでいた馬《エスタバ》？　と男はきいた。

ビリーは町の南を流れる川の川原に生えている葦の繁みのなかに二頭の馬と一緒に隠れているボイドを見つけた。

こんなとこすぐに見つかっちまうぞ、とビリーはいった。

ボイドは答えなかった。ビリーは地面にしゃがんで葦の茎を一本折りそれをまた両手で二つに折った。

あの家に住んでるのはドイツ人の医者だった。馬の売渡証書を持ってた。というか持ってるといった。書類を寄越したのはカサス・グランデスに住んでるソトって仲買人らしい。

ボイドはショットガンを持って立っていた。銃を鞘に戻し前に身を乗り出して唾を吐いた。どんなインチキな書類でもなんにも持ってないおれたちより分がいいな。

馬はこっちが押さえてる。

ボイドは馬の背越しに川の流れを見やった。おれたちを撃ってくるぞ。

さあ、とビリーはいった。いこうぜ。

あの家へぶらっと入っていったのかい？

ああ。

向こうは何ていった？

いこう。ここでぐずぐずしててもいいことなんかない。

兄ちゃんはなんていったんだ？

ほんとのことを話したよ。おたくの馬はインディアンが盗んだって。

その医者は今どこにいるんだ？

使用人の馬に乗って川の下流のほうへ追っかけていった。

銃を持って？

ああ。銃を持って。

おれたちこれからどうする？

カサス・グランデスへいく。

それはどこにあるんだ？

知らない。

二人はキーノの前足と後足をそれぞれ縄で縛りその縄へ犬を繋ぎとめて葦原へ残しておき、バードに二人で乗って町へ戻った。二人は広場の土の上に腰をおろし、向かいにしゃがんだ痩せこけた老人がナイフで先を削った木の枝で地面に二人がいきたい町までの大まかな地図を描くのをじっと見ていた。老人は川や谷や町や山並を描いた。それから木や家を描き始めた。雲も描いた。鳥も一羽描いた。一頭の馬に跨がった二人の人間も描きこんだ。ビリーがときどき前に身を乗り出してここからここまではどのぐらいかかるかと訊くとそのつど老人は首をめぐらし通りに待たせている馬を細めた目で見てから何時間ぐらいと答えた。数フィート離れたベンチには陽に灼けて色の褪めた古い服を着た四人の老人が腰かけてこちらをじっと見ていた。老人が地図を仕上げたときそれは毛布一枚分ぐらいに広がっていた。老人は立ちあがってズボンの尻を平手で叩き、土を落とした。

一ペソあげてくれ、とビリーはいった。

ボイドがポケットからがま口を取り出して口を開き一ペソ硬貨を出してビリーに渡しビリーがそれを老人に差し出すと、老人は優雅な威厳のある物腰で受け取り、帽子を脱いでまたかぶり二人と握手を交わしてから硬貨をポケットに入れ、体の向きを変えて荒廃した小さな広場を横切り振り返りもせず通りの先のほうへ姿を消した。老人がいってしまうとベンチに坐っている老人たちがどっと笑い出した。なかのひとりが地図をもっとよく見ようとやってきた。

こりゃ《エス・ウン・》まぼろし《ファンタスマ》だよ、と老人はいった。

まぼろし《ファンタスマ》？

そうさ《シ・シ》。あたりまえさ《クラーロ》。

どうして《コモ》？

どうして《コモ》？　あの爺さんは気がふれてるからだよ《ポルケ・エル・ビエーホ・エスタ・ローコ・エス・コモ》。

気がふれてる《ローコ》？

完全《コンプレタメンテ》にな。

ビリーは足元の地図をじっと見つめた。じゃこれはでたらめなのかい《ノ・エス・コレクト》？

老人は両手をひょいとあげた。あんたが今見てるのはただの模様だよといった。あんたらがいこうとしめかどうかなんて以前に地図といえるかどうかが問題だといった。あんたらがいこうとしている土地では火事や地震や洪水が何度も起こったといい、その土地自体を知らなければだめで山や川といった目印を知るだけではだめだといった。それに、と老人はいう。あの爺さんが最後にその辺りへ旅をしたのはいつだ？　そもそも旅なんかしたことあるのか？　あの爺さんが描いたのは地図というより旅の絵日記みたいなもんだ。しかしそりゃどこへ出かけた旅だろうかね？　いつ旅をしたんだろうかね？

旅の絵日記《ウン・ディブーホ・デ・ウン・ビアーヘ》だよ、と男はいった。昔の旅《ウン・ビアーヘ・パサード》のな、大昔の旅《ウン・ビアーヘ・アンティグオ》のな。

　老人は何かを捨てるように片手を撥ねあげた。もう何もいうことはないというように。

ビリーはベンチに坐っている三人を見た。三人の目にある種の光がたたえられているのを見てからかわれているのだろうかと訝った。すると右端に坐っている老人が前に身を乗り出して煙草の灰を地面に落とし、立っている男に向かって、しかし旅には道に迷う以外にもいろんな危険があるぞといった。前もって道筋を決めたってそのとおりにいけるとは限らない。あの爺さんが道を教えようとした善意を軽く見るのは間違いだ、なぜなら善意というのは大事なもので、それだけで旅立っていく二人に気力と覚悟を与えてくれるのだからといった。

立っている老人は今の朋輩《ほうばい》の言葉についてちょっと考えてから人さし指でゆっくりと扇ぐように目の前に浮かんだその言葉を消した。この若い連中には地図が信用できるかどうかなんて分かりっこなかったんだと彼はいった。とにかく間違った地図というのは地図がないのよりたちが悪い、なぜなら間違った地図は旅をする者に間違った安心感を与えて地図がない場合に働いてくれる直感を眠らせてしまうからだ。間違った地図を頼りにすると大変なことになる。男は地面に描かれた素描《そびょう》を手で示した。見ろ、こんな益体《やくたい》もないものといいたげだった。ベンチの真ん中に坐っている男もうなずきながら同意し、そんな地図なんかどうしようもない、野良犬に小便をひっかけられるのが関の山だといった。すると右端の男はにやりと笑い、それをいうならわしらの墓だって犬に小便をひっかけられるぜ、どうだいこの理屈はといった。

立っている老人はひとつの事に当てはまる事はすべての事にも当てはまるといい、どうせ墓なんてものは単純なことしか教えない、どういう風に墓にたどり着くかじゃなくただそこへ必ずたどり着くってことを教えるだけだといった。犬に小便をかけられたのでも何でもいいが、汚された墓で眠っている者らのほうがずっとためになる、この世界の現実に則した忠告をしてくれるかもしれない。この言葉を聞いてそれまで黙っていた左端の老人が笑いながら立ちあがりビリーたちにこっちへこいと手振りをするので、二人は木のベンチのまわりで議論している三人を残して老人のあとから広場を横切り通りに出た。ビリーが馬を繋いだ手綱をはずすと、老人は東へ伸びる道を指さしながら山のなかのあれこれの目印を挙げその道がラス・ラマーダスという町まで続いていることを教え、無事に分水嶺を越えてロス・オルコーネスの町へたどり着くためには運と神のご加護を信じなくちゃいけないといった。老人は二人と握手を交わしにっこり笑って幸運を祈るといい、カサス・グランデスまでどのくらいあるかという問いには親指を折った手を掲げた。四日《クワトロ・ディーアス》かかる、と老人はいった。それから広場でまだ盛んに議論を戦わせている仲間に目をやって、あの連中は今夜友達の女房の葬式に出ることになっていて妙な気分になっているだけだから気にするなといった。そして自分の経験では死は人を考え深くしたり賢くしたりするどころか、ほんのつまらないことにも何か重大な意味があるように思わせるだけのようだといった。老人はきみたちは兄弟かと尋ねそうだという答えを聞くとそれじゃあ仲良く助け合っていかなくちゃなといった。老人はまた山のほうへ顎をしゃくり山に住んでる連中は親切だが平地の住民はまた話が別だといった。それからもう一度幸運を祈るといい、神にこの二人をお守りくださいと呼びかけると、後ろに下がり片手をあげて別れの挨拶をした。

老人たちが見えなくなると二人は道路からはずれて川原へおりていき小道をたどってもう一頭の馬と犬を捜した。ボイドがキーノに乗り川原をしばらく進んで浅瀬を見つけると川を渡って東の山岳へ向かう道路に出た。

もともと広くもないその道路はまもなく道路と呼べるものではなくなった。川から最初に離れた辺りは幅も馬車が一台余裕を持って通れるほどあり、最近地ならしをし草や灌木を抜いた跡も見受けられたが、町が見えなくなる辺りからはそうした作業にも熱が入らないのか水の涸れた川に沿って山間部へ登っていく人がひとり通れるほどの細い道になった。暗くなり始めるころ二人は道端に岩を積んで高くした敷地に立つ十軒ほどの木の枝を組んでつくった小屋の脇を通り過ぎた。二人は坂をひとつ登り次の平坦な場所に出たところで野営することに決め馬に足かせをし火を起こした。下方の低い松や柏槙の繁みの隙間から集落の黄色い灯が見えていた。しばらくして二人が豆を煮ているとカンテラを手にした男がひとり道をあがってきた。男が道から二人に声をかけてくるとビリーはショットガンを立てかけた木のそばへいってこっちへきてくれと呼びかけた。男は焚き火のそばにやってきた。そして犬を見た。

こんばんは《ブエナス・ノーチエス》、と男はいった。

こんばんは《ブエナス・ノーチエス》。

アメリカ人かね《ソン・アメリカーノス》？

ああ《シ》。

男はカンテラを持ちあげた。焚き火の向こうの暗がりに立つ二頭の馬を見た。

あんたらの主人はどこかね《ドンデ・エスタ・エル・カバイェーロ》？

おれたちは二人だけでほかに誰もいない《ノ・アイ・オトロ・カバイェーロ・マス・ケ・ノソトロス》、とビリーはいった。

男は二人のごく少ない荷物に目を走らせた。ビリーは男が自分たちを家に招くようにいいつかってきたのを知っていたが男は家へこいとは誘わなかった。ほんの一時どうでもいいようなやり取りをして立ち去った。道に出て木立の向こうを歩いていく男がカンテラを持ちあげ、火屋《ほや》をあげて火を吹き消すのが見えた。男は暗がりのなかを家に向かって引き返していった。

次の日二人は西側斜面がバビスペ川流域の谷間を望む山に入っていった。山道はいよいよ貧弱になり処々崩れている箇所では馬からおりて涸れた川の狭い川床や葛折りの山道をたどり道が枝分かれしている場所では松や矮性樫の林を眺めながらどちらへ進もうかと迷った。その夜二人は裸木が立ち並び巨礫がごろごろ転がっている焼け野原で野営したがそこは半世紀前の地震で岩が山肌から崩れ落ち、こすれ合い、発火して林の生木が焼き払われた跡だった。林立する枝のない、幹の裂けた木が黄昏のなかで青白い死人のようにぼんやり浮かび闇が濃くなっていく空き地のあちらこちらを小さな梟《ふくろう》が羽音を立てずに飛び交った。

二人は焚き火のそばに坐ってベーコンと豆とトルティーヤの残りを火に焙って食べ毛布にくるまって地面に寝たが、周囲でぼんやりと死んだような灰色の影を浮かせている木や巨礫のあいだを吹き渡る風はまったく音を立てず、夜中に啼く梟は野鳩のような柔らかい淡い声をあげた。

二人は二日間山のなかを進んだ。小糠雨《こぬかあめ》が降った。ひどく寒く二人は毛布にくるまって馬に乗り、前をいく犬は声の出せない何も考えていない先導の羊のように小走りに歩き、馬の鼻の穴からは羽毛のような白い息が薄い大気のなかに噴き出た。ビリーは鞍をつけたバードに交代で乗ろうといったがボイドは鞍があろうとなかろうとキーノのほうがいいといった。ビリーが鞍をキーノにつければいいというとボイドは首を振り、裸馬の脇腹にブーツの踵を当てて馬の歩みを速めた。

古い製材所の跡を通り抜け黒い切り株が点々とする山のなかの放牧場を通り抜けた。陽が沈んでいく谷の向こう側に古い銀鉱の廃石《ずり》が見え、廃坑で鉱石を掘るジプシーの一族が錆びた旧式の機械のあいだに木の枝を組んで建てた数棟の小屋が見えたが、今ジプシーたちは大人も子供も夕餉の支度をしている火のそばに並んで立ち、潰走するぼろぼろの姿をした兵士たちが野営地で閲兵しているかのように目の上に手をかざして陽をさえぎり、谷の反対側の斜面をゆく二人の乗り手を眺めた。その同じ夕方ビリーが兎を仕留め、二人は山頂付近に長く残る余光のなかで馬を止めて火を起こし兎を料理して食べ、臓物と骨は犬に与えて食事がすむと坐ってじっと炭火を見つめた。

馬は今おれたちがいる場所がどこだか知ってると思うかい？　とボイドがきいた。

どういう意味だ？

ボイドは顔をあげた。馬は今おれたちがいる場所がどこだか知ってると思うかって意味だよ。

そりゃいったい何のことをいってるんだ？

何って。馬が今おれたちのいる場所を知ってるかどうかってことさ。

ちぇっ、馬は何にも知っちゃいない。どっかの山んなかにいるってことしか分かっちゃいないよ。メキシコにいるんだと知ってるとでも思ってるのか？

いや。でもペイロンシーオかどこかの山んなかなら馬には分かるはずさ。放してやったら自分で家へ帰るはずだよ。

馬をここで放してやったら自分で家まで帰るだろうかって、そう訊いてるのか？

というかさ。

何を訊いてるんだ？

馬が今おれたちのいる場所がどこだか知ってるかどうか訊いてるんだ。

ビリーは熾を見つめた。何のこといってんだかさっぱり分かんねえや。

ああ。もういいよ。

馬の頭んなかに故郷《くに》の牧場までの地図があるかどうかなんて考えてんのか？

さあ。

頭んなかに地図があったって牧場まで帰れるとは限らないぜ。

帰れるなんていってない。帰れるかもしれないし帰れないかもしれない。

もうもときた道を引き返すなんて無理だ。冗談じゃない。

もときた道を引き返せるとかいってるんじゃないよ。今どこにいるか知ってるんじゃないかって思っただけだ。

おまえ、おれよりいろんなことを知ってるみたいだな。

そんなこといってない。

そうさ、おれがそういったんだ。

ビリーはボイドを見た。ボイドは毛布を肩に羽織り体の前に投げ出した両足の安物のブーツを交差させている。もう寝たらどうだ？　とビリーはいった。

ボイドは前に身を乗り出して炭の上に唾を吐いた。そして唾が蒸発するのをじっと見ていた。兄ちゃんも寝たらどうだい、といった。

翌朝二人は空が白み始めるころに出発した。木々のあいだに靄が流れていた。二人は馬を進めながら陽が出てあたりの風景が見えるようになるのを待ち、小一時間たつころ崖の東の縁で馬を止めてチワワ地方の平原の彼方から溶けて煮えたぎり膨れあがった硝子の玉のような太陽が昇って再び闇から世界を創りあげるのを見た。

昼前に二人はまた平原に戻り見たこともないような良質のウシクサやサイドオーツ・グラーマなどの牧草の上を進んでいった。午後になると南の遥か遠くに糸杉の木立の薄い層と大農園の白壁の薄い層が見えてきた。壁の層は水平線上で陽炎に揺れている白い船のようだった。あまり遠くにあるので本当にあるのかどうか分からないほどだった。ビリーはボイドにもそれが見えているかどうか確かめようと振り返ったが、ボイドは最前からじっとそれを見つめていた。それはゆらゆら揺れながら熱気のなかに消えそれからまた地平線よりほんの少し上にぽっかり浮かんだ形で現れた。また次に見たときにはすっかり姿を消していた。

長く続く黄昏どきの薄暮のなかを二人は馬を引いて歩き馬の体を冷やした。さほど遠くない処に木立が見えてくると二人はまた馬に跨がりそこへ向かっていった。犬は舌をだらりと垂れて先を走り、周囲の暗さを増していく平原は冷たく青く沈み、あとにしてきた山は彼らの背後で凹凸のない黒い影となって夕暮れの空を背景に稜線を描いていた。

空を背負って前方に大きく迫り始めた木立に近づいていくとその足元から一群の牛が低く啼きながら出てきた。牛たちは首を振りながら暗がりのなかを駆けていき、ビリーとボイドの馬は空気の匂いを嗅ぎ、踏み荒らされた草の匂いを嗅いだ。木立のなかに入ると馬はともに歩調をゆるめやがて立ち止まり、それから慎重に暗い水溜まりのなかへ踏みこんでいった。

バードは縄で足かせをしキーノは木に繋いで牛を近づけさせないための見張りにし、二人は眠った。食べるものが何もないので焚き火もせず、ただ毛布にくるまって地面にごろりと横になった。夜中に二度草を食べながら歩き回るキーノが縄を二人の体の上へ引っかけたが、その度にビリーが目を覚まして縄を引きあげボイドの体に当たらないようにしてからまた草の上に落とした。ビリーはしばらく馬たちが草を食いちぎる音に耳を傾け牛たちが立てる豊かないい香りを嗅ぎそれからまた眠った。

朝二人が裸で暗い水溜まりのなかに坐っていると牧童の一団が馬でやってきた。彼らは水溜まりの反対側で馬に水を飲ませ、二人にうなずきかけてやあおはようと声をかけ、まだ水を飲んでいる馬に跨がって煙草を巻きながら四方を見回した。

どこへいくんだね《アドンデ・バン》？　と彼らのひとりがきいた。

カサス・グランデスまで《ア・カサス・グランデス》、とビリーが答えた。

牧童たちはうなずいた。彼らの馬は鼻面から水を滴らせながら頭をもたげ水のなかに蹲っている二つの生白い人影をさして面白くもなさそうに眺めると、また頭を下げて水を飲んだ。馬が水を飲み終えると牧童らはビリーたちに気をつけてと声をかけ、馬の向きを変えて窪地から出て速足で木立を抜け、もときた南のほうへ去っていった。

二人はシャボン草で服を洗濯し風に飛ばされても刺のある繁みへはいかない場所に生えているアカシアの枝に吊した。服は何日も旅するうちにかなり傷んでいたが繕《つくろ》うこともできなかった。二人ともシャツはほとんど透けて見えるほどすり切れ、とくにビリーのは背中の真ん中が裂けていた。二人はヒロハハコヤナギの木陰に毛布を敷いて裸で寝そべり帽子を顔にかぶせて眠ったが、そのうちに牛たちがやってきて二人をじっと眺めた。

ビリーが目を覚ますとボイドが坐って木立の向こうを見ていた。

どうした？

あっちを見てみなよ。

ビリーは体を起こして窪地の向こうを見やった。葦の繁みのなかでインディオの子供が三人しゃがんでこちらをじっと見ていた。ビリーが毛布を体に巻つけて立ちあがると子供たちは小走りに逃げていった。

犬はどこだ？

知らないよ。どこにいることになってるんだい？

木立の向こうで煙が立ちのぼり人の声がしていた。ビリーは毛布を体に巻つけた格好で服を取りにいきまた戻ってきた。

それはタラウマーラ族の一行で、彼らの習慣として皆が徒歩であり、これから山の奥深くへ帰るところだった。彼らは家畜も犬も飼わない。スペイン語も話さない。男は白い腰巻きと麦藁帽子が服装のほぼすべてで女は色鮮やかなドレスを身につけ、ペティコートを穿いている者も大勢いた。なかにサンダルを履いている者もいたがたいていは裸足で、どちらにせよ足はたこがたくさんできて棍棒か切り株のようだった。荷物はすべて手織りの布の包みで一本の木の根方に積まれており、そのあいだに桑の木でつくった弓が五、六本と長い葦の茎でつくった矢を差した山羊皮の箙《えびら》がいくつか置かれていた。

焚き火のそばで料理をしている女たちは洗濯したてのぼろを着たビリーたちに無関心な目をちらりと向けてきた。老人と少年が手製のヴァイオリンを弾いており少年は手を止めたが老人は弾き続けていた。このタラウマーラ族は千年前からこの水辺を野営地にしてきたがその間にいろいろな人間がここを通っていった。武装したスペイン人たちや鉄砲を持った猟師、罠猟をする猟師、スペイン人の高官やその妻や奴隷たち、逃亡者や政府軍や革命軍、死人や瀕死の者たちがここへきた。インディオは見たことをすべて仲間に語り、語ったことはすべて記憶された。北の国からやってきた身に合わぬ大きな帽子をかぶった二人の生白い肌をしたみすぼらしい孤児をもてなすのは、彼らには容易《たやす》いことだった。ビリーとボイドは人々から少し離れた処に坐り、手で持っていられないほど熱いブリキの皿からサッコタシュ（玉蜀黍の実と豆を煮た料理）のようなものを食べたが、そこには南瓜の種とメスキートの豆と石菖藻のかけらが入っているのが分かった。二人とも両足を股のほうへ引き寄せてブーツの踵と踵を合わせ、その上に皿を載せて食べた。食べていると女がひとり焚き火のそばからやってきて柄杓《ひしやく》で何やら得体の知れない煉瓦色の粘液のようなものを皿にかけてくれた。二人はじっとそれを見つめた。飲み物は何もなかった。誰も喋らなかった。肌の色がほとんど黒に近いインディオたちのこの寡黙、沈黙は、彼らがこの世界を仮そめの、偶発的な、ひどく疑わしいものと見ていることを証し立てていた。いつ破られるか分からない休戦協定のもとにあるというように、警戒怠りなく今していることに没頭するといった雰囲気が彼らにはあった。先のことを考えず望みも抱かない、そんな種類の用心深さがあった。それは薄氷の上で暮らしているといった風だった。

食べ終わると二人は礼をいって人々のもとを離れた。何の反応も返ってこなかった。誰も口を開かなかった。木立から外に出るときビリーは振り返ってみたが子供たちすらこちらを見てはいなかった。

タラウマーラ族は夕方出発した。辺りに大きな静寂がおりた。ビリーはショットガンを持ち犬を連れて草地に出て、長い黄昏どきの赤い夕陽に照らされている周囲の土地を見渡した。ほっそりした獣脂色の牛たちがヒロハハコヤナギとアカシアの木立からこちらを窺い、鼻を鳴らしながら速足で移動していった。撃てる獲物は水を飲みにきた小さなジュズカケバトだけで、そんなものに弾を無駄使いするわけにはいかなかった。ビリーは平原のゆるい隆起の上に立ち陽が西の山並の向こうに沈んでいくのを眺めてからまた暗がりのなかを引き返し、朝がくると二頭の馬をつかまえてバードに鞍をつけまた出発した。

午後遅く、モルモン教徒が住むファアレスの町にやってきた二人は果樹園と葡萄園を馬で通り抜けがてら林檎をいくつかもぎとって服のなかに隠した。カサス・グランデス川にかかる木の板を敷いた狭い橋を渡り下見板の壁に漆喰を塗った何軒かの小綺麗な家の前を通り過ぎた。狭い通りには並木がありどの家にも芝を植えた庭と白い杭垣があった。

こりゃいったいどういう町なんだ？　とボイドがいった。

さあな。

通りの端まできて狭い土埃の立つ脇道へ曲がると、まるでたった今見た町が夢だったかのようにまた荒れ野に出た。夕方、カサス・グランデスへいく途中の道でチチメカ族の土でできた古い都市の廃墟に入った。泥壁でできた入り組んだ迷路のあちこちに住みついている流浪の人々が宵闇のなかで焚き火をしており、立ちあがったり動き回ったりするそれらの人々は崩れかけた壁に酔っ払いが歩いているような影を投げかけ、死んだ町の上にかかる月はテラスの胸壁や天井が崩れてむき出しになった地下室や、地面に穴を掘ってつくった竈や、家畜を入れる囲いや、夜鷹が狩りをする暗い球技場や、ひび割れた土の底に砕けた土器や石の道具やそれらをつくった人間たちの骨が沈んでいる灌漑用の水路の上に光を注いでいた。

二人は高い土手の上を走るメキシカン・ノースイースト鉄道の線路を渡ってカサス・グランデスの町に入り、バス停留所を通り過ぎその先のカフェの前で馬を繋いで店に入った。

天井に取りつけられたソケットにねじこまれた数個の電球が硬い黄色い光をテーブルの上に投げかけていたがそれは二人が国境の町アグワ・プリエータを出ていらい初めて見る電灯だった。二人はテーブルにつきボイドは帽子を脱いで床の上に置いた。店には誰もいなかった。しばらくしてカーテンを吊した奥の戸口から女が出てきてテーブルのそばに立ち二人を見おろした。女は注文を書き取るメモを持たずメニューもないようだった。ビリーがステーキはあるかと訊くと女はうなずいてあると答えた。注文をし終えると二人は小さな窓から外へ目をやり暗くなった通りで待っている馬を見た。

おまえどう思う？　とビリーがきいた。

どう思うって？

いろんなことをさ。

ボイドは首を振った。細い脚を前に伸ばしていた。通りの反対側に並ぶ薄暗い何軒かの商店の前をメノー派教徒の家族が歩いていたが、男たちの服装はオーバーオール、後ろを歩く女たちは陽に灼けて色の褪めたスモックに身を包み買い物籠を提げていた。

おまえおれに腹を立ててるのか？

いや。

何考えてるんだ？

なんにも。

そんならいい。

ボイドは通りをじっと見ていた。しばらくして顔をビリーのほうへ向けてきた。ちょっと簡単すぎたなって考えてたんだ。

簡単すぎたって何が？

あんな風にキーノを見つけて。取り戻したのがさ。

ああ。そうかもしれない。

ビリーは馬を連れて国境を越えるまでは取り戻したといえないのを知っていたがそのことはいわないでおいた。

おまえ疑り深くなったな、とビリーはいった。

ああ。

いろんなことが変わるもんだな。

ああ。変わるものもある。

おまえは心配しすぎなんだ。でも心配したって何も変わらない。そうだろ？

ボイドはじっと通りを眺めていた。楽隊の制服らしいものを着た二人の男が馬に乗ってやってきた。男たちはカフェの前に繋いである二頭の馬に目をやった。

そうだろ？　とビリーがいった。

ボイドは首を振った。分かんないよ、と彼はいった。心配しなかったらどんな風になってたのか、よく分からない。

その夜二人は鉄道線路から少し離れた雑草が土埃をかぶっている野原で眠り朝がくると用水路で顔を洗い町に入っていき前の日と同じカフェで食事をした。ビリーは店の女にソトという名の家畜仲買人の事務所はどこかと尋ねたが女は知らないといった。二人は卵とチョリーソとこの国では初めて見る小麦粉でつくったトルティーヤでたっぷり量のある朝飼をとり代金を払うと所持金はほとんどなくなったが、ともかく店から出ると馬に乗り町の中心部に向かっていった。ソトの事務所はカフェから南へ三ブロック離れた煉瓦の建物に入っていた。ビリーは通りの向かいに立つその建物の窓硝子に馬に乗った男が二人映っているのに気づき数枚のゆがんだ硝子に分かれて映っている痩せ衰えた馬のだらしない歩みぶりを見ていたが、やがて少し離れてついてくる一匹の犬が映ったときその胡乱《うろん》な一行の先頭をいく乗り手が自分自身であることに思い至った。硝子窓の先頭の乗り手の頭の上には家畜仲買商とありその上にはソトとヒーヤンと書かれていた。

あれを見ろ、とビリーはいった。

もう見てるよ、とボイドが答えた。

気がついたんならどうして何もいわない？

だから今いってるじゃないか。

二人は通りで馬を止めた。犬は地面に腰をおろして待った。ビリーは身を乗り出して唾を吐き後ろのボイドを振り返った。

おまえに訊きたいことがあるんだがいいか?

いいよ。

いつまでそんな風に不機嫌にしてるつもりだ?

機嫌が直るまでさ。

ビリーはうなずいた。そして硝子窓に映った自分たちの姿をじっと見つめた。なぜそこに映っているのかどうにも解せないという風だった。そういうだろうと思ったよ、とビリーはいった。だがボイドはビリーが仲買商の何枚かの硝子窓にジグソーパズルのように別れて映るぼろぼろの二人組と馬の足元にいる声の出ない犬の、どれも斜めにひしゃげている像をじっと見つめているのに気がついた。おれも兄ちゃんと同じものを見てるよ、とボイドはいった。

その事務所の前へ二度目に戻ってきたとき仲買人がなかにいるのが分かった。ビリーはボイドに馬の番をしているようにいった。キーノを見られないようにしろ、と彼はいった。

それぐらい分かってるよ、とボイドがいった。

ビリーは通りを渡り扉の硝子窓に手をかざして陽を遮りなかを覗いた。壁に暗い色のニスを塗った羽目板を張り暗い色の樫材の家具を備えた古めかしい事務所だった。ビリーは扉を開けてなかにはいった。扉を閉めたとき嵌めてある硝子ががたがたと鳴り机についている男が顔をあげた。男は旧式の電話の受話器を耳にあてていた。そうですか《ブエノ》、と男はいった。分かりました《ブエノ》。男はビリーに目くばせした。そしてこちらへこいという手振りをした。ビリーは帽子を脱いだ。

ええ《シ》、ええ《シ》。結構ですな《ブエノ》、と男はいった。どうもどうも《グラシアス》。どうも恐縮です《エス・ムイ・アマーブレ》。受話器を架台に引っかけて電話機を押しやった。よしと《ブエノ》、と男はいった。まぬけめ《ペンデーホ》。まったく恥知らずな野郎だ《コンプレタメンテ・シン・ベルグウエンサ》。男はビリーに目を向けた。さあこっちへどうぞ《パーサレ・パーサレ》。

ビリーは帽子を手にじっと立っていた。セニョール・ソトに会いたいんだけど《ブスコ・アル・セニョール・ソト》、と彼はいった。

今いませんよ《ノ・エスタ》。

いつ戻りますか《クワンド・レグレーサ》？

みんながそれを知りたがってますな《トド・エル・ムンド・キエーレ・サベール》。あなたはどなた？

ビリー・パーハムという者です。

というと？

ニュー・メキシコのクローヴァーデイルからきました。

ほうそうですか。

ええ。そうなんです。

それでセニョール・ソトに何のご用です？

ビリーは両手で持った帽子を四分の一周だけ回した。それから窓へ目をやった。男も同じ方向を見る。

わたしはジーヤンという者です、と男はいった。よろしければご用件を伺いますが。

男はスペイン語と英語を折衷して名乗り（スペイン語ならヒーヤン、英語ならジリアン）、反応を待った。

その、とビリーはいった。おたくらはハースってドイツ人の医者に馬を一頭売ったでしょう。

男はうなずいた。話の続きをぜひ聞きたいという顔をした。

おれは、おたくらにその馬を売った男を捜してるんです。インディアンじゃなかったかと思うんだけど。

ヒーヤンは椅子の背にもたれかかった。指で下の歯を叩く。

色の濃い栗葦毛の去勢馬で体高は手の幅で十五と半分ありました。こっちのほうでカスターニョ・オスクーロって呼ぶやつです。

今おっしゃったような馬のことは存じてますよ。いうまでもなくね。

ええ。それで、おたくらがあの医者にもうあと何頭か売ったかもしれないと思ったんです。

そう。もうあと何頭か売っていたかもしれないですが、実際は売りませんでしたな。あなたが知りたいのはその栗葦毛のことですか？

その馬のことはどうでもいいんです。おれはただそれをおたくに売った男を捜してるだけだから。

表にいるあの子は誰です？

おれの弟です。

なんで外にいるんです？

あいつはあれでいいんです。

なぜ一緒に連れてこないんです？

あれでいいんだ。

でも連れてらっしゃればいいのに。

ビリーは窓の外へ目をやった。帽子をかぶって外に出た。

おまえ馬を見張ってることになってたろう、とビリーはいった。

馬はあっちにいるよ、とボイド。

二頭の馬は脇道に立つ電柱の大釘に繋がれていた。

あんなとこへ放ったらかしにしやがって。

放ったらかしてるわけじゃない。ここからちゃんと見てる。

なかの男がおまえを見た。一緒に連れてこいっていうんだ。

なんで？

そいつは訊かなかったよ。

おれたち、このままいっちまったほうがいいと思わないか？

大丈夫だよ。さあこい。

ボイドは事務所の硝子窓を見たが陽が反射してなかは見えなかった。

こいよ、とビリーはいった。ぐずぐずしてたら変に思われる。

きっともう思ってるよ。

そんなことはない。

ビリーはボイドの顔を見た。それから通りの向こうの馬を見た。あいつら情けない格好してるな。

ああ知ってるよ。

ビリーはズボンの尻ポケットに両手を突っこみブーツの踵を通りの土に突き立てた。彼はボイドを見た。あの男に会うためにおれたち苦労してここまできたんだぞ。

ボイドは背をかがめて自分のブーツとブーツのあいだに唾を吐いた。分かったよ、と彼はいった。

二人が入っていくとヒーヤンが顔をあげた。ビリーが扉を押さえてボイドをなかに入れた。ボイドは帽子を取らなかった。仲買人は椅子の背にもたれて一方をじっと見つめそれから他方へ目を移した。本当に兄弟かどうか鑑定するよう裁判官から命じられたとでもいうように。

弟のボイドです、とビリーがいった。

ヒーヤンはボイドにもっとこっちへくるようにという手振りをした。

こいつ、おれたちの身なりを気にしてるんです、とビリーはいった。

何を気にしてるかは自分で話してくれるだろう。

ボイドはベルトに両方の親指を突っこんで立っていた。まだ帽子は脱がない。身なりなんか気にしてるんじゃない、とボイドはいった。

ヒーヤンはあらためてボイドをしげしげと見た。きみたちはテキサスの出身だね、と彼はボイドにいった。

テキサス？

そう。

なんだってそう思うんだ？

でもテキサスからきたんだろう？

テキサスなんか生まれてから一遍もいったことない。

どうしてドクター・ハースのことを知っているのかね？

知らない。会ったこともない。

なぜ彼の馬に興味があるのかな？

彼の馬じゃない。おれたちの牧場からインディアンが盗んだ馬なんだ。

それでお父さんにいわれてメキシコまで取り返しにきたわけか。

親父は何もいわない。死んだんだ。泥棒どもがショットガンで親父とお袋を殺して馬を盗んでったんだ。

仲買人は眉をひそめた。そしてビリーを見た。きみも同じ意見かね？

おれはあなたと同じです。これからどうなるか待ってるんです。

仲買人はひとしきり二人を眺めていた。それから、自分は長年メキシコやアメリカを旅して馬の取引をしてきて今の地位を築きあげたが、そのなかで馬を商いする者は馬の素姓をしっかりと調べて不審な点がないかどうか確かめなければならないことを学んだといった。そして自分が間違いを犯してあとから意外な事実が出てくることはめったにないといった。

だからきみたちのいってることは非常識だよ、と彼はいった。

そりゃまあ、とボイドはいった。あんたは自分に都合のいいことをいうだろうさ。

仲買人は椅子を心もち回転させた。歯を指で叩いた。それからビリーに目を向けた。きみの弟さんはわたしをまぬけだと思ってるらしい。

そうですね。

仲買人は眉を弓状に吊りあげた。きみも同じ意見かね？

いや。そうじゃないです。

この男を信じておれを信じないのか？　とボイドがいった。

そりゃ当たり前だよ、と仲買人。

あんたはきっと人が嘘をつくのを聞いて楽しんでるつもりなんだろうな。

仲買人はそのとおりといった。この商売ではそういうことが必要なのだといった。彼はビリーを見た。

まだ何かあるらしいね《アィ・オトロ・マス》。何かまだ他にいいたいことが。何かね？

知ってることは全部話しましたよ。

でもいいたいことはまだ全部じゃないようだ。

ビリーはボイドを見る。そうなのか？

なんでおれに訊くんだ。

仲買人はにっこり笑った。もったいぶった物腰で立ちあがった。立つと意外に背が低かった。樫材のファイルキャビネットへ足を運び引き出しを開けて書類を指で繰り一冊の書類ばさみを持って机に戻ってきて腰をおろし書類ばさみを机に置いて開いた。

スペイン語は読めるかね？　と仲買人がきいた。

ええ。

仲買人は人さし指で書類の文言をなぞった。

あの馬は三月二日に競りで買ったものです。あの日は二十三頭の馬が売りに出された。

売り主は誰です？

バビコラだね。

仲買人は開いた書類ばさみの向きを逆にしてビリーのほうへ押しやった。ビリーはそれを見なかった。バビコラって何です？　と彼はきいた。

仲買人のもじゃもじゃの眉が吊りあがった。バビコラとは何か？

ええ。

大農園だよ。きみたちの国の、セニョール・ハーストという人が所有者だ（新聞王ウィリアム・ランドルフ・ハーストのことと思われる。メキシコに多くの土地を持ち、反革命政府軍に肩入れした）。

その大農園はいつもたくさん馬を売るんですか？

売るより買うほうが多いね。

なんであの栗葦毛を売ったんです？

さあなぜだかね《キエン・サーベ》。この国では去勢馬はそれほど人気がない。たぶんある種の偏見があるんだろうね。

ビリーは売買契約書を見おろした。

どうぞ、と仲買人はいった。お読みになってください。

ビリーは書類ばさみを取りあげて競売番号四一八六の箇所にリストアップされた馬の説

明を詳しく読んだ。

狼鹿毛って何です《ケ・エス・ウン・バーヨ・ローボ》？　とビリーはきいた。

仲買人は肩をすくめた。

ビリーはページをめくった。馬の説明を読んだ。葦毛《ルワーノ》。鹿毛《バーヨ》。濃鹿毛《バーヨ・セブルーノ》。栗毛《アラサン》。黒栗毛《アラサン・ケマード》。馬の半分には聞いたことのない色名がついていた。牝馬《イエグワ》に牡馬《カバーヨ》。去勢馬《カポーン》に仔馬《ポトロ》。ニーニョとおぼしき馬があった。だがそれらしい馬はもう一頭あった。ビリーは書類ばさみを閉じて机の上に戻した。

どう思うかね？　と仲買人がきいた。

どう思うって何がですか？

きみは馬じゃなく馬を売った人間が目当てでここへきたといった。

ええ。

その人間はセニョール・ハーストの下で働いているのかもしれない。それは考えられることだ。

ええ。考えられます。

メキシコである人間を見つけだすのは容易なことじゃありませんよ。

ええ。

いろいろと厄介な障害がある。

ええ。

人は行方不明になることもあるし。

ええ。そうですね。

仲買人はじっと坐っていた。椅子の肘かけを人さし指で叩いた。引退した電信技手のようだった。さっきのもうひとつのこと《オトロ・マス》だが、と彼はいった。いったいなんなのかね？

分かりません。

仲買人は机の上に身を乗り出した。ボイドを見、ボイドのブーツを見おろした。ビリーはその視線をたどった。ブーツに拍車をはずした跡があるかどうか捜しているとビリーは思った。

きみたちは遠い処からやってきたわけだ、と仲買人はいった。いうまでもないことだがね。彼はビリーを見た。

ええ、とビリーはいった。

ひとつ助言をしておこう。そうする義理があるような気がするから。

どうぞ。

家に帰りたまえ。

帰る家なんかないんだ、とボイドがいった。

ビリーは弟を見た。ボイドはまだ帽子を脱いでいない。

なんでおれたちを家に帰らせたがってるのかこの人に訊いてみたらどうだい、とボイドがビリーにいった。

なぜだか答えてあげよう、と仲買人がいった。それはおそらくきみの知らないことをわたしが知っているからだ。過ぎたことは元に戻せないということをね。きみは誰も彼もまぬけばかりと思っているんだろう。しかしきみたちがメキシコにいるべき理由はほとんどない。それを考えてみたまえ。

もういこうぜ、とボイドがいった。

わたしたちは真実に近づいたようだ。その真実がなんなのかわたしは知らない。ジプシーの占い師じゃないからね。しかし大きなトラブルがきみたちを待っているのは分かる。大きなトラブルだ。お兄さんのいうことを聞いたほうがいい。きみより年上なんだからね。あんただっておれより年上だ。

仲買人はまた椅子に背を預けた。ビリーを見た。弟さんはお若いから過去がまだ存在していると信じているようですな、と彼はいった。過去になされた不正が正されるのを待っているとね。ひょっとしてきみもそう信じているのかな？

おれには意見なんかないです。ここへはただ馬のことを訊きにきただけです。

過去の不正がどう正されるというのかね？　もう存在しない事柄に対して償いなんてありうるのかね？　どうだい？　無理に償いを求めたりすると思いもかけない結果を生むこ

とにならないかね？　将来こういう結果になると分かっている行為などあるかね？　おれは前にも一遍この国にきたことがあります、とビリーはいった。またここへやってきたのは将来のためなんかじゃない。

仲買人は両手を前に出し間隔をあけて上下に並べた。何か目に見えないものが封じこめられている目に見えない箱を捧げ持つといった風だった。きみには自分がどんな事態を引き起こそうとしているのか分かっていないようだ、と彼はいった。そういうことは誰にも分からない。どんな予言者にも見通せない。行為は往々にして予測とは違った結果をもたらすものだ。だからどんなひどい目にあっても、どんながっかりするようなことが起こってもかまわないという覚悟が必要だ。分かるかね？　しかしすべての行為にそんな覚悟を決めるほどの値打ちがあるわけじゃない。

ボイドはすでに戸口へいって待っていた。ビリーは振り返って弟を見た。それから仲買人に目を戻した。仲買人は手の甲で目の前の空気を払った。もういい、もういい、と彼はいった。もういきたまえ。

通りに出たビリーは仲買人が窓からこちらを見ているかと振り返った。

振り返るなよ、とボイドがいった。こっちを見てるのは分かってる。

二人は町の南でサン・ディエゴに通じる道に出た。黙って馬を進める二人の前の、影のない真昼の道路の真ん中を足を傷めた声の出ない犬が小走りに駆けたり歩いたりして先導した。

あいつが何をいってたのかおまえ分かるか？　とビリーがきいた。

裸馬に乗ったボイドが軽く体をひねって後ろを振り返った。

ああ。あいつが何をいってたのかは分かるよ。兄ちゃんはどうだい？

二人は町の南のはずれの集落を通り抜けた。畑では灰色のぱりぱりした感じの葉と茎のあいだで男たちや女たちが綿を摘んでいた。二人は道端の用水路の水を馬に飲ませ腹帯をゆるめて息をつかせてやった。区画された畑の遠くのほうで男がひとり牡牛に角で鋤《すき》を引かせて地面を耕していた。鋤は古代エジプトで使われていたような木の根に毛が生えた程度のしろものだった。二人はまた馬に跨がって先へ進んだ。ビリーはボイドを振り返った。馬具をつけない馬の背に痩せた体が載っていた。地面に落ちた影はもっとひょろりとしていた。ごつごつした大きな関節を動かしながら道をいく背の高い暗い色をした馬の斜めにかしいだ影は馬それ自身よりももっと馬らしく見えた。午後遅く二人はゆるい登り坂の頂上で馬を止め、下方に広がる暗い色に沈み始めた不規則に区画された畑を眺め渡したが、しばらく前から用水路の水門が開かれて耕されたばかりの畑に水が引き入れられており、畝《うね》のあいだに溜まった水は夕陽を受けて磨きのかかった金属棒のように光を放ちながら遠くのほうまで伸びていた。それはあたかも風格のある大農園に入る大きな鉄格子の門が、鳥が夕方の歌を歌っている水路沿いのヒロハハコヤナギの並木の向こうに倒れているといった風だった。

二人は暗くなっていく道の前方を裸足で歩いているひとりの少女に次第に追いついていったが、その少女は頭に布包みを載せその布の両端を大きな帽子の柔らかいつばのように頭の両脇に垂らしていた。馬の蹄の音を響かせてゆっくりと横を通り過ぎるとき少女は体全体をまわして二人を見た。二人がうなずきかけビリーがこんばんはといい少女も同じ挨拶を返してくると、二人はそのまま馬を進めていった。少し先の用水路の水があふれて道端の側溝に流れこみ溜まっている場所へくると、二人は馬からおりて馬を側溝の際へ導き自分たちは用水路の土手の草の上に坐って暗くなっていく畑をぎごちない足取りで歩いている数羽の鵞鳥を眺めた。先ほど追い越した少女がやってきた。初め二人は少女が低い声で歌っていると思ったが実際には泣いているのだった。少女は馬を目にして足を止めた。馬は二頭とも頭をもたげて道のほうを見た。少女がまた歩き始めるとまた鼻面をおろして水を飲んだ。また馬を道の真ん中に戻したとき少女の姿は前方の遠い処でほとんど動かない ぽつんとした点になっていた。二人は馬に跨がって出発し、やがて再び少女に追いついた。

ビリーは馬を道の片側へ寄せた。そこを通って声をかければ少女は残照の射す西へ顔を向けて返事をすることになるはずだった。だが馬の蹄を聞いたとき少女はビリーと同じ側へ寄りビリーが声をかけても顔をこちらに向けなかったし返事はしたのかもしれないがビリーには聞こえなかった。二人は馬を進めた。百ヤードほど進んだところでビリーは馬を止めて地上におりた。

どうしたんだ？　とボイドがきいた。

ビリーは振り返って少女を見た。少女は立ち止まっていた。だが彼女としてはこちらに進んでくるよりほかにないはずだった。ビリーは自分が立っている側の鐙を鞍の角に引っかけて腹帯を点検した。

暗くなってくるぞ、とボイドがいった。

もう暗くなってるよ。

じゃ早くいこうぜ。

今いくよ。

少女がまた歩き始めた。道路の反対側の端を通ってゆっくりと近づいてきた。すぐそばへきたときビリーは馬へ乗っていかないかと声をかけた。少女は答えなかった。包みを載せた頭を横に振り急ぎ足で通り過ぎていった。ビリーは後ろ姿を見送った。それから馬の体を撫でてやり手綱を手に取り馬を引いて歩き始めた。ボイドはキーノに乗ったままじっとビリーを見つめた。

いったい何考えてんだ？　とボイドがいった。

え？

馬に乗らないかなんて誘って。

どこが悪いんだ？

ボイドは馬を前に進めて兄と並んだ。何やってんだよ？

馬を引いて歩いてるんだ。

いったいどうしちまったんだ？

どうもしやしない。

じゃ何やってんだよ？

馬を引いてるだけだ。おまえが馬に乗ってるのと同じさ。

ちぇっ何いってんだ。

おまえ女の子が怖いのか？

女の子が怖い？

ああ。

ビリーはボイドを見あげた。だがボイドは首を振っただけで馬を先に進めていった。

少女の小さな影は前方の闇のなかへ入っていった。この時刻になっても時おり野鳩が道の西側の畑へ飛んでいった。辺りが暗くなり姿が見えなくなっても頭上を渡っていくのは分かった。ボイドはかなり先のほうで馬を止めて兄を待っていた。しばらくしてビリーが追いついた。ビリーも馬に乗り二人は轡を並べて道をたどった。

灌漑された農地がとぎれたあとしばらくして、道端の木立のあいだから簡易ランプのオレンジ色の明かりをのぞかせている泥と木の枝でつくった小屋の前を通り過ぎた。これがさっきの少女の家だろうと思ったビリーとボイドは道の前方にまた彼女の姿を認めて驚いた。

少女に追いついたとき辺りはもう真の闇で、ビリーは馬の歩みをゆるめて彼女と並び、まだだいぶ先までいくのかと訊くと少女はほんの少しためらったあといいえと答えた。ビリーは包みを鞍の後ろに載せていってやろうと申し出たが少女は丁寧な口調で断った。少女はビリーをセニョールと呼んだ。少女はボイドに目をやった。ビリーは少女が道端の矮性樫の繁みに隠れていたのかもしれないとふと思ったがそうではなかった。二人は少女にさよならといい先へ進んだが、まもなく前方から馬に乗った二人の男がやってきて闇のなかから短い挨拶の声をかけ、すれ違っていった。ビリーが馬を止めて二人の男を見返るとボイドもその横で馬を止めた。

おまえも同じこと考えてるのか？　とビリーがきいた。

ボイドは腕先を交差させて鞍の前橋に載せている。さっきの子の様子、見てくるか？

ああ。

分かった。連中、あの子にちょっかいかけるかな？

ビリーは答えなかった。二人の馬がその場で足踏みをした。しばらくしてビリーがいった。ちょっと待ってみようぜ。あの子はじきに追いついてくるはずだ。そしたらおれたちは先へ進もう。

だが少女はじきにどころか十分たっても三十分たってもやってこなかった。

引き返そう、とビリーがいった。

ボイドは身を乗り出して道にゆっくりと唾を吐いてから馬の向きを変えた。

一マイルほど引き返した処で前方の鉄の塊のように見える繁みの奥に火が見えた。そこから道路が曲がり火はゆっくりと右手へ移動した。それからまた真ん中に戻った。半マイルほど進んだ処で二人は馬を止めた。火は道の東側の樫の小さな林のなかで燃えていた。明かりは暗い葉叢の円蓋の裏を照らしそこに影が映って動き回りその向こうの暗闇のなかで馬がいななかいた。

どうする？　とボイドがいった。

さあな。ちょっと考えさせてくれ。

二人は真っ暗な道でじっと馬の背に坐っていた。

もう考えたか？

まあ、あそこへ踏みこむしかないだろうな。

おれたちが引き返してあとをつけてきたってすぐ分かるぜ。

分かってる。でもしょうがない。

ボイドは木の間越しに見える火をじっと見つめた。

おまえはどうしたいんだ？　とビリーがきいた。

踏みこむんならさっさと踏みこもうじゃないか。

二人は地面におりて馬の口を引いた。犬は道にしゃがみこんで二人をじっと見る。それから立ちあがってあとからついてきた。

林の空き地へ入っていくと二人の男は焚き火の向こう側に立ってじっとこちらを見つめていた。男たちの馬は辺りにはいなかった。少女は地面に正座し、膝に載せた布の包みを両腕で抱えている。少女は誰がきたのか見てとると目をそらしじっと火を見つめた。

こんばんは《ブエナス・ノーチエス》、とビリーが声をかけた。

こんばんは《ブエナス・ノーチエス》、と男たちが応えた。

ビリーとボイドは手綱を握ったままじっと立っていた。男たちは火のそばへこいと誘わない。犬は明かりの輪の縁まできて足を止め少し後ずさりしてそこで待った。男たちはじっとこちらを見ている。男のひとりが手にした煙草を口へ持っていって軽く吸い薄い煙を焚き火のほうへ吹いた。そして人さし指を下に向けて手をぐるぐる回した。馬を自分たちの後ろの林のなかへ連れていけという仕草だった。おれたちの馬もそこにいるんだ《ヌエストロス・カバーヨス・エスタン・アーヤ》、と男はいった。

いいんだ《エスタ・ビエン》、とビリーはいった。じっと立ったまま動かなかった。

男はいやよくないといった。今夜はここへ寝るのだから馬に汚されたくないといった。

ビリーは男を見た。それからちょっと振り返って自分の馬を見た。馬の黒い瞳のなかには焚き火の儚《はかな》い光を受けた二人の男とひとりの少女の姿が硝子の文鎮に封じこめられた暗い色の三枚綴りの聖画のように曲面をつくって映っていた。ビリーは手綱を後ろにいるボイドに渡した。馬をあっちへ連れていってくれ、とビリーはいった。バードの鞍ははずすな、腹帯もゆるめるな、この人たちの馬からは少し離しておけ。

ボイドは二頭の馬を引いてビリーの前を通り二人の男の脇をすり抜けて暗い林のなかへ入っていった。ビリーは男たちにうなずきかけて前に進み出ると帽子を軽くあみだにかぶり直した。そして焚き火の前に立って火を見おろした。彼は少女に目をやった。

やあどうだい？《コモ・エスタ》　とビリーは声をかけた。

少女は答えなかった。ビリーが焚き火の向こうへ目をやると煙草を吸っている男がしゃがみこみ、熱でゆがんだ空気を透して濡れた石炭のような目でこちらをじっと見ていた。かたわらの地面には玉蜀黍の穂軸で栓をした瓶が一本立ててある。

あんたらどっからきた？《デ・ドンデ・ビエーネ》　としゃがんだ男がきいてきた。

アメリカ《アメリカ》だ。

テキサス《テーハス》か。

ニュー・メキシコ《ヌエボ・メヒコ》だ。

ニュー・メキシコ《ヌエボ・メヒコ》か、と男はいった。どこへいくんだ《アドンデ・バ》？

ビリーは男を見つめた。男は右手で左の肘を支えているので左の腕先がまっすぐに立っていたが、そうやって煙草を吸っている姿は奇妙に礼儀正しく繊細な感じに見えた。ビリーはまた少女に目をやりそれから火の向こうの男に目を戻した。男の質問にはどう答えたらいいか分からなかった。

馬を一頭なくしたもんでね《エモス・ペルディード・ウン・カバーヨ》、とビリーはいった。そいつを捜してるんだ《ロ・ブスカーモス》。

男は何もいわなかった。人さし指と中指のあいだに煙草を挟んだ手を鳥の首のようにくいっと下に曲げて煙草を吸いまた煙草をまっすぐ上に向けた。ボイドが林のなかから出てきて焚き火の向こうからビリーの処まで回りこんできたが男は彼に目を向けなかった。男は短くなった煙草を火のなかに捨てると両腕で膝を抱きほとんどそれと分からない程度に前後に体を揺らした。男はビリーに向かって顎を突き出しおれたちの馬をもっとよく見ようと思って引き返してきたのかと訊いた。

いや《ノ》、とビリーは答えた。おれたちの馬は一目見りゃ分かる《ヌエストロ・カバーヨ・エス・ウン・カバーヨ・ムイ・ディスティント》。どんなに暗くたってすぐに分かるんだ《ロ・コノセリアーモス・エン・クワルキエール・ルス》。

そう口にした途端ビリーは男が次にしてくるであろう質問へのただひとつ筋の通った答えを手放してしまったことに気がついた。彼はボイドを見た。ボイドもそれに気づいていた。男は体を揺らしながら二人にじっと目を注いだ。じゃ何の用なんだ《ケ・キエーレン・プエス》？　と男はいった。

べつに《ナーダ》、とビリーはいった。　べつに用はない《ノ・ケレーモス・ナーダ》。

用はない《ナーダ》、と男はいった。　じっくりと味わうようにその言葉を口にした。　それならどういうことかと考えこむように顎を軽く脇へ向けた。　馬に乗った二人組が暗い夜道で別の二人組とすれ違い、そのあとで歩いている人間とすれ違ったということは、先にすれ違った二人組がその歩いている人間を追い越してきたということだ。　当然そういうことになる。

男の歯が焚き火の明かりを受けて光った。　男は歯の隙間から何かをつまみ出してちょっと調べ、それを食べた。　あんた齢はいくつだ？《クワントス・アニョス・ティエーネ》　と男がきいた。

おれ《ヨ》？

ほかに誰がいる《キエン・マス》。

十七だ《ディエシシエーテ》。

男はうなずいた。　この娘っ子は何歳なんだ？《クワントス・アニョス・ティエーネ・ラ・ムチャーチャ》

知らないな《ノ・ロ・セ》。

何歳だと思う《ケ・オピーナ》。

ビリーは少女を見た。　彼女は目を自分の膝に据えている。　十四歳ぐらいに見えた。

まだそんなに齢がいかないみたいだ《エス・ムイ・ホーベン》、とビリーがいう。

まだうんと若い《バスタンテ》。

十二くらいかな《ドセ・キサス》。

男は肩をすくめた。そして地面に置いてある瓶を手に取って栓を抜き中身を飲むと瓶の首をつかんでじっとしゃがんでいた。血が出るほど大人なら人を殺すことだってできるさ、と男はいった。それから瓶を肩の上に持ちあげた。後ろに立っている男が前へ出てきて瓶を受け取り飲んだ。道に一頭の馬がやってきた。犬が起きあがって聞き耳を立てた。馬に乗った男は歩みを止めず道の乾いた泥をゆっくりと踏む蹄の音が遠ざかっていくと犬はまた寝そべった。立っている男はもう一口酒を飲んでから瓶を返した。しゃがんでいる男はそれを受け取り口に栓を詰めて掌の下のほうで叩いてから瓶の重さを測るような仕草をした。

どうだ飲むか？《キエーレ・トマール》　と男がきいた。

いや《ノ》。ありがとう《グラシアス》。

男はまた手で重さを測るような仕草をしてから下手投げで瓶を火の向こうから投げてきた。ビリーはそれを受けとめて男を見た。瓶を火にかざしてみた。硝子のなかで濁った黄色をしたメスカル酒がどろりと揺れ瓶の底に沈んでいる巻いた芋虫の死骸が小さなさ迷える胎児のようにゆっくりと動いた。

いらないんだけどな《ノ・キエーロ・トマール》、とビリーはいった。

飲めって《トーメ》、と男がいった。

ビリーはまた瓶を見た。ガラスの表面についた手の脂が焚き火の明かりを受けて白く光っていた。ビリーは男をちらりと見ると栓をひねって抜いた。

馬を連れてこい、とビリーがいった。

ビリーの後ろにいたボイドが歩き出した。しゃがんでいる男がボイドを目で追った。どこへいくんだ《アドンデ・バス》？

いいから、いけ、とビリー。

その小僧はどこへいくんだ《アドンデ・バ・エル・ムチャーチョ》？

あいつは病気なんだ《エスタ・エンフェルモ》。

ボイドは空き地を横切って林のほうへ向かった。犬が立ちあがってボイドの後ろ姿を見送った。しゃがんでいる男がまたビリーに目をやった。ビリーは瓶を持ちあげて口へ持っていった。一口飲んで瓶をおろした。目から涙が流れ落ちたのを腕先で拭って男を見やり、また瓶を持ちあげて酒を飲んだ。

瓶をおろしたときにはほとんど空になっていた。ビリーは大きく息を吸いこんで男を見たが男は少女のほうを見ていた。少女は立ちあがって林のほうを見つめていた。ビリーも男たちも少女も地面が細かく震えるのを感じ取った。男は立ちあがって背後を振り返った。後ろにいた男が焚き火のそばから離れ両腕をあげて小走りに歩きながら声を出さずに制止する格好をした。男は、林のなかから出てきて頭を振り振り地面に引きずった手綱を踏まないよう横ざまに移動する二頭の馬の口をとらえようとした。

こん畜生め《デモーニオス》、と男は叫んだ。ビリーは瓶を地面に放り出し栓を火に投げこむとさっと手を伸ばして少女の手首をつかんだ。

さあいくぞ《バモノス》、とビリーはいった。

少女は背をかがめて包みを拾いあげた。ボイドの乗った馬は襲歩《しゅうほ》で林から出てきた。ボイドは身を低くしてキーノの首にしがみつきビリーの馬の手綱を片手に握りもう片方の手でショットガンをつかんで自分の馬の手綱はサーカスの騎手よろしく口にくわえている。

いくぞ《バモノス》、とビリーは低く鋭くいったが、少女はもう彼の腕にしっかりとしがみついていた。

ボイドが焚き火のなかへ踏みこみそうになったキーノを引き止めるとキーノは凶暴な目をして後足立ちになった。ボイドはまたキーノの手綱を口にくわえてビリーにショットガンを投げた。ビリーはそれを受けとめ少女の肘をつかんでバードのほうへ押しやった。男たちの二頭の馬はすでに野営地の南に広がる暗い平原へと逃げてしまっていたが、ビリーにメスカル酒の瓶を投げて寄越した男は左手に刃の細長いナイフを持って暗闇から再び姿を現した。聞こえるのは馬の鼻息と足踏みの音だけだった。誰も言葉を発しなかった。犬は二頭の馬の背後で落ち着きなくぐるぐる回った。いくぞ《バモノス》、とビリーがいった。見ると少女はもう馬の鞍と丸めた毛布の後ろの尻に乗っていた。ビリーはボイドが握っている手綱をひっつかみ馬の首にかけると拳銃のように片手で握ったショットガンの撃鉄を起こした。

弾が入っているかどうかは分からなかった。腹のなかでメスカル酒が淫らな夢魔のように蹲っていた。ビリーは鐙に片足をかけ体を低くした少女の上へさっと脚を振りあげて馬に跨がると向きをぐいと変えた。そして飛びかかってきた男の胸にショットガンを突きつけた。男が手綱につかみかかろうとするのを馬が嫌がり、その隙にビリーが片足を鐙からはずして男を蹴ろうとしたが男は身をかがめてビリーのブーツとズボンを切り裂いた。ビリーが馬の向きを変え両方のブーツの踵を馬の脇腹に突き立てると男は少女の服を片手でつかんだが布がちぎれ、ビリーの馬は低い草の生えた湿地を横切ってボイドが星明かりの下で足踏みする馬に乗って待っている道へ飛び出した。ビリーが手綱を引き締めると馬は体を低くして首をねじったがその馬上でビリーは肩越しに後ろを振り返り、少女に声をかけた。　大丈夫《エスタ・ビエン》か?

うん《シ》、大丈夫《シ》、と少女は囁いた。彼女は前に身を乗り出し包みを腹に押しつけて両腕をビリーの腰に回した。

いこう、とボイドがいった。

二頭の馬は轡を並べて襲歩で道を南に下り、あとから犬が大きく引き離されながら追ってきた。月のない夜だったがこの地方では星が夥しく出るので道には彼らの影が落ちた。十分後ビリーはボイドに馬の手綱を預けて道端におり立ち、両膝に手をついて草の上に嘔吐した。犬がぜいぜい息を切らしながら闇のなかから現れ馬たちは路上で足踏みしながらビリーを見ていた。ビリーは顔をあげて涙のにじむ目を拭った。彼は少女を見た。馬上の少女は半裸の姿をしておりむき出しの脚が馬の後脚に沿ってぶらりと垂れ下がっていた。ビリーは唾を吐きシャツの袖で口を拭いて自分のブーツを見おろした。それから地面に坐りこんでブーツを脱ぎ脚の傷の具合を確かめた。それからまたブーツを履き立ちあがって地面に寝かしておいたショットガンを取りあげると馬のそばへ戻った。ジーンズの切れた裾がぱたぱた踝《くるぶし》に当たった。

道からはずれたほうがいいな、とビリーがいった。やつらが馬を捕まえるのにそんなに時間はかからないはずだ。

脚を切られたのか？

平気だ。さあいこう。

ちょっと音を聞いてみようぜ。

彼らは耳をすました。

犬がハアハアいってるから何も聞こえやしないぞ。

いいから静かに。

ビリーは手綱を馬の首にかけて鐙に足を載せ少女が体を低くするのを見計らって鞍に尻を落ち着けた。まったくイカれた野郎だ、とビリーがいった。おれは頭のイカれた弟を持っちまった。

なに《マンデ》？　と少女がきいた。

ちょっと静かにしろって、とボイドがいった。

何が聞こえるってんだ？

なんにも。気分はどうだ？

だいたいおまえが想像してるとおりの気分だよ。

この子、英語は喋らないんだよな？

あったりまえだ、くそ。喋るわけがあるか？

ボイドは道のもときた方向の暗闇に目をこらした。やっぱり追ってくるだろうな。

ビリーはショットガンを鞘に突っこんだ。ああ追ってくるよ、くそったれめ。

この子の前で汚い言葉を使うなよ。

何だって？

この子の前で汚い言葉を使うなっていったんだ。

おまえ、たった今この子は英語を喋らないっていったろう。

だからって汚い言葉を使っていいわけじゃない。

わけの分からんことというな。だいたいおまえ、あの連中が服のどっかに銃を隠してるかもしれないとは思わなかったのか？

そんなこと考えもしなかった。だから兄ちゃんにショットガンを投げたんだ。

ビリーは軽く背をかがめて唾を吐いた。くそったれ。

この子をどうするんだ？

知るか。くそ。そんなこと知るもんか。

彼らは道からはずれて木の生えていない平原に出た。遠くの黒いのっぺりした影のような山並が天空の裾にぎざぎざ模様をつけていた。小柄な少女は背をまっすぐに伸ばし片手でビリーのベルトにつかまっていた。星明かりに照らされて東西の黒い山脈に挟まれた平原を馬に乗って進む二人の少年は、かどわかされた秘境の国の王女を故郷へ連れ戻そうとしている物語のなかの少年たちのように見えた。

彼らは底なしに深い夜が辺りを包みこんでいる乾いた荒れ野の小高い隆起の上を野営地に決めて馬を繋いだがバードの鞍ははずさなかった。少女は一言も口をきいていなかった。彼女は暗がりのなかへ出ていって朝まで戻ってこなかった。

ビリーたちが目が覚ますと地面で火が焚かれており少女が水筒の水をブリキの器にあけて火にかけたり何かして白み始めた空の下で静かに立ち働いていた。ビリーは毛布にくるまって横になったまま彼女を見ていた。包みのなかに着替えが入っていたらしくスカートを穿いていた。彼女はブリキの器の湯を掻き回したが何を煮ているのかは分からなかった。ビリーは目を閉じた。弟がスペイン語で何かいうのが聞こえたのでそちらを見るとボイドは火のそばにあぐらをかいて坐り自分のブリキのカップで何か飲んでいた。

起きて毛布を丸めていると少女がホット・チョコレートの入ったカップを持ってきてまた火のそばへ戻った。彼女は小さなフライパンで焼いたトルティーヤで豆をくるみ明るくなっていく空の下で三人は焚き火のそばに坐って朝餉をとった。

バードの鞍をはずしたのか？　とビリーがボイドにきいた。

いや。この子がやってくれた。

ビリーはうなずいた。三人は食べた。

傷はどんな具合？　とボイドがきいた。

ほんのかすり傷さ。ブーツはすっぱり切られたけど。

この国にいると服でも靴でもすぐボロボロになるな。

だんだんそいつが身に染みてきたよ。しかしおまえ何だってあんな風に飛び出してきたんだ？

さあ。ただそうしようって思っただけだ。

あの男がこの子のことをどういったか聞こえたか？

ああ。聞こえた。

陽が昇るころ三人は野営地をあとにして砂利の土壌にクレオソートノキが生えている平原を南へ進んだ。荒れ野の只中の樫とニワトコの木に囲まれた泉で昼餉をとったあと馬を放してやり昼寝をした。ビリーはショットガンを腕に抱えて眠ったが目が覚めると少女がそばに坐って彼をじっと見つめていた。ビリーが裸馬に乗れるかと訊くと乗れるという。出発するとき一頭の馬だけを疲れさせないように今度は少女をボイドの後ろに乗せた。ビリーはボイドが文句をいうだろうと思ったがボイドは何もいわなかった。ビリーが振り返ると少女は両腕をボイドの腰に回していた。またしばらくして振り返ると少女は黒い髪をボイドの肩にまつわりつかせボイドの背中にもたれかかって眠っていた。

夕方彼らはサン・ディエゴの大農園に着いたがこの大農園のある丘の上からはカサス・グランデス川とピエドラス牧草地まで続く広い耕地を見はるかすことができた。眼下の平原では中国の玩具のような風車がひとつ回り遠くで犬の群れが啼いていた。斜めに射す脚の長い夕陽は山並を鮮やかな琥珀色に染めて山肌の襞《ひだ》に濃い影をつくり、南の空では十数羽の禿鷹が縮緬《ちりめん》紙でつくった回転木馬のようにゆっくりと旋回していた。

3

辺りがほとんど暗くなるころ三人は大農園に通じる道をたどって屋敷の横手にやってきて、彫刻を施した細い鉄の柱を並べた柱廊や、角に赤色砂岩の煉瓦を積み上縁にテラコッタで装飾した欄干をつけた白い漆喰の壁を眺めながら屋敷の正面に回った。屋敷の正面には石のアーチを三つ並べた門があり、L・Tという頭文字とその上にアーチ形にかぶさるサン・ディエゴ《アシエンダ・デ・サン・ディエゴ》大農園の文字が刻まれていた。縦長のヴェネチア式窓には鎧戸《よろいど》がおりていたがその鎧戸は風雨に晒されて傷み、壁の塗料や漆喰は剝げ落ち、柱廊の天井はたわんだ木摺《きずり》がむき出しになり一面に雨漏りの染みがついていた。三人は屋敷の前の庭を横切って夕空に煙があがっている農民の居住地区とおぼしき場所へ向かい、木の門をくぐって広い囲い地に入ったところで馬を並べて止めた。

囲い地の一隅には古いダッジの大型幌《ほろ》つき自動車がハンドルも車軸も硝子も座席も取りはずされた残骸となって放置されていた。囲い地の向こうの端では地面で炊事のための焚き火がひとつ焚かれておりその明かりで二台のけばけばしい幌馬車とそのあいだに張った縄にかけられた洗濯物が見え、焚き火の前をゆるやかなローブやキモノを着たサーカスの芸人といった風情の男女が行き交っていた。

ここはどういう場所なんだ《ケ・クラーセ・デ・ルガール・エス・エステ》？　とビリーがきいた。

エヒードよ《エス・エヒード》、と少女はいった（エヒードは二十年代の農地改革により一部の大農園が収用され創設された農民集団の共同利用地）。

あれはどういう人たち《ケ・クラーセ・デ・ヘンテ》？

知らないわ《ノ・ロ・セ》。

ビリーが馬からおりると少女もボイドの後ろからおりてやってきてビリーの馬の手綱を取った。

あれはどういう連中なんだ？　とボイドがきいた。

さあな。

三人は囲い地を横切っていった。ビリーと馬の手綱を引く少女が先に立って歩き、馬に乗ったボイドがあとからついていく。囲い地の向こう端にいる人々は三人にまったく関心を示さなかった。少年が二人焚き火にくべて火をつけた木切れでいくつものランプに灯をともし、棒の二叉に分かれた先端にそのランプの把手を引っかけて小さな建物の平屋根の上にいる別の少年に渡すと、暗くなっていく空を背景に影絵を描いているその少年が屋根の上の手摺にランプを吊り下げていく。この作業が進むにつれて囲い地の地面は徐々に明るく照らされていき、ややあって一羽の牡鶏が啼き出した。ほかの少年たちは干し草の塊を建物の壁際に積みあげ、その向こうの門のそばでは男たちが雨風に傷みひび割れた背景画を描いたズックの幕を下げているところだった。

芝居の衣装をつけた二人の男が口論の場面をさらっているらしく一人が一歩下がって両腕を大きく広げた。まるで何かが途方もない大きさだといい立てるような仕草だった。それから突然その男は何語ともつかない言葉で歌い始めた。男が歌い終わるまでまわりにいる人々はぴたりと動きを止めていた。終わるとまた作業を再開する。

ここの人たちが住んでる場所はどこだ《ドンデ・エスタン・ロス・ドミシリオス》？　とビリーがきいた。

少女は囲いの向こうの暗がりへ顎をしゃくった。あっちよ《アフェーラ》。

よしいこう。

これ、見てたいな、とボイドがいった。

何が始まるんだか知らないくせに。

とにかくなんか始まるんだ。

ビリーは少女の手から手綱を取った。振り返って焚き火とそのそばにいる人々を見た。またあとで戻ってくりゃいい。まだ準備をしてる最中だ。

三人は馬に乗って農民たちの住居である陽干し煉瓦でできた細長い棟続きの小屋が三列建っている敷地に入り、手前の二列のあいだの両側に雑種の犬が鞭打ち刑の刑吏のように並んで逆毛を立てて唸り声をあげる通路を進んでいった。夕方の空気は暖かく戸外でいくつも炊事の火が焚かれ、その柔らかな明かりのなかで調理器具や食器が打ち合うこもった音がし、トルティーヤの生地を掌で叩いてのばす心地よい音がしていた。焚き火の明かりから明かりへと人影が漂いその話し声がかえって闇の濃さを際立たせ、さらに遠い処から聞こえてくるギターの楽音が夏の夜の甘さを醸し出していた。

三人は棟続きの小屋の一番端の二部屋をあてがってもらい少女がビリーの馬から鞍をはずしもう一頭と一緒に水を飲ませにいった。ビリーはシャツのポケットからマッチを取り出して親指の爪で火をつけた。二つの部屋は入口がひとつ窓もひとつ、天井は高く梁の上に木の枝で屋根を葺《ふ》いていた。低い扉が二つの部屋をつないでいて奥の部屋の隅には暖炉と彩色した木の聖母像を祀った小さな祭壇があった。祭壇には枯れ草を差した硝子瓶と底に黒くなったメダルのような蠟《ろう》がこびりついているグラスが置かれている。壁際には木の枝を縄でゆわえて枠組をつくりそこへ毛がついたままの牛の生皮の端切れを張ったものが置かれていた。一見何か素朴な農耕器具のようだがその実は寝台だった。ビリーはマッチの火を吹き消して奥の部屋から出て最初の部屋の戸口に立った。ボイドは入口の前の階段に坐って少女を眺めていた。少女は居住地区の向こう端にある水槽のそばで水を飲む馬の手綱を握っていた。少女と二頭の馬と犬は色も大きさもさまざまな犬の群れに半円形に囲まれていたが少女は知らん顔をしていた。馬が水を飲むあいだ辛抱強く待っていた。馬は時おり口から滴を垂らしながら頭をもたげ辺りを見回してはまた飲んだ。少女は馬には触らず話しかけもしなかった。ただじっと待っているかたわらで馬たちは長々と水を飲んだ。

　三人はムーニョスという名字の一家と一緒に食事をした。三人とも旅疲れで険のある顔つきをしているので主婦はしきりに食べ物を勧め一家の主は掌を小刻みに上へ撥ねあげてさあどんどん食べてという仕草をした。主はビリーにどこからきたのかと尋ね、返事を聞いて悲しげな、諦めにうち沈んだ顔をした。何をいっても仕方のないことだといいたげな顔だった。彼らはスプーンと素焼きの皿を手に地面にしゃがんで食べた。少女は自分の素姓を語らなかったし誰も訊かなかった。食べていると宿舎の屋根越しに夜の大気を伝って力強いテノールの声が漂い流れてきた。声は二度続けて音階練習をした。それから沈黙が辺りにおりた。犬が一匹吼え出した。もう何も聞こえてこないらしいと見当をつけると農民たちはまた話をし始めた。やがて大農園のどこか遠くで鐘が鳴りその余韻が消えないうちに人々は立ちあがって互いに声をかけあい始めた。

　ムーニョスの女房はトルティーヤを焼く素焼きの焼き皿や鍋の類を家のなかへ運び終えて今は小さな子供をひとり片腕に抱えてランプのともった戸口に立っていた。彼女はビリーがまだ地面に坐っているのを見てさあ立ってと手振りをした。いきましょ《バモノス》、と彼女はいった。ビリーは顔をあげて彼女を見た。お金を持っていないとビリーがいうと彼女は不審そうな顔をしてじっと彼を見つめた。それから彼女はみんな見物にいくのだ、お金がない人の分は持っている人が払うことになっているといった。みんないかなくちゃいけない。

置いてけぼりの人がいるなんて考えられない。そんなことは許されないといった。

ビリーは腰をあげた。周囲を見回したがボイドも少女も姿が見えなかった。遅れた人々も消えかけた焚き火から立ち昇る煙のなかを急ぎ足に歩いていた。ムーニョスの女房は子供を反射側の腕に移して前に進み出てくると、まるでビリーがもうひとりの子供だというようにその手を取った。さあいきましょ《バモノス》、と彼女はいった。いいからいいから《エスタ・ビエン》。

ビリーと女はほかの人々のあとについて勾配を登っていったが、人々は年寄りの足に合わせてゆっくり歩き、年寄りは若い者に先にいけと促した。だが誰もそうしなかった。勾配を登りつめた処に立つ無人の建物が灯をともさない陰鬱な姿で立ちはだかり、かつて職人の仕事場や厩舎や監督人らの宿舎があった広い囲い地の柵の向こうから音楽が流れて出していた。柵につくられた門の丈の高い両開きの扉のあいだから明かりがあふれ出し、扉を支える石のアーチの両側に置かれたバケツが篝火《かがりび》の火床として使われ灯油かピッチを燃やしていたが、その門の手前で人々が列をつくり手に握ったセンターボやペソの硬貨を光沢のある黒いスーツに身を包んだ木戸番の男に渡そうとゆっくり前に進んでいた。二人の若い男が担架を運んで人ごみのなかを通り抜けていった。木の枝と敷布でつくった担架には上着を着てネクタイを締めた老人が仰向けに寝て、手に木の数珠を握り陰鬱な目で空をじっと眺めあげていた。ビリーが連れの主婦が抱いている子供を見ると子供は眠っていた。扉の処へきて彼女が金を払い、木戸番の男がありがとうございますといって二枚の銅貨を地面に置いたバケツにちゃりんと放りこむと、二人はなかへ入っていった。

けばけばしい二台の小さな幌馬車は囲い地のこちらから一番遠い端に移されていた。ランプが馬車の前の踏み固められた土の上に半円形に並べられ頭上に張られた縄にも吊り下げられ、柵沿いに立って見物している子供たちの顔がその明かりに照らされて芝居の仮面をずらりと並べているように見えた。馬車の梶棒につながれた数頭のラバは組紐やぴかぴか光るスパングルをつけたびろうどの衣装を身にまとっており、この装いのまま幌馬車を引き各地で一夜の興行を打つ一座を運んで田舎道を旅するのだったが、ランプがともされるあいだに観客は小山か並木のように前へ前へと詰めかけ、男がひとり小さな穴をいくつもあけたバケツを吊り香炉のように振りながら行き来して細かい砂を舞台となる地面に撒き、馬車の一台の幌にプリマドンナが衣装をつけたり鏡を覗きこんだりする姿が観客には直接見えないが想像をかきたてる艶《なま》めかしい影絵となって映り、動き回るのだった。

ビリーは興味津々でその芝居を見たが内容はほとんど分からなかった。どうやら登場人物は一座の役者たち自身であり旅の途中である出来事が持ちあがるという設定らしく、役者たちが互いに向き合って歌を歌い、泣き、最後にまだら模様の服を着た道化が彼の恋敵と思われる男と女主人公を短剣で殺すと、二人の少年が布の両端を持って前に出てきて三人の演者を覆い隠して幕となり、引き革をつけられたラバは居眠りから目を覚まして頭をもたげ身動きをしたり足踏みをしたりし始めた。

拍手はなかった。観客は静かに地面に坐っていた。なかには泣いている女もいた。しばらくすると芝居が始まる前に挨拶をした座長が幕の外へ出てきて観客に礼をいい、脇へ寄ってお辞儀をしたところで少年たちがまた幕を開いた。演者一同が手をつなぎあって頭を下げ膝を軽く曲げてお辞儀をするとまばらな拍手が起こり、やがて幕が閉じてそれきり開かなくなった。

次の朝まだ辺りがすっかり明るくならないうちにビリーは大農園の敷地から出て川縁まで歩いていった。石の脚に木の橋桁を渡した橋の上に出て南の山岳から流れてくるカサス・グランデス川の澄んだ冷たい水を見おろした。彼は首をめぐらして下流へ目をやった。ほど百フィートほど離れた川のなかにプリマドンナが裸で腿まで水に漬かって立っていた。ほどいた髪は濡れて背中に貼りつき毛先を水に浸していた。ビリーは凍りついたように動かなかった。彼女はこちら向きになり髪をさっと前へ振り落として背をかがめ川の水に漬けた。乳房が水の上で揺れた。ビリーは帽子を脱ぎシャツの下で胸苦しく心臓を打たせながらじっと立っていた。彼女は背を起こし髪を両手でまとめて絞りながら水からあげた。肌は抜けるように白かった。下腹の黒い毛が淫らに見えた。

彼女はもう一度背をかがめ、頭を横に揺らしながら髪を流れに浸したあと体を起こし、大きく飛沫《しぶき》の輪をはね飛ばしながら髪を振り頭を後ろにのけぞらせて目を閉じた。東の灰色の山並の上に陽が昇り大気の上のほうを明るくした。彼女は片手をあげた。体を動かし、両手を体の前に出して空気を払うような仕草をした。それから前に身をかがめ落ちかかる髪を両腕で受けとめて川の水を祝福するように片手を水面の上に滑らせるのをビリーはじっと見つめ、じっと見つめるうちに彼の目の前にいつも広がっていた世界が実は薄布で包まれるように隠されていたことに気づいた。彼女がまた体の向きを変えたときビリーは彼女が太陽に向かって歌い出すのではないかと思った。彼女は目を開き、橋の上に立っているビリーに目をとめるとこちらに背を向けてゆっくりと川からあがりヒロハハコヤナギの色の淡い幹のあいだに隠れて見えなくなったが、太陽がさらに昇り川が同じように流れ続けても、ビリーには以前と同じものが何ひとつなくなりもう元に戻ることはないように思えた。

ビリーはゆっくりと大農園へ戻っていった。新しい陽のもとで鍬を肩にかついで畑へ出ていく農民たちが、一人また一人と穀物倉庫の東側の壁の上に影を落としながら農民劇の役者たちのように歩いていった。ビリーはムーニョスの女房が用意してくれた朝餉をとり鞍を肩にかついで馬の処へいき鞍をつけ跨がって周辺の風景を眺めにいった。

正午ごろに二台の幌馬車をつらねたオペラの一座が大農園の門をくぐって坂道を下り橋を渡ってマタ・オルティスやラス・バラスやバビコラの町に通じる道を南にたどり始めた。真昼の硬い光を浴びた幌馬車は剝げかかった金文字や赤い塗装や陽に灼けて色の褪めたタペストリーに昨夜の野外劇の華麗さとは打って変わった落莫たる風情をたたえてゴトゴトと揺れながら車輪を転がし、ゆっくりと南に向かっていったが、炎暑の荒野のなかで小さくなっていくその一行は何か新たなもっと厳しい事業に乗り出していくといった風に見えた。神のもたらした昼の光が彼らの望みをもっと醒めたものにしたという風に。あるいは昼の光とそれが露わにした風景が彼らの本当の目的とは異質なものだと分かったという風に。ビリーは大農園の南でなだらかに起伏する平原の小高い隆起の頂上から草が風に吹かれてそよいでいる下方を眺めた。二台の幌馬車はとぼとぼと歩く数頭の小さなラバに引かれて川の対岸を縁取るヒロハハコヤナギの木立のなかをゆっくりと進んでいった。ビリーは身を乗り出して唾を吐き馬の脇腹にブーツの踵を当てて前に進ませた。

午後、ビリーは大農園の例の空き家となっている建物のなかを歩いてみた。どの部屋も家具や備品が取りはらわれシャンデリアも床に張られていた寄木も大部分がなくなっていた。数羽の七面鳥が彼の先に立って部屋から部屋へと歩いていった。建物には湿った古い藁の匂いがこもり、歪んでぼろぼろとかけらがこぼれ落ちた漆喰の壁には雨水の染みが古い王国や大昔の世界を描いたセピア色の地図に似た大きないびつな模様をつくっていた。広間の隅には骨と皮だけの干からびた動物の死骸がひとつ横たわっていた。犬のようだった。ビリーは中庭に出た。周囲の塀は処どころ漆喰が剝げて陽干し煉瓦がむき出しになっていた。がらんとした中庭の真ん中には石でできた井戸があった。遠くで鐘が鳴った。

夕方農民たちは何人かずつかたまって煙草を吸ったり話をしたり焚き火から焚き火へと

歩いたりしていた。ムーニョスの女房が持ってきてくれたブーツをビリーは焚き火の明かりであらためた。ナイフで切られた処は突き錐《きり》と糸で繕ってあった。彼は礼をいいブーツを履いた。女たちは固い土の上に膝をつき炭火の上に身を乗り出して熱い鉄の焼き皿に載せたトルティーヤを素手でひっくり返し、酵母を入れないので膨らまない生地の縁に焚き火の煤に汚れた指の跡をつけた。何度も何度も繰り返しおこなわれる、メキシコの民衆の世俗的な聖餐の儀式だった。ビリーたちの連れの少女はムーニョスの女房が食事の支度をするのを手伝い、男たちが食べ終わってからボイドのそばへ坐り黙々と食べた。ボイドは少女のことなどほとんど眼中にないといった風だった。ビリーはボイドに二日後にここを出ていくと話してあったが、少女が焚き火越しにこちらに向けてきた目つきからボイドがそれを彼女に話していることが分かった。

少女は次の日一日畑で働き夕方宿舎に入ってカーテンの陰で椀に汲んだ水とぼろ布で体を拭いたあと外へ出てきて、宿舎と宿舎のあいだの通路で男の子たちがボール遊びをするのを坐って眺めていた。馬に乗ったビリーがやってくると彼女は近づいて手綱を受け取り自分も一緒にいっていいかと訊いた。

ビリーは馬からおりて帽子を脱ぎ汗に濡れた髪を指で梳いてまた帽子をかぶると少女に目を向けた。だめだ、と彼はいった。

少女は手綱を握ったままじっと立っていた。それから顔をそむけた。黒い目が潤んでいた。なぜ一緒にきたいのかと訊いても首を振るばかりだった。ビリーは怖いのか、ここにいると何か怖いことがあるのかと訊いた。少女は答えなかった。齢を訊くと十四だという。ビリーはうなずいた。ブーツの踵を地面に強く打ちつけて三日月形の跡をつけた。それからまた少女を見た。

誰か身内の人が心配してるんじゃないのか《アルグイエン・レ・ブスカ》、と彼はいった。

少女は口をつぐんでいる。

ここに残るわけにはいかないのか《ノ・セ・プエデ・ケダール》？

彼女はうなずいた。残るわけにはいかない。ほかにいく処もないといった。

ビリーは黄昏どきの静かな居住地区の遠くのほうへ目をやった。そして自分たちにもいき場所などない、そんな自分たちについてきて何になるといったが、少女は首を振り振りあなたたちがいく処ならどこだって構わないといった。

次の日の明け方、ビリーが馬に鞍をつけていると農民たちが宿舎から出てきてお土産だといって食べ物をくれた。トルティーヤやチレや干し肉や生きた鶏や輪形のチーズの丸ごとなどをたくさん持ってきてくれたので運びきれないほどの荷物になった。ムーニョスの女房もビリーに何かを手渡し彼女が後ろへ下がったときに見てみるとぼろ布に包んだ一つかみの硬貨だった。ビリーは返そうとしたが彼女はくるりと背を向けて何もいわずに宿舎のなかへ入っていった。大農園から出ていくとき、少女は裸馬のボイドの後ろに乗り両腕をボイドの腰に回していた。

三人は南へ下り川縁でもらってきた食料でたっぷり量のある昼餉をとり木陰で昼寝をした。午後遅くマデーラの町に通じる道の途中にあるラス・バラスの町の南数マイルの辺りまできたとき不意に馬が二頭とも後足立ちになり荒い鼻息を吹いた。

あれを見なよ、とボイドがいった。

例の旅のオペラの一行が道からはずれた野生の花が咲き乱れる野原で休憩していた。二台の幌馬車を横に並べてあいだにズックの陽除けを張り、その陽陰でプリマドンナが日本の扇子を手にし脇のテーブルにお茶のポットを置いて大きなズック張りのハンモック椅子（折りたたみ式のリクライニング・チェア）にゆったり寝そべっていた。一台の馬車の開いた戸口から蓄音機の音楽が流れ出していて、馬車の向こうに見える畑にいる農民たちが帽子を手にし鍬《くわ》の柄に寄りかかってその音楽に耳を傾けていた。

プリマドンナは道をやってきた馬の足音を聞きつけて身を起こし片手を額にかざしてこちらを見ていたが、陽は彼女の背後にあったし陽除けの陰にいたから必要のない仕草ではあった。

ジプシーみたいに野営してるんだな、とビリーがいった。

連中はジプシーさ。

誰がそういった？

みんなそういってたよ。

馬が耳を動かして音楽の聞こえてくる方角を捜した。

ここで立ち往生したんだ。

なんで分かる?

そうでなきゃもっと先までいけるはずだ。

ここで野営することにしたのかもしれないぞ。

なんで?　ここにはなんにもないのに。

ビリーは身を乗り出して唾を吐いた。あの女《ひと》は一人であそこにいるんだと思うか?

知らないよ。

おれたちの馬、どうしちまったんだと思う?

さあな。

双眼鏡でこっちを見てるぞ。

プリマドンナはテーブルに置いてあった柄つきのオペラグラスを取って目に当て、こちらを見ていた。

馬からおりよう。

ああ。

彼らは馬を引いて道を少し先まで進んでから女が何か困っていないかどうか少女に訊き

にいかせた。音楽がやんだ。プリマドンナが馬車のほうへ何か声をかけ、やがてまた音楽が始まった。

ラバが一頭死んだんだ、とボイドがいった。

なんで分かる？

そうなんだよ。

ビリーは幌馬車のほうを見た。どんな動物の姿も見えなかった。

たぶんラバは足かせをしてあっちの樫の林に放してあるんだ、とビリーはいった。

いや違う。

少女が戻ってきてラバが一頭死んだそうだと伝えた。

ちっ、とビリーがいった。

何だい、とボイド。

仕組んであったんだな。

何を？

ラバのことだよ。この子が合図か何か送ってきたんだろ。

ラバが死んだって合図か。

ああ。

ボイドは身を乗り出して唾を吐き首を振った。少女は額に片手をあてて二人が何かいうのを待っていた。ビリーは少女を見た。薄っぺらな服。土埃にまみれた脚。革紐と牛の生皮でつくったサンダル。男たちが出かけていってどれくらいだとビリーが訊くと少女は二日だと答えた。

ちょっといって大丈夫かどうか訊いてくるか。

大丈夫じゃなかったらどうするんだ？　とボイドがいった。

知るもんか。

このまま先へいったほうがいいんじゃないのか。

人助けをしたがるのはおまえのほうだと思ってたがな。

ボイドは何もいわなかった。ボイドは馬に跨がり、ビリーは首をねじって彼を見あげた。ボイドは片足を鐙からはずして身を乗り出し手を差し出して、少女がその手を握り片足を鐙にかけると自分の後ろに引きあげ馬を歩かせた。じゃ様子を見にいこう、とボイドはいった。何いっても兄ちゃんは聞きゃしないからな。

ビリーも二人のあとから野原へ出ていった。三人がやってくるのを見ると農民たちはまた鍬を土に突き立て始めた。ビリーはボイドに追いついて馬を並べ椅子の背にもたれているプリマドンナの前で止まってこんにちはと挨拶した。プリマドンナはうなずきかけてきた。広げた扇の向こうから三人をじっと見つめている。扇には東洋風の風景が描かれ象牙製の骨に銀線が象眼されていた。

男の人たちはみんなマデーラへいってるんですか《ロス・オンブレス・アン・サリード・ポル・マデーラ》？

プリマドンナはうなずいた。もうすぐ帰ってくるはずだと彼女はいった。扇をわずかに下げて道の南のほうを見やった。今にも現れるかもしれないという風に。

ビリーは馬上でじっとしていた。ほかに何をいっていいか分からないといった風だった。ひとしきりたってから彼は帽子を脱いだ。

あなたたちアメリカ人ね、とプリマドンナはいった。

ええ、そうです。この女の子が話したんですね。

隠すようなことじゃないでしょう。

別に何も隠そうなんてしてません。ただ、おれたちに何かできることがあるかどうか見にきただけです。

プリマドンナは黒く塗った眉を吊りあげて驚きの表情をあらわした。

ここで立ち往生したんじゃないかと思って。

プリマドンナはボイドを見た。ボイドは南の山並のほうへ目をそらす。

おれたちもマデーラのほうへいくとこなんです、とビリーがいった。何か伝言でもあったら伝えるけど。

相手はハンモック椅子に預けた背を浮かせて馬車のほうへ声をかけた。もういいわ《バスタ》、と彼女はいった。音楽を止めて《バスタ・ラ・ムシカ》。

プリマドンナはテーブルに片手をついて体を支えながら馬車のほうへ注意を向けていた。音楽がやむと彼女はまた椅子の背にもたれて扇を開きその上縁越しに目の前の馬に乗っている少年を見た。ビリーは誰か出てくるのだろうかと馬車の扉へ目をやったが誰も出てこなかった。

ラバはなんで死んだんです？　とビリーはきいた。

ああ、あのラバね、と彼女はいった。あのラバが死んだのは血が全部道に流れ出してしまったからよ。

え？

彼女は指輪をいくつもはめた細長い指をゆらゆら揺らしながら気だるそうに片手を目の前にあげた。ラバの魂が昇天するさまを表すかのようだった。

あのラバは手に負えない厄介ものでいったん強情を張り出したら誰が何をしてもいうことを聞かなくなるのよ。あのラバの世話をガスパリトにやらせたのはまずかったわ。ああいうラバを相手に辛抱できるような男じゃないから。何が起きたかはもう分かったでしょう。

いえ。

お酒も入ってたのよ。この手のことにはいつだってお酒がからんでるわ。ほかのラバがみんな怯えてしまって。すごい声でわめいたわ。ものすごく怖がったのよ《ティエーネン・ムーチョ・ミエード》。血溜まりで足を滑らせて、倒れて啼きわめくの。そういう動物に何をいえばいい？　どうやって気を鎮めてやればいい？

彼女はさっと手を横に振った。林の小さな空き地で鳥が啼く夕刻の近づいた熱い乾いた寂しい風景のなかで、風のなかに何かを投げ捨てるように。こういう動物をもとどおりにすることができる？　そんなこと訊くまでもないわ。とくにこういう芝居の一座のラバはそう。もう落ち着くことはないの。落ち着きをなくしてしまうの。分かる？

その人はラバに何をしたんです？

山刀で首を切り落とそうとしたのよ。もちろん。その女の子は何ていったの？　英語を話せないの？

ええ話せません。ただラバが死んだとだけ。

プリマドンナは疑わしそうな目で少女を見た。その子どこで見つけたの？

道を歩いてただけですよ。それにしても山刀でラバの首が切り落とせるとは思わなかった。

もちろん無理よ。そんなことをしようとするのはお酒に酔った馬鹿者だけ。山刀を打ちおろしてもだめだと分かると鋸《のこぎり》で挽くみたいに動かして。ロヘリオが止めようとして腕をつかむと今度はロヘリオを切り殺そうとしたわ。ああ嫌だ。二人とも道に倒れこんだわ。血と土にまみれて。ラバの足もとで転げ回ったの。馬車がなかにいる人間もろともひっくり返りそうになったわ。嫌だ嫌だ。人が通りかかったらどうするのよ？　よその人間が通りかかってそんなありさまを見たらどうするの？

そのラバはどうなったんです？

ラバ？　ラバは死んだわ。もちろん。

銃でとどめを刺すとか何とかしなかったんですか？

したわ。それについても話があるのよ。実はわたしが撃ったのよ。わたしが出ていってそのラバを撃ったの、どう思う？　ロヘリオはやめろといったわ。ほかのラバが怯えてしまうって。信じられる？　ことがここに至ってそんなことというのって？　それからロヘリオはガスパリトを馘《くび》にしようとしたわ。あの男は頭がおかしいんだっていうの、でもガスパリトはただの飲んべえよ。もちろんベラ・クルース生まれのね。それにジプシーなの。信じられる？

あなたがたみんながジプシーだと思ってたけど。

彼女は身を起こして地面に唾を吐いた。なあに？《コモ》　何ですって？《コモ》　誰がそんなこといったの？《キエン・ロ・ディーセ》

みんながいってましたよ。《トド・エル・ムンド》

そんなの嘘よ。《エス・メンティーラ》嘘っぱち。《メンティーラ》いってること分かる？《メ・エンティエンデス》　また身を乗り出して二度唾を吐いた。

このとき馬車の扉が開いてシャツ姿の浅黒い肌をした小男が現れじろりと外を眺め回し

た。プリマドンナは椅子に坐ったまま首を捻って男を見あげた。男が戸口に立ったせいで自分の上に影が落ちたとでもいうように。男は訪れた客たちとその馬をひとわたり眺め、シャツのポケットからエル・トーロの箱を出して一本口にくわえポケットを探ってマッチを捜した。

こんばんは《ブエナス・タルデス》、とビリーがいった。

男はうなずいた。

ジプシーに歌が歌えると思う？　とプリマドンナがいった。ジプシーに？　ジプシーにできるのはギターを弾いたり馬に化粧をしたりすることだけよ。それから幼稚な踊りを踊ることだけ。

彼女は椅子の上でまっすぐ身を起こし肩をすくめて両手を目の前で広げた。そして苦痛の呻きともほかの何ともつかない高い鋭い声を長々と出した。馬たちが怯え首を弓なりに曲げたのでビリーたちは手綱を引きしめて抑えたがそれでも馬は身をよじらせ目をぐるぐる回した。畑にいる農夫たちも畝《うね》のあいだでぴたりと動きを止めた。

これ何だか分かる？　とプリマドンナがきいた。

いえ。でもとにかくよく通る声ですね。

今のは最高声部。ジプシーにこんなのができると思う？　がらがら声のジプシーに？

そんなこと、あんまり考えたことないです。

それができるジプシーがいたら連れてきてよ、とプリマドンナはいった。ぜひお目にかかりたいから。

誰が馬に化粧するんですか？

もちろんジプシーよ。ほかに誰がいるの？　あれは馬に化粧をする連中よ。馬の歯医者よ。

ビリーは帽子を脱ぎシャツの袖で額を拭ってからまた帽子をかぶった。馬車の戸口に立っていた男は色を塗った木の階段の中ほどに腰をおろして煙草を吸っていた。男は身を乗り出し指をパチパチ弾きながらビリーたちの犬を呼んだ。犬は後ずさりする。

そのラバのことはどこで起こったんです？　とビリーはきいた。

プリマドンナは身を起こし閉じた扇で指し示した。あそこの道で、と彼女はいった。百メートルも離れてないわ。わたしたちもう先へ進めなくなったのよ。あれはよく訓練されたラバだったわ。芝居に慣れていたわ。それが酔っ払った馬鹿者のせいで引き革をつけられたまま殺されたのよ。

階段に腰かけた男は最後に深々と煙草を吸うと吸い殻を犬に向けてぽいと放った。

あなたの仲間に出会ったら何か伝えておきましょうか？　とビリーはきいた。

ハイメに、わたしたちは大丈夫だ、ゆっくりと用事をすませてきたらいいといっておいてちょうだい。

ハイメって誰です？

道化《プンチネーヨ》よ。道化役《プンチネーヨ》の男よ。

え？

ピエロ《パヤーソ》よ。道化。

道化ですか。

そう。道化。

芝居の。

そう。

化粧をしてないだろうからおれには分からないでしょうね。

なあに《マンデ》？

おれにはその人が分からないと思いますよ。

分かるわ。

その人はいつもひとを笑わせるんですか？

彼はひとに自分のさせたいことをさせる男よ。ときどき若い娘を泣かせるけどそれはまた別の話だわ。

なんで彼はあなたを殺すんです？

プリマドンナはまたハンモック椅子の背にもたれた。じっとビリーを見つめた。それから畑にいる農夫たちを見やった。ややあって階段に坐っている男に目を向けた。
あんた教えてよ《ディガノス》、ガスパール。なんで道化はわたしを殺すの《ポル・ケ・メ・マータ・エル・プンチネーヨ》？
男は顔をあげてプリマドンナを見た。それからビリーたちを見た。あんたを殺すのは《テ・マータ》、
と彼はいった、あんたの秘密を知ったからさ《ポルケ・エル・サーベ・ス・セクレート》。
あら《パーフ》、とプリマドンナ。自分の秘密を知ったからじゃないの《ノ・エス・ポルケ・レ・セ・エル・スーヨ》？
いや《ノ》。
みんながどう考えてもそうなの《ア・ペサール・デ・ロ・ケ・ピエンサ・ラ・ヘンテ》？
何がどうでもそうなのさ《ア・ペサール・デ・クワルキエール》。
それでその秘密ってなんなのよ《イ・ケ・エス・エステ・セクレート》？
男は片足をあげてブーツの裏をあらためた。黒い革に刺繍を施したブーツでこの国では
めったに見られないものだった。その秘密《エル・セクレート》ってのは、この世界では仮面だけが真実だって《エス・ケ・エン・エステ・ムンド・ラ・マスカラ・エス・ラ・ケ・エス》
ことだよ《・ベルダデーラ》。
分かった《レ・エンテンディオ》？　とプリマドンナがきいた。
ビリーは分かったと答えた。そして彼女にあなたの考えもそうなのかと訊いたが彼女は
気だるそうに手を一振りしただけだった。今のはこの男の考えよ、と彼女はいった。当た
ってるかどうか分からないわ《キエン・サーベ》。
その秘密はあなたの秘密だといったけど。

ふん。わたしには秘密《パーフ》なんかないわ。とにかくもうそんなことには興味ないの。何遍も何遍も殺されて。力がなくなっちまったわ。考える力が。小さなことに気持ちを集中するほうがいいのよ。

あの道化はただ嫉妬しただけだと思ったけど。

そうよ。もちろん。でも嫉妬だって力を消耗するわ。ドゥランゴで嫉妬してモンクローバで嫉妬してモンテレーで嫉妬して。暑い日も雨の日も寒い日も嫉妬して。そういう嫉妬をしてたらいくら悪意があったって足りないわ、そう思わない？　なんでそんなことするの？　もっと小さなことを研究したほうがいいのよ。そしたら大きな問題も自然と分かるわ。小さなことなら人は進歩するのよ。努力が報われるのよ。ちょっとした気の持ちようとか。手の動きとか。そういうことについてはそこにいる男は観客にすぎないわ。仮面をつけてる者にとっては何も変わらないってことが分からないのよ。役者なんて世界がこうしろと命じることしかできないんだもの。仮面をつけていようがいまいが役者にとっては同じことなのよ。

プリマドンナは柄のついたオペラグラスを目に当てて周囲の風景を見渡した。道を見た。道に落ちた長い影を見た。それで、あなたたち三人はこれからどこへいくの？　と彼女はきいた。

おれたち、盗まれた馬を捜しにこっちへきたんです。

その馬は今誰が持ってるの？

誰も答えなかった。

プリマドンナはボイドを見た。それから扇を開いた。折り目のついた藁紙には大きな丸い目をした竜が描いてあった。彼女は扇を閉じた。どのぐらい前から馬を捜してるの？

もうだいぶ長いこと捜してるんです。

長い長い旅になるんでしょうね《ポドリア・セール・ウン・ビアーヘ・ラルゴ》。

たぶん《キサース》。

あんまり長く旅をしていると最初の目的を失うものよ。

え？

今に分かるわ。たとえ兄弟でもそんな旅を一緒に続けるのは難しいものよ。旅の道にはそれぞれに条理があるけど二人の旅人がそれを同じ風に理解することは絶対にないの。およそ何かを理解するかどうかも怪しいわ。この国のコリードを聞いてみるといいわ。そしたら分かるから。あなたが自分の人生で何を犠牲にしなくちゃいけないか分かるから。たぶんどんなことも隠されてなんかいないのよ。目の前にはっきり見えてることを見たがらない人は多いけど。今に分かるわ。旅の道にはそれぞれ特有の形があるの。同じ形を持っている道は二つとない。そういう道の上で始めた旅は必ずその形を完成させて終わるわ。馬が見つかろうと見つかるまいと。

そろそろいきますよ、とビリーはいった。神のご加護がありますように。

いきなさい《アンダレ・フェス》、とプリマドンナはいった。

道化の男に会ったらあなたが待ってると伝えときますよ。

ふん《パーフ》。息の無駄づかいはしないことね。

さよなら《アディオース》。

さよなら《アディオース》。


ビリーは階段に坐っている男に目をやった。それじゃ《アスタ・ルエーゴ》、と彼はいった。

男はうなずいた。さよなら《アディオース》、といった。

ビリーは手綱をさばいて馬に回れ右をさせた。それから振り返って帽子のつばに手を触れた。プリマドンナははらりと優雅に扇を開いた。階段に坐っている男が両手を膝について前に身を乗り出し最後にもう一度犬に唾をひっかけようとしたとき、二頭の馬はすでに野原を横切って道に出るところだった。ビリーが振り返るとプリマドンナはオペラグラスでこちらをじっと見ていた。あたかも迫りくる薄暮のなかで影をひく道を去っていくところをそうやって眺めたほうがずっとよく三人を値踏みできるとでもいうように。あたかもこの土地の風景が無のなかから現れてまた無のなかへ消えていくオペラグラスの視野のなかにしかその三人は存在せず、木も岩もその向こうの影を濃くしていく山並もすべてその視野のなかに含まれ、またそれ自身必要なもの以外何も内側に含んではいないとでもいうように。

三人は川の近くの樫林で野営することにしビリーとボイドは焚き火のそばに坐って少女がエヒードの農夫らにもらった材料で食事の用意をするのを待った。三人が食べ終えると少女は残飯を犬に与え皿とポットを洗い馬の様子を見にいった。翌朝遅くまた出発して昼に土埃の立つ道からはずれ、唐辛子畑の低いほうの境を通る小道をたどり林を抜け熱気のなかで静かに陽炎を立てている川に向かった。馬は歩みを速めた。小道は曲がりながら用水路に沿って進み、また林をくぐり抜けて川縁の柳の木立に沿って進みメダケの繁みのあいだを通った。川面から渡ってくる涼しい風にメダケの白っぽい葉が揺れ、こすれあって優しい音を立てた。蕨《わらび》の繁みの向こうで水の落ちる音がしていた。

メダケの繁みを抜けると用水路から溢れ出た水が浅く流れている場所が目の前に現れそこに人や馬が通った跡がついていた。上流には水溜まりがあり上方を走っている水路から突き出た波形鉄板の筒から水が流れ落ちていた。水は大量に迸りその下の水溜まりのなかで素裸の男の子が五、六人飛沫《しぶき》をあげて遊んでいた。彼らはこちらに目を向けて少女の姿も見たがまったく意に介する様子はなかった。

くそ、とボイドがいった。

ボイドはブーツの踵を馬のあばら骨にぽんと当てて浅く水の流れる砂地の上を渡った。

彼は少女を振り返らなかった。少女は無邪気な好奇の目で少年たちを眺めていた。彼女は後ろのビリーをちょっと振り返ってからボイドの腰にもう片方の腕も回し、そうやって三人は先へ進んでいった。

川辺に出ると少女は馬から滑りおりて両方の馬の手綱を受け取り水のなかへ引いていってバードの腹帯をゆるめ、馬が水を飲むあいだじっと立って待っていた。ボイドは川岸に坐って片方のブーツを脱いだ。

どうした？　とビリーがきいた。

べつに。

ボイドはブーツを手に川原の砂利の上を片足でぴょんぴょん跳ね、手ごろな丸い石を見つけると腰をおろしてブーツに石をつかんだ手を突っこみ底を叩き始めた。

釘が出てるのか？

ああ。

あの子にショットガンを持ってくるようにいってくれ。

自分でいいなよ。

少女は川のなかに二頭の馬と一緒に立っている。

ショットガンを持ってきてくれ《トライガメ・ラ・エスコペータ》、とビリーは叫んだ。

彼女はビリーのほうを向いた。バードの体の反対側へ回って鞘からショットガンを抜き彼の処へ持ってきた。ビリーは槓桿《こうかん》を取りはずし排莢口を開いて装弾を取り出し銃身をはずしてボイドの前にしゃがんだ。

ほら、と彼はいった。貸してみな。

ボイドがブーツを渡すとビリーはそれを地面に立て、なかに手を入れて靴底を探り釘の出ている場所を確かめてから銃身の銃口とは反対側の端をブーツのなかに入れて釘を叩き、もう一度手をいれて靴底を探ったあとボイドにブーツを返した。

ひどい匂いだな、とビリーはいった。

ボイドはブーツを履いて立ちあがり少し歩いてみてまた戻ってきた。

ビリーはばらした銃身や槓桿をもとどおりに組みこみ薬室に親指で装弾を押しこんで排莢口を閉じると、ショットガンを砂利の上に立てそれを握ってしゃがんでいた。少女はまた川の馬のそばへ戻っていた。

あの子、さっきのを見たと思うか？　とボイドがきいた。

さっきのって何だ？

裸のガキどもだよ。

ビリーは目を細めて、陽を背にして立っているボイドを見あげた。そりゃまあ、と彼はいった。見たんじゃないか。あの子はきのうから急に目が見えなくなったわけじゃないだろ？

ボイドは川のなかに立っている少女を見やった。

べつに初めて見るようなものを見たわけじゃないさ、とビリーはいった。

そりゃどういう意味だい？

べつに意味なんかない。

ちぇっ何いってやがる。

意味なんかないさ。人の裸を見た、それだけのことだ。また妙なことをいい出しておれにからむのはよしてくれ。まったく。おれなんかあのオペラの女の人がすっ裸で川に入ってるとこを見たんだぜ。

嘘つけ。

嘘なもんか。水浴びしてたんだ。髪を洗ってたよ。

そりゃいつの話だ？

髪を洗ってシャツみたいに絞ってた。

ほんとにすっ裸でか？

一糸もまとわぬ姿ってやつさ。

なんで今までそのことをいわなかったんだい？

何でもかんでもおまえに話す必要はないだろうが。

ボイドは唇を嚙んでじっと立っていた。なのにあの人の処へいって話をしたわけか、と彼はいった。

え?

あの人の処へいって話をしただろ。なんにも見なかったみたいな平気な顔して。

じゃなんていやよかったんだ? あんたがすっ裸のところを見ましたよって断ってから話をするのか?

ボイドは砂利の上にしゃがんで唾を吐き帽子を脱いでそれを両手に持ったままじっとしていた。流れる川に目を据えて。おれたちずっとあそこにいればよかったんじゃないかな? と彼はいった。

あのエヒードにか?

ああ。

そいでのんびりとおれたちの馬が全部戻ってくるのを待つわけか。

ボイドは答えなかった。ビリーは立ちあがって川原の砂利の上を歩いた。少女が馬を連れて戻ってくるとショットガンを鞘に戻してボイドを見た。

用意はいいか? と声をかけた。

ああ。

ビリーは鞍の腹帯をきつく締め直してから少女から手綱を受け取った。見るとボイドはまだしゃがんでいる。

今度は何なんだ？　とビリーがきいた。

ボイドはゆっくりと立ちあがった。何でもないよ、と彼はいった。あのときのことと比べたら何だってどうってことはない。

ボイドはビリーを見た。いってること分かるかい？

ああ、とビリーは答えた。分かるよ。

三日後、たどってきた道が西の山岳地帯にあるラ・ノルテーニャの町からおりてくる古い馬車道と交わる十字路にやってくると、三人はバビコラ山脈の高原を横切りサンタ・マリア山脈の谷間の平原を抜けてナミキパという町に向かった。乾いた暑い日が続き一日が終わるごとに人も馬も道の色に近づいていった。平原を横切って川縁に出るとビリーは鞍と巻いた毛布を馬からおろし、少女が野営地を整えるあいだ馬を引いて川の下流へいきブーツと服を脱いで裸馬に跨がり、ボイドの馬の手綱を引いて水に入ると帽子ひとつ頭に載せただけの姿で馬の体についた土埃が白く濁った帯をつくりながら冷たい澄んだ水のなかへ溶けていくのを眺めた。

馬たちは水を飲んだ。しばらくすると二頭とも頭をもたげて下流へ目をやった。やがて対岸の林のなかから老人がひとり牡牛を二頭御者の鞭で追いながら出てきた。牡牛はポプラの木でつくった手製の軛《くびき》をつけられていたがその軛は陽に晒されて真っ白に色が抜けまるで大昔に死んだ動物の骨のように見えた。牛はゆっくりと波打つような動きで流れのなかへ入ってきて上流と下流に目を配り、次いで前方にいる二頭の馬に目をやってから水を飲み始めた。水際に立った老人が馬に乗った裸のビリーに目をとめた。

やあどうだい爺さん？《コモ・レ・バ》　とビリーが声をかけた。

ああ、お陰さんでな《ビエン・グラシアス・ア・ディオス》、と老人は応えた。あんたはどうだね？《イ・ウステ》

ああお陰さんで《ビエン》。

ビリーと老人は天候の話をした。作物の話もしたが老人がそれについて実に詳しいのに対してビリーはまったく無知だった。老人はあんたは牧童かねとビリーに訊き、そうだったという答えを聞いてうなずいた。老人はいい馬に乗ってるねといった。誰が見ても一目で分かるといった。老人の視線が上流のほうへ移っていき青い煙が風のない大気のなかへ細く立ちのぼっているビリーたちの野営地をとらえた。

おれの弟だ《ミ・エルマーノ》、とビリーがいった。

老人はうなずいた。老人の汚れた粗末な白い服は農夫が着る野良着だったが、こういう服を着て畑で作業をするこの国の農夫らはどこかの重症患者ばかりを収容する精神病院から抜け出してきてにぶい無意識の憤怒《ふんぬ》に掻き立てられながら大地に打ちかかっているといった風に見える。牡牛がまず一頭それからもう一頭と口から水を滴らせながら頭をもたげた。老人は祝福するような手つきで鞭を牛たちのほうへ突き出した。

いい牛じゃろ《レ・グスタン》、と老人はいった。

そうだね《クラーロ》。

ビリーは二頭の牛がまた水を飲むのをじっと見ていた。老人に牛は自分から進んで働くものなのかと訊くと老人はその質問の意味を推し量るように少し考えてから分からないと答えた。牛にはほかにどうしようもないのだろうといった。老人は、馬はどうだね《イ・ロス・カバーヨス》？ と訊き返してきた。

ビリーは馬は自分から進んで働くと思うと答えた。仕事をするのを楽しむ馬もいる。馬は牛を追ったり何かするが楽しいはずだ。馬は牛とは違うと彼はいった。

一羽の翡翠《かわせみ》が川下から飛んできていったん岸へ方向を転じ、囀《さえず》り声をあげ、またすいと川面に戻って川上への飛翔を続けた。ビリーも老人もそれに目を向けなかった。老人は牛というのは世界中の誰でも知っているとおりいちばん神に近い動物だといい、黙って何か深く考えこむように反芻する牛はおそらくもっと大きな沈黙、もっと大きな思考の影のようなものだといった。

老人は顔をあげた。にっこりと笑った。老人は何にせよ牛は働いていれば殺されることも食われることもないと知っているが、それはとても役に立つ知識だといった。

老人は川に歩み入って二頭の牛を追い立て岸にあがらせた。牛は川原の砂利の上へあがって鼻息を吹き首を弓なりに曲げた。老人は鞭を肩にもたせかけて振り返った。

あんたの家は遠い処にあるのかね《エスタ・レホス・デ・ス・カーサ》？　と老人はきいた。

ビリーは自分には家はないと答えた。

老人の顔に戸惑いが浮かんだ。家がないはずはあるまいと老人はいったがビリーはないんだといった。老人はこの世界には誰にでもどこかしら居場所はあるものだといい、あんたのために祈ってあげようといった。それから二頭の牡牛を駆り立てて迫り始めた宵闇のなかを鈴懸の木が一本混じる柳の木立に入っていきまもなく姿を消した。

ビリーが焚き火の処へ戻ったときには辺りはかなり暗くなっていた。犬が起きあがり少女が歩み寄ってきて艶の戻った体から水を滴らせている二頭の馬の手綱を受け取った。ビリーは焚き火の反対側へ回り乾かすためにそこに立ててある鞍をひっくり返した。

この子が母親に会いにナミキパの町へいきたいんだそうだ、とボイドがいった。

ビリーは坐っている弟を見おろした。この子はどこでも好きなとこへいってかまわないんじゃなかったかな、と彼はいった。

おれに一緒にきてほしいといってる。

おまえに一緒にきてほしい？

ああ。

なんで？

さあ。途中の道が怖いんじゃないかな。

ビリーは炭火をじっと見つめた。おまえいきたいのか？

いや。

じゃおれたち何を喋ってんだ？

おれ、馬に乗っていけといってやった。

ビリーはゆっくりとしゃがみこみ両腕の肘を膝に載せた。そして首を振り、だめだ、といった。

歩いてじゃいけないんだぜ。

盗んだ馬に乗ってるのを誰かに見られたらどうなると思ってるんだ？　いいや。盗んだ馬じゃなくたっておんなじことだ。

これは盗んだ馬じゃない。

盗んだ馬だよ。だいたいどうやって返してもらうんだ？

連れて戻ってくるといってる。

保安官も一緒に連れてくるんだろうよ。それにお袋んとこへ帰るんなら、なんだって戻ってくるんだ？

分からない。

おれにも分からないよ。あの馬は苦労してやっと取り戻したんだぞ。

分かってる。

ビリーは焚き火のなかへ唾を飛ばした。まったくこの国の女はどうしようもねえや。おれたちんとこへ戻ってきてどうしようってんだ？

ボイドは答えない。

おれたちがどういう立場にいるか知ってるのか？

ああ。

この子はなんでおれに直接話さないんだ？

置き去りにされるんじゃないかと思ってる。

馬を貸してくれといい出せないわけだな。

ああ。そうだろうな。

おれが貸さないといったら？

それでも出かけるつもりだろうよ。

じゃいかせてやりゃいい。

少女が戻ってきた。彼女には話していることが分からないがそれでも二人は口をつぐんだ。少女は炭火にかけた調理器具の位置を整えてから川へ水を汲みにいった。ビリーはボイドを見た。

まさか一緒にいくつもりじゃないだろうな。どうなんだ？

おれはどこへもいかない。

最後の土壇場で気が変わるんじゃないか。

最後の土壇場ってどういうことか分からないな。

あの子がひとりになって守ってやるやつが誰もいなくなって誰かちょっかいをかけてくるやつが出てきたらって考える。そういう場合だ。そのときは一緒にいこうって気になるかもしれない。違うか？

ボイドは身を前に乗り出して手前の端まで黒く煤けた二本の木切れを小さな炭の隙間へさらに深く突っこみジーンズで指を拭いた。彼は兄に目を向けなかった。いや、と彼はいった。おれはいかないと思う。

朝、三人は十字路へ出ていきそこでビリーとボイドは少女と別れた。

いま金はいくらある？　とボイドがきいた。

ほとんど空っけつだ。

あるだけこの子にやったらどうだ？

そういうと思ってたよ。おれたちは文無しでどうするんだ？

半分やってくれよ。

分かったよ。

裸馬に跨がった少女は黒い目に涙をためてボイドを見おろし馬から滑りおりてボイドを両腕で抱き締めた。ビリーはじっと二人を見ていた。それから黒雲がわだかまる不穏な南の空を見やった。ビリーは馬の上から身を乗り出して空唾を吐いた。さあ、いこうぜ、と彼はいった。

ボイドに馬の背に押しあげられた少女は振り返り、片手を口に当ててボイドを見おろし、それから手綱をさばいて馬の向きを変え狭い土の道を東へ向かっていった。


ビリーとボイドはまたバードに一緒に跨がり土埃の立つ道を南にたどった。行く手で土埃が濛々と巻きあがり道端のアカシアの繁みは風に吹かれて身をよじり鋭い葉擦れの音を立てた。午後も遅くなると辺りは真っ暗になり雨が激しく降って道の上で飛沫をあげ二人の帽子のつばを音高く鳴らした。途中馬に乗った三人の男といき会った。三頭の馬は不釣り合いな取り合わせで馬具はひどい代物だった。ビリーが振り返ると男たちのうち二人がこちらを振り返っていた。

あいつら、あの子を林に連れこんだ二人だと思うか？　とビリーがいった。

さあな。違うと思うけど。兄ちゃんはどう思う？

分からない。たぶん違うだろう。

二人は雨のなかを進んだ。しばらくしてボイドがいった。やつら、おれたちのこと知ってたな。

ああ、とビリーはいった。知ってたみたいだ。

道は次第に幅を細くしながら山のなかへ入っていった。辺り一帯は松の生えている荒涼とした土地で葦に似た疎《まば》らな下草は馬の喜びそうにない姿をしていた。葛折《つづら》りに差しかかると交代で馬からおり手綱を引いて先導したり馬の脇を歩いたりした。夜は松林のなかで野営したが冷えこみは再び厳しくなりラス・バラスの町に入ったときには二日間何も食べていなかった。鉄道の線路を渡り幾棟か並んだ控え壁のついた大きな陽干し煉瓦の倉庫のそばを通り過ぎたが倉庫には玉蜀黍とか玉蜀黍買入と書いた看板が掲げられていた。倉庫の横手の壁の際には丸太から挽いただけの松の黄色い平板が積まれ辺りの空気には松脂の匂いが混じっていた。二人は壁に化粧漆喰を塗りトタンで屋根を葺いた低い駅舎の前を通り過ぎ下り坂をおりて町に入った。立ち並んでいるのは屋根にピッチを塗った柿板《こけらいた》を葺いた陽干し煉瓦の家々で庭に薪が積まれており鉋をかけていない松の平板でつくった柵をめぐらしてあった。足の一本ない獰猛そうな犬が二人の前へひょこひょことやってきて通せんぼをするように立ちはだかった。

かかれ、トゥルーパー、とボイドがいった。

ばか、とビリーがいった。

二人はこの鄙《ひな》びた町でカフェとして通っているらしい店に入った。テーブルが三つあるほかはがらんとしていて火の気もなかった。

これじゃ外のほうがあったかいな、とビリーがいった。

　ボイドは窓の外へ目をやり通りの向かいに建っている家を見た。それからカフェの奥を見た。

　今やってんのかね、この店？

　しばらくすると女がひとり奥の戸口から出てきて二人の前に立った。

　食い物は何があるかな《ケ・ティエーネ・デ・コメール》？　とビリーがきいた。

　仔山羊の肉があります《テネーモス・カブリート》。

　ほかには《ケ・マス》？

　若鶏のエンチラーダ《エンチラーダ・デ・ポーヨ》。

　ほかには《ケ・マス》？

　仔山羊の肉《カブリート》。

　山羊は食いたくないな、とビリーがいった。

　おれも。

　エンチラーダを二人前《ドス・オルデネス・デ・ラス・エンチラーダス》、とビリーは注文した。それとコーヒーだ《イ・カフェ》。

　女はうなずいて奥に引っこんだ。

　ボイドは両手を膝のあいだに挟んで暖めていた。外の通りには灰色の煙が吹き流れている。人っ子ひとりいない。

　寒いのと腹が減ってるのとどっちが嫌だ？　とボイドがきいた。

寒くて腹が減ってるのがいちばん嫌だよ。

女は皿を持ってきてテーブルの上に置くと店の入口のほうを向いて指で拳銃を撃つような仕草をした。ビリーたちの犬が後足で立って窓からなかを覗きこんでいた。ボイドが帽子を脱いで追い払うように一振りすると犬は顔を引っこめた。ボイドはまた帽子をかぶってフォークを取りあげた。女は店の奥へいき片手にコーヒーの入ったマグカップを二つ、もう片手に玉蜀黍のトルティーヤを入れた籠を持って戻ってきた。ボイドが口から何かを引っ張り出し皿の上に載せてしげしげ眺めた。

何だ？　とビリー。

知らない。羽根じゃないかな。

二人はエンチラーダをつつき細かくほぐして何か食べられるものは入っているのかと捜した。男が二人入ってきてビリーたちに目をやり奥のテーブルについた。

豆を食えよ、とビリーがいった。

ああ、とボイドはいった。

二人はスプーンで豆をすくいトルティーヤに包んで食べコーヒーを飲んだ。奥の二人は食べ物がくるのをじっと待っている。

なんでエンチラーダを残したか訊かれるぜ、とビリーがいった。

訊くかどうか分かるもんか。ここの連中はこんなのを食うのかな？

さあな。犬にくれてやろうか。

この皿を持ってって店先で犬に食わせるってのか？

食えばの話だがな。

ボイドは椅子を後ろに引いて立った。鍋を取ってくるよ、と彼はいった。店から離れたとこで食わせよう。

分かった。

持って出てあとで食うんだといえばいい。

ボイドが鍋を持って戻ってくると二人は皿の上のものをそのなかに掻き落とし蓋を閉めて何食わぬ顔でコーヒーを飲んでいた。女が肉汁のたっぷりついたうまそうな肉に米をつけ合わせてピコ・デ・ガーヨ（唐辛子、トマト、玉葱などで作ったソース）をかけた料理を二皿運んできた。

くそ、とビリーはいった。うまそうだぜ、あれ。

ビリーが勘定を頼むと声をかけると女がやってきて七ペソだといった。ビリーは金を払い奥のテーブルへ顎をしゃくってあの人たちが食べているのは何だと訊いてみた。

仔山羊の肉だと女は答えた。

外に出ると待っていた犬が起きあがった。

まったく、とビリーはいった。さああっちへいって犬にそいつを食わせてやろうぜ。

その夕方ボキーヤへ通じる道で二人はおそらく千頭からなる低級な去勢牛の群れを国境

近くのナコにある牧場まで移動させていく牧童の一団と出会った。バビコラ山脈の南端に接するケマーダ山脈から三日かけて牛の群れを追ってきた牧童たちは汚れきってこの世のものとも思えない姿をしており牛たちは気が荒く化け物のようだった。牛の群れはさかんに啼き声をあげながら土埃の海のなかを渡っていき、そのあいだを縫って幽霊のような色をした馬たちが目を赤くした不機嫌そうな顔で頭を垂れて歩いていた。馬に乗った牧童の何人かが手をあげて挨拶をしてきた。ビリーとボイドは土地が小高く隆起した場所へいって馬からおり西にゆっくり移動していく白い土埃の混沌とその背後で煙るような光を投げながら沈んでいく陽を眺めたが、やがて牧童たちのかけ声と牛の太い呻《うめ》き声はか細くなり夕方の濃紺の沈黙のなかへ消えていった。二人はまた馬に跨がって先へ進んだ。辺りに闇がおりるころ板葺き屋根の丸太小屋が何棟か集まってできた高原の集落に入っていった。冷たい空気のなかに煙と夕餉の支度をする匂いが漂っていた。窓から道に落ちている黄色い明かりの帯をいくつか踏み越えてまた冷たい暗がりのなかへ出ていった。次の朝その同じ道で南側にある池から肌を艶やかに濡らしてあがってくる馬のなかに、ベイリーとトムとニーニョを見つけた。

三頭は五、六頭のほかの馬と一緒に体から滴を垂らしながら道へあがってきて朝の冷気のなかで首を振り振り速足で歩いてきた。あとから馬に乗った男が二人あがってきて道端で草を食べ始めた馬の群れに後ろから近づき追い立てた。

ビリーは乗っている馬の首の片側に手綱を押しつけて道の片側へ寄せ、片脚を振りあげて鞍の前橋の上をまたぎ越し馬から滑りおりると手綱をボイドに渡した。一塊になった馬はみな耳をぴんと立て好奇心を露わにこちらへ進んできた。彼らの父親の馬、ニーニョが首を振りあげ長いいななきの声をあげた。

こいつはすごいや、とビリーはいった。こいつはすごい。

ビリーは馬に乗った二人の牧童を見た。彼らもまだ若かった。ビリーと同じくらいの齢だろう。膝まで水に濡れ乗っている馬も濡れている。彼らは前方にいる二人の少年が乗った馬が道の片側に寄るのを見てさらに用心深く進んできた。ビリーは鞘からショットガンを抜き槓桿を引いて装弾がこめられているのを確かめると槓桿を素早く突きあげてまた排莢口を閉じた。近づいてくる馬の群れが足を止めた。

投げ縄を用意しろ、とビリーはいった。ニーニョを捕まえるんだ。

ビリーはショットガンを小脇に抱えて道の真ん中へ出ていった。ボイドは鞍の後橋を乗り越えて騎座に坐り、角から巻き取った投げ縄をはずして縄を繰り出した。ほかの馬は足を止めたがニーニョだけは頭を持ちあげ空気の匂いを確かめながら道の端を前に進んできた。

ようしニーニョ、とビリーはいった。いいぞいいぞ。

群れの後ろにいる牧童たちも馬を止めた。どうしたらいいのか迷っている。ビリーが道を横切ってニーニョの行く手を塞ぐとニーニョは首を一振りして道の真ん中へ移動した。

なんなんだ《ケ・パサ》？　と牧童のひとりが叫んだ。

こいつの首に縄をかける、じゃますると一発お見舞いするぞ、とビリーはいった。

ボイドが投げ縄を投げる態勢をとる。ニーニョは徒歩のビリーと馬上のボイドのあいだを突破口として見定め前に飛び出した。だが前方に投げ縄を見て急に止まろうとして踏み固められた土の上で足をふらつかせ、そこへボイドが投げ縄を投げて首にひっかけ縄を鞍の角にくくりつけた。バードは体をニーニョのほうへ向け変えて四肢をふんばり腰を落として綱引きに備えたが、ニーニョは縄が首にかかると動きを止め低くいないないて後ろを振り返り牧童らと馬の群れを見た。

いったい何やってるんだ《ケ・エスタン・アシェンド》？　と牧童のひとりが叫んだ。彼らは最初に止まった場所でじっとしていた。ほかの馬たちはまた道端へいって草を食べ始めている。

短い縄を結んで頭絡をつくってくれ、とビリーがいった。

兄ちゃんが乗る気か？

ああ。

おれにだって乗れるぞ。

おれが乗る。引き綱は長めにしろよ。長めに。

ボイドは縄を結んで無口頭絡をつくり折りたたみナイフで切り取ってビリーに投げた。

ビリーはそれを受けとめ優しく話しかけ投げ縄をたぐりニーニョに近づいた。二人の牧童が馬を進めてきた。

ビリーは頭絡をニーニョの頭にかぶせ投げ縄の輪をゆるめた。話しかけ、首を軽く叩きながら輪縄を首からはずして地面に放り出し、ニーニョをボイドのほうへ引いていった。牧童たちがまた馬を止めた。いったいなんなんだ《ケパサ》？　と彼らはいった。

ビリーはショットガンをボイドに投げると両手を馬の背にかけて飛びあがりざま片脚を振りあげて騎乗し、また手を伸ばしてショットガンを受け取った。ニーニョはしきりに足踏みをしながら首を振り立てる。

今度はベイリーの首に縄をかけろ、とビリーはいった。

ボイドは二人の牧童を見やった。そして馬を前に進めた。

馬に手を出すんじゃない《ノ・モレステ・エッソス・カバーヨス》、と牧童のひとりが叫んだ。

ビリーはニーニョを道の片側へ寄せた。ボイドは道端で呑気《のんき》そうに草を食べている馬の群れに近づき投げ縄を投げた。相手の動きを予測して投げられた輪縄はベイリーの逃げようとしてもたげた首にすっぽりとかかった。ビリーは父親の馬の背からそれをじっと見ていた。あれぐらいおれにもできるんだぜ、と彼は馬にいった。九回目ぐらいにな。

おまえら何者なんだ《キエーネス・ソン・ウステーデス》？　と牧童のひとりが怒鳴った。

ビリーは馬を前に進めた。おれたちはこの馬の持ち主だ《ソモス・プロプリエターリオス・デ・エストス・カバーヨス》、と彼は叫んだ。

牧童たちはじっとしていた。彼らの背後のボキーヤの町からくる道の先に一台のトラックが現れた。まだかなり遠いので音は聞こえないがビリーとボイドの視線が動いたせいで気づいたのだろう、二人の牧童も後ろを振り返った。誰も動かなかった。トラックは細いエンジン音を徐々に大きくしながらゆっくりとやってきた。車輪の巻きあげる土埃が片側の平原へ漂っていった。ビリーは馬を道の外に出してショットガンを膝の上にまっすぐ立てた。トラックがやってきた。ガタゴトと通り過ぎていった。運転台の男は馬の群れとショットガンを手にしているビリーを見た。荷台には十人ほどの農夫が徴集兵のように蹲り、遠ざかっていくトラックの上から土埃と排気ガスの立ちこめる後方の馬や人を眺めたがそれらの顔には表情がまったくなかった。

ビリーはニーニョを前に進ませた。二人の牧童の姿を求めたが道にはひとりしか残っていなかった。もうひとりは平原に乗り出して南へ引き返していくところだった。ビリーは馬の群れからトムを切り離しほかの馬を追い立てて道の外に出すと振り返ってボイドを見た。いこうぜ、と彼はいった。

トムに先頭を歩かせボイドが投げ縄でベイリーを引き、ニーニョに乗ったビリーとともに、一人だけ残った牧童のほうへ進んでいった。年若い牧童は向かってくる彼らにじっと目を据えていた。それから馬の向きを変え道の外の草の繁った湿地に出て彼らが通り過ぎていくのを見守った。ビリーは平原を見やったがもうひとりの牧童はすでに隆起した土地の向こうに隠れて姿を消していた。ビリーは馬の歩みをゆるめて残った牧童に声をかけた。

あんたの仲間はどこへいったんだ《アドンデ・セ・フエ・ス・コンパードレ》？

若い牧童は答えない。

ビリーはショットガンをまっすぐに立てて肩にもたせかけ、また馬を前に進めた。振り返って道端で草を食べている馬たちを見やり、また牧童に目をやり、それからボイドと馬を並べて先へ進んだ。四分の一マイルほどきて振り返ると牧童は後ろからゆっくりとついてきていた。さらに少し進んでからビリーは馬を横向きにして止まりショットガンを膝に横たえた。牧童も馬を止めた。また進むと牧童もついてきた。

いよいよまずくなってきたな。

故郷《くに》を出たときからもうまずくなってたよ、とボイドがいった。

もうひとりは仲間を呼びにいったんだ。

分かってる。

ニーニョはまだそんなに乗り慣らしてなかったよな。

ああそんなにはな。

ビリーはボイドを見た。ボイドは汚れたぼろぼろのなりをし帽子を目深にかぶって陽射しを避けて顔を黒い影のなかに沈めている。それは戦争か天災か飢饉《ききん》を生き延びた子供が馬に乗っているといった風に見えた。

正午ごろ遠くのほうに陽炎に揺れるボキーヤの大農園の低い壁が見え始めるとともに、道の前方に五人の馬に乗った男が現れた。そのうち四人はライフルを鞍の上に横たえたり片手で持ったりしていた。男たちが手綱をぐいと引いて馬を急に止まらせ、足踏みしたり横歩をしたりする馬の背で互いにすぐ近くにいる仲間同士で大声をあげて何事か声をかけあった。

ビリーとボイドも馬を止めた。両耳をぴんと立てたトムが前へ速足で歩いていった。ビリーは振り返って後ろを見た。背後からは別に三人の男が馬でやってきた。ビリーはボイドを見た。犬は道の外へ出て坐りこんだ。ボイドは身を乗り出して唾を吐き、南の柵のない草地に目をやり、空の雲を映し風に吹かれて白く水面を濁らせている湖を見た。灰褐色の痩せた牛が五、六頭、頭をもたげて道にいる馬たちを眺めた。ボイドは後ろから迫ってくる男たちを見返り、それからビリーを見た。

思いっきり走って逃げるか？

いや。

こっちには疲れてない馬が二頭ある。

やつらの馬がどんな馬か分からないだろ。それにどうせバードはニーニョについていけない。

ビリーは前方から近づいてくる男たちをじっと見つめた。ショットガンをボイドに渡した。こいつをしまってくれ、と彼はいった。それから書類を出すんだ。

ボイドは後ろに手を伸ばして鞍袋の留め金をはずしにかかった。

銃を持ってるんじゃない、とビリーはいった。しまうんだ。

ボイドはショットガンを鞘に戻した。銃より紙切れを信じてるみたいだな、と彼はいった。

ビリーは相手にしなかった。今は五人が横一列に轡を並べ、ひとりを除いて皆がライフルの銃口を真上に向けて道をやってくるのにじっと目を据えていた。トムが道端に寄り近づいてくる馬たちに向けていなないた。男のひとりがライフルを鞘に納め投げ縄を鞍の角からはずした。男が近づいてくるのをじっと見つめていたトムが不意に身を翻して道の外へ出ようとしたが、男は馬に拍車をかけて飛び出し投げ縄をトムの首にすっぽりとかけた。トムが道のすぐ外で動きを止められ男が地面に巻いた縄を落としたところでほかの四人もやってきた。

ビリーはボイドから受け取ったニーニョの書類が入った茶色い封筒を片手に持ち、もう片方の手でベイリーの引き綱をゆるく握っていた。ビリーの腿の内側は馬の汗に濡れ体臭が自分でも嗅ぎ取れたが、そのビリーを乗せた馬は足踏みをし首を縦に振り近づいてくる男たちに向かって鼻声を漏らした。

男たちは数フィートの距離をおいて馬を止めた。なかでいちばん年嵩の男がビリーとボイドの顔を見てうなずいた。ようし《ブエノ》、と彼はいった。ようし《ブエノ》。男は片腕がなくシャツの右側の袖口を肩の処へピンで留めていた。手綱は両端を結んで片手で握りベルトに拳銃を差しており、この国ではもうあまり見かけないてっぺんの平らな質素な帽子をかぶり模様のついた膝頭まで届くブーツを履き編み革の乗馬鞭を持っていた。男はボイドに目をやり、次いでビリーに、それからビリーが手にしている封筒に視線を移した。

その書類を見せてくれ《デメ・スス・パペーレス》、と男はいった。

渡すなよ、とボイドがいった。

渡さなきゃ見せられないだろ？

さあ書類を《ロス・パペーレス》、と男はいった。

ビリーは馬の脇腹を軽く蹴って前に進み身を前に乗り出して書類を相手に渡すと馬に後ずさりさせて止まらせた。男は封筒の留め金の紐を歯でほどき書類を取り出して広げ印判を子細にあらためたり紙を陽に透かしたりした。一通り目を通すと男は書類をたたみ脇に挟んだ封筒を取ってなかに戻し彼の右側にいる男に渡した。

ビリーはそれは英語で書かれているが読めるのかと訊いたが男は答えなかった。男はボイドが乗っている馬をもっとよく見ようと軽く体を前に傾けた。男はこの書類には何の値打ちもないといった。あんたらはまだ若いから警察に訴え出るのはやめておいてやる。もし何か言い分があるのならバビコラの町のセニョール・ロペスと話してもらいたい。そういって右側の男のほうを向いて何か指示すると、右側の男は封筒をシャツの内側に入れ、もうひとり別の男と一緒に銃口を上に向けたライフルを左手に持ったまま前に進み出てきた。ボイドはビリーの顔を見た。

馬を放すんだ、とビリーがいった。

ボイドは投げ縄を握ったままじっと坐っている。

いったとおりにしろ、とビリーはいった。

ボイドは前に身を乗り出してベイリーの顎の下にかかった輪縄をゆるめ首からはずした。ベイリーは体の向きを変えて道を横切り側溝を越えて速足で平原へ出ていった。次にビリーがニーニョからおりて頭絡をはずし尻をひとつぱんと叩くとこれも向きを変えて先に放されたベイリーのあとをついていった。このときすでに後ろにやってきていた男たちが指図を待たずに二頭の馬を追った。リーダー格の男がにやりと笑った。帽子のつばに手をやって挨拶し馬に切れのいい転回をさせた。いくぞ、牧童《バモノス》と男はいった。男と四人のライフルを持った男たちはもときたボキーヤの町のほうへ引き返していった。平原に乗り出した若い牧童たちが放された二頭の馬の行く手を塞ぎ追い立てて道に戻しもともとの予定どおり西に向かっていくと、間もなく男たちはみな真昼の陽炎の向こうに姿を消しあとに沈黙だけが残った。道の真ん中に立ったビリーは背をかがめて唾を吐いた。

思ってることをいってみろよ、とビリーはいった。

べつにいうことなんかない。

そうか。

用意はいいかい？

ああ。

ボイドが片方の鐙からブーツを抜き、ビリーがそこへ足をかけてボイドの後ろに飛び乗った。

まったくお笑い草だよ、くそったれ、とボイドがいった。

いうことは何もないんじゃなかったのか。

ボイドは応えなかった。道端の草の繁みに隠れていた声の出ない犬が道に出てきて二人の動きを待った。ボイドはじっと馬を止めたままでいた。

何を待ってるんだ？　とビリーがきいた。

どっちへいくのか兄ちゃんがいうのを待ってるんだ。

これからどこへいくと思ってるんだ？

三日かけてサンタ・アナ・デ・バビコラへいくんだろうな。

ぐずぐずしてると三日じゃすまないぞ。

書類はどうするんだ？

馬もないのに書類なんか何の意味がある？　どのみちこの国で書類にどんな値打ちがあ

るかはさっき分かったはずだ。

馬を連れてった牧童のひとりが鞘にライフルを差してたな。

見たよ。おれだって目は見えてる。

ボイドは馬に回れ右をさせて道を西に引き返し始めた。犬も追いつき馬の右側の影のなかを小走りに歩いた。

もうやめたいか？　とビリーがきいた。

やめたいとか何とかいった覚えはないよ。

こっちは故郷《くに》とはだいぶ違うだろ。

同じだなんて思っちゃいなかったさ。

おまえも分別のないやつだよ。こんな遠いとこまできちまうと、くたばったって故郷《くに》まで連れて帰ってやれないぞ。

ボイドがブーツの踵で両側から馬の脇腹を締めつけると馬は足取りを速めた。そこまで遠いとこってあると思うか？　とボイドはいった。

まもなく馬に乗った二人の牧童と三頭の馬が平原から戻ったことを示す足跡が道に現れその一時間後、ビリーとボイドは先刻馬の群れと出くわした池の上手にやってきた。ボイドは道のすぐ外側をゆっくり進んで蹄鉄を履いた馬と履かない馬の一団がどこで道からはずれたかを見定め、北の起伏のある高地の草原へ乗り出していった。

連中はどこへ向かってると思う？　とボイドはきいた。

知らないな、とビリーはいった。それをいうならどっからきたのかも知らないけどな。

二人は午後いっぱい北へ馬を進めた。陽が暮れ始めたとき小高い隆起の上から十数頭の馬を連れた男たちが数人、五マイルほど前方の青い涼しさを増していく草原にいるのが見えた。

あれだと思うか？　とボイドがいった。

たぶんそうだろうな、とビリーはいった。

二人は先へ進んだ。辺りがだんだん暗くなりやがて何も見えなくなるほど闇が濃くなったとき二人は馬を止めて耳をすました。聞こえてくるのは草をそよがせる風の音だけだった。縮んでしまった太陽といった感じの丸い赤い宵の明星が西空の低い処にかかっていた。ビリーは馬から滑りおりて弟から手綱を受け取り馬を先導した。

牛の腹んなかみたいに真っ暗だな。

ああ。空が曇ってるからな。

真っ暗ななかで歩いてると蛇に咬まれるぞ。

おれはブーツを履いてる。でも馬は履いてないからな。

小山の頂上にたどり着くとボイドは両足を鐙にふんばって立ちあがった。

連中が見えるか？　とビリーがきいた。

いや。

何が見える？

何も見えない。なんにもありゃしない。ただ暗くて暗くて真っ暗なだけだ。

まだこれから焚き火をするとこかもな。

夜通し先へ進むつもりかもしれない。

二人は小山の尾根伝いに移動した。

あそこだ、とボイドがいった。

ああ、おれにも見えたよ。

二人は反対側の斜面を伝って低い湿地におり風が避けられる場所を捜した。馬からおりて湿った草地に立ったボイドにビリーは手綱を渡した。

馬を繋ぐ場所を捜すんだ。足かせじゃだめだし、地面に木切れを打ちこんで繋ぐのもだめだ。連中の馬の仲間入りをしちまうからな。

ビリーは鞍と巻いた毛布と鞍袋をおろした。

焚き火、するかい？　とボイドが訊いた。

何を燃やすんだ？

ボイドは馬を引いて夜の闇のなかへ入っていった。しばらくして彼は戻ってきた。

繋ぐとこなんかどこにもないや。

おれがやる。

ビリーは投げ縄の先を輪縄にして馬の首にかけ反対側の端を地面に置いた鞍の角にくくりつけた。

おれが鞍を枕にして寝る、とビリーはいった。これで四十フィートより遠くへいくときは起こしてくれる。

こんなに暗いのは初めてだ、とボイドがいった。

ああ。雨が降るんだろうな。

朝、二人はまた小山の尾根に沿って歩き北のほうを見はるかしたが火も煙も見えなかった。雨雲は去り空は晴れて風もない。二人の周囲には起伏する草原以外に何もなかった。

こいつはちょっとした眺めだな、とビリーがいった。

やつら慌ててとんずらしちまったのかな？

きっと見つけてやるさ。

彼らは一マイルほど北へ馬を進めて追い求める相手の痕跡を捜した。冷たくなった焚き火の跡を見つけるとビリーはしゃがんで灰を吹き炭に唾を飛ばしたが微かな音すらしなかった。

今朝は火を焚かなかったらしい。

おれたちに気がついたのかな？

いや。

いつごろここを出発したのかさっぱり分からないな。

ああ。

どっかで待ち伏せして襲撃《ドライガルチ》する気じゃないだろうな？

待ち伏せして襲撃《ドライガルチ》する？

ああ。

そんな言葉どこで覚えた？

知らないよ。

待ち伏せなんかするか。早出しただけだ。

二人は馬に乗り先へ進んだ。草の上に数頭の馬の足跡がついていた。

用心して、もう高い処へは登らないようにしたほうがいいんじゃないかな、とボイドがいった。

おれもそいつは考えた。

でもそれじゃ見失っちまうかもしれない。

見失わないよ。

この先地面が固い岩になったらどうする？　そのことを考えてみたかい？

この世の終わりがきたらどうする？　そのことを考えてみたか？

ああ。そのことは考えてみたよ。

午前半ば、東に二マイル離れた小山の稜線に沿って騎乗の男たちが数頭の馬を追いながら進んでいくのが見えた。その一時間後、東西に走る道に出たビリーとボイドは道の上で馬を止めて路面を調べた。土埃の上にかなりの数の馬の足跡がついているのを見た二人はその群れが進んでいった東のほうを見やった。道を東へたどると正午ごろ前方の低地を走っている道にしばらく前に馬の群れが巻きあげたと思われる土埃が漂っているのが見えた。一時間後、十字路へやってきた。あるいは二人がたどってきた道と交わっているのは、北の山岳から南に起伏しながら広がる平原まで走る、雨水の侵食した跡にすぎないのかもしれなかった。道の前方に肌の浅黒い齢がいくつとも知れない小柄な男が立派なアメリカの乗用馬に跨がりじっとしていたが、男はステットソン帽をかぶり踵のひどく高い高価なブーツを履いていた。帽子をあみだにかぶり穏やかに煙草を吸いながら近づいてくるビリーとボイドをじっと見つめていた。

ビリーは馬の歩みをゆるめて周囲を見回し、ほかの馬たち、ほかの乗り手たちを捜した。それから男から少し離れた処で馬を止め親指で帽子を後ろへ押しやった。こんにちは《ブエノス・ディーアス》、とビリーは声をかけた。

男は黒い目で二人をざっと検分した。鞍の前橋に両手を置いてさりげなく重ね合わせ、その指のあいだに挟んだ煙草から煙を立ちのぼらせていた。男は騎座の上で軽く身動きをし背後を振り返って馬の群れが巻きあげた、夏の花粉の靄のように宙にかかっている薄い土埃を見た。

どうするつもりなんだね？　と男がきいてきた。

え？　とビリーが問い返した。

どうするつもりなんだ。それをいってくれ。

男は煙草を口へ持っていってゆっくりと吸いゆっくりと目の前に煙を吐き出した。何事をも急いでいない悠然とした態度だった。

あなたは誰ですか？　とビリーはきいた。

キハーダという者だ。ミスター・シモンズに雇われている。ナウウェリチク大農園の支配人だ。

キハーダと名乗った男は馬の背に坐ってじっとしていた。またゆっくりと煙草を吸った。

おれたちの馬を追ってるんだといってやれよ、とボイドがいった。

何をいうかは自分で考えるよ、とビリーがいった。

どういう馬のことかね？　と男はきいた。

ニュー・メキシコにあるおれたちの牧場から盗まれた馬なんです。

男はしげしげと二人を眺めた。ボイドに向けて顎を突き出した。彼はきみの弟か？

ええ。

男はうなずいた。煙草を吸った。煙草を道に捨てた。男の馬がそれに目をやった。

分かっているのかな、これは重大な問題だよ、と男はいった。

おれたちにとっても重大な問題です。

男はまたうなずいた。ついてきなさい、と彼はいった。

手綱をさばいて馬の向きを変えると男は道を走り出した。男は二人がついてきているかと振り返ることはしなかったが二人はついていった。ただ男と馬を並べるつもりはなかった。

午後も半ばを過ぎるころ三人は馬の群れの巻きあげる土埃のなかに入っていった。馬の姿は見えないが前方に蹄の音が聞こえていた。キハーダは道から外に出てしばらく松林のなかを走ってからまた道に戻ると馬の群れの前に出た。一行の先頭を走っていた牧童頭がキハーダの姿を見て片手をあげそれを合図に牧童らが前に出てきてキハーダに追いつき、馬を並べて走りながら話をした。牧童頭は後ろを振り返り痩せた馬に二人乗りしている少年たちを見た。牧童頭が牧童たちに声をかけた。道を走る馬の群れは一塊になり体をぶつけ合って気を昂《たかぶ》らせ何頭かが道路脇の林に入ったが、牧童のひとりが群れの後ろまで下がってその何頭かを道に追い戻した。全部の馬が足を止めておおむね落ち着いたときキハーダがビリーのほうを向いた。

あんたらの馬はどれだ？　と彼はきいた。

ビリーは鞍の上で体を捻り馬の群れを見渡した。全部で三十頭ばかりの馬が陽を受けて微光する土埃のなかでじっと立ち、あるいは不機嫌そうに足を踏み替えあるいは頭をあげたり下げたりしていた。

あの大きな鹿毛と、とビリーはいった。そのそばにいる明るい色の鹿毛。あの顔に白い毛のあるやつです。それからあの後ろのほうにいる斑《ふ》入りの馬。虎斑の馬です。

群れから切り離すといい、とキハーダがいった。

はい、とビリーはいった。ボイドを振り返った。おりろ。おれにやらせてくれ、とボイドがいう。

おりろって。

やらせてあげればいい、とキハーダがいった。

ビリーはキハーダを見た。牧童頭が馬の向きを変えキハーダの横に並んだ。ビリーは片足を振りあげて鞍の前橋を跨ぎ越し地面におりて後ろに下がった。ボイドはぱっと前の騎座に飛び移り鞍の角から巻き取った投げ縄をはずして輪縄をつくり両膝で体を締めつけて馬を前に進めると、馬の群れの外周に沿って今度は後ろ向きに馬を歩かせた。牧童たちは煙草をくゆらせながらじっと見ていた。ボイドは馬の群れには目を向けずゆっくりと移動していく。右手に持った輪縄を馬の左側に垂らし道端の松の木立のそばまでくると輪縄を低い位置からすくいあげるように投げて動揺し始めた馬たちの頭越しにニーニョの首に引っかけた。引っかかると間をおかず一続きの動作で腕を高くあげてたるんだ縄が手前にいる馬の体に当たらないようにし、縄を鞍の角にくくりつけ、牝鶏が啼くような声で捕縛された馬に呼びかけてこっちへこいと優しく話しかけた。牧童たちはじっと見物しながら煙草を吸っている。

ニーニョが前に出てきた。ベイリーもあとに従い、二頭は目を大きく見開きよその馬たちを肩で搔き分けながらおずおずとやってきた。ボイドは二頭を自分の乗り馬のすぐ後ろに従えて道の端を進んだ。鞍の角にくくりつけた縄をはずしてその端を輪にし馬の群れの後ろに回ると的を見もせずに投げてトムの首に引っかけた。それから三頭の馬を引いて道の端を移動し群れから離れると、バードも含めて互いに体を押しつけ合い鼻面をあげたりおろしたりしている馬たちを止まらせた。

キハーダが牧童頭のほうを向いて何かいい牧童頭がうなずいた。それからキハーダはビリーのほうを向いた。

あんたたちの馬を連れていきなさい、と彼はいった。

ビリーは手を伸ばしてボイドから三頭の馬の手綱を受け取りそれらを握って道の真ん中に立った。書類を一枚つくってください、と彼はいった。

何の書類だね。

譲渡証書でも契約書でも送り状でもいいんです。何かそういうあなたの名前を書いた書類で、おれたちがこの土地から馬を連れていくときに証明書になるものを書いてください。

キハーダはうなずいた。自分の馬の鞍についている鞍袋の留め金をはずしなかを掻き回して小さな黒い革装の帳面を取り出した。彼は帳面を開き背の裏側に差した鉛筆を抜いて何事か書きつけた。

あんたの名前は何だ？　とキハーダはきいた。

ビリー・パーハムです。

キハーダは書いた。書き終わるとそのページを破りとり鉛筆をもとの場所に戻して帳面を閉じ紙をビリーに差し出した。ビリーはそれを受け取り読みもせずに折りたたむと帽子を脱いでリボンに紙を挟みこみまた帽子をかぶった。

ありがとう、と彼はいった。助かります。

キハーダはまたうなずき牧童頭に何かいった。牧童頭は牧童たちに号令をかけた。ボイドはかがんで地面に落ちた手綱を拾いあげ馬を道端の土埃をかぶった松林へ入れ回れ右をさせて道のほうに向かせると、その背に跨がり牧童らが馬の群れを前に進ませるのを見守った。一行は移動を始めた。体を寄せ合い列を整え目をぎょろぎょろさせる馬の群れの後ろについてしんがりを務める牧童が、林のなかで馬に跨がりほかの馬の手綱を握っているボイドに目を向けて片手をあげ小さく顎をしゃくった。それじゃあな《アディオース・カバイエーロ》、と牧童はいった。牧童は群れのあとを追って馬を走らせ、一行は山岳へ通じる道を進んでいった。

夕方二人は石灰岩の水槽に溜まっている水を馬たちに飲ませた。頭上では風車の羽根がゆっくりと回り羽根の斜めにゆがんだ長い影が高原の上で黒い回転木馬のようにゆっくりと回っていた。鞍をつけて乗っていたニーニョからビリーがおり腹帯をゆるめて息をつかせベイリーから滑りおりたボイドと一緒に水槽の蛇口から水を飲み、飲み終わるとしゃがんで馬たちが水を飲むのを眺めた。

おまえ馬が水を飲んでるとこを見るの好きだな、とビリーがいった。

ああ。

ビリーはうなずいた。おれもだ。

その書類に値打ちなんかあると思うかい？

この土地じゃ金《きん》と同じくらいの値打ちがあるだろうな。

金《きん》なんか持っててもしかたない。

ああ。そういうことさ。

ボイドは草の茎を一本むしりとって口にくわえた。

あの人、なんでおれたちに馬を渡したのかな？

おれたちのだと分かったからさ。

なんで分かったんだ？

ただ分かったんだ。

分かってて渡さないって手もあったはずだ。

ああ。そういう手もあった。

ボイドは唾を吐きもう一度草の茎を口にくわえた。馬たちをじっと見つめる。しかしまぐれ当たりもいいとこだよな、と彼はいった。おれたちの馬に出くわしたのは。

分かってるよ。

またまぐれ当たりがあると思うかい？

あと二頭を見つけるのにか？

ああ。そのことも。ほかのことも。

分からないな。

おれにも分からない。

あの子はちゃんと町に着くと思うか？

ああ。着くだろう。

うん、とビリーはいった。そうだな。

南の沙漠からやってきた数羽の野鳩が水槽のそばに人がしゃがんでいるのを見て身を翻し別の方向へ飛んでいった。蛇口から流れ落ちる水が冷たい金属的な音を立てる。西の地平線の上に積み重なった雲の下におりた太陽が金色の光をすべて吸いこんでしまい四辺の土地を青い冷たい静寂のなかに取り残した。

連中がほかの馬も持ってると思ってるんだろう？　とボイドがいった。

連中って誰だ。

分かってるはずだ。　ボキーヤの町からきたあの連中だよ。

さあな。

でもそうじゃないかと思ってるんだろ。

ああ。思ってる。

ビリーは帽子のリボンに挟んだ紙切れを抜き取って広げて読み、またたたんでもとの場所に戻すと帽子を頭に載せた。おまえ気に入らないんだろ？　と彼はいった。

気に入るやつがいると思うかい？

さあな。ちぇっ。

父ちゃんならどうしたと思う？

どうしたかは分かってるはずだ。

ボイドは口から草の茎をとりシャツのぼろぼろのポケットのボタンの穴に通し輪にして結んだ。

ああ。でももう父ちゃんは何もいわない、そうだよな？

どうかな。なんだか父ちゃんは今だって何かいってるような気がするよ。

次の日の正午ごろ二人は二頭の放れ馬を追いながらボキーヤ・イ・アネクサスの町に入っていった。ボイドが馬の番をしビリーが雑貨屋に入って頭絡をつくるための直径半インチの草を編んだ縄を四十フィート買った。ビリーが店に入ったときカウンターの後ろにいる女は一巻きの布からある長さ分だけ切り取ろうとしていた。巻いた布を顎の下に挟み腕の長さを巻き尺代わりに必要な分だけ繰り出し、カウンターの上で直定規とナイフを使って切り取り、折りたたんでひとりの若い娘のほうへ押して寄越した。娘がひとつまたひとつとペソやスペイン統治時代のトラコスの銅貨や皺くちゃの紙幣を出し、それを数えた店の女のどうもありがとうという挨拶を聞くと、布を小脇に抱えて出ていった。女は窓辺へいって娘の後ろ姿を見送った。あの布は親父さんに買っていくんだよ、と女はいった。いいシャツができるだろうねとビリーがいうと女はシャツじゃなくてお棺《かん》のなかに敷くのさといった。ビリーも窓の外を見た。あそこのうちはお金の余裕なんかないのにと女はいう。大農園主の奥さんの下で働くうちに贅沢を覚えちまったんだよ、自分の嫁入り資金をはたいてあんなものを買いにきたりして。娘は布を抱えて土埃の立つ通りを横切っていった。街角に立っている三人の男が近づいてくる娘から目をそらしそのうち二人が通り過ぎていってしまう娘の後ろ姿をじっと見送った。

ビリーとボイドは白い漆喰を塗った陽干し煉瓦の塀が落とす影のなかに坐り屋台で買ってきた油の染みこんだ茶色い紙に包んだタコスを食べた。犬はじっとそれを見ていた。ビリーは食べ終えたあとの包み紙をくしゃくしゃに丸め両手をジーンズで拭くとナイフを取り出し縄を両手で握って腕を広げ必要な長さを測った。

ここでつくるのかい？ とボイドがきいた。

そうさ。なんでそんなこと訊く？ どっかで一緒につくろうって誰かと約束してるのか？

あっちの並木の処へいかないか？

ああいいよ。

連中はなんで馬に焼き印を押さなかったと思う？

さあな。またすぐ売るつもりだったのかもしれない。

おれたち押しといたほうがいいんじゃないかな。

いったいどうやって押すんだ？

さあ。

ビリーは縄を切り取りナイフを置いて頭絡を結び始めた。ボイドはタコスの最後の一かけらを口に入れて嚙んだ。

このタコス、何が入ってると思う？ とボイドがきいた。

猫の肉だよ。
猫の肉？
ああそうさ。見ろよ、おまえを見てる犬がどんな顔してるか。
そんなことあるもんか。
そのへんに猫が一匹でもいたか？
暑くて出てこないだけだ。
陽陰に一匹でもいたか？
どっかほかの場所にある陽陰で寝てるんだ。
どっかほかの場所で猫を何匹見た？
兄ちゃんが猫を食うはずない、とボイドはいった。おれが食うとこを見るためでも。
おれは食うよ。
いや食うはずない。
よっぽど腹が減ってたら食うさ。
今はそんなに腹が減ってないだろ。
さっきは腹ぺこだったよ。おまえもそうだったろ？
ああ。でも今は減ってない。なあ、おれたち猫なんか食ってないよな？
食ってないよ。

もし猫だったら兄ちゃん分かるかい？

ああ。おまえにだって分かる。あっちの並木へいきたいんじゃなかったのか？

兄ちゃんを待ってたんだ。

蜥蜴だったんだよ、とビリーはいった。蜥蜴の肉は鶏肉と区別がつかないんだぜ。

ちぇっ、とボイドはいった。

二人は四頭の馬を追い立てて通りを渡り幹を白く塗った並木の木陰に入り、馬が逃げそうになったとき捕まえやすいようにかぶせておく引き綱を長めにした無口頭絡をビリーがつくり、そのあいだボイドは乾いた鼠の毛のような草の上で犬を枕代わりにし帽子を顔にかぶせて眠った。午後の街路は人通りがまったくなかった。ビリーは三頭の馬に頭絡をつけて木に繋ぎ自分も草むらの上へいって長々と寝そべり、やがて眠りに落ちた。

夕方近く、分不相応とも思えるほど立派な馬に乗った男がひとり通りの並木の向かい側で馬の歩みを止め、眠っている二人の少年とそのそばにいる四頭の馬を眺めた。男は馬から身を乗り出して唾を吐いた。それから方向を転じて元きた道を引き返していった。

目を覚ましたビリーは半身を起こしてボイドを見た。ボイドは横向きに寝て犬を両腕で抱いていた。ビリーは手を伸ばして地面に落ちているボイドの帽子を拾った。犬が片目を開けて彼を見た。通りの向こうから馬に乗った男が五人やってきた。

ボイド、とビリーはいった。

ボイドが半身を起こし手探りで帽子を捜した。

きたぞ、とビリーがいった。立ってバードの処へいき鞍の腹帯を締め手綱を木の枝からはずして鞍に跨がった。ボイドは帽子をかぶりほかの馬の処へいく。繋いだ引き綱をはずしてニーニョを引き、小さな鉄のベンチの前までくるとその上にあがり馬を止めることなく一続きの動きで片脚を振りあげて鞍をつけない馬の背に飛び乗り、向きを変え、何本かの木のかたわらを通り過ぎて通りに出た。馬に乗った男たちがやってきた。ビリーがボイドの顔を見る。ボイドは両方の掌を馬の鬐甲《きこう》（両肩甲骨間の隆起）に当て軽い前のめりの姿勢でじっと坐っている。ビリーは身を乗り出して唾を吐き手首の外側で口を拭いた。

男たちはゆっくりと近づいてきた。木の下にいる馬たちには目もくれなかった。片腕の男を除けばみなまだ齢若く銃を持っている者は一人もいないようだった。

またあの野郎だぜ、とビリーがいった。

連中の親玉だな。

おれは親玉ってほどじゃないと思うな。

なんで？

親玉なら自分でここへきやしない。下っ端を寄越すはずだ。ほかの連中に見覚えはあるかい？

いや。なんで？

ただおれたちが相手にしてるのがどのくらいでかい集団かなと思っただけさ。

前と同じ装飾模様のついたブーツを履き同じてっぺんの平たい帽子をかぶったあの同じ男がビリーたちを迂回するように馬の進路をわずかに脇へ向け変えた。それからすぐにもとに戻した。それからビリーたちの前で馬を止めうなずきかけてきた。やあ《ブエノ》、と男はいった。

おれの書類を返してくれ《キエーロ・ミス・パペーレス》、とビリーがいった。

後ろにいる若い男たちが顔を見合わせた。片腕の男はビリーたちにじっと目を据える。男はおまえさんたち狂ってるのかと訊いた。ビリーは答えなかった。ポケットから紙切れを取り出して広げた。送り状を持ってるんだとビリーはいった。

どこが出した送り状だね《ファクトゥーラ・デ・ドンデ》？　と男はきいた。

バビコラ大農園《デ・ラ・バビコラ》。

男はビリーに目を据えたまま首を少しひねって地面の土埃の上に唾を吐いた。バビコラ《ラ・バ》大農園《ビコラ》ね。

ああ《シ》。

誰の署名がある《フィルマード・ポル・キエン》？

セニョール・キハーダの署名がある《フィルマード・ポル・エル・セニョール・キハーダ》。

男は顔色ひとつ変えなかった。キハーダは役人じゃない《キハーダ・ノ・エス・アルグワシール》。

でも大農園の支配人《エス・ヘレンテ》だ、とビリーはいった。

片腕の男は肩をすくめた。両端を結び合わせた手綱を鞍の角に引っかけて手を差し出した。見せてくれ《ペルミータメ》、と彼はいった。

ビリーは紙切れをたたんでシャツのポケットに入れた。あと二頭の馬を返してもらいにきたと彼はいった。男はまた肩をすくめた。協力することはできない。アメリカからぽっとやってきた連中に協力するわけにはいかないといった。

あんたの協力なんかいらない、とビリーはいった。

なんだと《コモ》？

ビリーはすでに手綱をさばいて馬に右を向かせ通りの真ん中へ進み始めていた。そこにいろ、ボイド、と彼はいった。片腕の男は右側にいる男のほうを向いた。あの三頭の馬を連れてこいといった。いいか任せたぞ《テ・ロス・エンカルゴ》。

そこにいる馬に手出しするなよ《ノ・トーケ・エソス・カバーヨス》、とビリーはいった。

なに《コモ》？　と片腕の男がいった。なんだと《コモ》？

ボイドも木の下から馬を出した。

そこにいろってのに、とビリーがいった。いったとおりにしろ。

二人の若い男が繋いである二頭の馬のほうへ進んできた。三人目がボイドの馬に向かっていったがボイドは馬の脇腹にブーツの踵を当てて男の横をすり抜け通りに出た。

「戻れ」とビリーがいった。

三人目の若者が手綱をさばいて馬の向きを変えた。片腕の男を見る。ニーニョが目をぎょろつかせて足を踏み鳴らし始めた。片腕の男は手綱を口にくわえ手を伸ばして腰のホルスターの留め金をはずしにかかった。ニーニョのぎろぎろ動く目が通りにいる馬たちに嫌な知らせを告げたのか片腕の男の馬も横歩きをし始め首を振り立てた。ビリーがむしり取るように帽子を脱ぎ馬に鋭く蹴りを入れ前に飛び出しざま片腕の男の馬の眼前で帽子を一振りすると馬は後足で棒立ちになり次いで腰を落として二歩後ろに下がった。片腕の男が鞍の大きな平たい前橋をつかんだちょうどそのとき馬がまた後ろに下がり、体を九十度回して後ろ向きにどうと倒れた。ビリーが馬をいきつ戻りつさせると馬は片腕の男の帽子を踏みつけひっくり返し、蹴飛ばした。振り返るとニーニョも後足立ちになりボイドがブーツの踵で馬の脇腹を締めつけて腰を浮かせていた。片腕の男の馬は四肢の膝を折り曲げて足掻き、もがきながら跳ねあがるように立つと、先を結び合わせた手綱を引きずり鐙をぱたぱた腹に打ち当てながら通りを駆けていった。片腕の男は道に倒れたままだった。目を左右に走らせて周囲の馬の敵意に満ちた動きを眺めていた。男は踏みつぶされて道に転がっている自分の帽子を見た。

拳銃も道に落ちていた。牧童のうち二人は並木の下で二頭の馬の引き綱を引っ張り飛び出そうとする馬を抑え、三人目が馬からおりて片腕の男を助けにいった。四人目の男が首をめぐらし、拳銃に目をとめた。ボイドは手綱を振りあげてニーニョの頭の前へ回しながら同時に馬から滑りおり拳銃を通りの真ん中へ蹴飛ばした。ニーニョはまた後足で立ってボイドの体を地面から引きあげそうになったが、ボイドは手綱を引いて馬の上体を押しとどめ、こちらを向いた牧童の馬の前へ進み出てその馬の二つの鼻の穴に指を突っこむと、馬は嫌がって首を振りながら後ずさりした。ボイドはニーニョを通りの真ん中に引き出しかがんで拳銃を拾いベルトに差すと、ニーニョのたてがみをつかんでその背に飛び乗り向きを変えた。

ビリーは通りの真ん中に立っていた。牧童がまたひとり馬からおり、先のひとりとともに地面に膝をついて片腕の男の上体を起こそうとした。だができなかった。二人の牧童は片腕の男の体を支えて立たせたが片腕の男はすぐに骨のない人間のように片側へずるりと崩れ二人の腕のなかに倒れこんだ。二人の牧童は男が気を失っただけと考えたのか声をかけたり頬を叩いたりした。通りに野次馬が集まり始めた。残った二人の牧童も馬からおり手綱を地面に捨てて駆けつけてきた。

そんなことしたって無駄だ、とビリーがいった。

牧童のひとりが首をめぐらしてビリーを見た。え？《コモ》

そんなことしたって無駄だ《エス・イヌーティル》、とビリーはいった。背骨が折れてるんだ。《セ・ケブロ・エル・エスピナーソ》

何だって？《マンデ》

背骨が折れてるんだよ。

ビリーとボイドは町の北一マイルの処で道からはずれて西に進み川にいき当たった。牧童たちが片腕の男の介抱をしているあいだにボイドが馬を追い立てたので二人は今あの場にいた馬全部を連れてきていた。辺りはかなり暗くなっていた。二人は川原の砂利の上に腰をおろして冷えていく空を背景に黒く浮かびあがった川のなかの馬の群れを眺めた。犬も川に入って水を飲み頭をもたげて二人を振り返った。

これからのこと、何か考えはあるか？　とボイドがきいた。

いや。ない。

二人は全部で九頭の馬を眺めていた。

岩場に逃げこんだ蜥蜴《とかげ》でも見つけちまうやつがいるかもしれない。

ああ、いるかもな。

連中の馬はどうする？

わからない。

ボイドは唾を吐いた。

連中の馬を返してやったらおれたちのことは放っとくかもしれないな。

馬鹿いえ。

連中、明日の朝まで待つはずないぜ。

分かってる。

どんな目にあわされるかな？

だいたい想像はつくよ。

ボイドが石をひとつ川に投げた。犬が首を回して石の飛んでいく方向を見る。

夜、こいつらを逃がさないように追い立てていくのは無理だ、とボイドがいった。

そんなことするつもりはないよ。

じゃどうするつもりかいってくれ。

ビリーは立ちあがって水を飲んでいる馬たちを見やった。連中の馬を切り離してあの小山の向こうへ連れてってボキーヤへ帰らせるんだ。あっちで放せば勝手に帰っていくはずだ。

分かった。

拳銃をこっちへくれ。

どうするんだ？

あの片腕の男の鞍袋へ入れとく。

あいつ、もう死んでると思うかい？

まだ死んでなくたってじきに死ぬ。

じゃ返しても返さなくても同じじゃないのか?

ビリーは川のなかの馬たちを見やった。それからボイドを見た。ああ、とビリーはいった。おんなじならおれに寄越したっていいだろう。

ボイドはベルトから拳銃を抜き手渡した。ビリーはそれを自分のベルトに差し川に入ってバードに乗り片腕の男や牧童たちの馬五頭を切り離して川から追い立て岸にあげた。

おれたちの馬がついてこないようにしろよ、とビリーがいった。

ついてくわけない。

おれが留守するあいだはよその人間を近づけるな。

早くいけよ。

焚き火を焚くのもだめだ。

いけったら。おれは薄のろじゃない。

ビリーと五頭の馬はやがて小山の向こうへ消えた。陽が落ちて高地の長い涼しい黄昏どきが始まった。残された三頭の馬も一頭ずつ川からあがってきて土手に生えている餌として最適の草を食べた。ビリーは辺りがすっかり暗くなってから帰ってきた。平原からまっすぐボイドのいる川原へおりてきた。

ボイドは立ちあがった。えらくゆっくりしてきたじゃないか、と彼はいった。

ああそうさ。用意はいいか。

そっちの用意ができるの待ってるんだ。

よし、じゃいこう。

二人は馬を集め川の対岸へ追いあげて山のほうに向かった。周囲の平原は青く生命の気がまったくなかった。西の空には細く尖った月が背を下にした杯のような形でかかりその真上で船の上へ落ちていく星といった風に金星が明るく輝いていた。二人は川からたえず一定の距離をとって広々とした平原を一晩中進み、朝方川から一マイル西に離れた低い隆起の上の樹木が黒いぼろぼろの屍を晒している林の焼け跡へやってきた。二人は馬からおりて水を捜したが見つからなかった。

前は水があったはずなんだ、とビリーがいった。

火事で干あがっちまったんだろう。

泉とか湧水とか。何かあるはずだ。

でも草が生えてない。なんにもないんだ。

この焼け跡はだいぶ古い。火事があったのは何年も前だ。

どうする？

我慢するさ。もうすぐ夜が明ける。

分かった。

おまえ寝具をおろせよ。おれはしばらく見張りをする。

寝具なんて上等なものがありゃいいと思うよ。ならず者は身軽な旅をするのさ。

二人で馬を繋ぎ終えるとビリーは黒焦げの木々のあいだにショットガンを抱えて坐った。

月はとうに沈んでいる。風はない。

あいつニーニョの書類を持ってて、馬もないのにどうする気だったんだろ？　とボイドがいった。

さあな。適当な馬を見つける気だったのかもな。さあ寝ろよ。

どうせ書類なんか何の値打ちもないのに。

ああ分かってる。

ええいくそ、腹が減った。

おまえいつから汚い口きくようになった？

食い物が口に入らなくなってからさ。

水でも飲んどけ。

飲んだよ。

じゃ寝ろ。

すでに東の空が薄く白み始めていた。ビリーが立ちあがって耳をすました。

何が聞こえた？　とボイドがきいた。

なんにも。

ここ、気味の悪い場所だな。

ああ。もう寝ろよ。

ビリーは腰をおろしてショットガンを膝の上に横たえた。平原で馬が草を食う音が聞こえていた。

もう寝たか？　とビリーがきいた。

いや。

書類は取り戻したぜ。

ニーニョの書類かい？

ああ。

嘘つけ。

いや、ほんとだ。

どこにあったんだ。

鞍袋のなか。拳銃を戻そうとしたとき、見つけた。

へええ。

ビリーはショットガンを抱えたまま馬の立てる音とその向こうに広がる世界の沈黙に聞き耳を立てていた。しばらくしてボイドがいった。拳銃は戻したのかい？

いや。

なんで?

身につけてるのか?

ああ。さあもう寝ろ。

明るくなるとビリーは立って木立の外に出て周囲の土地の様子を見にいった。犬もむっくり起きあがってついてきた。小山のてっぺんへいってしゃがみ地面に立てたショットガンに体の重みをかけた。一マイルほど離れた平原で淡い色の牛の群れが草を食べながら北へ移動していた。ほかには何もなかった。木立へ戻って眠っている弟を見おろした。

ボイド、と彼は声をかけた。

うん。

出かけるぞ。

ボイドは半身を起こして周囲を見た。ああ、と彼はいった。

北へいって例のエヒードへ戻る手もある。あのおかみさんがかくまってくれるだろうよ。

いつまでかくまってもらうんだい?

分からない。

明日あの子と落ち合う約束になってるんだぜ。

分かってる。でも仕方ないだろ。

農園までどのくらいかかるかな？

さあな。いくぞ。

北を指して進んでいくとやがて川が見えてきた。川岸の木立のそばで牛の群れが草を食べていた。二人は馬を止め南の起伏の激しい高原を振り返った。

ショットガンで牛が殺せるかな？　とボイドがきいた。

充分に近づけばな。殺せるさ。

拳銃だとどうだい？

撃って当たりそうなとこまで近づきゃ当たるよ。

どのくらいまで？

おれたちは牛なんか殺さない。さあこい。

何か食わなきゃ。

分かってる。こいよ。

川までくると浅瀬を渡り対岸に道はないかと捜したが道などなかった。川に沿って北上し昼下がりに灰色の泥でできた粗末な家が十軒ばかり建ち並ぶサン・ホセという村に着いた。二頭の馬を引いて轍のついた通りを進んでいくと何軒かの家の低い戸口から女が警戒の目で外を窺った。

なんか様子が変だけど何だと思う？　とボイドがいった。

さあな。

おれたちをジプシーだと思ってるのかな。

馬泥棒と思ってるのかもしれないぜ。

低い屋根の下から一頭の山羊が瑪瑙《めのう》のような目で二人を見つめていた。

お《アイ》、山羊《カブロン》だ、とビリーがいった。

なんだかおかしな村だな、とボイドがいった。

何か食べさせてくれるという女の家で二人は固い土の床に敷いた筵《むしろ》に坐り窯で焼いていない自家製の粘土の椀で冷たいアトーレ（玉蜀黍の粉に水と牛乳を混ぜて作る重湯）を飲んだ。椀の底に残ったものをトルティーヤで拭い取ると砂と粘土がついてきた。二人は金を払おうとしたが女は受け取らなかった。ビリーは子供に何か買ってやってくれと重ねて申し出たが子供はいないと女はいった。

その夜は川縁のヒロハハコヤナギの木立のなかで野営することにし馬を川原の草の繁みに繋ぐと二人とも服を脱ぎ夜の川で泳いだ。水は冷たくさらさらと絹のような感触を肌に伝えた。犬は岸に蹲って見物していた。朝、ビリーは夜が明ける前に起き出し川原へいってニーニョの縄をほどき木立まで引いてきて鞍をつけショットガンを手に跨がった。

どこへいくんだ？　とボイドがきいた。

食い物を捜してくる。

分かった。

ここにいろ。すぐ戻ってくる。

おれがどこへいくってんだい？

知るもんか。

誰かきたらどうすりゃいい？

誰もきやしない。

もしきたら？

ビリーはボイドを見た。毛布を体に巻きつけてしゃがんでいるボイドはひどく痩せてぼろぼろに見えた。ビリーはボイドをじっと見つめ、それからヒロハハコヤナギの仄白い幹のあいだからのぞく明け方の薄光に浮かびあがり始めた起伏の激しい荒涼たる草原を見やった。

たぶんおまえ、拳銃を置いてってほしいと思ってるんだろうな。

置いてってくれるとありがたいな。

撃ち方は知ってるのか？

ちぇっ、知ってるよ。

安全装置は二つあるんだぜ。

分かってる。

よし。

ビリーは鞍袋から拳銃を取り出し手を下に伸ばしてボイドに渡した。

薬室に一発はいってるぞ。

分かった。

撃つなよ。弾はその一発と弾倉に入ってる分しかないからな。

撃つつもりはないよ。

そんならいい。

どのくらい長くいってくる？

そんなに長くかからない。

分かった。

ビリーは鞍の前橋にショットガンを寝かせて川下へ向かった。薬室に入っていた鹿弾を抜き鞍袋を探って見つけ出した二発の五号弾のひとつを装塡しもうひとつはシャツのポケットに入れてボタンをかける。彼はゆっくりと馬を進めながら木の間越しに見える川の流れを眺めていた。一マイルほど下った処で川面に浮く数羽の鴨を見つけた。ビリーは馬からおりて手綱を地面に落としショットガンを抱えて川縁の柳の木立に忍び足で入っていった。帽子を脱いで地面に置いた。背後で馬が低くいなないたので振り返って口のなかで毒づき、またそっと腰をあげて川面を見やった。鴨はまだそこにいた。白鑞《しろめ》色の静かな水の面で三羽の鈴鴨がじっと静止していた。水面からは薄い煙のような靄が立ちのぼっていた。ビリーは用心深く柳の木立のなかを進みながら徐々に腰を落としていった。また馬がいないた。鴨が飛び立った。

ビリーはすっくと背を伸ばして振り返った。馬鹿野郎、と彼は怒鳴った。だが馬は彼のほうを見ていなかった。川の対岸を見ていた。ビリーがそちらに目をやると五人の男が馬に乗ってやってくるのが見えた。

ビリーは地面に這い蹲《つくば》った。一行は対岸の木立のなかを一列縦隊で上流に向かって進んでいた。こちらの姿はまだ見られていないはずだった。飛び立った三羽の鴨は新しい陽光に照らされながら何度か旋回し、下流のほうへ飛び去った。男たちはちょっと見あげただけだった。ニーニョは柳の木々の隙間から丸見えのはずだったが男たちがこちらに目を向けずニーニョもう声を出さなかったので、男たちはそのまま上流の木立のなかへ消えていった。

ビリーは立って帽子をつかみ押しつけるように頭にかぶると、馬を驚かさないようそっと引き返して手綱を拾い鞍に跨がり向きを変えて馬を軽駆けで走らせた。

ビリーは川から離れて平原に出た。ヒロハハコヤナギの木立のてっぺんの葉むらがすでに陽に染まっていた。馬を進めながら腰の後ろに手を伸ばし鞍袋のなかを探って鹿弾を捜した。川の向こうのどこにも男たちの姿は見えなかったが、やがて木に繋がれて草を食べている自分たちの馬が目に入ったとき彼は野営地のほうへ向かった。

ビリーが何もいわないうちからボイドは事情を察知して馬の処へ駆け出した。ビリーは馬からおりると毛布をつかんで巻き取り鞍の後ろにくくりつけた。ボイドが馬を追い立てながら走ってきた。

頭絡をはずせ、とビリーが怒鳴った。すっ飛ばして逃げるぞ。

ボイドが体の向きを変えた。木立のなかから出てきた馬のまず一頭目を捕まえようと片手をあげたとき、シャツの背中が赤く鐘の形に膨らみボイドは地面に倒れた。

ビリーはこのとき飛んできたライフルの弾を実際に見たのをあとになって思い出した。ヒュッと風を切る音を立てて弾がそばを飛び過ぎていく前の、時間が凍りついたようなその一瞬、片側に陽を受けて回転する小さな金属の芯を、銃腔の施条でこすられて輝く白銀色になった鉛の塊を目の前に見たのであり、その弾は弟の体を貫通して速度をやや落としたもののなお音より速く駆けて虚空が空気を吸いつける囁きに似た音と小さな衝撃波とともにビリーの左耳のすぐそばをかすめ、間一髪でビリーの命を奪い損ねて木の枝に撥ね返され、ビリーの背後の荒涼たる平原へ歌いながら飛んでいき、それから遅ればせの発射音が耳に届いてきたのだった。

響きのない貧弱な銃声は川の対岸から渡ってきて、ビリーの背後の草原でこだまをひとつ生んだ。ビリーは狂乱して立ち騒ぐ馬たちの処へ走ってひざまずき、つっぷして土を血で染めている弟を仰向けにした。なんてこった、とビリーはつぶやいた。なんてこった。ボイドの頭を地面の上から持ちあげた。ぼろぼろのシャツが血で濡れていた。ボイド、とビリーはいった。ボイド。

くそ、痛いや。

分かってる。

痛い。

川の向こうでまた銃声が弾けた。馬は木立から出て走り出し、ニーニョだけがその場にとどまって地面に引きずった手綱を踏みつけている。ビリーは音のしたほうを向いて片手をあげた。撃つな《ノ・ティーレ》、と彼は怒鳴った。もう撃つな《ノ・ティーレ》。降伏する《ノス・レンディーモス》。今すぐ降伏する《ノス・レンディーモス・アキ》。

また銃声がした。ビリーはボイドを寝かし、ニーニョのほうへ走ってそれが向きを変えて移動しようとする寸前に手綱を拾いあげた。ビリーは馬をこちら向きにしてボイドの寝ている処まで引いてくると手綱を地面に落として足で踏み、弟を抱きあげて鞍の上へ押しあげ、手綱を馬の首に引っかけて鞍の前橋をつかみ、ボイドの後ろへ跨がってふらついているボイドの腰を片腕で抱え、前かがみになってニーニョの脇腹へブーツの踵を突き当てた。

木立から平原に出るときさらに三発の銃声が弾けたがビリーは馬を全速力で駆けさせた。

血に染まった体がぐったりもたれかかってくる感触にビリーは弟が死んだと思った。平原の前方をほかの馬が駆けていた。一頭だけ遅れている馬はけがをしているらしかった。犬の姿はどこにも見えない。

間もなくビリーが追いついた馬はベイリーで後脚の飛節（膝の関節）のすぐ上を撃たれていてビリーが追い抜くと完全に足を止めてしまった。振り返るとその場にじっと立っていた。気力がすっかり抜けてしまったという風に。

一マイルほど駆けるとあとの二頭の馬をも追い越し三頭が後方に遅れる形になった。振り返ると平原の上に五人の乗り手が薄い土埃を蹴あげて激しく迫り、何人かが手綱で馬の体を鞭打ち、全員がライフルを片手で持っているのが新鮮な朝陽のなかで仮借なくはっきりと見えた。前方に目を向けても、見えるのは青い山脈の麓までずっと続いているパルミーヤの疎らな繁みが点々と染みをつくる草原だけだった。逃げこんで隠れる場所はなかった。ビリーはブーツの踵でニーニョの脇腹を強く突いた。振り返って後方に引き離されていくバードとトムを呼んだ。もう一度前方に目をやったとき遠くに風景の左から右へ土埃を巻きあげながら動いていく黒い小さな点が見え、そこに道があるのが分かった。

ビリーは前に身をかがめ弟の体をしっかりと抱えてニーニョに話しかけながらその脇腹にブーツの踵を食いこませ、鐙をぱたぱた躍らせながらがらんとした平原を疾駆した。また振り返るとバードとトムはまだついてきていたが、人を二人乗せているニーニョが疲れ始めているのは明らかだった。五人の男の姿が少しだけ遠ざかったように見え、やがてひとりが馬を止めたのが分かり白い煙がぽっとあがって響きのない小さな銃声が起こったが、すぐに空漠たる空間に呑みこまれてしまった。前方に見えた馬車かトラックはすでに遠くに姿を消し通り過ぎた印として薄い土埃を漂わせていた。

小石混じりの土の道には側溝もなくはっきりとした縁もないのでビリーはここからといけじめもなく平原からその道の上に乗っていた。ビリーは手綱を引き締め荒い息をついている馬を横向きにして止まらせた。ビリーは全速力で駆けてくるバードを捕まえにいこうとしたが、ふと南へ目をやると何もない風景のなかから古ぼけた平台型のトラックが一台、どこかの農園の作男たちを乗せてやってくるのが見えた。ビリーはバードのことはさて措きそちらへ馬を進め手を振りながらトラックに近づいていった。

トラックにはブレーキがなく運転台の男はビリーを見るとギアを一段ずつシフトさせて徐々に車を減速させていった。作男たちが押し合いへし合い荷台の前のほうへ集まってきてけがをしたボイドを見おろした。

こいつを乗せてってくれ《トメロ》、とビリーは叫んだ。乗せてってくれ《トメロ》。足を踏み鳴らし目をぐるぐる回すニーニョの手綱をひとりの男が受け取り荷台の手摺に一重結びで繋ぎとめると別の数人が手を伸ばしてボイドをトラックに引きあげようとし、また別の数人が車からおりてボイドを抱えあげるのを手伝った。血を流すということを何よりも重く見る男たちに否やはなく何があったのかと訊く者はひとりもいなかった。男たちはボイドを金髪の兄ちゃん《グウエリート》と呼び、荷台に運びあげ、手についた血をシャツの腹で拭いた。男たちのひとりが見張り役を買って出て運転台に片手をつき平原の遠くから馬を駆ってやってくる五人の男をじっと見ていた。

急げ《プロント》、とその男はいった。急げ《プロント》。

車を出してくれ《バモノス》、とビリーが運転手に大声でいった。それから前に身を乗り出し手綱を引っ張って荷台の手摺《てすり》からはずし拳の横でトラックの扉を強く叩いた。荷台の上の男たちが下におりた男たちに手を差し延べて引きあげ運転手がギアを入れるとトラックはじりじりと前進し始めた。ひとりの男が血で汚れた手を差し出してきたのをビリーはぎゅっと握った。男たちは荷台の粗削りの板の上にシャツやサラーペを敷いてボイドを寝かせていた。生死は判然としなかった。男が手に力をこめた。心配するな《ノ・テ・プレオクペス》、と男は叫んだ。

ありがとう《グラシアス》、おじさん《オンブレ》。これはおれの弟《エス・ミ・エルマーノ》なんだ。

よし走れ《バモノス》、と男は怒鳴った。トラックは低く唸りながら進んでいった。平原にいる追っ手は今や二手に分かれ、二人がトラックを追って北に向かっていく。トラックに乗った作男たちは道でじっと馬を止めているビリーに手を振り、口笛を吹き、早くいけと頭の上で腕を大きく振り回した。鞍の騎座に飛び移り鐙を足で捜し当てたビリーの脚に血を吸いこんだズボンが冷たい感触を伝えてきた。彼はニーニョを駆り立てて前に飛び出した。バードは平原の前方一マイルの処にいた。振り返って追っ手が百ヤード以内に迫っているのを知ると前に身を乗り出しニーニョの首に顔を近づけて頼んだぞと叫んだ。

平原のバードのいる処へ向かったが、追いついたときその目のなかにベイリーの目にあったのとほとんど同じ表情を認め、ビリーはバードを失ったことを知った。ビリーは追っ手を振り返り最後にもう一度バードにしっかりしろと叱咤して先へ進んだ。広々とした平原でまたライフルの響きのない遠い銃声が弾け、振り返ると追っ手のひとりが馬からおりて馬のかたわらで片膝をつき銃を構えていた。ビリーは鞍の上で身を低くして馬を飛ばした。次に振り返ったとき二人の追っ手の姿は平原の上でかなり小さくなり、最後にもう一度振り返ったときにはさらに小さくなってバードの姿もどこにも見えなかった。トムはこれ以後二度と見ることはなかった。

午前半ば、追っ手を振り切ったビリーは汗まみれの消耗しきった馬を引いて石くれだらけの涸れた川の川床を上流に向かって歩いた。馬に向かって話しかけながら固い岩の上を選んで進み、馬が砂を踏んだときは手綱を地面に落として引き返し草の束で足跡を消した。ズボンは血が乾いてごわごわになっていた。ビリーは自分のためにも馬のためにもできるだけ早く水を見つける必要があるのを知っていた。

ビリーは腹帯をゆるめて馬を待たせておき涸れた川の小高い土手にあがって腹這いになり東と南の方角へ目を走らせた。何も見えなかった。ビリーは土手からおりて手綱を拾い鞍の前橋をつかんで馬具に染みついた黒い血をじっと見つめ、それから手綱を拳に二重に巻きつけもう片方の腕を父親の馬の濡れた塩を吹いている鬐甲にあてがった姿勢でじっと立っていた。あのくそ野郎ども、何だっておれに弾を当てられないんだ？　と彼はつぶやいた。

その日の青い黄昏どきに北の遠い彼方に光をひとつ見つけたビリーは初め北極星だと思った。前に進みながらその光が地平線から離れるかどうか見ていたがもとのままなので針路をわずかに変え、疲れ切った馬の手綱を引いてその光に向かって荒涼たる平原を渡り始めた。馬がよろめくと後戻りして頭絡の頰革をつかみ、話しかけながら馬と並んで歩いた。白い塩の結晶でびっしり覆われた馬は暗くなっていく平原の上で何か不思議な怪物のように輝いていた。喋ることが何もなくなるとビリーは馬にいくつもの物語を語って聞かせた。幼いころ祖母から聞いた物語をスペイン語で語り、覚えている限りの話が尽きると歌を歌って聞かせた。

削りに削られて最後に残った細い月が遠い西の山並の上にかかっていた。金星はすでに位置を変えてそこにはなかった。暗くなると夥しい星の群れが空いちめんに薄機《うすはた》を広げた。これほどたくさんの星が何のためにあるのか、ビリーには想像もつかなかった。一時間ほど歩いたところで彼は足を止め馬の体が乾いているのを確かめてからその背に跨がりまた先へ進んだ。めざす光を捜したが見つからないので星で自分の位置を確かめながらしばらく進んでいくと黒い小山の陰に隠れていた光がまた現れた。ビリーは歌うのをやめてお祈りの仕方を必死で思い出そうとした。だが思い出せず、結局ただボイドに向かって祈った。死なないでくれ、と彼は祈った。おれにはおまえしかいないんだ。

真夜中近くにいき当たった柵を東にたどるとやがて門の処にきた。ビリーは馬からおり手綱を引いて門をくぐりその門を閉めるとまた馬に跨がって薄灰色の道をたどり目ざしてきた光のほうへ向かったが、その光のある辺りにいた数匹の犬が起きあがり唸りながらこちらに向かってきた。

家の戸口に現れた女は若くはなかった。革命戦争で両目をなくした夫と一緒に牧場の屋敷から離れたこの小屋に住んでいるのだと女はいった。女が犬を怒鳴りつけて追い払い一歩脇へ寄って招き入れてくれた家のなかに足を踏み入れると、天井の低い狭い部屋のなかでその夫が誰か偉い人を出迎えるために起きてきたといった風に立っていた。誰《キエン・エス》だね？と老人はいった。

女が道に迷ったアメリカ人だというと老人はうなずいた。老人が体の向きを変えたとき一瞬その深く皺の刻まれた顔に石油ランプの明かりがまともに当たった。どちらの眼窩《がんか》にも目がなく瞼がきゅっと窄《すぼ》まったように閉じているのが絶えず苦悩に満ちた沈思に浸っているといった印象を与えていた。まるで数々の古い過ちが常に心に去来して離れないといった風だった。

ビリーと老人が緑色に塗られた松材のテーブルにつくと女がカップに注いだ牛乳を持ってきた。ビリーはこの世に牛乳というものがあることすら忘れかけていた。女はマッチをすって石油ストーブの丸い芯に火をつけ炎の高さを調節してからその上に薬罐をかけ湯が沸くと卵をスプーンでひとつずつ薬罐に入れてまた蓋をした。盲目の老人はぴんと背筋の伸びたしゃちほこばった姿勢で坐っていた。まるで老人のほうが客のようだった。茹であがった卵を女は椀に入れ自分も腰をおろしてビリーが食べるのを眺めた。ビリーは卵をひとつ取りあげるとあっという間に殻を剝いて腹に納めてしまった。女はにっこりと笑った。

卵はうまいかね《レ・グスタン・ロス・ブランキーヨス》？　と老人がきいた。

ええ《シ》。おいしいです《クラーロ》。

三人は黙って坐っていた。椀のなかで卵が湯気をあげていた。笠のない石油ランプの明かりを受けて三人の顔は仮面のように宙に浮いていた。

なああんた《ディーガメ》、と老人がいった。いったいどうしたんだね《ケ・ノベダーデス・ティエーネ》？

ビリーは自分はこの国へ盗まれた家族の馬を取り戻しにきた、弟と一緒にきたのだが離れ離れになってしまったと話した。目の見えない老人はもっとよく話を聞こうとするように首を傾けた。老人は革命のその後の展開について知りたがったがビリーはそれについては何も知らなかった。すると老人は今は田舎のほうは平穏だがこれは必ずしもいい兆候ではないといった。ビリーは女を見た。女は重々しくうなずいて同意した。彼女は夫の考え方を非常に尊重しているようだった。ビリーはまたひとつ卵をとり椀の縁で殻を割って剝き始めた。彼が食べているあいだに女は自分たちの身の上を話して聞かせた。

女は自分の夫は貧しい家に生まれたといった。貧しい家に生まれた《オリヘネス・ウミルデス》の、と彼女はいった。目を失ったのは一九一三年、ドゥランゴの町でだった。その年の初めに東の地方へ馬で出かけていきマクロビオ・エレーラの指揮する軍隊に入り次の年の二月三日にナミキパで戦い町を占領した。四月にはドゥランゴでコントレーラスやペレイラに指揮された反乱軍と一緒に戦った。政府の武器庫にはフランス製の古い半カルヴァリン砲が一門あり老人はそれの係に任命された。町を制圧することはできなかった。夫は逃げることもできたのだと女はいった。だが、彼は持ち場を離れなかった。彼はほかの多くの仲間とともに捕虜となった。捕虜には政府への忠誠を誓う機会が与えられたがそれを拒んだ者は裁判も何もなく壁の前に立たされて銃殺された。反乱軍の兵士のなかにはいろいろな国の人間がいた。アメリカ人にイギリス人にドイツ人。それから聞いたこともないような国からきた人間。だがそれらの外国人たちも壁の前へいき恐ろしいライフルの一斉射撃を浴びて濛々《もうもう》たる硝煙のなかで死んでいった。彼らは声もなく倒れて互いに折り重なり背にした壁の漆喰を心臓から飛び散った血で染めた。老人はそれを見たのだった。

ドゥランゴを防衛する側にはもちろん外国人は数少なかったけれども、そのなかにこんな男がいた。それはヴィルッツというウエルタ派（ウエルタは一九一一年に樹立された革命政府を一三年二月に倒して大統領に就任した将軍）のドイツ人で反革命政府軍の大尉をしていた。捕らえられた反乱軍兵士はフェンスの針金でおもちゃのように互いに繋がれて通りに立たされていたが、このドイツ人は自分の背後で虐殺が続けられているあいだずらりと一列に並んだ捕虜の前を歩き、背をかがめて一人ひとりの目を覗きこみ死が発酵していく様を窺い見るのだった。ドイツ訛りはあるもののスペイン語を流暢に話すこの男が砲手であった老人に向かって、こんな間違ったしかも勝ち目のない大義のために死ぬのはよっぽどの馬鹿だけだというと、老人は相手の顔に唾を吐きかけた。するとそのドイツ人はひどく奇怪なことをした。彼はにやりと笑って口のまわりの唾を舐めとった。たいそう大柄な男で手も大きかったが男はその大きな両手を伸ばして若い捕虜の頭を挟みつけるとまるでキスでもするように自分の顔を相手の顔に近づけたのだ。だがそれはキスではなかった。捕虜の顔を両手で抑えて背をかがめたところはフランスの軍隊でやるような両側の頬へのキスのようにも見えたが、そのドイツ人がしたのは頬をきゅっと窄めて相手の目玉をひとつずつ吸い出し吐き出すことだったのであり、こうして若い砲手の頬の上に濡れた二つの目玉が紐のような神経をだらりと伸ばしてぶら下がりゆらゆら揺れるという奇怪な事態が生じたのだった。

　若い砲手はそんな姿で立っていた。痛みもひどかったがこの今目にしている解体してしまった世界がもう絶対にもとには戻らないという苦悶のほうがずっと大きかった。目に触ることはできなかった。彼は絶望の叫び声をあげ両手を体の前で振り立てた。敵の顔を見ることはできなかった。光を奪い暗闇をつくり出した男の顔を見ることはできなかった。彼に見えたのは足もとの踏み荒らされた土だった。捕虜たちのブーツのごちゃごちゃとした集まりだった。彼には自分の口が見えた。捕虜たちが向きを変えて歩き出したとき仲間が彼の腕をつかんで支えてやったが彼の足もとで地面は激しくぐらぐらと揺れるのだった。こんなことは誰も見たことがなかった。みんなは畏れに圧倒されて囁き合った。彼の頭蓋骨にあいた赤い二つの穴はランプのように輝いていた。まるでその奥深くに隠れていた火が悪魔によって引き出されたといった風だった。

みんなはスプーンで目玉を眼窩に戻してやろうとしたがうまくいかず、目玉は彼の頬の上で放置された葡萄のように乾いていき世界は次第に暗くなり色を失いやがて完全に消えてしまった。

ビリーは盲目の老人を見た。老人はまっすぐ背筋を伸ばして無感動の態で坐っていた。女はしばらく黙っていた。それからまた話を続けた。

もちろん盲人にされていなかったら壁の前に立たされていたのは間違いないのだからあのヴィルツという男は命を助けてくれたのだという者もいた。また銃殺されていたほうがましだったという者もいた。当の本人にどう思うかと訊く者はいなかった。牢屋の冷たい石の床に坐っているうちに光は消えていき、ついに彼は真の闇のなかにいた。目玉が乾いて萎び目玉をぶら下げていた視神経も乾いて世界が消え去るに至ってようやく眠れるようになった彼は反乱軍の一兵士として馬で山越えをしたときに見た風景や極彩色の鳥や野生の花を夢に見、山村の道端に立っていた裸足の若い娘たちの希望をたたえた、世界そのもののように深い黒々とした瞳を夢に見、人間の未来が日ごと本稽古に立ち張り子の頭蓋骨をかぶり骨格の図柄を描いた黒い襦袢《じゅばん》を着た死に神役の男が脚光を浴びながら舞台をゆきし朗々と台詞を聞かせるメキシコの青いぴんと張りつめた空を夢に見た。

これが二十八年前のこと《アセ・ベインティオーチョ・アニョス》、と女はいった。いろんなことがすっかり変わった《イ・ムーチョ・ア・カンビアード》わ。でもどれだけ変わっても何もかももとのままなのね《イ・ア・ペサール・デ・エソ・トド・エス・ロ・ミスモ》。

ビリーは手を伸ばして椀にひとつ残った卵をとり殻を割って剝きだした。すると盲目の老人が口を開いた。老人はそれはまったく逆で変わったものは何もなかったがすべてが違ってしまったといった。世界は神が毎日つくり変えるから毎日新しい。しかしその世界の内側にはいつも前と同じだけの、前より多くも少なくもない邪悪なものが含まれているといった。

ビリーは茹で卵を嚙った。そして女を見た。女は老人がさらに何かいうのを待ったが老人が何もいわないので最前からの話を続けた。

反乱軍が戻ってきて六月十八日にドゥランゴの町を制圧したので老人は牢屋から出されたが町の周辺からは政府軍の兵士らを狩り立てて撃ち殺す銃の音が谺してくるのだった。

老人は通りに立ちつくして自分の知っている声が聞こえてこないかと耳をすました。

あんたは誰だい《キエン・エス・ウステ》、そこの目の悪い人《シエーゴ》？　と誰かがきいた。老人は名前をいったが知っている者は誰もいなかった。誰かが木の緑色の枝を一本切ってくれたので老人はこの杖をたったひとつの持ち物としてひとりで歩き出しパラールの町へ向かっていった。

老人はまるで日輪を礼拝する者のように目には見えない太陽へ顔を向けることで時刻を知った。周囲の物音や人の声。夜気の冷たさや湿り気。鳥の声や肌にその日初めて当たる陽の暖かさなどを手がかりにした。道筋の住人は家から水や食べ物を持ってきて彼にくれた。毛を逆立てて唸る犬は誰かが追い払ってくれた。盲目であることが自分に与えている一種の権威に彼は驚いた。どんなことにも不自由することはないように思われた。

その地方に雨が降って道端に野生の花が咲いた。老人は杖の先で路上の轍を探りながらゆっくりと旅を続けた。ブーツはとうの昔に盗まれていたので道行きの初めのころはずっと裸足で彼の心には絶望が満ちていた。満ちていたどころではない。彼の内側に間借り人のように住みついていた。寄生生物のように彼自身の実質の一部を追い出しその実質が占めていた空間の形に自分の形を合わせてぴったりと納まっていた。それが喉に巣くっているのを彼は感じた。彼はものを食べることができなかった。暗い世界から誰のものとも知れない手によって差し出される器の水を啜りその器をまた暗闇へと返すだけだった。牢屋からの解放は彼にとってほとんど何の意味もなく彼には自由がただの呪いとしか感じられないこともしばしばであり、そのようにして彼は道の面《おもて》を叩きながらとぼとぼと北のパラールの町を目指して進んでいったのだった。

ひとりで旅に出た最初の日の寒く暗い夜には雨が降ったが、彼が歩みを止めてじっと耳をすましていると荒野を渡ってくる雨脚が聞き取れるのだった。濡れたクレオソートノキの匂いが風に運ばれてきた。道端にたたずみ顔をあげた彼がこのとき考えたのは、自分とは無縁のものになったこの世界からは風と雨以外に自分に触れてくるものがもう何もないということだった。愛情であれ敵意であれ、感情をこめて自分に触れてくるものはもうない。彼と世界を結ぶきずなは峻厳な掟《おきて》に支配されるようになった。彼が動けば世界も動くが彼は世界に近づくことができずまた世界から逃れることもできないのだ。彼は道端の草むらに坐りこみ雨に濡れながら噎《むせ》び泣いた。

三日目の朝フワン・セバーヨスの町にやってきた彼は道の真ん中で杖を高く差しあげて立ち止まり、体の向きを変え、窄《すぼ》まった目をさらに窄めてじっと聞き耳を立てた。だが犬の群れはすでに逃げ去りかわりにひとりの女が彼の右側へきて手を引いてあげようと申し出たので彼は手を差し出した。

どこへいくの？　と女がきいてくる。

彼は分からないと答えた。道が続くかぎり先へ進むつもりだ。風の吹くまま。神のご意志のままにと、そういった。

神のご意志のままに《ラ・ボルンター・デ・ディオス》、と女はいった。まるでそれを選んだという風に。

女は彼を家に連れていった。彼は粗削りの板でつくったテーブルに坐りポソレと果物を勧められたがいくら促されても食べることができなかった。どこからきたのかと女は訊いたが、自分の境遇を恥じていた彼はどんな風に災難が自分の身に降りかかったのかどうしても話そうとはしなかった。生まれつき目が見えないのかと訊かれたとき彼はひとしきり考えてからそうだと答えたのだった。

その家を出たとき彼は足に古い継ぎはぎだらけのサンダルを履き肩に薄っぺらなサラーペを纏っていた。ぼろぼろのズボンのポケットには銅貨が何個か入っていた。通りにいる男たちは彼が近づいていくと口をつぐみ通り過ぎて離れていくとまた話をし始めた。まるで彼が自分たちの動向を探りにきた闇の使いだとでもいうようだった。まるで盲人にある言葉を聞かれるとその言葉がやがて予期しなかった生命を持ち始め、初めにそれを口にした者の意図しなかった意味を帯びてこの世界のほかの場所にいる他人の耳に入るかもしれないとでもいうようだった。彼は道の真ん中で振り返り杖を高く差しあげた。おれのこと《ウステーデス・》なんか何も知らないくせに《ノ・サーベン・ナーダ・デ・ミ》、と彼は叫んだ。男たちが黙ると彼はまた向き直り歩き始めたがしばらくするとまた男たちが話し始めるのが聞こえてきた。

その夜、平原の遠い処から戦闘の音が聞こえてきたので彼は暗闇のなかで足を止めじっと耳をすました。空気のなかに火薬の匂いが混じっていないか嗅ぎ取ろうとし、人や馬の立てる声が混じっていないか聞き取ろうとしたが、彼のもとへ届いてくるのは立て続けに鳴る微かなライフルの銃声とときおり響いてくる曲射歩兵砲の撃ち出す散弾の重々しい炸裂音だけであり、しばらくするとそれらも鳴りやんだ。

翌朝早く彼の杖の先が橋の木の板にコツコツと当たった。彼は足を止めた。腕を伸ばして橋板のさらに先のほうを叩いてみた。それから用心深く橋の上に歩を進めて立ち止まり耳をすました。足の下でこもった小さな音を立てて水が流れていた。

彼は小川の土手へいって川原の藺草《いぐさ》の繁みを掻き分けながら水辺までいった。腕を伸ばして杖の先で水に触れた。水をばちゃばちゃと撥ね散らかしてからぴたりと動きを止めた。彼は頭をすっとあげて耳をすました。

誰だ《キエン・エスタ》？　と彼は叫んだ。

返事はない。

彼はサラーペを肩からはずしぼろぼろの服を脱ぐとまた杖を取りあげて痩せて汚れた裸の体で水のなかへ入っていった。

川の中ほどに向かって歩きながらひょっとしたらうまく流されるだけの深さがあるかもしれないと思った。永遠の夜のなかにいる自分は死への道のりの半ばまでもうきているのではないのか。世界がすでにある程度の距離をとって自分から離れてしまっている以上生から死への移行が自分にとって大きな飛躍であるはずはない、自分が侵入してしまった闇の世界とは死の領土にほかならないのではないのか？

　水は膝までしかこなかった。彼は立ち止まり体がぐらつかないよう杖でバランスをとった。それから彼は坐りこんだ。冷たい水が体のまわりでゆっくりと動いていた。彼は顔を下におろして水の匂いを嗅ぎ口に含んだ。しばらくそうやって坐っていた。遠くのほうで鐘がゆっくりと三度鳴った。彼は川底に両膝をつき上体を前に倒して顔を水につけた。杖を首の後ろへ横に渡して両端を握った。彼は息を止めていた。杖を握る手に力をこめて長いあいだ止めていた。我慢できなくなると息を吐き出し次いで水を飲みこもうとしたがそれはできずに上体を起こし膝立ちの姿勢で激しくあえぎ咳きこんだ。杖はすでに手放して流れてしまっていたが、彼は立ちあがり咳きこみ必死で空気を吸いこみながら身悶えをし何度も両腕を振りあげては掌で水面を打った。このとき橋の上にいた男には気がふれたと見えたことだろう。川を、あるいは川の底にいる何かを鎮めようとしているように見えたことだろう。間もなく橋の上の男は川のなかにいる男が盲目であることに気がついた。

　左のほうだ《ア・ラ・イスキエルダ》、と男は叫んだ。

　盲人はぴたりと動きを止めた。両腕を胸の前で交差させてしゃがみこんだ。

　あんたの左手のほうだよ《ア・ス・イスキエルダ》、とまた男は叫んだ。

　盲人は左のほうの水面をばしゃばしゃ叩いた。

　三メートルほど離れてる《ア・トレス・メトロス》、と男はいった。急いで《プロント》。流れちまうぞ《セ・バ》。

盲人は前に身をかがめた。手探りをした。橋の上の男がもっと左、もっと前と位置を教えるのを頼りにようやく杖をつかみとると裸を恥じて杖をかき抱くような格好で川のなかに坐りこんだ。

どうしたんだ《ケ・アーセ》、おい《シェーゴ》？

なんでもない《ナーダ》。構わないでくれ《ノ・メ・モレスタ》。

おれ《ヨ》が？ あんたを構うって《レ・モレスト》？ おいおい《シェゴ・シェゴ》よしてくれ。

男は人が溺れていると思って助けにいこうとしたらちょうどそのときあんたが体を起こしてばちゃばちゃやりだしたのだといった。

盲人は橋と道路に背を向けて坐っていた。煙草の匂いが漂ってくるとしばらくしてから男に煙草を一本もらえるかと訊いた。

ああいいとも《ポル・スプウエスト》。

盲人は立ちあがり岸に向かってざぶざぶ歩いてきた。おれの服はどこにある《ドンデ・エスタ・ミ・ローパ》？ と彼は叫んだ。

橋の上の男はありかを教えてやった。服を着ると盲人は道にあがってきて橋の上の男のそばへいき、坐って一緒に煙草を吸った。背中に当たる陽が心地よかった。男がこの川はそんなに深くないから溺れようったって無理だというと盲人はうなずいた。それにだいいち人の目があるからなと盲人はいった。

盲人はこの近くに教会があるだろうといった。男は教会などない、この辺りはまわりを眺めたって何もないといった。盲人が鐘の音を聞いたのだがというと男は自分には目の見えない叔父がいるがその叔父もよくありもしない音を聞くといった。

盲人は肩をすくめた。自分が盲人になったのはつい最近のことだといった。男がなぜその鐘の音が教会のものだと思ったのかと訊くと盲人はまた肩をすくめただけで煙草を吸っていた。それから教会がほかにどんな音を出すというのかと問い返した。

男はなぜ死にたくなったのかと訊いたが盲人はそんなことはどうでもいいことだと答えた。目が見えなくなったからかと重ねて男が訊くと盲人はそれはたくさんある理由のうちのひとつにすぎないといった。二人は煙草を吸った。しばらくしてようやく盲人は目の見えない人間はすでに半分この世界を去っているのだという考え方について話した。自分は生きた人間の望みや感情とは無縁な、闇のなかのひとつの声にすぎなくなってしまった。この世界とそのなかにあるものすべては自分にとってただの風聞にすぎなくなった。こうかもしれないという推測にすぎなくなった。盲人は肩をすくめた。そして自分は盲人になりたくてなったのではない、死ぬべきときに死ねなかったのだといった。

男は盲人の言葉を最後まで聞き一緒に黙りこんだ。盲人は男の煙草が橋の下の川に落ちてしゅっと小さな音を立てるのを聞いた。やがて男は生きる気力をなくすのは罪だといい、とにかく世界は前と同じようにここにこうしてあるじゃないかといった。それは否定できないことだといった。盲人が答えずにいると男はおれに触ってみろといったが、盲人はそうすることに嫌悪を覚えた。

ちょっといいかい《コン・ペルミーソ》、と男はいった。男は盲人の手をとりその指先を自分の唇に当てた。指はしばらくそこに留まっていた。静かにしろと厳しく命じているように見えた。

触ってみろ《トーカ》、と男はいった。盲人は触ろうとしなかった。男はまた盲人の手を取って自分の顔に当て、動かした。触ってみろ《トーカ》。もし世界がまぼろしなら世界を失ったということ《シ・エル・ムンド・エス・イルシオン・ラ・ペルディダ・デル・ムンド・エス・》もまぼろしだ《イルシオン・タンビエン》。

盲人は片手を男の顔にじっと当てていた。それから手を動かし始めた。何歳ともつかない顔。色が黒いのか白いのかも分からない。盲人は狭い鼻梁に触れた。剛いまっすぐの髪。閉じた薄い瞼の下の眼球に触れた。朝の高地の荒れ野で聞こえるのは二人の息だけだった。盲人は指の下で目玉が動くのを感じ取った。小さな子宮のなかで起こるような小刻みな素早い動き。盲人は手を引っこめた。何も分からないと彼はいった。ただ顔がひとつあると《エス・ウナ》いうだけだ《・カーラ》。それがなんだ《プエス・ケ》というんだ?

男は黙って坐っていた。どう答えようかと考えている風だった。男は盲人にあんたは泣くことができるのかと訊いた。盲人がどんな人間でも泣くことはできると答えると、男は自分が知りたいのは目玉がなくなってしまったその穴から涙は出るのか、どういう具合に涙が出るのかということだといった。盲人には分からなかった。最後にもうひとくち煙草を吸って吸い殻を川に投げ捨てた。盲人はもう一度、自分が今そのなかを歩いている世界はほかの人が思っているような世界とは違っている、それはほとんど世界とはいえないものだといった。目あきがただ目をつぶっても分からない。眠っても死が分かるわけではないのと同じだ。幻であるかないかなどどうでもいいことだといった。盲人はこの広い乾いた荒れ野も川も道もその向こうの山も頭の上の青い空も、世界を、時間を超越した本当の世界を、心から遠ざけておくための気慰みにすぎないといった。この世界に満ちている光はただ人間の目のなかにあるにすぎない、なぜなら世界それ自身は永遠の闇のなかで動いているのであり闇こそが世界の本性であり本当のあり方なのであって、その闇のなかで世界はすべての部分を一部の隙もなくぴたりと密着させて回っているがそれは目に見えるものではないからだ。世界は芯の芯まで知覚する力をゆきわたらせた想像もつかないほど密かな暗黒の存在なのであり、その本性は見えるもののなかにも見えないもののなかにもない。自分には太陽をじっと見つめることができるがそんなことに何の意味がある？

盲人のこの述懐に男は言葉を失ってしまったようだった。二人は橋の上で並んで坐っていた。太陽が二人の上で照り輝いていた。しばらくしてようやく男がどういう風にしてそんなものの考え方を身につけたのかと訊くと盲人は昔からこうじゃないかと薄々思っていたといい、盲人というのは色々なことをじっくりと考えるものなのだといった。

二人は立ちあがった。盲人は男にどっちへいくのかと訊いた。男はためらった。そして盲人にあんたはどっちへいくんだと問い返した。盲人は杖で目指す方角を示した。

北へいく《アル・ノルテ》、と盲人はいった。

おれは南だ《アル・スール》、と男はいった。

盲人はうなずいた。暗闇のなかへ手を差し延べて男と握手し別れの挨拶を交わした。

世界にはまだ光があるよ《アイ・ルス・エン・エル・ムンド》、なあおい《シエーゴ》、と男はいった。前とおんなじように《コモ・アンテス》、今でもな《アシ・アオーラ》。

だが盲人は何も応えずくるりと男に背中を向けてまたパラールの町に向かって歩き出した。女はそこでぷつりと話をやめてビリーの顔を見た。ビリーの瞼は重くなっていた。彼はぱっと顔をあげた。

目を覚ましたか《エスタ・デスピエルト》、お若いひとは《エル・ホーベン》？　と目の見えない老人がきいた。

ビリーは背筋を伸ばした。

ええ《シ》、と女は答えた。目を覚ましたわ《エスタ・デスピエルト》。

明かりはともってるか《アイ・ルス》？

ええ《シ》。ともってるわ《アイ・ルス》。

老人は背をまっすぐ伸ばし威儀を正して坐っていた。両腕を大きく広げ掌をテーブルに置いていた。世界が、あるいはそのなかにいる自分が動かないように押さえているといった風だった。話を続けて《コンティヌアス》、と老人はいった。

いいわ《ブエノ》、と女はいった。どんな物語の主人公でも旅の途中で三人の人に出会う《コモ・エン・トドス・ロス・クエントス・アイ・トレス・ビアヘロス・コン・キエーネス・ノス・エンコントラーモス・エン》ものよ《・エル・カミーノ》。この話ではもう女ひとりと男ひとりに出会ったわね《ヤ・ノス・エーモス・エンコントラード・ラ・ムヘール・イ・エル・オンブレ》。女はビリーを見た。さあ《プエデ・》三人目は誰だか分かる《アセルタール・キエン・エス・エル・テルセーロ》？

子供《ウン・ニーニョ》ですか？

そう子供《ウン・ニーニョ》。そのとおりよ《エクサクタメンテ》。

でもほんとのことなんですか《ペロ・エス・ベリディカ》、この話は《エスタ・イストーリア》？

老人が本当のことだと口をはさんできた。自分たちは楽しませようとか教訓を与えようとか思っているわけではない。ただ本当にあったことを話そうと思っているのでほかには何の目的もないといった。

ビリーがパラールまでの長い道のりでたった三人としか出会わなかったのはどういうわけかと訊くと、老人はもちろんほかの人間にも出会いいろいろな親切を受けたが盲目ということについて彼が話し合った相手はその三人だけだったから、盲人が主人公《エロエ》であり盲目が主題であるこの物語の主要登場人物ということになるのだと答えた。そうじゃないかね《ベルダー》？

英雄なんですか《エス・エロエ》、その盲人は《エステ・シエーゴ》？

老人はしばらくのあいだ黙っていた。それからようやくまあ今に分かるといった。最後まで聞いてから自分で判断するといい。そして片手を女のほうへ動かすと女は続きを話し始めた。

さっきもいったとおり盲人は道を北にたどっていったが九日目にリオ・オロ川のほとりのロデーオという町に着いた。そこで彼は贈り物ぜめにあった。女たちが次々に家から出てきて近づいてくる。そして道を歩いている彼を呼び止めた。食べ物や服をくれ手を引いてやるといった。彼に寄り添うように歩きながら町のことや畑のことや作物のでき具合のことを話し、あの家に住んでいるのは誰々だと名前をあげその家の内輪の事情や年寄りの病気のことを教えた。彼女らは自分たちの悲しみについても語った。友達の死、恋人の心変わり。また彼が鼻白むのも構わず夫の不実についてあけすけに話し彼の腕をしっかり抱えこんで低く鋭く吐き出すように尻軽女たちの名を口にするのだった。このことは人には話してくれるなと頼むことも彼に名前を訊くこともしない。こうして世界は今まで彼が経験しなかったようなやり方で彼の前に開かれていったのだった。

その年の六月二十六日ウエルタ派の一個中隊が東のトレオンへ向かう途中、ロデーオの町を通り抜けた。夜遅くにやってきた兵士たちは多くが酒に酔い全員が徒歩で並木道を野営地にしてベンチを燃やしたが、夜がしらじらと明けるころには反乱軍の同調者だと一方的に決めつけて大勢の町の男を狩り集め農園の泥の壁の前に立たせてめいめい煙草を一本ずつ与え、まじろぎもせず見つめている子供たちや泣き叫び髪をかきむしる妻や母親たちの目の前で撃ち殺した。その翌日町へやってきた盲人はそれとは知らず灰色の土の通りをゆく葬送の列に混じり、まわりで何が起こっているのかしかとは分からないうちにひとりの少女に手を引かれ町はずれの土埃の立つ墓地まで歩いていった。粗末な木の十字架や献金を受ける陶器の壺や安物の硝子の皿の並んでいる地面に、粗削りの板でつくり石油と煙突の煤を稚拙に塗って黒くした三つの棺桶の最初のものが置かれ、喇叭《らっぱ》手が物侘《ものわび》しい軍隊の葬送の調べを吹き鳴らし司祭がいないため町の長老のひとりが代わりに死者を送る言葉を述べた。少女は盲人の手をぎゅっと握りしめ身を傾けてきた。

あれはわたしの兄さんなの《エラ・ミ・エルマーノ》、と少女は囁いた。

それは気の毒に《ロ・シエント》、と盲人はいった。

人々は死人を抱えて棺桶から出し墓穴におりている二人の男に託した。二人の男は死人を穴の底の土の上に横たえ体の両脇へ落ちた両腕をまた胸の上に載せて顔に布をかぶせた。この仕事ぶりの粗雑な臨時の墓掘り人たちが手を伸ばして上で待っている男たちに穴から引きあげてもらうと男たちはめいめいシャベルに一掬いずつみすぼらしい服を着た死人の上に土をかけていき、塩混じりの土がジャリジャリと鈍い音を立て、女たちは啜《すす》り泣き、男たちは空になった棺桶に蓋をしてかつぎあげまた別の死人を葬るために町へ運んでいくのだった。やがて新しい会葬者たちがこの小さな墓地へやってくる声や物音が聞こえて盲人は人々に押されながらやや離れた場所へ移り、そこで次の素朴な葬送の辞を聞いた。

今度は誰《キエン・エス》？　と盲人は低く囁いた。

少女は手に力をこめた。もうひとりの兄さん《オトロ・エルマーノ》よ、と彼女はいった。

三人目の埋葬が始まったとき彼が背をかがめてきみの家族は何人埋葬されるのかと少女に訊くと少女はこれで最後だと答えた。

この人もお兄さん《オトロ・エルマーノ》かい？

父《ミ・パードレ》です。

塩混じりの土が軋り音を立て女たちがまた泣いた。盲人は帽子をかぶった。

町へ戻る途中、墓地へ向かう別の葬列といきあい盲人はまた啜り泣きの声と重い死者を担っていく男たちの引きずるような足音を聞いた。話をしている者は誰もいなかった。葬列が通り過ぎてしまうと少女はまた盲人を道の真ん中へ導き町に向かって一緒に歩き始めた。

盲人が少女にきみの家で誰か生き残った人はいるのかと訊くと少女は母親はもうだいぶ前に死んだから自分ひとりになってしまったと答えた。

前の夜に雨が降り殺戮者たちが残していった焚き火の跡を水浸しにしたため町には濡れた灰の匂いが漂っていた。血で黒く染まっていた農園の泥の壁は女たちの手できれいに洗われまるで血などついていなかったかのようになっていた。少女は彼に処刑の模様を語って聞かせ、死んだ男たちの名を次々と挙げながらどんな風に壁の前に立たされどんな風に倒れたかを話した。兵士たちに押しとどめられていた女たちは最後のひとりが撃たれて銃殺隊長が脇へ退くやどっと殺到して死んでいく男たちをその腕にかき抱いたのだった。

きみもそうしたのか《イ・トゥ》？　と盲人はきいた。

少女は真っ先に父親の処へ走ったが父親はもう息絶えていた。それから長兄、次に次兄と二人の兄のそばへ駆け寄った。だがその二人も死んでいた。地面に坐りこみ死んだ男たちを抱き体を揺らしながら泣いている女たちのあいだを少女は歩いた。兵士たちはいってしまった。通りで犬が喧嘩を始めた。しばらくすると数人の男が手押し車を押してやってきた。少女は父親の帽子を手にふらふらと歩き回った。帽子をどうすればいいのか分からなかった。

その日の真夜中ごろ少女が帽子を膝に置いて教会のなかで坐っていると墓掘り人が足を止めて声をかけてきた。もう家に帰ったほうがいいという男に、少女は家の寝床には父親と二人の兄の亡骸が寝ていて床には蠟燭が立ててあるので眠る場所がないといった。家のなかが死んだ人達に占領されてしまったから仕方なく教会へきたといった。墓掘り人は少女の言葉をじっと聞いていた。それから粗削りの板でつくったベンチの少女の隣に腰かけた。時刻は遅く教会のなかはがらんとしていた。少女は藁のソンブレロ、墓掘り人は土埃をかぶった黒いフェルトの中折れ帽を手に並んで坐っていた。少女は泣いていた。墓掘り人も疲れ果て意気消沈した様子で溜め息をついた。墓掘り人は、こんなことをした連中には神様が罰をくだされると誰しも思いたいし実際みんなよくそんな風にいうが、自分の経験からいうと神様がどうなさるかなど分かるものではないし悪事を働いた人間が安楽に暮らして安らかな死を迎え立派な葬式をあげてもらうことすらざらにあるといった。この世界で正義などというものに期待しすぎるのは間違いだ。悪が栄えた試しはないなどというのは気楽な言い種で、もしそうなら誰でもみな悪行を避け競って功徳《くどく》を積むはずではないか？　自分は仕事がら他の人より死に慣れ親しんでいるから分かるが、時が死別の悲しみを癒してくれるというのは本当だとしてもそれは昔も今も思い出のなかにだけ住んでいる愛する人がその思い出のなかから段々に消えていくのと引き替えなのだ。面影は薄れ、声は微かになっていく。だからしっかり繋ぎとめておきなさい、と墓掘り人は囁いた。死んだ人たちと話をしなさい。名前を呼びなさい。そういう風にして悲しみを死なせないようにしなさい、それがどんなものでも甘くしてくれる薬なのだから。

　この墓掘り人の言葉を少女は農園の壁の前で盲人にむかって繰り返した。また少女は若い娘たちがここへやってきて土の上に溜まった殺された人たちの血をハンカチやペチコートの端を破り取った布切れに吸わせたと話した。何人も何人もやってきてそういうことをしたがそのなかには本来の仕事を放って連れ立ってやってきた浅はかな看護婦も何人かいた。血はすぐに地面に吸いこまれ陽が暮れたあと雨が降り出す前に何匹も犬がやってきて血の染みこんだ土を掘り返し、その土を食らい、互いに咬みつき合い、争ってやがてまたいってしまうと次の日には死も血も虐殺もまったく跡をとどめていなかった。

　盲人と少女はしばらく黙りこんだがやがて盲人は少女の顔に手をやり頬や唇に触れた。

そうしていいかと訊きはしなかった。少女は身じろぎもしなかった。盲人は目にひとつずつ触れた。少女があなたも兵隊だったのかと訊き彼がそうだと答えると少女はさらにあなたもたくさんの人を殺したのかと尋ね彼はひとりも殺さなかったと答えた。少女は彼にちょっとかがんでみてほしい、自分も目をつぶってあなたの顔に触りそういう風にして何が分かるか知りたいといい、彼はいわれたとおりにした。そんなことをしても自分と同じにはならないとはいわなかった。指が目のそばへくると少女はためらった。

触ってごらん《アンダレ》、と彼はいった。構わないから《エスタ・ビエン》。

少女は眼窩のなかに落ち窪んだ皺だらけの瞼に触った。指先でそっと触りながら痛くないかと訊いたが彼は思い出の痛みがあるだけだと答え、時どき夜にこの暗闇それ自体が夢だという夢を見て目が覚めた後でもうそこにはない目に触ってみようとすることがあるといった。そんな夢は拷問のように苦しいがそれを見なくなればいいとは思わない。世界についての記憶が薄れていくように夢のなかでも段々世界が薄れていくに違いないいつか絶対の暗闇が自分を包みこみ世界の影すらなくなってしまうと思うと怖くてならない。その暗闇のなかにあるものが怖くてならない、なぜなら世界は外へ露わにしてみせる以上のものを隠しているはずだからだと彼はいった。

通りを一団の人々がしずしずと歩いていった。十字を切って《ペルシネーセ》、と少女が囁いた。盲人は少女の手は離さず杖を腰にもたせかけて左手をあげ胸の前でぎごちなく十字を切った。葬列は通り過ぎた。少女はあらためて彼の手を握り直してともに歩き出した。

少女は父親の衣類のなかから彼のために上着とシャツとズボンを選り出した。それから家のなかにあるわずかばかりのほかの服を全部モスリンの袋に入れて口を縛り台所の包丁と土鍋と何本かのスプーンと残っていたわずかな食料をまとめて古いサルティーヨ風のサラーペに包んだ。家のなかはひんやりと涼しく土の匂いがした。外の塀に囲まれた狭い庭やごみごみした路地から鶏や山羊や子供の声が聞こえてきた。盲人は少女がバケツに汲んだ水とぼろ布で体を拭き服を着た。彼はただ一間だけの狭い家のなかに立って少女が戻ってくるのを待った。入口の扉は開いており表の道を歩いて墓地へいく人々には家のなかで立っている彼が見えた。少女は戻ってくると彼の手をとり、服を着替えると見違えてしまうといい、買ってきた林檎をひとつ渡すと立ったまま一緒に食べそれから荷物を背負って二人で出発した。

女は椅子の背にもたれかかった。ビリーは話の続きを待ったが女は口をつぐんだままだった。三人はしばらく黙って坐っていた。

あなたがその女の子《エラ・ラ・ムチャーチャ》なんですね、とビリーはいった。

そう《シ》。

ビリーは盲いた老人を見た。石油ランプの明かりを受けて窶《やつ》れた顔の片側が影になっていた。老人はビリーがじっと見つめているのを感じ取ったらしかった。もうみっともない《エス・ウナ》。

婆さんになっとるじゃろ《カラントーニャ》、え《ノ》？　といった。

いいえ《ノ》、とビリーはいった。それに《イ・アデマス》、見かけなんてまやかしなんじゃないですか《ノ・メ・ディーホ・ケ・ロス・アスペクトス・デ・ラス・コーサス・ソン・エンガニョーサス》？

老人の顔にはおよそ表情というものがないのでいつ喋るか、またおよそ喋るかどうか予測がつかなかった。しばらくしてようやく老人は例の祝福するような絶望に駆られたような奇妙なやり方で片手をあげた。わしにとっては《パラ・ミ》、その通りだがね《シ》、と彼はいった。

ビリーは女に目を向けた。女はテーブルの上で両手を組み合わせて最前と同じ姿勢で坐っていた。ビリーが老人に例のドイツ人に同じ目に遭わされた人のことは聞いたことがあるかと尋ねると老人はそういう人達がいることは聞いた、しかし会ったことはないといった。盲人というのは仲間を求めようとはしないものだ。あるときチワワの並木道で杖をつく音が聞こえたのでこちらも盲人だがこの同じ闇のなかにいる人が誰かそこにいるのかと声をかけてみた。すると杖の音がやんだ。何の返事も返ってこなかった。それからまた杖の音がしたがそれはだんだん遠ざかっていって通りのほかの音のなかに紛れこんでしまった。

老人は体をわずかに前へ傾けた。ああいう残忍な人間が実際にいるんだよ《エンティエンダ・ケ・ヤ・エクシステ・エステ・オグロ》。ひとの目玉《エステ・チュ》を吸い出すような男が《パドール・デ・オホス》。あの手の輩はいくらでもいる《エル・イ・オトロス・コモ・エル》。この世界からいなくなってしまっ《エーヨス・ノ・アン・デ・サ》たわけじゃない《パレシード・デル・ムンド》。いなくなってしまうことは絶対にないだろう《イ・ヌンカ・ロ・アラン》。

ビリーがそういう人の目玉を盗むような男は戦争が生み出すのではないのかと訊くと老

人は戦争そのものがそういう連中によって引き起こされるのだからそうはいえないといった。自分の考えではそういう人間がどうして出てくるのかもどこに現れるのかも説明することはできず、ただいえるのはそういう人間がいるということだけだ。人の目玉を盗む人間はひとつの世界を盗むわけだから自分自身は永久に隠れたままでいることになる。そういう人間がどこに現れるかなどどうして分かるだろう？
あなたの夢のことだけど《イ・スス・スウェーニョ》、とビリーはいった。今は前よりもっと薄れてしまってるんで《セ・アン・エチョ・マス・パリ》すか《ドス》？

老人はしばらく黙って坐っていた。眠っているようにも見えた。言葉が自分の処へやってくるのを待っているようにも見えた。しばらくして老人は、暗闇で生きるようになった初めのころは夢は思いがけないほど鮮明でからからに乾いた喉が水を欲しがるようにそれを見たいと願ったものだが、そのうち夢も記憶もひとつずつ薄れていき今ではすっかり消えてしまったといった。昔あったものの痕跡は何も残っていない。世界がどんな風だったかも覚えていない。愛する者たちの顔も。最後には自分自身すら失われてしまった。以前の自分が何であったにせよ今の自分はもうそれではない。何かの終わりまできてしまった人間がみなそうであるようにもう一度始めるより他にできることは何もない。光のある世《ノ・プエド・》界はもうわしには憶い出せない《レコルダール・エル・ムンド・デ・ルス》、と老人はいった。もう何年も前からな《アセ・ムーチョス・アニョス》。この世界はもろ《エセ・ムンド・エス・ウン・》い世界だ《ムンド・フラヒル》。結局のところ《ウルティマメンテ》これから見える《ロ・ケ・ビーネ・ア・ベール》ようになるもののほうがもっと永続的なんだ《エラ・マス・ドゥラーブレ》。も《マ》っと真実《ス・ベルダデーロ》なんだ。

目が見えなくなった最初のころはまわりを取り巻いている世界はこちらが動くのを待っていたと老人はいった。目あきは見たいと思うものを選んで見ることができるだろうが盲人の場合は世界のほうがそれ自身の意志で現れてくる。あらゆるものが何の前触れもなく突然ま近に現れる。それらがどこからやってきてどこへいくのかは人づてに聞く風聞でしか知ることができない。こちらが動けば世界が体に打ち当たってくる。止まるとそれは消える。初めのころは目が見えないというのは死のひとつの形だと思ったもんだ《エン・ミス・プリメロス・アニョス・デ・ラ・オスクリダー・ペンセ・ケ・ラ・セゲダー・フエ・ウナ・フォルマ・デ・ラ・ムウエルテ》。考え違い《エストゥーベ》をしていたよ《・エキボカード》。盲目になるということは落ちていく夢を見るのに似ている《アル・ペルデール・ラ・ビスタ・エス・コモ・ウン・スウェーニョ・デ・カイーダ》。底なしの深淵《セ・ピエンサ・ケ・ノ・ア》に落ちていく夢《イ・ニングン・フォンド・デ・エステ・アビスモ》だ。倒れて落ちていく《セ・カエ・イ・カエ》。光は退いていく《ラ・ルス・レトロセーデ》。光の記憶も《ラ・メモーリア・デ・ラ・ルス》。世界の《ラ・メモ》記憶も《ーリア・デル・ムンド》。自分自身の顔の記憶も《デ・ス・プロピア・カーラ》。このみっともない婆さん《デ・ラ・カラントーニャ》の記憶も。

老人はゆっくりと片手を持ちあげて顔の前で止めた。何かの高さを測るというような仕草だった。老人はもし落ちていく先が死だとしたら死自体が人の想像しているものとは違ったものなのだといった。こうして落ちていくとき世界はどうしているのか？　光や光の記憶と同じように退いていくのか？　いやむしろ世界も一緒に落ちていくのではないのか？　自分は盲いたことで自分自身を失い自分自身についてのすべての記憶を失ったがそれでもこの深い深い喪失の闇の底にも支えとなる地面があるのでありそこからまた始めなければならないのだということを知った。

この人生の旅では目に見える世界などは気散じの種にすぎない《エン・エステ・ビアーヘ・エル・ムンド・ビシーブレ・エス・ノ・マス・ケ・ウン・ディストライミエント》。盲人にとってもどんな人間にとっても《パラ・ロス・シエーゴス・イ・パラ・トドス・ロス・オンブレス》。結局のところわしらには神様が見えないことが分かっている《ウルティマメンテ・サベーモス・ケ・ノ・ポデーモス・ベール・エル・ブエン・ディオス》。わしらはただ聞くだけだ《バモス・エスクチャンド》。分かるかな《メ・エンティエンデス》、お若いの《ホーベン》？　聞かねばならないんだ《デベーモス・エスクチャール》。

それきり口をつぐんでしまった老人にビリーがそれなら教会で墓掘り人が女の子に教えたことは間違いなのかと訊くと老人は墓掘り人は自分なりの知慧に照らしてああいったので間違いということにはならないと答えた。ああいう男は死んだ者に忠告してやることもある。司祭や死人の家族朋輩が家に帰ったあとで神様にこの者の魂をよろしく頼むと祈ってやることもある。あの墓掘り人は自分が何の知識も持っていない闇について敢えて話したのかもしれない、もしそんな知識を持っていたら墓掘り人などやっていられなかったろうと老人はいった。それは盲人だけが持っている特別な知識なのかとビリーが問うと老人はそうじゃないと答えた。ただ大抵の人間は研《と》ぐ暇がないのでなまくらなままの道具を使うしかなくそのためにゆっくりとしか仕事のできない大工のように生きているのだと老人はいった。

じゃあの神様の裁きについて墓掘り人がいったこと《イ・ラス・パラーブラス・デル・セプルトゥレーロ・アセルカ・デ・ラ・フスティーシア》、とビリーはいった。あれはどう思います《ケ・オピーナ》？

するとそれに答えるように女が手を伸ばして卵の殻が入った椀をとり、もう夜も遅いしお爺さんが疲れるといけないからといった。ビリーは納得したが老人は心配はいらないといった。今あんたが訊いたことについては少し考えてみたことがある。自分の前にも多くの人が考えたに違いなく自分が死んだあとにも多くの人が考えるはずだ。あの墓掘り人にもきっと分かると思うがすべての話は闇と光の話でありおそらくそれ以外のありようはないだろう。だがあの墓掘り人のした話にはもっと深い意味がある、それは人が語ろうとしない事柄だ。邪悪な人間は悪事がとてつもなく恐ろしいものであれば人々がそれについて口をつぐむことを知っている。人々には小さな悪しか消化できないのであり人々が対抗しようとするのはそういう小さな悪だけということを知っている。本当の悪は小事にのみかかずらっている人間に自分のしていることなど味気ないと思わせるだけの力を持っているのでありそういう本当の悪をつぶさに見た人間は、これこそ正当性を持った道なのではないか、足に馴染みのない踏み心地はするが、そこを歩く以外に自分にはどうすることもできないのではないかと考えるかもしれない。そういう人間も本当の悪が露わにするものに愕然《がくぜん》としてそれに対抗しうる何らかの秩序を見つけようとするかもしれない。だがおそらくこの問題についてはそういう人間が遂に知ることのないであろう二つのことがある。まず彼に知りえないのは、正義の人が求める秩序は正義そのものではなくただ秩序にすぎないが本当の悪の無秩序はそれ自体が悪そのものだということだ。もうひとつ知りえないのは、正義の人が悪について無知なために何かにつけ掣肘《せいちゅう》を受けるのに対し、邪悪な人間にとっては光であれ闇であれすべてが明々白々だということだ。今話題にしている人間はもともと秩序も体系も持たないものに無理やり秩序と体系を与えようとする。世界それ自身を証言台に立てて実際には自分の願望でしかない事柄を普遍の真実だと証明しようとする。そして最後には自身の言葉を血で裏づけようとするかもしれない、というのも彼は、言葉がいずれ色褪せ味を失うのに対して苦痛はいつでも新しいことを知るからだ。

たぶんこの世界に正義は少ししかないだろう《キサース・アイ・ポカ・デ・フスティーシア・エン・エステ・ムンド》、と老人はいった。だがそれは墓掘り人のいうような理由からではないと老人は続ける。むしろ理由は人間の知りうる世界が世界についての像だけであり、世界の像というものが危いものだということにある。世界についての像は人間が生きていくための助けともなるが本当に歩むべき道を見えなくする力も持っている。天国の門を開きうる鍵は地獄の門をも開きうる。ありとあらゆる神々しいものを納めた聖龕だと思っていたこの世界が目の前に漂うただの塵になることもありうる。世界が存り続けるためには日ごとに糧が補充されなければならない。先に話題にした人間はたとえそれを望まなくても再び始める必要があるだろう。わしらはみんな暗闇のなかで苦しんでいる《ソモス・ドリエンテス・エン・ラ・オスクリダー》。ひとり残らず《トドス・ノストロス》。分かるかね《メ・エンティエンデス》？目の見える者も《ロス・ケ・プエデン・ベール》、見えない者も《ロス・ケ・ノ・プエデン》。

ビリーはランプに照らされた老人の仮面のような顔を見た。わしらが理解しなければならない《ロ・ケ・デベーモス・エンテンデール》のは、と老人はいった。結局のところすべては塵だということだ《エス・ケ・ウルティマメンテ・トド・エス・ポルボ》。触ることのできるものすべてが《トド・ロ・ケ・ポデーモス・トカール》。見ることのできるものすべてが《トド・ロ・ケ・ポデーモス・ベール》。このことのなかにこそ正義のより深い証し《エン・エステ・テネーモス・ラ・エビデンシア・マス・プロフンダ・デ・ラ・フスティーシア》が、神の慈悲のより深い証しがある《デ・ラ・ミセリコールディア》。そこにわれわれは神のより大きな祝福を見い《エン・エステ・ベーモス・ラ・ベネディクシオン・マス・グランデ・》出すんだ《デ・ディオス》。

　女が立ちあがった。さあもう遅いからと彼女はいった。老人は腰をあげなかった。やはりじっと坐っていた。ビリーは老人を見た。しばらくしてビリーがなぜそこに神の祝福があるのかと訊くと、老人は長く長く押し黙って答えなかったが、やがて口を開いて手で触れるものが塵だと分かればそれを実在のものと思い誤ることがないからだといった。それはせいぜい実在するものがそこにあったという痕跡でしかない。もしかしたらそれですらないかもしれない。もしかしたらそれは世界が究極的に目に見えないものになったときに乗り越えなければならない障害にすぎないのかもしれないと老人はいった。

　朝ビリーが家から出て馬に鞍をつけにいくと庭で女が革袋から穀物の屑をつかみ出し鶏に撒いてやっていた。木の梢から野生の黒椋鳥モドキが数羽舞い降りて歩き回り鶏と一緒に穀粒をついばんだが女は分け隔てなく餌を撒き続けた。ビリーはじっと見ていた。女をとても美しいと思った。鞍をつけ終えると女の処へ挨拶しにいきそれから馬に跨がって前に進んだ。振り返ると女が片手をあげていた。鳥の群れがまわりに集まっていた。神様の《バーヤ》ご加護《・コン・ディオス》がありますように、と女がいった。

　ビリーは馬の向きを変えて道に出た。まもなく矮性樫の繁みから喉を切られた犬が出てきて追いつき馬の横に並んだ。喧嘩をしたらしく咬み傷をつくり毛衣に血をこびりつかせ片方の前足を胸に引きつけて三本足で歩いていた。ビリーは馬を止めて犬を見おろした。

犬はひょこひょこと数歩前へ進んで止まった。

ボイドはどこだ？　とビリーがきいた。

犬は両耳を立てて辺りをきょろきょろ見回した。

この馬鹿野郎。

犬はビリーが出てきた家のほうを向いた。

トラックに乗せられていったんだ。ここにはいないよ。

ビリーは馬を進め犬をあとに従えて道を北にたどった。

昼前に北のカサス・グランデスへ通じる広い道と交わる周囲ががらんとひらけた荒野の真ん中の十字路へくると馬を止めて北の高地を見やり、もときた南のほうを振り返ったが見えるのは空と道と荒野だけだった。太陽はほぼ天頂に達していた。土埃にまみれた鞘からショットガンを抜き排莢口を開いて装弾を取り出し薬莢の底を見て号数を調べた。五号弾だったので鹿弾に替えようかとも思ったが結局その五号弾を薬室に戻し排莢口を閉じて銃を鞘に差すと、ぎくしゃくとした足取りの犬をあとに従えて広い道を北に向かって進み、サン・ディエゴの町を目指した。ボイドはどこだ？　とビリーはいった。ボイドはどこだ？

その夜は目の見えない老人の妻にもらった毛布にくるまり平原で寝た。一マイルほど離れた辺りに川のありかを示す木の繁みがありおそらくバードはそこへいったものと思われた。ビリーは冷えていく土の上に仰向けに寝て星空を見あげた。左へ少し離れた処に繋いだ馬の黒い輪郭が見えていた。馬は頭を地平線より上にもたげて星座の群れの囁きに聴き入りまた頭を下げて草を食べた。名状しがたい夜の空に広がって淡い炎を燃やすそれら諸世界にビリーはじっと眺め入り神に弟のことを語りかけようとしたが、そのうちやがて眠りに落ちた。彼は眠り、心を騒がせる夢から目覚め、もうそのあとは再び眠りにつくことができなかった。

夢のなかでビリーは深い雪に膝まで埋まりながら山の稜線を伝ってゆっくりと一軒の灯の消えた家に向かっていたが、その彼が柵の処へくるまで狼の群れが一緒についてくるのだった。狼たちは細長い鼻面を互いの脇腹にすりつけ合い、ビリーの膝のまわりを流れるように駆け巡りながら雪を鼻で掻き分け首を振り立て、冷気のなかに吐く息を一塊に溜めてビリーのまわりに大鍋から立つ湯気のように揺蕩《たゆた》わせ、月光に青く染まった雪の上で目を淡い黄玉色に光らせて腰を屈めたり鼻声で啼いたり尾を股に巻きこんだりしていたが、やがて家に近づくと気後れしたような態度を見せて体を震わせ真っ白に輝く歯をむき出し赤い舌をだらりと垂れた。柵の門の処までくると狼たちは足を止めた。そして後ろを振り返り黒い輪郭を描いている山並を見やった。ビリーが雪の上でひざまずき両腕を狼たちのほうへ差し延べると彼らは獰猛な鼻面をビリーの顔に触れてきてまたさっと身を引いたがその狼たちの息は大地の匂いと大地の芯の匂いを立てていた。群れが一頭残らずやってきてビリーの前に三日月形に並ぶと彼らの目はまるで秩序立った世界を照らし出す脚光のように見えたが、やがて彼らは身を翻し雪の上を跳ねながら引きあげていき煙るような朧《おぼろ》な姿となって冬の夜のなかへ消えていった。家に入ると父親も母親も眠っていたがビリーが自分の寝台へ潜りこむとボイドがこちらを向いて、今夢を見た、兄ちゃんが家出をした夢で、その夢から覚めて寝台を見たら空っぽなので本当のことなんだと思ったと囁いた。

寝ろよ、とビリーはいった。

おれを置いてどっかへいったりしないよな、兄ちゃん？

いかないよ。

約束するかい？

ああ。約束する。

何があってもだね？

ああ。何があってもだ。

兄ちゃん？

もう寝ろって。

兄ちゃん。

しっ。父ちゃんたちが目を覚ますぞ。

だが夢のなかでボイドはそっとつぶやくような声で、父ちゃんも母ちゃんももう起きてはこないよというのだった。

ゆっくりと夜が明けようとしていた。ビリーは起きあがって荒涼たる平原に出ていき曙光を求めて東の空を眺めやった。灰色の薄明かりのなか、アカシアの繁みで野鳩が啼いていた。風が北から吹いていた。毛布を巻きあげ盲人の妻からもらったトルティーヤと茹で卵の残りを食べ馬に鞍をつけて出発すると東の大地から太陽が昇ってきた。

一時間とたたないうちに雨が降り出した。鞍の後ろから毛布をはずして肩に巻きつけた。前方から雨雲が鈍色《にびいろ》の壁のように近づいてくるのが見え、間もなく灰色の粘土質の土壌を雨脚が激しく叩き始めた。馬はとぼとぼと歩いた。犬が横に並んでついてきた。彼らはまさに彼らがそうであるところの、異郷をさまよう放浪者の姿をしていた。家のない、窶《やつ》れくたびれ果てた人と馬と犬。

ビリーは一日じゅう川沿いの木立と西に長くまっすぐ伸びる道に挟まれた広い粘土質の土地を進んでいった。雨は弱くなったがやみはしなかった。一日じゅう降り続けた。平原の前方に二度馬に乗った男たちの姿を認めて馬を止めてみたが向こうはどんどん先へ進んでいった。夕方鉄道の線路を横切ってマタ・オルティスという町に入っていった。

壁を青く塗った小さな雑貨屋の前で馬からおり手綱を杭に一重結びで繋ぎとめ半ば暗がりのなかに沈んだ店内に足を踏み入れた。女の声が話しかけてきた。ビリーはこの町に医者はいないかと訊いた。

医者《メディコ》？　と女は訊き返した。医者《メディコ》？

女は蠅払いのようなものを手にしてカウンターの端に置いた椅子に坐っていた。

この町にいないかな《エン・エステ・プエブロ》、とビリーはいった。

女はじろじろとビリーを眺めた。何の病気なのか、どこをけがしているのか確かめようとする顔つきだった。女は医者はカサス・グランデスまでいかないといないといった。そして椅子から腰を浮かせてしっしっといいながら彼を追い払うように蠅払いを振った。

なんだい？　とビリーはいった。

女はどさりと腰を落として笑い声を立てた。首を振りながら口に手を当てた。違うの《ノ》、と彼女はいった。違うの《ノ》よ。犬《エル・ペーロ》よ。犬《エル・ペーロ》をおったのよ。ごめんなさい《ディスペンサメ》ね。

振り返ると戸口に犬がいた。女はなおも笑いながら椅子から重そうな尻をあげカウンターに置いた鉄縁の眼鏡を取って前に出てきた。眼鏡を鼻に載せビリーの腕を取って明るいほうに向かせた。

白人《グウエーロ》だね。あのけがした人を捜しにきたんだね《ブスカ・エル・エリード・ノ》？

弟なんだ《エス・ミ・エルマーノ》。

二人はじっと立っていた。女はまだビリーの腕を離さない。ビリーは女の目を覗きこもうとしたが眼鏡のレンズが光を撥ね、しかも片方のレンズはそちらの目に視力がないから拭く必要がないとでもいうように汚れて半透明になっていた。

あいつは生きてるのかな《エル・ビビア》？

女はこの家の前を通ったときは生きていた、みんなで町はずれまでトラックのあとをついていったからこのマタ・オルティスでは生きていたといえるがそれ以上のことは分からないといった。

ビリーは女に礼をいい背を反して出ていこうとした。

あれあんたの犬なの《エス・ス・ペーロ》？

ビリーは弟の犬だと答えた。女は犬が心配そうな顔をしていたからそうじゃないかと思ったといった。そして表の通りで待っている馬を見た。

あれはあんたの馬だね《エス・ス・カバーヨ》。

ああ《シ》。

女はうなずいた。そう《ブエノ》、じゃもういきなさい《モンテ・カバィエーロ》。神のご加護がありますように《モンテ・イ・バーヤ・コン・ディオス》。

ビリーは礼をいい店を出て馬の処へいき手綱を杭からはずして馬に跨がった。振り返って帽子のつばに触れ戸口に立っている女に挨拶した。

ちょっと待って《モメント》、と女はいった。

ビリーは待った。間もなくひとりの少女が店から出てきて女の脇をすっとすり抜け馬の鐙の処へきてビリーを見あげた。とても可愛い内気そうな少女だった。少女は握った拳を差しあげてきた。

それ何だい？《ケ・ティエーネ》　とビリーはきいた。

あげる。《トメロ》

　ビリーが掌を差し出すと少女はそこに銀色の小さなハート形のものを落とした。ビリーはそれを明かりにかざしてよく見た。これは何だと訊いた。

お守り《ウン・ミラグロ》、と少女はいった。

お守り《ミラグロ》？

そう《シ》。あの白人にあげて《パラ・エル・グウエーロ》。けがをした白人に《エル・グエーロ・エリード》。

　ビリーはハート形のお守りを掌の上で転がし少女を見おろした。

心臓をやられたわけじゃないんだけどな《ノ・エラ・エリード・エン・エル・コラソン》、と彼はいった。だが少女が目をそらし何も答えないので彼は礼をいいお守りをシャツのポケットに入れた。ありがとう《グラシアス》。ほんとにありがとう《ムーチャス・グラシアス》。

　少女は後ろに下がって馬から離れた。あの人とても勇気のある人ね《ケ・ホーベン・タン・バリエンテ》、という少女にビリーはああ、おれの弟は勇気のあるやつだよと応じ、もう一度帽子のつばに手をやってまだ蠅払いを持ち戸口に立っている女に片手をあげて挨拶するとマタ・オルティスにただ一本通っている粘土の道を北に乗り出してサン・ディエゴの町に向かった。

　雨雲が垂れこめて星の見えない暗い空のもとビリーは橋を渡り、勾配をのぼってエヒードの農夫たちの居住地区へ向かった。唸りながら突進してきた前と同じ犬の一群を馬のまわりに纏《まと》わりつかせながら薄暗い灯をともした扉の前や湿った大気のなかに煙を燻らせている夕餉の支度をした焚き火の跡のそばを通り過ぎた。ビリーがきたことを知らせに走る者の姿など見えなかったのにムーニョス一家の家に着いてみると戸口に女房が立ち彼を待っていた。ほかの人々もそれぞれの小屋から出てきた。ビリーは馬を止めてムーニョスの女房を見おろした。

あいつはいますか《エル・エスタ》？　と彼はきいた。

ええ《シ》。いるわ《エル・エスタ》。

生きてますか《エル・ビーベ》？

生きてるわ《エル・ビーベ》。

ビリーは馬からおり周囲に集まった人々のうち一番近くに立っている少年に手綱を渡して帽子を脱ぎ低い戸口をくぐった。女房もあとから入ってきた。ボイドは部屋の奥の床に敷いた藁布団に身を横たえていた。犬がもうその藁布団の上で身を丸めている。まわりの床にはみんなが見舞いに持ってきてくれた食べ物や花や、木や土でできた聖像や布や、お守りをいくつも入れた手製の木箱や深鍋や籠や硝子瓶や小さな彫像などが並べられていた。寝ているボイドの上のほうにある壁龕《へきがん》には聖母像が安置されその足元に置かれたグラスのなかの蝋燭に火がともされていたが部屋のなかの明かりはそれだけだった。

みんながお見舞いにきてくれたの《レガーロス・デ・ロス・オブレロス》、と女房は囁いた。

このエヒード《デル・エヒード》の人たちが？

女房はエヒードの人たちからの見舞いの品もあるがほとんどがけが人を運んできた作男たちが持ってきてくれたものだといった。トラックがまた戻ってきて男たちが帽子を手にぞろぞろ家に入ってきて品物を置いていったと彼女はいう。

ビリーはしゃがみこんでボイドを見おろした。かけてある毛布をはぐり着ているシャツの裾をまくりあげた。ボイドの上体は屍衣のようなモスリンの布で包まれその布に血が染み透って黒く乾いていた。額に手を載せるとボイドは目を開いた。

具合はどうだい、相棒？　とビリーはいった。

兄ちゃんはやられたと思ったよ、とボイドがいった。もう死んでると思った。

おれは大丈夫さ。

ニーニョのやつが頑張ったんだな。

ああ。頑張ってくれた。

ボイドの顔は青く熱かった。今日おれが何になったか知ってるかい？　とボイドはいった。

いや、何になった？

十五になった。あしたはもう死んでるかもしれないけど。

心配いらないよ。

ビリーは女房のほうを向いた。医者はなんていってます《ケ・ディーセ・エル・メディコ》？

彼女は首を振った。医者などここにはいない。まじない師のお婆さんにきてもらい傷に薬草の湿布を当ててもらったといいビリーにお茶を出した。

そのまじない師の婆さんはなんていいました《イ・ケ・ディーセ・ラ・ブルーハ》？　容態は重いんですか《エス・グラーベ》？

女房は顔を脇へ向けた。壁龕のともし火が浅黒い頬の涙の筋を光らせた。女房は下唇を嚙んだ。何も答えなかった。くそ、とビリーはつぶやいた。

夜中の三時にビリーは馬でカサス・グランデスの町に入った。高い土手の上を走る鉄道線路を横切りアラメーダ通りを走るとやがて酒場の明かりが見えた。馬からおりてなかに入った。カウンターのそばのテーブルで男がひとり組んだ腕の上に突臥《つっぷ》して眠っているだけで他には誰もいなかった。

すいません《オンブレ》、とビリーは声をかけた。

男は弾かれたように体を起こした。目の前に立っている若い男がいかにも重大な用件があるといった様子なのを見てとった。男は大儀そうに両手をテーブルについて上体を起こした。

医者はどこです《エル・メディコ》、とビリーはいった。医者はどこに住んでます《ドンデ・ビーベ・エル・メディコ》？

医者の家の雑役夫が門の大きな木の扉につくりつけた小さな扉の鍵を開け掛け金をはず

しその扉を開いた。門の内側の暗がりに立った男は口を開かず来客が用件をいうのをじっと待っていた。ビリーが説明を終えると男はうなずいた。分かった《ブエノ》、と男はいった。それ《パー》じゃ入って《サレ》。

男は脇へ寄ってビリーをなかに入れまた扉を閉めた。ここで待ってて《エスペレ・アキ》。そういって男は丸石を踏む音を立てながら暗闇のなかへ消えていった。

長いあいだ待たされた。暗がりの奥からは緑の草木と土と堆肥の匂いが漂ってきた。草木が風に吹かれてさわさわと鳴った。眠りを妨げられたものが微かにざわめく音がした。門の外でニーニョが小さくいないた。やがて前庭に灯がともりまた雑役夫が現れた。その後ろには医者がいた。

医者は寝巻きの上にローブを着た格好で片手をそのローブのポケットに突っこんでいた。むさ苦しい感じの小男だった。

弟さんは今どこにいる？《ドンデ・エスタ・ス・エルマーノ》　と医者がきいた。

サン・ディエゴのエヒードです。《エン・エル・エヒード・デ・サン・ディエゴ》

でその事故が起こったのはいつだね？《イ・クワンド・オクーリオ・エセ・アクシデンテ》

二日前です。《アセ・ドス・ディーアス》

医者は淡い黄色の光に仄暗く照らされたビリーの顔をじっと見た。

熱はだいぶあるのか？

さあ。たぶん。ちょっとあると思います。

医者はうなずいた。分かった《ブエノ》、と彼はいった。雑役夫に車の用意をするように命じそれからまたビリーに向き直った。ちょっと待っててくれ。五分ほどだ。

医者は片手をあげて指を広げた。

はい。

もちろん金は払わなくていい。

おれ、外にいい馬を持ってます。あれで払います。

きみの馬などいらない。

書類もあります。書類もあるんです《テンゴ・ロス・パペーレス》。

医者はすでに彼に背を向けて歩き始めていた。馬を連れてきたまえ、と彼はいった。なかへ入れておくといい。

車に鞍は積めますか？

鞍？

鞍はとっときたいんです。父親にもらったものなんで。積んでってもらわないと持って帰れません。

あとで馬を取りにくるときにつけていけばいい。

じゃ馬はいらないんですか？

ああ。そんなことはいいんだ。

ビリーがニーニョの口を取って通りに立っていると雑役夫が門をはずして丈の高い木の門扉を開いた。ビリーが馬を入れようとすると男はちょっと待ってといい向き直ってまたなかに入った。しばらくして自動車のエンジンがかかる音がして雑役夫の運転する古いダッジのオペラ・クーペが玄関口に現れた。雑役夫は車を通りに出すとエンジンをかけたままにして降り手綱を受け取って馬を門のなかへ引き入れ奥へ連れていった。

何分かして医者が出てきた。黒っぽい服を着た医者のあとから雑役夫が往診用の鞄を持ってついてくる。

用意はいいかね《リスト》？　と医者がいった。

いいです《リスト》。

医者は車の向こう側へ回り運転席に乗りこんだ。雑役夫が医者に鞄を手渡して扉を閉めた。ビリーが反対側から乗りこむのを待って医者が前照灯をつけるとエンジンが止まった。医者は何もせずに待っていた。雑役夫が扉を開けて座席の下に手を入れクランクを取って車の前にいくと医者は前照灯を消した。雑役夫が背をかがめてクランクを穴に差し体を起こして一度ぐいと回すとエンジンは再び始動した。医者は音高くエンジンをふかし、また前照灯をつけて窓を巻きおろし雑役夫からクランクを受け取った。それから床のシフト・レバーを引いてギアを一速に入れ車を走らせた。

狭い暗い通りを前照灯の黄色い光芒が走り突き当たりの壁を照らした。ちょうどそのときひとりの男とあとからついてくる籠と下手な縛り方をした布包みを提げた女と二人のまだ大人になり切らない若い娘が通りに入ってきた。その一家は前照灯に照らし出されて鹿の群れのように竦み立ち、男は背をぴんと伸ばして棒立ちになり女と娘たちは身を守ろうとするように片手を前に突き出して、背後の壁にそれと同じ姿勢の巨大な影絵が映った。医者が大きな木製のハンドルを左に切ると前照灯の輪も横にそれ四人の姿は再びメキシコの夜の名状しがたい闇のなかに消えた。

その事故のことを話してくれないか、と医者がいった。

弟はライフルで胸を撃たれたんです。

それはいつのこと?

二日前です。

弟さんは喋るのかね?

え?

喋るのかね?　意識はあるのかね?

ええ。あります。でも昔からあんまり喋りません。

ははあ、と医者はいった。なるほど。医者は南へ車を走らせながら煙草に火をつけ静かに吸った。車にはラジオがついている、つけたければどうぞと医者はいったがビリーは先生がおつけになりたいならつけてくださいといった。しばらくして医者はラジオをつけた。二人はテキサスとの国境に近い町アクーニャから放送されるアメリカのカントリー音楽に耳を傾け、医者は黙って煙草をふかしながら運転し、前照灯が照らす先には側溝のなかで草を食べている牛の熱い目が浮かびあがり、その光の外の暗闇にはひろびろとした荒野が広がっていた。

エヒードに通じる川沿いの黒土の道を前照灯で仄白いヒロハハコヤナギの幹を浮かびあがらせながら走り木の橋を渡って勾配を登り居住地区に入っていった。前照灯の光の輪のなかで犬たちが右往左往しながら唸り声をあげた。ビリーが指さしながら道を教え、車は寝静まっている宿舎の前を通り過ぎボイドが祭日の聖像のように供物に囲まれて横たわっている家から漏れる薄暗い黄色い明かりの前で停止した。医者はエンジンを切り前照灯を消して鞄に手を伸ばそうとしたが鞄はすでにビリーが抱えていた。医者はうなずき、車からおりて帽子をきちんとかぶり直すとビリーをあとに従えて家に入った。

すでに隣の部屋から出てきてビリーがそれ以外に見たことのないいつもの服装で灯明の薄暗い明かりのなかに立っていたムーニョスの女房が医者にこんばんはと挨拶した。医者は彼女に帽子を渡すと上着のボタンをはずし脱いだ上着の内ポケットから眼鏡のケースを取り出した。それから上着を女房に渡し白いワイシャツの両袖のカフスをはずしてズボンのポケットに入れると糊のきいた袖を二度折り返してまくりあげ床の藁布団の上に坐りケースから眼鏡を取り出してかけボイドを見た。医者は手をボイドの額に当てた。どうだ《コモ・エス》ね《タス》？　と医者はきいた。気分はどう《コモ・テ・シエンテス》？

全然よくならないです《ヌンカ・メホール》、と喘ぐような声でボイドがいった。

医者は微笑みを浮かべた。女房のほうを向いた。お湯を沸かしてください《イエルバーメ・アルゴ・デ・アグワ》、と彼はいった。そしてポケットからニッケル製の小さな懐中電灯を取り出してボイドの上に屈みこんだ。ボイドは目を閉じたが医者は下瞼を引きおろして目を調べた。光をゆっくりと左右に動かして何度か眼球の上を通過させ瞳を覗きこむ。ボイドは顔をそむけようとしたが医者は片手を頬に当てて抑えた。さあちゃんと見せて《ベアーメ》、と医者はいった。

医者は毛布をはぐった。何か小さなものが毛布の下から走り去った。ボイドは農夫が畑で仕事をするときに着る襟もボタンもない白い綿のシャツを着ていた。医者はそのシャツの裾を胸のあたりまでたくしあげボイドの右腕を袖から引き出し襟ぐりから首を抜きそれからそっと左腕から上着を抜き取って振り返りもせずビリーに渡した。ボイドの上体はモスリンの布に包まれその布に染み透った血が黒く乾いていた。医者は布の下に掌を差し入れて胸の上に置いた。息をして《レスピーレ》、と彼はいった。深く息をするんだ《レスピーレ・プロフンド》。ボイドは息をしたがそれは浅い苦しげな息だった。医者は掌を左胸の血の染みの真下近くへ滑らせまた息をするようにいった。医者は身をかがめて鞄の留め金をはずし聴診器を取り出してチューブを首にかけ、先がスペード形をした鋏を出して汚れた布を切り固まった血でごわごわになった切り口をめくった。ボイドのむき出しになった胸に左手の指先を載せその中指を右手の中指で叩いてじっと神経を集中させた。それから手を動かしてまた同じことをした。それから手を窪んで土気色をした腹の上に移しそっと押さえながら異常がないか確かめた。医者はじっとボイドの顔を見つめている。

ずいぶん友達が多いんだね《ティエーネス・ムーチョス・アミーゴス》、え《ノ》？

え《コモ》？　とボイドがかすれ声でいった。

お見舞いの品物がいっぱいだ《タントス・レガーロス》。

医者は聴診器のイヤピースを耳にはめ円錐形の集音器をボイドの胸に当てて聞き入った。集音器を右から左へと動かす。深く息をして《レスピーレ・プロフンド》。口でだ《ポル・ラ・ボーカ》。もう一度《オトラ・ベス》。ようし《ブエノ》。医者は聴診器を心臓の上に当てて音を聞いた。目を閉じて聞いた。

兄ちゃん、とボイドが小さくいった。

しっ、と医者がいった。指をボイドの唇に当てた。喋らないで《ノ・アブラ》。

医者は聴診器を耳からはずして首にかけチョッキのポケットから金時計を引っ張り出し親指でぱちりと蓋を開けた。ボイドの顎のすぐ下の首に二本の指を押しつけ時計の白い陶製の文字盤を傾けて灯明の光に照らし細い秒針が黒い小さなローマ数字をひとつずつたどっていくのをじっと見ていた。

いつになったら喋っていいんですか《クワンド・プエド・ヨ・アブラール》？　とボイドが囁いた。

医者はにっこり笑った。喋りたければもう喋っていいよ《アォーラ・シ・キェーレス》。

兄ちゃん。

なんだ。

おれについてってくれなくていいんだぜ。

余計なこと気にするな。

どっかへいきたかったらいっていいんだ。おれは構わない。

おれはどこへもいかないよ。

医者は時計をチョッキのポケットに戻した。舌を出して《サカ・ラ・レングワ》。

医者はボイドの舌を調べ口のなかに人さし指を入れて頬の内側を探った。それから身をかがめて鞄を取りあげ藁布団の上に立てて置き口を開いて明かりのほうへ少し傾けた。石目模様のついた革を黒く染めた重い鞄で、よく使いこまれて角が磨り減り縁のあたりが茶色い地の色に戻っている。父親の代からおよそ八十年にわたって使っているので真鍮の留め金も磨り減って甘くなっていた。医者は血圧計を取り出してカフをボイドの細い上腕に巻きつけゴム球を握って空気を送りこんだ。それから肘の内側に聴診器を当て耳をすました。血圧計の針が下がりまた跳ねあがった。古い眼鏡のそれぞれのレンズの真ん中に蠟燭の細い直立した炎が映っていた。炎の像はごく小さく微動だにしなかった。それは老化しつつある医者の目のなかで燃えている清浄な探究の光といった風だった。医者はカフをはずしビリーのほうを向いた。

この家に小さなテーブルはないかな？《アイ・ウナ・メサ・チーカ・エン・ラ・カーサ》　椅子でも構わないが？《オ・ウナ・シーヤ》

椅子ならあります。《アイ・ウナ・シーヤ》

よし。《ブエノ》持ってきてくれ。《トライガラ》　それと何かへ水を汲んで持ってきてくれ。《イ・トライガメ・ウナ・コンテニドール・デ・アグワ》　革袋でもなんでもこの家にあるものでいい。《ウナ・ボータ・オ・クワルキエーラ・コーサ・ケ・テンガ》

はい先生。《シ・セニョール》

それから飲み水をグラスか何かに一杯。《イ・トライガ・ウン・バーソ・デ・アグワ・ポターブレ》

はい。

水を飲ませなくちゃいけないんだ。《エル・デーベ・トマール・アグワ》　分かったね？《メ・エンティエンデス》

はい。

それから扉は開けといてくれ。《イ・デーハ・アビエルタ・ラ・プエルタ》　新鮮な空気が必要だからね。《ネセシターモス・アイレ》

はい。分かりました。

ビリーは椅子を逆さまにして腕に載せ片手に水の入った深鍋、もう片方の手に井戸水を汲んだカップを持って戻ってきた。医者は白いエプロンをつけて立ちタオルと黒っぽい色の石鹸を手にしていた。よし《ブエノ》、と医者はいった。石鹸をタオルに包んで脇に挟みビリーから慎重に椅子を受け取って逆さになったのを元に戻し床に置いてちょうどいい位置にくるようわずかに動かした。それから深鍋を受け取り椅子の上に置いて背をかがめ鞄のなかを掻き回して曲がった硝子のストローを取り出すとビリーが持っているカップに入れた。そしてビリーにこの水を飲ませてやりたまえ、ゆっくり飲ませるようにな、といった。

はい、とビリーはいった。

よし《ブエノ》と、と医者はいった。石鹸を包んだタオルを脇から取りシャツの両方の袖をさらに上へまくりあげる。それからビリーを見おろした。

何があっても慌てないように《ノ・テ・プレオクペス》、と医者はいった。

はい、とビリーはいった。気をつけます。

医者はうなずき外へ手を洗いにいった。ビリーは藁布団の上に坐りストローを漬けたカップを手に背をかがめてボイドに水を飲ませる用意をした。毛布をかけてやろうか、と彼はいった。寒くないか？　寒かったらそういえよ。

寒くない。

よし、じゃ飲むんだ。

ボイドは飲んだ。

ゆっくりとな、とビリーはいった。徐々にカップを傾ける。あんな服着て、ここの農夫みたいだったぞ。

水を吸いこみすぎたボイドが顔をそむけ咳きこんだ。

慌てるなって。

ボイドはぜいぜい喘いで息を整えた。また飲んだ。ビリーはカップを引っこめしばらく待ってからまた口元へ持っていった。硝子のストローがからんと音を立て水を吸いあげた。ビリーはカップを傾けた。水を全部飲んでしまうとボイドは息を整えながらビリーを見あげた。農夫に見えるぐらいならまだましさ、とボイドはいった。

ビリーはカップを椅子の上に置いた。おれ、おまえのこと、もっと気をつけてなきゃいけなかったよな？　と彼はいった。

ボイドは答えなかった。

医者はもう大丈夫だといってる。

ボイドはまた頭を寝かせて浅い息をついていた。暗い天井の梁にじっと目を据えていた。

じきに新品と同じ体になるとさ。

そういってるの、おれには聞こえなかったけどな、とボイドはいった。

医者が戻ってくるとビリーはカップを手に立ちあがった。医者は手を拭きながらいった。喉が渇いてたろう《エル・テニア・セー》、どうだ《ベルダー》？

ええ、とビリーはいった。

ムーニョスの女房が湯気の立つ湯を満たしたバケツを提げて戸口から入ってきた。ビリーがそばへいって把手をつかみバケツを受け取ると医者が手振りで炉端に置くよう指図した。それから医者はタオルをたたんで鞄の脇に置きその上に石鹸を載せると床に坐りこんだ。よし《ブエノ》、と彼はいった。準備はできた《ブエノ》。ビリーのほうを向く。じゃ手伝ってくれ《アユダーメ》。

二人はボイドを横向きにした。ボイドは苦しげな息をつき片手で虚空につかみかかった。

そしてビリーの肩をぎゅっとつかんだ。

ようしよし相棒、とビリーがいった。痛むんだろ、分かってるよ。

分かるもんか、とボイドは絞り出すようにいう。

大丈夫《エスタ・ビエン》、と医者はいった。もう大丈夫だ《エスタ・ビエン・アシ》。

医者はボイドの胸から黒い染みのついた布をそっと取りはずしつまみあげて女房に渡した。胸にひとつ、肩甲骨の上にさらに大きいのがひとつ貼りついた黒い薬草の湿布はそのままにしておいた。医者はボイドの体の上にかがみこみそれぞれの湿布をそっと手で押さえて何か滲み出してくるものはないか調べ、小さく空気を吸いこんで腐臭の有無を確かめた。よし《ブエノ》、と彼はいった。大丈夫だ《ブエノ》。医者は両方の湿布に挟まれた腋のやや下の青く腫れあがった部分にそっと触った。

弾は胸から入ったんだね《ラ・エントラーダ・エス・エン・エル・ペーチョ・ノ》？

そうです《シ》、とビリーはいった。

医者はうなずきタオルと石鹸を取りあげタオルをバケツの湯に漬けて石鹸を塗りボイドの胸と背中の湿布のまわりとその間の部分をそっと洗った。それからタオルを湯のなかで揉んで搾りボイドの体についた石鹸を拭い取った。タオルは垢で黒く汚れた。寒くない《ノ・エスタス・デマシ》

か　ね《アード・フリーオ》？　気分は悪くないか《エスタス・コモド》？　よし《ブエノ》。　ようし《ブエノ》。

洗浄が終わると医者はタオルを置き深鍋を床におろし身をかがめて鞄のなかからたたんだタオルを一枚出して椅子の上に載せ指先で端をつまんで慎重に広げた。なかには滅菌機で消毒して筒状に巻き紙テープで留めたタオルが入っていた。医者はそっと紙テープをはずし慎重な手つきでタオルの端をつまんで最初のタオルの上に広げた。なかには四角く切ったガーゼと同じく四角く切ったモスリンの布と脱脂綿が入っていた。それからたたんだ小さなタオルが数枚。何巻かの包帯。医者はそれらのものに手を触れないよう気をつけながら両手を椅子の上から引きあげ鞄から入れ子状に重ねた二つの小さな琺瑯の鍋を取り出して、ひとつを床の鞄のそばに置きもうひとつをバケツに半ば漬けて湯を汲み両手で慎重に椅子の上まで持ってきて包帯やガーゼや綿から離れた隅に載せた。それから鞄のそれぞれの仕切りからニッケルめっきをした鉄の器具をいくつも選り出した。先の尖った鋏にピンセットに止血鉗子など全部で十数個。ボイドは医者が準備をするのをじっと見ていた。ビリーも見ていた。医者は器具類を椅子の上の鍋に入れ鞄から赤いゴム玉のついた小さなスポイトを出してそれも鍋のなかに入れ、さらにビスマスの入った小さな缶とアルミホイルの包みを出してホイルのなかから二本の小さな硝酸銀の棒を取り出しそれらを鍋の横に置いた。それからヨードチンキの小瓶を取り出し蓋をゆるめてから女房に渡すと両手を鍋の上にかざして女房にヨードチンキを手にかけてくれといった。女房は前に歩み出てきて瓶の蓋をはずした。

さあかけて《アンダレ》、と医者がいう。

女房はかけた。

もうちょっと《マス》、と医者がいった。あとほんの少しだけ《ウン・ポキート・マス》。

入口の扉が開いているのでグラスのなかに立てた蠟燭の炎はゆらゆらと揺れ身を捩り、束の間明るく輝いたと思うとふっと消えかかる。みすぼらしい藁蒲団に横たわったボイドの上にかがみこんだ三人は人身御供の祭儀を執りおこなう者たちのように見えた。それでいい《バスタンテ》、と医者はいった。よし《ブエノ》。医者はヨードチンキを滴らせた両手を持ちあげた。手は赤錆色に染まっている。鍋の湯の表面で血のようなヨードチンキの大理石模様が動いていた。医者は女房にうなずきかけた。残りを鍋に入れて《ポンガ・エル・レスト・エン・エル・アグワ》。

女房がヨードチンキの残りを鍋に注ぐと医者は人さし指を漬けて軽く掻き回し素早く鉗子をひとつ引きあげてそれでモスリンの小切れを一枚摘みあげ、さっと湯に浸して引きあげて滴を切った。医者はまた女房のほうを向いた。湿布をはがしてください《キタ・ラ・カタプラスマ》。

女房は片手で口を覆った。ボイドを見、医者を見る。

さあやって《アンダレ・プエス》、と医者はいった。大丈夫だから《エスタ・ビエン》。

女房は胸の前で十字を切り、かがみこんで手を伸ばし湿布を束ねている紐をつまんで引きあげ湿布の下に親指を入れてはがそうとした。血で黒ずんだ薬草のもつれた塊はなかなか皮膚から離れてこなかった。そこへ根をおろして養分を摂っているかのようだった。女房は後ろに下がりはがした湿布を汚れたモスリンの布の上に落とした。ちらちら瞬く蠟燭の灯に照らされたボイドの左の乳首の左上数インチの処に小さな丸い穴があいていた。傷口は乾き灰色の瘡蓋ができていた。医者は身をかがめてモスリンの小切れでそっと傷口を拭いた。ボイドの皮膚の上にヨードチンキの染みができた。穴からゆっくりと血が滲み出し胸の上に細く一筋つうっと流れた。医者は傷口の上にガーゼの小切れを載せた。それがゆっくりと血で黒く染まるのを三人はじっと見つめた。医者は女房の顔を見あげた。

もうひとつも《ラ・オトラ》？　と女房がきいた。

ええ《シ》。お願いします《ポル・ファボール》。

女房は身をかがめボイドの肩の後ろから親指で湿布を浮かせて取り除いた。胸の湿布よりも大きく、黒く、醜怪だった。湿布の下には縁のささくれた穴が大きく赤い口を開いていた。周囲の皮膚は瘡蓋《かさぶた》と黒く固まった血で覆われている。医者は傷口にガーゼを当てその上にモスリンの小切れを載せてしばらく指先で押さえていた。布がゆっくりと赤黒く染まった。医者はさらに小切れを重ねた。血が一筋細く背中に流れ落ちた。医者はそれを拭き取りまた指先で布を押さえた。

出血が止まると医者は新しいモスリンの小切れを一枚ヨードチンキを溶いた湯に浸し肩に当てた小切れを押さえたまま両方の傷のまわりを拭き清め始めた。汚れた小切れをかたわらの床に置いた鍋に落とし、また新しい小切れで拭きそれが終わると手首の背でずり下がった眼鏡を鼻梁に押しつけビリーのほうを向いた。

手を握ってくれ、と医者はいった。

なんです《マンデ》？

弟さんの手を握るんだよ。

握らせるかどうか分かりません《ノ・セ・シ・メ・バ・ペルミティール》。

握らせるさ《エル・テ・ペルミーテ》。

ビリーが藁蒲団の端に坐ってボイドの手を握るとボイドも握り返してきた。

しっかり握っててくれよ、とボイドが囁いた。

今何ていった《ケ・ディーセ》？

何でもないです《ナーダ》、とビリーはいった。やってください《アンダーレ》。

医者は消毒したモスリンの小切れを一枚とり懐中電灯に巻きつけてスイッチを入れその懐中電灯を口にくわえた。それから巻きつけた布を床の鍋のなかに落とすと身を乗り出して椅子の上の鍋から止血鉗子をひとつ取りボイドの上にかがみこんで肩の射出口に当てた布を取りのけ光を当てた。早くも新たに血が滲み出し始めた傷口のなかへ鉗子を挿し入れ、パチリと留める。

ボイドは背を弓なりに反らし頭を後ろにのけぞらせたが悲鳴はあげなかった。医者はまたひとつ鉗子を取り出し布で傷口の血を拭いて懐中電灯の光で調べまた鉗子を嚙ませた。ボイドの首の張りつめた筋が明かりを受けてぎらぎら光った。医者は口から懐中電灯を出していった。あともう少しですむ《ウノス・ポコス・ミヌートス・マス》。あともう少しだ《ウノス・ポコス・ミヌートス》。

医者はさらに二つの鉗子を嚙ませてから鍋からスポイトを取り出しヨードチンキを溶かした湯を赤いゴム玉に吸いあげ、女房にタオルをボイドの背中に当てて押さえていてくれといった。医者はゆっくりと傷口にスポイトの湯を注いだ。布で拭きまた湯を注いで血の塊と細かい粒状のものを洗い流した。それから手を伸ばして鍋から鉗子をひとつ取り出しパチリと留めた。

可哀相に《ポブレシート》、と女房はいった。

もう少しで終わりだ《ウノス・ポコス・ミヌートス・マス》、と医者はいった。

さらにもう一度スポイトを使って傷を洗浄すると医者は今度は硝酸銀の棒を一本つまみ、片手に持った鉗子でモスリンの小切れを挟んで傷口の血の塊や粒状のものを拭いながらもう一方の手で硝酸銀を傷口にこすりつけその部分を無感覚にした。こすられた部分に硝酸銀の淡い灰色の跡が残った。医者はまたひとつ鉗子を嚙ませ傷口をスポイトで洗った。女房はボイドの背中に当てたタオルをひとつ折り返した。医者はピンセットで傷のなかから小さなものを摘み出し懐中電灯の前へ持っていった。そして麦粒ほどの大きさのそれを小さな円錐形の光のなかでひっくり返した。

それ何ですか《ケ・エス・エッソ》？ とビリーがきいた。

医者は懐中電灯をくわえたまま身を横に乗り出しビリーによく見えるようにした。鉛《プローモ》だ、と医者はいった。もっとも粒そのものは六番目の肋骨の小さな破片で、医者がいったのはその断面に微かに付着した鈍い銀色のことだった。医者は骨のかけらをピンセットと一緒にタオルの上に置きボイドの肋骨をまず胸の側から次いで背中側から一本ずつ人さし指で触った。そうしながらボイドの顔をじっと見た。痛むかね《テ・ドゥエーレ》？ ここは《アーヤ》？ ここは《アーヤ》？

ボイドは顔をそむけている。絶え絶えの苦しい息をついている。

医者は鍋から先の尖った鋏をとり、ちらりとビリーの顔を見てから後ろの傷口の外にささくれ出した感覚の鈍った肉をぷつぷつ切り取り始めた。ビリーはもう片方の手も添えて両手でボイドの手を握った。

犬が心配そうに見てるよ《レ・インテレーサ・エル・ペーロ》、と医者がいった。

ビリーは戸口へ目をやった。犬が坐ってこちらを見ていた。あっちいけ、とビリーが逐《お》う。

構わないよ《エスタ・ビエン》、と医者はいった。そっとしといてやりたまえ《ノ・ロ・モレスタ》。弟さんの犬なんだろう《エス・デ・ス・エルマーノ・ノ》？

そうです《シ》。

医者はうなずいた。

肩の傷の手当てが終わると医者は女房に今度はタオルを胸の傷の下にあてがうようにいい

最前と同じようにスポイトを使って洗浄した。さらにもう一度洗って小切れで傷口を探る。しばらくして医者はようやく体を起こし口から懐中電灯を出してタオルの上に置きビリーを見た。

とても根性のある子だね《エス・ウン・ムチャーチョ・ムイ・バリエンテ》、と医者はいった。

だいぶ悪いですか《エス・グラーベ》？　とビリーがきく。

悪いことは悪い。しかしひどく悪いわけじゃない《エス・グラーベ・ペロ・ノ・エス・ムイ・グラーベ》。

ひどく悪いってどういうんですか《ケ・セリア・ムイ・グラーベ》？

医者はまた手首の背で眼鏡を押しあげた。部屋のなかが冷えていた。医者の口から羽毛のような息が吹き出ては消えるのがごく微かに見えた。医者の額には細かい汗の玉が浮いていた。医者は指で目の前に十字架の形を描いてみせた。これだ《エソ》。ひどく悪いというのは《エソ・エス・ムイ》こういうのさ《・グラーベ》。

医者はまたモスリンの小切れを巻きつけて懐中電灯を取りあげた。それを口にくわえスポイトを手に取りヨードチンキの溶液を吸いあげていったんタオルの上に置くと肩の傷から円を描いて突き出ている鉗子のうち最初に噛ませたものの顎をそっと開いた。それからゆっくりゆっくり引き出した。それから次の鉗子をはずした。

それが終わるとスポイトを取りそっと傷口を洗い溶液を拭き取り硝酸銀の棒をそっと擦りつけた。傷の上のほうから始めて下へおりていった。最後の鉗子をはずして床の鍋に落とすと医者はまるで癒《なお》れ癒れといい聞かせるようにボイドの背中の上にしばらく両手をかざしていた。それからビスマスの入った缶を取って蓋を開け傷口の上へ持っていき白い粉を振りかけた。

両方の傷にガーゼを当て肩のガーゼの上には消毒した小さなタオル地の布を重ねて両方をテープで留めると、医者はビリーと一緒にボイドの上体をそっと起こし両腕を持ちあげさせて胸のまわりに素早く包帯を一巻き巻きつけた。包帯の端を二つの小さな金属の包帯留めでとめ白いシャツをボイドの頭からかぶせて着せ、またそっと寝かした。ボイドは頭をがくりと傾けかすれた音を立てて長々と息を吸いこんだ。

まあしかし運がよかったよ《フエ・ムイ・アフォルトゥナード》、と医者はいった。

え？《コモ》

肺を撃ち抜かれなかったからね。《ケ・ノ・セ・レ・アン・プンサンド・ロス・プルモーネス》弾が通ったすぐ近くに大動脈があったがぎりぎりのと《ケ・ノ・セ・レ・ア・ケブラード・ラ・グラン・アルテリア・クワル・エラ・ムイ・セル》ころではずれたのもよかった。《カ・デ・ラ・ディレクシオン・デ・ラ・バーラ》しかし何よりもそんなにひどい炎症を起こしてなかったの《ペロ・ソブレ・トード・ケ・ノ・アイ・ニ・グラン・インフ》が幸いだ。《エクシオン》とても運がよかった。《ムイ・アフォルトゥナード》

医者は器具をタオルで包んで鞄に納め二つの鍋の湯をバケツに捨てて、鍋を布で拭きこれもしまって鞄の口を閉じた。手を洗って拭き立ちあがってポケットからカフスを出し袖を巻きおろして袖口を留めた。女房にまた明日きて包帯やガーゼを取りかえるからその分を置いていくといい、看病はこういう風にしてほしいと指示を与えた。水をたくさん飲ませること。暖かくしてやること。それから医者はビリーに鞄を渡し、くるりと背中を向けて女房に手伝ってもらって上着を着、帽子をかぶって女房にどうもご苦労さまとねぎらうと、頭をひょいと下げて低い戸口から外に出た。

ビリーが鞄を提げてあとを追い外に出ると医者はクランクを手に車の前へいくところだった。ビリーは医者に鞄を渡してかわりにクランクを受け取った。おれにやらせてください《ペルミータメ》、と彼はいった。

ビリーは背をかがめ、暗いのでフロント・グリルを指で探って穴を捜しクランクの先を当てがって押しこんだ。背を伸ばしてクランクをぐいと回す。エンジンがかかり医者がうなずいた。ようし《ブエノ》、と医者はいった。医者は運転席の窓から車内に手を入れスロットルを絞ってエンジンの回転を遅くし、振り返ってビリーからクランクを受け取ると背をかがめて座席の下にしまった。

ありがとう《グラシアス》、と医者はいった。

こちらこそ《ア・ウステ》。

医者はうなずいた。ムーニョスの女房が立っている戸口を見やりまたビリーに目を戻した。ポケットから一本煙草を出して口にくわえた。

弟さんについてやりなさい《セ・ケーダ・コン・ス・エルマーノ》、と彼はいった。

はい《シ》。あの馬をもらってください《アセプテ・エル・カバーヨ》、お願いします《ポル・ファボール》。

医者は断った。馬は明日の朝、雑役夫に届けさせるといった。医者は灰色の曙光がにじみ出して心慰む暗闇のなかから農園の建物の屋根の輪郭が浮きあがり始めた東の空を眺めやった。もう朝がくるね《ヤ・エス・デ・マニャーナ》、と医者はいった。夜が明けていく《ビエーネ・ラ・マドルガーダ》。

ええ、とビリーがいった。

弟さんについててやりなさい。馬は届けさせるから。

医者は車に乗りこんで扉を閉め前照灯をつけた。見物するほどのものなど何もないのに棟続きの宿舎のそれぞれの戸口には生成りの綿の服を着た男や女、膝にしがみついている子供たちが薄明かりを受けた仄白い姿で立ち、彼らが見守るなか車はゆっくりと滑り出し広い囲い地のなかで方向を転じて農園の門から出、道を走っていったが、そのあとから犬の群れが吼え立てながらついていき、粘土質の道に出ると柔らかくひしゃげて回転するタイヤに飛びかかり咬みつこうとした。

昼前にボイドが目を覚ましたときビリーはそばに坐っていたし昼過ぎに目を覚ましたときも夕方に目を覚ましたときもそばにいた。それから夕方の薄闇のなかでこくりこくりしていると不意に呼びかけられて驚いた。

兄ちゃん。

ビリーは目を開けた。前に身を乗り出す。

水がなくなった。

汲んできてやる。グラスはどこだ？

ここにある。兄ちゃん。

何だ？

ナミキパへいってきてくれ。

おれはどこへもいかない。

あの子すっぽかされたと思うよ。

おまえを置いていけるか。

おれは大丈夫だから。

おまえを置いていけるわけないだろ。

大丈夫だったら。

看病する人間がいるだろう。

兄ちゃん、とボイドはいう。もう峠は越したんだ。頼むからいってきてくれ。兄ちゃんもあの馬のこと心配してたじゃないか。

次の日の正午ごろ医者の雑役夫がラバに乗りニーニョの引き綱を引いてやってきた。橋を渡り畑に出払っている農夫たちの宿舎の並びの間を通ってセニョール・パラモ（パラモは荒れ地のこと。パーハムをこう聞き違えたものと思われる）と呼ばわりながらラバを進めてくる。ビリーが外に出ると雑役夫はラバの足を止めうなずきかけてきた。あんたの馬《ス・カバーヨ》だ。

ビリーは馬を見た。食べ物と水を与えられ毛梳き櫛をかけられゆっくり憩《やす》んですっかり見違えたようになっていたのでビリーはそう雑役夫にいった。雑役夫は軽やかにうなずきラバの鞍の角にくくりつけた引き綱をはずしてラバからおりた。

なんで馬に乗ってこなかったんだい《ポル・ケ・ノ・モンターバ・エル・カバーヨ》？　とビリーがきいた。

雑役夫は肩をすくめた。自分の馬じゃないからだといった。

乗りたいかい《キエーレ・モンタルロ》？

相手はまた肩をすくめた。馬の引き綱を握ったままじっと立っている。

ビリーは馬に歩み寄り鞍の角にかけてある巻き取った手綱をとり馬に銜のついた面懸をつけて手綱を地面に落とし馬の頭から無口頭絡をはずした。

さあいいよ《アンダレ》、とビリーは声をかけた。

雑役夫は無口頭絡を巻き取りラバの鞍の角に引っかけると馬のそばへきてその体を叩き、手綱を拾いあげ鐙に片足をかけてさっと鞍に跨がった。馬を反転させて棟続きの宿舎と宿舎のあいだの通路を進み、そのまま速足に移って勾配をのぼり農園の屋敷の脇までいくとビリーの目の届かない処へいくつもりはないというようにそこで向きを変えた。元きたほうへ少し戻ってから向きを変えて何度か八の字に歩かせたあと襲歩で勾配を駆けおり、ムーニョス一家の戸口の前にくると馬に腰を落とした滑りこむような急停止をさせそれと一続きの動きでひらりと地上におり立った。

気に入ったかい《レ・グスタ》？ とビリーはきいた。

ああもちろん《クラーロ・ケ・シ》、と雑役夫は答えた。身を乗り出して掌を馬の首にあててうなずきそれからラバのほうへいって鞍に跨がると宿舎のあいだの通路を一度も振り返ることなく去っていった。


ビリーが出発したとき辺りはほとんど真っ暗になっていた。彼はムーニョスの女房が明日の朝にしたらというのも聞かずに出かけていった。午後の遅くに医者がきて包帯やガーゼの替えや瀉痢塩を置いていき女房はボイドにカミツレ、アルニカ、燕草の根を煎じた茶をつくってやった。ビリーには食べ物を古いズックの袋に入れて持たせてくれ、ビリーはそれを鞍の角にかけて馬に跨がり向きを変えると女房を見おろした。

拳銃はどこにある《ドンデ・エスタ・ラ・ピストーラ》？ と彼はきいた。

ボイドの枕の下にあると女房は答えた。ビリーはうなずいた。前方の道と橋を見やりまた女房に目を戻す。ビリーは誰か自分たちを捜しにきた連中はいないかと尋ねた。

ええ、二回きたわ《シ・ドス・ベセス》。

ビリーはまたうなずいた。あなたたちを危ない目にあわせてるね《エス・ペリグローソ・パラ・ウステーデス》。

彼女は肩をすくめた。人生に危険はつきものだ、民衆の味方をかくまう以上しかたのないことだと彼女はいう。

ビリーは微笑んだ。　おれの弟は民衆の味方《ミ・エルマーノ・エス・オンブレ・デ・ラ・ヘンテ》なのかい？

そう《シ》よ、もちろん《クラーロ》。

ビリーは川沿いのヒロハハコヤナギの木立のなかを通る道を南にたどりマタ・オルティスの町を抜け、西から昇った月が冷たい天頂付近にさしかかるころ平原の上に木の繁みが黒い影を描いているのを見て道から離れその繁みで野営して夜の残りを過ごした。脱いで立てたブーツに帽子をかぶせサラーペにくるまり朝まで目覚めることなく眠った。

次の日は一日じゅう馬を進めた。車の往来はほとんどなく馬に乗った人間にはまったく出会わなかった。夕方、ボイドをサン・ディエゴへ運んでくれたトラックがゆっくりと土埃を巻きあげながら北からやってきてギアの音をがりがり立てながら速度をゆるめ停止した。手を振り声をかけてくる荷台の作男たちのほうへビリーは近づいていき帽子をぐいと後ろに押しやり片手をあげた。男たちが荷台の片側に集まってきて差し延べてくる手を馬から身を乗り出してひとつ残らず握った。男たちは道をうろついていては危ないと警告した。ボイドのことを何も訊かないのでビリーが話し出すと彼らは手を振ってさえぎり今日も見舞ってきたから分かっているといった。ボイドが食べ物を腹に入れ精のつくプルケ（竜舌蘭の搾り汁を発酵させてつくる酒）を小さなグラスに一杯飲んだことを教えてもうこれで大丈夫だ、あんなひどいけがをして持ち直したのはまったくマリア様のお陰だといった。あんなひどいけが《エリーダ・タン・》をして《グラーベ》。ほんとにぞっとしたよ《タン・オリーブレ》。おそろしいけがだった《エリーダ・タン・フェア》、などと口々にいった。

男たちはボイドが拳銃を枕の下に入れて寝ていたといい、絞り出すような囁き声でいった。たいしたもんだ《タン・ホーベン》。度胸がある《タン・バリエンテ》。あの男に手を出すと危ないな《イ・ペリグローソ・ポル・トド・エソ》。洞穴で臥せってる手負いの虎みたいなもんだ《コモ・エル・ティーグレ・エリード・エン・ス・クウエーバ》。

ビリーは男たちの顔を見た。西に目を移し長い影を幾筋も刷いて冷えていく荒れ野を眺めた。アカシアの繁みで野鳩が啼いていた。男たちはボイドがボキーヤ・イ・アネクサスの町で片腕の男と撃ち合いをし相手を殺したのだと信じていた。片腕の男は挑発の言葉もかけずにいきなり撃ったが相手が真の勇者だとはつゆ知らなかった。白人の若者は血溜まりから身を起こしざま銃を抜き片腕の男を馬から撃ち落とした。男たちはビリーに敬意にあふれた言葉づかいであなたがた兄弟がそういう正義の道を進み始めたのにはどういういきさつがあるのかと訊いた。

ビリーは男たちの顔をじっと見つめた。彼らの目のなかには強くこちらの心を打つものがあった。運転台に乗っていた運転手と二人の男もおりてきて荷台の後ろのほうに立っていた。皆がビリーの返事を待っていた。やがてビリーは口を開き今の撃ち合いの話は大袈裟すぎる、弟はまだ十五で気をつけていなかった自分に責任があるのだといった。あいつを外国へ連れてきたのが間違いだった、犬みたいに撃たれたのはそのせいだと。だが男たちは首を振り振りボイドの齢を囁き合うのだった。まだ十五だと《クインセ・アニョス》。たいしたもんだ《ケ・グワーポ》。若い《ケ・》のになんて強いんだ《ホーベン・タン・エンフォルサード》。仕方なくビリーが弟を助けてくれてありがとうと礼をいい帽子のつばに手をやると、男たちはまた犇《ひし》めき合って手を差し延べてきたのでそれをひとつひとつ握り道に立っている運転手と二人の男とも握手を交わし、それから馬の向きを変えてトラックの横を通り道を南に下り始めた。後ろで扉の閉まる音がしギアの入る音がして間もなくトラックは土埃を濛々とあげながらゆっくりとビリーを追い越していった。荷台の男たちはみな手を振り何人かは帽子まで脱ぎ、そのうちひとりが立ちあがって仲間の肩に片手をかけもう片方の手を拳に握り突きあげて叫び声をあげた。この世に正義はあるぞ《アイ・フスティーシア・エン・エル・ムンド》。そしてトラックは遠ざかっていった。

その夜ビリーは体の下の地面が揺れるのに目を覚まし体を起こして馬を目で捜した。馬は荒野の夜空に頭をもたげて西のほうを見ていた。南へ向かう貨物列車がやってきて、前照灯の淡黄色の細長い円錐がゆっくりと悠々と闇を押し分け、線路の鳴る遠い音が静まり返った暗い荒野に機械の異質な響きを立てていた。しばらくしてようやく車掌車の小さな矩形の窓が見えてきた。列車が通り過ぎたあとにはたなびく仄白い煙だけが荒野の上に残り、それからラス・バラスの町の踏切に呼びかける長い孤独な汽笛があたり一帯に谺した。

正午ごろ、ビリーはショットガンを鞍の前橋に横たえてボキーヤの町に入っていった。通りに人影はなかった。さらに道を南にたどりサンタ・アナ・デ・バビコラの町に向かった。陽が暮れるころ北のボキーヤの町へ向かう若者や少年の一団と行き会ったが、彼らはみな黒い髪を頭にぺったり撫でつけ磨きあげたブーツを履き熱した煉瓦で皺を伸ばした安物の綿シャツを着ていた。土曜日の夜で、踊りに出かけるのだった。ロバや小さな牝のラバに跨がった若者たちが重々しくうなずきかけてきた。ビリーはショットガンの床尾を腿に載せ銃身を肩にもたせかけて、若者たちにじっと目を据えながらうなずき返した。ビリーの乗っている立派な馬は若者たちに向かって鼻の穴を開き息を吹いた。サンタ・マリア川がつくった谷間から山に入り柏槙の自生する高台の平坦地にあるラ・ピンタの町を通り抜けたとき月が出、真夜中にサンタ・アナ・デ・バビコラに入ったが、町は真っ暗で人っ子ひとりいなかった。ビリーは並木道で馬に水を飲ませ道を西にたどってナミキパの町に向かった。一時間後、サンタ・マリア川の源流のひとつであるせせらぎの近くにくると、道からはずれて川縁の草地で馬に足かせをし自分はサラーペにくるまり疲れ果てて夢も見ない眠りをむさぼった。

目が覚めたときには太陽は数時間前から空にあった。脱いだブーツを手に水際へいき流れに足を浸して身をかがめ顔を洗った。背を起こして馬を目で捜すと馬は道のほうを眺めていた。何分かすると人の乗った馬が一頭やってきた。ビリーの母親が使っていたその馬に乗っているのは例の少女で、新しい青い綿のワンピースを身につけ麦藁帽子から緑色のリボンを背中に垂らしていた。ビリーは通り過ぎていく少女にじっと目を注ぎ彼女が見えなくなると草の上に坐りこんで目の前に立ててあるブーツとせせらぎのゆっくりとした水の流れと朝のそよ風に吹かれてお辞儀を繰り返している草をじっと見つめた。それからブーツに手を伸ばして履き、立って馬の処へいき面懸と鞍をつけて跨がり道に出て少女のあとを追った。

蹄の音を聞きつけた少女が帽子を片手で押さえて体を捻り後ろを振り向いた。彼女は馬を止めた。ビリーは馬の歩みをゆるめて少女に近づいた。少女は黒い瞳でビリーをじっと見据えた。

あのひと死んだの《エスタ・ムエルト》？　と少女はきいた。死んでしまったの《エスタ・ムエルト》？

いや《ノ》。

嘘はつかないで《ノ・メ・ミエンタ》。

神かけて誓うよ《レ・フーロ・ポル・ディオス》。

神様ありがとうございます《グラシアス・ア・ディオス》。本当にありがとうございます《グラシアス・ア・ディオス》。少女は馬から滑りおりて手綱を地面に落とすと新しい服が汚れるのも構わず乾いた轍のついた道にひざまずき胸の前で十字を切り両手を組み合わせて目を閉じ感謝の祈りを捧げた。

一時間後、ほとんど口をきかない少女と一緒にまたサンタ・アナ・デ・バビコラの町に入った。傾いた低い泥の建物と幹を白く塗った五、六本の木が並ぶ真昼の通りを抜けまた高地の荒涼とした平坦地に出る。町に店らしきものは一軒も見当たらなかったがかりにあっても金は一ペソも持っていなかった。少女は十歩ほど後ろからついてきてビリーが振り返っても微笑みもせずおよそ何の反応もしないので、間もなくビリーはもう振り返ることをしなくなった。食べ物を持たずに家を出てきたはずはなかったが彼女はそれについて何もいわずビリーも何もいわなかった。町から少し北に離れたとき後ろで少女が何かいったのでビリーは馬の足を止めくるりと向きを変えさせた。

おなかすいた《ティエーネス・アンブレ》？　と少女がきいた。

ビリーは親指で帽子を後ろにずりあげ彼女を見た。トラックのギアだって食えるぐらいさ、と彼はいった。

え《マンデ》？

二人は道端のアカシアの繁みのなかで昼餉をとった。少女は地面にサラーペを広げて布に包んだトルティーヤと玉蜀黍の皮に包んだタマールを置き隠元豆の入った小瓶の蓋を開けて口に木のスプーンを差した。それからエンパナーダを四つ、赤いチレ唐辛子をまぶした玉蜀黍を二つ、輪の形に固めた山羊のチーズの四分の一を包んだ布を開く。

横坐りをした少女の顔は帽子のつばの影で翳っていた。二人は食べた。ボイドのことを知りたくないのかとビリーが訊くと少女はもう知っていると答えた。ビリーはじっと彼女を見つめた。ワンピースのなかの体がいかにもか弱げに見えた。左の手首に青い痣《あざ》があった。それを除けば肌は人造物のように染みひとつ、傷ひとつなかった。まるで全身にくまなく化粧をしているようだった。

おまえ男が怖いんだろ《ティエーネス・ミエード・デ・ロス・オンブレス》、とビリーがいった。

男って誰のこと《クワレス・オンブレス》？

世の中の男全部《トドス・ロス・オンブレス》さ。

少女は首をめぐらしてビリーを見た。それから顔を伏せた。ビリーはその問いについて考えているのだろうと思ったが、少女はサラーペの上から一匹の黄金虫を払いのけ手を伸ばしてエンパナーダをひとつ取り上品に歯を立てた。

たぶん怖がって当然なんだろうけど《イ・キサース・ティエーネス・ラソン》、とビリーはいった。

たぶん《キサース》。

少女は道端の草むらでひょいひょいと尻尾を振りながら立っている二頭の馬に目をやった。まただんまりかとビリーが思っていると少女は自分の身内のことを話し始めた。祖母は革命戦争で夫を亡くし再婚したがその年のうちにまた未亡人になり三度目に結婚した夫にも先立たれたあとは、大変な美人だったし三番目の夫が死んだときに二十歳《はたち》にもなっていなかったので幾らでも機会はあったがもう結婚しなかったといい、叔父が詳しく話してくれたところによるとその三番目の夫はトレオンで忠誠を誓うように胸に手を当てそこに入ったライフルの弾を贈り物だというようにぎゅっと押さえつけて倒れ、手にしていたサーベルと拳銃はむなしく棕櫚《しゅろ》の木立の砂の上に落ち、乗り手を失った馬は銃弾と砲弾と兵士らの怒号のなかで右往左往し鐙を腹に打ちつけながら一度駆け出したがまた戻ってきて、同じように乗り手をなくした馬たちと一緒に宵闇の近づいた死骸のごろごろ転がる非情な荒野に影を彷徨わせていたが、刺のある繁みからは小さな鳥の群れが飛び出しまた弧を描いて戻ってきて囀りながら飛び回り、東の空にはのっぺり白い月が昇りジャッカルの群れがやってきて死んだ兵士たちの服を裂き肉を食らったと話した。

祖母は世の中の色々なことに疑惑を抱くようになったが特に男のことではそうだったと少女はいった。才能と活力のある男は普通は何をしても成功するが戦争では先に死んでいく。祖母はよく男とはこういうものだとたいそう真剣な口振りで話したものだが、祖母によれば荒くれ男というものは女を強く惹きつけるがそういう男に惚れるのは不運以外の何ものでもなく、それはどうしようもないことだ。女はみな苦労し心を引き裂かれて生きていくものでそうじゃないという者は事実を直視したがらないだけのことだ。このことは変えようがないのだから女は心のままに喜んだり惨めに泣いたりするのがいいので、あり得るはずのない安らぎなど求めるべきではない。それを求めれば悲惨を呼び寄せほかのことは何ひとつ知らずに終わる。こういうことは女なら誰でも知っているが口に出していうことはめったにない。最後に少女は、女が荒くれ男に惹かれるのは心の奥底で女のために人を殺せないような男は駄目な男だと知っているからだといった。

少女は食べ終えた。少女の言葉は両手を組んで膝の上に置き坐っているその姿勢と不思議に釣り合っていた。道はがらんとして無人で周囲の荒野はしんと静まり返っていた。ビリーは少女にボイドは人を殺せる男だと思うかと訊いた。少女は首をめぐらしてビリーをじっと見つめた。正しく意味を伝えるには慎重に言葉を選ばなければならない相手だとでもいうようだった。しばらくしてようやく彼女はこの辺の土地ではみんながそういっているといった。ボイドがラス・バリタスの農園の支配人を殺したことは誰もが知っている。ソコロ・リベラを裏切り土地の住民をバビコラの町に駐屯する政府軍に売り渡したあの男を殺したことは。

ビリーは少女の話をじっと聞きそれが終わると、あの片腕の男は馬から落ちて背骨を折ったのだ、自分はこの目でそれを見たといった。

ビリーは待った。しばらくして少女は顔をあげた。

もう少し食べる《キエーレス・アルゴ・マス》？　と彼女はきいた。

いや《ノ》。ありがとう《グラシアス》。

少女は昼餉の後片づけを始めた。ビリーは眺めているだけで手伝おうとはしなかった。

彼は立ちあがり少女は食べ物の残りをサラーペに包んでまた紐で縛った。

おまえはおれの弟のことなんか何も知っちゃいない《ノ・サーベス・ナーダ・デ・ミ・エルマーノ》、とビリーはいった。

たぶんそうね《キサース》。

彼女はサラーペの包みを肩に載せて立ちあがった。

なんで知ってるっていい返さない《ポル・ケ・ノ・メ・コンテスタ》？　とビリーはいった。

少女はビリーの顔を見あげた。そのことならもう説明したはずだと彼女はいった。どこの家族にもひとりだけ違っている人がいる、みんなはその人のことを知っているつもりでいるが本当は何も知ってはいない。わたしは自分がそういう変わり者だったからよく分かる。そういうと彼女はくるりと背を向け道端の土埃をかぶった草むらで草を食べている馬の処にいき、サラーペの包みを鞍の後橋の後ろにくりつけ腹帯を締め直し背に跨がった。

ビリーは馬に跨がり少女のかたわらを通って道に出た。そこで止まり振り返る。彼は弟については家族にしか分からないことがある、二親とも死んでしまった今はそれを知っているのは自分だけだといった。どんな小さなことでも自分は知っている。小さいころ病気をしたときのことや蠍《さそり》に刺されてもう死ぬと怖がったときのこと、ボイドもほとんど覚えていない久しい以前に住んでいた土地のこと、自分たちの祖母やずっと昔に死んでもう二度と自分たちが訪ねることはないであろう場所に埋めたボイドの双子の妹のこと。あいつに双子の妹がいたことは知ってるのか《サビアス・ケ・エル・テニア・ウナ・ヘメーラ》？　五歳のとき死んだ双子のことを《ケ・ムリオ・クワンド・テニア・シンコ・アニョス》？

少女はボイドに双子の妹がいたこともその妹が死んだことも知らなかったがそんなことはどうでもいい、今彼にはもうひとり妹ができたのだからといった。それから馬を前に進めビリーのそばをすり抜けて道に出た。

一時間後、二人は前方を歩いている三人の少女に追いついた。二人が布をかぶせた籠を一緒に提げていた。彼女らはソト・マイネスという小さな町へ行く途中だったがそこまではまだかなり距離があった。少女たちは後ろから近づいてくる馬の蹄の音を聞きつけて振り返り笑い声を立てながら一塊になり、二頭の馬がすぐ後ろにやってくると互いに体を押し合いながら道の端に寄り生き生きとした黒い目で二人の乗り手を見あげ手を口にあてて笑った。ビリーは帽子のつばに手をやって通り過ぎたが少女は馬の足をゆるめ、三人の少女と並んでゆっくり馬を進め、ビリーが振り返って見ると彼女らに話しかけていた。少女は年下といってもほとんど齢の違わない三人をあのいつもの低い抑揚のない声で叱りつけているのだった。やがて少女たちは歩みを止め道端の矮性樫の繁みに背中を押しつけるようにして立ったが少女は馬を止めてなおも小言をいい続けた。それが終わると前を向き馬を進めて、あとはもう振り返らなかった。

二人は一日じゅう馬を進めた。暗くなってからラ・ボキーヤの町に入るとビリーは前と同じようにショットガンを体の脇に立てて通りを進んだ。片腕の男が落馬した場所にくると少女は胸の前で十字を切りその指にキスをした。二人は先へ進んだ。まばらな並木の白く塗った幹が家々の灯を受けて骨のように仄白く浮かびあがっていた。硝子をはめた窓もあるがほとんどの家では肉屋が肉を包む油紙を張り、その表面には何の影も映らずただ羊皮紙か、書きこんだ地形も道も消えてしまった荒れ野の古い地図のように土色の染みを散らしているだけだった。町はずれの道から少し離れた平原で火がひとつ焚かれており二人は馬の歩みをゆるめて用心深くそばを通ったが、ただ塵芥《ごみ》を燃やしているだけのようで人の姿はなく二人はそのまま進んで西の暗い荒野に出ていった。

その夜は湖のほとりの草地で野営し少女が持ってきた食べ物の残りを二人で分けた。ビリーは少女にこんな土地を夜ひとりで馬でいくのは怖くなかったかと訊いたが少女は怖くても仕方がない、神様にお任せするしかないと答えた。

神様はいつだっておまえの面倒を見てくれるのかとビリーが訊くと少女は炭火が湖からの風にぽっぽっと息づいている焚き火の芯にじっと目を据える。ひとしきりたってから彼女は神様はどんなことでも全部面倒を見てくださる、人は神様の裁きから逃げられないように神様のご加護からも逃げられない、どんな悪人でも神様の愛から逃げられないのだといった。ビリーはじっと少女を見つめた。おれは神様のことをそんな風には思っていない、神様に祈るのはもうやめてしまったというと少女はうなずき火から目を離さず、ええ知ってるわといった。

少女は自分の毛布をとって湖の岸辺へいった。ビリーはその後ろ姿を見送りブーツを脱いでサラーペを体に巻つけ安らぎのない眠りに落ちていった。夜中か早朝かに目を覚まして辺りを見回しどのくらい眠っていたのかと焚き火を見ると焚き火はすっかり消えて冷えていた。風景を灰色に染め始める暁の光のにじみを捜して東の空を見たが空には闇と星があるばかりだった。ビリーは灰を木の枝でつついた。焚き火の黒い芯の中から赤い炭がいくつか出てきたときはまさかと思うような秘密が暴かれたかのように思われた。そっとしておいたほうがいい何ものかが目を開いたかのようだった。サラーペを肩に巻きつけたまま湖の岸辺に降りていき水面に映った星を眺めた。風は鎮まり水は黒くしんと張りつめていた。この高地の荒れ野にぽっかりと穴があきそこへ星が落ち、溺れ沈んでいくという風に見えた。ビリーは自分は何かのせいで目が覚めたはずだと思い、道をやってきた誰かが焚き火を見て近づいてきたその馬の蹄の音を聞いたのだろうかと考えて、焚き火は消えていたと思い出し、それなら少女が焚き火の処へきて眠っている自分のそばに立ったのかと考え、また眠っている間に雨が顔にかかったと感じたのを思い出したが雨は降っておらず降った跡もないと気づいたとき、自分が夢を見ていたことを思い出した。その夢のなかの彼はこの土地ではないどこかの土地にいてそばであの少女ではない少女がひざまずいていた。彼は少女とともに雨の降る真っ暗な町でひざまずき死にかけている弟を両腕に抱いていたが、その弟の顔は見えず名前も思い浮かばなかった。雨に濡れた黒い街路のどこかで犬が一匹吼えていた。それだけの夢だった。湖に目をやった彼は風もなく黒い静かな水面に星が映っているだけなのに冷たい一陣の風が渡ったような気がした。菅の生い繁る岸辺にしゃがんだ彼は自分が未来を恐れていることを悟った、というのもそこには誰も望まないような出来事が起こるとあらかじめ書きこまれているからだった。彼はタペストリーがゆっくりと広げられていくようにこれまでに見たものと見たことのないものの像が目の前をよぎっていくのを見た。山に埋めた死んだ牝狼や岩の上に滴った鷹の血を見、黒い布をかけた硝子の棺が木の枝を組んだ台に載せられ人夫たちに担がれて街路を進んでいくのを見た。バビスペ川で棄てた弓が死んだ蛇のように冷たい水の上を流れていくのを見、地震に見舞われた廃市に住む孤独な男とカボルカの町の廃墟と化した教会の翼廊に立つ隠者を見た。倉庫のトタンを張った外壁に取りつけられた電球から滴り落ちる雨水を見た。またぬかるんだ平原で繋がれている黄金の角を持つ山羊を見た。

最後に彼は自分の手の届かない場所に立っている弟を、自分には入っていけない世界にひらいた窓の向こうに立っている弟を見た。弟の姿を認めたとき彼は前にも夢でそんな弟を見たことがあると思い、今にあいつは自分に微笑みかけてくる、自分が励起《れいき》した、しかし自分には意味のつかめない微笑みをきっと浮かべると待ち受けながら、結局のところ自分には実際に起こったことと上辺の見せかけにすぎないものとが区別できないのではないかと思い惑った。ビリーは長いことそこに蹲っていたに違いなく東の空が今や本当に白み始め、星の群れは遂に薄墨色に明るみゆく湖に沈みきって灰となり、鳥が遠くの岸辺で啼き出して世界が再び姿を現し始めていた。

二人は朝早く最後に何枚か残っていた乾いて縁が固くなったトルティーヤを食べてしまい出発した。先をいくビリーと後からついてくる少女は言葉を交わすことなく道を進み正午ごろ木の橋を渡ってラス・バラスの町に入った。

通りに人影はまばらだった。二人は小さな雑貨屋で豆とトルティーヤを買い、木枠に石油を入れるドラム缶を載せ鉱山で使う手押し車からはずした鋳鉄の車輪を取りつけた屋台を引いて街路で商いをしている老女からタマールを四つ買った。金は少女が払い二人はとある店の裏に積んである松の薪に腰かけて黙ってそれらを食べた。食べていると男がひとり近づいてきてにっこり微笑み二人にうなずきかけた。ビリーは少女を見、少女は男を見た。男はビリーの馬を見やり鞍に取りつけた鞘から突き出ているショットガンの床尾に目を移した。

おれを覚えてないか《ノ・メ・レクウエルダス》？　と男がいった。

ビリーはあらためて男を見直した。男のブーツを見た。サン・ディエゴの南の道から少しはずれた野原に停めた旅芸人の馬車に乗っていた馬係だった。

覚えてるよ《レ・コノスコ》、とビリーはいった。元気かい《コモ・レ・バ》？

ああ《ビエン》。男は少女を見た。弟さんはどこにいるんだい《ドンデ・エスタ・ス・エルマーノ》？

サン・ディエゴだ《ヤ・エスタ・エン・サン・ディエゴ》。

男はなるほどという顔でうなずいた。事情は察しがつくといいたげな表情だった。

ほかの人たちはどこに《ドンデ・エスタ・ラ・カラバーナ》？

男は知らないと答えた。あの野原でずっと待っていたがひとりも戻ってこなかったという。

どうして《コモ・ノ》？

男は肩をすくめた。片手をさっと振り、いった。逃げちまったのさ《セ・フェ》。

お金を持ち逃げした《コン・エル・ディネーロ》わけか。

ということだな《クラーロ》。

残された者たちは金もなくラバもなしで旅を続けられず往生した。プリマドンナは一頭だけ残してラバを全部売ってしまったので自分と口論になりそれで彼女と別れてきたと男はいった。ビリーがあの女《ひと》はどうするつもりなのかと訊くと男はまた肩をすくめた。男は通りのほうへ目をやった。それからまたビリーに目を戻した。そして食べ物を買いたいから何ペソかくれないかといった。

ビリーは持ち合わせがないといったが、いい出す前に少女が腰をあげ馬の処へいって小銭をいくつか取ってきて男に渡すと、男は彼女に何度も礼をいいお辞儀をし帽子のつばに手をやって小銭をポケットに入れ、それじゃ気をつけてと二人にいい置いてくるりと背を反し通りを歩いてこの山間の小さな町にただ一軒だけある酒場のなかへ消えた。

可哀相なひと《ポブレシート》、と少女がいった。

ビリーは乾いた草の上に唾を吐いた。金がないなんてたぶん嘘だしどうせこれから酒をくらうつもりだ、あんな男に金をやってと文句をいった。それから馬の処へいって腹帯の留め金をとめ手綱を拾いあげて鞍に跨がり馬を走らせて町を出、鉄道の線路を渡り振り返ってあとから少女がついてくるかどうか確かめることもせず道を北にたどった。

サン・ディエゴまでの三日間少女はほとんど口をきかなかった。最後の夜はそのまま憩《やす》まず暗い道をエヒードまでいきたがったがビリーは拒んだ。結局マタ・オルティスの南数マイルの川縁で野営することにしビリーが川原に落ちている流木を集めて火を焚き少女がラス・バラスの町を出てから毎回量を決めて食べてきた豆とトルティーヤの最後の一回分で夕餉の支度をした。二人が火を挟んで向かい合わせに坐り食べるうちに薪は燃えて壊れやすい炭の小塚となり、東の空には月が昇り、南をめざす鳥の群れの微かな啼き声が頭上の遥か高みから耳に届き、その群れがほっそりした花押のような隊列を組んで陽の燃えさしが燻る西の空から紺色の空へ渡りさらにその向こうの闇に向かっていくのが見えた。
鶴《ラス・グルーヤス・イエーガン》が飛んでいく、と少女がいった。

ビリーは鶴の群れを見た。細長い隊形を組んだ群れが大昔に彼らの血のなかに書きこまれた目に見えない航路をたどり南へ向かっていくのをじっと見つめた。群れが見えなくなり最後の細い柔らかなよく通る啼き声が子供の吹く角笛のように夜の帳《とばり》がおりた空に消え入ると、少女は立ちあがり自分のサラーペを持って川原を歩いていきヒロハハコヤナギの木立のなかへ姿を消した。

次の日の正午ごろ二人は木の橋を渡りエヒードへと入っていった。とうに畑に出ているはずの人々が宿舎の前にずらりと並んでいるのを見たビリーは今日は何かの祭日なのだと気がついた。馬を止めた少女を残してムーニョス一家の家の前までいき馬からおりて手綱を地面に落とし帽子を脱ぎ頭を低くして戸口をくぐった。

ボイドは壁に背中をもたせかけて藁蒲団の上に坐っていた。グラスのなかでちらちら炎を揺らしている蠟燭の下で胸に白い布を巻いて坐っているボイドは通夜の最中に突然むっくり起きあがった死人のように見えた。床に寝そべっていた声の出せない犬が立ちあがりビリーに身をすり寄せてきた。どこにいたんだ《ドンデ・エスターバ》？　とボイドが訊いた。ビリーに訊いたのではなかった。ビリーの背後の戸口から微笑みながら入ってきた少女に訊いたのだった。

次の日ビリーは馬で川を下流にたどり夕方まで戻らなかった。空の高みを野禽の群れが細い隊列を組んで南へ渡っていき岸辺の柳やヒロハハコヤナギの葉が川面に散り渦巻き蛇行しながら流れていった。川底の石の上を滑っていく葉の影は何かを記録する文字のように見えた。陽が暮れてから戻ってきた彼は居住地区で焚かれている火から火へと軍隊の野営地で巡察任務についている騎兵のように渡っていった。続く何日かは農夫たちの手伝いをして、羊の群れを追い立てて丘からおろし丈の高いアーチ形の門をくぐらせて広い囲いのなかに入れ、犇めき合い互いの体にのしかかる羊たちを鋏を持って待っていた剪毛工《せんもうこう》に引き渡した。剪毛工は五、六頭ずつ天井の高い崩れかかった小屋に羊を入れ両膝で体を挟みつけて鋏で毛を刈り、天井から漏る雨が処々窪みをつくっている木の床から少年たちが羊毛を拾いあげ長い綿の袋に足で押しこんでいった。

夕方は涼しくなり火のそばに坐って農夫たちと一緒にコーヒーを飲んでいるとエヒードで飼っている犬たちが焚き火から焚き火へ渡り歩いて残肴《ざんこう》をあさった。今はボイドも夕方になるとぎごちなく馬に跨がりニーニョに乗った少女と並んでゆっくり散歩するようになった。川縁で撃たれたときに帽子をなくしたので誰かにもらった古い麦藁帽子をかぶり縞模様の亜麻布でつくったシャツを着ていた。二人が戻ってくるとビリーは居住地区から勾配をおりて馬たちが足かせをされて憩んでいる処へいき、そこにいるニーニョの裸の背に跨がり川へいって濃くなっていく夕闇のなかをあの旅芸人一座のプリマドンナが裸で水浴びをしていた浅瀬に入り、ひとしきり水を飲んでから滴を垂らしながら鼻面をあげた馬と一緒に川の流れる音に耳を傾け水面のどこかに浮かんで啼く鴨の声に聞き入り、時おり川の一マイルほど上空を南を指して渡っていく鶴の羽音を聞いた。彼は黄昏の薄明かりが残る対岸にあがりヒロハハコヤナギの木立の黒土にボイドと少女の馬が残した足跡を捜し、二人がどこへいってきたのか確かめようとそれをたどりながらボイドの考えていることを推し量ろうとした。夜も遅くなってから宿舎に帰ってくると低い戸口をくぐって部屋に入り弟が眠っている藁蒲団の上に腰をおろした。

ボイド、と彼は声をかけた。

ボイドは目を覚まし蠟燭の仄暗い明かりのなかで顔をこちらに向けビリーを見あげた。

陽干し煉瓦の壁が昼間吸いこんだ熱を少しずつ吐き出して部屋のなかはやや暑くボイドは

上半身裸で寝ていた。白い布をはずした体はビリーがこれまで見たこともないほど青白くその青白い皮膚に肋骨がくっきり浮き出すほど痩せていて、体をこちらに向けたとき蠟燭の赤みを帯びた光が一瞬胸にあいた穴を照らし出すとビリーは何か自分に見る資格のないもの、見る心の準備ができていないものをつい見てしまったというように目をそらした。ボイドはモスリンのシーツを体の上に引きあげてまた横になりビリーを見た。長く伸びた白っぽい髪に包まれた顔がひどく痩せ細って見えた。なんだい？とボイドはいった。

なに考えてるか話してくれ。

もう寝なよ。

どうしても話してほしいんだ。

大丈夫だ。何もかも大丈夫だよ。

いや大丈夫じゃない。

心配しすぎさ。おれは大丈夫だ。

おまえは大丈夫さ、とビリーはいった。でもおれはそうじゃない。

三日後の朝、目を覚まして宿舎の外に出たビリーは二人がいなくなっているのに気がついた。棟続きの宿舎のはずれまでいき川のほうを見やった。父親の馬が草地で頭をもたげて彼のほうを見、それから道の向こうの川と橋とその向こうの道へ目をやった。

ビリーは宿舎から荷物を取ってきて馬に鞍をつけ出発した。誰にも別れの挨拶はしなかった。橋を渡りヒロハハコヤナギの木立を抜けて道に出て馬を止め、南の山岳を見やり次いで西に目をやって暗色の細い線を引く地平線に底を平らに切り取られた雷雲がもくもくと聳え立っているのを見、それから古い世界が石と生物の胚種に固着し人間の血のなかに棲みついているメキシコ全体の上にかぶさる深い青緑色のぴんと張りつめた穹窿を眺めあげた。ビリーは馬の向きを変え地に影を落とさない灰色の薄陽に満たされた道を南に下りながらショットガンを鞘から抜き鞍の前橋に横たえた。そのように銃を抜いたのは世界がこの日彼にたいしてまた新たな敵意をむき出したからであり、和解を拒む冷たい世界にたいして突きつけるべき大義はもはやなく彼には世界と対峙するという姿勢以外に何も残っていないからだった。

何週間も二人を捜したがビリーが見出したのは影と噂だけだった。ジーンズのポケットのなかに小さなハート形のお守りが入っているのを思い出すと、ビリーは人さし指を鎖にかけて引っ張り出し掌に載せて長いあいだ長いあいだ眺めていた。彼はどんどん南下してクワウテモクまできた。そこから北に引き返してナミキパへいったが少女を知っている者はひとりも見つからず今度は西に向かってラ・ノルテーニャとそのすぐ先にそびえる山脈までいき、旅を続けるうちに痩せ細り窶れ土埃をかぶって真っ白になったが二人の姿を見ることはなかった。明け方ビリーはブエナベントゥーラの町に近い十字路で馬を止め、川や物侘しい池の上空を暁の赤い光を背景にして滑らかに翼を動かし飛んでいく水鳥の黒い影をじっと眺めた。彼はアラモやガレアーナといった地卓の上にできた泥の町や集落を通り抜けながら北へ戻ったが、それらは以前彼が通り抜けてきた町でありこうして同じ町々を逆にたどることで彼自身の旅もひとつの物語の形を取り始めることになるのだった。十二月初めの高原の夜は寒く彼は身を暖めるものをほとんど何も持っていなかった。カサス・グランデスの町にまた入ったときには二日間何も口しておらず時刻は真夜中を過ぎ冷たい雨が降っていた。

彼は医者の家の門を叩いた。家の裏のほうで犬が一匹吼えた。しばらくしてようやく灯がひとつともった。

門を開いた雑役夫は雨のなかで馬の手綱を握って立っている彼を見ても驚いた様子を見せなかった。雑役夫が弟さんの具合はどうだと訊くとビリーは弟の傷はよくなったがどこかへいってしまったといい、こんな夜中にやってきて申し訳ないが先生に会いたいのだと告げた。すると雑役夫は時刻などどうでもいい先生は亡くなったのだからといった。

ビリーは医者がいつ死んだのか、何で死んだのかとは訊かなかった。帽子を両手で持ちじっと立っていた。お気の毒に《ロ・シェント》、と彼はいった。

雑役夫はうなずいた。二人はしばらくその場にたたずんでいたがやがてビリーは帽子をかぶってくるりと背を反し、鐙に片足をかけて鞍に跨がると雨に体を黒々と濡らした馬の上から雑役夫を見おろした。ビリーはとてもいい人だったのにといい、通りの向こうの家々の灯を見やりそれからまた雑役夫に目を戻した。

まったくこの世では何が起こるか分からないよ《ナディエ・サーベ・ロ・ケ・レ・エスペーラ・エン・エステ・ムンド》、と雑役夫はいった。

ほんとうに《デ・ベーラス》、とビリーはいった。

ビリーはうなずきながら帽子のつばに手をやり馬の向きを変えると暗い通りを引き返していった。

4

ビリーはニュー・メキシコ州コロンバスの町はずれで国境を越えた。門のそばの監視小屋にいる警備兵はビリーをちょっと眺めただけで通れと手を振った。彼のような風体の者は最近よくくるのでいちいち詮索していられないとでもいう風だった。通れといわれたがビリーはとりあえず馬を止めた。おれはアメリカ人だ、と彼はいった。そうは見えないかもしれないけど。

向こうでだいぶ苦労してきたって感じだな、と警備兵はいった。

まあ金持ちになって帰ってきたとはいえないね。

あんた入隊《サイン・アップ》しにきたんだろうな（サイン・アップには雇われる、入社するの意味もある）。

そんなとこだね。採《と》ってくれるとこがあればだけど。

そいつは心配いらない。あんた扁平足じゃないだろ？

扁平足？

ああ。扁平足だと入れてくれないんだ。

いったい何のことだい？

軍隊のことさ。

軍隊？

ああ。軍隊さ。あんたあっちにどのくらいいってた？

さあ分からないな。今、何月かも知らないんだ。

じゃあなんにも知らないのか？

ああ。いったい何なんだい？

こいつはたまげた。戦争が始まったんだよ。

ビリーは長いまっすぐな土の道をたどりデミングの町に向かった。ひどく寒いので毛布を肩に羽織って馬を進めた。ジーンズは両膝とも抜けブーツはばらばらになる寸前だった。だいぶ前に真ん中から裂けたシャツの背中は竜舌蘭の繊維で繕ってあったが襟はちぎれてなくなり首のまわりにささくれ立った安っぽい縁飾りのような見返し布の切れ端が、尾羽打ち枯らした伊達男といったばかげた風采をつくりあげていた。通りかかった二、三台の車は狭い道のぎりぎり端に寄って彼に場所をあけ通り過ぎたあとで振り返り、巻きあげた土埃を透かしてまわりの風景にまったくそぐわない異物を見る目で彼を見た。話にのみ聞いた古い時代の何かを見る目。活字で読んだことがあるだけの何かを見る目だった。ビリーは一日じゅう馬を進め、夕方フロリダ山脈の山麓の丘陵地帯を渡りその先の高原を進むうちに宵闇が濃くなり真っ暗になった。その真っ暗がりのなかで一列にやってくる五人の馬に乗った男と行き会ったビリーがスペイン語でこんばんはと声をかけると、男たちもすれ違いざまにそれぞれ低い声で挨拶を返してきた。あたかもこの闇の濃さ、道の狭さが自分たちを仲間にしているという風だった。あるいはこういう場所でしか仲間は見つからないとでもいう風だった。

真夜中にデミングの町に着くとビリーは大通りの端から端まで馬を進めた。静寂のなかで蹄鉄をつけない蹄の音がアスファルトの上でこもった音を立てた。ひどく寒かった。開いている店はひとつもなかった。その夜はスプルース通りとゴールド通りの角にあるバス停留所のタイル張りの床の上で汚れたサラーペにくるまり鞍袋を枕にし染みだらけの汚い帽子を顔にかぶせて眠った。ブーツを履いたまま眠り夜中に二度起きあがって街灯柱に投げ縄で繋いだ馬の様子を見にいった。

朝がくると開店早々のカフェに入りカウンターへいって女に軍隊へ入るにはどこにいけばいいかと訊いた。女は徴兵事務所はサウス・シルヴァー通りの陸軍の建物にあるがこんな朝早くから開いてはいないだろうといった。

どうもありがとう、とビリーはいった。

コーヒーを飲んでいくかい？

いや。お金がないもんで。

お坐りよ、と女はいった。

はい。

スツールに腰をかけると女がコーヒーの入った白い陶器のマグを持ってきてくれた。ビリーは礼をいってそれを飲んだ。しばらくすると女は調理台から卵とベーコンを盛った皿とトーストを載せた皿を持ってきて彼の前に置いた。

ただで食べさせてもらったなんて誰にもいわないようにね、と女はいった。

いってみると徴兵事務所は閉まっていたのでデミングの町の若者二人と近在の牧場からきた若者ひとりと一緒に入口の階段に坐って待っていると、やがて徴募軍曹がやってきて玄関の鍵を開けた。

四人は軍曹の机の前に立った。軍曹は吟味する目で彼らを見た。

まだ十八にならない者は誰だ？　と軍曹はきいた。

誰も答えなかった。

たいがい四人に一人そういうのが混じってるもんだが、今おれの目の前にいるのは四人だな。

おれはまだ十七です、とビリーがいった。

軍曹はうなずいた。そうか。それならお袋さんのサインを持ってきてもらわないといかん。

お袋はいません。死にました。

じゃ親父さんは？

親父も死にました。

それじゃ誰かいちばん近い身内の者だ。叔父さんとか叔母さんとか。公証した誓約書がいるんだ。

身内の者もいません。弟がひとりいるだけです。

きみはどこで働いてる？

働いてません。

軍曹は椅子の背にもたれかかった。いったいきみはどっからきたんだね？

クローヴァーデイルの近くからです。

誰か親類の者がいるだろう。

おれの知るかぎりいません。

軍曹は鉛筆の尻でコツコツ机を叩いた。窓の外へ目をやった。それからほかの若者たちを見た。

あとの三人も軍隊へ入りたいんだな？　と軍曹はいった。

若者らは互いに顔を見合わせた。はあ、と彼らはいった。

なんだか頼りない返事だな。

はい、と三人はいい直した。

軍曹はやれやれと首を振りながら回転椅子を回してタイプライターに不動文字で記入項目が印刷してある用紙を巻きこんだ。

おれは騎兵隊に入りたいんです、と牧場からきた若者がいった。親父もこの前の戦争で騎兵隊に入ってました。

そうか、それじゃフォート・ブリスへいったらそういうといい。

はい。鞍を持ってかなくちゃいけませんか?

なんにも持っていかなくていいんだ。軍隊がほんとの母親みたいに何もかも面倒みてくれるからな。

はい。

軍曹は三人から氏名と生年月日と最近親者の名と住所を訊き四枚の食券に署名して一枚ずつ渡し、身体検査をしてくれる医者の住所を教えてそれに必要な書類を渡した。

身体検査をしてもらって昼飯がすんだらまたここへくるんだ、と軍曹はいった。

おれはどうなるんです?　とビリーがきいた。

ちょっと待っててくれ。さあきみたちはもういっていい。昼過ぎにまた会おう。

三人が出ていくと軍曹はビリーに書類と食券を渡した。

書類の二枚目を見てみたまえ、と軍曹はいった。保護者の同意書だ。軍隊に入りたいのならそのいちばん下にお袋さんのサインをもらってくるんだ。お袋さんが天国からおりてきて書いてくれたとしてもおれは一向に構わん。いっていることが分かるかね？

はい。死んだお袋の名前をおれがここへ書けばいいいってことですね。

そうはいっとらん。おれがそんな風にいったかね？

いいえ。

じゃいきたまえ。昼飯のあとでまた会おう。

はい。

ビリーは事務所の戸口に向かった。戸口に立っていた何人かの若者が脇へ寄って彼を通した。

パーハム、と軍曹が呼んだ。

ビリーは振り返った。はい、と彼は返事をした。

昼過ぎにここへ戻ってくるんだぞ、いいな？

はい。

きみにはほかにいく処がないんだからな。

ビリーは通りを渡って馬を繋ぎとめた手綱をほどき鞍に跨がって片手に書類を持ち、シルヴァー通り、ウェスト・スプルース通りと進んだ。東西に走る通りはみな樹木の名、南北に走る通りは鉱物の名がついていた。バス停留所のはす向かいにあるマンハッタン・カフェの前で馬を繋いだ。カフェの隣はヴィクトリア・ランド・アンド・キャトル・カンパニーという会社で、その前の歩道ではつばの狭い帽子に踵の低いブーツという地主らしい格好をした男がふたり立ち話をしていた。男たちがこちらを見たのでビリーは彼らにうなずきかけたが向こうからはうなずき返してこなかった。

カフェに入って仕切り席につき書類をテーブルに置いてメニューを見た。ウェイトレスがやってくると昼の定食を注文したがそれは十一時からだとウェイトレスはいった。朝食なら出せるという。

朝飯はもう食べたんだ。

一回しか食べちゃいけないなんて条例はこの町にはないわ。

どのぐらい量があるのかな？

どのぐらい食べられるの？

徴兵事務所から食券をもらってるんだ。

知ってるわ。そこに置いてあるもの。

卵を四つもらえるかな？

どういう風にしてほしいかいって。

ウェイトレスは両面を焼いたミディアムの卵を四つと焼いたハムを一切れとバターで炒

めた玉蜀黍を盛った楕円形の陶器の皿とビスケットを盛った皿と小さな椀に入れたグレイヴィ・ソースを運んできた。

ほかに欲しいものがあったらいって、と彼女はいった。

ああ。

スイートロールはどう?

もらうよ。

コーヒーのお替わりは?

欲しい。

ビリーはウェイトレスの顔を見あげた。齢は四十ぐらいで髪が黒く歯並びの悪い女だった。彼女はにやりと笑った。食べっぷりのいい男のひとっていいわ。

そう、とビリーはいった。今のおれなら期待に応えられそうだな。

食べ終えるとコーヒーを飲みながら母親が署名することになっている書類をじっと見つめた。じっと見つめながらひとしきり考えこんだあとでウェイトレスに万年筆を貸してくれないかと頼んだ。

彼女は持ってきて彼に手渡した。それ持ってかないでよ、と彼女はいった。あたしのじゃないんだから。

持ってかないよ。

ウェイトレスがカウンターに戻るとビリーは書類の上に屈みこんで線の上にルイサ・メイ・パーハムと書いた。母親の名はキャロリンだった。

外に出るとさっきの三人の若者が歩道をカフェのほうへやってきた。まるで昔からの友達だというように話をしていた。ビリーの姿を見ると彼らは話をやめ、ビリーが声をかけてどうだったと訊くと大丈夫だったと答えてカフェに入っていった。

医者の名はモイアーといいウェスト・パイン通りに診療所を構えていた。いってみると六、七人が徴兵事務所からもらってきた書類を手に坐って待っていたがそのほとんどが若者だった。ビリーは受付の看護婦に名前をいって椅子に坐りほかの者と一緒に長いこと待った。

ようやく看護婦に名前を呼ばれたとき居眠りをしていたビリーはびくっと目を覚ましまわりをきょろきょろ見てここはどこだろうと考えた。

パーハム、と看護婦がまた呼んだ。

彼は立ちあがった。おれです、と彼はいった。

看護婦に書類を一枚もらい廊下に立つと看護婦がカードで彼の片目をふさぎ壁の視力表を読むようにいった。いちばん下の文字まで読むと看護婦はもう片方の目を検査した。

目はいいようね、と彼女はいった。

ええ、とビリーはいった。昔から目はいいんです。

まあそうでしょうね。昔悪かったのがだんだん良くなるってことはまずないわ。

診察室に入ると医者は彼を椅子に坐らせ懐中電灯で照らしながら目を覗きこみ耳に冷たい器具を突っこんで内耳を調べた。それからシャツのボタンをはずすようにいった。

きみは馬でここへきたようだね、と医者がいった。

はい。

どこからきたの？

メキシコです。

ふうん。家族で誰か病気をしている人がいるかね？

いません。みんな死にました。

そうか、と医者はいった。

冷たい聴診器をビリーの胸にあてて耳をすます。それから指の先で胸を叩いた。それからもう一度聴診器を胸にあて目を閉じてじっと聴き入った。医者は背を起こし聴診器のイヤピースを耳からはずして椅子の背にもたれた。心雑音があるね、と医者はいった。

どういうことです？

軍隊には入れないってことだよ。

ビリーはハイウェイ沿いの貸馬屋で十日間働いて毎晩馬房で眠り服を買う金とエル・パソまでのバス賃を稼ぐと馬を貸馬屋の主人に預けて新しいダッキング・クロスの作業用上

着と真珠貝のボタンのついた新しい青いシャツを身につけて東へ出発した。

エル・パソに着いた日は寒く風が吹き荒れていた。徴兵事務所では徴募官に前と同じ書式の書類をつくってもらったあと列について服を脱ぎ籠に入れ渡された真鍮の札と書類を手に裸で並んで待った。

身体検査の順番がきて医者に診断書を渡すと医者はビリーの口のなかと耳のなかを見た。それから聴診器を胸にあてた。医者はむこう向きになってといい背中に聴診器をあてて耳をすました。それからまた胸に聴診器をあてた。医者は机の上に置いてあるスタンプをひとつ取ってビリーの診断書に押し、署名をして書類をビリーに返した。

不合格だ、と医者はいった。

どこが悪いんです？

心臓の音がちょっと不規則なんだよ。

おれ心臓は悪くないですよ。

いや少し異常があるんだ。

おれ死ぬんですか？

いつかは死ぬ。なにたいしたことはないかもしれない。しかし軍隊には入れない。

先生がちょっと目をつぶってくれれば入れるでしょう？

うむ。しかしわしはそんなことはしない。どうせそのうちにばれることだ。遅かれ早かれね。

外に出て昼前のサン・アントニオ通りを歩き出した。エル・パソ通りを南に下りスプレンディッド・カフェという店に入って昼の定食を食べたあとバス停留所にいき暗くなる前にまたデミングに戻った。

次の日の朝、貸馬屋の厩舎の干し草置き場に出ていくとミスター・チャンドラーが馬具置き場で馬具の整理をしていた。ミスター・チャンドラーが顔をあげた。どうだった、軍隊には入れたか？

いや、だめでした。失格です。

そうかそいつは残念だったな。

ええ。がっくりです。

これからどうするね？

今度はアルバカーキへいってみようと思います。

しかし徴兵事務所はごまんとある。一生かかっても回りきれないぞ。

分かってます。でももう一遍だけやってみます。

ビリーはその週の終わりまで働き賃金を受け取ると日曜日の朝バスに乗って出かけた。まる一日がかりの旅だった。ソコーロのすぐ北で陽が暮れて空には夥しい水鳥が輪を描いて飛びハイウェイの東に広がる川沿いの湿地に舞い降りていた。ビリーは窓の冷たい硝子に額を押しつけて暗くなっていく風景を眺めていた。水鳥の啼き声が聞こえないかと耳をすましたがバスの鈍いエンジン音に掻き消されて聞こえなかった。

その夜はYMCAで眠り、朝、徴兵事務所が開くのを待ってなかに入っていったが昼前にはまた南へ戻るためバスに乗っていた。医者に何かいい薬はないのかと訊いたがないという返事だった。ほんの一時的にでも心臓が正常に打つようにする薬はないのかと彼は訊いてみた。

きみはどこの出身だ？　と医者はきいた。

ニュー・メキシコのクローヴァーデイルです。

今まで何カ所の徴兵事務所へいってみた？

ここで三つ目です。

いいかね、かりに耳の聞こえない医者なんてものがいるとしても、そういう医者が徴兵検査をすることは絶対にない。ここはひとつ家に帰ることだね。

家なんてありません。

さっき何とかデイルからきたといったじゃないか。どこだっけ？

クローヴァーデイルです。

そのクローヴァーデイルの家へ帰るんだ。

もう家はないんです。おれにはいくとこがありません。だから軍隊に入りたいんです。

どうせ心臓の病気で死ぬんなら兵隊にしてくれてもいいはずです。死ぬのは怖くないんだから。

できることならそうしてやりたいが、と医者はいった。そうもいかないんだ。わたしにはそんな権限はない。やっぱり規則に従うしかないんだ。わたしは立派な若者を毎日何人も不合格にしてるんだよ。

はい。

心臓の病気で死ぬなんて誰がいった?

いやべつに誰も。でも死なないといわれたこともありません。

そりゃまあね、と医者はいった。馬みたいな心臓を持った人間にだっておまえは死なないなんていえるわけがない。そうだろう?

ええ。そうですね。

さ、もういきなさい。

え?

もういきなさい。

バスがデミングの停留所に着いたのは深夜の三時だった。ビリーはチャンドラーの貸馬屋へいき馬具置き場から自分の鞍を持ち出すと馬房からニーニョを干し草置き場へ引き出して鞍下毛布を背中にかけた。ひどく寒かった。ニーニョの息が戸口にただひとつ取りつけられた電球の黄色い光を受けて厩舎の樫材の壁を地に白く吹き流れるのが見えた。肩に毛布を巻きつけた馬係のルイスがやってきて戸口に立った。ルイスはビリーが馬に鞍をつけるのをしばらく見ていた。そして軍隊に入れたのかと訊いた。

いや、とビリーはいった。

そりゃ残念だったな《ロ・シエント》。

ああ残念だ《ヨ・タンビエン》。

どこへいくんだね《アドンデ・バ》？

分からない《ノ・セ》。

またメキシコか《レグレーサ・ア・メヒコ》？

いや《ノ》。

ルイスはうなずいた。まあ達者でな《ブエン・ビアーヘ》。

ありがとう《グラシアス》。

ビリーは干し草置き場から馬を引き出し厩舎から出て馬に跨がり出発した。

町を出てハーマナス、ハチタといった町に通じる古い道を南にたどった。新しく蹄鉄を履きここしばらくは穀物飼料を与えられて体調のいい馬を進めるうちに陽が昇り中天を越えまた沈んで夜になった。ビリーは高原で毛布にくるまって眠り陽が出る前に震えながら起き出してまた馬に乗った。ハチタの町のすぐ西で道からはずれリトル・ハチェット山脈の麓の丘陵地帯を抜け、フェルプス・ダッジ製錬所からきて南へ下っていく鉄道の線路にいき当たるとそれを横切って陽が暮れるころ浅い塩湖の岸辺にやってきた。目路のかぎりに広がる水の上に夕陽が照り映えてさながら血をたたえているようだった。ビリーは水のなかへ馬を乗り入れようとしたが対岸が見えないので馬はひるみ一歩も前に進まなかった。彼は馬の向きを変え湖岸に沿って南へ下っていった。雪に覆われたギレスピー山の向こうにはやはり雪に覆われた山肌を陽の残照に赤く染めて立つアニマス山が見えていた。遥か南の彼方にはメキシコの薄青い古い山並が立ちはだかりこちら側の目に見える世界を囲いこんでいた。ビリーは古い柵の残骸のそばで馬からおり何本かの華奢な杭から針金をむしり取って火を焚き腰をおろして脚を投げ出しブーツとブーツを重ねてじっと火に見入った。馬は明かりの輪のすぐ外の暗がりに立ち土に塩を含んだ荒涼たる湿地を陰鬱な目で眺めていた。おまえのせいで遠回りしてるんだ、とビリーはいった。可哀相だなんておれは思わないからな。

次の日の朝、浅い湖を渡り昼前に古いプラーヤズ街道に出るとそれを西にたどって山岳に入っていった。峠には雪が積もっていたが足跡はひとつもついていなかった。山の向こうのアニマス平原におりアニマスの町から南に下る道に出て、陽が暮れてから二時間後にサンダースの牧場に着いた。

門の処から声をかけるとポーチに孫娘が現れた。

ビリー・パーハムです、と彼は怒鳴った。

だれ？

ビリー・パーハムです。

どうぞ入ってビリー・パーハム、と娘はいった。

客間の戸口に立つと部屋のなかにミスター・サンダースが立っていた。前よりもいっそう齢をとり、体が小さくなり、耗《よわ》っているように見えた。さあ入っておいで、とミスター・サンダースはいった。

おれ、ものすごく汚いですから。

いいからおいで。あんたはもう死んだと思ってたよ。

いや。まだ死んじゃいません。

老人はビリーの手を握りぎゅっと力をこめた。そしてビリーの肩越しに戸口を見やった。

ボイドはどこにいる？

ビリーと老人は食堂で夕餉の卓についた。料理を運び終えた若い娘も席に坐った。三人はロースト・ビーフとジャガイモと豆を食べ、娘に渡されたリネンの布をかけたパンの皿からビリーは玉蜀黍パンをひとつ取りバターを塗った。とってもうまいですね、と彼はいった。

これはなかなか料理がうまくてな、と老人がいった。結婚して家を出ようなんて気を起こさないでもらいたいもんだ。わしが自分で料理するようになったら猫どももこの家から出ていっちまうだろうよ。

おじいちゃんたら、と娘はいった。

ミラーもいっぺん不合格になった、と老人はいった。脚のせいでな。しかしアルバカーキで合格になった。あそこじゃ十把ひとからげで採るみたいだな。

おれはだめでしたよ。ミラーは騎兵隊に入れるんですか？

いやあだめだろう。今度の戦争じゃ騎兵隊なんかないんじゃないかな。

老人はゆっくりと食べ物を嚙みながらテーブルの向こう側に目をやった。サイドボードの上に並べられた古い額入りの写真は押型硝子のシャンデリアの黄色い光を受けて引っ越しの時に出てきた大昔の骨董品のように古色蒼然として見えた。サンダース老人ですらそこに写った人々よりずっと後の世代の人という感じがした。セピア色の建物、古風な柿《こけら》葺いた屋根。馬に乗った人々。写真屋のスタジオでスーツとネクタイを着けズボンの裾をブーツのなかにたくしこみライフルを体の前に立てて厚紙のサボテンのあいだに坐っている男たち。女たちの古風な衣装。人々の目には警戒するような何かに取り憑かれているような表情が浮かんでいる。まるで銃を突きつけられて写真を撮られるという風に。

あの端っこの写真に写ってるのはジョン・スローターだ、と老人はいった。

どれです？

いちばん上の棚の端、ミラーの卒業証書の真下にあるやつだ。この家の前で撮ったんだよ。

一緒に写ってるインディアンの女の子は誰ですか？

アパッチ・メイさ。アパッチがしょっちゅう牛を盗むんで連中の村に乗りこんでいったときに連れてきたんだ。一八九五年か六年か、その辺りだな。あの男はインディアンを何人か殺したかもしれん。女の子は連れてこられたときはまだほんの小さい子供だった。選挙のポスターでつくった服を着ていたその子をさらってきて自分の娘として育てたんだ。そりゃもう大変な可愛がりようだった。女の子はあの写真を撮ってまもなく火事で死んじまったがね。

彼に会ったことはあるんですか？

あるよ。いっとき彼の下で働いてたことがある。

あなたもインディアンを殺しましたか？

いや。殺しそうになったことは一、二度あるがな。何人かインディアンを雇ってたこともあった。

あのラバに乗ってるのは誰です？

あれはジェイムズ・オートリー。ラバだろうと何だろうと気にしない男だった。

ピューマを背中に載せた荷馬を引いてるのは？

老人は首を振った。名前は知っとるんだが、ちょっと出てこない。

老人はコーヒーを飲み干し立ってサイドボードから煙草と灰皿を取ってきた。灰皿はシカゴ万国博覧会を記念した鋳鉄製のもので一八三三‐一九三三、〈進歩の世紀〉と記してある。さあ向こうへいこうか、と老人はいった。

二人は客間へ移った。食堂への戸口がある壁の際には樫の羽目板を張ったリード・オルガンが置かれていた。オルガンの上にはレースの布がかかっていた。その上に老人の妻の若いころの写真が手描きで着色され額に納められて立ててあった。

そいつはもう鳴らないんだ、と老人がいった。どうせ弾く者もいないがね。

おれの祖母《ばあ》ちゃんは弾いてました、とビリーはいった。教会で。

昔の女はみんな楽器をやったもんだ。このごろじゃ蓄音機をかけるだけだがね。

老人は背をかがめ火搔き棒でストーブの扉を開いて火を搔き回し薪をもう一本足して扉を閉めた。

ビリーと一緒に腰をおろした老人は若いころメキシコで牛の生皮をつくる仕事をしたことや一九一六年にパンチョ・ビーヤがニュー・メキシコ州のコロンバスを襲撃したこと、国境を越えて逃げようとした悪漢たちを保安官のひきいる追跡隊がある無縁墓地で追いつめたことや一八八六年の旱魃《かんばつ》で家畜がばたばた死んだこと、その被害が特にひどかった南のほうの土地でただ同然の値段で買った牛の群れを追い、からからに乾いた高原を渡りこの牧場まで連れてきたことなどを話した。痩せこけた牛がこの西の沙漠の端を夕陽を背にして歩いていくときは向こうが透けて見えたものだと老人はいった。

これからどうするつもりだね？　と老人はきいた。

分かりません。どっかで雇ってもらうしかないですね。

この牧場はもうすぐ閉めちまうんだよ。

ええ。それをお願いにきたんじゃありません。

この戦争は、と老人はいった。どうなることやらさっぱり見当もつかん。

ええ。そうですね。

老人が泊まっていけというのをビリーは固辞した。二人はポーチに出た。ひどく寒く周囲の平原は深い静寂に浸っていた。門の処で馬が低くいなないた。

今夜はゆっくり憩んで朝出かけたほうがよくないか？　と老人はいった。

そうですけど。でもいかなくちゃ。

そうか。

夜馬に乗るのは好きだし。

うん。わしもそうだった。じゃあ気をつけてな。

ええ。そうします。ありがとうございました。

その夜ビリーは風の吹き渡る広々としたアニマス平原でサラーペとサンダース老人にもらった毛布にくるまって眠った。小さな焚き火はたいたが薪が乏しいので火は夜のあいだに消えてしまい、寒さで目を覚ました彼は冬の星々が夜空につかみかかっていた手を滑らせ先を争って闇のなかに落ちて死んでいくのを眺めていた。足に縄を張られた馬が足踏みする音や口のなかで草を嚙み裂く柔らかな音や息をする音や尻尾を振る音を聞き、遥か南のハチェット山脈の向こうのメキシコで稲妻が閃くのを見ながら、自分はこの谷間でなくどこか遠い処で知らない人々と一緒に埋められることになると思い、冷たい星明かりの下であたかも地球それ自体が猛烈な速さで駆けていくように草原が風に靡《なび》くのを眺めながらもう一度眠りにつく前に低い声でそっと、世間の人はいろいろなことが分かっているつもりでいるが自分に分かるのは確かにこうだ、確かにこうなるといえるものは何ひとつないということだけだと呟いた。戦争が起こることを予想できないというだけではない。ほかのどんな事柄もそうだとビリーは思った。

彼はハッシュナイヴズ牧場へ働きにいったがその牧場はもうハッシュナイヴズという名ではなかった。彼はリトル・コロラド山の放牧地へいかされた。続く三カ月のあいだに彼が見た人間は三人だけだった。三月になって賃金を受け取るとウィンズローの郵便局へいきミスター・サンダースに借りた二十ドルを為替で送り、それからファースト通りの酒場に入って丸椅子に腰かけ親指で帽子を後ろに押しあげてビールを注文した。

何のビールがいい？　とバーテンダーがきいた。

何でもいい。とにかくビールだ。

酒を飲める齢には見えんがな。

それじゃ何で銘柄を訊くんだ？

そんなこたあどうでもいい、とにかくあんたには飲ませない。

あの人が飲んでるのは何だい？

カウンターの端にいるビリーが顎で指した男はビリーをじっと見つめていた。こいつは生《なま》だよ、と男はいった。生をくれっていやいいんだ。

そうか。ありがとう。

どういたしまして。

ビリーは通りを歩いて別の酒場に入り丸椅子に腰をおろした。バーテンダーがやってきて彼の前に立った。

生をくれ。

バーテンダーはカウンターの端へいって硝子のマグにビールを注ぎ戻ってきてカウンターに置いた。ビリーが一ドル札をカウンターに置くとバーテンダーは金銭登録機の処へいってチンと音をさせ七十五セントをカウンターに叩きつけるように置いた。

あんたどっからきた？　とバーテンダーがきいた。

クローヴァーデイルのほうから。ハッシュナイヴズ牧場で働いてた。

ハッシュナイヴズ牧場なんてないぜ。バビットが売っちまった。

ああ。知ってるよ。

羊飼いに売ったんだ。

ああ。

あんたどう思う?

さあ分からないな。

おれには分かってる。

ビリーはカウンターに目を流した。かなり酔っているらしい兵隊がひとりいるだけだった。兵隊はビリーをじっと見ていた。

しかしブランドは売らなかった、そうだろ? とバーテンダーがいった。

ああ。

そうだろ。だからもうハッシュナイヴズ牧場なんてないんだ。

ジュークボックスをかけたいのか? と兵隊がきいてきた。

ビリーは彼を見た。いや。べつにかけたくない。

じゃそこに坐ってな。

そうするつもりだよ。

そのビールどうかしたのかい？　とバーテンダーがきいた。

いや。どうもしやしない。文句をつける客が多いのかい？

全然飲まねえなと思ってさ。

ビリーはマグを見た。それからカウンターの端へ目をやった。兵隊は体をやや斜めに向け片手を膝に突いていた。席を立とうかどうしようか考えているという風だった。

ビールがどうかしたのかと思ってな、とバーテンダーがいった。

いやべつにどうもしやしない。何かあるんだったらそういうよ。

あんた煙草持ってるか？　と兵隊がきいた。

煙草は吸わない。

煙草は吸わない、か。

ああ。

バーテンダーがシャツの胸ポケットからラッキー・ストライクの箱を取り出しカウンターの上を兵隊の処まで滑らせた。ほらよ、兵隊さん、とバーテンダーはいった。

すまん、と兵隊はいった。箱から一本振り出し口にくわえて抜き取るとポケットからライターを出して火をつけライターをカウンターに置き煙草の箱を滑らせてバーテンダーに返した。そのポケットに入ってるのは何だい？　と兵隊がきいた。

誰にいってるんだい？　とビリーがいった。

兵隊は煙をカウンターのこちら側へ吹き流してきた。あんたにいってんだよ、と彼はいった。

そうか、とビリーはいった。でもおれがポケットに何入れてようとおれの勝手さ。

兵隊は答えなかった。じっと坐って煙草を吸っていた。バーテンダーがカウンターの上から煙草の箱を取って一本抜き取り火をつけて箱をシャツのポケットに戻した。それから煙草を指に挟んだまま後ろの壁にもたれかかり腕組みをした。バーテンダーも兵隊も誰かを待っているという風だった。

おれの齢がいくつか分かるかい？　とバーテンダーがいった。

ビリーは相手の顔を見た。いや。なんでおれにあんたの齢が分かるんだい？

今度の六月で三十八になるんだ。六月十四日に。

ビリーは何も答えない。

おれが兵隊の服を着てないのはそういうわけなのさ。

ビリーは兵隊に目を移した。兵隊は煙草を吸っている。

おれも登録にいったんだ、とバーテンダーがいった。齢をごまかしたんだが通用しなかった。

その兄ちゃんにはどうでもいいんだよ、と兵隊がいった。兵隊の服を見たって何とも思わないのさ。

バーテンダーは煙を吸いこみカウンターに向けてふうっと吹いた。襟に日の丸の徽章をつけた兵隊が横十列に並んでセカンド通りを歩いてきたらきっと何か思うんだろうがな。どうでもいいとはいわないんだろうがな。

ビリーはマグを取りあげてビールを飲み干しカウンターに置くと立って帽子をぐいと前に引き下げ兵隊に最後の一瞥を投げてからくるりと向きを変えて通りに出た。

それから九ヵ月間エイジャの牧場で働き、やめるときに荷馬を一頭と携帯用寝具、それに三二口径の古い単発銃スティーヴンズ・ライフルを一挺買った。ソコーロの町の西に広がる高原を南に下りマグダレーナの町を通り抜けセント・オーガスティンの平原を渡った。雪の降るシルヴァー・シティに入りパレス・ホテルにチェック・インして部屋の椅子に腰をおろし街路に降る雪を眺めた。通りには人っ子ひとりいなかった。しばらくしてから表に出てブラード通りを歩き、とある食堂の前までいったが店は閉まっていた。食料雑貨店を見つけて朝飼用のシリアルを六箱買いホテルに戻って二頭の馬に食べさせたあと馬を裏庭に引き入れホテルの食堂で夕飼をとると部屋にあがって寝た。朝、食堂へおりていきひとりで朝飼をとり服を買いに街に出たが店はどこも閉まっていた。通りは灰色に沈んで寒く身を切るような北風が吹いて人の影がまったくなかった。なかに灯がともっていたのでドラッグストアの扉を開けようとしたがそこも鍵がかかっていた。ホテルに帰ってフロント係に今日は日曜日なのかと訊くと金曜日だとフロント係はいった。

ビリーは窓の外を見やった。店はどこも閉まってるね、と彼はいった。

クリスマスだから、とフロント係はいった。クリスマスに開いてる店はないですな。

ビリーはテキサス北部に流れていき次の年のほとんどをマタドー牧場で働きそのあとT・ダイヤモンド牧場で働いた。それから南に移って小さな牧場をいくつか一週間ぐらいずつ渡り歩いた。戦争が始まって三年目の春には家の窓硝子に戦死者の出た印である金色の星が描かれていない牧場は珍しくなった。ビリーは三月までニュー・メキシコ州のマグダレーナにある小さな牧場で働き三月のある日賃金を受け取るとニーニョに鞍をつけ荷馬の背に寝具を載せてまた南に下った。スタインズのすぐ東でアスファルトのハイウェイを横切るとあとはずっと荒野を進んでS・K・バー牧場の門にたどり着いた。春先の寒い日だったがサンダース老人は帽子をかぶり聖書を膝に置いてポーチのロッキング・チェアに坐っていた。老人は誰がきたかと身を前に乗り出した。あと一フィートだけ近づけば馬に乗った男の顔がはっきり焦点を結ぶとでもいうように。老人はまた一段と齢をとり弱々しくなっていて二年前に会ったときよりも体が縮んでしまったように見えた。ビリーは老人の名を呼び老人がさあおりておいでと応える声を聞いて馬からおりた。ポーチの階段の下で足を止めペンキの剝げた手摺に片手をかけて老人の顔を見あげた。老人は読みかけのページに指を挟んで聖書を閉じた。あんたか、パーハム？　と老人はいった。

ええ。ビリーです。

ビリーは階段を昇り帽子を脱いで老人と握手した。老人の青い目の色が薄くなっていた。老人は長いことビリーの手を握っていた。よくきてくれたな。あんたのことをしょっちゅう考えてたよ。まあここへおかけ、話をしよう。

ビリーは籐を張った古い椅子を持ってきて坐り帽子を膝に載せ山の裾野の放牧場を眺めやってから目を老人に移した。

ミラーのことはもう聞いてるだろうな。

いや。ほとんど何も耳に入ってこなかったから。

クワジャリン島（マーシャル諸島）の環礁で戦死したよ。

それは気の毒なことをしました。

知らせを聞いたときは辛かった。ほんとに辛かった。

二人はしばらく黙って坐っていた。そよ風が吹いていた。ポーチの軒に吊したアスパラガスの鉢植えが微かに揺れ床板の上に落ちた影がゆっくりと不規則に頼りなく揺れていた。

どうですお元気ですか？　とビリーはきいた。

ああ元気だよ。去年の秋に白内障の手術をしたがべつに不自由はしちゃいない。リオーナは結婚して出ていっちまった。亭主は出征したがあいつはどういうわけかロズウェルに住んでる。仕事を持っててな。こっちへこいといってやったがまあ返事はだいたい想像できるだろう。

そうですね。

だからわしもここに居たってしょうがないんだが。

ずっとずっと長生きしてくださいよ。

いやあそいつは御免だな。

老人は椅子の背にもたれて聖書を閉じた。あの雨雲、こっちへきそうだな。

ええ。そうですね。

雨の匂いがするか?

ええ。

あの匂いはいいもんだ。

二人はしばらく黙った。やがてビリーがいった。あなたも匂いは分かるんでしょう?

いいや。

二人は黙った。

ボイドからは何か連絡があったか? と老人がきいた。

いやなんにも。メキシコから帰ってこないんです。帰ってきてるのかもしれないけど噂は何も聞きません。

老人は長いあいだ何もいわなかった。暗くなっていく南の平原をじっと眺めていた。

以前アリゾナのアスファルトの道で雨にあったことがあった、と老人がいった。白い線を境に片側だけが半マイルほどずっと雨が降ってるのに、もう片側はからからに乾いたままだった。センターラインではっきり分かれてた。

分かりますよ、とビリーはいった。おれもそういうの見たことあります。

ありゃまあ妙なもんだったな。

吹雪のときに雷が鳴ったことがありますよ、とビリーがいった。音が鳴って光るんです。稲妻が走るんじゃなくて。空やらそこら辺が全部ぱっと真っ白に光るんです。

メキシコ人からそんな話を聞いたことがあるな、と老人はいった。嘘だかほんとだか分からんと思ったが。

おれもメキシコで見たんです。

この国にはないものなのかもしれんなあ。

ビリーは頬をゆるめた。ポーチの床の上でブーツを重ね合わせて平原を眺めた。

そのブーツはなかなかいいな、と老人はいった。

アルバカーキで買ったんです。

ものが良さそうだ。

そうだといいけど。高い金とられたから。

戦争が起こってからは何もかもばか高くなった。だいいち物がなくなった。

野鳩が牧草地を渡り母屋の西にある貯水池のほうへ飛んでいった。

もう結婚したなんてことはないだろうな？　と老人はいった。

ないですよ。

世間は男が独りでいるのをよく思わないもんだ。ありゃいったいどういうことかねえ。

わしもさんざん後添いをもらえといわれたが女房が死んだときはわしはもう六十近かった。

女房の妹が第一候補でな。しかし死んだ女房は最高の女だった。そんな幸運が続けて二度あるわけがない。

そうですね。あるわけないですね。

そういやバド・ラングフォードの爺さんがこんなことをいってた。一遍とんでもない女房にあたると後でもらった女房はぜったい殴らなくなるってな。しかしあの爺さんは一遍も結婚しなかった。なんであんなことを知ってたのかね。

正直いっておれにはさっぱり分かりませんよ。

何が。

女のこと。

ははあ、と老人はいった。まあ嘘つきにだけはならなかったわけだ。

嘘ついたってしょうがないです。

濡れないうちに馬を厩舎《うまや》へ入れてやったらどうだ。

もうそろそろ失礼しますから。

雨んなかをいくこたあない。もうすぐ夕飯の支度ができる。メキシコ人の家政婦を雇って料理をしてもらってるんだ。

ええ。でもまだ気力のあるうちに出かけたほうがいいみたいです。

いいから夕飯を食っていきな。まだきたばっかりじゃないか。

厩舎から戻ってきたとき風は強くなっていたがまだ雨は降り出していなかった。

あの馬は覚えてるよ、と老人はいった。親父さんが乗ってたやつだろう。

ええ。

親父さんはあれをメキシコ人から買ったんだ。この馬、買ったときは英語が全然分からなかったんだよなんていってたっけ。

老人はロッキング・チェアから体を引きあげるようにして立ちあがり聖書を小脇に抱えこんだ。今じゃ椅子から腰をあげるのも大仕事さ。あんたなんかまだ想像もできんだろうがな。

馬は人間のいってることが分かると思いますか？

さあよく分からんがたいていみんな分かるというな。さあ入ろう。家政婦どのがもう二遍、でかい声で呼ばわりおった。

翌朝ビリーは夜明け前に起き出して暗い家のなかを明かりのついている台所のほうへ歩いていった。メキシコ人の家政婦がテーブルについて司教のかぶる帽子のような形の古い木箱のラジオを聴いていた。聴いているのはシウダード・フワレスの放送局の番組でビリーが戸口に立つと家政婦はスイッチを切って彼を見た。

いいんだ《エスタ・ビエン》、とビリーはいった。消さなくたって《ノ・ティエーネ・ケ・アパガルロ》。

家政婦は肩をすくめて立ちあがった。どうせ番組が終わったところだといった。朝ごはんを食べますかと彼女が訊くのでもらいますとビリーは答えた。

女が支度をするあいだに厩舎へいって二頭の馬に刷子《ブラシ》をかけ蹄の手入れをしニーニョに鞍を置いて腹帯はゆるめておき荷馬の背に古い木の背負子を載せてそこへ寝具をくくりつけ母屋に戻った。家政婦は朝餉を天火から取り出してテーブルに置いた。卵にハムに小麦粉でつくったトルティーヤに豆をビリーの前に置きマグにコーヒーを注いだ。

クリーム入れます《キエーレ・クレーマ》？

いやけっこう《ノ・グラシアス》。ソースはあるかな《アイ・サルサ》？

女はソースの入った溶岩でできた小さな壺を彼の肘の脇に置いた。

ありがとう《グラシアス》。

ビリーは家政婦が台所から出ていくだろうと思ったが彼女はそうしなかった。そばに立ったまま彼が食べるのをじっと見ていた。

セニョール・サンダースの親戚のかたですか《エス・パリエンテ・デル・セニョール・サンダース》？　と彼女はきいてきた。

いや《ノ》。あの人は親父の友達なんだ《エル・エラ・アミーゴ・デ・ミ・パードレ》。女の顔を見あげる。

坐ってくださいよ《シエンタテ》、とビリーはいった。ここへどうぞ《プエデ・センタルセ》。彼女は手を小さく動かした。どういう意味の仕草なのかビリーには分からなかった。彼女はやはり立ったままでいた。

お爺さんはあんまり具合がよくないみたいだね《ス・サルー・ノ・エス・ブエナ》。

家政婦はその通りだといった。目がよく見えないし甥ごさんが戦死したことでだいぶ参っている。甥ごさんとはお知り合いでしたか《コノシオ・ア・ス・ソブリーノ》？

ああ《シ》。あなたは会ったことは《イ・ウステ》？

彼女はないといった。ここへ働きにきたときにはもう亡くなっていた。写真を見せてもらったがとてもハンサムだと思ったと彼女はいった。

ビリーは最後の卵をたいらげてトルティーヤで皿を拭いそのトルティーヤを食べてコーヒーの残りを飲み干し口を拭いて顔をあげると家政婦にごちそうさまといった。

これからまだ長い旅をするんですの《ティエーネ・ケ・アセール・ウン・ビアーヘ・ラルゴ》？　と家政婦はきいた。

ビリーは腰をあげてナプキンをテーブルに置き隣の椅子から帽子を取りあげてかぶった。うん、長い旅をするんだと彼はいった。終点がどこなのか知らないしそこへ着いたとき着いたと気づくかどうかも分からないけどといい、スペイン語でまあひとつおれのために祈ってくださいというと、家政婦は頼まれなくてもそうするつもりでいたと答えた。

ベレンドにあるメキシコの税関で二頭の馬の通関手続きをすませたビリーはスタンプを押された入国許可証を折りたたんで鞍袋に入れ税関吏に一ドル銀貨を渡した。そして税関吏がていねいにお気をつけてというのを聞きながら南に馬を進めメキシコのチワワ州に入っていった。ビリーがこの前この税関を通ったのは七年前のまだ十三歳のときで、あのとき父親は今彼が乗っている馬に乗り彼と一緒にアセンシオンの西の山のなかにあるアメリカ人二人が経営する牧場から八百頭の牛をアメリカに運びこんだのだった。当時は国境のそばにカフェが一軒あったが今はもうなくなっていた。彼は狭い土の通りを進み道端に鉄の火鉢を置いて商いをしている女からタコスを三つ買い馬を進めながら食べた。

三日後の夕方ハノスの町が、というより暗くなっていく平原にともっている町の灯が眼下に見えてきた。ビリーは轍ででこぼこした古い道で馬を止め西の血の色に染まった空を背景に黒く浮き出している山並を眺めやった。あの山の向こうはバビスペ川流域の地方で北の斜面にまだ雪がしがみついている高いピラーレス山があり、ずっと以前に彼が別の馬で踏破したその山の高原はまだ夜はひどく冷えこむはずだった。

彼は東から暗い町に近づき古代の壁をめぐらした町の名残りである崩れかけた泥の塔のひとつのそばを通り過ぎて、すべてが泥でできた百年前から廃墟のように荒れ果てたままの集落へゆっくりと入っていった。丈の高い陽干し煉瓦の教会の前を通り過ぎ、その庭に立つ緑青《ろくしょう》をふいた古いスペイン風の鐘を数個吊した木の櫓《やぐら》の前を通り過ぎ、開いた戸口で男たちが坐って静かに煙草を吸っている家々の前を通り過ぎる。男たちの背後の石油ランプの黄色い明かりのなかで女たちが家事に立ち働いていた。炭火から立ちのぼる薄い煙が靄のように町の上にかかりごみごみした家並のどこからか音楽が聞こえていた。

その音を訪ねて狭い泥の路地をたどっていくとやがて松脂のこびりついた松材を何枚か釘で打って一枚の板にし牛の皮を蝶番にして戸口に取りつけた扉の前へきた。入るとなかは同じ狭い通りの両側に並ぶ人の住みあるいは住んでいない家畜小屋のような家のなかと変わらないようだった。ビリーが家のなかに足を踏み入れると音楽がやみ楽器を演奏していた男たちが彼に視線を集めた。部屋のなかにはテーブルがいくつか置いてあったがその旋盤できれいに仕上げた脚は外で雨晒しになっていたかのように泥で汚れていた。テーブルのひとつには四人の男が一本の酒瓶とめいめいのタンブラーを囲んで坐っていた。奥の壁際にはそんなものをどこから持ってきたのか凝った装飾を施した黒いニス塗りのカウンターが置かれ、その後ろの彫刻を施した埃だらけの棚にはラベルのあるものないもの取り混ぜて五、六本の酒瓶が並べられていた。

店は営業中《エスタ・アビエルト》かい？

男のひとりが土の床の上で椅子を後ろに引いて立ちあがった。たいそう背の高い男で立つと頭がテーブルの上に吊られた電球の笠の上の暗がりへ消えた。ええ《シ》、だんな《カバイェーロ》、と男はいった。営業中ですよ《コモ・ノ》。

男はカウンターへいって釘にかけたエプロンをとり腰に巻き薄暗い明かりのなかで彫刻をぼんやり浮かびあがらせているマホガニーのカウンターの前に立ち下腹の処で両手首を交差させた。教会のなかに立っている肉屋といった風情だった。ビリーはテーブルのほかの三人に会釈してこんばんはと声をかけたが挨拶を返してくる者はいなかった。楽士たちは楽器を持ってぞろぞろ外に出ていった。

ビリーは軽く帽子を押しあげて部屋を横切りカウンターに両手を置いて棚の酒瓶を子細に見た。

ウォーターフィルズ・アンド・フレイジャーをくれ《デメ・ウン・ウオーターフィルズ・イ・フレイジャー》、と彼はいった。

バーテンダーは人さし指を立てた。それはいいものを選んだというような仕草だった。さまざまな大きさ形のタンブラーのうち一個を取ってカウンターに置きバーボンの瓶を取ってタンブラーの半分まで注ぐ。

水で割りますか《アグワ》？とバーテンダーがきいた。

いやいい《ノ・グラシアス》。あんたも好きなものを一杯やってくれ《トメ・アルゴ・パラ・ウステ》。

バーテンダーはどうもといい、もう一個タンブラーを取って酒を注ぎ瓶をカウンターに置いた。瓶の埃の上についた手の跡が電球の黄ばんだ光を受けてくっきりと見えていた。ビリーはタンブラーを目の前に持ちあげその縁越しにバーテンダーの顔を見た。乾杯《サルー》、と彼はいった。

乾杯《サルー》、とバーテンダーもいった。二人は酒を喉に流しこんだ。ビリーはタンブラーを置き人さし指をぐるぐる回して自分のタンブラーとバーテンダーのを指した。それから振り返ってテーブルの三人に目をやった。あんたのお仲間にもあげてくれ《イ・スス・アミーゴス・タンビェン》。

そうですか《ブエノ》、とバーテンダーはいった。分かりました《コモ・ノ》。

バーテンダーはエプロンをつけたまま部屋を横切って三人のタンブラーにバーボンを注ぎ男たちはタンブラーを掲げてビリーの健康を祝して飲んだ。カウンターに戻ってきたバーテンダーは酒瓶とタンブラーを手にしたまま何か迷うようにたたずんだ。ビリーはタンブラーをカウンターに置いた。しばらくするとテーブルからこっちへこないかと声がかかった。ビリーはタンブラーを取りあげてテーブルへ足を運びながらありがとうといった。

誰が誘ってくれたのかは分からなかった。

最前バーテンダーが坐っていた椅子を引き腰をおろして顔をあげると三人のうちいちばん年嵩の男がもうかなり酔っているのが分かった。汗の染みのついた刺繍入りの開襟シャツを着たその男は背のずり下がっただらしない姿勢で椅子に坐り顎を襟元につけている。赤い目縁に囲まれた黒い目は不機嫌そうに濁り深みがない。猛毒か猛獣を封じこめておくために穴に流しこまれた鉛のようだった。長い間隔をあけてゆっくりと瞼を閉じたり開いたりしていた。この男の右側にいるやや年下の男が口を開いた。この国で旅をしているとウィスキーにはなかなかありつけないだろうと男はいった。

　ビリーはうなずいた。そしてテーブルの上の瓶を見た。黄味がかった、微かにゆがんだ瓶だった。栓もラベルもなく残りわずかな濁った液体の下に澱が溜まっていた。そのなかに軽く体を捩った竜舌蘭につく芋虫が一匹浮いている。おれらはたいがいこのメスカル酒《トマーモス・メス》さ《カル》、と男はいった。椅子の背に寄りかかってバーテンダーを呼んだ。こいよ《ベンガ》。まあ一緒に《シェンタテ・コン・》坐れ《ノソトロス》。

　バーテンダーはバーボンの瓶をカウンターに置いたがビリーはそれも持ってきてくれといった。バーテンダーはエプロンをはずして釘に引っかけ瓶を手にやってきた。もう一杯ずつ《オトラ・ベス》。ビリーは手を一振りしてテーブルに載っている四つのタンブラーを指した。じゃもう一杯ずつ《オトラ・ベス》。バーテンダーは順番にバーボンを注いでいった。最後に酔っ払っている男の番になるとまだビリーがくる前から飲んでいた酒が残っているのでためらった。右隣に坐っている男が酔っている男の肘に手を触れた。アルフォンソ、と男はいった。飲《ト》み干せ《メ》よ。

　アルフォンソと呼ばれた男は飲まなかった。肌の色の淡い新参者を濁った酔眼でねめつけていた。酔い潰れているというより酒のせいである種の先祖返りを果たしたという風に見えた。右隣の男がテーブルの向かいのビリーに目を向けた。こいつはくそ真面目な男で《エス・ウン・オンブレ・ムイ・セ》ね《リオ》、と彼はいった。

　バーテンダーは瓶をテーブルに置き近くのテーブルから椅子を引いてきて腰をおろした。

みんながタンブラーをあげた。そして飲もうとしたちょうどそのときアルフォンソが口を開いた。おまえ何者なんだ《キエン・エス》、小僧《ホーベン》。

男たちが動きを止めた。みなビリーの顔を見た。ビリーはタンブラーを持ちあげて酒を呷り空のタンブラーをテーブルに置いて自分を注視している目をひとわたり見た。

ただの男《ウン・オンブレ》、と彼はいった。それだけさ《ノ・マス》。

アメリカ人《アメリカーノ》だな。

ああ《クラーロ》。アメリカ人《アメリカーノ》だ。

牧童《エス・バケーロ》か？

ああ《シ》。牧童《バケーロ》だ。

酩酊した男は身動《じろ》ぎもしなかった。目も動かない。独り言をいっているようにも受け取れた。

飲めよ《トメ》、アルフォンソ、と右隣の男がいった。そして自分のタンブラーを持ちあげて一同をぐるりと見回した。ほかの者もみなタンブラーを掲げた。そして飲んだ。

あんたはどういう人なんだい《イ・ウステ》？　とビリーがいった。

酔った男は答えなかった。濡れた赤い下唇がだらしなくまくれて一本も欠けていない白い歯をのぞかせている。ビリーの問いが耳に入らなかったようでもあった。

兵隊《エス・ソルダード》なのかい？

兵隊じゃない《ソルダード・ノ》。

右隣に坐っている男がこの男は革命のときに兵隊としてトレオンとサカテカスで戦い何度も負傷したのだと教えた。ビリーは酔った男に目をやった。霞のかかった黒い目を見た。隣に坐っている男は、この男はサカテカスで胸に弾を三つくらい寒い真っ暗な町の土の街路に倒れて犬に血を舐められたといった。今でも胸に三つ穴がある愛国者だといった。

もう一杯ずつ《オトラ・ベス》、とビリーはいった。バーテンダーが前に身を乗り出して瓶を取り酒を注いだ。

ひとわたり酒が注がれると酔った男の身の上を話した男がタンブラーを掲げて革命にと音頭をとった。みんなは飲んだ。めいめいタンブラーを置き手の甲で口を拭くと酔った男に目を集めた。なんでここへきた《ポル・ケ・ビエーネ・アキ》？　と酔った男がいった。

男たちはビリーを見た。

ここへって《アキ》？　とビリーが訊き返す。

だが酔った男は質問はするが何を訊かれても答えなかった。右隣の男が軽く身を前に乗り出した。この国へ《エン・エステ・パイース》ってことさ、と囁いた。

この国へ《エン・エステ・パイース》か、とビリーはいった。男たちが返事を待つ。ビリーは前に身を乗り出して酔っている男のタンブラーを取りなかのメスカル酒を放り出すようにぱっと捨て、またタンブラーをテーブルに戻した。誰ひとり身動きしなかった。ビリーは手で酒瓶を指しながらバーテンダーのほうを向いた。さあもう一杯ずつ《オトラ・ベス》。

　バーテンダーはゆっくりと瓶に手を伸ばしゆっくりと皆のタンブラーに酒を注いだ。瓶を置きズボンで手を拭いた。ビリーは自分のタンブラーを取りあげて目の前に掲げた。そしてこの国へきたのは弟を捜すためだ、弟はちょっと頭がいかれてしまったのか、よせばいいのに自分と別れてどこかへいってしまったと彼はいった。

　男たちはタンブラーを手にしたままじっとしていた。みんな酔った男を見た。おい飲めよ《トメ》、アルフォンソ、と右隣の男がいった。そしてタンブラーを持った手で酔った男のタンブラーを指した。バーテンダーが自分のタンブラーを持ちあげて酒を飲み空になったタンブラーをテーブルに置いて椅子の背にもたれかかった。自分の駒を動かしたあとゆったりと坐って相手の出方を待つチェスの対戦者のようだった。バーテンダーは酔った男の左隣にやや離れて坐り、帽子を目深にかぶり縁まで酒の注がれたタンブラーを供物のように両手で包んでいるいちばん年の若い男に目をやった。この男はまだ一言も口をきいていなかった。部屋のなかでごく微かな低く唸るような音がし始めた。

　あらゆる儀礼は流血を見る諍《いさか》いを避けるためにある。だが酔った男は酒のせいで分別が確かに働かない状態に陥っておりそのことを右隣の男は暗に仄めかそうとした。右隣の男はにやりと笑って肩をすくめタンブラーをビリーに向けて掲げ酒を飲んだ。男がタンブラーをテーブルに置いたとき酔った男がふっと動いた。酔った男がゆっくりと前に身を乗り出してタンブラーをつかむと、右隣の男はにやりと笑ってやっとまともになったかと歓迎するように自分ももう一度タンブラーを持ちあげた。だが酔った男はつかんだタンブラーをゆっくりと自分の体の脇のほうへ持ってきて床にバーボンを捨ててまたタンブラーをテーブルに置いた。それから覚束ない手つきでメスカル酒の瓶をつかみ逆さにしてなかの黄色い油のようにねっとりした液体をタンブラーに注ぎ瓶をテーブルに置くと濁った澱のなかで芋虫が時計回りの方向にゆっくりと回った。酔った男はまた椅子の背にもたれかかった。

右隣の男がビリーの顔を見た。外の暗い町のどこかで犬が一匹吠えていた。

ウィスキーは好きじゃないのかい《ノ・レ・グスタ・エル・ウィスキー》？とビリーがきいた。

酔った男は答えなかった。ビリーがこの店に入ってきたときと同じようにメスカル酒の入ったタンブラーを前に置きじっと坐っていた。

シールのせいなんだ《エス・エル・セーヨ》、と右隣の男がいう。

シール《エル・セーヨ》？

そう《シ》。

この男は抑圧的な政府のシールが気に入らないのだと右隣の男は説明した。そういうシールを瓶に貼ってあるから飲まない。名誉の問題なのだという。

ビリーは酔った男を見た。

そんなのは嘘だ《エス・メンティーラ》、と酔った男がいった。

嘘だって《メンティーラ》？　とビリーがきいた。

ああ《シ》。嘘っぱち《メンティーラ》だ。

ビリーは右隣の男に目をやった。嘘というのはどういうことかとビリーは訊いたが右隣の男はいいから気にするなといった。誰も嘘なんかついちゃいないよ《ナーダ・エス・メンティーラ》。シールなんて関係ねえんだよ《ノ・エス・クウエスチヨン・デ・ニングン・セーヨ》、と酔った男はいった。

男はゆっくりと喋ったが言葉は滑らかには出てこなかった。顔を横に向けて右隣の男にそういった。それから前に向き直ってまたビリーに目を据えた。ビリーは人さし指をぐるぐる回した。もう一杯ずつ《オトラ・ベス》、と彼はいった。バーテンダーが手を伸ばして瓶を取った。

アメリカのうまいウィスキーよりその臭い猫のしょんべんみたいなのがいいってのなら、とビリーがいった、まあ勝手にしてくれ。

なんだと《マンデ》？　と酔った男がいった。

バーテンダーは迷っていた。それからつと身を前に乗り出して空のタンブラーを順番に酒で満たしコルク栓を取って瓶の口に押しこんだ。ビリーはタンブラーを持ちあげた。乾《サル》杯《ー》、と彼はいった。彼は飲んだ。ほかの男たちも飲んだ。酔った男ひとりだけが飲まなかった。外の通りでスペイン植民地時代の鐘がひとつ鳴り、それからまたひとつ鳴った。酔った男が前に身を乗り出してきた。手を伸ばして目の前のタンブラーではなくもう一度メスカル酒の瓶をつかんだ。瓶を取りあげビリーのタンブラーに軽く円を描くようにしてメスカル酒を一杯に注いだ。これが正しい注ぎ方だと教えるような手つきだった。それから男は傾けた瓶を起こしてテーブルに置き椅子の背にもたれかかった。

バーテンダーとほかの二人の男はタンブラーを握ったままじっと坐っている。ビリーはメスカル酒の注がれたタンブラーを見つめた。それから椅子の背にもたれた。彼は入口へ目をやった。通りで待っているニーニョが見えた。逃げていった楽士たちがすでにほかの通りのほかの酒場で演奏を始めていた。あるいは別の楽士たちかもしれない。ビリーはタンブラーを手にとり電球の明かりにかざして透かし見た。澱が煙のように渦巻いていた。何か小さな滓のようなものが混じっていた。誰も身動きひとつしなかった。ビリーはタンブラーを傾けて中身を口に含んだ。

乾杯《サルー》、と酔った男の右隣の男が音頭をとった。男たちも酒を飲んだ。空のタンブラーを音高くテーブルに打ちつけて互いに顔を見合わせながらにやりと笑った。しばらくしてからビリーは横を向き身をかがめてメスカル酒を床に吐き出した。

町全体が周囲の荒野に呑みこまれたかのようにしんと沈黙がおりた。音という音がしなくなった。酔った男はタンブラーに手を伸ばした姿勢で固まったように動きを止めた。右隣の男が目を伏せた。電球の明かりがつくる影のなかに沈んで閉じているように見えるその目はあるいは本当に閉じているのかもしれなかった。酔った男は前に出した手を拳に握りテーブルの上におろした。ビリーはゆっくりと人さし指を回す仕草をした。もう一杯ず《オトラ・ベ》つ《ス》。

バーテンダーはビリーを見た。それからタンブラーの脇に拳を置いている鉛の目をした愛国者に目を向けた。この人には強すぎるんだよ《エラ・デマシアード・フエルテ・パラ・エル》、と彼はいった。強すぎるんだ《デマシアード・フエルテ》。

ビリーは酔った男から目を離さなかった。また嘘をつきやがる《マス・メンティーラス》、と酔った男はいった。メスカル酒が強すぎてこの男に飲めないなど嘘っぱちだといった。

みんなはメスカル酒の瓶を見た。瓶の脇に落ちている黒い半月形の影を見た。酔った男が動かず口も開かないのでビリーは手を伸ばしてバーボンの瓶をとりもう一度みんなのタンブラーに注いで瓶をテーブルに置いた。それから椅子を後ろに引いて立ちあがった。

酔った男は両手をテーブルの縁にかけた。

それまで押し黙っていた左隣の男が、財布を出そうとしたらこの男に撃たれるぞと英語でいった。

ああそうだろうね、とビリーはいった。そして酔った男に目を据えたままテーブルの向かいのバーテンダーにきいた。いくらだい《クワント・デーボ》？

五ドルです《シンコ・ドラーレス》がとバーテンダーがいった。

ビリーは二本の指をシャツの胸ポケットに入れて紙幣の束を取り出し親指で繰って五ドル札を抜き出してテーブルに置いた。それから英語を喋った男を見た。この人は背中からおれを撃つかな？　と彼はきいた。

男は帽子のつばで隠れていた顔をあげてにやりと笑った。いや。それはしないんじゃないかな。

ビリーは帽子のつばに手をやり男たちにうなずきかけた。それじゃ《カバイエーロス》。そういってくるりと背を向け酒の入ったタンブラーをテーブルに残して入口に向かった。

声をかけられても振り向いちゃだめだぜ、といちばん年の若い男がいった。

立ち止まらず振り向きもせずほとんど戸口まできたとき酔った男が本当に声をかけてきた。おい小僧《ホーベン》。

ビリーは足を止めた。通りで待っている二頭の馬が頭をもたげてこちらを見た。入口までの距離が自分の背丈ぐらいしかないのをビリーは見た。歩け、とビリーは独りごちた。歩け。だが彼は足を踏み出さなかった。彼は振り返った。

酔った男は身動きひとつしていなかった。英語を話す男が立ちあがり椅子にじっと坐ったままの酔った男の肩に手をかけていた。写真機の前でポーズを取っている無法者たちのようだった。

おれが嘘つきだっていうのか《メ・ヤーマ・エンブステーロ》？　と酔った男がいった。

いや《ノ》、とビリーはいった。

嘘つき《エンブステーロ》だっていうのか？　男はシャツの襟をつかみ引き裂くように胸をはだけた。ホックは音も立てず簡単にはずれた。今までに何度もこんなことをしてきたので磨滅してはずれやすくなっているのかもしれなかった。男はシャツの前を大きく開いて肌の滑らかな毛のない胸をむき出しにし、もう一度銃弾を受けてもいいというように心臓のすぐ上できれいな二等辺三角形をなして並んでいる三つのライフルの弾の聖痕を見せつけた。テーブルのほかの男たちはぴくりとも動かなかった。愛国者の顔も見ず、もう何度も見ている傷痕にも目を向けなかった。四人とも戸口の枠のなかに立っている白人の若者をじっと見つめていた。誰ひとり動かず何の音もしない静寂のなかでビリーは自分がこの酒場に入ったことが町中に知れ渡っているだけでなくあらかじめ運命づけられていたことだったという感覚に襲われ、町全体が聞き耳を立てているのではないという証拠になる物音がどこかでしていないか、自分がこの酒場に足を踏み入れた途端に逃げ出し、もしかしたらこの崩れかけた泥の町のどこかでこの静寂にじっと耳を傾けているのかもしれない楽士たちの立てる音や声が聞こえないか、この自分の肉体の生を支えるために細い暗い無数の廊下のなかへどくどくと血を送りこみ続ける心臓のゆっくりと繰り返し打つ鈍い鼓動の音以外に何か聞こえる音はないかとじっと耳をすました。彼は振り返るなと自分に警告した男に目をやったが男にはもうそれ以上の警告を発するつもりはないようだった。このときビリーが悟ったのは、今まさに自分の死に場所になろうとしているかに見えるこの小さな貧しい国の歴史の最低限の権威と意味と実質をそなえた唯一はっきりと目に見える遺物が、この酒場の黄ばんだ明かりのなかで彼の目の前に坐っているのであり、人の言葉で語られあるいは記されたものにすぎないその他すべての遺物はもう一度熱く焼かれ歴史がつくられる鉄床《かなとこ》の上で打ち直されないかぎり嘘にすらなり得ないということだった。だがやがてその思いはビリーのもとから去った。彼は帽子を脱いだ。それから運を天に任せてまた帽子をかぶり向き直って戸口から外に出て馬の手綱を横木からはずし鞍に跨がり荷馬の引き綱を引いて後を振り返ることなく狭い路地を進んでいった。

町からまだ出てしまわないうちに中ぐらいのおはじき玉のような雨粒がひとつ帽子のつばに落ちかかってきた。それからもうひとつ。ビリーは雲ひとつない空を見あげた。東の空で惑星がいくつか燃えていた。風もなく空気に雨の匂いも混じっていないのに雨粒はさらに降ってきた。歩みを止めたがる馬の背からビリーは暗い町を見返った。赤みを帯びた薄暗い灯のともる四角い窓が二つ三つ見えた。固い土の道に強く打ちかかる雨の音はこの暗闇のどこかで橋を渡っている馬の蹄の音のように響いた。ビリーは酔いが回ってくるのを感じた。馬を止めて反転させせきた道を引き返した。

町はずれの最初の家の前にくると荷馬の引き綱を地面に落とし頭を梁にぶつけないよう馬の首にかじりついて家の戸口をくぐった。なかに入るとやはり同じ雨が降り同じ星空が頭上に広がっていた。手綱をさばいて馬の向きを変え外に出てまた別の家の戸口をくぐると今度はすぐに帽子のてっぺんを打つ雨の音がやんだ。ビリーは馬からおりて暗闇のなかで床を強く踏みつけてその状態を確かめた。外にいる荷馬を引き入れくくりつけてある紐のダイヤモンド結びを解いて寝具をおろし帯の留め金をはずして背負子をおろすと縄で足かせをして家から追い出した。それから乗り馬の腹帯をゆるめて鞍と鞍袋をはずし壁に立てかけ、膝立ちになって寝具を手探りで捜し縛ってある紐を解いてから坐ってブーツを脱いだ。酔いはますます回ってきた。帽子を脱いで横になった。馬が頭のそばを歩いて戸口へいき外を眺めた。おい、おれを踏むなよ、とビリーはいった。

次の朝目を覚ますと雨はやみ陽が高く昇っていた。ひどい気分だった。夜中に起きてよろよろ外に出て吐き二頭の馬を捜して涙の滲む目をあちこちさ迷わせてからまた家に入ったのを思い出した。それを思い出したのは半身を起こしてブーツを捜したとき足に履いているのに気づいたせいだった。帽子を拾いあげてかぶり入口のほうを見やる。戸口にしゃがんでこちらを見ていた子供たちがぱっと立ちあがり後ずさりした。

馬はどこにいるかな《ドンデ・エスタン・ロス・カバーヨス》？　とビリーはきいてみた。

子供たちは草を食べていると答えた。

あまりにも素早く立ちあがりすぎたビリーは戸口の脇柱に寄りかかって両目を手で押さえた。喉が焼けつくように渇いていた。また顔をあげて戸外に足を踏み出し子供たちを見た。子供たちは道の向こうを指さしている。

子供たちを後に従えて低い泥の家の並びを通り過ぎ二頭の馬をつかまえて町の南側を流

れる小川が道と交わる辺りに広がる草地へ引いていった。彼はニーニョの手綱を握ったまま足を止めた。子供たちがじっとこちらを見つめていた。

馬に乗りたいか《キエーレス・モンタール》？　とビリーはきいてみた。

子供たちは顔を見合わせた。いちばん小さい五歳ぐらいの男の子が両腕を差し延べてきた。ビリーはその子を抱きあげて鞍の上にあげ次いで女の子といちばん年嵩の男の子を乗せてやった。年嵩の男の子に二人を抱きかかえてやるようにいい男の子がうなずくのを見ると、ビリーはまたニーニョの手綱と荷馬の引き綱を拾いあげ二頭の馬を引いて道のほうへ戻り始めた。

町のほうから女がひとりやってきた。女の姿を見た子供たちがひそひそ何かを囁き合った。女は布をかぶせた青い桶をひとつ提げていた。両手でつるをつかんで桶を体の前にさげ道端に立った。まもなく女は草原にいるビリーたちのほうへやってきた。

ビリーは帽子のつばに手をやりおはようと挨拶した。女は足を止めた。あなたを捜しにきたのだと彼女はいった。寝具や鞍が置いてあるから遠くへいったはずはないと思った。子供たちが町はずれの空き家で病気の男の人が眠っているというので火を通したばかりの熱い臓物の煮込み料理を持ってきた、これを食べればまた旅を続ける元気が出るはずだという。

女は背をかがめて桶を地面に置き布を取りのけてビリーに渡した。ビリーは布を手にして桶を見おろした。なかには皿で蓋をした染みだらけのブリキの椀と何枚かのトルティーヤが入っていた。ビリーは顔をあげて女を見た。

さあどうぞ《アンダレ》、と女はいって手で桶を示した。

あなたは《イ・ウステ》?

もう食べたわ《ヤ・コミ》。

ビリーは馬の背に跨がっている子供たちを見た。手綱と引き綱を年嵩の少年に差し出した。

散歩にいってきな《トマ・ウン・パセーオ》。

少年は手を伸ばして手綱と引き綱を受け取り引き綱を女の子に握らせて手綱の片方を女の子の頭越しに反対側へ持ってくると馬を前に歩かせた。ビリーは女を見た。すいません《エス・ムイ・アマー》ねえ《ブレ》、と女はいった。そして冷えないうちに食べろといった。

ビリーは地面にしゃがんで椀を取り出そうとしたが熱くて触れなかった。あたしがやる《コン・ペルミ》から《ーソ》、と女はいい椀を桶から出してかぶせた皿をとり椀を皿に載せてビリーに差し出した。それからまた桶に手を入れてスプーンを取り出しビリーに渡した。

ありがとう《グラシアス》、とビリーはいった。

女は草の上に両膝をついてビリーが食べるのを眺めた。紐のような臓物が脂の浮いた澄んだ汁のなかでプラナリアのようにゆっくり動いていた。ビリーは自分は病気というわけではなく夕べ酒場で飲みすぎて二日酔いになっただけだといった。女は分かったといい、でもそんなことはどうでもいい、有難いことに酒を飲んで自業自得だから気分の悪いのは治ってやらないなどと体はいわないから心配ないといった。

ビリーは桶からトルティーヤを一枚とって半分にちぎりその片方を二つに折って椀の汁に漬けた。臓物を一切れスプーンで掬いあげようとしたが滑り落ちたので椀の内壁にスプーンでこすりつけて二つに切った。口に入れると熱く辛い味がたっぷり染みこんでいた。

女はじっと見守っている。

馬に乗った子供たちが後ろにきてじっと待っていた。ビリーが顔をあげ人さし指をぐるりと回すとまたもう一周しにいった。ビリーは女の顔を見た。

あなたの子供たち《ソン・スーヨス》？

女は首を振った。違うといった。

ビリーはうなずいた。子供たちの後ろ姿を見送った。椀が少し冷めたので縁をつかみ口へ持っていって汁を飲みトルティーヤを噛った。すごくうまい《ムイ・サブローソ》、と彼はいった。

女は自分にも息子がひとりいたが二十年前に死んだといった。

ビリーは女を見た。二十年前に子供がいたような齢には見えない、しかしそれをいうならどんな齢にも見えないと思った。とても若いときに子供を産んだんですねとビリーがいうと、そう、とても若いときに産んだ、でも若い女の悲しみなど高が知れているという考え方は間違っていると女はいう。女は片手を胸に当てた。あの子はまだわたしの魂のなかで生きているのよと彼女はいった。

ビリーは野原のほうを見やった。子供たちの乗った馬は川の水際に立ち年嵩の少年は馬が水を飲み出すのを待っているらしかった。馬は次の命令を待つというようにじっと立っていた。ビリーは残った汁を飲み干しトルティーヤの最後の一切れで椀の内側を拭ってそれを口に入れ椀とスプーンと皿を桶に戻すと女に目をやった。

いくら払えばいいのかな《クワント・レ・デーボ》、セニョーラ？

セニョリータ《セニョリータ》よ。お金はいらないわ《ナーダ》。

ビリーはシャツの胸ポケットから折りたたんだ札束を取り出した。子供さんたちにあげてください《パラ・ロス・ニーニョス》。

子供はいないわ《ニーニョス・ノ・テンゴ》。

じゃお孫さんたちに《パラ・ロス・ニエートス》。

女は首を振りながら笑った。孫もいないわ《ニエートス・タンポコ》。

ビリーは金を手にしたままじっと坐っていた。

旅をするのにいるでしょう《エス・パラ・エル・カミーノ》、と女がいった。

分かった《ブエノ》。ありがとう《グラシアス》。

手を出して《デメ・ス・マーノ》。

え《コモ》？

手を出して《ス・マーノ》。

ビリーが手を差し出すと女はそれをとり裏返して掌を上にし両手で捧げ持つようにして子細に見つめた。

あなた齢はいくつ《クワントス・アニョス・ティエーネ》？

二十歳だと彼は答えた。

ずいぶん若いわね《タン・ホーベン》。女は人さし指を彼の掌の上で滑らせた。唇を真一文字に結んでいる。

ここには泥棒がいるわ《アイ・ラドローネス・アキ》、と女がいった。

おれの掌に《エン・ミ・パルマ》？

女はぱっと体を起こし目をつぶって笑った。屈託のない心の底からの笑い声だった。よして《メ・イエーバ・フーダス》よ。そうじゃない《ノ》の。女は首を振った。着ているものは花柄のワンピースが一枚きりでその布の下で乳房がゆさゆさ揺れた。歯は真っ白で一本も欠けていなかった。褐色の足ははだしだった。

じゃどこにいるんだい《ドンデ・プエス》？


女は下唇を嚙み黒い目でビリーをじっと見つめた。ここよ《アキ》。この町によ《エン・エステ・プエブロ》。

泥棒なんてどこにでもいるさ《アイ・ラドローネス・エン・トドス・ラドス》。

女は首を振った。メキシコには泥棒の住んでいる町と住んでいない町がある。そういう風になっているほうが都合がいいのだという。

あなたも泥棒なのかとビリーが訊くと女はまた笑い声をあげた。もう《アイ》。ほんとに《ディオス・ミーオ》、なん《ケ・》て人《オンブレ》なの。ビリーの目を覗きこむ。そうかもしれないわ《キサース》よ、と彼女はいった。

泥棒だとしたら何を盗むと訊いてみたが女はふっと笑みをつくり両手で捧げ持った彼の手をためつすがめつ見つめるばかりだった。

何《ケ・》が見えるんだい《ベー》？

世界《エル・ムンド》。

世　界《エル・ムンド》？

あなたにとっての世界《エル・ムンド・セグン・ウステ》。

あなたはジプシー《エス・ヒターナ》？

そうかもしれない《キサース・シ》。そうじゃないかもしれない《キサース・ノ》。

女は彼の掌に自分の掌を重ねた。それから野原で馬を乗り回している子供たちを見やった。

で何が見える《ケ・ビーオ》？　とビリーはきいた。

なんにも《ナーダ》。なんにも見えないわ《ノ・ビ・ナーダ》。

そりゃ嘘だ《エス・メンティーラ》。

ほんとよ《シ》。

何が見えるかなぜ教えてくれないと訊いても女は微笑みながら首を振るばかりだった。そんなに悪い運勢なのかと問い詰めると少し真面目な顔になってかぶりを振りそんなことはないといい、また彼の掌を上に向けた。あなたはとても長生きするわと女はいった。そして掌の真ん中を手首に向かっておりてくる筋を指でなぞった。

そうしてうんと悲しい目にあうわけだ《コン・ムーチャ・トゥリステーサ》。

もうおしまい《バスタンテ》、と女はいった。悲しいことのない人生なんてないわ。

でも何か悪い兆を見たんだろ《ペロ・ウステ・ア・ビスト・アルゴ・マーロ》、とビリーはいった。なんなんだい《ケ・エス》？

女は手相に出ているのが良い兆であれ悪い兆であれ人の力でどうなるものでもないといい、いずれその時がきたら分かることだといった。女は軽く頭を傾けてビリーをじっと見つめた。まるで何か訊くことがあるはずだ、今すぐ訊けば答えてあげるというような顔つきだったがビリーには何を訊いたらいいのか分からず問いを投げかけるべき時はすぐに過ぎ去ってしまった。

おれの兄弟のことは何か分かるかい《ケ・ノベダーデス・ティエーネ・デ・ミ・エルマーノ》？

どっちの兄弟《クワル・エルマーノ》？

ビリーは笑みを浮かべた。兄弟はひとりしかいないといった。

女は彼の掌を開いた。だがそこへ目をやることはしなかった。嘘だわ《エス・メンティーラ》、と彼女はいった。二人いるはずよ《ティエーネ・ドス》。

ビリーは首を振る。

また嘘をついた《メンティーラ・トラス・メンティーラ》。女は身を屈めてしげしげと掌を眺めた。

何が見える《ケ・ベー》？

二人の兄弟《ベオ・ドス・エルマーノス》。ひとりは死んでる《ウノ・ア・ムエルト》わ。

ビリーは死んだ妹ならいるといったが女は首を振った。兄弟《エルマーノ》よ。ひとりは生きてる《ウノ・ケ・ビーベ》、もうひとりは死んでる《ウノ・ケ・ア・ムエルト》。

どっちが生きてるんだい《クワル・エス・クワル》？

あなたは知らないの《ノ・サーベス》？

ああ《ノ》。

あたしにも分からないわ《ニ・ヨ・タンポコ》。

女は彼の手を離し立ちあがって桶を手に取った。それからまた野原で馬を乗り回している子供たちを見た。女はゆうべ雨が降ったのはあなたにとって運がよかったのかもしれない、降らなければ町の人が家にいず外へ出かけたかもしれないからといい、でも人の味方をする雨はその人を裏切ることもあるといった。神様のみ心で雨が降っているあいだも邪悪なものは好機を狙っていてそれが格好の餌食とする人たちはたぶん内側にいくらかの闇を抱えているのでそれと分かるのだ。心は自分自身を外にさらけ出すもので邪悪なものには善良な人間が内に隠しているものを見抜く目があるのだと女はいった。

あなたの目にもそれが見抜けるのかな《イ・スス・オホス》？

女は頭をさっと振り、黒い髪を肩のまわりで揺らした。自分は何も見なかった、さっきのはお遊びだと彼女はいった。そして野原を横切り道のほうへ歩いていった。

ビリーは一日じゅう南に馬を進め夕方カサス・グランデスの町に入り三年前に初めて通ったときは弟と一緒だった道を南に下って薄暮のなかに暗く沈んでいく古い遺跡の建物や夜鷹が餌をあさっている球技場のそばを通り過ぎていった。その次の日サン・ディエゴのエヒードにたどり着いたビリーは川縁のヒロハハコヤナギの木立のなかで馬を止めた。それから木の橋を渡り勾配をのぼって農夫たちの居住地区へいった。

ムーニョス一家の家は空だった。ビリーは部屋をくまなく捜した。家財道具がひとつも残っていなかった。聖母像が置かれていた壁龕も埃のたまった漆喰の上に灰色の古い蠟がこびりついているだけだった。

ビリーはしばらく戸口にたたずみ、それから外に出て馬に跨がり居住地区の門をくぐった。

屋敷のそばの庭に坐って籠を編んでいる老人がみんないってしまったと彼に教えた。ビリーはどこへいったのか知らないかと訊いてみたが老人にはある場所を去っていく人間にはどこか目的地があるはずだということがよく分かっていない様子だった。老人は広く世界を指し示すように大きく腕を振った。ビリーは馬を止めたまままわりを見回した。古い幌つきの大型自動車。荒れ果てた屋敷や納屋。窓枠のない窓の敷居に牝の七面鳥が一羽とまっている。ビリーはまた籠の上に背をかがめた老人に挨拶をして馬の向きを変えると荷馬を引いて丈の高いアーチ形の門をくぐり畑のそばを通り勾配を川縁まで下ってまた橋を渡った。

二日後、ラス・バラスの町を通り抜けたあと進路を東に転じてボキーヤの町に向かい、以前ボイドと一緒に父親の馬が濡れた体から水を滴らせながら湖からあがってくるのを見つけた道をたどった。しばらく雨の降っていない山間の道は馬の蹄の下で土埃を立てた。北から乾いた風が吹いていた。湖の向こうのバビコラ大農園がある遠い平原で火事でも起こっているかのように土煙があがっていた。夕方、大きな赤い飛行機が西から飛んできて旋回し林の向こうにおりていった。

ビリーは平原で野営をし小さな焚き火をたいたが風に煽られて激しく燃え立つ炎は鍛冶屋の炉の火のように乏しい薪をあっという間に呑みこんでしまった。ビリーは薪が燃えていくのをじっとじっと見つめていた。炎はぼろぼろに裂けて南へ靡《なび》き叫び声のように暗闇のなかへ消えていった。次の日はバビコラ大農園の敷地の一角、サンタ・アナ・デ・バビコラの町を通り抜けたあと北へ通じる道に出てナミキパに向かった。

ナミキパは川の上流の崖の上にできた鉱山の飯場に毛の生えたような町だが、その町の東の川縁にある柳の木立で馬を繋ぎ川に入って体と服を洗った。翌朝町へ入っていく途中で婚礼の行列に追いついた。長旗を垂らした粗末な二輪の荷車に花嫁が乗っていた。花嫁の頭の上には柳の枝を組んだ枠に粗い綿布を張った陽除けが差しかけられていた。荷車を引くのは足取りの頼りない小さな灰色のラバ一頭で、花嫁はぐらぐら揺れる陽よけの下で日傘をさしてひとりで荷車に坐っていた。荷車の両脇に黒い服やおそらく昔は黒かったであろう灰色の服を着た一団の男たちを従えてやってきた花嫁は、ふと首をめぐらして道端にいる馬上のビリーを見、何か不吉なことを告げ知らせる蒼白い亡霊を見たというように胸の前で十字を切り顔をそむけてまた道を進んでいった。ビリーは後でもう一度町で行列に出会った。婚礼の儀式は正午からおこなわれる予定だったが花嫁の一行は道にあまり土埃の立たない午前のうちに町へやってきたのだった。

ビリーは行列と一緒に町に入りあちこちの通りを馬で巡り歩いた。街路には誰もいなかった。馬から身を乗り出して適当な家の扉をノックし耳をすました。誰も出てこなかった。手で音高くノックするかわりに片足を鐙からはずして扉を蹴るとラッチボルトが甘くなっている扉はゆっくりと内側の暗がりのなかへ開いていった。

こんちは《オラ》、とビリーは呼びかけた。

返事は返ってこなかった。ビリーは狭い通りの左右を見た。身をかがめて家のなかを覗き見た。奥の壁際には皿に立てた蠟燭が一本ともり厚板の上に埋葬を控えて盛装をした老人が野生の花に囲まれて横たわっていた。

ビリーは馬からおりて手綱を地面に落とすと低い戸口をくぐって家のなかに入り帽子を脱いだ。老人は両手を胸の上に載せ靴は履いておらず足が広がらないよう親指と親指を紐で結ばれていた。ビリーは暗い家のなかで低い声で人を呼んでみたが部屋はひとつしかなかった。何も載せていない椅子が四つ壁際に置いてあった。あらゆるものの上に埃が薄く積もっていた。奥の壁の高い処に小さな窓がひとつひらいているのでそこへ歩み寄って外の中庭を覗いた。一台の古い葬儀馬車が梶棒を木箱にもたせかけて置いてあった。中庭の向こうの扉の開いた小屋のなかには松の枝で組んだ木挽台《うま》が置かれその上に粗削りの板でつくった棺が載っていた。棺の蓋は小屋の壁に立てかけられていた。棺と蓋の外側は黒く塗られていたが内側は新しい粗板の木地がむき出しで布も何も張られていなかった。

ビリーは首をめぐらして厚板に寝かされた老人を見た。老人は口ひげをはやしていたがその口ひげも髪も白銀色だった。胸の上で重ねた手は大きくがっしりとしていた。爪の垢は掃除されていなかった。褐色の皮膚はうっすらと埃をかぶり裸足の足には固い瘤ができていた。いささか窮屈そうな死装束はこの国でも今ではあまり見られなくなった型のスーツでおそらくまだ若いうちから老人が身につけていたものと思われた。

ビリーは道端で咲いているのを見かけた雛菊のような形をした小さな黄色い花をひとつつまみあげてそれを見、それから老人を見た。部屋のなかには蠟の匂いと微かな腐臭がこもっていた。松脂《まつやに》を焼いたあとの匂いも淡く混じっていた。爺さん、《ケ・ノベダーデス・アオーラ・ビ》死んでみたら何が分かった《エーホ》？　とビリーはつぶやいた。それから花を自分のシャツの胸ポケットのボタン穴に差し外に出て扉を閉めた。

その町の誰もあの少女がどうなったのかを知らなかった。母親はよそへ引っ越していた。姉は何年も前にメキシコ・シティに出ていた。そんな少女のことを知っている者などいるはずがなかった。昼過ぎ、飾りで覆われた荷車の箱の上に花嫁と花婿を坐らせた婚礼の行列が通りをやってきた。一行は太鼓と喇叭《らっぱ》で音楽を奏で荷車を軋《きし》らせながら白いヴェールをかぶった花嫁と黒い服を着た花婿を押し立ててゆっくりと進んできた。新郎新婦は顔を顰《しか》めているような笑みを浮かべ、目に恐怖の色を宿していた。二人はまるでこの国の田舎の祭りで衣装に白い骸骨を描いて踊る人々のように見えた。車輪を軋らせながらゆっくりと進む荷車は、農夫が疲れ果てた眠りのなかで見る夢の浅瀬を渡り、右に左にゆっくりと進路を変えながら農夫がただそれがために骨を折る修復不可能な夜を突き進み、明け方近くに車軸の微かな音と淡い恐れを残して消えていく荷車に似ていた。

夕方になるとあの老人が家から運び出され質朴な土地柄のこの高地で墓標として使われる斜めに傾いだ木の板が林立する墓地に埋められた。なぜここにいるのかと咎められることもないままビリーは会葬者たちに黙って会釈しながら老人の屋根の低い家に入っていったが、家のなかにはこの町の人々に用意できる最大限のご馳走をふんだんに並べたテーブルが置かれていた。彼が壁にもたれてタマールを食べているとひとりの女が近づいてきてあの少女は容易なことでは見つからない、あれは有名な女盗賊で大勢の人間が捜しているのだといった。噂によればバビコラ大農園がその首に賞金をかけたということだ。貧しい人たちにお金や宝石を与える義賊だという者もいれば魔女だ悪魔だと信じている者もいる。もう死んでいるということもあり得るがイグナシオ・サラゴーサで殺されたというのが本当でないことだけは確かだと女はいう。

女はビリーをしげしげと眺めた。女は平凡な田舎娘だった。染めにむらのある見すぼらしいゆったりとした黒いワンピースを着ていた。手首には染料の跡が黒い輪になって残っていた。

どうしてそのことをおれに？《イ・ポル・ケ・メ・ディーセ・エスト・ブエス》　とビリーはきいた。

娘は上唇を下の歯で噛んでしばらく黙っていた。それから彼女はあなたが誰だか知っているからよといった。

おれは誰なんだい？《イ・キエン・ソイ》

あの白人の若者のお兄さんでしょうと娘はいった。

ビリーは後ろの壁にかけた片足をおろして娘を見、その肩越しにあの祭りの骸骨を描いた衣装を着た人のように見える弔問客たちの薄暗い人影が列をなしてテーブルの処へやってきて食べ物をあさっていくのを一瞥してからまた娘に目を戻した。ビリーはどこへいけば弟に会えるか知らないかと娘に訊いてみた。

娘は答えなかった。部屋のなかの人影の動きが緩慢になり故人の死を悼む言葉を口にする低い呟きはさらに小さな囁き声になった。弔問客たちは死者のために供えられた食べ物を有り難いことだと互いにいい合っていたが、やがてすべては同じことを繰り返してきた歴史のなかへ滑りこんでいき、ビリーの耳にはこの国の人々の遠つ祖《おや》たちがあげた数知れぬ儀式がちょうど窪みのなかに木の煉瓦が次々と落としこまれるようにどこかに落ちていく音が聞こえた。その音は錠がかかる音、あるいは古い時代の機械のなかで木の歯車と歯車がひとつひとつ歯を嚙み合わせる音にも似ていた。あなたは知らないの《ノ・サーベ》？　と娘がいった。

ああ《ノ》。

娘は手を口へ持っていき人さし指から先に唇につけた。静かにと叱責する仕草にも見えた。それから彼に触れようとするようにもう片方の手を差し出してきた。弟さんの骨はサン・ブエナベントゥーラの墓地に埋められているわ、と娘はいった。

外に出て馬を繫いだ手綱をほどき鞍に跨がったときはもう暗くなっていた。窓に黄色い柔らかな火影を映す家々の前を通り過ぎてもときた道を南に引き返した。低い丘をひとつ越えると後にしてきた町はその陰に姿を消し頭上の黒い空いっぱいに夥しい星が満ちて夜の荒野には馬の蹄が道を打つ規則正しい音と革の馬具の微かな軋り音と馬の息のほかにどんな音も聞こえなかった。

　ビリーは何週間もその辺り一帯の土地をめぐり歩き話しかければ相手になってくれそうな人間に片っ端からボイドのことを尋ねてみた。テモサチクという山間の町のとある酒場で、北の国からきた白人の若者のことを歌ったそのコリードを初めて聞いた。髪はみごとな金髪《ペーロ・タン・ルービオ》。手に拳銃を持って《ピストーラ・エン・マーノ》。何を捜しているのか若者よ《ケ・ブスカス・ホーベン》？　おまえは素早く起きあがった《ケ・テ・レバンタス・タン・テンプラーノ》。ビリーはその歌を歌った男に今の歌に出てきた若者というのは誰のことかと訊いてみたが、男はそれは歌にあるとおり正義を求めた若者のことでもう何年も前に死んだとしか答えなかった。ギターの棹を片手で持った男はもう片方の手でテーブルからグラスを取りあげビリーに向かって黙って乾杯し、それからこの世の正しい男たちすべての思い出にと声に出してグラスを掲げ、歌に歌われているとおり正義を求めた男たちの道は血腥《ちなまぐさ》い道だったのであり彼らが命を賭けてしたことはこの世界の心臓の血のなかに書きこまれているといい、真面目にものを考える人間が歌に歌うのはそういう男たちの歌だけなのだといった。

　四月の末にマデーラの町でビリーは馬を貸馬屋に預けて鉄道線路の向こうの祭りが開かれている野原まで歩いていった。山間の町は肌寒く空気には製材所から流れてくる松の木を焼く煙とピッチの匂いが満ちていた。野原では頭上高く張られた縄に電球がいくつも吊り下げられ薬を売る香具師《やし》や踏み荒らされた草の上に綱で支えて張ったステンシルで文字が書いてあるみすぼらしいテントの入口で見せ物の呼び込みをする男が声を張りあげていた。ビリーは屋台で林檎酒を一杯買い浅黒いきまじめな顔の電飾の明かりを受けて今にも燃えあがりそうな目をした町の人々を眺めた。若い娘たちは仲間同士で手をつないでそばを通り過ぎていく。彼女らは天真爛漫な物怖じしない目でちらりとビリーを見た。ビリーは彩色を施した幌馬車のそばで足を止めたが、馬車の前には赤と金で塗られた演台が置かれその後ろで一人の男が人々に歌うような調子で呼びかけていた。馬車の横腹にはいくつもの絵柄を描いた籤引きの回転盤が取りつけられその脇の木の台にはぴったり体に張りついた赤いドレスに黒と銀の短い上着を着こんだ若い女が立ちいつでも回転盤を回せるよう控えていた。演台の後ろに立った男が若い女のほうを向いてステッキを突き出し女が微笑んで回転盤をつかみぐいと引きおろすと回転盤はカラカラと音を立てて回り出した。見物人の顔がひとつ残らずそちらを向く。回転盤の縁に打ちつけた釘が次々に革の歯止めをめくりやがて速度が落ちて回転盤が止まると女は人々のほうを向いてにっこり笑った。呼び込みの男がまたステッキをあげて歯止めが指している消えかかった絵柄を読みあげた。

人魚《ラ・シレーナ》、と男は叫んだ。

誰も動かなかった。

誰か《アルグイエン》いませんか？

男は見物人を眺め渡した。人々は縄で囲った区画のなかにいる。男はあたかも隊列を整えさせるような仕草でステッキを人々の上に差し伸ばしていた。ステッキは黒いエナメルを塗ったもので銀色の握りは持ち主の似姿でもあるのか男の胸像になっていた。

ではもう一度《オトラ・ベス》、と男は叫んだ。

男の視線が人々の上をさっと刷いていった。そして人ごみの端にやや離れて立っているビリーの上に注がれるとまた戻っていった。円の中心からわずかにはずれている軸に支えられた回転盤が回り出し描かれた絵柄が流れてぼやけた。革の歯止めがパタパタ鳴る。

歯のない小男がビリーのそばへ寄ってきてシャツの袖を引いた。男は扇形に開いたカードを手に持っていた。カードのこちらから見えない側には波形模様を地にタロットの寓意画が描いてある。引いて《トメ》、と男はいった。早く《プロント》、早く《プロント》。

いくら《クワント》?

ただだよ《エスタ・リーブレ》。引いて《トメ》。

ビリーはポケットから一ペソ硬貨を出して男に渡そうとしたが男は首を振った。男は回転盤を見た。回転盤はまだゆっくりと回っている。

いらない《ナーダ》、いらない《ナーダ》。さあ早く引いて《テンガ・プリーサ》。

革の歯止めがパタリパタリと音を立てる。ビリーはカードを引いた。

さあてさあて《エスペーレ》、と演台の男が叫んだ。どこで止まるかな《エスペーレ》……。

回転盤は最後にひとつカラリと柔らかく鳴って止まった。

どくろだ《ラ・カラベーラ》、と男が叫んだ。

ビリーは引いたカードを裏返してみた。どくろの絵が描いてあった。

さあ当たった人はいるかな？《アルグイエン》と男が叫ぶ。人々は互いに顔を見合わせた。

かたわらにいる小男がビリーの肘をつかんだ。当たった《ロ・ティエーネ》、と男は低い声で押し出すようにいった。当たったよあんた《ロ・ティエーネ》。

何がもらえるんだい？《ケ・ガーノ》

小男はもどかしそうに首を振った。ビリーのカードを持った手をつかんで高くあげさせようとした。見にいってこいと男はいう。

何を見るんだ？《ベール・ケ》

なかへ入るんだ《アデントロ》、と男は低いしわがれ声でいった。なかへ《アデントロ》。男はビリーのカードをひったくり高く掲げた。ここだ《アキ》。どくろのカードはここだぞ《アキ・テネーモス・ラ・カラベーラ》。

演台の男はステッキを人々の頭上で水平にしだいに速く動かしていき不意に銀の握りでビリーと小男を指した。

さあ大当たりが出た《テネーモス・ガナドール》、と演台の男は叫んだ。さあ前へ《アデランテ》、前へどうぞ《アデランテ》。

ほらいって《ベンガ》、と小男が促した。ビリーの肘を引っ張った。だがビリーはすでに馬車のけばけばしい塗装の下からその馬車の前身を示す古い文字が血の滲み出すように透けているのを見てしまっており、その馬車がずっと以前にボイドと一緒に初めてサン・ディエゴのエヒードの門をくぐったとき、焚き火の煙のただよう囲い地で見たあの車輪の輻《や》を金色に塗った馬車、そのしばらくあとで道端で立ち往生をし美しいプリマドンナが陽除けの下に坐ってもう二度と帰ってこない男たちと馬を待っていたあの旅芸人一座の馬車であることに気づいていたのだった。ビリーは小男の手を振り払った。おれは見たくない《ノ・キエーロ・ベール》、とビリーはいった。

そんなこといわないで《シ・シ》、と男が狼狽していった。すごい見せ物だよ《エス・ウン・エスペクタークロ》。誰も見たことないようなやつだよ《ヌンカ・ア・ビスト・ナーダ・コモ・エスト》。

ビリーは小男の細い手首をぐいとつかんだ。よく聞け《オイガ》、いいか《オンブレ》。おれは見たくないんだ《ノ・キエーロ・ベルロ》、分かったか《メ・エンティエンデ》？

手首をつかまれた小男は身を竦ませ肩越しに振り返って演台にステッキを横たえて待っている男のほうへ絶望的な視線を投げた。見物はみな明かりが届くぎりぎりの辺りにいる当選者のほうへ首を向けていた。回転盤の横の女は徒《あだ》っぽい姿勢で立ち頬の笑窪《えくぼ》に人さし指をねじこむような仕草をしている。演台の男はステッキを取りあげてさっと空気をなぎ払った。さあどうぞ《アデランテ》。どうしたのかな《ケ・パーソ》？

ビリーはつかんだ手首を離して小男を押しやったが小男は懲りずにまたそばへすり寄ってきてビリーのシャツをおずおずとつかみ彼の耳に幌馬車のなかの見せ物を見逃しちゃいけないと囁いた。演台の男がまた呼びかけてきた。みんな待っているのだといった。それでも背を反して立ち去ろうとするビリーに演台の男は最後にもう一度呼びかけ、それから群衆に向かって何事かいうと、それを聞いた人々はどっと笑って肩越しに振り返りビリーを見ようとした。小男はカードを手に悄然と立ち尽くしていたが演台の男は三度目の抽選はないといい、それよりも回転盤を回した女に無料で見物できる人を選ばせることにすると宣言した。女はにっこり笑い濃いマスカラを塗った目で人々の顔をざっと見渡してから最前列にいる少年を指さしたが、演台の男にまだ若すぎる、子供に見せるわけにはいかないといわれて口をとがらしこんなに男前なのにといい、今度は目の前に立っている借り物と思われる服を着た褐色の肌の人夫風の男を選び、立ち台の階段をおりて男の手を取りそれと同時に演台の男が入場券の束を高く掲げると、人々がそれを買おうと前に押し寄せてきた。

ビリーは吊り下げられた電球が投げる明かりの外へ出て野原を横切り馬を預けた貸馬屋へいって料金を払うとニーニョを馬の群れから引き出し跨がった。ビリーは振り返って煙の匂う冷たく乾いた空気のなかで靄のようにぼんやり明るくにじんでいる祭りの灯火を見、馬を進めて鉄道線路を渡り南へ下る道に出てマデーラの町をあとにしテモサチクに向かった。

一週間後の朝のまだ暗い時刻にビリーはまたバビコラの町に入った。涼しくて静かだった。犬はいなかった。馬の蹄の音だけが響いた。月光のつくる人馬の青い影は斜めに傾いでとどまることのない前のめりの転落を続けていくように見えた。ビリーは町から北に伸びる土ならし機で新しくならされた道のまだ土の柔らかい縁を馬に歩かせた。薄明かりが平原に満ち始めて柏槙のこんもりとした林が島のように浮き出してきた。家畜の群れの黒々とした塊が見えた。やがて白い太陽が昇ってきた。

　ビリーは草の生い繁る湿地で馬に水を飲ませヒロハハコヤナギの古木の不思議なほど真ん丸な林のなかで寝具にくるまって眠った。目が覚めたとき馬に乗った男がこちらをじっと見つめていた。ビリーは体を起こした。男がにやりと笑った。おれあんたを知ってるぜ《テ・コノスコ》、と男はいった。

　ビリーは帽子を取ってかぶった。ああ、と彼はいった。おれもあんたを知ってるよ。

何だって《マンデ》？

連れはどうしたんだい《ドンデ・エスタ・ス・コンパニエーロ》？

男は鞍の前橋に置いた手を曖昧に持ちあげた。死んだよ《セ・ムリオ》、と男はいった。あの小娘はど《ドンデ・エスタ・ラ・》うした《ムチャーチャ》？

やっぱり死んだよ《ロ・ミスモ》。

男はにやりと笑った。神様のすることはよく分からないなといった。

まったくだ《ティエーネ・ラソン》。

それで弟は《イ・ス・エルマーノ》？

知らない《ノ・セ》。死んだんだろうな《ムエルト・タンビエン》、たぶん《タル・ベス》。

どいつもこいつもみな死んだか《タントス》、と男はいった。

ビリーは草を食んでいる二頭の馬を見やった。彼が枕にしていた鞍袋には拳銃が入っている。男も目をビリーの視線の先へやった。人がひとり死ぬときは別のひとりが命を拾うもんだと男はいい共犯者の笑みを頬に浮かべた。同類を見つけたという笑みだった。男は身を前に乗り出して鞍の前橋に両手をつっぱり唾を飛ばした。

どう思う《ケ・ピエンサ》？　と男がきく。

ビリーは何を問われたのかよく分からなかった。誰だってみんな死ぬんだと彼は答えた。男は馬の背にじっと坐り真面目な顔でそれについて思案をしていた。まるでこの問題には考慮しなければならないより深い前提問題があるといった顔つきだった。男はなぜある時ある人間が死んで別の人間が死なないかは不可思議な謎だと世間の人は思っているが、どんな行為も別の行為と因果の糸で結ばれているといい、どちらの足を先に踏み出すかということもその人間が定められた死へ導かれることと関係している、運命にかかわることは何もかもそうだといった。もっといえば人の末期は生まれたときから定まっているのであって誰でもみなあらゆる障害を乗り越えて自分の死を追い求める。今二つのことをいったがそれはどちらも同じことであり、自分のよく知らないよその土地で死んだ場合はその死を避けようと思えば避けられたと思えるかもしれないが、末期への道がどんなに目につきにくい曲がりくねったものであっても人はそれを見つけ出すものだ。男はそういってにやりと笑った。男の語り口は死が生の前提条件であり生は死から発すると知っている人間のそれのように思われた。

あんたはどう思う《ケ・ピェンサ・ウステ》？　と男はきいた。ビリーはさっきいったことより他に意見はないと答えた。人の一生が初めからどこかの本に書きこまれているのだろうと毎日毎日かたちづくられていくのだろうと同じことだ、なぜなら現実はただひとつ、それを生きていくだけのことだからだ。人が自分の人生をかたちづくっていくというのは本当だが人がたったひとつの形しか持てないというのも本当だ、ほかの形もあり得たといってもどうやってそれが分かるのか？

うまいことをいうな《ビエン・ディーチョ》。そういって男は平原に目をやった。自分には人の考えが読めるのだと男はいった。ビリーは男が二度までもおまえはどう思うと訊いたことをいい立てはしなかった。かわりに今おれが何を考えているか分かるのかと尋ねたが男はおれとあんたは同じことを考えているのさといっただけだった。それから男はおれは女のことで誰かに恨みを抱いたりはしないといい、女というものは取ったり取られたりする歩く財産にすぎない、女とどうこうするのはただのお遊びで本物の男は真面目に受け取ったりはしないものだといった。売女のことで人を殺したりするような男をおれは高く買わない。どうせあの牝犬は死んだということだし、それでも世界は何も変わらないと男はいった。

男はまたにやりと笑った。口のなかに何か入れていてそれを片方の頰に移し歯をチュッと吸ってまたその何かを反対側の頰へ戻した。男は帽子のつばに手をやった。

さてと《ブエノ》、と男はいった。それじゃおれはいくよ《エル・カミーノ・エスペーラ》。

男はもう一度帽子に手をやり馬の脇腹に拍車を当てて鋸を引くように数回手綱を引いて馬に向きを変えさせると、馬は目をぎょろぎょろさせ腰を落として強く足踏みしそれから速足で林を抜けて道に出てまもなく姿を消した。ビリーは鞍袋の口を開けて拳銃を取り出しローディング・ゲートを開くと弾倉を回して全部の薬室に弾が入っているのを確認し、親指で押さえた撃鉄をおろして長いあいだじっと聞き耳を立てていた。

七週間ぶりに見た新聞で五月十五日だと知れた日、ビリーはもう一度カサス・グランデスの町に入って馬を貸馬屋に預けカミーノ・レクト・ホテルに部屋を取った。朝起き抜けにタイル張りの廊下を歩いて風呂場へいった。戻ってくると朝の光が磨り減ったカーペットの透けて見える裏張りの上に斜めに落ちている窓辺に立って下の庭で少女がうたっている歌に聞き入った。少女は胡桃かペカンの実を山のように積んだ白いズック布の上に坐っていた。少女は横坐りになり膝の上に平らな石を置き石の棒で実を割りながら歌を歌っていた。背を前にかがめ黒い髪を手元に垂らして作業をしながら歌っていた。少女の歌はこんな風だった。

バチニーバの町《プエブロ・デ・バチニーバ》に
四月のある日《アブリル・エラ・エル・メス》
武器を持った男たち《ヒネーテス・アルマードス》が
六人やってきた《イエガロン・ロス・セイス》

少女は石の板と棒で殻を砕き果肉を取り分けてかたわらに置いた壺へ入れていく。

怖れる気持ちがあったとしても《シ・テニア・ミエード》
顔に出したりはしなかった《ノ・セ・レ・ベイア・エン・ス・カーラ》
やってくる六人の男を《クワントス・バーヤン・イエガンド》
待ち受けるその金髪の若者は《エル・グウエリート・レス・エスペーラ》

少女が細い指で実をむしり取る細かいひび割れのある半球形の殻のなかにはその実を結んだ木の特徴が、実がなりにきた木の特徴のすべてが書きこまれている。しばらくして少女はまた同じ歌の同じ二つの断片を歌った。ビリーはシャツのボタンを留め帽子をかぶり階段をおりて庭に出ていった。丸石を踏んで彼がやってくるのを見ると少女は歌うのをやめた。ビリーは帽子に手をやってやあおはようといった。少女は顔をあげてにっこり笑った。齢は十六ぐらい。とても美しい少女だった。ビリーは今の歌の続きは知らないのかと訊いたが少女は知らないといった。これは古い歌だ。とても悲しい歌で最後に金髪の若者とその恋人は弾が尽きて抱き合って死ぬ。二人を殺した男たちが去ると町の人たちは二人の亡骸を秘密の場所へ運んで埋め、そこから小鳥の群れが飛び立つという歌だが、歌詞の全部は覚えていないしとにかく歌を聞かれて恥ずかしいと少女はいった。ビリーはにっこり笑った。とてもいい声だというと少女は脇を向いて小さく舌打ちをした。

ビリーは庭の西の彼方に横たわる山並を見やった。少女がその彼をじっと見つめた。

手を出して《デメ・ス・マーノ》、と少女がいった。

うん《マンデ》？

手を出して《デメ・ス・マーノ》。少女は拳に握った手を差し出してきた。ビリーがしゃがんで手を出すと少女は殻がついたままのペカンの実を一つかみ彼の掌に載せ両手で彼の手を閉じ、あたかもそれが秘密の贈り物であり誰かに見られると困るというように辺りを見回した。もういっ《アンダレ・プ》て《エス》、と少女はいった。彼は礼をいい立ちあがって庭を横切り部屋にあがったが窓から見おろすともう少女の姿はなかった。

続く何日かビリーはバビコラ山脈に馬で進んだ。湿った草地の木立の陰で焚き火をし時おり夜中に広い草地に出ていって世界が沈黙に浸るなか地面に仰向けになり頭上で星屑を燃やしている天空を眺めた。そうした夜、彼はまた焚き火のそばまで戻ってしばしばボイドのことを、夜にちょうどこんな風景のなかでこんな焚き火をして坐っているボイドのことを思い描いた。山裾の斜面にともるぽつんと小さな火は地球の核で燃えさかる火が地表を破って外の闇へ密かに顔を覗かせたという風にも見えた。ビリーには自分が前身というものをまったく持たない人間であるように思われた。本当の自分自身はとうの昔に死に、そのあとは一切の経歴を持たず将来の生活といったものもまったく考えられない誰か別の人間として生きてきたかのように思われた。

馬に乗って山のなかをいくうちにビリーは何度か高原の草地を渡っていく牧童たちを見かけたが、ある一団は山道をいくのに都合のいいラバに跨がり、また別の一団は牛の群れを先立てていた。夜の山は冷えこんだが彼らはみな薄着で、寝るときもサラーペにくるまるだけのようだった。彼らはバビコラ大農園で飼われている頭の白い牛にちなんでマスカレーニャと呼ばれ白人のために働くことからヤンキーかぶれとも呼ばれる牧童たちだった。一列縦隊で岩屑の積み重なった崖下の斜面を黙々と渡り狭い山道をたどって高地の草原へ登っていく彼らは、力みのないしかし端正な姿勢で、鞍の角からぶら下げたブリキのカップに傾いた陽の光を凝らせながら馬を進めていくのだった。夜になると彼らがたく火が山肌に見えたがビリーはそこへいくことはしなかった。

ある日の夕方陽が暮れる少し前にビリーは一本の道に出てそれを西にたどった。目の前の広く空いた山間で燃えていた赤い太陽が脱皮した直後のように形をいびつに溶かし、ゆっくりと山の陰に吸いこまれて空全体を深紅の残照で染めた。やがて闇が四方を包んだとき平原の遠くのほうに人家の黄色い灯がひとつ見え、なおも馬を進めて間もなく下見板張りの小屋の前へやってきたときビリーは馬を止めて声をかけた。

男がひとり玄関の戸口から現れてポーチに出てきた。誰だね？《キエン・エス》　と男がきいた。

旅をしてる者です。《ウン・ビアヘーロ》

何人いるのかね？《クワントス・ソン・ウステーデス》

ひとりです。《ヨ・ソーロ》

そうか《ブエノ》、と男はいった。さあ馬からおりて《デスモンテ》。なかへ入りなさい《パーサレ》。

ビリーは馬からおりて手綱をポーチの柱に結びつけ階段をのぼって帽子を脱いだ。男が扉を押さえている戸口からなかに入ると男もあとから家に入って扉を閉め、暖炉のほうへ顎をしゃくった。

二人は椅子に坐ってコーヒーを飲んだ。男は名をキハーダといいソノーラ州の西部地方を故郷とするヤーキ族のインディオで、バビコラ大農園がナウウェリチクに所有する農園の支配人をしており、ボイドに馬を群れから切り離すようにいったのがまさにこの男だった。キハーダは以前山のなかを馬で一人旅をしている白人の若者を見かけて警察署長に手出しをするなといったことがあるといった。その若者が誰なのか、何をしているのか自分には分かったと彼はいう。キハーダは椅子の背にもたれた。カップを口へ持っていきコーヒーを一口飲んでじっと火を見つめた。

あなたはおれたちに馬を返してくれた人でしょう、とビリーがいった。

キハーダはうなずいた。前に身を乗り出してビリーの顔を見、それからまた火に見入った。両肘を膝につき錬金術師の乳鉢のようにも見える把手のない分厚い陶器のカップを両手で目の前に捧げ持つ男の姿を見て、ビリーはまだ何かいうだろうと思ったが、キハーダは何もいわなかった。ビリーもコーヒーを飲みカップを手にしてじっと坐っていた。火はパチパチと爆ぜる音を立て続けた。外の世界は沈黙に浸っていた。おれの弟は死んだんですか？　とビリーはきいた。

そうだ。

イグナシオ・サラゴーサで殺されたんですか？

そうじゃない。サン・ロレンソでだ。

一緒にいた女の子も？

いや。女の子も血まみれになって倒れて連れていかれたから撃たれて死んだとみなが思ったのも無理はないがそうじゃなかった。

どうなったんです？

わたしは知らない。たぶん家族のところへ帰ったんだろう。まだ子供といっていいくらいの齢だった。

おれはナミキパへいって訊いて回ったんです。でもあの子がどうなったか誰も知らなかった。

ナミキパの人たちはきみに本当のことをいわないだろうな。

弟はどこに埋められたんですか？

ブエナベントゥーラだ。

墓石か何か立ってるんですか？

木切れが立ててある。あの若者は人々に人気があった。民衆に愛されていた。

でもボキーヤの町で片腕の男を殺したのはあいつじゃないんです。

知ってるよ。

おれもそこにいたんです。

うん。しかし彼はガレアーナで二人の男を殺した。理由は誰も知らない。どっちもあの片腕の男の下で働いてた男じゃなかった。もっともひとりはペドロ・ロペスの友達の兄弟だったがね。

ロペスの友達というのは警察署長ですね。

警察署長。そうだ。

ビリーは山のなかで一度、警察署長と二人の助手が夕方の薄闇のなかを尾根からおりてくるのを見かけていた。腰の鞘に短いサーベルを差した署長は誰かの命令をきく男とは見えなかった。キハーダは椅子の背にもたれて前に投げ出した両足のブーツを重ねた。カップは膝の上に置いていた。二人は炎をじっと見つめた。焼鈍《やきなま》しをするために何かを火に入れているとでもいうようだった。キハーダはカップを取りあげて飲むような素振りをした。だがまたすぐにおろした。

一方にはバビコラ大農園の所有者がいる、とキハーダはいった。たいへんな富と権力を持ったミスター・ハーストだ。そしてもう一方にはぼろを着た農民たちがいる。さてどちらが最後に勝つと思うかね？

分かりません。

彼の命運もいずれ尽きるよ。

ミスター・ハーストのことですか？

そうだ。

あなたはどうしてあの大農園のために働いてるんです？

金を払ってくれるからだ。

ソコロ・リベラというのは誰です？

キハーダは金の指輪でカップの縁を軽く叩いた。ソコロ・リベラはバビコラ大農園で働く農民たちを組織して農園主と戦おうとした男だ。五年前にラス・バリタスの近くで政府軍に殺された。クレセンシオ・マシアスとマヌエル・ヒメネスという二人の仲間と一緒に。

ビリーはうなずいた。

メキシコの魂の歴史はとても古い、とキハーダはいった。それをよく知っているという者は嘘つきか馬鹿者か、それともその両方だ。今度もまたヤンキーに裏切られたメキシコ人はインディオの血に戻れと叫んでいる（アメリカは当初一九一一年の革命に好意的だったが次第に独自の立場で軍事介入し始めたため各勢力が強い反米姿勢をとるようになった）。だがインディオの側はそういうのはお断りだ。とくにヤーキ族はそうだ。ヤーキ族は昔のことを決して忘れない。

そうでしょうね。ところでおれたちに馬を返してくれたあとで弟を見かけたことはなかったですか？

なかったな。

どうして弟のことを知ってるんです？

彼は追われていた。どこへ逃げればいい？　当然、カサーレスの一派に取りこまれることになった。敵の敵は味方というわけだ。

あいつはまだ十五でした。いや十六になってたか。

それならなおのことだ。

その一派は充分に守ってはくれなかったわけですね？

彼のほうが守ってもらいたがっていなかった。人を撃ちたがっていた。敵の敵として活躍すればするほど頼もしい味方ということになる。

でもあなたはミスター・ハーストのために働くわけですか？

そうだ。

キハーダは首をめぐらしてビリーを見た。わたしはメキシコ人じゃない（「メキシコ人」という民族意識の主体はスペイン人とインディオの混血人種である）。メキシコという国への忠誠心など持ち合わせてはいない。この国に対して義務感など感じない。わたしには別の忠誠心がある。

じゃあなたがあいつを撃ち殺すこともあり得たんですか？

きみの弟さんをか？

ええ。

そういう成り行きになれば。そう、殺しただろう。

じゃおれはあなたのコーヒーを飲んじゃいけないのかもしれない。

そうかもしれない。

二人はひとしきり黙って坐っていた。やがてキハーダが身を前に乗り出してカップを覗きこんだ。弟さんは家へ帰るべきだったんだ、と彼はいった。

ええ。

なぜ帰らなかった？

分かりません。あの女の子がいたからかもしれません。

女の子は一緒にいかないといっただろうかね？

いわなかったと思います。ただあいつにはもう家と呼べるものがなかったんです。きみが弟さんを守ってやるべきだったのかもしれない。

あいつを守るのは簡単にはいかないんです。あなたもさっきそういいました。

うん。

例の歌はなんと歌ってるんです？

キハーダは首を振った。あの歌はすべてを歌っているが何もいってないのと同じだ。金髪の若者の歌はだいぶ以前にも聞いたことがある。弟さんが生まれる前のことだ。

じゃあれはあいつのことを歌ってるんじゃないと思うんですか？

いや、弟さんのことを歌ってるんだ。というより歌いたいことを歌ってる。物語になる事柄を歌ってる。コリードというのは貧しい人々にとっての歴史だ。それは歴史上の事実にではなく民衆の心の真実に忠実であろうとする。聞く者すべてがあの歌で歌われるたったひとりで戦う若者なんだ。コリードは二人の人間が出会ったときには二つのことしか起こり得ないと考える。嘘が生まれるか人が死ぬかのどちらかだと。

まるで死が真実だといってるように聞こえますね。

そう。死が真実だといってるように聞こえる。キハーダはビリーに目を向けた。たとえあの歌に出てくる金髪の若者がきみの弟だとしてもそれはもうきみの弟じゃない。彼を取り戻すことはできないんだよ。

おれはあいつを取り戻すつもりなんです。

それは許されないだろう。

おれは誰の処へいけばいいんです？

交渉の相手など誰もいやしない。

もしそんな人間がいるとしたら誰です？

神様に呼びかけてみることだな。ほかには誰もいない。

ビリーは首を振った。カップの白い縁のなかで揺れている自分の黒い顔をじっと見つめた。しばらくして彼は顔をあげた。そして火に目を据えた。あなたは神様を信じてるんですか？　と彼はきいた。

キハーダは肩をすくめた。信じたい気分のときは信じるよ。

人の行く末がどうなるかなんて分からないもんですね。

ああ。

思ってもみなかったようなことになる。

キハーダはうなずいた。行く末がどうなるか分かるとしたら、それでも生きていこうとする人間などいるだろうか？　よく人はこの先何が待ち構えているのかなどという。しかし待ち構えているものなど何もありはしない。今日という日は今日までに起こったことで出来あがっている。毎日新しく現れるものを見て世界それ自身が驚いてるはずだ。たぶん神様だって驚いてるだろう。

おれたちは馬を取り返しにこの国へきたんです。おれと弟は。弟は馬のことなんかどうでもよかったみたいだけど、おれは馬鹿だからそれに気づかなかった。あいつのことは何も分かっちゃいなかった。分かってるつもりになってたけど。あいつのほうがおれのことをよく知ってたんです。おれはあいつを取り返してあいつ自身の国に埋めてやりたいんです。

キハーダはコーヒーを飲み干し、カップを手で持ったまま膝に載せた。

あんまりいい考えじゃないと思ってるみたいですね。

いくつか問題があるかもしれないね。

理由はそれだけじゃないでしょう。

ああ。

弟はこの国の人間になったと思ってるんですね。

わたしは死人には国籍などないと思ってる。

ええ。でも身内の者にはあるんです。

キハーダは応えなかった。ひとしきりたってからもぞもぞと身動きをした。それから身を前に乗り出した。白い陶器のカップをひっくり返して掌に載せた。世界には名前などない、と彼はいった。山や山脈や沙漠の名前は地図の上にあるだけだ。われわれは迷子にならないようにとそれらに名前をつける。しかしわれわれが名前をつくったこと自体すでに迷子になっているからなんだ。世界は迷子になることがない。迷子になるのはわれわれ人間だ。そして名前をつくりそれを世界に当てはめるのがわれわれ自身である以上それらの名前がわれわれを救うことはあり得ない。名前がわれわれにもう一度道を見つけてくれることはあり得ない。弟さんは世界が彼のために選んだ場所にいる。いるべき処にいる。しかも彼が見つけた場所は彼自身で選んだ場所でもある。これはなかなか幸運なことなんだよ。

灰色の空、灰色の土地。ビリーは一日中ぐったりした姿勢で、首をうなだれて歩く汗でぐっしょり濡れた馬に乗り、砂利混じりの泥の山道を北にたどった。強い雨風が道の前方から襲ってきて雨合羽が不意に音高く鳴り始め馬が背後に残す足跡が泥水の下に消えた。夕方頭上でまた鶴の啼き声がしたが、その鶴の群れは雨雲のはるか上を飛び下界の地形と気象を計測するのだった。その硬質の目は神が彼らのために選んだ道をしっかりと見定めていた。その心臓は血で満ちあふれていた。

その夕方のうちにビリーはブエナベントゥーラの町に入り水溜まりを踏みながら幹を白く塗った並木の脇を通り過ぎ古い白い教会の前を通り過ぎてガイェーゴの町に通じる古い道をたどった。雨はすでにあがり通り過ぎてきた並木の枝からも泥の家の樋からも滴がぽたぽた落ちていた。道をたどって町の東に広がる丘陵地帯を進んでいくと町から一マイルほど離れた処に墓地が見えてきた。

ビリーは道からそれてぬかるんだ小道を苦労しながら進み墓地の門の前で馬を止めた。石くれがごろごろし茨《いばら》の繁みがわが物顔にはびこっている広い荒れ果てた墓地で、周囲にめぐらされた低い泥の塀はすでに廃墟の遺構のように見えていた。ビリーは馬の背からこの荒涼たる墓地を見渡した。振り返って荷馬を見、頭上の灰色の雨雲と西の空で薄れていく夕陽に目をやった。丘と丘の間から風が吹いてきたのを合図とするように馬からおり手綱を地面に落として門をくぐり粗い石くれを踏みながら墓地を歩き出した。蕨の繁みから鳥が一羽飛び立ちか細い啼き声をあげながら風に乗って遠ざかっていった。丈の低い板切れや十字架が立ち並ぶあいだにぽつりぽつりと混じっている赤色砂岩の墓標は、丘とその外の青い山並に囲まれたこの荒れ地のなかではどこか遠くの土地の古代の遺跡が移されてきたものだという風に見えた。

ほとんどの墓は墓標のないただの石塚にすぎなかった。だがなかには二枚の板切れを釘や針金で組み合わせてつくった簡素な十字架を立てているものもあった。至る処に転がっている石くれはこれらの石塚が崩れて散らばったもので赤色砂岩の墓石を無視するならこの場所は戦闘のあとで急遽こしらえた戦死者の埋葬地といった趣だった。茨の繁みや草むらを吹き渡る風の音以外には何も聞こえなかった。ビリーは縁取りの曖昧な狭い曲がりくねった小道をたどって墓石や苔で黒ずんだ板切れのあいだを歩いていった。前方の塀までの道のりの半ば辺りには枝を落とした木の幹のような形をした赤色砂岩の柱が一基立っていた。

ボイドは墓地の南端の塀際に埋められていて板切れの十字架には熱く焼いた釘で〈一九四三年二月二十四日友軍の兄弟たちがこの墓碑を捧ぐ〉と記されていた。花輪の名残りである錆びた針金の輪が支柱にもたせかけてあった。死者の名は書かれていなかった。

ビリーは十字架の前でしゃがみこみ帽子を脱いだ。南のほうで湿った塵芥の山がくすぶり暗い曇り空に黒い煙を一筋立ちのぼらせていた。辺り一帯には甘美なまでの凄寥《せいりょう》の気がただよっていた。

陽が暮れてからブエナベントゥーラの町に戻った。教会の扉の前で馬からおりなかに入って帽子を脱いだ。祭壇にともる数本の小さな蠟燭の乏しい明かりのなかでただひとりひざまずいて祈りをあげている人がいた。ビリーは通路を歩いていった。床のはがれたタイルがブーツに踏まれてずれ動き小さく打ち合う音を立てた。ビリーは身をかがめて膝立ちになっている人の腕に触れた。セニョーラ、と声をかける。

女が頭をもたげ、浅黒い顔が、さらに黒い色をしたショールの襞のあいだから仄かに見えた。

墓掘りの人《ドンデ・エスタ・エル・セプルトゥレーロ》はどこにいますか？

死んだ《ムエルト》わ。

墓地の管理をしてるのは誰です《キエン・エスタ・エンカルガード・デル・セメンテリオ》？

神様《ディオス》よ。

司祭さまはどこに《ドンデ・エスタ・エル・サセルドーテ》？

どこかへいってしまったわ《セ・フエ》。

ビリーは教会の暗い内陣を見回した。女はさらに何か訊かれるのを待つ風だったがビリーはどんな問いも思いつかなかった。

なんの用なの、あなた《ケ・キエーレ・ホーベン》？と女がいった。

いやべつに《ナーダ》。いいんです《エスタ・ビエン》。ビリーは相手を見おろした。誰のために祈ってるんですか《ポル・キエン・エスタ・オランド》？と彼はきいた。

女はただ祈っているだけだと答えた。祈りが誰のためになるかは神様にお任せしてある。自分はすべての人のために祈っている。あなたのためにも祈ってあげると彼女はいった。

ありがとう《グラシアス》。

わたしにはほかの祈り方ができないの《ノ・プエド・アセルロ・デ・オトロ・モード》。

ビリーはうなずいた。何も訊かなくてもこの老女のことは分かる気がした。彼女の息子たちは何十年も前にこうしてひざまずき祈っても鎮めることのできそうにないあの血と暴力のなかで死んだに違いなかった。か細い体つきの、口に出さない苦悩を秘めた女はこの国のどこにでもいる。教会の外に広がる夜は羽根や王魚の鱗《うろこ》で覆われた千年の恐怖を宿しているが、たとえその夜が今でも子供たちを餌食にし続けているとしても、戦争によるもっと酷い荒廃と苦痛と絶望をこの老女のたゆまぬ祈りが鎮めないと誰にいえるだろう、もっと悲惨な歴史にこの背をかがめ皺だらけの手で木の実の数珠を握りしめ口のなかで祈りを呟く小さな老女が抗し得ないと誰にいえるだろう。不動の、厳かな、不屈の老女。このような世界を統べている神とだけ向き合っている老女。

次の日の朝早く馬に乗って出発したときには雨はあがっていたがまだ晴れ間は見えず灰色の空の下に灰色の風景が広がっていた。南に目をやると雲がエル・ニード山脈の山肌がむき出しになった峰々をのぞかせてはまた封じこめていた。墓地の木の門の処で馬からおり荷馬に足かせをし背負子にくくりつけたシャベルを取ってまた馬に跨がるとシャベルを肩にかついで石くれだらけの小道を進んだ。

ボイドの墓の処へくると馬からおりてシャベルを地面に突き立て鞍袋から手袋を出し灰色の空を眺めあげてから馬から鞍をはずし足かせをして石くれのあいだに生えている草を食べにいかせた。それから墓に向き直ってしゃがみこみ石塚に突き立ててあるすぐにばらばらになりそうな木の十字架を揺さぶりながら引き抜いた。シャベルはパロヴァーディの長い枝を柄にした粗末なもので刃の中子《なかご》には鉄床の上で叩いた跡が残り粗雑なやり方で隙間を溶接してあった。ビリーはシャベルを手に持ちもう一度空をあおいでから背をかがめ弟の墓に積みあげられた石を取りのけ始めた。

作業には長い時間がかかった。途中で帽子を脱ぎしばらくしてからシャツも脱いで塀にかけた。三フィートほど穴を掘ったところでそろそろ正午だろうと見当をつけてシャベルを土の山に突き立て、鞍袋から豆をトルティーヤでくるんだ弁当を出して草むらの上に坐りズックの布に包まれた亜鉛めっきの水筒の水を飲みながら食べた。午前中に近くまでやってきたのは坂道をゆっくり登ってきて東のガイェーゴに通じる山間の峠を越えていったバス一台きりだった。

昼過ぎには犬が三匹やってきて石塚のあいだに坐りビリーをじっと見つめた。ビリーがかがんで石をひとつ拾うとさっと身を低くして蕨の繁みに逃げこんだ。それから車が一台やってきて門の処で止まり女が二人おりてきて墓地の西の端まで歩いていった。しばらくして女たちが戻ってきた。車を運転していた男は塀に腰かけ煙草を吸いながらビリーのほうを眺めていたが声はかけてこなかった。ビリーは掘り続けた。

午後も半ばを過ぎるころシャベルの刃が木の箱に打ち当たった。もう何も出てこないかもしれないと思い始めていたところだった。彼はさらに掘った。箱の上面がすっかり顕われたときには夕暮までもうあまり間がなくなっていた。箱の片側をさらに掘り側面の板を手でさぐって把手を捜したが見つからなかった。片側の側面がすっかりむき出しになるころにはすでに辺りが暗くなり始めていた。ビリーはシャベルを土の山に突き立てニーニョをつかまえにいった。

ビリーは馬に鞍をつけ手綱を引いて墓地へ連れ戻し、巻き取った投げ縄をほどいて二重にし、端を鞍の角に結びつけ反対側の端をシャベルの刃を使いながら棺に巻きつけた。シャベルを脇へ放り出し穴からあがって馬の処へいき手綱を引いてゆっくりと前に歩かせる。縄のたるみが徐々に伸びていく。ビリーは振り返った。それからまた馬をゆっくり前に歩かせた。墓穴のなかで木の裂ける鈍い音がして縄がゆるんだ。馬は足を止めた。

ビリーは穴に戻った。棺は壊れ板切れのあいだから屍衣に包まれたボイドの骸がのぞいていた。ビリーは墓穴のそばに坐りこんだ。陽はすでに沈み辺りはしだいに暗くなっていく。馬が縄を引きずったまま待っていた。不意に寒気を覚えたビリーは立ちあがって塀の処へいきシャツを取って身につけ、また戻ってきて墓穴のそばに立った。

シャベルで土をもとに戻せばいい、と彼は独りごちた。一時間もかからないさ。

鞍袋の処へいってなかからマッチを取り出し一本すって墓穴の上にかざした。棺はかなりひどく壊れていた。穴蔵を思わせる黴臭い匂いが暗い穴から立ちのぼってくる。マッチを振って火を消し馬の処へいって鞍の角から縄をはずしそれを巻き取りながら戻ってくると、縄の輪を手にしたまま青い無風の薄明かりのなかにたたずみ北の空の雲の下で燃えている宵の星々に目をやった。そうだ、と彼はいった。それでいいんだ。

ビリーは棺から縄をはずしその縄を土の山の上に置いた。シャベルを取りあげてその刃で壊れた棺から長い板切れを一枚はずし、棺に打ち当てて土を落とすとマッチをすって火をつけ、土の山に斜めに突き立てた。それから穴におりてちらちら瞬く炎の淡い明かりを頼りにシャベルで箱をばらばらにし板切れを全部外に出して、腐りかけている藁の上で例によって大きすぎる衣服に包まれて静かに横たわっている弟の骸がすっかり見えるようにした。

ビリーは馬に跨がって門から出て地面におり、薄明るい南の空に影を浮かびあがらせている荷馬を見つけるとまた馬に乗ってそこまでいき、荷馬を引いて戻り門をくぐり墓の処までできた。馬からおりて鞍にくくりつけた寝具をおろし巻いてあるのを広げるとズックの防水シートだけ取ってそれを地面に広げた。今夜は風はなく土の山に突き立てた板切れはまだ燃えていた。ビリーは墓穴におり弟の骸を両腕で抱えあげて穴の外に出した。ひどく軽かった。骸を防水シートの上に横たえそのシートを両側から閉じ頭と足の部分を短い縄で縛るのを馬がじっと見つめていた。一台のトラックが広い砂利道を登ってくる音がし、前照灯が近づいてきてゆっくりと周囲の荒れ野と墓地のある陰鬱な平坦地を刷いて渡り、やがて仄白い土埃を宙に残して東のほうへがたごとと遠ざかっていった。

墓穴をもとどおり埋め終えたのは真夜中近くのことだった。ブーツの底で土を踏み固め石くれを積みあげ、最後に塀に立てかけておいた十字架を石塚に突き立てるとぐらつかないようにさらに石を載せた。とうに火の消えた板切れの松明の焦げた燃え残りを拾いあげ塀の外へ投げた。同じ処へシャベルも投げ捨てた。

ビリーはボイドを包んだ防水シートを抱えあげて荷馬の背負子に載せ、毛布を巻きあげてこれも背負子の後ろのほうに載せると荷物全部を縄で固定した。それから地面に落ちている帽子を取ってかぶり水筒を拾いあげて紐をニーニョの鞍の角に引っかけると、ニーニョに跨がって向きを変えた。彼はしばらく馬の背にじっと坐り最後にもう一度周囲を見回した。それからまた馬からおりた。墓の処へ戻って石塚から十字架を引き抜き、荷馬のそばへいって背負子の左の側板にくくりつけるとまた馬に跨がり、荷馬を引きながら墓地のなかを進み門から出て小道を下った。広い道に出るとそれを横切って荒野に乗り出し、常に北極星を右手に見るようにし、時おり振り返ってボイドを包んだズックのシートがちゃんと背負子に載っているのを確かめながら、サンタ・マリア山脈の分水嶺をめざした。荒野に住む小さな狐が吼えていた。土地の古い神々が暗い大地の上空からビリーの道行きをじっと見守っていた。おそらくその神々は人間のむなしい業《わざ》の数々を書きとめてきた古い日誌に彼の名を加えたに違いなかった。

二晩馬を進めるうちに西のやや離れた処にカサス・グランデスの町の灯が現れたが、その小さな町の灯はしだいに平原の後方へ退いていった。グスマン、サビナルといった町からきた古い道を横切りカサス・グランデス川にいき当たると川沿いの道を北にたどった。夜がまだ明けきらない早朝にコラリトスという半ば見捨てられ半ば廃墟と化した町を通り抜けた。町の家々の壁には今はこの土地から姿を消したアパッチ族の襲撃に備える銃眼があけてあった。いくつものぼた山が空を背景に火山のような黒い影を浮かびあがらせていた。白み始めた空のもと鉄道線路を渡って町から北へ一時間ほど馬を進めたとき、馬に乗った四人の男が木立から飛び出してきてビリーの行く手で止まった。

ビリーは手綱を引き締めて馬を止めた。男たちは黙りこくっていた。黒っぽい色の馬たちが空気の匂いでビリーの様子を探ろうとするように鼻面をもたげた。木立の向こうには川がナイフの刃のような白く光る平たい帯となって横たわっていた。ビリーは男たちの様子を窺った。動いた気配がないのにさっきよりこちらに近づいたように思えた。男たちは二人ずつ組になって道を塞いでいた。

何を運んでるんだ《ケ・ティエーネ・アーヤ》？　とひとりが訊いてきた。

おれの弟の遺骨だ《ロス・ウエソス・デ・ミ・エルマーノ》。

男たちはまた黙りこんだ。やがてひとりが前に進み出てきた。こちらに近づきながら道の端から反対側の端に渡りまたもとへ戻った。ふざけているような、背をぴんと伸ばした姿勢で馬に乗っていた。陰険な意図を秘めながら高等馬術を披露しているといった風だった。男は腕を伸ばせば届く処までくると馬を止め前に身をかがめて両腕を交差させて鞍の前橋に載せた。

遺骨《ウエソス》？　と男はきいた。

ああ《シ》。

東の空でにじみ始めた新しい光を背負った男は顔を帽子の下の影のなかに沈めていた。連れの男たちの姿はもっと黒ぐろとして見えた。男はまたまっすぐ背を伸ばすと後ろを振り返って仲間たちを見た。それからまた目をビリーに戻した。

火葬にしたわけだ《アブラーロ》、と男はいった。

いや《ノ》。

違う《ノ》のか？

二人はじっと黙っていた。男の帽子の下に白いものが光り男が微笑んだかのように見えた。だが実際には手綱を口にくわえたのだった。次にきらりと光ったのは男の衣服のどこかから現れて川底で一瞬体を反した魚のように陽を撥ねたナイフの刃だった。ビリーは馬の右側へ飛びおりた。追いはぎは荷馬の引き綱をつかんだが荷馬は後足で立ち次いで腰を落とし、男が馬の脇腹にブーツの踵を当てて前に出て引き綱を切ろうとするあいだ首を左右に振った。連れの男たちが笑い声をあげると男は罵りの言葉を吐き荷馬を引き寄せて引き綱を自分の鞍の角にくくりつけ、背負子に手を伸ばして縄を切り骸を納めたシートを地面に引きずり落とした。

ビリーは拳銃の入った鞍袋の留め金をはずそうとしたが、ニーニョが身を翻して蹄で激しく土を蹴りながら後ずさりして首を振り立てた。追いはぎは引き綱を鞍の角からはずして放り出し馬からおりた。荷馬は回れ右して速足で逃げていく。男が地面に落ちた荷物の上にかがみこみ一筋長くナイフの刃を走らせて縄もろともシートを端から端まで切り裂き足で裂け目を開くと、明るさを増していく灰色の朝の光のもとでだぶだぶの衣服をまとったボイドの憐れな骸がむき出しになったが、皮に骨の形をくっきり浮きあがらせた干からびた両の手を胸の上で交差させ、虚ろな眼窩の開いた顔を空に向けたボイドは、この冷ややかな夜明けの光のなかで寒さに身を竦めている何か弱々しい存在に見えた。

このくそ野郎、とビリーは叫んだ。くそ野郎め。

なんだこりゃ目くらましか《エス・ウン・エンガーニョ》？　と男はいった。こいつで人の目をごまかそうってのか《エス・ウン・エンガーニョ》？

男はぼろぼろの骸を蹴りつけた。ナイフを手にしたままビリーのほうを向く。

金はどこにある《ドンデ・エスタ・エル・ディネーロ》？

鞍袋じゃねえのか《ラス・アルフォルハス》、と仲間のひとりから声が飛んだ。ビリーはさっとニーニョの首の下をくぐり、もう一度馬の右側にぶら下げた鞍袋に手を伸ばした。追いはぎはシートを開いて中身を足で掻き回し踏みつけ、それから肩をめぐらしてニーニョの手綱をつかんだ。だがニーニョはすでに険悪な雰囲気を察知していて、棒立ちになってボイドの骸を踏みながら後ずさりしもう一度後足で立って前足を掻くと、ぐいと前に引かれてよろめいた追いはぎのベルトに前足の蹄がかかり、ベルトが切れズボンの前が引き裂かれた。男は馬の足元からふらふら立ちあがり猛々しく罵りながら目の前で揺れている手綱をつかもうとしたが、それを見て笑い声をあげた後ろの仲間たちがあっと思う間もなく男はナイフを馬の胸に突き立てた。

馬はぴたりと動きを止めてぶるぶる震え出した。ナイフの刃先が胸骨に食いこむと男はぱっと後ろに下がって両腕を広げた。

何しやがるこん畜生、とビリーは叫んだ。喉革をつかんで震えている馬を抑え、ナイフの柄を握って刃を胸から引き抜きナイフを放る。血が溢れ出し、馬の胸の上を流れた。ビリーはひったくるように帽子を脱いでその傷口に押しあて、猛々しい目を馬に乗っている男たちに向けた。男たちは相変わらずじっと馬の背に坐っていた。ひとりが身を乗り出して唾を吐き顎をしゃくってほかの者に合図した。いくぞ《バモノス》。

馬を刺した男はビリーにナイフを取ってこいといった。ビリーは返事をしなかった。帽子を馬の胸に押しあてながらまた鞍袋に手を伸ばしたが届かなかった。男が手を伸ばして革帯をつかみ鞍袋を地面に引きずりおろして馬の体の下から自分のほうへ引き寄せた。

おいいくぞ《バモノス》、とリーダー格の男が呼んだ。

だがすでに拳銃を見つけた男はそれを高く掲げて男たちに見せた。鞍袋を逆さにしてなかに入っているビリーの着替えや剃刀などを地面にぶちまけ蹴飛ばした。シャツを拾いあげぐいと高く掲げてから肩にかけると拳銃の撃鉄を起こして弾倉を回しまたゆっくりと撃鉄をおろした。それからシートの外へはみ出たボイドの骸を踏んでビリーのそばまでやってくると、撃鉄を起こして銃口をビリーの頭に突きつけ、金を出せといった。ビリーの手に馬の胸にあてた帽子が血を吸って温かくねっとり濡れてくる感触が伝わってくる。血はフェルトに染み透り彼の腕に流れ落ちてきた。くそ野郎、とビリーはいった。

いくぞ《バモノス》、とリーダー格の男がいった。男たちは馬の向きを変えた。

拳銃を握った男は仲間のほうを見た。こいつにナイフを拾ってこさせるんだ《テンゴ・ケ・エンコントラール・ミ・クチーヨ》、と怒鳴る。男は撃鉄をおろし拳銃をベルトに差そうとしたがベルトはもうなかった。男は川の上流のほうの後ろから陽が射し始めている茨の繁みを見やった。仲間たちの馬の息が羽毛のように吹き出ては消えた。リーダー格の男が早く馬に乗れといった。ナイフなどいらないだろう、理由《わけ》もなしにいい馬を殺しやがってといった。

　そして男たちはいってしまった。つぶれて血にぐっしょり濡れた帽子を手にじっと立っているビリーの耳に男たちの馬が川の上流のほうを渡る音が聞こえ、やがてそれが消えると川の流れる音とこの土地でいち早く目を覚ます鳥の囀りと自分自身の息と馬の苦しげな息の音だけになった。馬の首に片腕を回してぎゅっと力をこめると馬が震えながら自分のほうへもたれかかってくるのが感じられ、馬が死ぬのではないかとの不安が募り馬の胸のなかに自分の胸にあるのと同じ絶望があるのを感じ取った。

　ビリーは帽子の血を絞り出しズボンで手を拭くと留め金をはずして鞍をおろし散らばっているほかのものと一緒に地面に転がしておき、ゆっくりと馬を引いて木立をくぐり抜け川原に出て流れに入った。冷たい水がブーツのなかに流れこむのを感じながら彼は馬に話しかけ背をかがめて帽子で水を掬い胸にかけてやった。冷気のなかで馬は体から湯気をあげしゃくりあげるような喘ぐような、いよいよ苦しげな息遣いをし始めた。掌を傷口に押し当てても血は指のあいだからどんどん流れ出した。ビリーはシャツを脱いでたたみ馬の胸にぎゅっと押しつけたがシャツはすぐにぐっしょりと濡れ血は止まらなかった。

ビリーは手綱を離して流れに漂わせると馬の体を叩きながらここにいろといい聞かせ、川岸にあがって柳の根方の湿った土をつかみ取った。馬のそばへ戻って土を胸の傷に塗りつけ掌でならした。それからシャツを洗い水を絞り出してたたみ馬の胸の泥の上へ当てて、薄光のなかで湯気を立てている川のなかでじっとしていた。うまくいくかどうか分からずにした処置だったがやがて血は止まり、東の平原に淡い陽光が射し始めて灰色の風景も鳥たちもしんと静まり返ったように思え、荒涼たるバビスペ川流域の平原の西の遠く彼方に聳える峰々が新しい陽を受けてあたかも世界の夢のように薄明のなかから浮きあがってきた。馬は首をめぐらして長い骨張った鼻面をビリーの肩にもたせかけてきた。

ビリーは馬を岸にあげ道へ引いていって馬の顔を陽に向けた。口のなかに血が出ていないか確かめたが出ていないようだった。ニーニョ、と彼はいった。おいニーニョ。彼は鞍も鞍袋も転がしたままにしておいた。踏みにじられたシートも。シートのなかで体をよじり片方の黄色い腕先を外に出している弟の骸も。馬の口をとりその胸に泥まみれのシャツを押し当ててゆっくりと引いていった。川の水が入ったブーツがじゅくじゅく音を立ててひどく寒かった。しばらく進んだあと川沿いの道から離れまずまずの目隠しになるマホガニーの木立に入りそれから引き返して鞍と鞍袋と毛布を運んできた。最後に彼は弟の骸を取りにいった。

骸は乾いた表皮だけでかろうじて繋がっているといった風だったがともかくひとつに纏まっていて千切れた部分はなかった。ビリーは道に膝をつき重みのない両方の腕を胸の上に戻してシートで体をくるみ直し、切れた縄を繋ぎ合わせて包みの両端を縛った。太陽が山の端を離れるころにはその作業を終えてシートの包みを両腕にかいこみ、木立のなかへ運びこんで地面に横たえた。最後にもう一度川に戻り帽子を洗って絞りそれで水を汲んで馬の処へ持って帰り飲むかどうか試してみた。馬は飲もうとしなかった。馬は落ち葉の上に横たわり、シャツはかたわらに落ちて胸に塗った泥も半ば以上垂れ落ち、傷口から血がまた流れ出して縁がぎざぎざの反り返って小さなカップのようになった乾いたマホガニーの落ち葉の上に黒ぐろと溜まり、馬は首をもたげようともしなかった。

ビリーは道に出て荷馬を捜したが辺りに姿は見えなかった。川岸へいってしゃがみシャツを洗ってそれを着るとまた柳の根方から土を一つかみ取って馬の処へ持ち帰りまた新しく傷の上に載せ、落ち葉の上に坐って震えながら馬をじっと見つめていた。それからしばらくしてまた道へ出ていって荷馬を捜した。

荷馬は見つからなかった。道を川の上流のほうへ引き返しがてら落ちていた水筒とカップと剃刀を拾いまた木立に戻った。落ち葉の上で震えている馬の体に毛布を一枚広げてかけてやり肩に片手を置いて坐っているうちにやがて眠りこんでしまった。

ビリーはある物狂おしい夢からはっと目を覚ました。落ち葉の上で静かに息をついている馬の上にかがみこみ陽を仰いでどのくらいの時間が立ったかを見た。ほとんど乾いたシャツの胸ポケットのボタンをはずし重ねてたたんだ紙幣を取り出して一枚ずつ広げ陽に干した。鞍袋からマッチの箱を出しマッチを一本ずつ並べて干した。道に出て追いはぎに襲われた場所へいき道端の矮性樫の繁みを掻き回してナイフを見つけた。安手の軍用ナイフを諸刃に研ぎ古風な短剣のように仕立てたものだった。それをズボンで拭き木立に戻ってほかの持ち物と一緒にしまった。それからボイドの骸の処へいった。赤蟻の隊列がすでに群がり始めているのをしゃがんでじっと見つめたあと立ちあがって蟻を踏みにじり、シートの包みを抱えあげて一本の木の叉に横たえてからまた馬のそばに戻って坐った。

その日一日、道をやってくる者はいなかった。ビリーは昼過ぎにもう一度荷馬を捜しにいった。だが川のずっと上流のほうへいってしまったかあの四人組の追いはぎに引かれていったか、ともかくあの馬を見ることは二度となかった。陽が暮れるころにはマッチも乾いたので彼は焚き火をし、火のそばに坐って暗闇のなかを流れる川の音を聞きながら豆を少し煮た。そのあと毛布にくるまり、まだ陽のあるうちから東の空に出て今は頭上に高く昇っている綿色の月を仰ぎ、川を遡って北へ渡っていく鳥の群れがその前を横切らないかと眺めていたが、かりに鳥が飛んだにしてもそれには気づかないまましばらくすると眠りに落ちていった。

夜ビリーが眠っているとボイドがやってきてこれまでに何百回もしたように赤く熾《おこ》っている炭火のそばにしゃがみ、あの必ずしも皮肉を含んでいるとはいえない柔らかな微笑みを浮かべながら帽子を脱ぎその帽子を両手で捧げ持って窪みのなかを見おろした。夢のなかでビリーはボイドが死んでいることを知っていたが、その死んでいるということに言及するのは慎重にやらなければならない、なぜなら生前に用心深かった人間は死んだあとにはその二倍も用心深くなっているに違いなく、ちょっとした言葉や仕草でまた彼が出てきた無のなかへ戻っていってしまうかもしれないからと思った。しばらくしてようやくビリーが死んでいるというのはどんな気分だと訊くとボイドはふっと笑って脇を向いただけで何も答えなかった。それから二人でほかのことをあれこれ話しているあいだビリーは夢から目覚めまいとしたが、やがて幽霊はぼんやり霞んで消えていき目を覚まして頭上でもつれ合っている木の枝越しに星空を眺めあげながらボイドが今いるのはどんな場所だろうと考え、そう考えながらもボイドは死んで干からびた骸となりズックのシートにくるまれて川の上流の木立のなかに横たえられていると思い、俯《うつぶ》せに寝返って泣いた。

朝まだまどろんでいると川の下流のほうの木立のなかで男たちが鞭を鳴らし何事か叫び

あるいは放歌する声が聞こえてきた。ビリーはブーツを履き馬の横たわっている場所へいった。冷たく固くなっているのではないかと恐れていたが毛布をかぶった腹が上下しており彼が膝立ちになってかがみこむと片目を向けてきた。その目には湾曲した空とアーチ形にたわんだ木々と近づけた彼自身の顔が映りこんでいた。ビリーは乾いてひび割れた泥の塊をくっつけている馬の胸に片手を置いた。毛は乾いた血で剛く固まっていた。厚い肉のついた肩をさすりながら話しかけると馬は鼻の穴からゆっくりと空気を吐き出した。

ビリーはまた帽子で水を汲んできたが馬は起きあがらなければ飲むことができない。ビリーは地面に坐り手で馬の口を湿しながら男たちが道をこちらに近づいてくる音に耳を傾け、しばらくして立ちあがると道に出ていって彼らを待ち受けた。

木立の向こうから現れたのは軛《くびき》に繋がれた六頭の牡牛を連れた一行で、男たちはビリーが見たこともないような服装をしていた。インディオかジプシーなのだろう、派手な色のシャツと腰帯を身につけていた。引き綱と鞭で歩かされている牛たちは体を前後に揺らしながら苦しそうに進み朝の冷気のなかに息を白く吹き出していた。牛が引いているのは緑の木の枝で組んだ筏のようなものに古いトラックの車輪を取りつけてつくった荷車でその上には飛行機が一機積んであった。年代物の飛行機で翼は取りはずされ胴体と束ねて縄で縛ってあった。垂直尾翼の方向舵は荷車のちょっとした動きにも反応してあたかも針路を調整するというようにぱたぱた揺れ動き、軛に繋がれた牛は重々しく体を揺らし、不揃いのゴムタイヤは狭い道からはみ出して草を掻き分け石を踏む柔らかな音を立てながら転がっていた。

男たちはビリーを見ると手をあげて声をかけてきた。いずれ出会うのが分かっていたとでもいうような挨拶だった。首飾りや銀の腕輪をしなかには金の耳輪をつけている者もいるその男たちのひとりが、狭い道の前方を指さして川が上流で曲がっていく辺りに広がっている草地で荷車を停めて一休みすると叫んだ。飛行機はトネリコの角材を熱い湯気で曲げてつくったフレームに、大黄を煎じた汁で染めたのが陽に灼けて色褪せているリネンの布の切れ端がいくらかくっついている骸骨に近い代物で、針金や鋼索が機首から方向舵や昇降舵まで走り座席の陽に灼けて色が黒ずんだ革はひび割れめくれ返り、錆の浮いたニッケルの計器にはめられた硝子は黄緑色に変色し沙漠の砂にこすられて曇っていた。翼の支柱も胴体や翼と一緒に束ねられ、プロペラは折り曲げて後ろのエンジン覆いに貼りつけてあり、車輪の支柱は機体の下で折りたたまれていた。

一行は道を進んでゆき草地で停止すると、いちばん齢の若い男を留守番に残してめいめいに煙草を巻き、五〇口径ライフルの薬莢に繊維屑を詰めて燃やす手製のライターを順番に回して火をつけながらこちらに戻ってきた。男たちはドゥランゴからきたジプシーで、ビリーにまず馬はどうしたのかと訊いてきた。

ビリーはけがをしたのだが具合は相当悪いと思うと答えた。いつけがをしたのかとひとりが訊くので昨日だと答えた。訊いた男が若い男のひとりに何事か指示すると、若い男はすぐに荷車の処へ戻って古いズックの雑嚢を持ってきた。それからビリーと男たちは木立のなかに入って馬の具合を見にいった。

リーダー格の男が膝をつきまず馬の目を覗きこんだ。それから胸の上のひび割れた泥の塊をつまんで取りのけ傷口を調べた。男は顔をあげてビリーを見る。

ナイフの傷なんだ《エリーダ・デ・クチーヨ》、とビリーはいった。

男は表情を変えずにじっとビリーの顔を見つめた。ビリーはほかの男たちを見た。みんな馬のまわりにしゃがみこんでいた。馬が死んだら食べようといい出すかもしれないとビリーは思った。四人組の追いはぎのうち頭のおかしい一人にやられたのだと彼は説明した。リーダー格の男はうなずいた。馬の顎の下を手で撫でた。そしてそれきりもう馬には目を向けなかった。男はビリーに馬を売る気はないかと訊き、そう訊かれて初めてビリーは馬が助かるのだと知った。

男たちはじっとしゃがんだままビリーを見つめた。ビリーはリーダー格の男に目を向けた。これはもともと父親の馬だったので手放すわけにはいかないと彼が答えると男はうなずき雑嚢の口を開いた。

ポルフィリオ、と男が呼んだ。水を汲んでこい《トライガメ・アグワ》。

それから男は木立の隙間から一筋の薄い煙がまっすぐ縄を垂らしたように揺れもせず立

ちのぼっているのが見えるビリーの野営地に目をやった。男はいいつけを果たしにいく男の背に水を汲んだら沸かすんだと声をかけ、ビリーのほうを向いた。火を使ってもいいかな《コン・ス・ペルミーソ》。

もちろん《ポル・スプウエスト》。

追いはぎか《ラドローネス》。

ああ《シ》。追いはぎだ《ラドローネス》。

男は馬を見おろした。それから木の叉に載せてあるボイドの骸を包んだシートへ顎をしゃくった。

あれはなんだ《ケ・ティエーネ・アーヤ》?

弟の遺骨なんだ《ロス・ウエソス・デ・ミ・エルマーノ》。

遺骨か《ウエソス》。男はそういって仲間のひとりがバケツを持って出ていった川原のほうへ目をやった。ほかの三人はしゃがんだままじっとしている。これはラファエル、と男がいった。これはレーニャ。それからビリーのほうを向いてにやりと笑った。狭い木立の木々をぐるりと眺め回してから、まるで何かを忘れてしまっていることを今思い出したというような一種奇妙な仕草で掌を頬に当てた。男は片手の人さし指に金の輪に宝石をちりばめた凝った意匠の指輪をひとつはめ喉に金色に塗った縄を巻いていた。男はもう一度にやりと笑いあっちへいこうかと焚き火を手で示した。

みなで薪を集めて火を起こし直し大きめの石を並べてコンロをつくりその上にバケツを載せて湯を沸かした。水に小さな緑の葉をいくつかみか入れ真鍮の古いシンバルのようなもので蓋をし火のまわりに坐ってじっとバケツを眺めているとやがて炎のあいだから湯気が立ち始めた。

ラファエルと紹介された男が棒切れで蓋を持ちあげて脇へおろし泡立っている緑色の湯を掻き混ぜまた蓋をした。淡い緑の滴が一筋バケツの側面をつたい落ち火にあぶられてシュッと鳴った。リーダー格の男は煙草を巻いた。刻んだ煙草の葉を入れた布の袋を隣の男に渡し、前に身を乗り出して先が燃えている枝を一本とり、首を片側へ傾けて煙草に火をつけると枝をまた焚き火に戻した。ビリーが男にあんたらは追いはぎが怖くないのかと訊くと、男は追いはぎどもは同じように旅をして暮らしているジプシーを襲わないと答えた。

飛行機なんか引いてどこへいくんだい《イ・アドンデ・バン・コン・エル・アエロプラーノ》？　とビリーは訊いた。

男は顎をしゃくった。北へいくんだ《アル・ノルテ》。

男たちは煙草を吸った。バケツが盛んに湯気をあげ始めた。リーダー格の男は笑みを浮かべた。

あの飛行機についちゃ《コン・レスペクト・アル・アエロプラーノ》、と男がいう。三つの話がある《アイ・トレス・イストーリアス》。どれを聞きたい《クワル・キエーレ・オイール》？

ビリーは微笑んだ。本当の話が聞きたいと彼はいった。

男は口をきゅっと結んだ。それはどうかなと考えてみるような顔つきだった。ひとしきりたってから男はまず飛行機はもともと二機あって、どちらも若いアメリカ人が操縦し、どちらも一九一五年の災難がいくつも起こった夏に山のなかで行方不明になったことを話しておく必要があるといった。

男は煙草の煙を深く吸いこみ火に向かってふうっと吹いた。いくつかの事実が明らかになっている、どの話も出発点は同じなのだと男はいった。あの飛行機はソノーラ州の山のなかの荒野に墜落して、吹きつける砂混じりの風に布をはぎ取られ通りかかったインディオたちに計器の真鍮の枠を腕輪になるとはずして持っていかれて、その山のなかの荒野で寂しく放置され、回収しようとする者も現れず、そもそも回収するのも不可能なまま三十年近くも行方不明になっていた。ここまではどの話でも同じことだ。飛行機が二機であれ一機であれ関係がない。どちらの飛行機のことでも同じ話になるからだ。

男は短くなった煙草を親指と人さし指でつまんで慎重に吸い、動かない空気のなかで鼻の脇をかすめて立ちのぼる煙がしみないよう黒い目の片方を細めていた。ひとしきりたってからビリーは二つの飛行機には特に違いはないからどちらでも同じだということかと訊いた。男はうなずいた。その問いには答えないがビリーがそう訊いたことは是認するというようなうなずき方だった。男は、死んだパイロットの父親が飛行機を山からおろしてパロマスのすぐ東にある国境まで運ばせる手配をしたといった。その父親はマデーラの町へ使いの者をやった——父親はその町を知ってたんだ《プエブロ・ケ・コノーセ》——この使いの男がちょうど今あんたが訊いたようなことを訊きそうな男だった。

男はにやりと笑った。煙草を根元まで吸い、吸い殻を火に投げこんでからゆっくりと煙を吐き出した。男は親指を舐めてズボンの膝で拭った。それから、旅をして暮らしている人間には何が現実かということは大事なことだといった。策略家は自分の策略とこの世界の現実とを混同することはない、そうでなかったら自分の身が危うくなる。嘘つきはまず《エル・メンティ》本当のことを知ってなくちゃならない。《ローソ・デベ・プリメーロ・サベール・ラ・ベルダー》そうじゃないか？《デ・アクウェルド》

男は火のほうへ顎をしゃくった。川から水を汲んできた男が立ちあがって木の枝で炭を掻き回し、バケツの下に薪をくべ足してまたもとの場所に戻った。リーダー格の男はそれが終わるまで待っていた。それから話を続けた。男は、自分たちが引いている小さな布張りの複葉機がどういう飛行機であるかを知るにはそれにまつわる物語を知る以外にない、あのぼろぼろの飛行機には同じ状況のもとに置かれたもう一機の飛行機があったから、どちらがどちらかという問題が実際に持ちあがったといった。たいていの人の頭のなかには、事の真相は物それ自体のなかにあってその物を見る人の意見とはかかわりがなく、贋物はどんなに外見が似ていても贋物と分かるはずだということが当然の前提としてある。ところで、かりにその父親が人を雇って山の上から国境まで運ばせようとしている飛行機が彼の息子の乗っていた飛行機でないとしたら、外見がよく似ているということは好ましいことではなく、むしろこの世界のなかに生じた歪みが人を欺くひとつの例ということになる。

それなら真相はどこを捜せば見つかるのか？　由緒来歴のある品物が値打ちを持つのは人々がそれを貴ぶ気持ちを持つからだ。どんな物であれその物に意味を持たせるものはその物の由緒来歴、つまりその物にまつわる物語だといってもいい。しかしその物語はどこを捜せば見つかるのか？

男は木立の向こうの川原に置かれている飛行機を見やった。その形について思いをめぐらせるといった風だった。あたかもその素朴な構造のなかに革命軍の軍事作戦やアンヘレス将軍の戦略やパンチョ・ビーヤの戦術といったものについてのまだ解読されていない鍵が隠されているとでもいうようだった。それにしてもその父親はなぜ飛行機を取り戻したがるのか《イ・ポル・ケ・ロ・キエーレ・エル・クリエンテ》？　と男はいった。結局のところそれは息子の棺桶にすぎないのじゃないのか《ケ・デスプウエス・デ・トド・ノ・エス・ナーダ・マス・ケ・エル・アタウ・デ・ス・イーホ》？

誰も応えなかった。しばらくしてから男は続けた。もしかしたらその父親はただ形見の品として飛行機が欲しいだけなのかと思ったこともある。息子の遺体はとっくの昔に山のなかで土になってしまっているのだから。だが今は違った風に考えている。それは飛行機が山のなかにあるかぎりその飛行機の物語が無傷のまま残るからだ。時のなかで宙吊りにされたまま。飛行機が山のなかにあるということはその飛行機の物語がまるごと誰が見ても同じであるひとつの像のなかに凍結されたままでいるということだ。その父親は、まったく正しい考え方だが、残骸をくる年もくる年も雨と雪と陽に晒され続ける場所から引き離したそのとき、そのとき初めて、その飛行機から自分の夢に勝手に出てきて恣《ほしいまま》にふるまう力を抜き取ることができると考えたのだ。男は片手をゆっくりと優しく動かした。そうすれば息子の物語は山のなかで終わる《ラ・イストーリア・デル・イーホ・テルミーナ・エン・ラス・モンターニャ》、と男はいった。そして息子の現実性が残ることになる《イ・ポル・アーヤ・ケーダ・ラ・レアリダー・デ・エル》。

男は首を振った。そして、ごく単純な作業もやってみるとひどく難しいということがあるといった。どのみちその山から運びおろされることになった残骸には年老いた父親の心を鎮める力はない、というのもその飛行機の旅はまたしても途中で停滞するだろうし、したがって事態はまったく変わらないはずだからだ。しかも山のなかに横たわっていたときにはまったく問題にならなかったどちらが息子の飛行機かという問題が持ちあがってくることになる。父親は決断を迫られた。難しい決断だった。そしてこういう場合には常にそうであるように神がみずから介入して決定を下すことになった。結局飛行機は二つとも山からおろされて今、一機はパピゴチク川に流され、もう一機はわれわれの目の前にある。あそこにあるのがそれだ《コモ・ロ・ベ》。

一同は話の続きを待った。ラファエルがまた立って火をつつきバケツの蓋をとって湯気をあげている汁を掻き混ぜてまた蓋をした。そのあいだにリーダー格の男はもう一本煙草を巻いて火をつけた。男はどういう風に続けようかと考えているように見えた。

マデーラの町。粗末な紙に印刷された染みだらけのでたらめが描いてあるようにも見える折り目の処でちぎれかけた地図。ペソ銀貨の詰まったズックの銀行の名前が入った袋。

二人の男はほとんど偶然に出会いその後もお互い完全に信用し合ったことはなかった。リーダー格の男はそういって微笑みといえるかどうか分からない形に口の端を引いた。そして話を続けて、期待が少ないときは失望も少ないものだといった。その二人の男は二年前の秋に山に入り木の枝で橇をひとつつくって、それにあの飛行機の残骸を載せてパピゴチク川を見おろす切り立った断崖の縁まで引いてきた。残骸を縄で吊り下げて川岸におろしそこで筏を組んで残骸を胴体と翼と車輪にばらして積み、川を下ってメサ・トレス・リオス道の橋の上へ引きあげ、そこからパロマスの東の国境まで運んでいくつもりだった。ところが山の上で雪が降り始め飛行機を川岸まで引いてくる前に男たちは下山しなければならなくなった。

淡い色の炎をあげる昼間の焚き火を囲むほかの男たちも話にじっと耳を傾けているようだった。まるでこの運搬作業にはごく最近加わったばかりだという風だった。リーダー格の男は飛行機が墜落した山がどんな処だったかを説明した。不毛の荒野、草の生い繁る高原、深い峡谷は陽の射す時間がごく短く底を流れる川は細い紐のようにしか見えない。二人の男はまた春に戻ってきた。もらった金は一ペソも残っていなかった。占いをする女がもう山へいくのはやめたほうがいいと警告した。ジプシーの女だった。その女の言葉は一応吟味してはみたが、彼はその女の知らないことを知っていた。夢が未来をいい当てられるのなら夢を見たことでその未来が阻止されることもあり得るということを。なぜなら神は人間が将来起こることを知るのを許さないからだ。神は誰にも縛られないのだから世界がこんな道筋をたどると見抜かれてなおその通りにするはずがなく、誰かが未来を暗く包みかくしているヴェールを魔術か夢占いで見透かしたときには、世界の頭をぐいと引っつかんでまったく別の進路を進ませるはずだ、とすれば魔術に何の意味があるだろう？　夢占いに何の意味があるだろう？　男はみんなこのことをよく考えてみてくれというように言葉を切った。自分もよく考えてみるからという風に。それから男はあとを続けた。彼はその山の春の寒さについて話した。話を面白くするためにそこに棲む鳥や動物のことを話した。鸚鵡。ピューマ。それからあまりに辺鄙な土地にいるために世界が見過ごして絶滅させなかった、大昔から洞窟に住んできた人々について。絶壁の縁に立ち峡谷の虚空を見おろす半裸のタラウマーラ族の男たち、青い虚空に吊り下げられゆっくりと回りながら音も立てずに小さくなっていく壊れた飛行機の胴体や翼、そのずっと下で吹きあげる風に乗ってゆっくりと輪を描きながら遊弋する灰のかけらのような禿鷹たち。

男は川の流れの速いことや谷底にいくつも横たわる巨礫のこと、夜雨が降ってきたことや狭い谷底を奔流が汽車のように轟きながら走り出したこと、何十マイルもの上空から落ちてきて乾坤を分ける大地の殻に達した雨が流木を集めて谷底の川縁で焚く火をしゅうっと鳴らしたこと、それから轟々と吼えながら流れる水に押されて堅固な岩が女のように震えたことや、谷底の耳を聾する水の音に掻き消されて互いに言葉をかけても空気のなかに何の音も響かなかったことなどを話した。

彼らは谷底で九日間過ごしたがそのあいだ雨は小止みなく降り川の水位があがって遂に七人とも岩壁の裂け目のなかに森鼠のように逃げこみ、食べ物も火もなくまるで世界そのものが彼らのすぐ下で裂け彼らを呑みこもうとしているように谷間全体が震えるなかで、夜は交代で見張りに立ったがしまいには彼自身見張りなどして何になるのか、水がここまであがってきたらどうしようというのかと、思わずにはいられなくなった。

真鍮の蓋の片側が軽く持ちあがり泡立つ緑の湯が吹きあふれてバケツの横腹を流れ落ちると蓋はまた音もなく沈んだ。リーダー格の男は煙草をつまんだ手を伸ばし物思わしげな面持ちで灰を炭火の上に落とした。

九日間《ヌエベ・ディーアス》だ。九晩過ごしたんだ《ヌエベ・ノーチェス》。食い物もなく《シン・コミーダ》。火もなし《シン・フエーゴ》。何にもなしで《シン・ナーダ》。川の水がどんどんあがってくるので彼らは筏を縄でくくり、縄が足りないので草の蔓を使い、なおもあがってくる水は筏の木の枝を一本、木切れを一枚と食いちぎっていきもう何も打つ手がないというのに雨は降り続ける。まず翼が流れに持っていかれた。彼と彼が雇った男たちが吼え狂う暗闇のなかで追いつめられた猿のように岩にしがみつき大渦のなかで音の聞こえない叫びを交わすうちに、彼が一番頼りにしていたマシオが飛行機の胴体をさらにしっかり繋ぎ止めようと岩から離れたが、翼なしの胴体を救って何になるのか誰にも分からないのみかマシオ自身も流されてしまいそうになった。十日目の朝に雨がやんだ。濡れた灰色の薄明かりのなかで彼らは岩をつたって移動しながら川を見渡したが飛行機は大水にさらわれてまるで初めからなかったもののように姿を消していた。川面はなおも迫りあがり続け次の日の朝彼らが、じっと見ていると催眠術にかかりそうな流れを眺めていると、上流のうねりのなかから溺死体がひとつ大きな青白い魚のように撥ねあがり泡立つ渦のなかでまるで川底の何かを捜すというように顔を下にしたままぐるりと一回転し、それからまた流れに吸いこまれて下流への旅を続けていった。見たところかなりの距離を流されてきたらしく服は全部はぎとられ、途中の岩にこすられて皮膚がほとんど剝け髪の毛もほんのひとつまみを残しているだけだった。渦のなかで回転したときにはまるで骨が一本もないかのように手足がてんでばらばらにぐにゃぐにゃと動いた。夢のなかで女を犯す夢魔かマネキン人形のようだった。だが彼らの目には下方を流れていく男の体の内側に、人間をつくりあげているあの見ないほうがいいものが見えてしまった。骨と靭帯と、肋骨が埋めこまれた肉の板が見え、水を吸ってぼろぼろに剝けた皮膚の下から暗い色の内臓がのぞいていた。死体は一回転したあとまるで川下で何か用事があるというように不意に速度をはやめて轟く奔流のなかを流れ去っていった。

リーダー格の男は歯のあいだから薄く煙草の煙を吹き出した。そしてじっと火に見入った。

それからどうなった《イ・エントンセス・ケ》？　とビリーがきいた。

男は首を振った。こういうことを思い出すのは苦痛だとでもいうようだった。彼らは結局谷底からあがり山からおりてサウアリパの町までいきそこでしばらく待っていると一台のトラックがディビサデロスの町から通じているほとんど通行不可の道をのろのろやってきたので荷台に乗せてもらい四日間旅をしたが、彼らはめいめいシャベルを膝に載せ何度も何度も車からおりて運転台に坐っている男に怒鳴られながら囚人のように土砂浚《さら》いをしてはまたがたごとと道行きを続けた。バカノラ。トニチ。ヌリの町を出るとまた北上しサン・ニコラス、イェコラとたどり山を越えてテモサチク、そして彼が例の使者と最初に出会ったマデーラの町に入ったが、そこへいけばその使者から前金を返せと要求されるはずだった。

リーダー格の男は煙草の吸い殻を焚き火のなかに捨てブーツを履いた足を引き寄せてあぐらをかき前に身をかがめて炎をじっと見つめた。ビリーが飛行機は結局見つかったのかと訊くと跡形もなく消えて見つからなかったと男は答えた。重ねてビリーがそれならなぜマデーラの町に戻ったのかと訊くと男はそれについて思案をした。しばらくしてようやく男は自分があの使いの男に出会い山へいく仕事を請け負ったのは偶然だとは思わないし、雨が降りパピゴチク川で洪水に見舞われたのも偶然とは思わないといった。みなしばらく黙って坐っていた。それからバケツを見ている係の男が三たび立ちあがって湯を掻き回し、冷ますためにバケツを石の台からおろした。ビリーは火を取り囲んでいる厳粛な顔をひとつずつ見た。骨格の浮き出たオリーブ色の皮膚。世界をさまよい続ける男たちの顔。男たちは林の空き地に警戒怠りないと同時に力みのない楽な姿勢でしゃがんでいた。彼らはどんな物に対しても所有の関係を持たないが、それは彼らがその肉体で占める空間についてすら当てはまることだった。これまで生きてくるうちにこの男たちもまた祖《おや》たちと同じ理解に達しているのだった。移動することそれ自体がひとつの所有の形なのだという理解に。ビリーは男たちを見て、それじゃあのあんたたちが北へ引いていく飛行機は全然別の飛行機なんだねといった。

黒い目がこの小さな一団のリーダー格の男に集まった。男はひとしきり押し黙ったまま坐っていた。辺りはしんと静まり返っていた。それから川原の草地で牛の一頭が音高く放尿し始めた。男はようやく口を開き、運命がそれなりのもっともな理由からこの事に介入したのだと思うといった。運命は人の行く手を阻み目論見をくじくために介入してくることもあるだろうが、運命が真実を否定し虚偽を支持するというのは矛盾した物の見方のように思える。この世界にはこちらの意志に逆らってくる意志が存在するかもしれない。しかしだからといって真実に逆らう意志が存在するということにはならない、なぜならもしそうならすべてが無意味になるからだ。そこでビリーがつまりあなたは神様が贋物の飛行機を川に流し、本物を選び出してくれたと考えているのかと訊くと、男はそうじゃないと答えた。でもさっきあなたは二つの飛行機のことについて神様が最後に決定を下したといったと思うけどとビリーがいうと、男は自分はそう思っているがただ神は決定したとき誰にもそのことを話さなかったと思うといった。自分は迷信深い人間じゃないと男はいった。ほかの男たちはこの言葉を聞くとどう反応するかという顔でビリーのほうを向いた。ビリーが山から飛行機を運びおろそうとした人たちは飛行機があの父親の捜しているものかどうかを大事なことと考えてなかったように思えるというと、リーダー格の男は黒い目に困惑の色を浮かべてビリーをじっと見つめた。男はいや大事なことだと考えていた、あれを捜すのが大変な作業だったのはまさにそのせいだったといった。ある見方からすればこの世界のひどく厄介なところは今現にあるものが過去の出来事についての確たる証拠だとみなされてしまうことだとすらいえるかもしれない。現在まで残ったものが本物だ、現在まで生き延びている過去の遺品はそれ自身の意志にもとづく何らかの行為によって生き延びたのだというような間違った権威づけがよくされる。だが過去の出来事について証拠が後々まで残るということはない。今こうしてある世界において今存在しているものには滅び去ったもののために何かを語ることなどできない、ただ自身の存在を傲慢にひけらかすことができるだけだ。今存在しているものは自分は消滅した世界の象徴であり総括なのだといいたがるがそうじゃない。いずれにせよ過去というものは夢のようなものにすぎずそれがこの世界で大きな力を持つなどというのはとてつもない誇張だ。というのも世界は日々新しくつくられつつあるのであり、世界の消え去った殻にしがみついたところでその殻はどんどん増えていくだけのことだからだ。

殻はその物自身じゃない《ラ・カスカラ・ノ・エス・ラ・コーサ》、と男はいった。同じもののように見えるが、そうじゃない。

それで三つ目の物語《イ・ラ・テルセーラ・イストーリア》というのは？ とビリーはきいた。

三つ目の物語についてはこういえる《ラ・テルセーラ・イストーリア・エス・エスタ》。それはすべての物語をあわせた物語のなかにある《エル・エクシステ・エン・ラ・イストーリア・デ・ラス・イストーリアス》。つまり結局のところ真実は言葉のなか以外のどこにもあり得ないということだ《エス・ケ・ウルティマダメンテ・ラ・ベルダー・ノ・プエデ・ケダール・エン・ニングン・オトロ・ルガール・シノ・エン・エル・アブラ》。男は両手を目の前に掲げて掌を見た。まるで手が自分の意志とはかかわりなく何かをしているとでもいうようだった。過去というものは、と男はいった、反対のことを主張する者たちのあいだで繰り広げられる討論だと男はいった。記憶は齢を重ねるうちに薄れる。われわれの思い出の像が保存される倉庫などはない。夢に現れる愛する者たちは実は見知らぬ他人だ。目の前のものをありのままに見ることにすら努力がいるものだ。われわれは証拠を求めるが世界はそれを提供してはくれない。これが三つ目の物語だ。その物語はそれぞれの人間が自分の手元に残されたものだけを材料につくりあげるしかない。残骸から。骸から。死んだ者の言葉から。しかしそうしたものからどんな世界をつくりあげたらいいのか？ そうしてつくりあげた世界のなかでどう生きたらいいのか？

男はバケツに目をやった。もう湯気が立っていないのを見て男はうなずき立ちあがった。ラファエルも腰をあげ雑嚢を取りあげて肩にかけバケツを提げてほかの男たちと一緒にリーダー格の男のあとから馬の横たわっている場所までいき、ひとりが膝をついて馬の頭を地面から持ちあげ、ラファエルが雑嚢から革の漏斗とゴムのホースを取り出しほかの男たちが馬の口をつかんで顎を開かせたところへホースを突っこみ喉まで差し入れホースの口に漏斗を差すと、バケツの中身が無造作にざっと注がれ馬の喉に流しこまれた。

それが終わるとリーダー格の男はもう一度馬の胸の血を洗い流して傷口を調べ、バケツの底から煮られた木の葉をふたつかみ摑み出して傷の上に当て、その上から紐のついた黄麻布を当てて紐を首と両方の前足の後ろで結んだ。作業が終わると立ちあがって後ろに下がりひとしきり馬を眺めていた。馬はひどく風変わりな姿に見えた。頭を半ばもたげビリーや男たちに目を向けてまばたきし、低くいななき、それから首を長々と地面の落ち葉の上に横たえた。よし《ブェノ》、と男はいった。ビリーを見てにっこり笑った。

みんなが道に出ると男はつばを引きおろして帽子を水平にし鳥の骨を自分で細工してつくった紐留めを顎の下まで滑らせ、牛と荷車と飛行機のほうを見た。それから林のなかの木の叉に載せてあるボイドの骸を包んだシートに目を移した。男はビリーを見た。国へ連れて帰ってやるつもりなんだ《エストィ・レグレサンドーレ・ア・ミ・パイース》、とビリーはいった。

男はまたにっこり笑い北に伸びている道を見やった。べつの遺骨《オトロス・ウエソス》、べつの兄弟《オトロス・エルマーノス》、と男はいった。それから子供のころ自分はアメリカをずいぶん旅したものだといった。父親について西部の町の人家を訪ね歩きはんぱながらくたをもらい受けてそれらを売った。ときどきトランクや箱のなかに印画紙の古びた写真や昔の鉄板写真が入っていることがあった。

そういう写真はそこに写っている人間を知っている人にだけ値打ちがあるものだが時が立つにつれてそういう人は誰もいなくなる。だが彼の父親はジプシーでジプシーらしい心根を持った人だったからそういうひび割れ色褪せた写真を荷車の側板に張り渡した針金に洗濯ばさみでとめておいたものだった。それは何だと訊く者はいなかった。買いたがる者もいなかった。やがて彼自身はそれらの写真を一群の教訓物語と受け取るようになり、いくつものセピア色の顔を眺めては彼らがかつて世にあった時代の何か秘密の話をそっと聞かせてくれるのではないかと思ったものだ。それらの顔は彼に親しいものとなった。古風な服装に身を包んだとうの昔に死んでしまったそれらの人たちがポーチの階段に腰をおろしたり庭に置いた椅子に坐ったりしてポーズを取っているところをよく思い描いてみた。写真機の暗箱のなかで一瞬の光によって焼きつけられた全ての過去と全ての未来と全ての死産に終わった夢。彼はそれらの顔をあかず眺めた。何とはなく不満げな顔。悲しげな顔。おそらくこれから起ころうと芽吹いている、しかし彼から見ればすでに永遠に過ぎてしまっている何かの苦い出来事。

彼の父親はジプシーでない連中のことはよく分からないといったものだが後に彼もそう思うようになった。どういう言葉でいいあらわしてみても不可解だった。針金に吊した何枚もの写真は彼にとって一種の世界に対する質問状のようなものとなった。彼はそれらの写真にある種の力を感じ取り、おそらくジプシー以外の人々はその力を、写真をろくに見ようとしないところから推して不吉なものとみなしているのだろうが、真実は例によってもっと奥深い処に隠されていると思った。

彼にだんだん分かってきたのは、色褪せていく写真が近しい人間の心のなかでしか値打ちを持たないのと同じようにその人間の心も別の人間の心のなかでしか値打ちを持たず、こうして写真に写った人間の値打ちはそら恐ろしくなるほど無限に小さくなっていくが、そのほかにはどんな値打ちもないということだった。似姿というものは全て偶像だ。似姿をつくる者はみな異端者だ。ジプシー以外の人々は似姿にささやかな不滅性を見出してきたが忘却の力をそぐことなどできないのだ。父親が彼にいおうとしたのはそういう事でありそう考えているからこそ彼らは放浪の民なのだった。そう考えていたからこそ父親は荷車に張り渡した針金に何枚もの黄ばんだダゲレオ写真を洗濯ばさみでとめておいたのだ。

死人を伴った旅は難儀なものだと人はいうが本当をいえば全ての旅が死人を同伴しているのだと男はいった。思うに死人が世界に対して何の力も持っていないと考えるのは浅はかだ、というのも彼らの力は強く、往々にしてその影響力はそれを大したものでないと思っている人たちの上にずっしり重くのしかかるからだ。たいていの人々が理解しないのは死人が去るのは世界そのものではなく人々の心のなかにある世界像からだということだ。世界から去ることはできない、というのも世界はそのなかにある全てのものと同じくどんな形をとろうとも永遠であるからだ。使い古された家財道具と一緒に旅をするもはや永久に名前を失ったあのいくつもの顔のどれにもひとつのメッセージが書きこまれているのだが、そのメッセージは運んでくる使者が常に到着する前に時の手にかかって殺されてしまうために決して読みあげられることがない。

男はにやりと笑った。思うに《ペンサーモス》、と男はいった。われわれはみんな時の犠牲者だということだな《ケ・ソモス・ラス・ビクティマス・デル・ティエンポ》。実際のところこの世界についている道はどんな場所でもひとつだなんてことはあり得ない《エン・レアリダー・ラ・ビーア・デル・ムンド・ノ・エス・フイハーダ・エン・ニングン・ルガール・コモ・セリーア・ポシーブレ》。われわれ自身がわれわれの道のりなんだから《ノソトロス・ミスモス・ソモス・ヌウエストラ・プロピア・ホルナーダ》。従ってわれわれ自身が時間だということでもある《イ・ポル・エソ・ソモス・エル・ティエンポ・タンビエン》。われわれはみな同じだ《ソモス・ロ・ミスモ》。束の間の存在《フヒティーボ》。不可解な存在《イネスクルターブレ》。無慈悲な存在だ《デサピアダード》。

男が首をめぐらしてロマ語で仲間たちに何かいい、ひとりが荷車の横腹の掛け釘から巻いた鞭をとり、伸ばして空中で一振りし銃を撃ったような鋭い音をひとつさせると、牛たちはゆっくりと歩き出した。リーダー格の男はこちらに向き直って笑みを浮かべた。そしてまたどこかの道で会うことがあるかもしれない、世界は人が思っているほど広くないからといった。ビリーは馬の手当ての代金をいくら払ったらいいかと訊いたが男は手の一振りで貸しを帳消しにした。旅をして暮らす者の仁義だよ《パラ・エル・カミーノ》、と男はいった。そして背を反しほかの男たちを追って道を歩いていった。ビリーはシャツの胸ポケットから出した血で汚れた薄い札束を手にしたままじっと立っていた。大声で男の背に呼びかけると男が振り向いた。

ありがとう《グラシアス》、とビリーは叫んだ。

男は片手をあげた。なあに《ポル・ナーダ》。

でもおれは旅をして暮らす人間じゃないんだ《ヨ・ノ・ソイ・ウン・オンブレ・デル・カミーノ》。

だがジプシーの男はにっこり笑って手を一振りした。旅の仁義は道をいく者みんなに通用するものだ、道をいく者に分け隔てはないと男は叫び返してきた。それからまた前を向き大股に仲間のあとを追って歩いていった。

夕方、馬が体を起こし震える脚で立ちあがった。馬勒はつけずに並んで歩いて一緒に川原へ出ていくと馬はそっと水のなかに歩み入り長々と水を飲み続けた。夕闇のなかでジプシーにもらったトルティーヤと山羊のチーズで夕餉の支度をしていると馬に乗った男が道をやってきた。ひとりだった。口笛を吹いていた。男が馬を止めるのが木の間隠れに見えた。それから男はさっきよりもゆっくりと馬を進めてきた。

ビリーが立ちあがり道に出ると男は馬を止めた。男は相手の顔がよく見え、相手にも自分の顔がよく見えるように帽子を軽くあみだにした。それからビリーと焚き火とその向こうの木立の奥に横たわっている馬を見た。

こんばんは《ブエナス・タルデス》、とビリーが声をかけた。

男はうなずいた。いい馬に乗りいいブーツを履きいいステットソン帽をかぶり小さな黒い葉巻をふかしていた。男は口から葉巻をとって唾を吐きまた葉巻をくわえた。

英語は話せるか？　と男がきいてきた。

ああ。話せる。

まあそこそこまともなやつだと思ってたよ。いったいここで何してるんだ？　あそこの馬はどうかしたのか？

おれは構ってもらわなくたって自分の面倒は見られる。たぶん馬だってそうだと思うよ。

男はその返事を聞き流した。死んでるのか？

いや。死んじゃいない。追いはぎにけがさせられたんだ。

追いはぎに？

ああ。

撃たれたってことか？

いや。胸をナイフで刺された。

そいつら何だってそんなことしたんだ？

こっちがあんたに訊きたいくらいだよ。

おれに分かるもんか。

おれにも分からない。

男は黙想にふけるような顔つきで葉巻をふかしていた。それから川の西に広がる土地を眺めやった。どうもこの国のことはよく分からんよ、と男はいった。何から何までさっぱり分からない。あんたまさかコーヒーなんか持っちゃいないだろうな？

今沸かしてるよ。飯の準備もしてるとこだ。大したご馳走じゃないけどよかったら食っていってくれ。

そうか、それじゃお言葉に甘えようか。

男は大儀そうに馬からおりて手綱を後ろ手に持ちかえ帽子を少し引きおろして元通り水平にかぶり直すと馬を引いてやってきた。さっぱり分からんよ、と男はいった。あんたおれの飛行機がここを通っていくのを見たかい？

二人は影を濃くしていく木立のなかで焚き火のそばに坐りコーヒーが沸くのを待った。あのジプシーどもが最初にとった道筋をずっとたどるとは思わなかった、と男はいった。あいつらを疑ってたんだ。しかしおれという人間は、間違ってたらちゃんとそう認めるんだ。

そう。そいつはいいことだね。

ああそうさ。

二人は豆を包んで巻いたトルティーヤと溶かしたチーズを食べた。チーズは山羊臭いひどい匂いがした。ビリーは木の枝でコーヒー・ポットの蓋をあげてなかを覗きまた蓋をした。それから男を見た。男は両足を股のほうへ引き寄せブーツの底を合わせて片手でつかんでいる。

あんたはもうだいぶこっちにいるみたいだな、と男がいった。

さあ。なんでそう思うんだい？

そろそろ帰ったほうがよさそうな格好をしてるからさ。

うん。そうかもしれない。こっちへきたのはこれで三度目なんだ。捜しにきたものが見つかったのは今度が初めてだ。でもそいつはおれが望んでた通りのものじゃなかった。

男はうなずいた。それが何なのかは知りたいとも思わないようだった。まああれだな、と男はいった。今度この国であんたがおれに会うとしたら、そいつは地獄で雪が降るときだろうな。地獄の火が凍りつく日だ。こいつはもうはっきりいえるよ。

ビリーはコーヒーをカップに注いだ。二人は飲んだ。ブリキのカップに満たされたコーヒーは舌が火傷するほど熱かったが男は気にする様子もなかった。男はコーヒーを一口飲み暗い木立を透かして川を見やったが、月明かりを受けた川は砂利の川原の上で銀色の編み房となって横たわっていた。下流のほうの空の雲に囲まれた真珠母色の月はなかで蠟燭をともしているどくろのようだった。男はコーヒーの残り滓を暗がりのなかへ捨てた。おれはもういくよ、と彼はいった。

ここで寝ていってもいいよ。

夜馬に乗るのが好きなんだ。

そうか。

一日にもっと進めるはずなんだがな。

この国はそこらじゅうで追いはぎが出るよ。

追いはぎか。男はじっと火に見入った。しばらくしてポケットから細い黒い葉巻を一本取り出して吟味するように見た。それから端を嚙み切って火のなかに吐き捨てた。

あんた葉巻吸うか？

吸ったことないな。

吸っちゃいけない宗旨なのか？

そういうわけじゃない。

男は身を乗り出して燃えている木切れを一本とり葉巻に火をつけた。ちゃんと火がつくまで少し時間がかかった。つくと木切れを焚き火に戻して煙の輪をひとつ吹きそれからもうひとつ小さい輪を吹き出して最初の輪のなかに通した。

連中はいつごろ出発した？　と男はきいた。

さあ。正午《ひる》ごろだったかな。

まだ十マイルはいってないだろうな。

もっと少ないかもしれない。

連中がへばってきたときにかぎっておれもどっかで引っかかっちまうんだ。いつだってそうさ。おれが悪いんだけどな。セニョリータを見るといつも道草しちまうんだ。海の向こうのフランス娘もよかったな。英語を喋らないやつがとくにいい。あんた向こうへいったことは？

ないよ。

男は手を伸ばしてさっき葉巻に火をつけた木切れをとり一振りして炎を消すと、後ろを向いて子供のように赤く熾《おこ》り煙をあげている先端で暗闇の上に文字を書くような仕草をした。しばらくするとまた木切れを火のなかに戻した。

馬はだいぶ具合が悪いのか？　と男はきいた。

分からない。もう二日ああやって寝てるんだ。

あのジプシーどもに見てもらえばよかったのに。連中、馬のことなら何でも知ってるっていうじゃないか。

それは本当なのかい？

さあどうかね。まあ病気の馬を売りつけちまうまで元気に見せとくのがうまいのは確かだな。

おれは売るつもりなんかない。

いいこと教えてやろうか。

なんだい？

この火を絶やさないようにしろよ。

なんで。

ピューマが出るからさ。馬肉はやつらの大好物だ。

ビリーはうなずいた。そういう話はよく聞くね。

なんでそういう話をよく聞くか分かるかい？

なんでよく聞くか？

ああ。

いや。なんでだい？

ほんとのことだからさ。

よく聞く話はたいていほんとのことだと思ってるのかい？

おれの経験からいうとそうだな。

おれにはそんな経験はないな。

男は葉巻をふかしながらじっと火を見つめていた。しばらくしてから男はいった。おれにもない。さっきはただそういってみただけだ。海の向こうへいったこともない。おれは兵役免除なんだ。今までもずっとそうだったし、これからもそうだろうな。

あのジプシーたちはあの飛行機を高い山からおろしてパピゴチク川に流して運んできたのかい？

連中、そういったのか？

ああ。

あの飛行機はフローレス・マゴンの近くにあるタリアフェーロ牧場の納屋から運び出したもんだ。そもそも高い山の上へなんか飛んでいける代物じゃない。六千フィートが限度だよ。

操縦してた男が死んだんじゃないのかい？

そんな話は聞かないな。

あんたがこっちへきたのはそのためかい？　あの飛行機を見つけて取り戻すためなのかい？

おれがこっちへきたのはテキサスのマッカレンって町で娘をひとり孕ませてその娘の親父に撃ち殺されそうになったからだよ。

ビリーは火にじっと見入った。

逃げてるうちに追っ手の腕のなかに飛びこんじまうこともあるから怖いよな。あんた撃たれたことはあるか？

いや。

おれは二回ある。二回目はクワウテモクの町のどまんなか、土曜の真っ昼間のことだった。みんな走って逃げた。メノー派教徒の女が二人おれを助け起こして馬車に積みこんでくれたからよかったが、さもなきゃ今でも通りでぶっ倒れてるはずさ。

どこを撃たれたんだい？

ここだ、と男はいった。顔を横に向け右のこめかみの上の髪を搔きあげる。な？ 見えるだろ。

男は身を乗り出して火のなかに唾を吐き葉巻にちらりと目をやってまた口にくわえた。

男は葉巻をふかす。おれはイカれちゃいないぜ、と男はいった。

そうだなんていってない。

ああ。でもそうじゃないかって思っただろ。

あんたこそおれのことをそう思ったんじゃないのかい。

思ったかもしれんな。

ほんとに撃たれたのか、それともただいってみただけか？

ほんとに撃たれたんだ。

おれの弟はこの国で撃たれて死んだ。おれは連れて帰ろうと思ってやってきたんだ。弟はここよりもうちょっと南の町で撃ち殺された。サン・ロレンソって町だ。

この国じゃ、しまったと思う暇もないくらいあっさり殺られちまうからな。

おれの親父はニュー・メキシコで撃ち殺された。あそこに寝てるのは親父の馬だったんだ。

世の中は厳しいよな、と男がいう。

親父は一九一九年にテキサスからニュー・メキシコに移ってきたんだ。ちょうど今のおれぐらいの齢だった。でも生まれはテキサスじゃない。ミズーリだった。

おれにもミズーリで生まれた叔父がひとりいたよ。その叔父の親父というのがミズーリを旅してるときに夜酔っ払って馬車から落ちて、それで叔父はミズーリで生まれることになったのさ。

おふくろはデ・バーカ郡の牧場で生まれた。おふくろの母親は混じりけなしのメキシコ人で英語が全然喋れなかった。おれたちと一緒に暮らして死んだんだ。おれが七つのとき妹が死んだけど、あのときのことはよく覚えてる。あとでフォート・サムナーへ墓を捜しにいったことがあるけど見つからなかった。マーガリータって名前だった。おれはその名前が好きだった。もしおれに娘ができたらその名前をつけてやるつもりなんだ。

おれはもういくよ。

そうか。

焚き火のこと、忘れるなよ。

ああ。

話を聞いてると、あんたさんざん苦労してきたみたいだな。

苦労話をしたわけじゃないんだ。おれはどっちかというと運のいいほうさ。生まれたときからこれなら文句はないって暮らしをしてきた。不足なんか何もなかった。弟はもっと好き勝手に生きたよ。野生児みたいなやつだった。頭もおれよりよかった。馬の扱いのことだけじゃない。何だってそうだった。親父もそれを知っていた。親父はおれがそのことを知ってることも知っていた、とまあそんなようなことさ。

じゃおれはいくから。

気をつけていきなよ。

ああそうするよ。

男は立ちあがり帽子をきちんとかぶり直した。月が高く昇り空が晴れあがっていた。木立の向こうの川は溶かした金属を流しているように見えた。

これから世界はすっかり変わっちまうよ、と男はいった。知ってたかい?

ああ知ってるよ。今だってもう昔と同じじゃない。

四日後、ビリーは若木の枝でつくった橇にボイドの骸を包んだシートを載せ馬に引かせて川沿いの道を北に向かって出発した。そして三日後、国境にたどり着いた。ドッグ・スプリングズの西を走る国境線のありかを示す白いオベリスクのひとつめを横目に見て古い水の枯れた貯水池の底を横切った。処々くずれている土堤からおりて木橇を引きずる音を立てながらひび割れた土の上を渡っていった。最近雨が降ったあとに牛や羚羊やコヨーテが歩いた足跡がついている乾いた土の上を進んでいくと、やがて鶴の群れが舞い降りて泥の上を歩き回り三つ叉の足跡を何かの神秘的な記号のように一面に残していった場所にきた。その夜は久しぶりに自分の国の領土で眠り黄昏てゆく地平線の上を神の巡礼たちが苦労しながら歩いていく夢を見たが、その巡礼たちは何か深遠な意義を持つ事業を終えて帰ってきたという風に見えたもののその事業は戦争ではなく、また彼らは何かから逃げていくわけでもなく、むしろ戦争であれほかのどんなものであれ全てが従属している何かの労役を終えて帰ってきたという風に見えた。彼らが歩いている場所とビリーのいる場所は暗い涸れ谷で隔てられていて、ビリーが彼らの持ち物から何をしてきた人々なのか知ろうと目を凝らしても彼らは道具など何ひとつ携えておらず、ただ暗くなっていく空を背景に黙々と骨折りながら進んでいきやがて消えていった。周囲を暗闇に包まれて目を覚ましたビリーは確かに夜の荒野を何かが渡っていったと思い、それから長いあいだ起きていたがその何かが再び戻ってくる気配を感じ取ることはできなかった。

次の日はハーマナスの町を過ぎて土埃の立つ道を西にたどり、夕方ハチタの町の十字路に面した雑貨屋の前で馬を止め南西の方角に残照を浴びて聳えているアニマス山を眺めやり、もう二度とあそこへ登ることはないだろうと思った。夜通し橇を引いてゆっくりとアニマス谷の平原を横切っていった。翌日の朝アニマスの町に入ったがその日は聖灰水曜日（復活祭の前日まで四十日間続く四旬節の初日で、年によって違うがほぼ二月中旬。カトリック教徒は額に灰で十字の印をつけたり頭から灰をかぶったりする）にあたり、最初に出会ったのは町はずれの土埃の立つ道の端を一列にやってくる子供五人、女ひとりのメキシコ人たちでみな額に灰で十字の印をつけていた。ビリーは挨拶をしたが彼らは木橇に載っているのが死体だと察して胸で十字を切っただけですれ違い、去っていった。ビリーは金物屋でシャベルを買い町の南の小さな墓地までいき馬に足かせをして門のそばで草を食わせておいて墓穴を掘り始めた。

岩塩の混じる乾いた土を掬いあげ腰の辺りまでの穴を掘ったころ車が一台やってきて停まり保安官がおりて門をくぐり近づいてきた。

あんたじゃないかと思ったんだ、と保安官はいった。

ビリーは掘る手を止めてシャベルに寄りかかり目を細めて相手を見た。地面に脱ぎ捨てたぼろぼろのシャツを取りそれで額の汗を拭いながら後の言葉を待った。

そこに寝かしてあるのは弟さんなんだろうな、と保安官はいった。

ええ。

保安官は首を振った。目をそらして辺りの風景を眺めた。まるでその風景のなかにどうも解せないものがあるという風だった。それからまたビリーを見おろした。

弁解も何もないわけだな、と保安官はいった。

ええ。そうですね。

しかしだ。そうふらりとやってきて人を埋められても困るんだ。おれが判事に会いにいって死亡証明書をもらってきてやる。今あんたが掘ってる場所も誰のもんだか分からんわけだしな。

ええ。

分かりました。

あしたローズバーグのおれんとこへきてくれ。

保安官は帽子をぐいと引き下げ、また首を振り、それからビリーに背を向けて門をくぐり車のほうへ歩いていった。

続く何日かビリーは北のシルヴァー・シティまでいき、そこから西に転じてアリゾナ州のダンカンまでいくとまた北上して山を越え、グレンウッドの町を経てリザーヴの町へいった。カリゾーゾ牧場とG・S牧場でしばらく働いたあとこれといった理由もなく辞め、その年の七月にはまた南のシルヴァー・シティへ流れて、古い道を東に進んでサンタ・リタ鉱山、サン・ロレンゾとたどりブラック山脈を越えた。北の山岳から風が吹き目の前に広がる平原は空を翔る雲に翳っていた。頭を垂れ足を引きずるように歩く馬の背でビリーは背をまっすぐ伸ばし、目が隠れるほど帽子をまぶかに引きおろしていた。石くれだらけの荒原にはキンキジュやクレオソートノキが生えているばかりで柵はまったく目に入らず草もほとんどなかった。数マイル進んでアスファルト道路にいき当たったところで馬を止めた。トラックが一台通りかかって遠くへ消えていった。八十マイル先に横たわる岩肌をむき出しにしたオーガン山脈が、西に傾いた太陽が雲間から射しおろす何枚もの板のような光を受けて輝いていた。じっと眺めているとやがてその山並も影のなかに消えていった。荒野から吹いてくる風に雨が混じり出した。ビリーは側溝を越えてアスファルトの道路にあがると馬の歩みをゆるめて後ろを振り返った。道端に生えているパニックグラスが風に吹かれて靡《なび》き身を揺すっていた。ビリーは目を道路の少し先に向けて以前にも見たことがある幾棟かの建物の集まりを見た。道路際には運送トラックの古タイヤが陽に灼けて黒ずんだ沙漠の蛇の抜け殻のように輪と輪を重ねてずらりと並べられていた。北からの風が強くなりやがて吹き降りの雨が幕をおろすように前方の道路を濡らしていった。

道路から引っこんだ処に立っているのは三棟の陽干し煉瓦の建物で昔の馬を交換する中継駅だったが今は屋根も梁もほとんどなくなっていた。表には硝子が割れている赤錆の浮いた古いガソリン計量機が放置されていた。ビリーは馬を引いていちばん大きな建物に入り馬の鞍をはずして床に置いた。隅に積んである干し草の塊を崩そうと、あるいはなかに何が入っているのか見ようと、ビリーは蹴りつけた。からからに乾いた埃まみれの干し草のなかには何かの動物が寝ていたらしい窪みがあった。ビリーは外に出て建物の裏に回り古いホイールキャップをひとつ拾うと建物のなかに戻りズックの水筒に入れた水を注ぎ馬の口元へ持っていって飲ませた。朽ちかけた木の窓枠がはまった窓の外に雨に濡れて黒光りしている道路が見えた。

ほぐした干し草の上に毛布を広げそこに坐って缶詰の鰯を食べながら窓の外の雨を眺めていると黄色い犬が一匹開いた戸口から入ってきて足を止めた。犬はまず馬を見た。それから首をさっと振り向けてビリーを見た。口のまわりが灰色になった老犬で後脚が二本ともひどく不自由でいつも斜めに傾いでいる頭は醜怪な動き方をした。犬はぎくしゃくと関節を動かして二、三歩横歩きをし床に鼻先をおろして人間の匂いを嗅ぎつけると頭をもたげ、鼻先で空気を払いながら影のなかにいる人間を乳白色に濁った半ば盲いた目で捜し当てようとした。

ビリーは鰯の缶詰をそっと脇に置いた。湿った空気のなかにそいつの匂いがはっきりと嗅ぎ取れた。戸口のすぐ内側に草や砂利を打つ雨を背に立っているそいつは体をぐしょ濡れにし、まるで気のふれた人間が何匹もの犬の体を生きたままばらばらにし継ぎはぎしてつくったかのような傷だらけでぼろぼろの惨めな姿をしていた。やがて犬は醜怪な身震いをして呻くような声を立てながら足を引き引き部屋の奥の隅へいきビリーのほうへ三度顔を向けてからそこへ寝そべった。

ビリーはズボンでナイフの刃を拭いそのナイフを缶詰の口に横たえてから辺りを見回した。彼は壁から剝がれかけている土くれをひとつむしり取って投げつけた。犬は呻くような奇妙な声をあげたが動こうとはしなかった。

こら、とビリーは怒鳴った。

犬はまた呻いたがじっと寝そべったままだった。

ビリーは低く罵りの言葉を吐き立ちあがって武器になるものが何かないかと辺りに視線を走らせた。馬が彼を見、それから犬を見た。ビリーは雨の降る戸外に出て建物の横手を歩き回った。そして長さ三フィートほどの水道管を手に屋内へ戻り犬のほうへ近づいていった。こら、と彼はいった。出ていけ。

犬は呻きながら立ちあがり体を低くして足を引きながら壁沿いに歩き外へ出ていった。だがビリーが毛布の処へ戻ろうと屋内に向き直ると犬はまたこそこそと彼の脇をすり抜けて入ってきた。ビリーが水道管を振りあげて追うとまたあたふたと外へ逃げていった。

ビリーはあとを追った。外の道路の縁で犬は立ち止まり雨に打たれながらこちらを見返った。昔は猟犬で、山のなかかどこかの道端で死んだものと見捨てられたのかもしれなかった。厭わしいものを夥しく身に帯びた何だか分からないが何かの前兆のように見えた。

ビリーはかがんで掌いっぱいに砂利をつかみ犬に向かって投げつけた。犬はいびつな形をした頭を持ちあげて奇怪な声で吼えた。ビリーがそちらへ足を踏み出すと道路の先のほうへ逃げ出した。ビリーはあとを追って走りながらまた石を投げ罵声を浴びせ水道管を投げつけた。水道管がカラカラと音を立てて犬のあとから道路の上を滑ると犬はまた吼え、ねじくれた足を引きずり奇妙な形の頭をがくがく揺さぶりながら逃げていった。逃げながら犬は鼻面を持ちあげて横に向け恐ろしい声でもう一度吼えた。この世のものとは思われない声だった。この世界の前に存在した世界から突き抜けてきた凄まじい悲哀の塊のような声だった。犬は足を引きながら雨の降る道路を走り、走りながら心臓から絶望を絞り出すように何度も何度も吼え続け、やがてその姿も声も更けてゆく夜のなかに完全に消えてしまった。

ビリーは荒野に満ちる真昼の白い光のなかで目を覚まし臭い毛布にくるまった体を起こした。窓の反対側の壁に映った粗削りの木の窓枠の影がじっと見ているとぼうっと翳《かす》んで消えた。雲が太陽の上にかかったらしかった。足で蹴り出すようにして毛布を体から剝がしブーツを履き帽子をかぶり立ちあがって戸外に出た。道路は陽を受けて薄い灰色をしていたがその陽の光は世界の端のほうへとどんどん退いていった。道端の蕨の繁みを棲み処とする小鳥の群れは囀りながら空を飛び回り、道路をオオガニのような足取りで渡ってゆく一群のタランチュラは操り人形のようなめりはりのある動きをぴたりと止めて不意に陽が翳って互いの体の下の影がひとつに溶け合ったのを何事が起こったのかと八本の脚で順に探った。

ビリーは道路のずっと先に目をやり陽の当たっている明るい部分が遠のいていくのを見た。大地の北の縁には黒い雲がわだかまっていた。夜のうちに雨のあがった荒野の上空にかかる処々とぎれた弓形の淡いネオンのような虹を見あげ、また道路に目を戻すと、道路はさっきと変わらないがただ路面が暗くなったように見え、東へ伸びていくにつれてさらに影が濃くなり陽が薄明かりすらとどめずに消えてしまったように見え、また北に目をやると陽は一段と足を速めて退いていき、目覚めたときに真昼だった辺り一帯は見たこともないような異質な薄闇に包まれその薄闇は異質な暗闇となり、空を翔けていた小鳥の群れは道端の蕨の繁みに降り立ってしんと静まり返った。

ビリーは歩き出した。冷たい風が山岳のほうから吹いていた。風は山の高木限界より上の、夏の今も雪の残る西の斜面をおりてきて丈の高い樅の林を渡りポプラの枝を揺らして下界の荒野に吹きおろしてきた。夜のうちに雨のあがった道を歩きながらビリーはあの犬を呼んだ。何度も何度も呼んだ。そしてビリーはこの不可解な闇のなかで立ちつくした。聞こえてくるのは風の音だけだった。ひとしきりたってから彼は道路に坐りこんだ。帽子を脱いで目の前のアスファルトの路面に置き頭を垂れ両手で顔を覆って泣いた。彼は長いあいだそうやって坐っていたがやがて東の空が本当に白み始め、しばらくすると神の創った本物の太陽がもう一度、分け隔てなく全てのもののために昇ってきた。

訳者あとがき

アメリカの現代作家コーマック・マッカーシー（一九三三〜　）の『越境』*TheCrossing*（一九九四）は、すでに早川書房から邦訳が出ている『すべての美しい馬』（以下『馬』と記す）に始まる〝国境三部作《ボーダー・トリロジー》〟の第二作目にあたる作品である。

本作は『馬』とは人物も設定も異なるまったく別個の物語になっているが、少年がメキシコへ〈越境〉して苦難に満ちた冒険をするという、物語の大きな枠組みでは共通している。時代は『馬』のそれ（一九四九〜五〇年）より十年ほどさかのぼる一九四〇年から四四年にかけて。ニュー・メキシコ州の牧場で暮らす十六歳の少年ビリー・パーハムは、メキシコから国境を越えてきて牧場の牛を襲い始めた牝狼を罠で捕まえる。そして、自分でもよくわからないある衝動にかられて、狼を故郷の山に帰してやろうと思いたち、狼の首に縄をつけ馬で引いて、メキシコへ不法入国していく。

この全体の約三分の一を占める狼をめぐる物語は、それだけで中編小説として成立しうる完成度を持ち、内容的にも失われゆく野生への賛美と哀惜を哲学的な深みにおいて謳いあげた傑作で、フォークナーの『熊』にも匹敵すると評されている。ところが作者は、そこからさらに二度の〈越境〉を少年に行わせて、底知れぬ闇の迷宮にまで分け入らせていくのである。

本作も『馬』同様、ウェスタン小説、つまりはピカレスク小説の体裁をとっている。ピカレスク小説というのは、行き当たりばったりに挿話をつないでいくことのできる融通無碍な形式で、ビリーの冒険も一見そんな道筋をたどるかに見える。だが注意深く読んでいけば、作者が周到な計算のもとに緊密な全体構造を創りあげていることがわかるのである。たとえば、ビリーが狼を生きて山に帰す試みに挫折して帰郷すると、牧場が泥棒に襲われて父母が殺され、馬が全部盗まれている。そこで馬を取り戻すべく、生き残った弟のボイドと一緒に再びメキシコへ渡るのが二度目の〈越境〉だが、これは偶発的事件がきっかけとなったもので、第一の〈越境〉とのつながりはゆるいようにも見える。しかし、牧場を襲った泥棒が作品の冒頭近くでビリーが食料を与えたインディアンかもしれない（真偽は定かではないが）と暗示されることで、すべてはビリーがみずから招いた事態だという解釈が可能になってくる。西部開拓によって白人がつくりあげた社会とは別の秩序に属するインディアンと狼にビリーが魅入られてしまったことがすべての発端であるという風に、第一の〈越境〉と第二、第三のそれがつながってくるのである。

つまり物語には、狼やインディアンに魅入られたビリーが、そのことによって父母を失い、家族の馬を失い、弟を失い、と人間社会とのつながりを次々と失っていく過程が、縦糸として一本通っている。その過程は、ギリシャ悲劇の主人公がたどるような〈運命〉であることが作品のあちこちで予言され、啓示される。それが〈運命〉であるからには、当然のことながらアット・ランダムにではなく、着実に成就されていくのである。

そのような縦糸に対して、物語のなかに挿入された三つの寓話的物語が横糸の働きをする。『ヨブ記』を思わせる〈神に議論を挑む男の物語〉、〈盲目にされた元革命軍兵士の物語〉、〈山の上に墜落した二機の飛行機の物語〉は、一見ビリーの物語を中断する寄り道であるかのようだが、そうではなく、たとえば神に選ばれて生き残った老人の運命が最後まで死ねないビリーの運命を予言するといった風に、ビリーの物語を補足し、膨らませ、さまざまな角度から照射する。ギリシャ悲劇の主人公がそうであるように、〈運命〉を担わされたビリーは〈世界〉と対峙し、その真の姿を発見することになるが、これらの魔術的リアリズム風な強烈なヴィジョンを内包した三つの寓話は、その〈世界〉を作品空間に浮かびあがらせるための重層構造となるのである。

『越境』が〈世界〉と〈運命〉の発見の物語である以上、ビリーが旅をするメキシコは当然、現実のメキシコを素材に作者が言語によって創りあげた幻想の世界ということになる。このことは、ゆきずりのメキシコ人の老人が地面に描いてくれた地図が実はまぼろしにすぎなかったというカフカ的ユーモアに満ちた挿話ひとつをとってもわかる。『馬』でもそうだったが、ここでのメキシコは地図のない世界、名前のない世界、夜の世界、不可視の世界である。〈越境〉とは、人間社会の日常から〈世界〉の奥深い秘密が立ち現れる幻想空間への〈越境〉でもあるといえる。この幻想空間を創りあげるために、作者は力業ともいうべき文学的超絶技巧を駆使する。克明な描写と詩の語法、せりふと描写、英語とスペイン語、現実と夢と白日夢が溶け合う交雑種《ハイブリッド》的な文体は、言葉を日常言語の秩序から解き放ち、言語によってのみ成立する文学空間を創りあげている。

『越境』は、詩と幻想に哲学を織り合わせて、〈世界〉とは何か、そこにおいて人間はどういう存在であるのかを問う、形而上小説といっていい。作者は《ニューヨーク・タイムズ・マガジン》のインタビューで、プルーストやヘンリー・ジェイムズの小説は理解できない、自分にとってはあれは文学ではないと語っている。プルーストやジェイムズが形而上的深みを持たないとはもちろんいえないが、大ざっぱにいえば、彼は心理小説には興味がない、彼の文学は社会における人間と人間の関係を扱うのではなく、〈世界〉（ほぼ〈宇宙〉といいかえてもいい）と人間の関係を扱うのだ、ということになるだろう。マッカーシーが本当の文学として挙げるのは、ドストエフスキー、メルヴィルであり、特に『白鯨』が好きな小説だという。実際、『越境』と『白鯨』の親近性は顕著である。『白鯨』では、真理が覆い隠されている場所としての陸と真理が発現する場所としての海が対置されたが、『越境』でもアメリカとメキシコ（ないし人間社会と荒野）という形でその対立構造が描かれる。しかもメルヴィルの海もマッカーシーのメキシコも作者が五感で知悉している世界であり、形而上世界は鮮烈な色彩と香りと肌触りと響きに満ちた叙事詩の上に築きあげられている。また『白鯨』では人間はみな〈孤児〉であるというテーマが重要な意味を持ち、〈孤児〉であり〈自己追放者〉であるイシュメイルが宇宙の光と闇のドラマに立ち会い、ひとり生き残るが、『越境』のビリーも〈孤児〉、〈自己追放者〉となって〈世界〉の残酷な真の姿を発見し、みずからは証人として生き延びる（というより死ぬことが許されない）という運命をたどる。ある作品が『白鯨』に比肩しうるなどとは、おいそれといえるものではないが、『越境』がそれをためらわせない作品であることには多くの読者が賛同されることと思う。

さて、〝国境三部作《ボーダー・トリロジー》〟の第三作は、実は十数年前に映画のシナリオとして完成している。内容は『馬』の主人公ジョン・グレイディとメキシコ人の若い娼婦の恋愛が中心だとのことである。この作品はおそらく三部作の原点と思われるから、三部作が竜頭蛇尾に終わるという事態はあらかじめ回避されているといえるかもしれない。三作出そろって全体の構想が明らかになるのを、期待して待ちたい。

今回もまた、東京外国語大学スペイン語科教授原誠氏に貴重な御教示を賜りました。厚くお礼を申しあげます。教えていただいたのがこちらからお尋ねした部分のみであり、訳文の最終的責任が訳者にのみあることは、前回同様、いうまでもありません。

文庫版訳者あとがき

右の文章は一九九五年刊行の単行本に載せた訳者あとがきをそのまま再録したものである。（ひとつお詫びとともに訂正したいのは、〝ウェスタン小説、つまりはピカレスク小説の体裁をとっている〟という部分。もちろん、ウェスタン小説、イコール、ピカレスク小説ではないので、〝ウェスタン小説であり、ピカレスク小説でもある〟と読み換えていただければ幸いです）

さて、以下にその後の情報を補っておこう。

『すべての美しい馬』（epi文庫既刊）に始まる〝国境三部作〟は、第二作の本書を経て、『平原の町』（原著一九九八年刊。早川書房）をもって完結した。この完結篇では第一作のジョン・グレイディと第二作のビリーが合流し、悲痛な運命劇を演じることになる。

その後マッカーシーは、七年の沈黙のあと、二〇〇五年に『血と暴力の国』（扶桑社海外文庫）を発表。メキシコとの国境近くに住むヴェトナム帰還兵が、砂漠に放置された麻薬組織の大金を持ち逃げし、死神のような恐るべき殺し屋に追われるという犯罪小説の結構を持った作品である。

これを原作としたコーエン兄弟の映画《ノーカントリー》は、殺し屋を不気味に演じたハビエル・バルデムの怪演や、原作に忠実な深い世界観が高く評価され、二〇〇八年のアカデミー賞をはじめ数々の映画賞を獲得した。

二〇〇六年には目下の最新作である『ザ・ロード』(早川書房)を刊行。今度は何らかの原因で破滅を迎えた世界で、父親と幼い息子が苛酷なサバイバルの旅を続けるという、近未来SFのジャンルに寄り添った小説で、これまたぐいぐい読ませる作品であると同時に高い文学性をそなえ、二〇〇七年度ピュリッツァー賞に輝いた。映画化作品もヴィゴ・モーテンセン、シャーリーズ・セロンらの出演ですでに完成し、この秋に全米で公開される予定で、日本でもおそらく公開されるのではないだろうか。

これまで二度の雑誌インタビュー以外には公の発言をいっさいしてこなかった〝隠者〟マッカーシーが、『ザ・ロード』の発表を機にまさかのテレビ出演をして、私生活や世界観や作品についてのインタビューに答えたのは、アメリカ文学界を驚愕させる一大事件だった。

一九三三年生まれのマッカーシーは、フィリップ・ロスと同年齢で今年七十六歳。アメリカ文学界の大御所のひとりであり、やはりロス同様ノーベル賞受賞も取り沙汰されるような存在だが、創作力はいよいよ旺盛で、噂によれば四作ほどの小説がすでに完成していて、今後順次発表されていくという。

わが国では、彼の代表作とされる『ブラッド・メリディアン』（一九八五年）の翻訳も近いうちに刊行予定（早川書房近刊）だが、この作品も映画化の話が進み、すでに脚本もできているそうだ。

というわけで、アメリカ文学の本流を行く深い文学性と高いリーダビリティを兼ねそなえたマッカーシー作品に、今後もご注目いただきたいと思う。

二〇〇九年八月

本書は、一九九五年十月に単行本として刊行された作品を文庫化したものです。

悪童日記

Le Grand Cahier

アゴタ・クリストフ
堀 茂樹訳

戦争が激しさを増し、ふたごの「ぼくら」は、小さな町に住むおばあちゃんのもとへ疎開した。その日から、ぼくらの過酷な生活が始まる。人間の醜さや哀しさ、世の不条理――非情な現実を目にするたび、ぼくらはそれを克明に日記に記す。戦争が暗い影を落とす中、ぼくらはしたたかに生き抜いていく。圧倒的筆力で人間の内面を描き読書界に旋風を巻き起こしたデビュー作。

ハヤカワepi文庫

日の名残り

The Remains of the Day

カズオ・イシグロ
土屋政雄訳

人生の黄昏どきを迎えた老執事が、旅路で回想する古き良き時代の英国。長年仕えた先代の主人への敬慕、女中頭への淡い想い……忘れられぬ日々を胸に、彼は美しい田園風景の中を旅する。すべては過ぎさり、取り戻せないがゆえに一層せつない輝きを帯びた思い出となる。執事のあるべき姿を求め続けた男の生き方を通して、英国の真髄を情感豊かに描いたブッカー賞受賞作。

浮世の画家

An Artist of the Floating World

カズオ・イシグロ

飛田茂雄訳

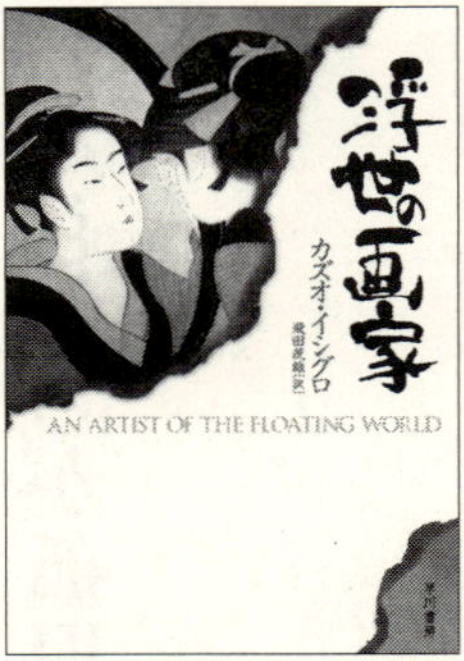

戦時中、日本精神を鼓舞する作風で名をなした画家の小野だが、終戦を迎えたとたん周囲の目は冷たくなった。弟子や義理の息子からはそしりを受け、末娘の縁談は進まない。小野は引退し、屋敷に籠りがちに。すべて自分の画業のせいなのか……。老画家は過去を回想し、自分の信念と新しい価値観のはざまに揺れる。ウィットブレッド賞に輝いた著者の出世作。解説／小野正嗣

充たされざる者

The Unconsoled

カズオ・イシグロ
古賀林 幸 訳

世界的ピアニストのライダーは、あるヨーロッパの町に降り立った。「木曜の夕べ」という催しで演奏予定だが、日程や演目さえ彼には定かでない。ただ、演奏会は町の「危機」を乗り越えるための最後の望みのようで、一部市民の期待は限りなく高い。ライダーはそれとなく詳細を探るが、奇妙な相談をもちかける市民が次々と邪魔に入り……。ブッカー賞作家の実験的大長篇。

ハヤカワepi文庫

第三の男

The Third Man

グレアム・グリーン
小津次郎訳

作家のロロ・マーティンズは、友人のハリー・ライムに招かれて、第二次大戦終結直後のウィーンを訪れた。だが、彼が到着した日に、ハリーの葬儀が行なわれていた。交通事故で死亡したというのだ。ハリーは悪辣な闇商人で、警察が追っていたという話も聞かされた。納得のいかないマーティンズは、独自に調査を開始するが……20世紀文学の巨匠が生んだ、名作映画の原作。

ハヤカワepi文庫

ヘビトンボの季節に自殺した五人姉妹

The Virgin Suicides

ジェフリー・ユージェニデス
佐々田雅子訳

リズボン家の姉妹は自殺した。あの夏、何を心に抱えていたのか、五人は次々と命を散らしていった。美しく個性的で謎めいた存在にぼくらは心を奪われ、姉妹のことなら何でも知ろうとした。やがてある事件が厳格な両親の怒りを買い、姉妹は自由を奪われてしまう。ぼくらは懸命に救出しようとするが、その想いが姉妹に伝わることはなかった……残酷で美しい異色の青春小説

ハヤカワepi文庫

ハヤカワ epi 文庫は、すぐれた文芸の発信源（epicentre）です。

訳者略歴　1957年生，英米文学翻訳家　訳書『すべての美しい馬』『平原の町』『ザ・ロード』マッカーシー，『儚い光』マイクルズ（以上早川書房刊）他多数

越《えつ》境《きょう》

〈epi 56〉

二〇〇九年九月　十五日　発行
二〇二四年九月二十五日　二刷

（定価はカバーに表示してあります）

著　者　コーマック・マッカーシー
訳　者　黒《くろ》原《はら》敏《とし》行《ゆき》
発行者　早川　浩
発行所　株式会社　早川書房
郵便番号　一〇一‐〇〇四六
東京都千代田区神田多町二ノ二
電話　〇三‐三二五二‐三一一一
振替　〇〇一六〇‐三‐四七七九九
https://www.hayakawa-online.co.jp

乱丁・落丁本は小社制作部宛お送り下さい。
送料小社負担にてお取りかえいたします。

印刷・株式会社亨有堂印刷所　製本・株式会社明光社
Printed and bound in Japan
ISBN978-4-15-120056-4 C0197

＊本書は活字が大きく読みやすい〈トールサイズ〉です